Anne B. Ragde · Der Arsenturm

Anne B. Ragde

Der Arsenturm

Roman

Aus dem Norwegischen
von Gabriele Haefs

btb

Die norwegische Originalausgabe erschien 2001
unter dem Titel »Arsenikktårnet« bei Tiden Norsk Forlag, Oslo

Umwelthinweis:
Dieses Buch und der Schutzumschlag wurden auf
chlorfrei gebleichtem Papier gedruckt.
Die Einschrumpffolie (zum Schutz vor Verschmutzung)
ist aus umweltschonender und recyclingfähiger PE-Folie.

Der btb-Verlag ist ein Unternehmen der Verlagsgruppe
Random House.

1. Auflage

Satz: IBV Satz- und Datentechnik GmbH, Berlin
Druck und Bindung: GGP Media, Pößneck
Printed in Germany
ISBN 3-442-75120-9
www.btb-verlag.de

Für Mama
und zur Erinnerung an Palle.

»Schau mich an«, sagte Oma. »Sag, was du siehst!«
»Oma, ich sehe Oma«, erwiderte ich, nach einer Pause,
in der ich nicht überlegt hatte, was ich sah,
sondern, was ich sagen sollte.
Ich sehe Oma.
»Genau«, sagte sie. »Aber gerade darin irrst du dich,
meine süße, kleine Therese.«

Teil I

Friede deiner Seele!
Wir versenken
deinen Staub in Liebe.

Edith Reumert

Für meine süße, kleine Therese, schrieb meine Großmutter auf ein Stück weißes Papier, das sie an einer Golduhr befestigt hatte. Die Uhr lag in ihrer Nachttischschublade, der Zettel war mit einem Gummi am Armband festgemacht.

Diese Wörter waren mit seegrüner Tinte geschrieben. Die Armbanduhr war einer von zwei Gegenständen, die sie mir vermachen wollte; mir und keiner anderen. Das Gummiband war rot und brüchig. Alle ihre Habseligkeiten waren mit Gummis umwickelt, sie schienen sorgfältig zusammengezurrt worden zu sein, um auf eine lange Reise oder einen Umzug mitgenommen zu werden. Wir fanden sogar Gummibänder um kleine Gläser mit zugeschraubten Deckeln, so als solle das *Glas an sich* zusammengehalten werden. Ich kann sehen, wie Omas kleine runzlige, krallenhafte Hände mit dem abblätternden rosa Nagellack die Gummis um die Gläser wickeln – eine sinnlose Tätigkeit –, und ich kann hören, wie totenstill es derweil im Haus ist.

Es war die Verlängerung dieser Stille, auf die meine Mutter mich aufmerksam machen wollte, als sie am Telefon sagte:

»Mutter ist tot.«

Und dann lachte sie. Sehr lange. Ein lautes, schroffes Lachen mit keuchendem Atem.

»Oma ist tot?«

»Ja. Ist das nicht fantastisch?«

Der kleine Stian stand mit einem Stück Klopapier neben mir, ich hatte ihm gerade die Nase putzen wollen.

»Ist Oma etwa tot?«, rief er.

»Nein, nicht deine Oma«, sagte ich. »*Meine* Oma. Die Mutter *deiner* Oma.«

Ich klemmte mir den Hörer zwischen Kinn und Schultern und putzte Stian die Nase, drückte ein Nasenloch nach dem anderen zusammen. Auf jeder Seite zweimal blasen, eine gemeinsame Aktion seiner Nase und meiner Finger, die keine Worte brauchte. Danach lief er auf braunen, dünnen Beinen und mit eifrig wackelnden Ellbogen auf die Veranda hinaus.

»Ich höre, dass du dich freust, Mutter.«

»Ja. Ich bin so glücklich, Therese! Ich ... und Ib geht es auch so, er hat angerufen, wir sind so ... so ... Und du musst mit nach Kopenhagen kommen! Endlich können wir das ganze Haus durchsehen, können alle Schubladen und Schränke öffnen. Das wird fantastisch, Therese.«

»Ich kann mir im Moment keine Reise nach Kopenhagen leisten, Mutter.«

»Ich lade dich ein. Das wird fast wie ein Kurzurlaub. Und Ib hat doch Stian noch nie gesehen! Gott, wird das schön ...«

Wieder lachte sie, ein verirrtes Mädchenlachen, dem ich atemlos lauschte. Die langen Vorhänge vor der Balkontür bewegten sich leicht, so wie Vorhänge das im Spätsommer immer tun, so wie alle Vorhänge das zu allen Zeiten getan haben. Ich fing an zu weinen, gab mir aber alle Mühe, meine Mutter das nicht merken zu lassen.

»Lädst du mich wirklich ein?«

»Ja. Wirklich. Wir bekommen doch das *Haus,* Therese. Das wird kein Problem.«

Ich sagte, dass ich an diesem Abend nicht mehr bei ihr vorbeischauen könne, dass das wirklich unmöglich sei, dass ich keinen Babysitter hätte. Sie fand sich sofort mit dieser Erklärung ab und erzählte, dass sie eine Flasche Wein öffnen, sich in den Sonnenwinkel auf der Veranda setzen und richtig *feiern* wollte.

Ich sagte, bis dann, und blieb ganz still am Telefontisch sitzen. Ich legte die Hände in den Schoß und musterte sie. Wie viele Jahre hatte ich die Möglichkeit gehabt, sie den Hörer hochheben und Omas Telefonnummer wählen zu lassen? Oder einen Brief zu schreiben? Oder hinzufahren? Ich war neun Jahre zuvor von zu Hause ausgezogen. Neun Jahre lang hatte ich die Möglichkeit gehabt, mich gegen die Loyalität gegenüber meiner Mutter zu entscheiden. Auf jeden Fall hatte ich die Möglichkeit gehabt, es zu verbergen. Aber Oma hätte das nicht geschafft. Sie hätte sich den Triumph nicht verkneifen können. Sie hätte mich wie eine Trophäe vor Mutters Gesicht hin und her geschwenkt.

Stian vergaß alles, bis er im Kinderfernsehen sah, wie eine tote Katze beerdigt wurde. Er brach in Tränen aus. Er sagte: »Du bist traurig, du, Mama.«

»Weinst du deshalb?«

»Oma ist doch nicht tot?«

»Nein. Sie lebt, genau wie immer. Und weißt du was, wir fahren mit ihr zusammen nach Kopenhagen. Du und ich und Oma. Kopenhagen liegt in Dänemark.«

»Wo Oma gewohnt hat, als sie noch klein war?«

»Ja. Genau da.«

»Wo ihre Mama tot ist?«

»Ja.«

»Sehen wir sie dann? Wo sie doch tot ist?«

»Das weiß ich nicht. Ich glaube nicht. Möchtest du das?«

»Ist sie ganz weiß und hat sich zu einem Klumpen zusammengerollt?«

»Sie liegt bestimmt auf dem Rücken.«

»Die Katze, die tot war, lag wie ein Klumpen da. Die lag nicht auf dem Rücken.«

»Tiere liegen nicht so oft auf dem Rücken. Das liegt daran,

dass sie auf vier Beinen gehen. Menschen gehen auf zwei, deshalb liegen sie auf dem Rücken.«

Das hörte sich natürlich und logisch an, obwohl ich im Moment den Zusammenhang nicht durchschauen konnte. Aber Stian war mit dieser Antwort zufrieden. Seine Hand lag kurz und braun und krumm über der Armlehne des Sessels, in dem er saß. Er hielt es für selbstverständlich, dass sie dort lag und lebendig war, dass sie dort lag und auf ihn wartete, auf den Moment, in dem er beschloss, sie zu etwas zu benutzen.

»Du gehst aber nicht tot, Mama?«

»Nein. Spinnst du? Nie im Leben. Mama wird immer hier sein.«

Ich dachte, er würde darum bitten, in dieser Nacht in meinem Bett schlafen zu dürfen, aber das tat er nicht. Ich hätte mich gerne ganz und gar auf ihn konzentriert; mich seinem Schlaf angepasst, auf seinen Herzschlag gehorcht und gesehen, wie seine Augenlider im Traum zitterten. Aber stattdessen lag ich allein in der Dunkelheit, mit einem Schuldgefühl, das alle guten Erinnerungen an meine Großmutter überlagerte. Ich lag mit trockenen Augen in der Dunkelheit und spürte, wie überraschend warm es unter der Decke geworden war. Es war eine Wärme, die von meinem eigenen Körper stammte, eine Wärme, über die ich keine Kontrolle hatte. Endlich würde ich zu ihr fahren dürfen.

Ich wollte, dass Stian sich für den Rest seines Lebens an diese Reise erinnern könnte, und dass seine Erinnerungen ganz anders aussähen als meine. Ich wurde Zeugin seines äußerlichen Erlebens; er dagegen besaß den kleinen Körper, der zwischen Schopf und Fußsohle steckte. Ich erhielt meine Version des Verlaufs der Ereignisse, er die seine. Jede auf ihre Weise verließen unsere Geschichten die Wirklichkeit und wurden zu dem Widerschein. So wie meine Oma eine andere war als die Mutter meiner Mutter. So wie meine Liebe zu ihr existierte, vielleicht unverständlich für alle, außer für meinen Großvater.

Mutter hatte fieberheiße Augen, lachte laut und häufig und erlitt am Flughafen einen Anfall von Panik, weil wir unsere Pässe vergessen hatten, doch dann fiel ihr ein, dass wir ja nur nach Dänemark wollten. Sie entschuldigte sich damit, dass sie ein Gefühl im Leib habe, als solle es auf eine viel weitere Reise gehen. Während wir zum Einchecken Schlange standen, betrachtete ich Stian, sah, wie er ihre Hand suchte. Ich dachte daran, wie ich sie als Kind ebenfalls gesucht hatte, aber ich wusste auch, dass sie seine Hand auf eine ganz andere Weise anfasste, als sie das jemals mit meiner gemacht hatte. Und mich überkam plötzlich ein heißes Glücksgefühl, weil ich einen Sohn hatte und keine Tochter, weil ich keine künftige Mutter liebte und großzog, sondern einen Vater. Über Väter weiß ich nämlich nichts, diese Rolle würde ich ihm also niemals verderben können.

Wir fanden unsere Plätze und schnallten uns an. Ich schloss die Augen und war plötzlich sechs Jahre alt, in neuen Ferienkleidern, mit der Puppe Liv in einem winzigen roten Koffer, unterwegs zu einer lebendigen Oma. Die Stewardess bemühte sich um das allein reisende kleine Mädchen, lächelte ihm beruhigend zu, versprach, es zum Kapitän zu bringen, wenn das Flugzeug erst seine Flughöhe erreicht hätte, und dann könnte es alle Knöpfe und Lämpchen sehen und feststellen, dass auch riesige Flugzeuge Scheibenwischer hätten.

Ich öffnete die Augen und sah, dass Stian auf dem Klapptisch ein Legoflugzeug zusammensetzte. Er hatte Limo und Aufkleber und einen SAS-Anstecker für seine Windjacke bekommen. Mutter saß neben ihm, auf der Gangseite. Sie trank mit gespreiztem kleinen Finger Kaffee, hatte die Augen zusammengekniffen und sagte, sie freue sich auf die erste Zigarette nach der Landung. Sie trug Gold mit türkisen Steinen in den Ohrläppchen. Diesen Schmuck hatte sie im Vorjahr in Marokko gekauft. Sie war zu Weihnachten hingefahren, um sich den ganzen Stress zu ersparen. Stian hatte geweint, als sie gefahren war, und das hatte ihr ein dermaßen schlechtes Gewissen verpasst, dass sie schon am ersten Tag in Marokko nur für ihn Kleider und Spielzeug gekauft hatte. Als sie am Heiligen Abend anrief, hatte Stian vergessen, dass sie verreist war, und glaubte, sie wolle sagen, dass sie auf dem Weg zu uns sei. Wieder brach sie unter ihrem schlechten Gewissen fast zusammen, als ich den Hörer übernahm, aber inzwischen hatte Stian sich schon in seine Geschenke vertieft. So wie jetzt: Mit sanften Händen und konzentriertem Blick fügte er die Legosteine auf dem Klapptisch zu einem Flugzeug zusammen. Er schwenkte es in der Luft und produzierte Flugzeuggeräusche, während Mutter abermals von der bevorstehenden Zigarette schwärmte. Kaffee zu trinken und mit Marmelade gefüllte Muffins zu verzehren, ohne den Geschmack danach mit einer Zigarette abzurunden, habe doch keinen Sinn, sagte sie, dann bekomme man nicht das, wofür man bezahlt habe.

Meer und Luft nahmen ein Ende, wurden zu plattem Land. Nordseeland, dann Amager und Kastrup. Die Räder setzten auf. Der plötzliche Luftwiderstand sorgte dafür, dass der Flugzeugrumpf sich ruckhaft bewegte.

»Kann man einfach Ib heißen?«, fragte Stian.

»In Dänemark heißen viele so«, sagte Mutter. »Und Frauen heißen Iben.«

Ich befestigte den Anstecker an seiner Windjacke und streichelte seine Haare und seine Wangen. Mutter fügte hinzu: »Auch Norwegerinnen heißen Iben, aber kein Norweger heißt Ib, ich kenne jedenfalls keinen. Aber in Norwegen heißen Männer Inge, und in Dänemark ist das ein Frauenname, und Kari ist in Norwegen ein Frauenname, aber in Finnland heißen nur Männer so.«

»Ich kenne aber sonst keine, die Ruby heißt«, sagte Stian.

»Wenn wir nach Dänemark kommen, heiße ich Ruuubi, nicht Rübi, wie zu Hause, Schätzchen. Ist das nicht witzig?«

Ich betrachtete ihr Profil. Es war straff und hoch erhoben. Nur ein wenig lockere Haut am Kinn verriet ihr Alter. Ihre Ohrringe hüpften im Takt mit dem Rucken des Flugzeugs. Stian schaute sie ebenfalls an, sagte aber nichts.

»Wir haben für Onkel Ib und Tante Lotte Ziegenkäse dabei«, sagte ich und strich ihm noch einmal über die Haare, er wich meiner Hand aus und machte Flugzeuggeräusche. »Der ist in Dänemark sehr teuer, und sie essen gern Ziegenkäse«, erklärte ich dann.

»Ist Dänemark *Ausland?*«

»Ja, das ist es.«

»Aber wir verstehen, was sie sagen. Die Wörter«, sagte Stian.

»Vielleicht nicht alle«, sagte ich.

»Ich hab Ohrenschmerzen«, sagte er.

Oma habe bei ihrem Tod nur vierundvierzig Kilo gewogen, hatte Ib Mutter am Telefon erzählt.

Mutter, Ib und Lotte standen mitten in der Ankunftshalle, tauschten Umarmungen und schauten einander tief in die glücklichen Augen. Sie schienen zu tanzen. Ich dachte an die vierundvierzig Kilo, die für sie so wichtig geworden waren, denn jetzt handelte es sich dabei um eine tote Masse ohne Blutkreislauf. Vierundvierzig Kilo biologisches Material, fast achtzig Jahre alt. Sie umarmten einander und bewegten sich im Kreis, ohne gleich miteinander zu reden. Es sah aus wie eine Art Reigen. Ich stand mit Stian an der Hand daneben und fragte mich, wie die vierundvierzig Kilo in diesem Moment wohl aussahen.

Stian stand mitten im Chaos aus Willkommensgrüßen und Gepäck, Blumen, dänischen Papierfähnchen, Lachen, Liebkosungen, Menschen, die aufeinander zustürzten, anderen, die ganz allein dastanden und das Laufband anstarrten, das sich noch nicht in Bewegung gesetzt hatte. Hinter den großen Fenstern wartete Kopenhagen.

Ib riss sich als Erster los und streckte die Arme nach ihm aus. Stian drückte sich an mich und vergrub sein Gesicht in meiner Jackentasche, doch Ib hob ihn hoch und schwenkte ihn durch die Luft.

»Ich bin Onkel Ib!«, rief er. »Dein Onkel Ib!«

Lotte kam langsam die wenigen Meter, die uns trennten, auf mich zu. Sie tanzte noch immer, wollte mich auffordern, legte die Arme um mich und schwenkte mich hin und her, wie in einer Wiege. Sie sagte immer wieder, wie sehr sie sich freue, mich zu sehen. Sie hatte dunkle Ringe unter den Augen, ihr Gesicht war weiß. In ihren Haaren leuchteten graue Streifen. Ich versuchte, eine alltägliche Bemerkung zu machen, konnte zum Glück aber darauf verzichten, denn da rief Mutter, dass das Gepäck unterwegs sei.

Lotte hatte den Tisch mit Blumen aus dem Garten dekoriert. Nicht mit weißen Beerdigungsnelken, sondern mit Astern und blühendem Bambus. Alle Bambuspflanzen auf der ganzen Welt blühen gleichzeitig auf dem ganzen Erdball, und das offenbar nur alle hundert Jahre, und jetzt blühten sie. Sie boten keinen sündhaft schönen Anblick, aber sie standen in ihrer Vase als ein aufeinander abgestimmtes biologisches Phänomen, das wir bewunderten und bestaunten. Wir aßen dänisches Fleisch in unversehrter und zermahlener und geräucherter und gekochter und marinierter Form und tranken kalifornischen Rotwein aus Karaffen mit weit aufgerissenem Hals.

»Die leeren Flaschen lassen sich dann noch als Blumenvasen verwenden«, sagte Lotte.

Mutter lächelte und kaute mit offenem Mund. Ihre Ohrringe baumelten. Sie sorgte dafür, dass Stian genug auf dem Teller hatte, dass er keine rohen Zwiebeln essen musste, weil ihm davon die Nase brannte. Sie sagte, sie freue sich schon darauf, nachher zum Haus zu gehen. Lotte fand, wir könnten dort schlafen, wo sie selber so wenig Platz hatten. Sie hatte die Betten für uns bezogen und im Badezimmer geputzt.

»Dass wir nachts jetzt endlich schlafen können«, sagte Lotte. »Dass Ib nicht im Schlafanzug aufs Fahrrad springen muss, weil ihr das Feuerzeug unters Bett gefallen ist oder weil sie ihre Brille nicht findet, obwohl sie sie vor der Stirn sitzen hat, oder weil sie glaubt, dass im Garten ein Mörder lauert.«

»Ein Mörder?«, fragte Stian.

»Nicht wirklich«, sagte ich.

Großmutters Haus lag nur zwei Blocks weiter. Mutter schien die Vorstellung, nach all den Jahren wieder dort schlafen zu sollen, weiter nichts auszumachen. Sie leerte ihr Rotweinglas und hatte rosa Flecken oben auf den Wangen. Ihre grauen Augen wurden kohlschwarz. Sie war blond und schön. Sie sagte, sie fühle sich so frei.

»Ja, was glaubst du denn, wie *wir* uns fühlen?«, fragte Ib und lachte schrill. »Wo wir sie doch die ganze Zeit am Hals hatten!«

»Ach«, sagte Mutter, ein Ach, in dem sich Anerkennung für die geleistete Arbeit und eine gute Portion schlechtes Gewissen verbargen, das sie ihnen voller Großzügigkeit zeigen wollte.

Stian lächelte und aß und wich meinem Blick aus. Er hatte offenbar beschlossen, die Laune der Menschen nachzuahmen, die ihm am nächsten standen. Er war zu klein, um zu begreifen, dass er mir gehörte, nur mir. Vor einigen Tagen war ich Nr. 3 gewesen, jetzt war ich Nr. 2. Die Zeit rückte mir auf die Pelle. Das, was im Norwegischen »føflekk« heißt, also Geburtsfleck, heißt auf Dänisch »modermærke«, Muttermal. Bei diesem Begriff wird die Frau enger mit der Geburt in Verbindung gebracht. Auf Norwegisch wird dieser Zusammenhang zu einer Selbstverständlichkeit, die Mutter hat ein Kind mit einem Flecken geboren. Ich aß Fleisch und trank Rotwein und kostete das Ritual hinter der Mahlzeit aus und dachte, dass Familien wie Staaten sind, mit einer politischen Leitung und Hierarchien, und dass es Gefühle gibt, zu denen man verpflichtet sein müsste. Aber was hilft es, solange man die Gefühle nicht aus den Leuten herausschütteln kann, wie Münzen aus einer Spardose. Meine Großmutter hatte immer zu meiner Mutter gesagt: »Geh weg, von dir will doch niemand etwas wissen.«

Es war schon dunkel, als wir satt und leicht beschwipst an den Hecken entlang zu Großmutters Haus wanderten. Es war eine europäische Dunkelheit mit dem Geruch von Straßenstaub und Hausgärten, in denen welkes Laub und Zweige in Öltonnen verbrannt wurden. Ib hatte noch eine Flasche Rotwein mitgenommen. Er schwenkte sie vor und zurück und ging mit fröhlichen, jugendlichen Schritten. Ich fürchtete schon, er könnte die Flasche irgendwo zerbrechen, an einem Straßenschild oder einem offenen Gartentor.

Stian war müde, er hing fast mit seinem ganzen Gewicht an meiner Hand. Zottige Disteln und rot glühender Mohn lugten unten aus den Hecken hervor. Streunende Katzen liefen vor uns über die Straße, eine Straße, die ganz anders aussah als eine norwegische. Der Asphalt war heller und löchriger, und die Bürgersteige waren mit Platten belegt. Die Gartenzäune waren aus Metall, nicht aus Holz. Die Grundstücke waren platt und viereckig, die Häuser aus Stein. Die Häuser waren auch kleiner als die norwegischen, sahen nach mehr aus, mit der Veranda vorn, und sie verschwanden fast zwischen den vielen Hecken und Bäumen. Ib schwenkte die Flasche und erzählte von Omas Nachbar, der auf seiner Seite nie die Hecke schneiden wollte, worauf Oma von der Gemeinde Hilfe geholt und sich vor zwei Jahren mit dem Nachbarn auf ewig verfeindet hatte. Die Ewigkeit hatte für Oma also zwei Jahre gedauert. Ib hatte auf Omas Seite geschnitten, gewissenhaft, wie alle Dänen sind, oder wie sie es sein sollten. Die dänische Hecke ist ebenso heilig wie die heimischen vier Wände. Eine Hecke, die nicht auf beiden Seiten beschnitten wird, ist eine vernachlässigte Hecke, die in sich zusammenbrechen wird. Es kann an die zwanzig Jahre dauern, bis eine neue herangewachsen ist. Ich frage Ib, womit der Nachbar sich entschuldigt hatte, aber das wusste er nicht, er konnte nur erzählen, dass es sich um ein junges Paar mit kleinen Kindern handelte, und dass Großmutter behauptet hatte, sie stritten sich oft.

Ich konnte verstehen, dass Oma keine streitsüchtige Familie mit kleinen Kindern durch eine schüttere Hecke lugen lassen wollte, durch die Dornröschenhecke, von der sie sich wünschte, dass sie vor dem hundertjährigen Schlaf dicht und gewaltig hochwuchs.

Stian quengelte jetzt, seine kleinen Turnschuhe schleiften über den Boden. Ich nahm ihn auf den Arm. Er roch so, wie sich das gehört. Ich fühlte mich wieder warm und glücklich, als ich an ihm schnuppern konnte, und ich war froh darüber, dass ich es getan hatte. Wir wollten doch nur in Omas Haus übernachten, mehr nicht, und ein wenig Wein trinken. Der Tag war zu Ende, und Lotte hatte die Betten für uns bezogen und im Badezimmer geputzt, daran dachte ich jetzt. Und daran, wie sehr ich meine Großmutter geliebt hatte. Ich hatte gerade die vollkommene Unberechenbarkeit geliebt, die niemals die auffälligste Eigenschaft einer Mutter sein darf. Die Rücksichtslosigkeit und die Freiheit, Begriffe, die ich damals nicht kannte, die ich aber beobachten konnte. Schroffe, lebhafte Bewegungen. Ihre Arme, die in vielen beweglichen Stoffen verschwanden, am liebsten in rosa Seide und Tüll.

Das Haus war kleiner als in meiner Erinnerung. Die helle, unebene Mauer niedriger. Omas Pergola, einst ihr großer Stolz, war überwuchert von wildem Wein, Efeu und blühenden Kletterrosen. Aber auch wenn sie überwuchert war (wie es sich für eine Pergola ja eigentlich gehört), wirkte sie doch vernachlässigt. Sie wies klaffende Löcher auf. Die Stängel wanden sich nicht richtig um die Balken. Unter einer Pergola müsste man bei strömendem Regen sitzen können, ohne nass zu werden, ohne anderen Schutz als den des Blattwerks. Jetzt hingen die Stängel fast bis auf den Boden, man konnte drauftreten. Ich nahm an, dass in der Pergola auch ein ganzes Spinnenheer hauste.

Ich wollte Stian sofort ins Bett bringen. Er würde mit mir auf dem breiten Sofa in dem kleinen Schlafzimmer hinter den Wohnzimmern liegen. Lotte hatte zwei von Großmutters Puppen auf die Bettdecke gesetzt. Ich hob die eine an mein Gesicht und nahm denselben Geruch wahr wie aus Omas Paketen, die sie bis zu Großvaters Tod nach Norwegen geschickt hatte. Es war immer derselbe Geruch, der Briefen, Geschenken, Packpapier anhaftete. Und dieser Puppe. Ich nieste dreimal hintereinander. Stian lachte schläfrig, mit geschlossenen Augen, seine Hände waren noch immer schmutzig, obwohl ich sie gewaschen hatte. Sie waren viel zu schmutzig für die weiße Bettdecke mit den Tupfen in Rosa, Omas geliebtem Rosa. Ich ließ die Puppe los und nieste weiter. Mutter kam ins Zimmer.

»Du niest ja vielleicht«, sagte sie ohne Mitgefühl in der Stimme, es klang eher, als hätte ich einen Farbfleck auf der Nase, den ich im Spiegel übersehen hatte. »Hast du Heuschnupfen?«

»Ich hatte in meinem ganzen Leben noch keinen Heuschnupfen«, antwortete ich zwischen zwei Niesanfällen.

»Wieso kriegt Heu denn Schnupfen?«, fragte Stian und ballte seine kleinen Fäuste, wie Kinder das eben tun, eine locker geballte Faust auf jeder Seite seines Kopfes.

»Heu kriegt Schnupfen, wenn es regnet«, sagte Mutter, seine Oma, und lachte. Aber er war wohl schon eingeschlafen.

Ich nieste weiter und ging ins Wohnzimmer. Ich merkte, dass Ib mir ein Glas Rotwein reichte. Fast wäre es mir auf den Boden gefallen. Meine Tränen flossen. Mutter zählte mein Niesen und lachte. Als sie bei dreißig angekommen war, stellte ich das Glas ab und ging ins Badezimmer. Ich spritzte mir kaltes Wasser ins Gesicht, in die Augen, ich feuchtete ein Handtuch an, dachte daran, dass Geschirrtücher auf Dänisch »viskestykke« heißen, also Wischstück, und endlich war Schluss mit der Nieserei.

Meine Augen waren zu schmalen roten Schlitzen geworden. Ich drückte meinen Nasenrücken zusammen und dachte an damals, als Mutter von Großvaters Tod erfahren hatte, sie hatte Nasenbluten bekommen, wie ein Blitz aus heiterem Himmel hatte es eingesetzt. Oma hatte unsere Nachbarn angerufen. Wir hatten kein Telefon. Wir standen bei den Nachbarn in der Diele, und das Blut strömte nur so aus ihr heraus. Sie trug eine geblümte Kittelschürze, sie entdeckte das Blut erst nach einer ganzen Weile, die Nachbarin musste sie darauf aufmerksam machen.

Mein Gesicht sah im Spiegel weißgrün aus. Das lag sicher am Licht und am Mangel an Farben; weiße Fliesen von der Decke bis zum Boden, weißes Waschbecken, weiße Badewanne, weiße

Regale, weiße Handtücher, nur ein dunkelbrauner Toilettensitz aus Mahagoni brach das viele Weiß. Ich atmete tief durch und wusste, dass ich in diesem Haus nur schlafen könnte, wenn ich Stian unter der Decke ganz fest an mich drückte.

Als ich ins Wohnzimmer ging und mir dabei das Handtuch an die Augen hielt, sagte ich: »Nimm die Puppen weg, Mutter, ich glaube, es liegt an ihnen.«

Später hörte ich zu und trank bis zur Benommenheit. Ib und Mutter redeten. Mutter wollte sichergehen, dass das Krankenhaus wirklich begriffen hatte, welche Art von Trauerfeier sie sich wünschten. Oder eben nicht.

»Aber ich konnte nicht verhindern«, sagte Ib, »dass in der Zeitung eine Todesanzeige erschien. Und da steht auch, dass die Beisetzung am Donnerstag stattfindet.«

»Verdammt«, sagte Mutter.

»Ich konnte das nicht verhindern, hab ich doch gesagt! Aber sie hatte kaum noch Kontakt zu den Alten.«

»Weißt du«, sagte Mutter. »Jetzt muss ich es fast erzählen. Vor ungefähr einem Jahr hat sie mir einen Brief geschickt. Den hatte sie geschrieben, als sie getrunken hatte ... Prost!«

Sie hob das Glas und leerte es. Sie sprach jetzt mit immer stärkerem dänischem Akzent; öffnete den Rachen und saugte die Töne hinein. Die Flasche war schon fast leer. »... und da standen die Namen von drei Männern«, sagte sie nun, »ich hatte keinen davon je gehört. Sie behauptete, alle drei seien tot. Aber einer von ihnen sei aller Wahrscheinlichkeit nach mein Vater gewesen.«

Ib beugte sich vor und stützte die Ellbogen auf die Knie. »Aber Schwesterchen, hast du das überprüft? Die Namen? Ob sie ...«

»Nein, ich wollte nicht. Sie hat mir doch so viele Namen genannt. Die von allen möglichen Schauspielern, lebenden und toten. Aber in diesem letzten Brief ... ich hatte seit Papas Tod nichts mehr von ihr gehört.«

»Du hättest unbedingt …«

»Ich habe ihn weggeworfen. Und die Namen vergessen.«

Er ließ sich wieder zurücksinken. »Diese Thalia, diese Thalia«, sagte er und schüttelte den Kopf. »Und jetzt wird sie uns zweihundert Kronen kosten. So viel verlangt das Krankenhaus.«

»Keine Plakette«, sagte Mutter. »Oder wie das nun heißt.«

»Ich weiß. Ich habe schon Bescheid gesagt. Die Urne geht direkt zu den *Anonymen.*«

»Von mir aus können sie die Asche auch von der Knippelsbro streuen. Oder damit die Tauben auf dem Kongens Nytorv füttern«, sagte Mutter und lachte schrill.

»Das ist leider verboten.«

»Sie kann ja neben Papa landen. Neben deinem Vater«, sagte Mutter.

»Und auch deinem. Er war auch dein Vater, Schwesterchen.«

»Ja, das habe ich doch auch geglaubt … sehr lange.«

»Aber der Herr möge verhüten, dass er von den Toten auferweckt wird … von ihr!«

Sie lachten. Mutter starrte die leere Flasche an. Die wenigen brennenden Wandlampen tauchten ihr Gesicht in ein goldgeflecktes Licht, ein junges Licht. Vor allem ihre Augen sahen jung und blank aus, wie die eines Teddybären. Hinter ihr lagen Omas rosa und schwarz bestickte Sofakissen.

»Auf seiner Beisetzung«, sagte Ib langsam und mit einem höhnischen Halblächeln, als werde er jetzt gleich einen Witz erzählen, deshalb wusste ich, dass die Geschichte von Oma handeln würde, nicht von Opa.

»Als sie da in der ersten Reihe saß«, sagte er, »und in ihren Krokodilstränen badete, um ihn in den Ofen und die Asche danach ins *Unbekannte* zu schicken … da kam Kristen herein. Du weißt doch, der Älteste von Tutt und Käse-Erik, und sie drehte sich um und entdeckte ihn. Die Kirche war voller Menschen, aber sie rannte durch den Mittelgang auf ihn zu. Vermutlich wusste sie, dass das ihre letzte Möglichkeit zu einem kleinen öffentlichem Drama war. Sie rannte also auf ihn zu und schrie *Kristen, Kristen, ich habe meinen Ernährer verloren!*«

»Herrgott! Drama bis zur letzten Minute!«, sagte Mutter.

»Drama, ja! Lotte, weißt du noch, wie der Wind ein Loch in ihre Markise gerissen hat?«

»Ja, danke«, sagte Lotte. »Ein zehn Zentimeter langer Riss, das war alles.«

»Und sie heulte und schrie am Telefon herum und jammerte: *Der Sturm zerstört mein Heim!*«, rief Ib.

Sie mussten sich beide zur Seite neigen, um ungehindert lachen zu können, ich selber lachte über den Tisch gebeugt, wegen Stian. Ich beobachtete dieses Lachen, sah mir an, wie es rein physisch produziert wird, dass die Luft stoßweise gegen die Stimmbänder gepresst wird, um dann den Hals hochgeschoben zu werden. Und der Mund: Der wird zu beiden Seiten ausgedehnt. Und die Augen werden ein wenig zusammengekniffen, wie bei grellem Sonnenschein. Es kann zu einem heftigen Schmerz in den Schläfen führen, wenn wir uns unseres eigenen Lachens so klar bewusst sind.

Nichts von allem, was ich sagen könnte, wäre eine Lüge, sondern einfach nur eine andere Version der Geschichte, der Art, wie ich sie erlebt hatte. Denn ich war die Auserwählte gewesen. Ich war durch ihr Haus getrippelt und eine Prinzessin gewesen, so sehr Prinzessin, dass Mutters Stimmungen mich nicht beeinflusst hatten. Ich wurde eines Abends von ihrem Weinen geweckt. Sie lag in Omas Haus in ihrem alten Bett und weinte in der Dunkelheit. Ich drehte mich um und schlief weiter. Es ging mich nichts an, bedrohte mich nicht. Ich würde in der Sekunde, in der ich erwachte, wieder Omas kleine Prinzessin sein. Der Wohnblock in Norwegen war unendlich weit weg, und wenn Opa nach Frederiksberg radelte, um sein Porzellan zu bemalen – der kleine unsichtbare graue Opa mit seiner flachen Ledertasche, die an der Stelle ausgebeult war, wo seine selbst geschmierten Brote lagen –, und wenn Mutter allein in die Innenstadt ging, dann tanzten Oma und ich mit wilden Armbewegungen durch die Zimmer. Sie brachte mir bei, Gedichte zu deklamieren, sie gab mir einen Satz nach dem anderen, hüllte mich in Tüll und Samt, befestigte Kameenbroschen an meinem Hals und Glitzer in den Ohren, gab mir Lippenstift.

»Groß war ihr Glück im Musentempel ...«, setzte Oma an.

»Grouß woar ieer Glück im Muosentemmmel«, wiederholte die Prinzessin mit erhobenem Kinn und stahlhartem Blick.

»Der Ballettmeister drückte den letzten Stempel ...«

»Der Ballettmaaister drückte den lätzen Stemmel.«

»Stempel!«, sagte Oma.

»Lätzen Stemmel.«

»Ihr auf, und kaum war das geschehen ...«

»Ih rauf und koam woar das gescheeeen.«

»Schon wollte alle Welt sie sehen.«

»Schoun wollte alle Wält sie seeen.«

»Ei, was bist du tüchtig, mein kleines Mädchen. Du gehörst auf die Büüühne!«

Ihr selber war das Traurige, das Tränentriefende am liebsten, das Publikum sollte aus vollem Herzen weinen. Sie wollte das Schluchzen hören, das unterdrückte Stöhnen. Sie wollte in den dunklen Saal hinausblicken und die feuchten Taschentücher ahnen, wie weiße Tupfen, Symbole für ihre Tüchtigkeit, weiße Flaggen als Symbol der Hingabe, ich kann nicht mehr, ich kann diesen Schmerz nicht ertragen, diese Feinfühligkeit. So, erklärte sie, sollte das Publikum denken, sollte flehen, sollte sie bitten, bald aufzuhören.

Sie hätte sie jetzt sehen sollen, wie sie in ihrem eigenen Wohnzimmer saßen und lachten. Hier waren nicht viele Taschentücher zu sehen, nur mein eigenes feuchtes Wischstück nach dem Niesanfall. Ich hätte auf einen Stuhl steigen und laut das Gedicht aus meiner Handtasche vortragen sollen, abgeschrieben aus einem Buch, das meine Großmutter mir vor einigen Jahren geschickt hatte. Oma zog die Höhe vor, wenn Pathos angesagt war. Sie konnte sich mitten beim Essen erheben, auf einen Stuhl steigen, beide Hände an ihr Schlüsselbein legen und die rotweinglänzenden Augen zur Decke hochwandern lassen, eine blonde und damals mollige kleine Gestalt, zu der ich beglückt hochlachte, und ich klatschte in die Hände, während die anderen sie baten, wieder herunterzukommen. Sie blieb aber immer oben, bis sie fertig war.

Ich weiß nicht, was ich mir beim Abschreiben gedacht hatte, vielleicht, dass ich es in der Kapelle vortragen könnte. Ich sagte Gute Nacht. Sie registrierten das kaum. Sie lachten über etwas anderes, über eine neue Erinnerung. Ich putzte mir die Zähne und wusch mir schwarze Wimperntusche von der Wange. Ich klammerte mich an den Solidoxgeschmack, ich fischte das jetzt zerknüllte Blatt aus der Tasche und ging in den Garten. Die anderen merkten nicht einmal, dass die Haustür hinter mir ins Schloss fiel. Und dort, unter der Pergola, las ich das Gedicht vor, und ich wusste, dass ich es donnerstags nicht in der Kapelle würde vortragen können. Ich flüsterte, und trotz der fehlenden Resonanz konnte ich Pathos in die Worte legen und die richtigen Stellen betonen. In meinen Ohren klang es Dänisch. Dänisch und weich, mit einer heißen Kartoffel im Mund – kartoffelweich:

Dein Puls hat das Schlagen nun eingestellt,
wir konnten nicht einmal Lebwohl dir sagen,
doch alle guten Freunde auf dieser Welt
stehen um dein Lager in diesen Tagen.
Friede deiner Seele! Wir senken
deinen Staub in Liebe.

Wenn ich nüchtern gewesen wäre, hätte ich jedes einzelne »wir« und »unser« durch »ich« und »mein« ersetzen können. Ich weinte und hob einen Zweig der Kletterrose hoch und steckte ihn zwischen die anderen Zweige, aber meine Nase war noch immer so verstopft, dass ich den Duft der Blüten kaum wahrnehmen konnte.

Das hätte ihr gefallen. Ja, es hätte ihr gefallen. Meine Darbietung und die Vorstellung, dass ich in Oslo gesessen und mühsam dieses Gedicht abgeschrieben hatte, aus dem Buch, das sie mir selber geschenkt hatte. Sie hätte in die Hände geklatscht und mich überall gestreichelt, wo mein Kostüm das zuließ, und sie hätte mir einen *sucre d'or* geholt und ihn zwischen meine lippenstiftroten Lippen geschoben. Ich hätte das Bonbon meine eine Wange ausbeulen und es dann von Oma in die andere schieben lassen. Wir hätten laut und ekstatisch zusammen gelacht, ohne dass sie meinen Blick losgelassen hätte.

Großmutter hatte an fast allen ihren Habseligkeiten weiße Aufkleber mit Namen angebracht. Auf der Rückseite der Gemälde befanden sich lange Namenslisten, Kritzelschrift auf der Leinwand, lange Kolonnen aus durchgestrichenen Namen, und ganz unten der Name, der ihr im Moment der liebste war. Derselbe Name tauchte oft mehrere Male in einer Reihe auf. Sie konnte diesen Menschen um drei Uhr nachts zum Plaudern angerufen haben, und wenn er dann nicht reagierte, dann war sie zu dem ihm zugedachten Bild getaumelt, hatte den Namen gestrichen und einen neuen hinzugefügt. Mehrere der erwünschten Erben seien schon tot, meinte Ib. Sie lachten über die vielen Namen und hatten durchaus nicht vor, Rücksicht auf Omas Wünsche zu nehmen. Mutters Anteil an den Bildern wollte Ib mit der Fähre nach Norwegen schaffen lassen.

»Als ob wir nach Charlottenlund fahren und Käse-Erik ein Bild eines Reitpferdes überreichen würden!«, sagte Mutter und schwenkte das Gemälde.

»Der ist übrigens auch tot«, sagte Ib. »Die sind alle tot.«

»Wirklich? Käse-Erik mochte ich gern. Der gehörte doch zu den Normalen.«

Weiße Aufkleber fanden wir in Mengen, bereit zum Gebrauch. Sie hatte sie offenbar abgerissen und durch neue ersetzt, je nach Lust und Laune. Oder sie hatte einen kleinen Zettel beschrieben und mit einem Gummiband befestigt, wie bei der goldenen Uhr, die doch nicht aus echtem Gold war. *Für meine süße, kleine Therese.*

Im Haus wimmelte es nur so von Gemälden. Als wir sie von den Wänden nahmen, zeichneten sich die Quadrate sauber und weiß auf den Tapeten ab. Mein Name stand auf keinem Gemälderücken. Am Ende war nur noch ein Foto übrig, weder Mutter noch Ib hatten sich die Mühe gemacht, auf der Rückseite nachzusehen. Das Glas war zerbrochen. Das Foto sah dunkel aus, denn es hing neben der Gartentür, wo das Licht an ihm vorbei ins Zimmer fiel und ihm deshalb eine zwielichtige Belanglosigkeit verpasste. Man musste dicht davor stehen bleiben, um es zu bemerken, und das tat ich jetzt: Ich betrachtete den nackten Frauenleib, der vor drei dicht aneinander gedrängten schwarz gekleideten Frauen fast bis zum Zerbrechen gedehnt wird. Es war provozierend und schön, unverständlich und beunruhigend. Der schmale Rahmen war tiefrot, aus gesprungenem Kirschbaumholz. Ich nahm das Foto vorsichtig von der Wand und hielt es ins Licht.

»Was steht auf der Rückseite?«, fragte Lotte im Vorübereilen.

Ich drehte das Bild um. Therese. Keine Reihe von wütend ausgestrichenen Namen, sondern nur dieser eine: *Therese.* Ich sagte es laut.

»Dann gehört es dir«, sagte Lotte.

»Ist das wahr? Aber das müssen doch Mutter und Ib entscheiden«, sagte ich.

»Ib! Ruby! Therese kann doch sicher das Bild haben, das neben der Gartentür hängt? Das Pornofoto mit dem zerbrochenen Glas? Wo ihr Name hinten draufsteht!«

»Dieses Bild hab ich noch nie ausstehen können«, sagte Mutter mit Zigarettenrauch in der Stimme.

»Greif nur zu«, sagte Ib.

»Kann ich es wirklich haben?«

»Aber sicher, Therese. Die *Hexe* wollte es doch so.«

Es gehörte also mir. Mein Bild. Ich ging in die Küche, holte mir ein Messer und befreite das Bild von den Glasscherben und dem alten Rahmen. Es war auf Pappe montiert, ich würde es mit Leichtigkeit in mein Gepäck stecken können. Ein wenig Papier würde zum Schutz ausreichen.

Ich dachte an einen neuen Rahmen, es sollte zu Hause im Wohnzimmer hängen, wegen des Kontrasts wollte ich die Wand dahinter möglicherweise seegrün streichen, ich wollte mir auch ein altes Bild von Oma suchen und daneben hängen. Das Seltsame war, dass ich mich absolut nicht daran erinnern konnte, dieses Foto schon einmal gesehen zu haben, als ich klein war und hierher zu Besuch kam. Vielleicht lag es daran, dass ich als Kind die erotischen Untertöne nicht aufgefangen hatte. Es war auch mehr als Erotik, was in diesem Motiv lag, in diesem Stillleben aus Menschen. Ich studierte die Füße der nackten Frau, den Spann, die Höhe und die eleganten Fingerspitzen, wie die einer Balletttänzerin. Stian kam angerannt und stieß mit mir zusammen. Ich wies ihn auf eine für mich ungewöhnlich scharfe Weise zurecht. Das hier musste ich beschützen. *Dieses Bild habe ich noch nie ausstehen können …*

Ich lehnte es vorsichtig an das Sofa, das ich mit Stian teilte. In diesem Moment jagte vor dem Fenster ein schmutziger, heruntergekommener, streunender Hund vorbei. Der Hund war gelb und hässlich. Oma hätte eine Hand voll Koks nach ihm geworfen. Sie hatte Haustiere nicht leiden können. Aber Pferde hatte sie geliebt. Wenn uns Pferde begegneten, die in Ruhe auf der Straße standen und auf etwas warteten, dann streichelte sie ihnen das Maul, schmiegte ihr Gesicht daran, flüsterte kleine Wörter, die ich nicht hören konnte. Katzen und Hunde dagegen konnte sie nicht ausstehen. *Die klammern,* sagte sie immer.

»Wer kriegt den Fernseher?«, hörte ich Mutter im Wohnzimmer fragen.

»Die Müllabfuhr«, sagte Ib. »Der ist schwarzweiß.«

Omas Fernsehabende waren ein Erlebnis. Die *Vorbereitungen* auf Omas Fernsehabende nahmen den ganzen Tag in Anspruch. Sie sah nicht jeden Abend fern, aber wenn sie sich erst einmal dazu entschlossen hatte, dann wurde es zu einer alles verschlingenden, totalen Aktivität. Es wurde gebacken und eingekauft. Eiswürfel wurden hergestellt, das Silbertablett, auf dem das Sodawasser stand, musste geputzt werden, und alle Kissen auf dem Sofa und die Schlummerdecken wurden im Garten ausgelüftet. Die Aschenbecher wurden gespült, ihr kleiner Mosaiktisch wurde verschoben, denn mitten im Zimmer sollte der Fernseher stehen, das Sofa musste in den dazu passenden Winkel gerückt werden. Die Pumpflasche, die aussah wie das Manneken Pis, wurde gewaschen und für mich mit *Orangeade* gefüllt. Wenn man auf den Knopf auf dem Sockel drückte, pisste das Manneken Pis ins Glas. Es sah wunderbar aus. Und ganz zum Schluss, wenn Gläser und Flaschen und Kekse und Eisbehälter und Aschenbecher und Manneken Pis auf dem Tisch aufmarschiert waren, dann wurden alle Lampen gelöscht, der Telefonstecker herausgezogen und die Vorhänge vorgezogen, falls draußen noch ein Rest Tageslicht zu sehen war.

Wir lagen da wie in einem Meer aus Kissen und Decken, in einem flimmernden schwarzweißen Licht, mit dem Mund voller guter Dinge und Orangeade, und Omas Atem roch immer mehr nach Schnaps und Mentholzigaretten. Wir sahen uns alles an, Männer, die über uninteressante Dinge redeten, Reportagen von Bauvorhaben, Außenpolitik. Oma hatte über jede einzelne Person, die auf dem Bildschirm auftauchte, ihre Meinung. Einer hatte kein Kinn, ein anderer war offenbar ein Lügner, ein dritter hatte keine Frau, denn sein Schlips war *verdreckt,* ein vierter ließ ihre Augen leuchten und verträumt aussehen, denn er hatte Ähnlichkeit mit einem alten Bekannten.

Mutter hasste die Fernsehabende, vor allem, wenn Oma das Manneken Pis spülte und ich am Spülbecken herumlungerte und aufgeregt über die Geschichte des echten Brüsseler Springbrunnens erzählte. Oma berichtete mir von dem Vater, der seinen Sohn verloren hatte, und wie die ganze Stadt nach dem Kleinen suchte. Der Vater versprach, ein Standbild seines Sohnes zu stiften, das diesen so zeigte, wie er gefunden worden war.

»Was wäre passiert, wenn er *Pupu* gemacht hätte, als sie ihn gefunden haben?«, fragte ich dann immer, während Oma mit offenem Mund und tanzender Zunge lachte. »Oder in der Nase gebohrt?«

»Gott sei Dank hat er eben nur gepisst«, sagte Oma. »Schlimmer wäre es ja gewesen, wenn er geschlafen hätte.«

»Wieso denn? Schlafen ist doch nicht schlimm.«

»Aber so langweilig!«, erwiderte sie. »Und überleg doch mal, was das für eine öde Statue ergeben hätte! Und woher sollte dann das Wasser strömen? Und woher du deine Orangeade bekommen?«

Mutter setzte sich mit Illustrierten ins Nähzimmer oder verließ das Haus und ging spazieren. Ich hatte den Verdacht, dass Oma ihre Fernsehabende inszenierte, um Mutter loszuwerden, und deshalb machte ich an solchen Tagen einen großen Bogen um Mutter, in der stummen Angst, sie könne mir die Teilnahme am abendlichen Fest verwehren.

Oma hielt mich liebevoll im Arm, zwischen Kissen und Decken, während wir die Männer anstarrten. An Frauen im Fernsehen kann ich mich einfach nicht erinnern. Es muss welche gegeben haben, aber Oma überging sie wohl schweigend. Sicher ist das die Erklärung. Einmal standen wir in einem Laden, wo Mutter und Oma Lebensmittel kauften und alle freundlich waren und lachten, und wo der Kaufmann mir ein Stück Schokolade reichte, doch danach auf der Straße war Mutter wütend. Sie schimpfte Oma aus.

»Du alte Katze!«, sagte sie. »So zu flirten! Sich dermaßen anzubieten!«

Oma warf ihre Einkaufstasche nach Mutter. Die Tomaten kullerten, das Brot fiel in Sand und Schmutz, die Butter wurde in einer Ecke zusammengepresst, eine Büchse Vanillecreme fiel auf die Straße, und der Deckel ging ab und gelbe Creme quoll heraus. Ich wusste, was Flirten war, meine Barbie machte das dauernd. Ich ließ sie kehlig lachen und die Haare nach hinten schleudern. Oma hatte gelacht, aber meines Wissens nicht ihre Locken geschleudert. Ich ging in die Hocke und konnte einen Finger in die Creme und dann in den Mund stecken, ehe Mutter mich hochriss. Sie weinte, Oma weinte nicht. Und Mutter sagte, aber nicht zu mir: »Du glaubst, du seist die einzige Frau, die einzige. Und alles drehe sich nur darum und um dich!«

Ich sehe sie draußen im Garten sitzen. Warme Gartenabende ohne Fernseher. In einem blauen Kleid, das unter ihren Bambussessel geweht wird. Ihre Knöchel mit den Muttermalen. Ein Glas in der Hand. Die Flaschen auf einem kleinen Tisch aus milchig grünem Glas und Bambusrand. Mutter wütend im Haus. Oma bewegungslos im Sessel, abgesehen vom Glas, das zu ihrem Gesicht hoch und wieder nach unten wandert. Ich kann sie sagen hören: »Du musst gern hier bei mir sitzen, Therese. *Du* ja.«

Ach, dieses dänische *müssen,* das ich als Kind nie so recht verstanden habe …! Wenn Mutter sagte, du musst dies nicht und das nicht, dann hatte das einen Sinn. Ich sollte das nicht tun, das klang logisch, obwohl das dazugehörige Verbot mich nicht immer gleichermaßen überzeugte. Aber wenn man *musste …!* Das war schlimmer. Dann durfte man, aber im dänischen *müssen* lag auch eine Aufforderung, die überzogen wirkte und nichts mit nicht dürfen zu tun hatte. »Ich muss pissen!«, konnte ich sagen, und darauf antwortete Oma: »Ja, sicher, aber da brauchst du doch nicht um Erlaubnis zu bitten!« Was ich ja gar nicht getan hatte! Oder wenn sie sagte: »*Du* musst«, mit der Betonung auf dem falschen Wort. Das machte mich unsicher und erweckte in mir den ersten Hauch von Verdacht, dass Wörter nicht das waren, als das sie sich ausgaben.

»Wir halten zusammen«, flüsterte ich. »Wir kümmern uns nicht um deine Tochter.«

Ihre Fingerspitzen, feucht vom beschlagenen Glas. Die Hecke, die vor uns und um uns herum himmelhoch aufragte. Die Vögel, die zwischen den Zweigen herumschwirrten. Der warme Wind, die Sonne, die als schmale Scheibe mit gelben, beweglichen Flecken unterging. Die offene Gartentür, die zu Mutter führte. Der Essensgeruch aus dem Nachbarhaus. Der Salzwassergeruch vom Strand. Das eine oder andere Auto, das auf der anderen Seite über die Straße fuhr, dort wo man unter der Pergola durchgehen musste, wenn man hinwollte. Das Plätschern des kleinen Springbrunnens, wo ein Satyr in der Mitte saß. Das blaue Kleid, das immer wieder unter den Sessel geweht wird. Dünne Fesseln und schmale Füße mit lackierten Zehennägeln. Die umeinander geschlungenen Füße, terrakottabraun. Und es konnte vorkommen, dass sie sich energisch über die Brüste strich. Wenn ich fragte, warum, dann antwortete sie: »Um festzustellen, ob sie noch immer da sind.«

Wo war Opa? Ja, wo war Opa? Niemals da, weder im Garten noch im Wohnzimmer, wenn ein Fernsehabend kam. Er war gewissermaßen unsichtbar, saß in seinem Arbeitszimmer, mit Büchern und Mustern und Zeichnungen und Malgeräten, ein seltenes Mal am Klavier. Oma hielt ihn für ein medizinisches Wunder, da er sich taub stellen konnte, ohne sich die Ohren zuzuhalten. Er habe Ohrenlider, sagte sie, Lider, die sich in seinem Kopf schlossen und die Welt aussperrten.

»Er wird es nie zu etwas bringen«, sagte sie. »Niemals werden sie ihm ein Porzellanmuster abkaufen. Die wollen Muscheln und blaue Blumen, den alten Dreck, Schluss aus.«

Ich hatte keine Ahnung von seiner Arbeit. Vielleicht wusste auch Oma nicht mehr. Er fuhr jeden Tag mit seiner Tasche zur Königlich Dänischen Porzellanfabrik in Frederiksberg; er kam nach Hause, aß und verschwand in seinem Arbeitszimmer. Das Porzellan, das schon damals in der Vitrine gestanden haben muss, war für ein Kind uninteressant. Omas Verachtung, an die kann ich mich erinnern: »Ein schnöder *Kopist* …«

Wenn sie mehrere Stunden getrunken hatte und sich nur noch sehr langsam bewegen konnte, ging sie ins Haus und holte etwas zu Essen. Dann rief sie, ich müsste mit ihr essen. *Müsste.* Es war immer dasselbe. Gin und Tonic verursachten immer denselben Hunger, auf Schwarzbrot mit weißem Schmalz. Das Schmalz enthielt kleine knusprige Speck- oder Zwiebelstücke. Sie beschmierte das Schwarzbrot großzügig damit. Nach Norwegen schickte sie jedes Jahr zu Weihnachten Büchsen, *Dosen,* mit weißem Schmalz. Dort gab es das nicht zu kaufen. Ich fand es wunderbar, während ich Butter verabscheute. Die ganze Mundhöhle wurde fast gelähmt, wenn sich beim Kauen das Schmalz wie eine Haut darüber legte. Sein Geschmack war mild und glatt, wie der von rohem Eigelb. Und abends wurde es immer sehr spät, aber Mutter schickte mich nicht ins Bett. Wenn Oma trank, durfte ich lange aufbleiben, hin und her laufen, mehr Eis holen, im Schrank auf dem Flur nach einer weiteren Zigarettenpackung suchen. Dort lagen in Zellophan eingeschweißte Stangen.

Plötzlich wusste ich, warum ich die Wand seegrün streichen wollte, damit sie zum Bild passte: Omas Zigarettenpackungen waren seegrün gewesen. Sie schrieb mit seegrüner Tinte. Obwohl sie Rosa liebte, war Seegrün die Farbe, die ich am stärksten mit ihr verband. Während Opa blau war. Kobaltblau.

Ich ging ins Wohnzimmer und schaute mir den Porzellanschrank an. Er war bis zum Rand mit von Opa bemaltem Porzellan gefüllt, das sie nicht mit den Namen von erwünschten Erben ausgezeichnet hatte. Sicher hatte sie sich dabei allerlei gedacht, hatte sagen wollen: Ist mir egal, wer das bekommt, greift einfach zu, für mich hat es keinen Wert, das ist einfach blödes Porzellan, das Mogens bemalt hat, ich mag mir nicht mal überlegen, wer es erben könnte … obwohl sie gewusst haben muss, wie wertvoll diese Sammlung war.

Die Gemälde waren keinen *roten Heller* wert, abgesehen von den Gipsrahmen. Ib hatte erzählt, irgendwelche Verwandten von Omas Familie mütterlicherseits hätten sie gemacht, Leute, die sie nie kennen gelernt hatte. Als Kind hatten sie keinen Kontakt gehabt. Aber Oma hatte eine Todesanzeige gesehen und war dann auf der Beerdigung aufgekreuzt und hatte sich eine kleine Erbschaft aus einem Nachlass erjammert, auf den keine direkten Erben Anspruch erhoben. Es war ein überwältigender, reichhaltiger Nachlass, der trotzdem nur gerade die Schulden in der Bank decken konnte, wie sie dort erfuhr. Aber sie bekam sehr viele Gemälde. Die Anwälte waren sicher erleichtert, als sie den Kram los waren. Der Bank gönnten sie die möglichen Einnahmen nicht. Die Bilder waren schön, im Stil von Monet, mit schwimmenden Seerosen und Sommerschatten durch Laubwerk und Pavillons, die sich in kleinen Buchten spiegelten, und Menschen mit wehenden Gewändern, die kleine Hunde an der Leine führten und mit Rüschen besetzte Sonnenschirme in der Hand hielten. Es gab auch mehrere Pferdebilder. Pferde mit Reitern, Pferde vor einem Wagen, Pferde, die einen Pflug über einen Acker zogen. Aber zweifellos waren diese Bilder ohne Wert. Den amateurhaften Stil erkannte selbst ich. Es waren Liebhabermalereien, entstanden aus einer entspannten oder gelangweilten Stimmung heraus, keine Seele, die nach individuellem künstlerischem Ausdruck schrie, hatte sie sich abgequält.

Ein seltsames Testament – das dem Tand größere Aufmerksamkeit zollte als dem Porzellan. Sie musste diese Bilder geliebt, sie als eine Art wehmütigen Sieg über eine Kindheit und eine Herkunft betrachtet haben, die sie niemals besitzen konnte. Ich weiß, dass sie 1922 von zu Hause weggelaufen war, mit fünfzehn. Das hatte sie mir nach dem Tod meines Großvaters einmal geschrieben, nachdem Mutter es nicht mehr über sich brachte oder es nicht mehr nötig hatte, Kontakt zu ihr zu halten. Sie schrieb es fast als Aufforderung – ich war damals an die siebzehn –, als solle ich ihrem Beispiel folgen, ich weiß nicht. Hätte ich durchbrennen sollen, um zu ihr zu kommen?

»Dann nehmen wir die Puzzlespiele. Ich habe zwei Müllsäcke gefunden, reicht das?«, rief Ib aus dem Nähzimmer. Mutter rannte zu ihm hinüber, barfuß, heulend vor Lachen.

»Die Puzzlespiele, ja! Die hatte ich fast vergessen! Es wird mir ein wahres Vergnügen sein, sie in Müllsäcke zu stopfen. Am liebsten würde ich ein Freudenfeuer damit veranstalten!«

Die meisten waren in die Schachteln zurückgelegt worden, auseinander gepflückt, nachdem sie sie einmal vollendet hatte. Viele aber waren auf Karton geklebt worden, mühsam und präzise, wie im Triumph. Winzige Teile. Drei- oder fünfhundert oder sogar tausend pro Spiel.

Zwei volle Säcke mit Puzzlespielen.

»Vielleicht würde sich eine Kinderstation in einem Krankenhaus darüber freuen«, schlug ich vor.

Sie lachten mir ins Gesicht, wie aus einem Munde: »Ha!«

»Puzzlespiele?« Stian stand mit interessierter Miene vor uns. Der Einzige hier, der nüchtern war. Ib und Mutter hörten auf zu lachen. Sie tauschten einen Blick.

»Vielleicht möchtest du eins?«, fragte Ib. »Zur Erinnerung an deine ... *Urgroßmutter?*«

Sie fanden einen von fröhlichen Menschen umstandenen Oldtimer, im Hintergrund grüne Hügel und blaues Meer, vermutlich ein irgendwo an der Riviera aufgenommenes Foto. Das hätten sie wissen sollen, diese Leute, die lachend das Auto umstanden und sich arglos fotografieren ließen, dass sie eines Tages von einer Puzzlespielmaschine zerhackt werden würden, quer durch ihr Gesicht, im Zickzack über ihren Leib, die Fingerspitzen abgeschnitten.

»Aber damit warten wir, bis wir wieder zu Hause sind«, sagte ich. »Sonst kann uns ein Stück verloren gehen. Vielleicht sogar das allerwichtigste.«

Nach ein paar Stunden verflog ihr Elan. Lotte lockte mit Essen und verschwand schon früher. Und nach *Schweinebraten* und großen Mengen Rotwein gingen Mutter, Stian und ich zum Schlafen zurück zu Omas Haus.

Ich konnte sie im Wohnzimmer hören, nachdem ich mit Stian ins Bett gegangen war. Und ich beschloss, mich schlafen zu lassen, nicht aufzustehen, um mit einer mutterlosen Tochter allein zu sein. Eine Mutter war mehr als genug. Ich schlief ein und träumte, dass Oma mit mir sprach. Ich konnte ihr Gesicht nicht sehen, aber sie flüsterte: *Weiter, als dass wir im selben Moment lachen und weinen, können wir Menschen es nicht bringen.*

Ich erwachte an einem neuen Tag und spürte, dass das Haus voller Menschen war, den Menschen, die hierher gehörten, und einem Menschen, der nie wieder durch diese Zimmer gehen würde. Stian lag nicht neben mir. Ich war allein und war nur ich selber. Es war halb zwölf, ich hatte ungewöhnlich lange geschlafen. Ich zog mich an und ging hinaus in den Garten. Stian war in etwas in der Hecke vertieft, er winkte mir mit einem Arm gleichgültig und abweisend zu. Mutter hatte den Kopf in den Springbrunnen gesteckt, sie trug alte fliedergrüne Gummihandschuhe und gehörte einwandfrei hierher.

»Warum magst du das Bild nicht?«

»Guten Morgen. Welches Bild?«

»Guten Morgen. Das, das ich gestern bekommen habe. Das Foto.«

»Das von der Nutte?«

»Das weißt du nicht. Ob sie eine Nutte war.«

»Es ist ein altes Bild. Nackte Menschen gab es damals nur auf Gemälden, nicht auf Fotos. Es war unerhört. Mein Vater hat es gehasst.«

»Und du auch.«

Sie richtete sich auf und sah mir ins Gesicht. »Das war typisch für meine Mutter, es aufzuhängen. Eine Provokation. Sie haben sich deshalb gestritten.«

»Aber du? Warum gefällt es *dir* nicht?«

Sie las ein totes Blatt von ihrem einen Handschuh und riss es in kleine, gleich große Stücke. Sie rieb die Handschuhe aneinander, wie ein Kind in Gummihosen, das unbedingt pissen muss, seine Beine.

»Ich wusste, dass es ein Bild war, das sich nicht gehörte, das Unfrieden stiftete.«

»Aber jetzt bist du erwachsen, Mutter. Gefällt es dir noch immer nicht?«

»Nein. So was gefällt mir nicht.«

»So was?« Ich versuchte, nicht zu lächeln, was gar nicht schwer war.

»Bettgymnastik. Das gefällt mir nicht.«

Sie hatte sich abgewandt. Noch immer mit dem Rücken zu mir, die Gummihandschuhhände energisch in die Hüften gestemmt. »Warum glaubst du, lebe ich allein? Und habe in all den Jahren allein gelebt … seit du auf der Welt bist? Alle Männer wollten das. Ich will es *nicht.*«

Sie beugte sich über den Satyr. Der lachte patinagrün in ihr Gesicht, mit stechendem und staubigem Blick.

»Ist es nur deshalb?«, fragte ich.

»Vielleicht. Möglicherweise werden wir alle ganz anders, als unsere Mutter war.«

»*Mir* gefällt es.«

Sie richtete sich auf und sagte wütend: »Genau! Da hast du's! Du mit deinen Liebhabern …«

»Stian trifft sie nie. Stian hat es gut«, sagte ich.

»Ja, ja, ja … Du bist deiner Großmutter wie aus dem Gesicht geschnitten. Und jetzt hast du das Bild. Zu dir passt es wirklich gut.«

Da stand sie. Meine Mutter, meine Erzieherin, meine Verleugnerin.

Oma erschuf mich in ihrem Bild. Sie erschuf mich meine ganze Kindheit hindurch. Es gab mir ein Gefühl von Wärme, zu wissen, dass ich *ihre* Therese war, auch dann, wenn ich nicht mit ihr zusammen sein konnte. Kindheit war für mich deshalb eher eine Idee als eine Wirklichkeit, ein schwarzes Loch aus definiertem Leben; für jemanden da zu sein.

Die Pakete, die sie schickte, die wie mit Liebe parfümiert waren: Sie waren wichtiger als Mutter. Mutter sagte, *weg da,* wenn sie den Boden putzte und der Wischlappen auf meine Füße zusteuerte. In einer solchen Situation wird man nicht gesehen. Ich bekam jeden Morgen saubere Kleider, ich bekam mein Essen serviert, und ab und zu gab es vor dem Schlafengehen ein Märchen von Andersen, und ich weiß, dass sie mich liebte und mich vermutlich küsste und in den Arm nahm, ohne dass ich mich daran erinnern könnte. Denn es war wichtiger für Mutter, mich zu erziehen, als mich zu sehen, und darüber sollte ich mich doch eigentlich freuen. Sie hat mich ganz vorzüglich erzogen, glaube ich.

Lotte ging los, um für das Frühstück einzukaufen. Ich brachte Stian für seinen Mittagsschlaf ins Bett. Er war stundenlang auf gewesen, während ich noch geschlafen hatte. Ich betrachtete Stapel von Gemälden und fragte mich, warum sie unbedingt sofort von der Wand genommen worden waren, wo sie ja doch eine Weile hier liegen bleiben würden. Ib war in Papiere vertieft. Die Kommode quoll von Papieren über. Er rauchte Zigarren und summte vor sich hin, während er eine Schachtel nach der anderen durchsah.

»Da bist du ja«, sagte er. »Sieh mal, ein Bild von dir als *kleines Kind!*«

Ein Baby. Im Arm einer jungen Mutter. In ihrem Arm. Jünger als ich heute war sie, als dieses Bild aufgenommen wurde. Mit Füllfederhalter und in dunkelblauer Schnörkelschrift war direkt auf das Foto geschrieben: *Für Mutter von Therese und Ruby.*

»Willst du das haben?«, fragte er.

»Aber sicher.«

»Ich finde bestimmt noch andere. Sie hat ja alles aufbewahrt.«

»Gefällt *dir* das Bild, das ich bekommen habe?«

Er schaute zu mir auf. »Ja, natürlich.«

»Mutter findet es schrecklich.«

Er blies Zigarrenrauch aus dem Mundwinkel.

»Deine arme Mutter«, sagte er. »Sie war immer im Weg. Alles war ihre Schuld.«

»Weil Oma im Theater aufhören musste?«

»Ja, und weil sie in der Ehe gefangen war. Gefangen. So nannte sie es. Und darin lag nicht einmal *eine Portion Mutterwitz.*«

Er lachte. »Aber scheiß drauf. Jetzt ist das doch zu Ende. Sie ist tot, und wir können weiterleben. Möchtest du einen Schnaps?«

»Ja, klar.«

»Die Flasche steht in der Küche. Bring mir auch einen mit. Und dann sieh einfach alle Schränke und Schubladen durch, hol alles, was du findest, heraus, damit wir uns einen Überblick verschaffen können. Alles muss weg, und das Haus muss verkauft werden. Sie wird in harte Währung gewechselt, die alte Hexe.«

Ich stellte die Flasche neben Ib und bekam als Gegengabe drei weitere Bilder von mir. Ein neues Babybild, eins, auf dem ich in der einen Hand eine kleine Puppe und in der anderen einen Teddy hielt. Ich war niedlich und schäkerte offenbar mit dem Fotografen. Eine vier Jahre alte Poseurin. Schon damals meiner Großmutter wie aus dem Gesicht geschnitten. Und ich fasste einen Beschluss: Ich würde stehlen. Mir blieb nichts anderes übrig. Ich wollte nicht, dass die anderen von meinen Erinnerungen erfuhren. Ich ging zu dem schlafenden Stian und starrte unsere Reisetaschen an. Darin war Platz genug. Sie waren in aller Eile gepackt worden und durchaus nicht voll. Ich ging zu dem Schrank, wo die Knopfschachtel stand, das wusste ich. In der Toilette stopfte ich Klopapier in die Schachtel, damit die Knöpfe nicht klapperten, und steckte die Schachtel dann, von Ib beobachtet, in die Tasche.

Ich ging langsam durch das Haus. Sie würden sich nicht einmal an die Hälfte der Dinge erinnern, die es hier gab. Würden nicht danach fragen. Sondern glauben, sie habe sie weggeworfen. Das Manneken Pis stand an seinem Stammplatz unten im Schrank, und die Batteriekammer war verrostet. Ich öffnete sie und puhlte zwei zerfressene Batterien heraus. Ich durchsuchte die Schränke nach den Gläsern, aus denen sie immer getrunken hatte. Ich fand sieben, nahm aber nur eins. In das Kristall waren kleine Veilchen eingeritzt, ganz oben am Rand. Der Boden war dick. Ich weiß noch, wie groß ihr eines Auge dadurch aussah, wenn sie das Glas leerte und einen demonstrativen Sauflaut ausstieß, um klarzustellen, dass sie noch mehr wollte. Der Aschenbecher stand auf der Anrichte, der, den sie immer benutzt hatte. Groß genug für ein Fest mit zwanzig Gästen. Jetzt war es unmöglich, auch nur eine Zigarette darin auszudrücken. Er schien in Mentholasche zu ertrinken. Ich sah, dass er aus königlich dänischem Porzellan und vermutlich kostbar war, aber ich spülte ihn und steckte ihn ein. Danach einige Bücher, während Ib mir den Rücken zukehrte und glaubte, ich schaue mich nur um. Bücher über das Theater, Biografien und Anekdoten. Ich weiß, dass sie gewollt hätte, dass ich sie bekam, und ich hätte sie auch bekommen, wenn ich Mutter oder Ib gefragt hätte, aber das hier ging nur Oma und mich an. Ich fand zwei alte, zerfledderte Hefte, die mit Omas Schrift voll geschrieben waren, und Zeitungsausschnitte und Liedtexte. Ich steckte alles ein. Die Dinge, die mir nicht so viel bedeuteten, konnte ich mir ganz offen schenken lassen.

»Glaubst du, Lotte möchte den Webpelz?«, fragte ich.

»Den findet sie schrecklich. Nimm ihn nur, Schatz.«

Ich zog ihn an. Ein wenig schmutzig war er, aber weich und vornehm. Weiß mit rosa Seidenkanten, breitem Kragen und untertassengroßen Knöpfen. Er reichte mir bis zu den Knien. Wenn ich den Kragen zu meinem Gesicht hochklappte, sah ich aus wie eine Diva. Ich drehte mich vor dem Spiegel. Er stand mir wirklich, und er war wieder modern.

»Groß war ihr Glück im Musentempel ...«

»Stellst du dich hier in Positur?«, fragte Mutter.

»Ach, ich hatte dich nicht gehört, ich dachte, du seist unten im Garten ...«

»Jetzt nicht mehr. Der steht dir.«

»Ib hat gesagt, ich könnte ihn haben.«

»Ja, Himmel, nimm ihn nur. Alles, was an sie erinnert ... Der hat wohl keinen Merkzettel? Mit dem Namen der Erbin?«

»Das haben die Kleider doch alle nicht?«

»Doch, die Kostüme bestimmt.«

»Wo sind die?«

»In zwei riesigen Koffern unter ihrem Bett.«

»Können wir die nicht ansehen?«

»Nein, das geht nicht. Ich kann ihren Anblick nicht ertragen, du. Außerdem hat Ib sie schon dem neuen Theatermuseum versprochen, die lieben diesen alten Müll. Die Koffer sind abgeschlossen, die müssen aufgebrochen werden. In einem Jahr kannst du ins Museum gehen, dann sind sie dort sicher ausgestellt, mit begleitenden Rollenbildern und dem *ganzen Schamott ...*«

»Bist du sauer?«

»Nein, nur müde. Und ich habe das hier schon satt. Ich wünschte, wir könnten den ganzen Kram verkaufen. Heute noch. Alles, außer dem Porzellan. In der Garage einen Flohmarkt für die Nachbarschaft veranstalten, das würde den Leuten gefallen. Sie hat sich doch mit allen zerstritten, nachdem Dasse ausgezogen war.«

»Aber es gibt doch so etwas wie Erbrecht, Mutter. Und ich und Stian sind außer dir und Ib ja die Einzigen, die ...«

»Jetzt hast du dieses verflixte Bild und den Pelz. Und eine Armbanduhr habe ich gefunden, ich habe sie auf den Tisch neben dein Sofa gelegt. Sie gehört eigentlich mir, aber dein Name stand drauf. Wenn du dir außerdem noch etwas Porzellan nimmst ... und ich habe die Reise bezahlt, das muss ja wohl reichen, zum Henker.«

»Der Schnaps steht drüben bei Ib«, sagte ich.

Ich hörte, wie sie zu Ib sagte: »Der Garten ist total zugewachsen, aber ich habe doch immerhin den Springbrunnen mit dem Satyr freigelegt. Ein echter Springbrunnen muss den Preis doch wohl hochtreiben. Wo ist mein Glas?«

Wenn es regnete, durfte ich mit den Knöpfen spielen. Und bei Regen wurde konsequent der Springbrunnen abgedreht. Es hatte doch keinen Sinn, bei Regen Wasser zu verspritzen, so sah Oma das. Und dann wurde die Knopfschachtel hervorgeholt. Nicht weil ich den Regen nicht gemocht und mich im Haus gelangweilt hätte, sondern weil das bei Oma der Fall war. Sie konnte mir erzählen, wohin jeder einzelne Knopf gehörte, wo und wie das entsprechende Kleidungsstück sein Ende gefunden hatte.

Wir kippten sie alle auf den Mahagonitisch, der immer geputzt wurde, bis das Holz in tiefem Orange loderte. Die Knöpfe rutschten hin und her und spiegelten sich. Die meisten waren handgemacht, mit Reliefs und Glas, Goldkanten und imitierten Edelsteinen.

Niemand konnte sich so langweilen wie Oma. Sie langweilte sich lauthals und dramatisch. Niemand sollte daran zweifeln, wie vergeudet ihr Leben ihr vorkam.

»Ich bin ein in einem goldenen Käfig gefangener Goldvogel. Hörst du, Mogens?«

Opa nickte, wenn er in der Nähe war.

»Warum gibt es hier nie mehr Feste?«

»Aber Malie, du kannst doch einladen, wen du willst«, sagte er leise.

»Die sind doch so langweilig! Das sind doch alles nur Menschen, die wir immer schon gekannt haben.«

»Dann lädst du eben Fremde ein.«

»Aaach, Mogens! Du hast doch keine Ahnung! Geh und spiel mit deinen Entwürfen!«

Dann hörte der Regen auf, und wir konnten zum Fort Kastrup gehen. Auf grünem feuchten Gras am Rand des Strandvei. Oma mit feuerrotem Lippenstift und Wut in den Mundwinkeln. Wenn sie an Männern vorbeikam, die in ihrem Alter oder jünger waren, dann lachte sie mir laut zu und schob ihren Busen vor. Ich lachte zurück und glaubte, sie lache, weil die Männer auf irgendeine Weise komisch wären, so wie die im Fernsehen.

Ich durfte mir am Kiosk beim Fort immer Eissorten kaufen, die es in Norwegen nicht gab. Abgesehen von dem einen Mal, als ich in Kopenhagen war, weil Mutter im Krankenhaus lag und die Eierstöcke entfernt bekam. Ich verbrachte drei Monate bei Oma, und sie hatte ihr Geld vergessen, als wir beim Kiosk ankamen. Ich brach in Tränen aus, als ich das Plakat sah, auf dem die verschiedenen Eissorten abgebildet waren, denn wir konnten keines kaufen. Sie sahen so spannend aus, dass ich sofort eins haben musste. Oma packte meinen Arm und bückte sich zu meinem

Gesicht herunter. Ich nahm den süßen Lippenstiftgeruch wahr, und sie sagte:

»Man bekommt nicht immer, was man sich wünscht. Man bekommt es so gut wie nie, und das wirst du auch noch erfahren, wenn du älter wirst.«

In meiner Erinnerung hat sie mich nur ein einziges Mal so hart angefahren. Wir liefen in feuchtem, dampfendem Gras durch das Fort, und wir sollten uns über die Sonne freuen, was wir jedoch nicht taten. Sie dachte an frohe und sorglose Feste, die es niemals geben würde, und ich dachte an Eissorten. Zu Hause lag Mutter mit ausgeraubtem Unterleib. Obwohl niemand mir erklären wollte, was Eierstöcke waren, und obwohl ich deshalb ziemlich verschrobene Vorstellungen von ihrem Aussehen hatte. Stöcke mit Eiern, in Mutters Bauch. Für lange Zeit weigerte ich mich danach sogar, Spiegeleier zu essen. Aber wenn ich mich an diesen Tag noch so gut erinnern kann, dann eigentlich nicht wegen ihres Wutausbruchs am Kiosk.

Wir kamen an zwei Männern vorbei, und Oma lachte laut. Das war nicht richtig. Sie war doch eben noch böse gewesen. Ich lachte nicht mit. Sondern fragte: »Flirtest du?«

Ob ich boshaft oder dumm war oder einfach einen Schuss ins Blaue abgegeben hatte, weiß ich nicht. Oma wirbelte herum und starrte mich an. Sie rang nach Atem. Ihre Augen waren weit aufgerissen. Ihr einer Goldohrring zitterte und schien zu leben. Sie starrte mich an, bis ich die Augen niederschlug.

»Schau mich an«, sagte Oma. »Sag, was du siehst.«

»Oma, ich sehe Oma«, erwiderte ich, nach einer Pause, in der ich nicht überlegt hatte, was ich sah, sondern, was ich sagen sollte.

Ich sehe Oma.

»Genau«, sagte sie. »Aber gerade darin irrst du dich, meine süße, kleine Therese.«

Man kann die Welt in sichtbare und unsichtbare Menschen einteilen. Das habe ich von ihr gelernt. Opa war unsichtbar. Unsichtbare Menschen waren belanglos. Das habe ich nicht von ihr gelernt. Das begriff ich ganz von selber, nach der Art, wie sie ihn behandelte. Sie konnte nicht ertragen, dass er ihr widersprach.

Bei mir jedoch lobte sie den Ungehorsam.

»Du musst existieren«, sagte sie. »Und das andere sehen lassen! Lass sie denken, was sie wollen, aber du musst existieren! Die, *die dich verachten,* gehen an ihrer jämmerlichen Unsichtbarkeit zu Grunde!«

Opa Mogens war ungewöhnlich unsichtbar. Ein bleicher, sanfter Mann mit runder Brille, der draußen eine Baskenmütze trug und eine ausgebeulte Tasche hatte. Wenn er meine Haare streichelte, dann konnte ich diese Berührung gerade noch ahnen. Ich habe ihn nur ein einziges Mal lachen hören, und selbst dieses Lachen ist mir bloß erzählt worden. Ich war zu klein, um mich daran erinnern zu können, höchstens zweieinhalb. Ich warf seinen Wecker ins Klo, und der fing sofort an zu klingeln. Und Opa lachte offenbar so herzhaft, dass seine Brille beschlug und seine Nase hinunterrutschte und er rief: »Es klingelt, es klingelt, hörst du, Malie!«

Ein seltener Ausbruch eines unsichtbaren Menschen. Mein Opa. Und ich glaubte ja, dass er das war, Mutter hatte noch nichts gesagt. Sie fuhr nicht zu seiner Beerdigung. Bei seinem Tod war ich fünfzehn Jahre alt. Ihr wurde das Reisegeld angeboten. Nicht von Oma, sondern von einer Freundin. Als sie mit Ib telefonierte, bei der Nachbarin in der Diele, während ich lauschend in der Tür stand, am Tag nach dem Nasenbluten, erklärte sie, warum sie nicht fahren wollte: »Ich würde sie umbringen, Ib. Ich würde nicht eine einzige ihrer Tränen ertragen können, ich würde sie sofort erwürgen, mit einem Kissen oder mit bloßen Händen, und deshalb bleibe ich zu Hause. Ich muss an meine Tochter denken.«

Das mit der Tochter, dass sie an mich denken musste … ich war so glücklich, als ich sie das sagen hörte. Ich dachte zuerst, es gehe um Gefühle, doch dann begriff ich, dass sie nicht ins Gefängnis wollte, und dass um jeden Preis verhindert werden musste, dass ich der verräterischen Familie meines Vaters, mit der ich keinerlei Kontakt hatte, in die Hände fiel.

Sie ignorierte den Tod ihres Vaters, um keinen weiteren Tod zu verursachen. Aber das führte auch dazu, dass wir nie mehr nach Kopenhagen fahren konnten. Auch allein durfte ich das nicht. Der Hass war offen zu Tage getreten, der Puffer war tot. Ich wurde mit Briefen von Großmutter überschwemmt, mein Name stand darauf, es hagelte kleine Geschenke. Schmuckstücke, Holzfiguren, Puzzlespiele, Malbücher, Mützen und Angorahandschuhe und Schachteln voll *sucre d'or.* Und ganz unten in den Briefen stand: *Gruß an Deine Mutter.*

Diesen Gruß richtete ich immer gewissenhaft aus. »Ich soll von Oma grüßen.«

Ich musterte ihr Gesicht, ohne daraus klüger zu werden. Sie antwortete immer mit einem Nicken und einem »Ach?« Aber eines Tages kam es, nachdem ich den üblichen Gruß ausgerichtet hatte:

»Opa war nicht dein Großvater.«

Sie sah mir nicht ins Gesicht, ihre Hände waren mit dem Formen von Brötchen beschäftigt, erfahren und rasch, als massiere sie Küken.

»Wer war er denn dann?«, fragte ich.

»Ibs Vater. Meiner nicht.«

»Weißt du nicht, wo dein Vater ist? Waren sie geschieden?«

Ich war zu alt, um sie zu berühren. Ich wollte sie in den Arm nehmen, ihr mit Intimität dafür danken, dass sie Dinge sagte, die sie sonst nie erwähnte.

»Meine Mutter weiß auch nicht, wer es war.«

Ich überlegte mir diese Mitteilung und kam zu dem einzigen Schluss, den ich im Alter von sechzehn für möglich hielt:

»O Gott, ist sie vergewaltigt worden?«
»Nein. Sie war einfach so.«

Als ich den Webpelz in Stians Tasche steckte, hörte ich ihn fragen: »Hast du den von Oma?«
»Bist du wach, Schatz? Hast du etwas Spannendes geträumt?«
Ich setzte mich auf die Bettkante und nahm ihn in die Arme.
»Guter feiner Junge, Mamas Junge ... hast du Hunger?«
»Stig im Kindergarten sagt, dass Jesus im Himmel ist, aber das glaub ich nicht, ich hab ihn doch im Fernsehen gesehen, und da war er weit, weit draußen im Weltraum.«
»Hast du davon geträumt? Von Jesus?«
»Ein bisschen. Und dann ist es so kalt in dem Zahn, der mir neulich ausgefallen ist.«
»Jetzt kommt Lotte. Ich höre sie in der Tür. Sie hat uns ganz viel gutes Essen gekauft.«
»Nicht so scharf. Ich will kein scharfes Essen.«
»Bestimmt hat sie Käse gekauft. Und den magst du doch.«
»Hast du das von Oma?« Er zeigte auf den Webpelz, der in der Tasche lag.
»Nicht von *deiner* Oma, sondern von meiner«, antwortete ich und küsste seine Haare.
»Die ist tot.«
»Aber trotzdem möchte sie mir ja vielleicht etwas schenken. Und ich weiß, was.«
»Wenn Oma stirbt, will ich den Mixer.«
»Den Mixer? Omas Mixer?«
»Ja, weil ich den zusammen mit ihr halten darf, und weil der so schöne Geräusche macht. Sag ihr das, du.«
»Soll ich das Oma für dich sagen?«
»Ja, ich trau mich nicht. Der kostet doch sicher viel Geld.«

Ich verlor einen Zahn, als ich in Omas Küche Cornflakes aß. Bei Oma stopfte ich mich immer mit Cornflakes voll. In Norwegen waren die zu teuer. Mutter kaufte nie welche. Ich saß in Omas taubenblauer Küche, die Sonne schien durchs Fenster, und plötzlich kaute ich auf etwas unerwartet Hartem herum: einem Milchzahn.

»Jetzt kommt die Zahnfee! Jetzt kommt die Zahnfee!«, schrie Oma ekstatisch, als ich ihr den Zahn hinhielt. Sie lief ins Wohnzimmer und holte ein Likörglas, und ich ließ den Zahn hineinfallen. Sie gab Wasser hinein und stellte das Glas auf die Fensterbank. Mutter war in der Stadt oder irgendwo anders, jedenfalls war sie nicht zu Hause. Aber als wir sie über den Gartenweg kommen sahen, schrie Oma wieder: »Therese hat einen Zahn verloren! Jetzt kommt bald die Zahnfee!«

»Ach, bringen wir das doch hinter uns«, erwiderte Mutter. *»Du verwöhnst sie.«* Ihr Gesicht glänzte vor Schweiß, ihre Dauerwelle war in der Hitze zusammengefallen. Sie ließ ihre Tasche auf einen Stuhl fallen, öffnete sie und nahm eine Münze aus ihrem Portemonnaie. Dann ging sie zur Fensterbank, wo das Glas mit dem Zahn stand, fischte den Zahn heraus und legte die Münze ins Glas.

Oma zog sie von hinten an den Haaren. Mutters Nacken kippte in einen seltsam steilen Winkel.

»Was tust du da?«, schrie Oma. »Was tust du deiner Tochter nur an?«

Mutter wand sich wie eine Katze und schlug Oma hart ins Gesicht.

»Lass mich los, du Hexe«, sagte sie überraschend leise. »Hierher kommt keine Fee. Hierher ist nie eine Fee gekommen, um auch nur einen einzigen meiner Zähne zu holen. Hier gibt es nur eine böse Fee, und die bist du.«

Ich kostete mein Blut. Süßer Eisengeschmack. Das Loch tat bis tief in den Kiefer weh. Ich ging zum Glas, fischte die Münze heraus und ging aus dem Haus. Keine fragte, wohin ich wollte.

Allein ging ich zum Strandvei, zur Eisbude, und kaufte mir ein grünes Wassereis, das wie ein breit grinsendes Clownsgesicht aussah. Das kalte Eis tat dem blutenden Loch in meinem Mund gut.

Lotte deckte im Wohnzimmer. Die Küche sei zu eng, sagte sie, und sie fand, es rieche dort nach faulen Eiern. Sie hatte Pasteten und Fleisch gekauft, und zwei gute Käse, Brot und Baguettes, Bier und Saft und echtes Butterschmalz mit gebratenen Zwiebeln. Ib brachte die Schnapsflasche. Wir öffneten die Gartentür und konnten vom Tisch aus den Satyr sehen. Kräftig und maskulin stand er da, mit seinen Bocksohren und seinem Schwanz, ein Dionysos, der sich nicht rühren konnte; unfähig, das Lebensfest zu arrangieren, das er symbolisierte.

»Du musst den Satyr putzen«, sagte ich zu Mutter. »Der ist doch aus Kupfer. Dann erzielt er sicher einen besseren Preis.«

»Die Düse ist dicht, aber die krieg ich wieder hin«, sagte Ib. »Dieser Teufel soll allen interessierten Hauskäufern was vorspritzen.«

»Wir würden auch für das Klavier etwas bekommen«, sagte Mutter.

»*Sie* hat für das Klavier etwas bekommen«, sagte Ib.

»Es war ja auch ihrs«, sagte Lotte.

»Nein«, sagte Mutter. »Es war seins.«

»Aber als er tot war, da durfte sie doch wohl ...«

»Es war noch immer seins«, beharrte Mutter.

»Er hat nur darauf gespielt, wenn sie nicht zu Hause war«, sagte Ib.

»Chopins Walzer Nr. 7. Wenn ich den höre, denke ich immer an ihn«, sagte Mutter.

»Wollte sie nicht, dass er spielte?«, fragte Lotte.

»Er konnte einfach niemand sein, wenn er mit ihr zusammen war, glaube ich. Es war nicht genug Platz. Und wenn man mitten im Wohnzimmer Chopin spielt, dann wird man jemand«, sagte Ib. Dann brach er plötzlich in Gelächter aus. Er schaute Mutter an, und sie riefen wie aus einem Munde: »Weißt du noch .... JAAA!«

Und dann sangen sie zusammen:

»Schlaf jetzt süß, mein Schätzelein,
bei dir sitzt dein Mütterlein,
um dein Lager schweben fein
lauter weiße Engelein.
Weit von hier auf blauem Meer,
fährt dein Vater hin und her,
sehnt sich sehr nach seiner Kleinen,
deshalb darfst du nun nicht weinen,
bitte Gott in Seiner Güte,
dass den Vater er behüte.«

Lachen, Lachen, Lachen. Endloses lärmendes Lachen.

»Und Gott *bewahre* uns, wie wütend sie war, wenn er das gespielt hat!«, rief Ib.

»Ja, wenn er nicht aufhörte, spielte sie um seine Finger herum, um die Akkorde zu ruinieren. Wenn er dann noch immer nicht aufhörte, versuchte sie, ihn vom Klavierhocker zu zerren. Sie war wie besessen!«, rief Mutter und teilte in ihrer Aufregung ein Stück Brot in zwei Hälften. Sie ritzte sich mit dem Messer und steckte den Daumen in den Mund.

»Bis er mit dem Singen aufhörte und sich ruhig erhob und ins Arbeitszimmer ging«, sagte Ib und konnte nicht aufhören zu lachen, er hatte Krümel auf der Zunge, wie Ausschlag.

»Und sie warf Gegenstände hinter ihm her und gegen die geschlossene Tür«, sagte Mutter.

»Aber warum?«, fragte Lotte, die ihren Schwiegervater nicht mehr kennen gelernt hatte. Ich saß ganz still und betrachtete Stian, der konsequent auf der linken Seite kaute, um dem zahnlosen Loch zu entgehen, das machte er jetzt seit zwei Wochen, seine Zähne würden später ein wenig schief stehen.

»Das Lied heißt *Mütterleins Wiegenlied*«, sagte Ib. »Und ein *Mütterlein* war sie ja nun wirklich nicht.«

»Er spielte es also, um ...«, sagte Lotte.

»Man könnte es als kleine Demonstration bezeichnen! Und er machte es nur, wenn Mutter Ruby oder mich schlecht behandelt hatte. Wenn sie die Geduld verlor und uns eine runterhaute. Oder wenn sie sich eben so hysterisch und unerträglich aufführte, wie nur sie das konnte.«

»Dann setzte er sich ans Klavier und spielte *Mütterleins Wiegenlied*«, sagte Lotte.

»Wenn er das tat, um sie zur Ordnung zu rufen, dann musste sie ja wohl reagieren dürfen«, sagte ich.

»Hör dir das an«, sagte Mutter.

»Prost!«, rief Ib. »Auf unser Mütterlein!«

»Prost!«, erwiderte Mutter. »*Um ihr Lager schwebet fein kein scheißweißes Engelein!*«

»Nein, die sind garantiert kohlschwarz, du.«

Ich sprang auf und lief ins Badezimmer, hielt mich am Waschbecken fest. Oma hatte das Lied offenbar so leise gesungen, wenn sie auf meiner Bettkante saß, dass Mutter es nicht gehört hatte. Und wenn ich mir das genau überlegte, dann war das sicher der Fall gewesen. Ich flüsterte das Lied vor mich hin, so leise, dass ab und zu die Melodie verschwand. Ich hielt die Hände unter Wasser und hob sie dann an mein Gesicht.

Als ich wieder ins Wohnzimmer kam, waren sie beim Porzellan angekommen.

»Er kann nicht sprechen, er will nur malen«, äffte Mutter Oma nach. Der Schrank enthielt Tassen, Vasen, Schüsseln und Kuchenplatten, die am Rand wie Spitzen durchbrochen waren. Vier mit Porzellan gefüllte Schrankfächer. Ganz hinten stand eine kleine Schüssel, die mit einem blauen Wasserfall bemalt war, umkränzt von dem Text *Haugfossen. Modum Blaufarbenwerck,* in altmodischer Schnörkelschrift.

»Was möchtest du davon?«, fragte Mutter und sah mich an.

»Das müsste taxiert werden«, meinte Lotte.

»Mama hält für viele Leute Reden, und dafür kriegt sie Geld. Aber malen kann sie nicht«, sagte Stian.

»Vortrag, heißt das«, sagte ich.

»Dafür kriegst du Geld«, beharrte Stian.

»Nicht genug, mein Herzchen«, sagte ich. »Im Vergleich dazu, wie langweilig das ist.«

»Du müsstest in Geld schwimmen«, sagte Mutter. »Allein stehende Mütter ...«

»Ja, du musst das ja wissen«, sagte ich.

»Fang nicht damit an«, sagte sie. »Jetzt sehen wir uns das Porzellan an. Und hier wollte sich die Hexe offenbar nicht in die Verteilung einmischen.«

»Das müsste taxiert werden«, sagte Lotte noch einmal.

»Wieso denn?«, fragte Ib.

»Weil es sehr wertvoll ist«, sagte Lotte.

»Aber das hat Papa gemalt«, sagte Mutter. »Und da wollen wir es nicht verkaufen. Das sind doch Erinnerungen an ihn. Und es ist ein Wunder, dass sie es überhaupt noch hat.«

»Wenn du wüsstest, was es wert ist, würdest du es vielleicht doch verkaufen«, sagte Lotte.

»Na gut«, meinte Ib. »Wichtig ist, dass wir gerecht teilen, ja? Wir können unseren Teil ja später noch taxieren lassen und verkaufen, und Ruby kann selber entscheiden, was sie mit ihrem macht. Das ist doch eine gute Entscheidung. Wir sind doch nur zwei.«

»Teilt zuerst, dann sehen wir ja, was übrig bleibt.«

Sie füllten zwei Tische. Ich hob mehrere Schüsseln hoch und stellte fest, dass alle Opas Signatur aufwiesen, das charakteristische M, schräg unter den drei parallelen Wellen mit der Königskrone: das Warenzeichen des königlich dänischen Porzellans. Es waren wunderschöne Sachen, das vollendete Werk eines Ästheten. Kobaltblaue Ranken. Kobaltblaue Blumen. Muscheln am Rand. Fächer, die die Muster zusammenführen.

Mutter nahm das Ess-, Ib das Kaffeeservice. Er teilte sich noch mehrere Kuchenplatten zu, damit es gerecht zuging. Vasen und Aschenbecher gab es in gleicher Menge. Eine gediegene Terrine mit Henkel, die wie eine Artischocke auf einem Stängel geformt war, wurde durch einen Bierhumpen mit Silberdeckel aufgewogen.

»Wir haben ja im Grunde keine Ahnung, was welchen Wert hat. Das Älteste ist sicher das Wertvollste«, sagte Lotte.

»Halt den Mund«, sagte Ib.

»Ich geh Kaffee machen«, sagte Lotte.

Als sie in der Küche verschwand, beschlossen Mutter und Ib, mir eine Kaffeekanne mit Sahnekännchen und Zuckerschale zu überlassen. Dazu gehörte ein silbernes Tablett, mit zwei kleinen runden Porzellangriffen.

»Ich sollte wohl eher etwas von Mutter bekommen«, sagte ich.

»Er hat dich geliebt«, sagte Ib. »Du warst sein kleiner Sonnenschein.«

»Wirklich?«

»Er hat sich immer so auf deine Besuche gefreut.«

»Weil dann Glück und Ruhe ins Haus einzogen«, sagte Mutter. »Nimm das nicht persönlich.«

»Du und Oma, ihr habt euch immer gestritten. Und Opa hatte es sicher total satt, sich das anzuhören«, sagte ich.

»Aber wenn du *allein* hier warst, kleiner Schatz«, sagte Ib und lachte.

»Ja, da war eitel Sonnenschein angesagt«, sagte Mutter.

»Ja, das war es wirklich«, sagte ich. »Und deshalb hätte ich gern die kleine Schüssel mit dem Wasserfall.«

»Bitte sehr, die gehört nirgendwo dazu«, sagte Ib und reichte sie mir. »Und damit ist die Sache erledigt. Das ging doch wie geschmiert. Wenn wir mit dem Teilen Probleme gehabt hätten, hätten wir einen Polterabend veranstalten müssen!«

»Wir kennen doch niemanden, der vor den Traualtar tritt«, sagte Mutter.

»Eine grauenhafte Sitte«, sagte Ib. »Das viele schöne Porzellan.«

»Ich war nur einmal bei so was dabei«, sagte Mutter. »Und da wurde Steingut benutzt. Damals, als Kurt seine Bodil geheiratet hat, die, die mit mir im Internat war, kannst du dich an ihn erinnern?«

»Den schrecklichen Kurt, es ist unvorstellbar, dass die wunderbare Bodil den genommen hat. Der hatte wirklich nichts Besseres als Steingut verdient.«

»Papa hat die Sachen für mich aus dem Keller geholt«, sagte Mutter. »Mutter wollte mir Papas Porzellan geben.«

»Das kann ich mir vorstellen. Himmel ... der Keller!«

»Du musst einen Container bestellen. Ich hab die Nase voll.«

»Redet ihr vom *Polterabend?*«, fragte Lotte, die eine Thermoskanne in der Hand hielt. »Wollt ihr alles kaputtschmeißen?«

»Wir hatten keinen«, sagte Ib.

»Nein, wir sind nach Helsingør durchgebrannt. Ausgerechnet«, sagte Lotte.

»Könntest du dir Mutter auf unserer Hochzeit vorstellen? Das wäre was gewesen! Sie hätte dermaßen geweint, dass der Pastor nicht zu Wort gekommen wäre. Es hätte auch nichts geholfen, wenn wir am Vorabend hundert Essservice zerschmissen hätten.«

»Scherben bringen Glück«, sagte Lotte auf Deutsch.

»Manchmal«, sagte Mutter.

»Was bedeutet das eigentlich?«, fragte ich.

»Dass Scherben Glück bringen«, übersetzte Lotte.

»Manchmal«, wiederholte Mutter.

Zwei Wochen nach seinem Tod war Opas Arbeitszimmer bereits vollständig ausgeräumt worden. Oma hatte die Fabrik angerufen und ihnen alles vermacht, als Schenkung. Am folgenden Tag wurde, nach Ibs Darstellung, das Haus von einer ganzen Heerschar von Menschen belagert. Oma hatte sie die *Porzellanfiguren* genannt. Sie hatte sich in den Türöffnungen dramatisch an alle angeklammert, hatte mit zitternden Händen Sherry serviert, hatte geweint, hatte den großen Verlust ihres geliebten Mogens Christian verkündet und sich darüber verbreitet, wie stolz sie immer auf ihn gewesen sei. Sie hatten kistenweise Porzellan aus dem Haus getragen. Als Ib eintraf, war ein Lieferwagen bereits bis an den Rand gefüllt. Oma hatte Ib beschwipst ins Esszimmer gezogen und auf den Mahagonitisch gezeigt, wo die ganze breite Tischplatte von einem gewaltigen Blumenbukett bedeckt war.

»Von der Fabrik«, hatte sie geflüstert. »Vom *Direktor.* Weil sie alle Zeichnungen und Muster bekommen haben. Und ich bin ja nur glücklich darüber, dass ich die los bin. Das hätte er mal wissen sollen.«

»Ruby und ich hätten vielleicht auch gern etwas davon gehabt«, hatte Ib gesagt. »Einige von seinen Zeichnungen, von seinen Musterentwürfen ...«

»Ha, das war doch alles nur Müll, Junge, das weißt du nur zu gut. Der hat es doch nie zu etwas gebracht. Ein schnöder Kopist ...«

Ich kann mich an seine Hände erinnern. Weiß und schmal, die Haut so glasurblank und ruhig, dass die Adern zu sehen waren. Ich wäre ihnen gern mit einem in Kobaltblau getunkten Pinsel aus Marderhaaren gefolgt, um sie deutlich zu machen, sie und das pochende Blut, das sie in stiller Freude zittern ließ, weil sie malen durften, statt zu reden.

Ich trug mein Erbe zum Sofa. Ich hörte sie darüber reden, dass sie in die Stadt fahren und beim Anwalt Papiere unterzeichnen müssten. Ich wollte allein sein. Am nächsten Tag war die Trauerfeier, danach würden wir nach Hause fahren. Ich ging zu ihnen und sagte: »Ich bleibe hier.«

»Willst du nicht mitkommen? Wir fahren jetzt«, sagte Mutter.

»Ich will mit Oma fahren«, sagte Stian.

»Und danach möchte ich ein bisschen bummeln gehen, bei dem schönen Wetter, in einem Straßencafé sitzen. Und Stian kommt mit. Auch, wenn du unbedingt Schwierigkeiten machen willst«, sagte Mutter.

»Ich hab Kopfschmerzen.«

»Mama, hast du es gesagt?«, fragte Stian ernst.

»Ich bin noch nicht dazu gekommen«, antwortete ich.

»Was denn?« Mutter legte die Arme um ihn, weiche und alles verschlingende Arme. Stian starrte mich auffordernd an, ich begriff, dass hier Flüstern angesagt war. Ich flüsterte Mutter ins Ohr, dass Stian sich den Mixer wünsche. Sie drückte ihn an sich und sagte: »Dann ist das abgemacht. Ich werde deinen Namen draufschreiben, Herzchen. *Für meinen kleinen, süßen Stian,* werde ich schreiben. Und niemand darf dann vergessen, wem der gehören soll.«

Die Koffer waren nicht abgeschlossen, Mutter hatte gelogen. Mir blieben mindestens zwei Stunden. Im Küchenschrank stand eine Flasche Gin, die etwas weniger als halb voll war. Sie hatte es nicht mehr geschafft, alles zu trinken. Tonic war im Haus nicht vorhanden. Ich nahm mir Zitronenextrakt, der für Tee bestimmt war, und Eiswürfel, und füllte das Glas bis zu den kleinen Veilchen mit Wasser.

Ich holte den Tisch mit der Glasplatte und dem Bambusrand und stellte ihn zusammen mit einem Korbsessel vor den Springbrunnen. Ich leerte das Glas zur Hälfte, dann ging ich ins Haus und öffnete die Koffer.

»Ich nehme das, was mir am besten passt, ja? Du weißt doch,

Oma, dass ich nie eine besondere Diva sein mochte. Schon gar nicht damals, als ich deine kleine Prinzessin war.«

Die Stoffe quollen hervor. Als sie von den Kofferdeckeln befreit worden waren, wuchsen die luftigen Gewänder, als enthielten sie lebende Menschen. Sie machten wunderschöne Geräusche; Pailletten raschelten, die in die Stoffe eingenähten Amoretten klirrten gegeneinander. Ich achtete nicht auf den Staub, auf die Schweißränder an Nacken und Handgelenken. Hinter dem Geruch des Alters ahnte ich Omas Jungmädchenparfüm. Einen rosa Duft, voller Gesang. Ich hob alle Kostüme aus den Koffern und hängte sie über die offenen Deckel und die umstehenden Stühle. Kleider, lange bauschige Unterhosen mit Spitzenkanten, Strumpfbänder, einige platt gedrückte Hauben aus den Komödien, Isadora-Duncan-Schals in allen Pastelltönen. Kein einziges Kostüm war mit dem Namen der Erbin versehen, so wie Mutter behauptet hatte.

Ich fand das Kostüm, das ich gesucht hatte. Es war zu eng. Ich ließ den Reißverschluss am Rücken offen stehen.

Ich setzte mich an den Springbrunnen, zwischen die hohen Hecken, unter die Sonne, an Großmutters Tisch, in einem Kostüm aus dem *Blauen Engel.* Das war ihre letzte Rolle vor Mutters Geburt gewesen, 1933 also. Eine dänische Lola-Lola, die die Stadt im Sturm und lachend eroberte, mit *Glanz und Gloria.* Sie sang für mich, ich war ihr einziges Publikum. Ich weiß noch, dass ich dachte: Früher hatte sie bestimmt eine schöne Stimme. Jetzt war diese Stimme von den vielen Zigaretten brüchig und heiser, obwohl sie behauptete: *Menthol schmiert.* Ich war ein kleines Mädchen, das sich hingerissen von einer Oma verschlingen ließ, die sich für mich verkleidete und mit schräg gelegtem Kopf und hoch erhobenem Kinn umhertanzte:

Ich bin von Kopf bis Fuß auf Liebe eingestellt,
ja, das ist meine Welt, und sonst gar nichts.
Das ist, was soll ich machen, meine Natur,
ich kann ja Liebe nur, und sonst gar nichts.
Männer umschwirrn mich wie Motten das Licht,
wenn sie sich verbrennen, dafür kann ich nichts …

»Das war Marlenes Lied. Eigentlich«, erklärte sie. Ich hatte keine Ahnung, wovon sie da redete, nickte aber eifrig. Sie tanzte weiter und streckte die Arme nach beiden Seiten aus. Und dann sang sie noch einmal:

Ich bin von Kopf bis Fuß auf Liebe eingestellt,
ja, das ist meine Welt, und sonst gar nichts …

Danach war sie traurig und wollte sich ausruhen. Sie wollte vergossene Milch beweinen, wie sie sagte, und bat mich, eine Weile am Strand zu spielen.

Ich fuhr mit der Hand über den Matrosenkragen, der mit einem großen flachen dunkelblauen Knopf befestigt war, und betrachtete meine nackten Beine im Gras. Dieses Kostüm erschien ihr als zu maskulin für diese Rolle. Oder zu maskulin für *sie,* trotz des schamlos kurzen Rocks. Sicher lag es an dem Matrosenkragen, der zu viel von ihren Schätzen bedeckte. Ein blauer Engel, unschuldsblau, ganz anders als die kohlschwarzen Engelein, die Mutter und Ib zufolge jetzt ihr Lager umschwebten. Eine Kabarett-Sängerin, die so dringend angebetet werden wollte, dass nicht einmal Professor Unrat oder ein hergelaufener Blaumaler in seiner abgrundtiefen Verliebtheit ihre Lebensfreude berühren konnten.

Deiner Oma wie aus dem Gesicht geschnitten.

»Du wurdest erwürgt, Oma, du wurdest erwürgt von grauen Tagen, und am Ende wurdest du lächerlich in deinem Drang, alles mit Farbe zu versehen. Hassen sie dich deshalb so? Liegt es daran?«

Der Zitronenextrakt im nächsten Glas schmeckte nach künstlichen E-Stoffen, und ich sah ein, dass die Sache zu Ende war. Ich verpackte alles. Ich wollte kein Kostüm stehlen. Das Museum war wirklich besser. Ehrenhafter. Ich schob die Koffer wieder unter das Bett.

Als sie aus der Stadt zurückkehrten, schaute ich Mutter forschend ins Gesicht. Ich suchte darin nach Omas Zügen, fand aber nur meine eigenen.

Teil II

Verbrannt ist alles ganz und gar,
das arme Kind mit Haut und Haar;
ein Häuflein Asche bleibt allein
und beide Schuh', so hübsch und fein.
Und Minz und Maunz, die kleinen,
die sitzen da und weinen.
»Miau! Mio! Miau! Mio
Wo sind die armen Eltern, wo?«
Und ihre Tränen fließen
wie's Bächlein auf der Wiesen.

aus: »Der Struwwelpeter« von
Heinrich Hoffmann

Es half, wenn sie sich zusammenrollte und so fest in ihre Knie biss, dass die Haut platzte wie eine Wurstpelle. Dann kam Blut, und darauf konnte sie sich konzentrieren, es wegwischen, daran lecken.

Die Mutter kam nicht herauf auf den Dachboden. Die Treppe war zu steil. Sie stieß mit dem Kopf gegen die Balken, und die Bodenbretter wiesen breite Risse auf, in denen sich ihre Absätze verfingen.

Ruby stand auf, steckte den Kopf aus dem Dachfenster und roch am Wind. Er brachte den Geruch von Ebbe und Tang mit sich. Sie dachte an den Strand und den Sand und die Burgen, die sie und Anna bauen würden, während der Lärm unter ihr hin und her wogte, von einem Zimmer zum anderen. Zuerst im Esszimmer, dann im Gartenzimmer, dann in der Küche und dann wieder im Gartenzimmer. Sie hörte die Stimme ihrer Mutter, nie die ihres Vaters. Wenn der Lärm sich ins Arbeitszimmer ihres Vaters verlagerte, war es fast schon zu Ende. Dann war gleich das Finale erreicht, das laute Schreien der Mutter, danach Türenknallen und dann Weinen. Ein Weinen, das zuerst ziellos umherirrte, das sich hob und senkte, in der Küche, mit leisem Klirren, und endlich: trockenes Schluchzen aus dem Gartenzimmer. Es war möglich, sich die Ohren zuzuhalten und im Kopf Musik zu hören – den Vater, der für sie Chopins Walzer Nr. 7 spielte. Ruby kannte jede Note. Das Schluchzen der Mutter konnte die Musik nicht übertönen.

Ein seltenes Mal dauerte der Lärm so lange, dass er das Arbeitszimmer nicht erreichte. Ib wurde geweckt und schrie, und die Mutter schlug kreischend harte und hässliche Akkorde auf dem Klavier. In solchen Momenten bot die Haut auf ihren Knien Zuflucht: der Schmerz, wenn sie zubiss, der Geschmack des Blutes. Das Haus bebte, und Ruby hatte es eilig. Sie kratzte Stücke von den Gipstieren, von den Elefanten und Tigern; bohrte sich zu dem Stahldraht durch, der sie aufrecht hielt. Weiße Gipsflocken rieselten zu Boden. Sie deformierte die Tiere, bis sie Mitleid mit ihnen hatte, dann versuchte sie, sie wieder auf den Balkenrand zu stellen. Sie leckte sich Blut vom Knie und wickelte sich die Haarschleife ganz fest um die Hand. Ihre Finger schwollen an, und das ausgesperrte Blut pochte mit ihrem Herzen um die Wette.

Das Dachbodenfenster war schräg, im selben Winkel wie das Dach. Es hatte nur eine Angel. Man konnte die Hand in die Luft halten, nachdem die Schleife so lange festgewickelt gewesen war, dass die Hand abzufallen drohte. Hände konnten abfallen, das konnten zumindest braune Warzen mit Haaren. Tante Oda wickelte sich Nähgarn um ihre Warzen und band die Fäden gut fest. Sie hatte etliche Warzen am Hals, dort, wo die Halskette lag. Wenn sie Fäden hatte, trug sie die Kette nicht. Und eines Tages waren Warzen und Fäden verschwunden. »Die Warze ist erwürgt worden«, erklärte Tante Oda.

Ruby band die Schleife ab und hielt die Hand aus dem Fenster. Vom Wind wurde sie rasch abgekühlt. Ihre Finger wurden dünn und weiß, als das Herz sein Blut zurückerhielt. Aber die Haarschleife fiel hinaus. Ein gelbes Band, das im Wind wehte. Nach einem kurzen Flug durch die Luft klebte es weiter unten an der Dachrinne fest. Zwei Haarschleifen im Monat, wenn sie noch mehr verlor, gab es Prügel. Diese war erst drei Tage alt. Abends wurde sie gewaschen und um eine Milchflasche gewickelt, und dann war sie am nächsten Morgen wie neu. Sie hätte schon längst ins Bett gehört. Der Lärm dort unten trieb die Zeit an, machte sie unwichtig. Sie warfen mit Gegenständen, das hörte sie, aber was sie riefen, konnte sie nicht verstehen. Die Stimmen verschwammen zu einem gleichmäßigen Brei, einer Welle, die sich erhob und am Sand leckte, die in sich zusammenfiel und zurückglitt, die sich abermals aufbaute und den Sand an der Stelle traf, wo das Wasser der vorigen noch nicht richtig durchgesickert war.

Sie holte den Hocker. Der Vater wusste nichts von diesem Hocker. Er ließ sie hier oben in Ruhe, auch wenn unten nicht geschrien wurde. Aber Ruby wusste, dass Sechsjährige nicht allein auf Hockern vor Dachfenstern stehen dürfen. Sie kletterte aus dem Fenster und bis aufs Dach. Jemand schrie im Nachbarhaus, das war Dasse. Ruby legte sich auf den Bauch und streckte die Hand nach der Schleife aus, bekam sie zu fassen, zog sich durch das Fenster zurück und schrammte sich das Knie auf. Darüber freute sie sich, fast mehr als über die Rettung der Schleife, denn die Wunde saß genau an der Stelle, in die sie sich vorhin gebissen hatte, und der Vater konnte es doch nicht ertragen, wenn ihre Knie Bissspuren aufwiesen. Außerdem hatte Dasse sie ja gesehen. Sicher schrie sie deshalb. Sie setzte sich still auf den Boden und wartete und fing an zu zählen. Sie kam nur bis 10, obwohl sie es sonst fast immer bis *halbhundert* schaffte.

»Ruby! Komm nach unten! AUGENBLICKLICH!«

Die Stimme der Mutter kam vom Fuß der Bodentreppe her. Die Wörter schwallten über die Stufen, wie Trompetenstöße. Danach, von der Treppe abgewandt: »Warum stehst du nur herum? Jetzt lauf schon in den Garten, Mogens, und sieh nach, ob dieses verdammte Gör runtergefallen ist!«

Sie blieb ganz still da sitzen und leckte sich Blut von der Wunde. Sie hörte unten in der Küche Dasses Stimme. Die war laut und schrill, wie das bei Frauen eben ist, wenn sie wütend sind oder Angst haben. Dasse hatte frisch geborene Katzenjunge und immer eine Dose voll Plätzchen. Ruby beschloss aber trotzdem, sie nie mehr zu besuchen, weil sie petzte. Auch nicht, um mit Klein-Søren im Kinderwagen loszufahren und dadurch fünfzehn Öre für ein Eis zu verdienen.

Dann kam der Vater nach oben, fand sie im Halbdunkel und nahm sie auf den Arm. Er war schweißnass, aber nicht, weil er in den Garten und dann wieder ins Haus gerannt war. Davon wurde man nicht schweißnass. Seine Brille war beschlagen.

»Was hast du da draußen gemacht?«

»Die Schleife geholt, Papa.«

»Deine Mutter ...«

»Ich hab die Schleife geholt!«

Das wiederholte sie unten, bei Mutter und Dasse, die in der Küche standen. Die Mutter verpasste ihr trotzdem eine Ohrfeige. Sie hätte die Schleife also auch mit dem Wind weiterziehen lassen können. Normalerweise schlug die Mutter nicht, wenn Ruby in Sicherheit auf Vaters Arm saß. Die Brille des Vaters rutschte herunter, als Rubys Kopf gegen seinen geschleudert wurde.

»Jetzt reicht es, Malie«, sagte er und setzte die Brille wieder auf. »Aber danke, Dasse, dass du uns Bescheid gesagt hast. Und jetzt muss die junge Dame ins Bett.«

Die Haare der Mutter waren durcheinander geraten. Ihre Wangen glänzten, die Augen waren schwarz und brannten. Der Nagellack war an den Rändern abgeblättert. Sie trug ein gelbes Kleid mit einer kleinen Stoffblume, die an einer Schulter festgenäht war. Dasse weinte und hatte der Mutter eine Hand auf den Arm gelegt, auf den, der zugeschlagen hatte.

»Papa soll mich ins Bett bringen«, sagte Ruby. »Nicht du. Und du darfst auch nachher nicht reinkommen.«

Sie gingen, ehe die Mutter antworten konnte. Ruby wurde durch die Zimmer getragen. Niemand tröstete Ib. Er weinte jämmerlich und piepsend, mit viel Luft dazwischen, so, wie er sonst vor dem Einschlafen weinte.

»Schreit ihr heute Abend noch mehr, du und Mutter, Papa?!«

Er gab keine Antwort.

»Liest du mir was vor?«

»Ja, gern. Ich hab Zeit genug, Herzchen.«

Er machte sich an ihrem Knie zu schaffen.

»Du darfst die Schleife um die Flasche nicht vergessen, Papa.«

»Werde ich auch nicht. Was soll ich lesen?«

»Den Struwwelpeter.«

»Ich dachte, den magst du nicht?«

»Doch. Die Kinder sind ja noch böser als ich.«

Der große Nikolas tunkte die Knaben in sein Tintenfass, weil die einen Mohr verspottet hatten, und danach waren sie schwärzer als jemals irgendein Mohr. Paulinchen verbrannte, weil sie mit Streichhölzern spielte, obwohl die Katzen sie immer wieder gewarnt hatten. Am Ende waren nur ihre Schuhe noch übrig. Dem Daumenlutscher Konrad wurde der Daumen abgeschnitten. Aber die schönste Geschichte war die von Ännchen im Mond.

»Lies von Ännchen, Papa.«

Der Vater blätterte.

»Das steht auf Seite 14.«

»Hier ist sie. *Alles, was klein Ännchen sah, wollte sie besitzen gar …*«

Ännchen erschrie sich allerlei Spielzeug, hatte es aber sofort wieder satt. Immer entdeckte sie etwas Neues und Spannendes. Eines Nachts spiegelte sich der Mond im Wasser – den wollte sie besitzen! Sie sprang in den Fluss, um ihn einzufangen.

»Ach! Da musste Ännchen sterben, in den Wellen ganz verderben.«

Sie wurde vom Mond gefangen und muss nun für immer dort oben sitzen.

»*Ja! Im Monde sitzt sie nun, wo sie weint und klagt, schau nur auf, mein liebes Kind, wie sie dort verzagt.* Und jetzt musst du schlafen, Ruby.«

»Scheint heute Abend der Mond?«

»Nur halb.«

»Die rechte oder die linke Hälfte?«

»Die linke, glaube ich.«

»Dann sieht man nur ihren Rücken und Nacken.«

»Gute Nacht, mein Schatz.«

»Denk an die Schleife, Papa.«

Auch an dem Tag, an dem Klein-Søren geholt wurde, stand sie am Dachfenster. Der Krankenwagen war schwarz und hatte gelbe Fenster, durch die man nicht hineinschauen konnte. *Blegdamshospital* stand darauf. Sie konnte das lesen, denn der Wagen blieb lange vor dem Haus stehen. Außerdem wusste sie, dass Leute mit ansteckenden Krankheiten dorthin gebracht wurden, auch Kinder. Søren hatte *Schleim in der Lunge.* Er hustete mit heulendem Geräusch, bis er sich erbrach. Sie hatte ihn seit zwei Wochen nicht mehr im Wagen fahren dürfen, und von der Mutter bekam sie niemals Geld für Eis, auch wenn sie Ib den ganzen Weg von Sundbyøster zum Fort und wieder zurück fuhr, während die Mutter schlief.

Sie hatten ihn in eine Decke gewickelt. Dasse ging zusammengekrümmt hinter dem Mann, der das Kind trug, her und hielt sich eine Hand ans Gesicht. Ruby hörte nicht, ob sie weinte, aber bestimmt weinte sie. Sie liebte Søren und küsste ihn oft, drückte ihn an sich und nannte ihn *Mäuschen.* Das sagte die Mutter auch zu Ib, wenn ihre Augen leuchteten und die Küche aufgeräumt war und die Gartentür offen stand und das Radio Vormittagskonzerte übertrug und die Mutter ein Kleid bügelte, weil sie und der Vater abends eingeladen waren.

Ruby stürzte nach unten und erzählte, dass Søren abgeholt worden war. Es machte Spaß, das zu erzählen, so traurig es auch war, denn es betraf andere. Die Mutter lief auf die Straße, schaute lange dem Krankenwagen hinterher, rang die Hände und murmelte vor sich hin. Als sie wieder ins Haus kam, rief sie den Vater in der Arbeit an. Es dauerte lange, bis er an den Apparat kam. In der Zwischenzeit sprach sie mit jemand anderem und klang dabei höflich und gebildet. Dann brach sie plötzlich in hysterisches Weinen aus. Ruby begriff, dass der Vater jetzt da war. Sie konnte ihn vor sich sehen. Sie hatte ihn einige Male zur Arbeit begleitet. Er trug dann einen hässlichen Stoffkittel, um seine Kleider nicht zu verderben. Aber sie war noch nie in dem Büro gewesen, wo das Telefon stand. Die Mutter heulte über Ansteckung und Tod und über Dasse, die zweifellos *zerschmettert* war. Als sie aufgelegt hatte, sagte Ruby:

»Ich habe mich sicher angesteckt, Mutter.«

»Du? Nein, dich steckt bestimmt gar nichts an.«

Sie lief zu Anna Fuchs, um auch der alles zu erzählen. Sie und Anna waren gleich alt und unzertrennlich. Zusammen gingen sie zum Strand hinunter, wo sie husteten und husteten, bis sie umfielen und wie tot im Sand liegen blieben, so lange, bis sie einfach lachen mussten.

»Tote Kinder schrumpfen«, sagte Anna. »Wenn die Seele in den Himmel wandert, bleibt nur der kleine Leichnam übrig.«

»Ib wird bestimmt auch sterben. Und dann bin ich allein.«

»Wenn man von Schleim in der Lunge stirbt, hustet man so sehr, dass die Därme sich losreißen und aus dem Mund fliegen. Und dann spritzt das Blut überall hin, und dann stirbt man«, sagte Anna. »Der arme Ib, wenn ihm das passiert.«

Am Tag darauf ging Ruby zu Dasse hinüber, obwohl sie das eigentlich nicht durfte. Dasse saß ganz still auf einem Holzstuhl, sie hatte dem Licht des Fensters den Rücken gekehrt. Ihre Silhouette war so schwarz wie einer von den in Nikolas' Tintenfass getunkten Knaben.

»Geh nach Hause. Deine Mutter hat Angst vor Ansteckung.«

»Muss er sterben? Haben seine Därme sich losgerissen?«

»Geh nach Hause.«

»Darf ich die Kätzchen nicht sehen?«

»Jetzt höre ich Egil.«

Ruby rannte zum Fenster und sah, wie Dasses Mann sein Fahrrad in den Ständer stellte und durch das Tor ging. Er ging langsam, trat dicht an Dasse heran, legte ihr die Hände auf die Schultern und sagte: »Es ist vorbei. Jetzt hat er Ruhe gefunden.«

Ruby lief durch die Hecke nach Hause und erzählte nichts davon, dass Søren wieder gesund geworden war und sich ausruhte. Die Mutter merkte fast nicht, dass sie da war. Es waren Ferien. Sie kam sich vor wie im Schrebergarten bei Tante Oda und Onkel Dreas. Keine plötzlichen Wutanfälle. Dann passierte alles auf einmal. Das Telefon klingelte, die Mutter fing an zu schluchzen und sagte, *armer Søren, arme Dasse, mein Gott, mein Gott, das ist ja so entsetzlich, das unschuldige kleine Kind, danke für den Anruf, Egil, ja, natürlich helfen wir bei der Unterbringung.*

Er war gestorben, während er sich ausruhte. Ruby hustete. Die Mutter legte auf und drehte sich langsam zu ihr um: »Hast du gehustet?«

»Jetzt nicht mehr.«

»Wenn du Ib ansteckst ... du WARST da! Du WARST da! Die verdammten Katzen! KOMM HER, du Drecksdeern!«

Sie wurde ins Badezimmer gezerrt, wo die Mutter ihr Quillaia-Absud in den Hals schüttete, das Mittel, mit dem sie auch die Teppiche wusch. Rubys Kleid wurde vorn feucht und dreckig davon.

»Schlucken. Schlucken. Jetzt SCHLUCK ENDLICH!«

Sie erbrach sich, über sich und über die Mutter und über die vielen in Reih und Glied angebrachten Fliesen. Die Mutter schlug ihr ins Gesicht, wieder und wieder, auf beiden Seiten. Aber sie hörte ebenso plötzlich damit auf, wie ihr die Idee mit dem Quillaia-Absud gekommen war. Sie sank auf die Knie, schlug die Hände vors Gesicht und schluchzte: »O Gott, was für ein Leben, was für ein Leben …«

Ruby dachte: *Warum sagt sie das? Mir ist doch schlecht geworden!*

Sie lehnte sich an die Mutter, ihr schwindelte, sie waren jetzt gleich groß. Am liebsten hätte sie sich die Ohren zugehalten und den Walzer Nr. 7 gehört, aber sie schmiegte ihre Wange an die der Mutter und flüsterte: »Mutter, nicht weinen, nicht weinen, Mutter, das geht schon gut, nicht weinen, Mutter. Ich erbreche mich nicht mehr, ich hab ganz viel runtergeschluckt, ich bin jetzt gesund. Mutter …«

Sie zog der Mutter die Hände vom Gesicht, einen Finger nach dem anderen, und entblößte Augen, Nase und Mund. Aus allen Löchern strömte blanke Flüssigkeit.

»Mein Leben«, flüsterte die Mutter, ohne die Augen zu öffnen, die Tränen sickerten durch ihre Wimpern. »Ach, wenn ich damals doch nur ein wenig vorsichtiger gewesen wäre … es hat meine Figur ruiniert, meine Karriere, meine Chancen. Eine verheiratete Frau darf nicht *Frau* sein. Ich wäre jetzt berühmt, statt in einem Winkel auf Amager zu verkommen, zwischen lauter Toten.«

»Aber Mutter, wir sind doch nicht tot. Und Søren war noch ganz klein. Er konnte ja noch nicht mal sprechen. Nicht mehr weinen, Mutter.«

Endlich öffnete sie die Augen und schniefte auf die Weise, die Ruby als abschließendes, vernünftiges Schniefen kannte.

»Wie siehst du denn überhaupt aus, Herrgott, zieh dich sofort aus. Und bist du sicher, dass du dich nicht mehr erbrechen musst?«

»Ja, Mutter.«

Zur Beerdigung füllten sich beide Häuser mit fremden Menschen, mit Koffern und Taschen und Blumen und Dosen mit Kuchen und Brot. Die ganze Nachbarschaft stellte Matratzen zur

Verfügung. Die Mutter sprach nicht mehr von Ansteckung. Ruby sollte auf dem Dachboden schlafen. Der Vater holte ein altes Sofa aus dem Keller, sie freute sich. Bis sie erfuhr, dass auch ein Junge aus Fünen, der älter war als sie, dort oben übernachten sollte, auf einer Matratze vor dem Sofa. Der Junge hieß Gert. Er lag unter seinen Decken und bohrte in der Nase, blies sich Rotz zwischen den Fingern durch und danach reinigte er seine Zehen und beschrieb detailliert, wie groß die Stücke waren, die er dazwischen fand. Und dass sie nach Käse schmeckten. Am Ende kaute er lange auf seinen Nägeln herum und spuckte weiße Nagelhalbmonde auf die Bodenbretter. Er hätte bei Dasse schlafen sollen, da hätte er sich hoffentlich angesteckt.

Gerts Mutter sollte unten schlafen. Sie trug ein schwarzes Trauerkleid, mit zwei Knöpfen unter dem Kinn. Die sahen aus wie Lakritzschnecken mit einer blassblauen Zuckerkugel in der Mitte. Sie sagte, sie sei froh darüber, nicht bei Dasse wohnen zu müssen, denn sie wollte sich doch auch ein wenig *amüsieren,* wo sie so weit gereist waren.

Ruby hörte genau, wie die anderen unten saßen und sich amüsierten. Auch Gerts Vater war dabei, und zwei alte Schwestern von Sørens Vater Egil. Und ein junges Mädchen mit straff gekämmten Haaren und weißen Augenwimpern, wie Silberfransen an einer Tischdecke, und weißen Lippen, die sich nur zum Husten öffneten, sie sagte kein Wort.

Doch die Stimme der Mutter war wie Gesang, wie Vogelzwitschern. Es war wunderbar zu wissen, dass die eigene Mutter glücklich drauflos plauderte, mit leuchtenden Augen, und dass das allen gefiel. Gläser klirrten, begleitet von fröhlichem Lachen. Wenn das Dasse wüsste, dass sie da unten ein Fest feierten. Das Radiogrammofon wurde eingeschaltet, vermutlich lag in der Gabel darüber ein Stapel Platten bereit, um auf den Plattenteller zu fallen. Die deutschen Platten der Mutter, auf denen die Schwedin Zarah sang. Ruby lauschte und summte mit, sie spielten eins ihrer Lieblingsstücke: *Das muss ein Stück vom Himmel sein, Wien und der Wein, Wien und der Wein …* Fast niemand in der Straße hatte ein Radiogrammofon. In einem Kabinett, mit Rolltüren davor. Es hatte im Haus viel Streit gegeben, mit Geschrei und Türenschlagen, ehe im Vorjahr das Grammofon angeschafft worden war. Doch sie selbst war zu klein, um auf dem Dachboden zu sitzen und sich von allem gelassen dahintragen zu lassen. Sie saß mitten im Lärm und starrte das Klavier an, das die Mutter immer wieder in die Diskussion einbrachte, ohne dass Ruby einen Grund dafür erkennen konnte. Klavier, das war so ein schönes Wort. Wenn die Mutter es aussprach, musste sie das Instrument einfach ansehen.

»Es ist ungerecht, dass ich schlafen muss«, sagte Gert.

»Ich wäre auch gern auf dem Fest dabei gewesen«, sagte Ruby.

»Du? Du bist zu klein. Zeigst du mir deine *Muschi?*«

»Wieso denn?«

»Zu Hause auf Fünen hab ich schon einige gesehen, da wäre es witzig, auch deine zu kennen.«

»Du hast dreckige Finger. Du bohrst dir in der Nase und puhlst zwischen deinen Zehen herum. Eine Muschi darf man nicht mit *beschmutzten* Fingern anfassen, das sagt meine Mutter.«

»Ich will doch bloß *sehen.*«

»Nein. Du bist blöd. BLÖD!«

Bald darauf schlich er nach unten, unter dem Vorwand, pissen zu müssen, und protzte danach vor Ruby damit, dass er in der Küche den Rest aus der Rotweinflasche geleert habe. Sie glaubte ihm, denn er schlief fast sofort ein. Ruby blieb wach und dachte an Søren und seine Seele, die zum Himmel gewandert war. Woraus eine solche Seele wohl gemacht war? Sie stellte sich ein weißes Viereck vor, ein Stück Papier, das sich zu den Wolken erhob. Wie ein geliebter Ballon, den man verlor und niemals wiedersah.

Weder sie noch Gert durften mit zur Beerdigung, das durfte nur Ib.

»Er versteht das ja doch noch nicht«, meinte die Mutter und bat den Vater, ihn auf den Arm zu nehmen. Ib war als Einziger nicht schwarz gekleidet. In seinem gelben Spitzenkleidchen und mit der mit rotem Rhabarbersaft gefüllten Nuckelflasche war er ein leuchtender Farbtupfer zwischen den vielen Trauergästen. Er durfte hoch oben auf Vaters Arm sitzen, mit einem breiten, unpassenden Lächeln.

Ruby war enttäuscht. Sie hatte sich darauf gefreut, den Sarg zu sehen. Anna sagte, dass man weinen musste, wenn man einen Sarg sah, der mit Blumen bedeckt vor dem Altar in einer Kirche stand. Man heulte einfach los. Ohne gefallen zu sein oder ausgeschimpft zu werden. Und davon hätte Ruby sich doch gern überzeugt.

Gert rannte in der Straße hin und her und ließ einen Stock an den Zaunlatten entlangwandern, während die anderen in Simon Peters Kirche saßen. Diese Kirche trug denselben Namen wie ein Pferd, das die Mutter als Kind gekannt hatte. Niemand kümmerte sich um sie. Das Haus war abgeschlossen, sie mussten sich auf der Straße oder im Garten hinter dem Haus aufhalten. Ruby holte Anna, und sie versteckten sich vor Gert in der Hecke und spuckten nach ihm, als er vorüberrannte, ohne sie zu entdecken. Im verschlossenen Haus war die Küche mit Essen voll gestellt, mit belegten Broten, die nach dem Gottesdienst in Dasses Haus hinübergebracht werden sollten. Ruby hatte geholfen, Rote Bete in gleich große Stäbchen zu schneiden, die dann in die Leberpastete gesteckt wurden, und sie hatte Krusten vom Roggenbrot geschnitten. Wenn die anderen dabei waren, schimpfte die Mutter nicht so viel, und Ruby wurde mit ihren Aufgaben problemlos fertig. Die Krusten durfte sie in einer Tüte mitnehmen, sie und Anna teilten sie, ohne Gert etwas davon abzugeben. Am Ende rannte er zum Strand hinunter, obwohl es zu kalt zum Baden war. Wenn sie Glück hatten, dann würde er trotzdem baden und Krämpfe bekommen und ertrinken, oder zum Hestehullet hinausschwimmen und auf den Meeresgrund hinabgesaugt werden und verschwinden. Dasse würde es möglicherweise aufmuntern, die weite Reise nach Fünen zu unternehmen, und Gerts Mutter würde weinend herumlaufen, mit Lakritzschnecken unter dem Kinn, und nicht ertragen, dass Gäste von auswärts am Tag vor der Beerdigung ihres einzigen Sohnes im Nachbarhaus Schallplatten hörten und sich amüsierten.

Anna sagte, der Freitag sei ein unglaublich guter Tag, um sich begraben zu lassen. Dann begann bei ihr zu Hause der Sabbat, und sie dachten die ganze Zeit an göttliche Dinge. Nachher beim Essen, wenn die Kerzen brannten und sie ihre Gebete gesprochen hatten, wollte sie ein wenig über Søren erzählen, darüber, wie niedlich er gewesen war. Obwohl Søren ein *Goj* gewesen war und kein Nachkomme Abrahams und obwohl er niemals ein Abendgebet oder ein Tischgebet gesprochen oder die Tora gedeutet habe, sei er trotzdem ein Kind Gottes, das dessen Schutz im Himmel verdient hatte.

Ruby war zutiefst neidisch, wenn Anna solche Dinge sagte. Die Sabbatmahlzeit bei Anna war ein Fest, auf das die ganze Familie sich vorbereitete. Sie klopften die Teppiche aus und scheuerten die Fußböden, und die Eltern und die beiden Brüder und Anna badeten nacheinander in der Küche in einer riesigen Bütte. Die Mutter buk Challotbrote, die geflochten waren wie Zöpfe, und kochte Hühnersuppe mit großen Stücken *koscheren* Hühnerfleischs. Sie machten sich schön und deckten den Esstisch mit einer weißen Decke und weißen Kerzen für die *Menora.* Der Tisch sei eine Braut vor Gottes Antlitz, erklärte Anna. Auf diese Weise war jeder Freitag wie der Heilige Abend.

Aber es gab zum Glück keine Geschenke, denn dann hätte Ruby es nicht ertragen, mit Anna befreundet zu sein. Außerdem hatte der Sabbat auch seine langweiligen Seiten, unter anderem die, dass Anna bis zum Sonnenuntergang am Samstag nicht draußen herumlaufen und spielen durfte. Die Samstage wurden deshalb unangenehm lang. Anna winkte ihr durch das Fenster zu, das war alles. Und die ganze Familie Fuchs saß im Haus und las aus dem Talmud, den Heiligen Schriften, und ruhte aus und plauderte und verzehrte Dinge, die schon am Vortag zubereitet worden waren. Sie durften nicht einmal Klopapier abreißen. Annas Vater, der einen langen roten Bart und einen Uhrmacherladen in der Østergade hatte, riss jeden Freitag, vor Sabbatbeginn, einen Stapel Papier zurecht. Das musste für den ganzen Samstag reichen. Einmal hatte Anna sich den Magen verdorben und alles Papier verbraucht. Und die Mutter hatte sie mit Handtüchern und Stoffservietten abgewischt, die danach weggeworfen werden mussten. Es war nicht zu begreifen, was das alles mit Gott und Abraham zu tun haben sollte. Die Sache mit dem *koscheren* Essen war ebenfalls unbegreiflich; dass die Tiere verbluten mussten, weil sonst das Fleisch nicht rein genug war. Annas Onkel Samuel arbeitete in einer jüdischen Schlachterei und brachte von dort Hühner und andere Tiere mit, die verblutet waren, und Annas Mutter kaufte in einem Laden in der Innenstadt *koschere* Lebensmittel ein. Als Ruby sich mit Anna angefreundet hatte, wurden Annas Eltern zu ihnen in den Garten geladen. Die Mutter servierte Kaffee und Eis aus dem Laden an der Ecke. Ruby war glücklich darüber, dass die Mutter sich so gut benahm, und alles war schön, bis die Eishörnchen auf den Tellern von Annas Eltern liegen blieben. Sie durften sie nicht essen. Die Eishörnchen waren nicht *koscher,* Eis und Kaffee waren das offenbar doch. Ruby hatte versucht, ihr eigenes knuspriges Eishörnchen ganz langsam zu zerkauen, um am Geschmack zu erkennen, warum es nicht heilig war. Die Mutter hatte das Gesicht verzogen und die Schüsseln ins Haus getragen. Und Annas Eltern waren nie wieder eingeladen worden.

Dasse war wie verwandelt, als sie aus der Kirche kam. Ihr Gesicht hatte sich aufgelöst. Es war geschwollen und rot, ihre Augen sahen aus wie rosafarbene, halb zugewachsene Wunden. Aber sie hatte ja noch immer die Kätzchen, mit denen konnte sie sich ja wohl trösten. In vielerlei Hinsicht waren sie ja viel niedlicher als Søren. Und Windelwechseln war bei ihnen auch nicht nötig.

Die Mutter schimpfte, weil die Haarschleife aufgegangen war. Ehe sie die Brote hinübertrugen, mussten die Haare wieder mit Wasser gekämmt werden, dann wurde die Schleife mit einer Spange befestigt. Die Haut wurde dabei so straff gezogen, dass Ruby es bis in die Mundwinkel hinein spürte.

»Zappel nicht so. So geht es, wenn man Haare hat, die so krumm sind wie eine Wagendeichsel!«

Ihre Kopfhaut wurde feuerheiß. Die Schleife war bleischwer. Sie hätte gern heftig gehustet und die Mutter zur Hysterie getrieben, um zu sehen, was dann passierte, aber der Gedanke an die leckeren Brote hielt sie davon ab.

»Darf Anna mitkommen?«, fragte sie stattdessen. »Sie kann ja doch nichts essen, wo es nicht *koscher* ist.«

Die Mutter gab keine Antwort. Das bedeutete ja.

Dasses Zimmer waren dunkel und rochen nach altem Schlaf und staubigen Wollvorhängen und Zigarrenrauch, doch die Tische waren mit weißen Decken und weißen Kerzen und Porzellan gedeckt, wie zum Sabbat. Anna nahm feierlich Platz und sah Ruby vielsagend an. Sie waren es nicht gewöhnt, zusammen so vornehme Feste zu besuchen. Nicht einmal an Geburtstagen wurde das Porzellan hervorgeholt, es gab nur Küchengläser und weißes Alltagsgeschirr. Sonst hätte es nur Ärger gegeben, wenn etwas auf den Boden fiel, und das passierte ja jedes Mal.

»Die Tassen und die Untertassen hat sicher mein Vater bemalt«, flüsterte Ruby.

»Wir haben auch solche«, flüsterte Anna zurück. »Nur haben unsere Löcher am Rand.«

»Dann habt ihr Vollspitze. Das hier ist geriffelt, das ist billiger.«

Ib wanderte von Schoß zu Schoß, kam aber nie zu Dasse. Sie streckte die Arme nicht nach ihm aus, wie sie es bisher immer getan hatte. Ruby konnte gut verstehen, dass Dasse neidisch werden würde, wenn sie ihn auf den Arm nehmen und an ihm schnuppern könnte, denn er lebte, aber Søren nicht. Alle kleinen Kinder rochen genau gleich. Es war eine Mischung aus Waschpulver und Kacke und schweißnassen Nackenlöckchen. Ib lächelte und gurgelte, und die Mutter prahlte damit, was er alles schon sagen oder tun konnte, bis Dasse in Tränen ausbrach. Ruby sah, wie der Vater heimlich hart in Mutters Handgelenk kniff.

Gert wurde immer wieder von der Mutter mit den Lakritzschnecken angefasst. An den Haaren, auf der Wange, an den nackten Knien unter seiner kurzen Hose. Er rutschte bei jeder Berührung auf seinem Stuhl hin und her, schaute eilig zu Ruby und Anna hinüber und schnitt Grimassen. Ruby hätte gern diese Mutter gehabt, die das alles tat, oder Annas Mutter, auch wenn die einen Schnurrbart hatte. Sogar eine Mutter mit Schnurrbart und Papierstreifen mit Talmudzitaten in der Schürzentasche war absolut vorzuziehen. Sie stand auf.

»Gehen wir? Jetzt schon?«, flüsterte Anna.

Ruby zwängte sich an mehreren Kniepaaren vorbei und landete bei ihren Eltern. Sie versuchte, sich zwischen die beiden auf das Sofa zu drängen.

»Geh *weg*«, sagte die Mutter leise und hart. »Niemand will etwas von dir wissen.« Zu den anderen gewandt lachte sie laut und mit blankem Lippenstiftmund und sagte: »Sie ist ja so eifersüchtig auf Ib. Kinder!«

Ruby zwängte sich den Weg zurück, den sie gekommen war, ohne etwas *Geriffeltes* herunterzureißen, bis sie an allen Stühlen vorbei war, dann knickste sie vor Dasse, bedankte sich für das Essen, rannte aus dem Haus und hoffte, dass Anna ihr folgte. Was Anna tat. Sie blieben für einen Moment im Vorgarten stehen, ehe Ruby den Weg hinters Haus zeigte, durch den Flur und zu dem Korb, in dem die Katzenjungen lagen. Die Katzenmutter war nicht da. Die Kleinen bildeten einen weichen Fellklumpen, sie piepsten und krabbelten aufeinander herum. Ruby und Anna nahmen sich jede eins.

»Sie haben Augen! Sie machen sie auf! Sie sind auch viel größer geworden!«, sagte Ruby und berührte das Katzenköpfchen mit dem Mund. Es war so groß wie ein Apfel. Das Maul roch gut. Es war süß und rosa.

Dann stand die Katzenmutter vor ihnen, sie machte einen krummen Rücken und fauchte. Sie sprang Ruby ins Gesicht und riss mit den Vorderpfoten das Junge an sich. Anna ließ ihres in den Korb fallen. Rückwärts wichen sie zur Tür zurück.

»Die war böse«, flüsterte Anna.

»Nein, die hatte Angst. Sie kennt dich doch nicht. Deshalb. Sie hat gedacht, du wolltest den Kleinen was tun.«

Am nächsten Tag waren alle Kätzchen ertrunken. Das erfuhr Ruby, als sie sie ansehen wollte, nachdem die Trauergäste abgereist waren. Sie war fest entschlossen, ganz lange mit der Katzenmutter zu schmusen, um ihr klarzumachen, dass keine Fremden auftauchen würden.

Der Korb war leer, und auch die Katzenmutter war nicht zu sehen.

»Wo sind sie?«

»Tot«, sagte Dasse vom Stuhl her. »Ich konnte sie nicht mehr ertragen. Dieses Piepsen und Miauen.«

»Haben sie sich angesteckt? Können auch Katzen …«

»Ertrunken.«

»Sind sie ins Wasser gefallen?«

Es war unglaublich, dass sie den weiten Weg geschafft hatten, auch wenn sie jetzt sehen konnten.

»Geh jetzt nach Hause, Ruby. Ich bin müde.«

Sie erzählte alles Anna, und die sagte: »Man ertränkt sie selber. Einfach so. Das hat sicher Egil getan.«

»Hat dein Vater das gesagt?«

»Ja.«

»Obwohl er an Gott glaubt?«

»Gott bestimmt nicht über Kätzchen.«

»Ich will da nie mehr hingehen. Und ich bin froh, dass Søren tot ist.«

Es tat gut, die Mutter anzusehen, wenn sie nicht wusste, dass Ruby da war. Am schönsten war es, wenn sie vor dem hohen Spiegel im Schlafzimmer Kleider anprobierte und sich ungesehen und allein wähnte, während Ib schlief, und wenn sie zuerst in der Sonne Rotwein trank und dann Zarahs Platten auf dem Radiogrammofon laufen ließ. Ruby hatte sich im Vorhang versteckt und bewunderte die Mutter, die sich in alten Kleidern herumschwenkte, die über Hüften und Brüsten spannten. Sie schminkte sich und trank mehr Wein, sang zur Musik, schüttelte den Kopf wie ein Hund, bis die Locken tanzten. Sie legte sich Seidentücher in vielen Farben um den Hals oder warf sie über die Schultern. Eines Tages hob sie ihre Brüste aus einem knallroten Ausschnitt, streichelte sie und brach in Tränen aus. Ruby kniff die Augen fest zusammen und dachte an Hausarrest und Steine im Schuh und brennende Wangen nach harten Schlägen. Die Mutter weinte genauso, wie sie ab und zu allein vor dem Bild im Gartenzimmer weinte. Es war ein leises, jämmerliches Weinen, das sich an niemand Besonderen richtete. Sie umklammerte den Rahmen, und von ihrer Unterlippe troff Speichel, und ihre Knie knickten so seltsam ein, als tanze sie auf der Stelle. Anna fand das Bild hässlich, und wenn ihr Vater wüsste, dass es dort hing, würde sie nie wieder mit Ruby spielen dürfen.

Und die Mutter stand auch im Gartenzimmer, mitten in der

Nacht, nachdem sie und der Vater von einem Fest zurückgekehrt waren. Ruby wurde davon geweckt, dass die Mutter schrie, und dass der Vater sie zu beruhigen versuchte. Sie stieg ganz leise aus dem Bett und baute aus der Decke vor Ibs Gesicht eine hohe Mauer, um den Lärm zu dämpfen, dann lief sie ins Badezimmer, um zu hören, was da ablief. Das Badezimmer war weiß und still, ein guter Ort, mit einem Haken an der Innenseite der Tür.

»Ich halte das nicht mehr aus, Mogens. Wenn Tutt vorschlägt, dass wir alle vier zusammen verreisen können, und du nur nein, nein, nein sagst. Ich muss leben dürfen! Warum darf ich nicht LEBEN?«

»Wir haben kein Geld, Malie. Alles geht für den Haushalt drauf. Die Reise würde Geld kosten, und wir müssten essen, das können wir uns nicht leisten.«

»Geld. Du denkst an nichts anderes. Denkst du denn gar nicht an mich? Die hier gefangen sitzt, mit zwei Gören und einem zerstörten Leben? Du hast dein verdammtes Porzellan, du bist fast den ganzen Tag fort von hier, aber ich bin gefangen. Eine Gefangene in meinem eigenen Heim. *Alles* könnte anders sein …«

»Deswegen darfst du mir keine Vorwürfe machen. Ich habe nur getan, was ich …«

»Und wem sollte ich denn dann Vorwürfe machen? Du könntest dir ja wohl eine besser bezahlte Arbeit suchen? Damit wir ein anständiges Leben haben.«

»Wir haben ein anständiges Leben. Aber dir reicht das ja nicht. Jetzt hast du zwei Kinder, die …«

»Erzähl mir nichts von KINDERN! Meinst du vielleicht, ich sähe Ruby nicht an und wünschte, ich könnte alles ungeschehen machen, glaubst du, ich weiß nicht, wie dumm ich damals war?«

»Trink jetzt nicht mehr, stell das Glas weg. Sag nichts, was du dann später bereust.«

»Was spielt DAS für eine Rolle? Wo ich doch ABSOLUT ALLES BEREUE!«

»Pst! Du weckst die Kinder.«

»Ich hätte ... ich hätte nicht einfach aufgeben dürfen, damals. Ich hätte ...«

»Ja, was hättest du, Malie?«

»Ihm nachreisen müssen.«

Im Gartenzimmer wurde es ganz still. Ruby entdeckte, dass sie sich angepieselt hatte. Sie nahm sich ein Handtuch und wischte den Boden auf. Ihr Nachthemd war zum Glück nur vorn ein wenig feucht geworden. Es war viel zu still in dem Zimmer, bis dann die Stimme ihres Vaters ertönte, ungewöhnlich laut. Als gehöre sie einem Fremden: »*Das* hättest du also. Hast du nicht gesagt, dass er verheiratet war?«

»Ich will nicht mehr darüber reden. Wir reden doch nie über ... ihn.«

»Das nicht. Aber jetzt haben wir eben damit angefangen. Egal. Er war Österreicher, das weiß ich.«

»Und wer hat dir das erzählt, wenn ich fragen darf?«

»Ich habe das Bild gesehen. In einer Zeitschrift. Dieses verdammte Bild, das du auf so krankhafte Weise anbetest. Das kommt aus dem Haus!«

»Fass ja das Bild nicht an!«

»Es kommt AUS DEM HAUS!«

»Nein! Mogens! Die Kinder wachen auf!«

»Lass mich los. Lass mich los, Malie. So kannst du dich nicht aufführen. Steh auf!«

»Mogens ... ach, Gott, Mogens. Nicht ...«

Ruby hörte einen klirrenden Knall, auf den wieder Stille folgte. Sie hob den Haken an und schlich sich auf den Flur, lugte durch die Türöffnung. Die Mutter lag in ihrem schönsten Kleid zu Füßen des Vaters auf dem Boden, mit einer Silberrosette im Haar und einer langen Perlenkette, die ihr auf den Rücken geglitten war. Der Vater stand einfach nur da, mit hängenden Armen und Fäusten, die sich öffneten und wieder ballten. Die Tapete unter dem Bild war feucht und rot, auf dem Boden lagen Glasscherben. Das Glas vor dem Bild war auf der linken Seite zerbrochen, aber das Bild hing noch. Es hing nicht einmal schief.

»Er ist schon 1936 gestorben«, sagte der Vater. »Das habe ich gelesen.«

»Er ist tot? TOT? Rudolf ...«

Die Mutter kam auf die Knie. Ihr Mund stand halb offen; dieses dunkle Loch, und ihre Augen füllten ihr ganzes Gesicht. »Aber wenn er tot ist ... dann ist doch alles zu spät ...«

»Es war die ganze Zeit zu spät«, sagte der Vater. »Es ist sieben Jahre her. Und jetzt gehst du schlafen.«

Ruby rannte zurück in ihr Schlafzimmer. Ib schlief. Sie strich seine Decke glatt und schlüpfte unter ihre eigene. Die Linden draußen rauschten leise. Sie waren jung und schmächtig, gepflanzt, als das Haus gebaut worden war. Sie steckte zwei Finger in den Mund und nuckelte daran. Sie schmeckten nach salzigem Urin. Die Mutter würde das Handtuch entdecken und sie verprügeln. Nicht nur mit Ohrfeigen, sondern mit dem Gürtel auf die nackte Haut. Sie hielt sich die Hände vor die Ohren und lauschte der Musik.

Am nächsten Tag wurde das Handtuch dann jedoch nicht erwähnt. Die Mutter lief langsam in der Küche hin und her, räumte auf, fütterte Ib, kochte Kaffee und bat den Vater, Koks aus dem Keller zu holen. Ihr sei kalt, sagte sie. Der Vater holte einen Eimer voll und heizte ein. Auch er war sehr still. Die Tapete war gesäubert worden, die Glasscherben waren verschwunden. Ruby durfte zu Anna hinüberlaufen. Sie hatten seit Freitag nicht mehr miteinander gespielt. Sie wollte Anna fragen, wie man Kinder bekam, und zu welchem Zeitpunkt man aufhörte, wenn man die Sache dann doch ungeschehen machen wollte. Aber Anna wusste nur, dass es etwas mit Störchen zu tun hatte, die auf den hohen Dächern draußen auf dem Land riesige Nester bauten und mit ihren langen, bedrohlichen roten Schnäbeln klapperten.

»Es ist schwer, sie aufzuhalten, wenn sie erst einmal da sind«, sagte Anna. »Sie sind doch riesengroß. Ich glaube nicht, dass man sich die Sache anders überlegen kann, wenn das Kind bestellt ist.«

»Bringen die den falschen Leuten die falschen Kinder, was meinst du?«

»Vielleicht. Wenn es neblig ist und sie den Namen der Familie vergessen haben.«

»Aber man kriegt sie doch im Krankenhaus. Die Kinder. Und in der Luft über dem Krankenhaus sieht man nie einen Storch.«

»Sie kommen bestimmt nachts. Durch das Fenster.«

»Und dann ist es zu spät. Dann ist es *geschehen*«, sagte Ruby.

An dem Tag, als die Deutschen kamen, entdeckte die Mutter bei Ruby Läuse. Der Lärm aus der Luft setzte gleich nach dem Frühstück ein. Die Mutter und Ruby rannten auf die Treppe hinaus und starrten zum Himmel hoch. Hunderte von grauen Flugzeugen mit schwarzen Kreuzen dröhnten zum Flughafen Kastrup. Sie flogen so tief, dass Ruby glaubte, in den Flugzeugen Köpfe sehen zu können. Das Gesicht der Mutter war verzerrt. Der Vater war zur Arbeit gefahren. Die Flugzeuge nahmen kein Ende. Ib war aus seinem Stühlchen gefallen, ehe die letzte Formation vorübergeflogen war. Obwohl er brüllte und Mutters *Augenstern* war, schien sie ihn nicht zu hören oder nicht auf ihn zu achten.

»Ist jetzt Krieg, Mutter?«

»Und dabei liebe ich doch alles, was deutsch ist. Aber damit muss ich jetzt aufhören. Dieser alberne Mann mit seinem blödsinnigen Schnurrbart, der aussieht wie ein Malerpinsel, wie können sie nur so dumm sein? Ja, jetzt ist offenbar Krieg. Herrgott, was soll jetzt werden? Was wird dein Vater sagen?«

Gleich darauf sah sie, wie oft Ruby sich kratzte. Ruby wurde wieder auf die Treppe hinausgezogen, ins Licht, Krieg hin oder her. Die Mutter durchwühlte energisch die Haare, die noch mit keiner Schleife versehen waren.

»Läuse! Wo hast du die denn her? Das darf niemand erfahren! Komm her. Dagegen gibt es ja schließlich probate Mittel.«

Ib durfte ungehindert auf dem Boden herumkriechen, steuerte das Klavier an und zog sich auf die Beine. Er hämmerte auf die Tasten. Die Mutter ärgerte sich sonst immer schrecklich darüber, aber an diesem Tag ließ sie ihn gewähren. Im Badezimmer presste sie Rubys Kopf über das Waschbecken und rieb ihre Haare mit stinkendem Petroleum ein.

»Das tut weh, Mutter! Das tut weh! Das BRENNT!«

»Halt den Mund und zappel nicht.«

Sie massierte hart und eifrig, bis alle Haare etwas abbekommen hatten. Auch unten im Nacken und hinter den Ohren. Dann stülpte sie Ruby eine Badehaube aus Gummi über und strich mit einem Lappen am Rand entlang.

»Die behältst du jetzt zwei Stunden lang auf. Und du bleibst im Haus. Du stellst dich auch nicht ans Fenster.«

»Sterben alle, wenn Krieg ist? Werden die uns mit Bomben bewerfen?«

Die Mutter gab keine Antwort. Ruby saß ganz still auf einem Küchenstuhl und lauschte auf die Geräusche in der Badehaube. Ihre Ohren knackten. Das Petroleum verursachte kleine knisternde Geräusche, wenn sie Wangen und Nase berührte. Der Petroleumsgeruch mischte sich mit dem Bild der deutschen Flugzeuge. *Probate Mittel.* Ruby wusste alles über die probaten Mittel ihrer Mutter. Wenn sie Würmer im Bauch hatte, musste sie Terpentin schlucken. Das war schon einige Male vorgekommen. Als sie Spulwürmer am Mund gehabt hatte, hatte die Mutter die Würmer mit einem in Jod getauchten Holz bestrichen, und zwar in der Gegenrichtung zu der, in die sie krabbelten. Flöhe hatte sie auch schon gehabt, einmal, als sie bei Birte und Lizzi im Kirsten Kimersvej in einem alten Kinderwagen gespielt hatte. Die Mutter hatte im Garten ihre Kleider verbrannt und Bett und Bettwäsche mit trockenem Sand gescheuert. Die Mutter sagte, sie dürfe nie mehr bei Birte und Lizzi spielen, aber danach hatte sie es noch unzählige Male getan. Und der Quillaia-Absud, gegen Schleim in der Lunge. Warum wusste Dasse nichts davon? Und Anna hatte auch Läuse gehabt. Die Eltern hatten ihr den Kopf kahl geschoren, und sie hatte zwei Monate lang ein braunes Kopftuch aufsetzen müssen. Das bestickte sie mit Kreuzstichen und brauchte keine Haarschleife zu tragen.

»Mutter? Können wir sie nicht einfach abschneiden? Das BRENNT!«

Als Antwort verpasste die Mutter ihr eine Ohrfeige und ging zum klingelnden Telefon. Es war der Vater. Er war unterwegs nach Hause. Alle Familienväter durften zu Hause vorbeischauen, wo doch jetzt Krieg war. Ehe er den langen Weg von Frederiksberg zum Hellelidenvej geradelt war, war es Ruby schwindlig geworden, weil ihre Kopfhaut brannte und weil das Petroleum stank.

»Was riecht denn hier so?«, war seine erste Frage.

»Deutsche Flugzeuge«, antwortete Ruby.

»Sie hat sich Läuse geholt«, sagte die Mutter. »Aber Ib ist *Gott sei Dank* sauber.«

Der Vater erzählte, dass es in der Stadt von marschierenden und singenden Soldaten nur so wimmelte.

»Überall hängen Plakate«, sagte er. »Wir sollen uns ruhig verhalten und der *Besatzungsmacht* gehorchen, die gekommen ist, um uns zu beschützen. Mach das Radio an.«

Ib wurde ins Bett gesteckt, während die Eltern vornübergebeugt vor dem Radiokabinett saßen und horchten.

»Wie viel ist von den zwei Stunden noch übrig?«

»Sei jetzt still«, sagte der Vater.

Als ihr die Mutter endlich die Badehaube vom Kopf riss und sie auf den Boden warf, stand Ruby kurz vor einer Ohnmacht. Sie musste sich mit aller Macht darauf konzentrieren, in ihrer unendlichen Erleichterung nicht loszupissen. Die Mutter wusch ihr wütend den Kopf mit grüner Seife und spülte zahllose Male nach.

»Die Schleife können wir noch nicht gebrauchen«, sagte die Mutter.

Mit offenen Haaren durfte sie zu Anna laufen. An diesem Tag war alles anders. Der Himmel lag leer und blassblau über ihnen, ohne schwarze Kreuze, aber überall waren Männer auf Fahrrädern zu sehen. Väter, die von der Arbeit nach Hause durften, um über den Krieg zu sprechen. Sie machten ernste Gesichter und fuhren schneller als sonst. Herr Fuchs war schon zu Hause, und die Mutter hatte geweint. In der einen Hand hielt sie Papierstreifen mit heiligen Worten aus dem Talmud. Die Papierstreifen waren zerknittert und feucht, als habe sie vergessen, dass sie sie in der Hand hatte. Das Haus roch nach gebratenem Fisch und Möbelpolitur.

»Ich hatte Läuse, aber jetzt sind sie weg«, flüsterte Ruby Anna zu.

»Trägst du deshalb keine Schleife?«

»Nein, weil Krieg ist. Hast du die Flugzeuge gesehen? Was das wohl für ein Gefühl ist, so hoch oben zu sitzen? Gehen wir zum Strand?«

Vom Strand aus konnten sie zum Flughafen hinüberblicken. Ununterbrochen starteten und landeten dort drüben Flugzeuge. Niemand spielte im Sand. Der Strand war leer.

»Ich will nicht deutsch werden«, sagte Anna.

»Ich weiß viele deutsche Wörter«, sagte Ruby. »Die sind nicht schwer, wenn man übt, und wenn man Musik dazu hört. Aber ihr habt ja kein Grammofon, ihr habt nur das Radio.«

»Wenn wir in die Schule kommen, lernen wir vielleicht gar kein Dänisch mehr. Wo doch die Deutschen gekommen sind.«

»Das passiert doch erst im Herbst«, sagte Ruby. »Und Dänisch können wir ja schon.«

»Aber du darfst nicht verraten, dass du Läuse hast, Ruby. Ich will nicht geschoren werden.«

»Das wirst du ja doch. Eines Tages.«

»Das dauert noch lange. Und dann sind wir tot. Die Deutschen haben bestimmt ganz Amager bombardiert. Auf jeden Fall Kastrup. Und wenn die Bombe groß genug ist, kommt das Feuer auch zu uns. Aber das passiert so schnell, dass wir es nicht merken, wir haben keine Zeit mehr, uns zu fürchten. Und dann kommen wir in den Himmel.«

»Hat dein Vater das gesagt?«

»Ja. Aber du darfst nicht verraten, dass du Läuse hast.«

»Die hab ich jetzt nicht mehr. Meine Mutter hat sie ausgewaschen. Meine Mutter hat probate Mittel.«

Annas Mutter rasierte sich den Kopf. Sie trug zu Hause ein Kopftuch, über Kochtöpfen und Waschschüsseln und der *Menora,* die immer wieder geputzt werden musste. Sie hatte Kopftücher in verschiedenen Farben, das für den Sabbat war schwarz und hatte einen Goldrand. Wenn sie nach Kopenhagen hineinfuhr, setzte sie sich eine Perücke und einen Hut auf. Wenn Anna älter würde, dürfte sie auch keine Haare mehr auf dem Kopf haben. Ruby wäre viel lieber Jüdin gewesen als *goj.* Keine Läuse, keine Haarschleifen, keine grobe Bürste und keine Ohrfeigen, wenn sie nicht still saß. Aber es war seltsam, dass Annas Mutter den Schnurrbart behielt. Der war dunkelbraun, ganz deutlich zu sehen und überhaupt nicht hübsch. Er war so hässlich, dass Ruby mit Anna nicht darüber sprach.

»Laufen wir?«

Mit Wind im Mund zu rennen. Ein leichter Salzgeschmack unter dem Gaumen. Das hellgraue Wasser auf der einen Seite, auf der anderen Schatten von Sand und Strandhafer. Ruby rannte, bis ihr die Brust wehtat. Anna lag weit hinter ihr.

Sie fuhr sich mit den Fingern durch die Haare. Die waren sauber und glatt. Die Sonne stand noch am Himmel. Die Kniestrümpfe waren ihr auf die Knöchel gerutscht. Sie streifte sie ab und bohrte die Zehen in den Sand, bis sie die Feuchtigkeit spürte. Anna holte sie ein. »Meine Mutter hat verboten, dass ich die Strümpfe ausziehe«, sagte sie. »Das darf ich erst später. Man kann einen Kälteschlag und Bazillen bekommen, und dann muss man Nähnadeln pissen.«

»Ich darf das auch nicht. Aber die Bombe bringt uns doch sowieso um. Komm, wir laufen durchs Wasser.«

Der Krieg wurde anders, als sie erwartet hatte. Nachdem sie drei Nächte hintereinander von deutschen Flugzeugen geträumt hatte, durfte sie zu Tante Oda und Onkel Dreas fahren. Dreas war eigentlich der Onkel der Mutter. Sie wohnten das ganze Jahr über in ihrer Laube in der Schrebergärtenkolonie. Tante Oda fuhr jeden Tag mit dem Rad zum Café Takstgrensen, wo sie für die Gäste turmhohe Butterbrote schmierte, während Onkel Dreas zu Hause blieb. Er stellte im Gartenschuppen Holzschuhe her. Als sein Rücken noch gut gewesen war, hatte er das in einer Fabrik gemacht. Deshalb durfte Ruby sie besuchen. Die Mutter wollte sie nicht zu Hause haben. Sie wolle sich ausruhen, sagte sie, und Ib sei anstrengend genug. Der Vater protestierte, aber das half nichts.

»Gönn mir doch eine Weile Ruhe vor der Göre«, hörte sie die Mutter in der Küche sagen. Und der Vater antwortete: »Auch kleine Wesen haben große Ohren.«

»Das weiß sie. Dass ich sie satt habe. Sie beißt sich doch die ganze Zeit nur in die Knie und macht sich schmutzig und füllt Strümpfe und Schuhe mit diesem verdammten Sand.«

Onkel Dreas durfte nur am Wochenende Schnaps trinken. Unter der Woche begnügte er sich mit Bier, das in einer mit Wasser gefüllten Zinkbütte im Schatten lag. Davon schien er nicht betrunken zu werden. Er war alt und hatte ein braunes Gesicht mit braunen kleinen Warzen an den Ohren, genau wie Tante Oda. Sicher waren die ansteckend. Wenn er sich wusch, nahm er nur kaltes Wasser, und er beugte seine behaarten Schultern über die Waschschüssel. Er pustete ins Wasser und in die Hände, sodass der Boden bespritzt wurde, und er klatschte sich Wasser unter die Arme und stieß dabei witzige Geräusche aus. Er schnitzte für Ruby Holzschuhe. Es tat weh, darin zu laufen, aber ihr gefiel das Geräusch auf den Steinplatten. Es war ein lautes Geräusch, so als schlage jemand mit den Fäusten gegen eine Wand.

Die Laube war viereckig und hatte weder Dachboden noch Keller. Es war ein Haus, über das Ruby den vollen Überblick hatte. Das Dach war flach und mit Dachpappe belegt. Man hörte die Vögel darüber trippeln, die Zweige streiften es, und es roch immer wunderbar nach Teer. Das Haus hatte nur ein Schlafzimmer. Onkel Dreas schlief im Schuppen, wenn Ruby kam. Sie durfte neben Tante Oda liegen. Auf deren Atem horchen, den breiten Rücken betrachten, der in einem Flanellnachthemd neben ihr hochragte. Nachts benutzte die Tante ein Haarnetz, die platt gedrückten Locken sahen aus wie ein Bild. Und vielleicht hing an einer der Warzen auf ihrem Hals ein Stück Nähgarn.

Hinter der Küche hielt Onkel Dreas Tauben. Sie sollten verzehrt werden, und deshalb durften sie nicht losfliegen und aufpicken, was ihnen gerade passte. Onkel Dreas fütterte sie mit Mais und Haferflocken. Sie gurrten, solange es hell war. Wenn es Abend wurde, sanken sie in sich zusammen und quollen auf, schoben den Kopf tief in die Federn und verstummten. Kein Fuchs kam und brachte sie um, wie das mit den Hühnern von Lagerfeldt in der Nachbarlaube passierte, wenn er vergaß, sie in den Stall zu sperren, ehe die Sonne untergegangen war.

Tante Oda sah immer nach, ob Lagerfeldt eingeschlafen war, wenn sie mit Ruby zum Brunnen ging. Dann warf sie Steine gegen sein Fenster und rief: *»Die Hühner, Feldt! Die Hühner haben Angst vor dem Fuchs!«*

Das Wasser im Brunnen war immer eiskalt, auch als die Tage

wärmer wurden, als der April in den Mai überging. Um den Brunnen versammelten sich die Frauen, während der Himmel in flammenden Farben loderte. Sie klatschten und lachten und redeten über die idiotischen Deutschen, die von Haus zu Haus gehen wollten, um Radios einzusammeln, und sie tauschten Pflanzen und Ableger und Samenkörner.

»Aber unser Radiogrammofon holen sie doch nicht?«, fragte Ruby.

»Das tun sie bestimmt«, erwiderte Tante Oda.

»Aber warum?«

»Die Deutschen wollen alles bestimmen, was man hört und glaubt. Sie wollen nicht, dass wir auf England hören.«

»Aber die Platten? Das sind doch deutsche!«

»Deine Mutter versteckt sie bestimmt in der Matratze.«

Die Vorstellung, dass die Mutter auf Zarah und Marlene schlief, war für Ruby eine Beruhigung. Doch als das Wochenende kam und die Laube sich mit Schnaps und Akkordeonmusik und Zigarrenrauch und Kartenspiel und Gerede füllte, hatte sie wieder Angst. *»Jetzt fängt das Bacchanal an, da laus mich doch der Teufel!«,* rief Onkel Dreas, und sie stießen an und verfluchten die Deutschen und die Soldaten, die für den Teufel persönlich den Nickaugust machten. Ruby fing an, das Wort »Soldat« zu hassen, obwohl die erste Silbe doch einen lustigen Klang hatte. Die Männer tranken, bis sie anfingen, sich wegen der Karten zu zanken, und Tante Oda schimpfte und drehte die Ozonlampe an. Das brauche sie im Alltag nicht. Die Ozonlampe hatte hinten eine Schale mit einer patinagrünen Flüssigkeit. Dann sammelte sie die Gläser ein und sagte, es sei ja kein Wunder, dass auf der Welt Krieg herrsche, wenn gute Freunde sich über einer Runde *Mau-Mau* in die Haare geraten könnten. Dann lag Ruby im Bett und horchte und wartete. Wenn sie sie rufen hörte, der Fuchs habe Lagerfeldts Hühner allesamt geholt, und wenn sie ihn antworten hörte, das sei ja wohl *schnöde gelogen,* dann wusste sie, dass das Fest ein Ende nahm und dass Tante

Oda bald kommen und die Welt wieder in Ordnung bringen würde.

Sie durfte sich ihren eigenen Küchengarten anlegen, mit Tomaten und Zwiebeln und Möhren. Onkel Dreas zog Tabakpflanzen, die er an der Hauswand befestigte. Dabei verfluchte er Hitler ununterbrochen. Er hasste die Vorstellung, nicht mehr genug Tabak zu haben. Er kaufte sich eine Pfeife und saß auf der Bank und rauchte Kippen und trank Bier, während Ruby zum Zeitvertreib die Tomatenblätter mit Wasser wusch. Sie sehnte sich nach Anna. Und nach dem Vater. Eines Sonntags durfte sie mit Tante Oda nach Hause fahren. Auf den Straßen wimmelte es nur so von Deutschen. Ruby fing an zu weinen, sowie sie den ersten entdeckte.

»An die gewöhnst du dich schon noch«, sagte Tante Oda. »Die sind nicht gefährlich.«

Die sollten nicht gefährlich sein? Wie war das zu verstehen? Auf der anderen Seite von Langebro wurden sie weniger, doch als sie sich dem Haus näherten, nahm ihre Anzahl wieder zu.

»Sie haben sich das Fort geholt«, sagte Tante Oda. »Deshalb.«

»Geholt? Haben sie es woanders hingesetzt?«

»Sie sind dort eingezogen!«

»Heute?«

»Nein, Ruby. Aber wein nicht. Red einfach nicht mit ihnen. Kindern tun sie nichts.«

Trotz dieser beruhigenden Worte war Ruby in Tränen aufgelöst, als sie ins Haus stürzte, es leer vorfand, in den Garten rannte und sich in die Arme der Mutter warf. Die schob sie rasch von sich weg.

»Bist du hingefallen? Du bist ja wirklich ungeschickt!«

»Die Deutschen holen mich, Mutter. Das Fort haben sie sich schon geholt.«

»Unsinn. Setz dich, wisch dir das Gesicht ab und hör auf mit dem Geschrei.«

Anna war zu Hause. Ruby wagte sich kaum auf die Straße, aber sie musste doch zu Anna.

»Ich war im Fort«, sagte die. »Schon ganz oft. Wollen wir jetzt hingehen? Sie frühstücken jeden Tag in der Fortschenke, und ich bekomme *Bonbons.* Sie nennen mich *Süße.* Das heißt, dass ich niedlich bin.«

»Ich weiß, was *Süße* bedeutet. Und wenn du dich hintraust, dann trau ich mich auch.«

Aber bis zur Fortschenke kamen sie dann doch nicht. Sie begegneten ihnen schon auf dem Amager Strandvei, auf dem Weg zur etwas weiter gelegenen Badeanstalt. Mindestens fünfzig deutsche Soldaten, die zu drei und drei nebeneinander marschierten, in dunkelblauen Badehosen und Helmen, und die dabei dreistimmig aus voller Kehle sangen. *»Denn wir fahren, denn wir fahren, denn wir fahren … gegen Enge-land. Engeland!«*

Rubys Augen füllten sich mit Tränen. Aber nicht vor Angst. Sie hatte noch nie so schönen Gesang gehört, er war noch schöner als die Platten in der Matratze der Mutter. Die Deutschen lachten und lächelten und zwinkerten Ruby und Anna zu und stimmten ein neues Lied an: *»Hei-li, hei-lo, hei-lo – HEILI! HEILO! HEILO!«* Sie antworteten einander quer durch die Reihen mit HEILI! HEILO!, und bei jedem *hei* hoben sie die Füße und setzten sie bei *li* wieder hin.

Ruby klatschte in die Hände. Anna stand ganz ruhig und ein wenig überlegen neben ihr. Als habe sie diese Lieder schon tausendmal gehört.

»Die wollen in die Badeanstalt«, sagte sie. »Und wenn sie ins Wasser gehen, nehmen sie ihn ab.«

»Wen denn?«, fragte Ruby.

»Den Helm. Im vorigen Krieg hatten sie Helme mit einem Stachel ganz oben, die nannten sie Pickelhaube.«

Am Strand baden! Die Deutschen wollten auch im Wasser waten und spritzen und Sand in die Badehosen bekommen und mit der Sonne im Nacken in Richtung Schweden schwimmen. Und sie sangen über Engeland und hatten fröhliche Gesichter und aßen in der Fortschenke und schenkten Anna Süßigkeiten.

»Ich will nicht in den Schrebergarten zurück«, sagte Ruby und lachte. »Die sind doch nicht gefährlich.«

»Sie schießen jeden Sonntagmorgen um zehn im Fort«, sagte Anna. »Heute haben wir sie auch gehört. Sie erschießen Soldaten, die nicht mehr kämpfen wollen.«

»Und dann sterben sie?«

»Ja. Das sagt mein Vater.«

»Warum dürfen die nicht einfach nach Hause fahren, wenn sie nicht kämpfen wollen?«

»Ich weiß nicht.«

»Uns erschießen sie nicht«, sagte Ruby.

»Gefährlich sind die Engländer«, erklärte Anna. »Wenn sie versuchen, die Deutschen vom Flugzeug aus zu treffen. Dann wird Alarm gegeben, und wir müssen mitten in der Nacht in den Keller laufen. Mein Vater hat den richtig schön eingerichtet, mit Stühlen und Sofas und viel zu essen.«

Der Gartentisch war voll besetzt, als Ruby nach Hause kam. Tutt und Käse-Erik waren zu Besuch, und Onkel Frode. Onkel Frodes Freundin Anne-Gine war auch dabei, aber Mutter konnte sie nicht leiden. Sie tranken beide. Onkel Frode war immer knallrot im Gesicht, die Mutter bezeichnete sie als *Bettelkommunisten.* Bubbi, der große Bruder von Birte und Lizzi, hatte Ruby den Satz beigebracht: *Bei Onkel Frode sitzt der Kopf da, wo bei anderen der Arsch sitzt.* Denn auch die drei hatten einen Onkel, der Frode hieß und trank, und der von einem Schubkarren aus Gemüse verkaufte. Aber Rubys Onkel Frode war lieb. Die Mutter sagte, er sei *vor Gutheit nix wert.* Er schenkte Ruby Fünförestücke und konnte mit den Ohren wackeln. Die Ohren bewegten sich an seinem Kopf hin und her, wenn Ruby ihn darum bat.

Tutt und Käse-Erik waren *fein.* Sie hatten Geld und ein Kindermädchen. Wenn sie auf Sonntagsvisite oder zu einem Fest kamen, brachten sie die Kinder nie mit. *Darum kümmert sich das Mädchen,* sagte Tutt und warf den Kopf in den Nacken. Jetzt saßen sie am Tisch und aßen Roggenbrot mit Zwiebelschmalz und Salami und Käse, mitgebracht von Käse-Erik, und kalten Taubenbraten aus dem Schrebergarten.

Ib weinte auf dem Schoß der Mutter. Er hatte einen Sonnenbrand auf den Schultern. Die Mutter rieb ihn mit Vaseline ein. Der Tisch stand im Schatten und hatte eine blaue Decke. Eine Nachmittagsbrise setzte die Bäume in Bewegung, sie ließen tanzende Flecken aus Sonnengold über die Menschen wandern. Der Käse glänzte vor Schweiß, die Stirn des Vaters auch. Er hob im Rasen ein tiefes Loch aus. Die Mutter wünschte sich einen Goldfischteich. Er trug bei der Gartenarbeit Handschuhe. Er hatte immer Angst um seine Hände, sie durften keine Wunden bekommen oder von Splittern aufgekratzt werden, sie mussten doch Porzellan blau bemalen.

»Haben wir auch Stühle im Keller, wenn es Alarm gibt?«, fragte Ruby.

»Das haben jetzt alle«, sagte der Vater.

»Ich will zu Hause bleiben.«

»Nein«, sagte die Mutter.

»Doch, das will ich. Ich will mit Anna spielen.«

»Ach, Mogens! Nun red du mit ihr! Sie soll bei *ihnen* bleiben.«

»Aber wenn sie doch lieber ...«

»NEIN! Ich muss zu Kräften kommen. Ich bin erschöpft!«, rief die Mutter. Alle sahen sie an, und Tutt lachte laut. Sie trug einen riesigen weißen Sommerhut aus Seide, dessen Rand flatterte, wenn sie den Kopf bewegte.

»Wovon denn erschöpft?«, fragte Tante Oda. Sie sagte immer, was sie dachte. Die Mutter gab keine Antwort.

Ruby drehte sich zu Tante Oda um. »Ein Mann ist gestorben. 1936«, erklärte sie.

Sie wurde vom Gartenstuhl gerissen und ins Haus geschleppt. Die Mutter schaffte es, sie beim Tragen zu schlagen. Harte Hiebe mit Hand und Unterarm, die Ruby an Rücken und Hintern und auf den Oberschenkeln trafen. Sie wurde aufs Bett geworfen und mehrere Male ins Gesicht geschlagen. Ihre Lippe platzte. Sie wusste nachher nicht mehr, ob die Mutter dabei auch geschrien hatte, aber sie glaubte schon. Die Mutter schlug immer wieder zu, bis der Vater kam. Dann war Schluss. Der Vater zog die Mutter aus dem Zimmer, die Tür wurde geschlossen. Ruby leckte sich Blut von der Lippe und atmete vorsichtig ein und aus. Sicher würde sie wieder in den Schrebergarten geschickt werden. Onkel Dreas wartete auf sie. Sie fütterte immer für ihn die Tauben, und sie ging abends doch gern zum Brunnen und badete danach in der Küche in der Bütte, so wie Anna das machte. Und wenn im Café nicht alles aufgegessen worden war, dann bekam Ruby Butterbrote aus der Blechdose, die Tante Oda auf dem Gepäckträger befestigt hatte.

Und es brachte nichts, hier zu Hause zu sein, wenn sie das Glück hatte, im Schrebergarten Leute mit Tauben und Brunnen zu kennen. Hier zu Hause gab es ja nicht einmal ein Radiogrammofon. Und der Vater spielte fast nie mehr den Walzer Nr. 7.

Ruby wischte sich Vaseline von den Wangen und leckte noch mehr Blut von der Lippe. Dort, wo die Mutter zugeschlagen hatte, hatte sich ein dicker Klumpen gebildet. Sie setzte sich im Bett auf. Das Zimmer schwankte hin und her. Sie musste sich an der Bettkante festhalten. Draußen war alles still. Bald würde Tante Oda sie holen, dann könnten sie fahren.

Obwohl die Spritze sich anfühlte, als ob sie Fleisch zerkaute, ohne das zu wollen, und obwohl dem Mann vom Seruminstitut Haare aus den Nasenlöchern ragten und er nach Schweiß und ranzigem Fett stank, war sie doch erleichtert, als es passiert war.

»Das ist ja mal ein nussbraunes und molliges kleines Mädel«, sagte er.

Diphtherie und Pocken. Diese Krankheiten würde sie nicht bekommen, wegen dieser Spritze. Sie heulte auf, als die sie traf. Die Mutter kniff sie wütend in den anderen Unterarm: »Benimm dich anständig!«

Ruby konnte sich nur vage vorstellen, welche *probaten Mittel* die Mutter gegen Krankheiten mit so bedrohlichen Namen wie Diphtherie und Pocken einsetzen würde. Der Mann mit den Haaren schrieb ein Attest, das Ruby bei Schulbeginn vorlegen sollte.

Sie wurde gebadet, ihre Ohren wurden mit einer Haarnadel gesäubert, und sie freute sich darüber, dass sie zu Hause bei Anna war und jetzt in die Schule kommen würde. Nicht einmal der Fliegeralarm machte ihr Angst, denn der Vater hatte den Keller schön eingerichtet, mit zwei Regalfächern an der Schornsteinmauer, wo sie und Ib im Nachthemd und mit Gästedecken liegen konnten. In zerbombten Häusern stehe am Ende immer noch der Schornstein, sagte der Vater, deshalb sei die sicherste Stelle gleich an der Mauer. Sie hörten auf den fernen Lärm, der Vater sagte, das sei die Flak, und es könne durchaus etwas auf dem Dach landen. Fransen aus Nr. 3 hatte einen Granatsplitter, der so groß war wie zwei Fäuste, durch das Dach und den Speicher in seiner Küche landen sehen. Jetzt benutzte er ihn als Briefbeschwerer. Und die Mutter hatte gelächelt, als sie ihr Möhren und Tomaten aus dem Schrebergarten überreicht hatte. Sie war vielleicht nicht mehr so erschöpft. Im Garten gab es jetzt einen Springbrunnen statt eines Goldfischteichs. Einen gegossenen Steinbrunnen mit einem Wasser speienden Kupfersatyr. Der Vater hatte den aus der Fabrik mitgebracht, im neuen Park war kein Platz mehr für ihn gewesen. Er und Frode hatten ihn auf einem Handwagen durch ganz Frederiksberg gezogen, sie hatten dreimal gehen müssen. Das Dumme war nur, dass Anna den Satyr als gefährlich bezeichnete. Als einen Dämon aus Griechenland, der kein bisschen heilig sei. Herr Fuchs hatte ihn von der Straße her gesehen und ein *böses Omen* genannt. Aber Anna durfte trotzdem mit ihr spielen. Sie kamen überein, dass es sich um einen *Gojim-Springbrunnen* handelte, und dann war es nicht ganz so schlimm.

In Rubys Erinnerung erschien der Krieg später als dauernder Wechsel zwischen den Extremen. Wie die beiden Kleider von Lehrerin Olsen. Das blaue trug sie montags, mittwochs und freitags. Das braune dienstags, donnerstags und samstags. Aber die Kleider der Lehrerin waren immerhin vorhersagbar. Das andere war das nie: der plötzliche Fliegeralarm, der die Träume zerriss, worauf man in den Garten stürzen und durch die Kellerluke steigen musste und innerhalb weniger Sekunden hellwach war. Der freundliche Herr Jerk-Jensen im Svend Vonvedsvei, in dessen Garten sie früher Birnen hatten pflücken dürfen, trat dem Freikorps Dänemark bei, weswegen es nun erlaubt war, ihm die Fenster einzuwerfen. Am einen Tag kam

Fleisch auf den Tisch, am nächsten gab es nur gebratenen Sellerie. Aber am wechselhaftesten waren die Launen und Grillen der Mutter. Sie hatte Phasen der übertriebenen Reinlichkeit, in denen nach dem Putzen Zeitungen auf dem Boden lagen, und dann durften sie nur auf die Zeitungen treten. Sie schrubbte Rubys Knie mit einer Nagelbürste, auch wenn Ruby dort offene Wunden hatte. Sie putzte Wände und Decken und reinigte Ruby und Ib die Ohren, bis sie brannten und die Tränen strömten. Sie wienerte die Möbel mit Politur und jede einzelne Klaviertaste mit Salzwasser. Sie schraubte das Telefon auseinander und wusch alle Bestandteile einzeln. Und wenn der Vater in dem Loch, das er im Garten gegraben hatte und wo er ein in einem Jutesack verstecktes geliehenes kleines Radio aufbewahrte, Radio London gehört hatte, musste er sich von Kopf bis Fuß mit Kernseife schrubben, ehe er das Wohnzimmer betreten durfte. Doch dann hörte sie eines Tages mit der Putzerei auf, und danach war sogar der Gasherd mit schmutzigen Tassen bedeckt. Jetzt wollte sie *Menschen sehen.* Sie lud alle Welt ein, und Ruby rannte auf den Dachboden, ehe der Krach losgehen konnte. Der Vater wollte die Rationierungsmarken nicht für Fremde aufbrauchen, und er wollte nicht mitten in der Woche Feste veranstalten, die Mutter dagegen schrie: »Erik bringt immer etwas mit, du brauchst dir keine Sorgen um deine kostbaren Marken zu machen! Er arbeitet doch in der Lebensmittelbranche!«

Und die Gäste kamen, unter ihnen ein Gutteil von Mutters alter *Clique* vom Theater. Ab und zu verschwand sie auch selber, mitunter blieb sie die ganze Nacht aus. Das war etwas Neues. Der Vater kniff dann die Augen zusammen und wollte Ruby keine Gutenachtgeschichte vorlesen, aber lesen konnte sie ja jetzt selber. Ib wurde am nächsten Morgen, wenn der Vater zur Arbeit ging und Ruby in die Schule musste, zu Dasse gebracht, und nachmittags lief sie dann gleich auf den Dachboden oder hinten in den Garten, wo sie sich unter den Rhabarberblättern versteckte, bis das Essen fertig war und sie essen und dann zu Anna laufen durfte. Weg vom bösen Atem und dem scharfen Lachen der Mutter und den vielen Gemeinheiten, die sie dem Vater an den Kopf warf, darüber, wie langweilig er doch sei, und wie wenig er verdiene, und dass seine *arme Frau* sich nicht einmal mit einem Nerz vor der Kälte schützen könne.

Er musste lernen, auf dem Klavier *modern* zu spielen, und Ruby glaubte, dass er das machte, um die Mutter zu Hause zu halten. Er spielte für die Gäste *modern.* Rasche Musik, zu der getanzt wurde. Die Absätze der Damen bohrten Löcher in den Wohnzimmerboden, doch die Mutter ließ sich davon nicht *affizieren.* Er spielte auch, wenn die Mutter sang, das hatte er noch nie getan. Es war schön, im Bett zu liegen und diesen Liedern zu lauschen:

Er liebte ihre Hände
und ihre Jungfernbrust,
und ihren weichen Nacken,
den traf sein heißer Kuss.
Er liebte ihre Stimme,
mit ihrer Silberglut,
noch mehr die kleinen Füße,
die waren schwarz beschuht …

Alle Lieder hatten mindestens drei Strophen, manche auch fünf oder sechs, und die Mutter kannte sie alle auswendig.

Zwei muss man sein, um das Leben zu meistern,
zwei, um sich für das Glück zu begeistern,
zwei, wenn es stürmt und zwei auch im Stillen,
zwei für das Können und zwei für den Willen …

Sie sang von der *Weißen Möwe* und dem *Mädel aus Sachsen,* aber das Lied vom *Wald* wollte der Vater nicht spielen. Und wenn die Gäste nach dem »Blauen« schrien, wehrte die Mutter immer ab:

»Nein. Dann heul ich vor Kummer noch los!«

Ruby befreite beide Ohren vom Kissen und horchte auf jedes Wort. Sie wusste nicht, was der »Blaue« war, aber den *Wald* sang die Mutter oft im Haus, wenn der Vater zur Arbeit war.

Tutt und Käse-Erik waren bei diesen Festen fast immer dabei. Erik besorgte den Martini. Sie mischten Martini und Sodawasser und nannten es *Jus* und hackten Eis vom Klotz im Eisschrank und legten die Splitter ins Glas.

In den Zeiten, in denen die Mutter nicht putzte, sondern nur *Menschen sehen* wollte, mussten sie immer beim Milchmann, der einmal in der Woche an die Tür kam, einen zusätzlichen Eisblock kaufen.

»Fünfzehn Öre hier und fünfzehn Öre da, verdammt«, sagte der Vater leise, wenn der Eisschrank so viel Eis enthielt, dass kein Platz für Lebensmittel mehr war. Er sagte es nur, wenn Ruby es hörte, nicht zur Mutter. Und ihr wäre es ja doch egal gewesen. Nicht einmal für Ib hatte sie Zeit. Er wuchs und lernte, »nein nein« zu sagen. Sie ließ ihn auf dem Boden rutschen, und da konnte er dann sitzen und schreien, bis ihm der Rotz über das Gesicht strömte. Ruby musste ihn trösten und ihm vielleicht eine Möhre in die Hand drücken. Er konnte mit seinen neuen Zähnchen noch nicht kauen. Aber eines Tages brach er ein Stück davon ab, das ihm im Hals stecken blieb. Sein Gesicht lief blau an. Die Mutter war einkaufen gegangen. Ruby hielt ihn an den Füßen hoch, bis das Möhrenstück auf den Boden fiel. Er schrie so laut, wie sie noch nie ein Kind hatte schreien hören. Sie las ihm »Der gestiefelte Kater« vor und kitzelte ihn im Nacken und bedeckte ihn mit Küssen. Als die Mutter nach Hause kam, hatte er sich wieder beruhigt. Er konnte ja zum Glück nichts erzählen. Die Möhre, die um ein Haar das Leben von Rubys einzigem Bruder auf dem Gewissen gehabt hätte, wollte Ruby danach einfach nicht essen. Sie versteckte sie im Bett und brachte sie dann in den Garten zu den Kaninchen. Sie ließ sie in den Käfig fallen, ohne hinzusehen. Das tat sie nie. Anna auch nicht. Die Kaninchen waren Lebensmittel. Das war eine grauenhafte Vorstellung, aber sie schmeckten gut, und deshalb wollte Ruby sie nicht lieb haben. Das konnte Anna verstehen.

»Die müssen jedenfalls nicht verbluten«, sagte Ruby. »Oder ertrinken.«

»Wie *sterben* die denn dann?«, fragte Anna.

»Sie werden mit der stumpfen Seite einer Axt erschlagen. Bis es wehtut, sind sie schon längst tot.«

Dauernd kamen neue Kaninchenjunge. Der Vater tauschte einige gegen Buttermarken und Zuckermarken oder Speckstücke. Es gab auch Pferdefleisch, aber das wollte die Mutter nicht, da gehe die *Grenze,* sagte sie. Eines Tages tauschte sie zwei Kaninchen gegen Sodawasser und einen Lampion für den Garten, während der Vater auf der Arbeit war, denn abends sollte ein Fest stattfinden. Als der Vater nach Hause kam, lief Ruby ganz schnell mit Ib ins Schlafzimmer.

»Was hast du gemacht, hast du gesagt?« Seine Stimme klang außergewöhnlich laut. Doch wenn der Vater laut wurde, dann wurde die Mutter noch lauter. Und am Ende schrie sie: »Geh auf deinem kostbaren Klavier üben, du! Und nicht Chopin, wenn ich BITTEN darf!«

Ruby konnte sich später auch daran erinnern, wie leicht sie sich anfangs an alles gewöhnt hatte, was passierte, auch wenn alles von einem Extrem zum anderen jagte. Die Soldaten auf den Straßen machten ihr keine Angst mehr, man flüsterte einfach durch die Zähne *Schweinehunde,* wenn sie den Rücken gekehrt hatten, und hörte sich ihren mehrstimmigen Marschgesang an. Man bedauerte die mageren deutschen Kinder hinter dem Zaun, die in Dänemark aufgepäppelt werden sollten. Auch ihre Mütter waren dabei, blasse Frauen mit langen Zöpfen. Zuerst wohnten sie im Fort, bis Oberst Sturm auf die Idee kam, die Schule zu übernehmen. Ruby liebte die Schule. Die war nagelneu, und die Lehrer waren lieb und geduldig, nur nicht den Jungen gegenüber, aber zum Glück hatten die ihre eigene Klasse, wo sie sich vermutlich von Anfang bis Ende jeder einzelnen Schulstunde in der Nase bohrten.

Ruby und Anna waren besonders gut in Handarbeit und Dänisch, und Ruby ging jeden Tag mit Freude und einer strammen Haarschleife zum Unterricht. Die Schule zu verlieren und mit der ganzen Klasse in den düsteren Keller unter der Kirche zu übersiedeln, das passierte ihr einfach. So war es. Die Deutschen bestimmten. Aber dann gab es mittags vielleicht einen leckeren Kaninchenbraten, und die Mutter legte sich danach hin, weil ihr vom Fest des Vorabends noch der Kopf wehtat. Ruby konnte in Ruhe ihre Aufgaben machen, zu denen niemand sie ermahnen musste, und sie dachte an die schönen Dinge, die passieren könnten, wozu sogar Fliegeralarm gehörte. Im Keller blieb die Mutter friedlich. Sie konnte lächeln und lachen und sich dicht neben den Vater setzen und aus der »Nordischen Schnittmusterzeitschrift« über die neueste Mode vorlesen. Und als einmal während eines Festes Fliegeralarm gegeben worden war, versammelten sich dort unten fünfzehn Menschen, und Ruby durfte auf dem Schoß eines fremden Mannes sitzen und *Jus* kosten, und sie bekam eine halbe Apfelsine. Und sie sangen alle Strophen des Liedes über die Frau, die an einem Samstagabend auf ihren Liebsten wartete und danach nie mehr lieben wollte, weil er nicht aufgetaucht war, obwohl er es *ganz fest* versprochen hatte. Jetzt spielte es keine Rolle mehr, ob der Øresund voller Minen lag, was dasselbe war wie Bomben, denn sie würden doch nicht an den Strand angeschwemmt werden. Und ein Fest war jedenfalls besser als Zeitungen auf dem Boden und Nagelbürste an den Knien.

Ruby glaubte aber, dass dem Vater die Putzperioden der Mutter lieber waren. Sie waren billiger. Und die Mutter verschwand dann nicht über Nacht. Und an dem Tag, an dem alle glaubten, die Deutschen hätten den Vater geholt, konnte Ruby, wie alle anderen im Hellelidenvei, ihre Mutter schreien hören: »Ich weiß nicht, was ich TUN soll, wenn sie dich ERSCHOSSEN haben, Mogens!« Und sie fiel ihm um den Hals und weinte dramatisch. Anna sagte nachher, das sei dasselbe wie eine Liebeserklärung, und von ihren Eltern höre sie so etwas jedenfalls nie. Die liebten nur Gott.

Es fing damit an, dass hinten im Garten ein Soldat mit Gewehr auftauchte. Es war Sonntag, die Sonne schien. Dass ein deutscher Soldat mit Gewehr in ihren Garten kam, war ohnehin nicht richtig. Aber da stand er dann, mit einem Helm, unter dem der Schweiß hervortriefte, und am Hals geöffnetem Uniformrock. Ruby lag im Gras und las. Der Vater beschnitt die Hecke. Die Mutter und Ib waren bei Dasse, die einen gewaltigen Bauch hatte und beim Gehen hin und her wackelte wie das Nilpferd im Zoo.

»*Heil Hitler*«, sagte der Soldat rasch, mit einer Hand, die matt und gleichgültig durch die Luft bewegt wurde. Das sagten die Deutschen statt »Guten Tag«. Der Vater nickte zur Antwort und richtete sich auf.

»*Herr Thygesen?*«

»*Ja.*«

»*Kommen Sie mit.*«

»*Warum?*«

»*Nehmen Sie den Handwagen mit.*«

»*Kann meine Tochter mitkommen?*«

»*Ja, gewiss.*«

Ruby sah, wie die Hand ihres Vaters zitterte, als er die Wagenstange fasste.

»Du kommst mit«, sagte er zu ihr.

Sie gingen durch die ganze Straße, hinter dem Soldaten her.

Alle wussten, dass er gekommen war. Sie standen am Gartenzaun und schauten hinter ihnen her. Niemand sagte etwas. Der Vater starrte vor sich hin, auf den Rücken des Soldaten. Ruby hielt sich an seiner Hand fest und starrte in dieselbe Richtung. Sie waren unterwegs ins Fort.

Sie wurden durch das Tor gelassen, und der Soldat marschierte schnurstracks auf eine lange Kaserne zu.

»Werden wir erschossen?«, flüsterte Ruby. Eigentlich musste sie aufs Klo.

»Ich weiß nicht, was aus uns wird«, flüsterte der Vater zurück.

»Warum musste ich mitkommen?«

»Ich dachte, dann erfahre ich, was er vorhat. Wenn ich erschossen waren soll, was soll ich dann mit einem Handwagen und einer Tochter?«

Ruby konnte sich nicht vorstellen, dass der Vater etwas verbrochen haben könnte. Onkel Frode dagegen druckte in einem Keller geheime Zeitungen. Darüber hatten die Erwachsenen auf einem Fest einmal leise gesprochen. Der Soldat öffnete eine Tür für sie und redete rasch auf Deutsch auf den Vater ein. Der Vater nickte und sagte: *»Danke, vielen Dank.«*

Der Gestank schlug ihnen entgegen, eine Mischung aus Pisse und gekochtem Kohl. Er stammte von dem Stroh, das den Boden und die vielen Reihen von Etagenbetten bedeckte.

»Wir bekommen das Stroh«, sagte der Vater leise. »Weil sie gehört haben, dass wir Kaninchen halten. Hilf mir, Ruby.«

Sie musste es *anfassen*. Das würde Ohrfeigen und *Kopfwäsche* setzen, wenn die Mutter davon erfuhr. Der Soldat stand an der Tür und hielt sie offen, während sie den Wagen füllte. Aus der Ferne hörten sie eine Gruppe von Soldaten, die ein Metallgitter aufstellten. Sie sangen mehrstimmig aus voller Kehle:

Schwarzbraun ist die Haselnuss,
schwarzbraun bin auch ich,
JA, BIN AUCH ICH!
Schwarzbraun soll mein Mädel sein,
geradeso wie ICH!

Der Wagen war voll, der Vater bedankte sich noch einmal. Der Torwächter ließ sie hinaus, der Soldat sagte Heil Hitler, was diesmal »Auf Wiedersehen« bedeutete, und dann waren sie frei.

Sie liefen nach Hause. Die Mutter kam angestürzt und fiel dem Vater um den Hals, ohne Ruby, die in ebenso großer Lebensgefahr geschwebt hatte, auch nur anzusehen. Ruby wusste, dass sie nie wieder Kohl essen würde, und wenn er das Einzige auf dem Tisch wäre. Der Vater machte hinten im Garten ein riesiges Feuer aus dem Stroh, und alle fanden es mutig, dass er es am selben Tag noch verbrannte. Die Nachbarn strömten herbei, und Dasse brachte Sommersaft aus Rhabarber und Johannisbeeren mit gehacktem Eis in der Kanne. Der Vater lobte Ruby und sagte, sie habe sich wie ein *Berg der Gemütsruhe* verhalten, doch dann bemerkte die Mutter, wie schrecklich sie stank. Und sofort ging es ins Badezimmer.

Abgesehen von der eintönigen Kost und den umgenähten Kleidern mit den sichtbaren Stichen und den zu engen Ärmeln, weil die Mutter eigentlich nicht nähen konnte, gewöhnte Ruby sich an den Krieg und fand ihn gar nicht schlecht. Es gefiel ihr auch, allein zu Hause zu sein, wenn die Mutter den Vater zu einem Ausflug ins Kino überreden konnte. Obwohl dann Dasse auf sie aufpassen sollte, saß die doch nur in ihrem eigenen Haus. Ruby sollte im Fenster zum Garten eine bestimmte Lampe einschalten, wenn etwas nicht stimmte, aber so weit kam es nie. Ib schlief. Sie selber hielt sich wach, bis die Eltern gegangen waren. Die Mutter hatte dreimal *Tag der Rache* und fünfmal *Sommerfreuden* gesehen, bekam es aber niemals über, sich auszumalen, mit welcher Leichtigkeit sie die weibliche Hauptrolle gespielt hätte. Und nach dem Film trafen sie Menschen und waren ein wenig *zivilisiert,* sagte sie. Es half nur selten, dass der Vater sie erinnerte, wie früh er morgens zur Arbeit musste. Wenn er nicht mitkam, ging sie allein, und dann konnte sie bis zum Morgengrauen ausbleiben.

Ruby freute sich immer, wenn der Vater mitging. Sie fürchtete sich nicht vor der Dunkelheit. Sie zündete in sicherer Entfernung von Dasses Beobachtungsfenster Kerzen an. Sie hängte sich Schmuckstücke aus der Frisierkommode ihrer Mutter um den Hals und sang dazu über die junge Dirne und steckte einen feuchten Zeigefinger in die Zuckerdose und leckte ihn ab.

Wenn die gelbe Laterne verbleichet
und wenn die Nacht endlich flieht,
dann sieht man die Schar, die entweichet
nachdem sie so hart sich gemüht.
Aber vielleicht willst du wissen,
warum dieses Mädchen einst fiel,
warum sie verschwand in dem Abgrund,
und glaubte, es sei nur ein Spiiiiiel …

Sie spielte Klavier, schlug aufs Geratewohl in die Tasten und stellte sich vor, es sei eine richtige Melodie. Nachher wischte sie sorgfältig die klebrigen Zuckerspuren ab und legte die Schmuckstücke genau an ihre alten Stellen zurück. So war es, erwachsen zu sein, und selber über Abend und Nacht zu bestimmen, sich fein zu machen und Feste zu besuchen, *Jus* zu trinken. Nur das mit dem Streiten, das würde sie später vermeiden. Und niemals würde sie Sellerie braten und ihn hilflosen Kindern aufzwingen.

Aber der Krieg war trotz allem nicht so schlecht. Bis Anna eines Tages sagte, als sie am Strand unterwegs waren und in den Tangdolden nach Bernstein suchten:

»Die Deutschen holen Juden. Das hat mein Vater gesagt. Früher hat er das nie getan.«

»Er hat das früher nie gesagt?«

»Nein. Er wollte uns keine Angst einjagen. Aber ich habe es in der Schule gehört.«

»Ich habe das *nicht* gehört«, sagte Ruby. »Sind das Juden, die etwas gestohlen haben? Oder Zeitungen gedruckt?«

»Sie haben gar nichts getan. Aber Hitler kann sie nicht leiden. Er fängt sie ein und steckt sie in Käfige.«

»In Dänemark?«

»Ich weiß nicht. Aber meine Mutter weint jede Nacht, und mein Vater liest über die Flucht aus Ägypten vor.«

An einem Donnerstag fehlten in der Klasse vier Mädchen. Miriam, Judith, Clara. Und Anna. Lehrerin Olsen trug ihr braunes Kleid, beugte sich über das Klassenbuch und machte Anmerkungen. Es waren die vier kleinen Jüdinnen. Wenn es ein Dienstag gewesen wäre, dann hätte keine reagiert, denn dann besuchten sie den Hebräischunterricht in der jüdischen Schule. Aber jetzt war Donnerstag. Und es fehlte sonst niemand. Als alle aufgerufen worden waren, blieb die Lehrerin lange sitzen und starrte in ihr Buch. Leise sagte sie, fast wie an sich selber gerichtet: »Herrgott.«

Das sagte sie sonst nie. Ruby brach in Tränen aus. Sie und Anna gingen immer zusammen zur Schule, nur dienstags nicht. Sie hatte geglaubt, Anna sei krank, als die sie nicht wie sonst am Gartentor erwartet hatte.

»Aber Ruby«, sagte Lehrerin Olsen.

»Sie stecken sie in Käfige und niemand weiß, warum!«, rief Ruby. Die ganze Klasse starrte sie an. Frau Olsen rang die Hände und brach ebenfalls in Tränen aus.

»Wenn du willst, Ruby, dann kannst du gern nach Hause gehen. Ich weiß ja, dass Anna deine beste Freundin war ... und wenn sonst noch eine gehen will ... und sich um sie kümmern ... oder, ich glaube, wir sagen heute den Unterricht ganz ab. Wir sehen uns morgen wieder. Dann wissen wir vielleicht mehr.«

War. Deine beste Freundin. Ruby rannte den ganzen Weg zu Annas Haus. Die Tür war abgeschlossen. Sie stürzte in den Garten, zur Küchentür. Die war ebenfalls abgeschlossen. Sie presste ihr Gesicht gegen das Wohnzimmerfenster und klopfte daran. Und dann sah sie es. Die siebenarmige *Menora* war von der Anrichte verschwunden. Und auch der Talmud des Vaters, der immer daneben gelegen hatte.

Die Mutter wusste Bescheid. Sie saß im Nachthemd im Badezimmer und schnitt sich die Zehennägel, als Ruby schreiend und weinend hereinkam.

»Anna ist weg! Die Deutschen haben sie *geholt!* Ach, Mutter!«

»Pst! Du weckst den Kleinen. Sicher sind sie heute Nacht nach Schweden gefahren«, sagte die Mutter, ohne den Blick zu heben. »Das machen die jetzt.«

»Aber in Schweden ist doch kein Krieg? Wie können die Deutschen sie in Schweden in den Käfig stecken? Mutter! Sie sind TOT!«

»Ganz ruhig, schrei mich nicht an. Sie sind einfach geflohen. Vor den Deutschen.«

»Geflohen? *Geflohen,* Mutter?«

»Ja. Nach Schweden. Sie kommen sicher zurück, wenn der Krieg vorüber ist. Denk nicht mehr daran. Anna geht es sicher gut.«

»Das sagst du bloß, weil sie das Eishörnchen nicht gegessen haben. Du kannst sie nicht leiden.«

Die Mutter starrte sie an: »Das Eishörnchen?«

Sie rannte auf den Dachboden, setzte sich in eine Ecke und zog die Knie zum Gesicht hoch. Sie mochte nicht mehr weinen. Wie waren sie denn nach Schweden gekommen, wenn im Wasser so viele Bomben lagen? Und was war mit ihren Sachen, den Kleidern, dem Haus?

Sie blieb den ganzen Tag auf dem Dachboden und ging nicht einmal zum Essen oder aufs Klo nach unten. Die Mutter rief sie auch nicht. Aber der Vater stieg die Treppe hoch und nahm sie auf den Schoß, als er aus der Porzellanfabrik zurückkam.

»Viele Juden gehen nach Schweden. Hier können sie nicht bleiben, das ist gefährlich. Gute Dänen bringen sie mit dem Boot hinüber.«

»Aber die *Bomben,* Papa?«

»Sie haben besondere Boote, die die Bomben entdecken, und dann können sie ihnen ausweichen. Fuchs', Kuznetsovs und Chwirkowksys sind alle letzte Nacht gefahren.«

»Bist du sicher, dass die Deutschen sie nicht geholt haben?«

»Ganz sicher, mein Schatz.«

»Warum kann Hitler Juden nicht leiden? Annas Vater macht doch keine Zeitungen, und er stiehlt auch nicht.«

»Zeitungen? Warum sagst du das?«

»Wie Onkel Frode.«

Der Vater räusperte sich, holte tief Luft und flüsterte ihr ins Ohr: »Darüber reden wir nicht, und du darfst es auch nicht laut sagen, wenn deine Mutter es hören kann.«

»Weiß sie das denn nicht?«

»Doch, natürlich, aber sie macht sich Sorgen, wenn sie erfährt, dass *du* es weißt.«

»Warum denn?«

»Es ist besser, wenn Kinder so etwas nicht wissen. Sie hat dann Angst, dir könnte etwas passieren.«

»Aber meine Mutter kann mich doch nicht leiden. Die hat keine Angst.«

»Aber Ruby!«

»Ich habe ihre Figur und ihre Karriere ruiniert, aber wenn Anna in Schweden ist, und Miriam Kuznetsov und Judith und Clara, dann werde ich nicht mehr weinen. Wenn du mir das versprichst, Papa.«

»Das verspreche ich.«

Als sie nach unten kamen, war die Mutter mit Ib zu Dasse gegangen.

»Kannst du nicht das Schöne spielen, Papa? Nr. 7.«

Sie setzte sich neben dem Klavier auf den Boden, lehnte den Rücken daran. Dabei spürte sie die Musik auch mit der Haut, die schönste Musik der Welt. Anfangs mit sanften Tönen, die sich kaum in die Melodie hineinwagten, dann mit Kraft und Trillern. Sie hatte das Gefühl, sich hinzugeben, die Bilder kommen und in ihren Kopf strömen zu lassen, Bilder von Vögeln und Engelsschwingen und raschen Lächeln und fallenden Wassertropfen und weiten Röcken, die über einen Marmorboden wogten. Und das Beste war, dass jeder Ton genau dort kam, wo sie ihn erwartete. Nicht ein einziger Ton ließ sie im Stich. Alle waren dabei, und alle waren hier zu Hause. Als er fertig war, blieb sie sitzen, und er hatte nichts dagegen. Mit geschlossenen Augen hörte sie alles noch einmal. Und er hatte es versprochen. Sie war in Schweden.

Eine Woche später kamen am späten Abend vier Menschen in den Keller, nachdem sie schon ins Bett gegangen waren. Fremde Menschen. Erwachsene. Vier erwachsene Juden, keine Kinder.

Rubys Schlafzimmerfenster schaute auf die Straße, sie hörte, dass der Wagen gerade hier hielt, aber es war doch überhaupt kein Fest. Auf dem Fußboden lagen Zeitungen. Und sie schliefen. Leise stand sie auf. Onkel Frode und seine Freundin, Anne-Gine, saßen still im Wohnzimmer, ohne zu essen oder zu trinken. Anne-Gine war alt, sie hatte zusammengewachsene Augenbrauen und platte Haare und einen schwarzen Mantel. Niemand entdeckte Ruby. Sie schaute zwischen Tür und Rahmen hindurch in die Küche.

Die Mutter war kreideweiß im Gesicht und klammerte sich an den Küchentisch, während der Vater leise und mit harter Stimme auf sie einredete. Die Figur, die sie verloren hatte und die dafür sorgte, dass sie sich nicht im Bademantel sehen lassen wollte, beulte ihr Nachthemd aus. Die Brüste hingen herab. Sie waren durch den Stoff zu sehen.

»Nur für ein paar Tage, Malie. Wir können nicht Nein sagen, es ist zu spät. Sie wollen nach Schweden.«

»Weißt du, was du tust? Wir können erschossen werden. *Erschossen,* Mogens. Diese verdammten *Bettelkommunisten* hätten ja wohl andere fragen können als uns!«

»Versuch ein einziges Mal, nicht nur an dich zu denken. Die Sache ist entschieden. Sie sitzen im Keller. Es sind nur vier. Und kein Kind, das Krach macht.«

»Und wenn es Alarm gibt?«

»Ja, was dann? Wir haben schon zu fünfzehnt da unten gesessen, mit deinen Salonlöwen!«

»Na gut. Aber schaff deinen versoffenen Bruder und diese … *Hure* weg. Und der Wagen muss vom Zaun verschwinden, ehe wir verraten werden. Und was ist, wenn Frau Jerk-Jensen sie gesehen hat, hast du dir das schon überlegt?«

»Frau Jerk-Jensen hat sich möglicherweise eines Besseren besonnen, seit ihr Mann an der Ostfront vermisst wird.«

»Davon wissen wir nichts. Einmal Nazi, immer Nazi. Und wenn Dreck zu Ehren gelangt …«

»Schöne Ehre. Mit einem Hakenkreuz auf der Brust wie ein Hund zu krepieren.«

»Jetzt schaff sie endlich aus meinem Wohnzimmer. Und zwar sofort!«

Am nächsten Morgen schlich Ruby sich zur Kellerluke, ehe sie in die Schule ging. Die war von innen verriegelt. Unten war alles still. Es war eine Stille, die auf irgendeine Weise stärker war als die des leeren Kellers, so als ob dort unten jemand den Atem anhielt. Lange stand sie da und horchte, aber sie hörte noch immer nichts, nicht einmal ein Magenknurren. Sie hätte ein deutscher Soldat oder eine Denunziantin sein können, die dem Schalburg-Korps zujubelte, und ein Husten von dort unten hätte ausgereicht, um die Fremden in den Käfig zu stecken. Und zu erschießen. Das, was Anna gehört hatte, das mit den Käfigen, das war sicher nur, um sie zu fangen. Sie erschossen doch auch ihre eigenen Leute, wenn die nach Hause wollten. Und dann brachten sie sicher auch die Juden um. An einer Mauer, dass das Blut nur so spritzte. Oder sie schossen sie in den Bauch, bis die Därme sich losrissen und aus dem Mund quollen. Sie bekam eine Gänsehaut, wenn sie daran dachte.

Mit Anna war alles Spannende aus dem Krieg verschwunden. Wenn die Deutschen zum Strand marschierten und sangen,

Schwarzbraun ist die Haselnuss, schwarzbraun bin auch ich – JA – BIN AUCH ICH!, dann waren sie gefährlich und hässlich und stanken schon von weitem nach Kohl und Pisse. Sie hatten die Köpfe rasiert, weil sie schmutzig und verlaust waren, und wenn einer von ihnen ihr je ein Bonbon reichte, würde sie diesen Mann anspucken und am Sonntagmorgen im Fort erschossen werden und im Sterben an Anna denken. Die Familie Fuchs hatte nichts verbrochen, sie hatten nicht einmal deutsches Stroh im Garten verbrannt. Das Einzige, was ihr einfiel, und was nicht so schön war, war das mit den Tieren, die verbluten mussten. Aber würden denn wirklich nur wegen einiger Tiere so viele Soldaten den weiten Weg aus Deutschland kommen? Wenn sie sich getraut hätte, hätte sie die Soldaten gern gefragt, aber sie glaubte nicht, so viel Deutsch zu können. Außerdem würden sie sie sicher nur anlügen und ihr etwas von Diebstahl und geheimen Zeitungen auftischen. Kuznetsov war Schuster, und Chwirkowsky, der Vater von Judith und Clara, Sargmacher. Warum sollten die Deutschen sich deswegen aufregen?

Sie entdeckte Frau Jerk-Jensen im Garten. Sie pflückte Birnen. Das war schon eine seltsame Beschäftigung für den frühen Morgen. Sie müsste Mitleid mit der Frau haben, weil Herr Jerk-Jensen ums Leben gekommen war, aber das schaffte sie nicht.

Ruby ging an den Zaun und rief: »Was haben die Juden verbrochen?«

Frau Jerk-Jensen fuhr herum. »Bitte?«

»Was haben die Juden verbrochen? Warum wollen die Deutschen sie holen?«

Frau Jerk-Jensen leckte sich die Lippen, ihr Blick flackerte. »Lasst mich in Ruhe. Ich bin Kriegerwitwe.«

»Was haben die Juden verbrochen? Jetzt sagen Sie schon!«

»Die sind nicht *rein!* Sie gehören nicht der einzigen reinen Rasse an. Und jetzt weg mit dir von meinem Zaun! *Drecksdeern!*«

Annas Mutter hielt ihr Haus immer sauber, und auch Annas Kleider, den Boden, die Vorhänge und die Kissen. Die weiße Sabbathdecke war immer strahlend sauber gewesen, ohne einen einzigen Fleck. Frau Jerk-Jensen war verrückt geworden, jetzt wo sie Witwe war. Eine andere Erklärung gab es nicht. Frau Jerk-Jensen war niemals bei Familie Fuchs zu Hause gewesen, soweit Ruby wusste.

Als sie aus der Schule nach Hause kam, wurde sie plötzlich von der Mutter verprügelt. Ihre Lippe platzte, diesmal die Oberlippe. Frau Jerk-Jensen war bei ihr gewesen und hatte sich *die Unverschämtheiten von Frau Thygesens frecher Tochter verbeten!* Die Juden waren noch im Keller, und der Vater saß an Rubys Bett und erklärte, die Mutter sei deshalb so böse gewesen.

»Sie hatte Angst«, sagte er.

Ruby mochte nicht antworten, sie mochte auch nicht mehr weinen. Sie wollte nur, dass Anna zurückkam und dass kein Krieg mehr war. Sie wollte, dass die Juden in ihren Häusern lebten und jeden Freitagabend auf so schöne Weise Sabbat feierten und nicht mehr in fremden Kellern sitzen mussten. Sie wollte ihre Schule zurückhaben. Sie wollte ein neues Kleid, das aus einem Laden stammte, und nicht aus Vorhängen oder Tischdecken oder Mutters alten Sachen genäht war. Sie wollte am Strand baden, ohne aus den Wellen die deutschen Soldaten lachen hören zu müssen. Sie wollte eine ganze Apfelsine essen, nicht nur eine halbe, und sie wollte, dass die englischen Flugzeuge das Fort und den Flughafen bombardierten, bis alle tot waren, ohne dass das Feuer sich bis zu den *guten Dänen* ausbreitete. Wenn das nicht alles passierte, dann wollte sie wie Ännchen im Mond werden, wollte unbeweglich die Hand nach etwas ausstrecken, das sie besitzen wollte, wollte über Gärten und Häuser und Menschen leuchten und in alle Ewigkeit tot sein, weil sie sich zu viel gewünscht hatte.

Als endlich der Frieden kam, ging die Mutter zu Rotwein über. Sie sagte, sie wolle für den Rest ihres Lebens nicht eine Martiniflasche mehr sehen. Die einzige Bombe, die in diesen fünf Jahren gefallen war, hatte die Zuckerfabrik von Langebor getroffen. Der Vater hatte jetzt weniger Haare. Ib war sechs und Ruby elf. Jeden Tag nach dem Frieden wartete sie darauf, dass Anna nach Hause kam, Anna war jetzt doch auch elf. Es würde seltsam sein, sie wiederzusehen.

Tante Oda und Onkel Dreas kamen zum Friedensfest und Onkel Frode, ohne Anne-Gine, und Tutt und Käse-Erik ohne die Kinder, und mehrere Theaterleute aus dem Krieg, die der Vater als *Schmarotzer* bezeichnete. Ruby ging ihnen jetzt aus dem Weg. Nicht, weil sie fast immer hungrig und durstig und mit leeren Händen anrückten und nur ab und zu Rationierungsmarken beisteuerten, während Käse-Erik großzügig Essen und Getränke vom Schwarzen Markt hergab. Das alles ging den Vater an, nicht Ruby. Sie ging diesen Leuten aus dem Weg, weil die Mutter immer wieder davon sprach, ihre Karriere wieder aufzunehmen und zum Theater zurückzukehren, oder *zum Film zu gehen. Und wenn damals Ruby nicht gekommen wäre …*

Die Theaterleute nickten und waren ganz ihrer Ansicht. Niemand widersprach der Mutter. Sie bestätigten ihr vielmehr, dass sie damals wirklich einer strahlenden Zukunft den Rücken gekehrt hatte, als sie zur *Hausmutter* geworden war. Eines Abends, als die Mutter allein im Gartenzimmer saß und trank, und zwar noch vor Friedensbeginn, also Martini und Wasser, da riss sie ein flaches Buch aus dem Regal und warf es quer über den Boden Ruby zu. Es zischte dabei. Ruby fing es auf und schaute zur Mutter hoch.

»Ist das für mich?«

»Da kannst du lesen, was die Zeitungen damals über deine Mutter geschrieben haben. Ich war unterwegs zu den Sternen.«

Ruby las die Zeitungsausschnitte, betrachtete die Bilder einer gertenschlanken, lächelnden *Malie-Thalia J.* und schämte sich.

Zum Friedensfest brachte Käse-Erik Schinken mit. Es war ein riesiger rosa Schinken, der die Mutter ein Freudengeheul anstimmen ließ. Und es gab einen großen Kasten mit dünnen Zigarren, die sie *Cerutti* nannten. Vater spielte mit offener Gartentür *modern* auf dem Klavier. Ruby glaubte, dass er vielleicht zum letzten Mal modern spielte, denn alle Radios und Radiogrammofone der Stadt lagen in einem Schuppen, und der Vater hatte einen Zettel mit einer Nummer. Das Radiogrammofon gehörte ihnen also noch immer, und sie würden es zurückbekommen, jetzt, wo die Deutschen *Hals über Kopf aus dem Lande gejagt* worden waren. Der Vater hatte Zarahs Platten zerbrochen, Marlenes aber nicht. Zarah war Schwedin, hatte aber zu den Deutschen gehalten, Marlene war Deutsche und gegen sie gewesen. Zarah war vor langer Zeit mit anderem Abfall im Garten verbrannt worden, während die Mutter in der Küche geweint hatte und danach wieder putzte und *keine Menschenseele* sehen wollte.

Aber jetzt wollte sie das. Niemand hatte unter dem Krieg so gelitten wie sie. Ihre Finger waren ruiniert von der Näharbeit und den eiskalten Tagen mit feuchtem Koks, der nur Ruß produzierte, aber keine Wärme. Und ihre *Künstlerinnenseele* war gekränkt.

»So kann eine Künstlerinnenseele nicht leben, sie braucht Freiheit und *joie de vivre!*«, sagte sie und breitete ihre nackten

Arme aus und trug seegrüne Fransentücher um die Schultern. Im Glas schwappte eine blutrote Flüssigkeit, und der Garten hing voller chinesischer Lampions und dänischer Flaggen. Der Vater versprach, dass die beiden verbliebenen Kaninchen nicht im Kochtopf landen sollten und schenkte sie Ruby und Ib. Ruby drückte ihrs an sich und taufte es Fried. Fried war das schönste und weichste Wesen auf der Welt, und seine Augen sahen aus wie schwarze Glaskugeln, an denen sie gern geleckt hätte. Auf dem Friedensfest versuchte niemand, sie ins Bett zu schicken. Nachbarn schauten herein. Dasse trug einen neuen kleinen Jungen auf dem Arm, der schon den Namen Niels bekommen hatte, und Ib lief im Matrosenanzug herum und gab den Erwachsenen Feuer für ihre Cerutti.

»Nie mehr getrocknete Möhren rauchen!«, rief Onkel Frode und bekam einen Hustenanfall. Und alle zählten auf, was sie von nun an rauchen und trinken und welches Obst und welche süßen und fetten Sachen sie essen wollten, in wildem Überfluss. Und sie würden sich wieder Koks kaufen und kein feuchtes Zeitungspapier mehr zu Briketts pressen, die nicht wärmten, und die Damen würden sich Seidenstrümpfe leisten. Sie würden ins Kino gehen und Filme aus Hollywood sehen und es richtig genießen, dass sie jetzt auch über andere alliierte Themen als die englische Krankheit diskutieren durften. Und sie sprachen über die Verräter und die Deutschendirnen, die kahl geschoren wurden. Einer der dänischen Nazibonzen war am selben Tag gestorben.

»Der Alkohol hat ihn geholt«, sagte Käse-Erik. »Er ist unter zwei Brauereipferde von Carlsberg gefallen.«

Sie heulten vor Lachen, und die Mutter war in ihrem Element. Ruby fiel auf, wie oft sie vorn ihr Kleid hinunterzog, bis der Spalt zwischen ihren Brüsten zu sehen war, und wie sie im Sitzen den Rock über ihre Oberschenkel hochgleiten ließ. Sie lachte laut und viel, und der Wein färbte ihre Zähne blau, und als einer der Theaterleute sie bat, zu singen, schaute sie kokett zum Vater hinüber, der gerade eine Pause vom Modernen einlegte.

»Mogens, mein Geliebter, heute Abend schaffe ich den Blauen vielleicht, ohne zu *heulen.* Was ist schon meine verlorene Karriere gegen einen gewonnenen Krieg ...«

Die anderen applaudierten und riefen: »Sing, sing, gib uns den ›Blauen!‹«

Der Vater seufzte, lächelte aber gleichzeitig. Ruby schmiegte ihr Gesicht ins Kaninchenfell. Das duftete nach Heu und lebendem Tier. Es roch nach Frieden und Glück, und bald würde Anna nach Hause kommen.

Die Mutter setzte sich elegant vor das Klavier und stellte das Glas auf die Kante. Die anderen drängten sich mit leuchtenden Augen um sie zusammen. Ib sprang auf und ab und rief: »Meine Mutter singt, meine Mutter singt!«

Der Vater schlug die Akkorde an. Er kannte sie. Er hatte sie offenbar schon früher gespielt. Vielleicht damals, als sie das Radiogrammofon noch nicht gehabt hatten.

Die Mutter breitete die Arme aus, wie um sie alle zu umarmen, und fing an:

Ich bin von Kopf bis Fuß auf Liebe eingestellt,
ja, das ist meine Welt, und sonst gar nichts,
das ist, was soll ich machen, meine Natur,
ich kann ja Liebe nur, und sonst gar nichts.
Männer umschwirrn mich wie Motten das Licht,
wenn sie sich verbrennen, dafür kann ich nichts ...

Die Gäste jubelten. Ib starrte hingerissen zu seiner Mutter hoch. Ruby stand mit dem Kaninchen im Arm neben ihrem Vater. Sein Gesicht hatte sich verändert, während die Mutter gesungen hatte. Es wurde glatt um Augen und Mund, wie dann, wenn man etwas betrachtet, das man liebt, so wie Dasse ausgesehen hatte, wenn sie Søren angeschaut hatte, oder jetzt, bei dem neuen Baby. So wie Mutter Ib angesehen hatte, als er noch kleiner gewesen war. Nicht einmal, wenn die Mutter sich beim Fliegeralarm im

Keller an den Vater angelehnt hatte, hatte sein Gesicht diesen Ausdruck gezeigt.

Ruby stürzte hinaus in den Garten und zum Rhabarber, aber die Blätter steckten gerade erst ihre Spitzen aus dem Boden. Sie setzte sich auf den Boden. Fried fand das aufregend und wollte wegspringen. Wenn der Vater die Mutter liebte, müsste sie ihn verlieren. Sie presste Fried an sich.

»Du musst hier sein«, flüsterte sie. »Ganz ruhig. Hier bestimme ich.«

Doch nach dem Lied war alles wieder so wie vorher. Die Mutter trank und schwankte auf ihren Stöckelschuhen. Der Vater schob die Flaschen von ihren Stuhlbeinen weg und verzerrte das Gesicht auf die übliche, beruhigende Weise. Die Mutter lachte über alles, was diskutiert wurde. Ihr Träger glitt ihr von der Schulter, und der Vater schob ihn wieder hoch. Sie schwenkte die Flaggen und rauchte mit gespreiztem kleinen Finger und wollte mit Käse-Erik Liegetango tanzen, aber der Vater wollte nicht mehr spielen. Da rief sie nach Ruby:

»Komm her, mein kleiner Rubin! Mutter will dich küssen!«

Ruby ging langsam auf den Stuhl der Mutter zu. Die Lampions leuchteten zwischen den Blättern wie Sonnen, wie orange Löcher in der Nacht. Fried saß wieder in seinem Käfig. Sie hatte nichts, woran sie sich festhalten könnte, und plötzlich machte sie sich auch Sorgen um ihre Haarschleife. Sie hing schwer und schief in ihre Augen. Die Mutter riss sie an sich und drehte sie rasch zu den Gästen um.

»Ist sie nicht groß und schön geworden? Mein kleines Mädchen …«

Tante Oda beugte sich vor und streichelte ihre Wange.

»Sie war mir während des Krieges eine solche *Stütze,* nicht wahr, Herzchen? Hat auf Ib aufgepasst und nicht über hässliche Kleider geklagt. Aber jetzt haben wir Frieden, mein Schatz, jetzt wird alles gut. Komm her, Mutter will dich küssen …«

Der Vater erhob sich. »Schluss jetzt, es ist drei Uhr, der kleine Rubin muss ins Bett.«

Er führte sie ins Haus. Das Lachen der Mutter ragte hinter ihnen auf wie eine Wand. Ruby hätte ihrem Vater gern etwas gesagt, etwas, um das Lachen zu vertreiben, aber alles, was sie herausbrachte, war: »Danke für das Kaninchen, Papa. Es heißt Fried.«

»Das ist ein guter Name, Herzchen. Ein guter Name.«

Aber Anna kam nicht. Und auch nicht Judith, Clara oder Miriam. Die Klasse zog aus dem Kirchenkeller in die Schule am Sund um. Sie bekamen einen neuen Lehrer, Frau Olsen unterrichtete nur noch die Kleinen. Der neuer Lehrer hieß Backe, ein alter Mann mit *Schwarzmarktbauch* und kreisrunden Brillengläsern mit Fingerabdrücken. Er schlief während der Stunden, und alle mochten ihn.

Die Schule hatte ihnen gefehlt. Die Klassenzimmer waren von der Decke bis zum Boden mit grüner Seife und Salmiak gescheuert, Waschbecken und Kloschüsseln waren mit Salzsäure gereinigt worden. Aber das half nichts. Die Schule roch auch nach dem Großreinemachen noch nach Nazis. Sie roch nach verlorenen, frohen Tagen, wie in einem Traum, in dem die Deutschen jüdischen Kindern Bonbons geschenkt und in ihren Badehosen und Helmen komisch ausgesehen hatten.

Dann tauchten im Fort die Leichen auf. Alle wussten davon, und mehrere hatten sie gesehen. Tote Männer, die mit Kalk in Säcke gesteckt und dann auf Maschendraht in den Wallgraben hinuntergelassen worden waren. Als der Draht entfernt war, kamen sie an die Oberfläche. So sahen die Hinterlassenschaften der Deutschen aus. Hässlicher Schulgestank und Leichen in Kalk. Zu Hause fand der Klavierstimmer drei Kilo vergessenen Kaffee, als er den Deckel über den Saiten hochklappte. Das war ein schöner und witziger Fund. Und sie holten das Radiogrammofon. So sollte der Friede sein, man fand alles, was man vermisst hatte.

Sie wagte nicht zu fragen, wo Anna denn blieb. Vielleicht wussten sie das auch nicht, weder die Schule noch der Vater. Sie ging oft zu Annas Haus, und eines Tages hielt ein Auto davor. Ein großes schwarzes. Hinter den Fenstern bewegten sich gebückte Gestalten, sie standen auf und griffen nach Taschen. Ruby rannte zur Hintertür.

»Anna! ANNA!«

Es war eine wildfremde Familie. Die Frau hatte echte Haare und trug keinen Hut. Der Vater hatte keinen Bart, sondern nur einen bleichen Flaum über den Lippen. Zwei kleine Jungen in weißen Hemden betrachteten Ruby interessiert.

»Hier gibt es keine Anna«, sagte der Mann.

»Aber das ist doch Annas Haus!«

»Wir haben es jedenfalls gekauft«, sagte die Frau.

»Haben Sie mit ihm gesprochen? Hat er Ja gesagt?«, fragte Ruby.

»Von wem redest du?«, fragte der Mann.

»Von Herrn Fuchs«, sagte Ruby.

»Wir haben keine Ahnung, wen du meinst. Wir haben das Haus möbliert gekauft.«

Als sie hörte, wie ihr Vater mit leiser Stimme zu Dasse sagte, dass die Familie Kuznetsov *es auch nicht geschafft* habe, wusste sie, dass Anna tot war, denn alle hatten Dänemark ja zusammen verlassen. Sie lief zum Strand hinunter, weil niemand sie weinen sehen sollte, und ging barfuß am Wasser entlang, dort, wo die Wellen gegen ihre Zehen schwappten. Im Krieg hatte sie gewusst, dass Anna in Schweden lebte, und sie konnte an sie denken und in Gedanken mit ihr sprechen. *Wenn die Sonne scheint, denkt niemand an den Mond,* hatte ihre Mutter immer gesagt. Und jetzt schien die Sonne, sie brannte auf ihre Arme; weit draußen flimmerte das Wasser im Hitzedunst, und halb nackte Kinder spielten im Sand. Trotzdem konnte sie problemlos an die mondhelle Nacht denken, in der Anna geflohen war, weil sie nicht zu den *Reinen* gehörte, sie hatte Amager für immer verlassen müssen. Lag sie wohl in einem Sack voller Kalk? War sie auf einen Wagen geworfen und nach Einbruch der Dunkelheit zu einem Graben gefahren worden, so, wie das im Fort passiert war?

Die Sommerferien begannen, und sie durfte zu Tante Oda und Onkel Dreas.

Die Tabakpflanzen waren verschwunden. Blumen, die weder gegessen noch getrocknet werden sollten, *um den Speisezettel anzureichern,* leuchteten in allen Farben. Die Vögel trippelten wie früher über die Dachpappe. Die Zinkbütte im Schatten war mit Bierflaschen überfüllt, und sie durfte zusammen mit einer Nachbarin und Tante Oda mit Pferd und Wagen zum Kaufmann fahren. Die Pferde machten auf den Pflastersteinen ein Geräusch, das wie *klippeti-klapp* klang, und drehten ihre Ohren in alle Richtungen. Wenn Ruby sich über etwas freute, über die Sache mit den Pferdeohren zum Beispiel, die so witzig aussahen, wenn sie sich bewegten, musste sie an Anna denken. Tante Oda kaufte ihr Pralinen. Die sahen aus wie kleine Baumstämme und waren an dem Ende, an dem man sie anfasste, mit Goldpapier überzogen. Gefüllt waren sie mit Eiercreme.

»Tausend Dank, Tante Oda.«

»Du bist so still geworden«, sagte sie. »Aber du wirst ja älter.«

Dazu gab es nichts zu sagen. Tante Oda fügte hinzu: »Deine Mutter hat es nicht immer leicht gehabt, Ruby. Ehe sie deinen Vater kennen gelernt hat. Sie musste immer allein zurechtkommen, konnte nur auf sich bauen. Das hat sie vielleicht ein wenig … hart gemacht. Als kleines Mädchen hatte sie es auch schwer. Alfred … ihr Vater, war nicht lieb.«

»Wo wohnen sie eigentlich? Die Eltern meiner Mutter?«

»In Hvideleje. Er war Gastwirt und Aalfischer. Jetzt ist die

Mutter total senil, und der Vater säuft nur oder geht Aale fangen, wenn er sich dazu aufraffen kann. Da wird er sicher enden – im Wasser bei den Aalen. Und sie wollen deine Mutter nicht sehen. Damals haben sie sie wie eine Sklavin ausgebeutet. Sie ist mit fünfzehn von zu Hause durchgebrannt, aber das weißt du sicher.«

»Nein.«

»Hat deine Mutter dir davon nichts erzählt?«

»Nein. Sie sagt nur, dass sie immer schon Künstlerin war. Schon als Kind.«

»Sie ist mit einer Theatertruppe umhergezogen und aufgetreten. Sie war mit einem von ihnen zusammen. Aber das ging nicht gut.«

»Das ging nicht gut? Hat er sie geschlagen?«

»Ich weiß nicht, Ruby. Ich kann doch nicht alles wissen. Aber deine Mutter hat mir einmal erzählt, dass es nicht gut gegangen ist. Mehr wollte sie nicht sagen. Wir haben doch alle unsere kleinen Geheimnisse.«

»Anna ist tot.«

»War das die kleine Dunkle, mit der du immer zusammen warst?«

»Ja. Sie war nicht rein genug. Sie war Jüdin. Die Deutschen haben sie umgebracht.«

»Ach, dieser verdammte Krieg … Fehlt sie dir, mein Schatz?«

»Es ist ungerecht, dass ich noch lebe, wo ich doch nur *Goj* bin. Ich werde in meinem ganzen Leben nicht an Gott glauben.«

»Nein, von dem ist noch nie etwas Gutes gekommen. Wir kommen gut ohne ihn zurecht, du und ich.«

»Sie wird bestimmt Fried aufessen, während ich hier bin.«

»Fried? Ist das das Kaninchen?«

»Ja.«

»Das ist zu alt und zäh. Und ich glaube, deine Mutter wird erst mal keinen Appetit auf Kaninchen mehr haben.«

Tante Oda ging mit ihr in den Zoo. Am besten gefielen ihr die Affen. Sie musterten sie mit einem Blick, als ob sie gerade etwas angestellt hätten und wüssten, dass sie das entdecken würde. Sie baumelten an ihren Schwänzen und grinsten mit lila Zahnfleisch und verfaulten Zähnen und riefen allen, die ihnen zuhören mochten, *iii-iiii* zu.

»Das sind ja vielleicht Frechdachse!«, sagte Tante Oda und lachte, und Ruby sah plötzlich, wie alt die Tante geworden war, und dachte, dass sie sicher bald sterben würde. Und Onkel Dreas würde dann auch mitten in der Woche Schnaps trinken, und sie selber könnte nirgendwo mehr hinfahren. Eine Theatertruppe wäre keine Lösung. Sie traute sich kaum, in der Schule aus der *Geschichte Dänemarks* vorzulesen, wenn alle zuhörten. Sie flüsterte den Text vor sich hin, bis Lehrer Backe einnickte und sie sich wieder setzen, im Gewimmel der anderen Kinder verschwinden konnte.

Sie blieben am Wolfsgraben stehen.

»Das arme Tier«, sagte Tante Oda. »Der hat im Krieg sicher nicht gerade Fettlebe gemacht.«

Der Wolf rannte mit gesenktem Kopf hin und her. Sein Fell war zerzaust, und am Schwanzansatz klaffte eine weinrote Wunde. So einer hatte Rotkäppchen gefressen, doch dann hatte der Jäger seinen Bauch aufgeschlitzt und mit Steinen gefüllt. Dieser Wolf hier jedoch lebte. Das taten schließlich die meisten. Trotz Wunden und Abmagerung und nichts, worauf sie sich freuen konnten.

»Der stirbt bald«, sagte sie.

»Dann wird sicher ein neuer angeschafft«, sagte Tante Oda.

Sie ging mit Ruby ins Tivoli, wenn sie vormittags frei hatte. Dann war der Eintritt billiger. Und sie gingen in Museen mit hundert Gemälden oder mit Dinosaurierskeletten, die an Stahlseilen von der Decke hingen, sodass man alles genau sehen konnte, von den riesigen Hüftknochen bis zu den winzigen Zehengelenken. Sie waren immer nur zu zweit unterwegs. Sie gaben nicht viel Geld aus, aber sie aßen leckere kleine, in Schmalz gebackene und mit Schlagsahne gefüllte Kuchen und tranken *Friedenskaffee.* Ruby trank ihn mit Milch. Sie wäre gern munterer gewesen, weil Tante Oda lieb war und eine große Hand hatte, die sich so gut festhalten ließ, und wenn sie Ruby an sich zog, roch sie ganz leicht nach Lavendel. Außerdem nörgelte sie nicht wegen der Haarschleife. Und als der Sommer zu Ende war und Ruby nach Hause musste und als sie im Schein der tief stehenden Sonne im Garten auf der Bank saßen, eingehüllt in Rosenduft, während die Hummeln schwerfällig herumflogen, zog sie eine kleine, flache Schachtel aus der Tasche und reichte sie Ruby.

»Das ist für dich«, sagte Tante Oda. Ihr standen Tränen in den Augen. »Die hat meiner verstorbenen Schwester Elisabeth gehört.«

Die Schachtel enthielt eine goldene Armbanduhr, deren Zifferblatt von einem wunderschönen Ring aus Perlmutt eingefasst war.

Ruby machte einen Knicks, obwohl sie saß. Sie wusste nicht, dass Tante Oda eine Schwester gehabt hatte, sie wusste im Grunde gar nichts über Tante Oda.

»Tausend Dank«, flüsterte sie und dachte, wie entsetzt Tante Oda gewesen wäre, wenn sie die Uhr, statt sie um ihr Handgelenk zu legen, auf den Boden geworfen hätte und darauf herumgetrampelt wäre. Bei diesem Gedanken hämmerte ihr Herz los. Das Blut rauschte in ihren Ohren. Rasch band sie die Uhr um. Und nun hatte sie den Arm einer erwachsenen Frau.

Zu Hause in Amager stritten die Eltern sich in der Küche, während Ib ihr um den Hals fiel. Der Vater strich ihr kurz über die Haare. Tante Oda sagte: »Ihr könnt ja wohl ein Päuschen im Lärm einlegen, solange ich hier bin. Ich habe allerlei gute Sachen in meinem Korb, also lasst uns im Garten den Tisch decken.«

Die Mutter wischte sich die Augen, und der Vater putzte seine Brille.

»Ich mache aber auch alles falsch«, sagte die Mutter.

»Manches ist schlimmer als anderes«, erwiderte der Vater. Seine Stirn war braun, und die blässere Haut, die er oft mit einem an den Ecken verknoteten Taschentuch vor der Sonne schützte, zeichnete sich deutlich davon ab.

»Aber, aber«, sagte Tante Oda. »Jetzt decken wir den Tisch. Ich habe Krammetsvogel und Taubenpastete und mit Schmalz gebackenes Roggenbrot. Wenn man also dazu einen Schluck zu trinken haben könnte …«

»An Getränken herrscht hier im Haus wahrlich kein Mangel«, sagte der Vater.

Ruby graute vor dem Abschied von Tante Oda, obwohl der Vater während des Essens auftaute und sie auf den Schoß nahm und behauptete, er hätte es keinen Tag länger ohne sie ausgehalten. Er fand die Armbanduhr wunderschön, und Tante Oda lächelte, doch niemand erwähnte die tote Elisabeth.

»Herrgott, was bist du gewachsen«, sagte die Mutter, der Zigarettenrauch floss wie weißer Schaum aus ihrem Mund. »Das wird ja wohl ein teurer Schulbeginn.«

»Ich glaube, gerade das Thema können wir uns für den Moment sparen«, sagte der Vater mit harter Stimme.

»Die Schule?«, fragte Ruby.

»Nein. Das, was hier auf dieser Welt teuer ist«, sagte der Vater.

Zum Glück stritten sie sich dann erst wieder, als Ib im Bett lag und sie selber zusammen mit Fried auf dem Schoß im Rhabarberbeet saß. Sie konnte sich nicht an ihm satt sehen und streichelte immer wieder seine Ohren. Wenn sie die Augen schloss, wurden sie zu Pferdeohren. Sie konnte jederzeit zum Strand laufen. Sollten die Eltern sich doch zanken.

Aber sie zankten sich nicht aus dem üblichen Grund. Nicht über Feste und Trinkereien und Flirts und *morgen früh raus,* und *muss ja wohl nicht wach sein, um blaue Streifen auf Porzellan zu malen.* Es ging um Geld.

»Und wie hast du vor, ihr das zurückzuzahlen? Das hast du mir noch nicht verraten, meine Liebe«, sagte der Vater, mit einer Art zuckersüßer Stimme, von der sogar Ruby begriff, dass sie die Adressatin zur Weißglut bringen konnte.

»Ich nehme eine Rolle an. Das habe ich doch schon gesagt!«

»Eine Rolle. Eine Rolle. Glaubst du, Rollen wachsen auf Bäumen? Es ist zwölf Jahre her, dass du zuletzt eine hattest. Zwölf Jahre. Du kennst doch keinen Menschen.«

»Ich kenne Hansi. Ich kenne Gotfred. Ich kenne Snutt. Ich kenne Bæppe.«

»Bæppe? Von dem habe ich noch nie gehört. Und die anderen rangieren in der Branche doch unter ferner liefen. Sie sind fünf Jahre lang hergekommen, um sich den Bauch voll zu schlagen. Hier ist die Rede von mehreren hundert Kronen!«

Die Mutter verstummte. Sie verstummte auf eine Weise, die Ruby verriet, dass es da irgendetwas gab, bei dem sie nicht ertappt werden wollte, es war wie bei den Affen im Zoo. Der Vater schien das auch zu durchschauen, denn er sagte:

»War das alles? Sag mir, wie viel sie dir gegeben hat.«

»Ich weiß es nicht so genau. Mogens, kannst du nicht einfach …«

»Tausend.«

»Vielleicht.«

»Weiß Erik Bescheid?«

»Nein, der doch nicht. Sie haben sich doch gerade erst neue *Renaissancemöbel* gekauft, Mogens. *Der* ist kein Mann, der jede Münze zweimal umdreht. Wenn Tutt sich etwas wünscht, dann kriegt sie das auch.«

»Das muss zurückgezahlt werden, Malie.«

»Nicht unbedingt.«

»Das soll doch wohl nicht heißen … Tutt kommt so oft zu uns, und ich schaue ihr in die Augen, und sie hat die ganze Zeit gewusst, dass wir mit einer Lüge leben. Und Erik hat dich den Krieg hindurch mit Martini voll gegossen und Essen für deine Theaterleute mitgebracht, und jetzt glaubst du, das könnte immer so weitergehen? Glaubst du, ich will sie jemals wiedersehen?«

»Aber Erik hat doch keine Ahnung!«

»Und ich sollte ja offenbar auch nichts erfahren.«

»Nein.«

»Ihr habt herzlich über mich gelacht, du und Tutt, was? Nein. Du kriegst *nichts* mehr zu trinken.«

Die Mutter kam in den Garten und entdeckte Ruby sofort. Die war jetzt zu groß, sogar für die ausgewachsenen Rhabarberblätter. Sie sprang auf und lief zu Frieds Käfig, setzte ihn hinein und legte rasch den Haken vor.

»Zeig mal deine Uhr«, sagte die Mutter.

Ruby streckte den Arm aus. Der Vater stand weit weg, an der Gartentür. Die Mutter öffnete den Schnappverschluss und riss die Uhr an sich.

»Du bist viel zu klein für so eine Uhr. Ich werde sie verwahren, bis du erwachsen bist.«

»Aber Mutter!«

»Willst du mir widersprechen? Willst du unverschämt sein? Ich bin für deine Erziehung zuständig, nicht Tante Oda. Und sie ist übrigens gar nicht deine Tante. Sondern meine. Sie ist meine Tante. Also bild du dir ja nichts ein!«

Die Mutter versprühte Speichel, wenn sie redete. Der Vater stand einfach nur da. Was war schon eine kleine Armbanduhr gegen tausend Kronen?

Es war eine Erleichterung, noch in derselben Nacht an Scharlach zu erkranken. Ihr ganzer Körper war mit Ausschlag bedeckt, und ein hohes Fieber ließ sie in Fantasien versinken. Sie wies Affen mit lila Zahnfleisch zurecht und flog mit ausgestreckten Armen hoch über dem Øresund, und tief unten im Bett hörte sie einen pfeifenden Zug, der an jedem Bahnhof hielt, wo Leute winkten. Das Gesicht des Arztes, der am nächsten Tag kam, sah aus wie das eines Wolfs. Schmale Augen und Fell auf den Ohrläppchen. Sie schlug wild um sich und wollte nicht von ihm verschlungen werden. Der Vater musste sofort kommen und den Bauch des Arztes mit Wackersteinen füllen. Sie wollte dem Wolf sagen, dass ihr Herz wehtat, aber sie brachte kein Wort heraus. Sowie der Arzt verschwunden war, wurde sie in glühend heißes Wasser gelegt und ihre Stirn mit einem eiskalten Lappen bedeckt. Als sie wieder zu sich kam, war mehr als eine Woche vergangen. Die Schule hatte angefangen. Sie konnte nicht auf ihren Beinen stehen. Ib saß am Fußende des Bettes und zitierte die Mutter: Sie sei *über das Ärgste hinaus und jenseits der Ansteckungsgefahr.* Der Vater las ihr Andersens Märchen vor und gab ihr Zuckerwasser zu trinken. Während sie auf die liebe Stimme des Vaters horchte, dachte sie: Ich werde nie mehr weinen, aus keinem Grund.

Nicht einmal als Fried kurz vor Weihnachten starb und die Mutter scherzte, sie würden in diesem Jahr das Geld für den Entenbraten sparen können, weinte sie. Der Vater grub für Fried ein Grab, Ibs namenloses Kaninchen war schon vor langer Zeit gestorben. Sie weinte nie, wenn die Mutter sie schlug, und auch nicht, wenn der Vater sie später tröstete und das Weinen doch endlich *gut getan* hätte. Trost ohne Weinen hatte keinen Sinn, und deshalb wollte sie keinen. Sie sagte das auch. »Ist schon in Ordnung, Papa, lass sie doch.«

Sie bekamen einen neuen Lehrer. Albert Andersen, mit einem großen A im Siegelring. Wenn er mit dem Handrücken zuschlug, war das A noch tagelang auf der Wange der Sünderin zu sehen. Er schlug Ruby, als sie zugab, dass sie den Kaugummi an das Treppengeländer geklebt hatte. Er schlug sie, weil sie nicht sofort gestanden hatte. Mit steifem Nacken musste sie den Rest der Stunde durchhalten. Sie vergoss nicht eine einzige Träne. Der

Schmerz saß in den Waden, wie sie feststellte. Nicht zu weinen löste einen dumpfen Schmerz in den Waden aus.

Die Mutter schlug jetzt aus anderen Gründen als früher. Es gab fast nie mehr Feste im Haus, und wenn sie *Menschen sehen* wollte und keine Möglichkeit dazu hatte, dann setzte es eine Ohrfeige, wenn den Kindern auch nur ein Brotkrümel auf den Boden fiel. Ib war dauernd schmutzig, seine Kleidung war zerfetzt, und er wurde für jeden Riss und jedes Sandkorn geschlagen, das in der Diele auf dem Boden landete, Ruby gab jetzt freche Antworten, nachdem sie plötzlich entdeckt hatte, dass Unverschämtheit nicht zu Schlägen führte, sondern zu hysterischem Heulen und endlosen Tiraden über das schreckliche Schicksal, mit einer dermaßen untauglichen Tochter gestraft zu sein. Die Mutter schlug jetzt wegen Kleinigkeiten. Große Anlässe brachten vorhersagbare Hysterie und darauf folgende Isolation im Schlafzimmer, wo die Mutter hinter zugezogenen Vorhängen lag, den Aschenbecher neben sich auf dem Nachttisch.

Ruby biss die Zähne zusammen, wenn die Mutter weinte, denn sie wollte nicht laut loslachen. Sie trat vor den Spiegel, stemmte die Hände in die Seiten, horchte auf das halb erstickte Wimmern der Mutter, das durch die Schlafzimmertüren drang, und schwenkte ihren Körper hin und her. War sie schön? Nein. Ganz hübsch. Vielleicht. Kleine Brüste drängten sich gegen den Stoff des Kleides, und die Jungen pfiffen oft hinter ihr her. Aber die pfiffen ja bei allem, was Röcke trug. Sie stahl in der Küche ein Ei, trennte Eiweiß und Dotter und formte sich mit dem Eiweiß auf jeder Wange zwei Narrenlocken. Die Locken saßen wie festgeklebt und hatten einen etwas dunkleren Farbton als die restlichen Haare. Sie weigerte sich, die Haarschleife zu tragen. Sie ärgerte sich über ihre Augenbrauen, die weiß wurden, wenn sich die Haut in der Sonne bräunte, und färbte sie mit einem Koksstück. Sie zog den Gürtel stramm um ihre Taille und rollte die Söckchen um ihre Fesseln zu kleinen Würsten. Sie ging ganz gerade und versuchte, ihre Füße so zu setzen, wie die Mannequins das taten. Sie bat die Mutter niemals wieder um die Armbanduhr. Diese Freude wollte sie ihr nicht machen. Sie freundete sich mit Sofie Holgersen aus dem Per Døversvej an, die ein Einzelkind war, und wurde von deren Familie in den Vergnügungspark Dyrehavsbakken eingeladen, an einem Sonntag Anfang Mai. Sie hätte den Vater um Erlaubnis gebeten, aber der war mit dem Fahrrad unterwegs. Das machte er jetzt oft und lange, um sich *den Wind durch die Haare wehen zu lassen,* wie er sagte. Er war fast kahl.

Die Mutter sagte Nein. Holgersens seien keine *anständigen Menschen.* Holgersen fahre *im Rausch* Taxi.

»Dann nicht«, sagte Ruby und lief aus dem Haus.

Zuerst besuchten sie Peter Lipps Haus. Das Restaurant war weiß gekalkt, hatte Bogenfenster und ein dickes Strohdach, und auf der steinernen Terrasse vor dem Lokal standen elegante, wackelige Tische und Stühle. Ruby und Sofie steckten die Köpfe zusammen und kicherten über alles, was sie sahen, woran sie dachten und worüber sie sprachen. Herr Holgersen kaufte Limonade für alle, und sie tranken vorsichtig, mit vorgeschobenem Kinn, um nicht auf ihre Kleider zu tropfen.

»Ihr seid ja wirklich zwei reizende junge Damen geworden«, sagte Frau Holgersen.

»Brote wollen wir nicht«, sagte Sofie. »Damit machen wir uns nur schmutzig.«

»Die werden *wir* schon runterwürgen können«, sagte Herr Holgersen und hob sein Bier zum Mund. Das Schnapsglas wartete davor in der Luft. Die Hand, die es hielt, zitterte.

Er spendierte eine Kutschfahrt durch den Buchenwald. Sie hielten Ausschau nach Hirschen und Rehen, sahen aber keine. Das machte nichts. Die Sonne bohrte sich durch himmelhohe Baumkronen. Die Pferde waren kohlschwarz und glänzten, und sie hatten gebürstete Schwänze und Seidenbänder in der Mähne. Auf dem Waldboden leuchteten Pferdeäpfel und Maiglöckchen.

An einer Losbude gewann Ruby Ohrringe, die aussahen wie Silbersterne. Sofort steckte sie sie an, und Sofie sagte:

»Du siehst aus wie zwanzig.«

So fühlte sie sich auch.

Sie machte einen Knicks, als sie sich im Strandvej trennten. »Tausend Dank für einen wunderschönen Tag, Herr und Frau Holgersen.«

»Das war reizend und höflich gesagt«, erwiderte Frau Holgersen. »*Du* machst deiner Mutter wirklich alle Ehre.«

Sie wurde durch die Küchentür am Nacken gepackt, noch ehe sie die Schuhe abgestreift hatte. Auf dem Boden lagen Zeitungen. Es roch nach heißer grüner Seife. Irgendwo im Haus weinte Ib. Das Fahrrad des Vaters stand nicht im Ständer.

»Was hast du in den Ohren? Und wo hast du dich herumgetrieben? Du … *Dirne!*«

»Im Bakken. Lass mich los, Mutter.«

»Im Bakken? Und das soll ich dir glauben, so, wie du aussiehst?«

»Mit Sofies Familie. Und die Ohrringe hab ich in der Lotterie gewonnen.«

Ihre Kopfhaut brannte. Ihre Mutter presste sie zu Boden.

»Wirklich. Ich hab nichts verbrochen!«

»Nichts verbrochen? Du bist doch hingegangen!«

»Papa hätte es mir erlaubt.«

»Dein *Papa* … du mit deiner Babysprache. Und hier bestimme ich. Er ist überhaupt nicht dein Vater. Oder dein *Päpäää* …«

»Was willst du damit sagen?«

Die Mutter ließ sie plötzlich los. Ruby richtete sich auf. Sie musste sich für einen Moment an die Wand lehnen. Vor ihren Augen drehte sich alles.

»Was willst du damit sagen, Mutter? Dass du nicht richtig mit Papa verheiratet bist? Habt ihr deshalb kein Hochzeitsbild?«

»Doch, danke, du. Wir sind verheiratet. Leider.«

Ruby redete mit einem abgewandten Rücken. Die Mutter stand am Küchentisch und wienerte mit einem kreideweißen Tuch ein Messer. Ihre Ellbogen zerfetzten die Luft.

»Was willst du also damit sagen, Mutter?«

»Dass er nicht dein Vater ist. Ich war schwanger, als ich ihn kennen gelernt habe. *Dein* Vater war einer ... einer, mit dem es nicht gut gegangen ist. Und wenn du ...« Sie wirbelte herum und schwenkte den Lappen. »Wenn du auch nur ein Wort zu Mogens sagst, dann will ich dich nie mehr sehen. Ist das klar?«

Dass die Mutter nicht begriff, dass diese Drohung wie eine Belohnung klang!

»Und sieh zu, dass du diese idiotischen Ohrringe loswirst.«

Der Vater war fröhlich und schweißnass, als er nach Hause kam. Er hatte am Wegesrand eine wilde Zypresse gefunden. Die stand nun auf seinem Gepäckträger. Sie sah aus wie ein buschiger Regenschirm. Erde rieselte von den Wurzeln, als er sie in den Garten brachte.

»Vielleicht fühlt sie sich hier ja wohl«, sagte er und ging mit schwungvollen Schritten weiter. »Man weiß ja nie. Holst du mir den Spaten, Herzchen?«

Das tat sie, dann reichte sie ihm das Gerät. »Du hast Erde an der Wange, Papa.«

Langsam erwachsen zu werden, handelte davon, dass sie mit geheimen Gedanken leben musste, bis sie ihre eigene Wohnung finden, bis sie die Tür hinter sich schließen und alles laut sagen konnte, egal, ob jemand es hören wollte oder nicht. Deshalb war sie mit fünfzehn Jahren überglücklich, als ihre Mutter sie in ein Internat gab. In eine Schule, wo man die ganze Zeit wohnte und nur jedes zweite Wochenende nach Hause fahren durfte. Schon nach der Konfirmation, die Tante Oda und die Mutter *in Gottes Namen* ausrichteten, und die während einer Hitzewelle im Garten gefeiert wurde, begann sie, sich auf den Herbst zu freuen. Tante Oda schenkte ihr eine nagelneue Armbanduhr, die alte wurde mit keinem Wort erwähnt. Und die Mutter erlaubte es ihr, eine Perlenkette und Perlenohrringe zu tragen. Die Konfirmation an sich war unwichtig, es ging darum, konfirmiert zu sein. Das Fest an sich war ein Fest wie alle anderen, es gab zu essen und zu trinken, und zwischen Mutter und Vater herrschte ein stummer Waffenstillstand. Onkel Dreas hielt eine weltfremde Rede mit Floskeln über die Reihen der Erwachsenen, und Onkel Frode schlief mit seiner Zigarre im Schatten ein und brannte sich ein Loch in sein neues weißes Jackett. Anne-Gine wurde noch immer nicht eingeladen, aber Tutt und Käse-Erik kamen. Sie schenkten ihr einen Goldring. Es interessierte Ruby absolut nicht, wie sie und die Eltern ihre finanziellen Angelegenheiten geregelt hatten und ob sie noch befreundet waren oder nicht. Für sie war der Goldring die Hauptsache.

Sie biss sich nicht mehr in die Knie. Sie konnte sich nur noch vage an diese Gewohnheit erinnern. Der Dachboden war zu einem blöden kleinen Loch geschrumpft, wo sie sich nur mit Mühe aufrecht halten konnte. Er war gefüllt mit Kästen voller alter Kleider und ausrangierten Spielsachen. Familie Holgersen zog nach Århus, keine neue Freundin nahm Sofies Platz ein. Ruby besaß einen Körper, der nur ihr gehörte, einen Körper, der leuchtete, wenn sie ihn wusch, der sich in ihren Kleidern schwenkte, der die Mutter zum Wahnsinn trieb. Beide zählten die Tage bis zum Schulbeginn. Der Vater wirkte still und bedrückt. Ib brachte aus seiner Schule eine Mitteilung mit, weil er den Feueralarm ausgelöst hatte. Worauf die Mutter sich glücklich die Zeit damit vertrieb, ihm Hausarrest zu verpassen und alle Türen und Fenster zu bewachen und sich bei Ruby zu beschweren, die mit Engelszungen antwortete. Denn dahinter wartete die Freiheit von zu Hause.

Doch zwei Jahre in der Realschule Forum entpuppten sich als alles andere als Freiheit. Ihr Zimmer musste sie mit einer kleinen Schwedin teilen, die sieben Jahre alt war, als sie dort eintraf. Yvonne, die aus einem Waisenhaus stammte. Ruby machte sie sofort zu ihrer Sklavin. Das war die Strafe dafür, dass die kleine Drecksgöre ihr die Möglichkeit nahm, hinter einer geschlossenen Tür allein zu sein. Yvonne putzte Schuhe und spitzte Bleistifte und füllte das Tintenfass, sie wusch Unterwäsche und putzte den Fußboden, während Ruby sie tadelte, bis sie herzzerreißend weinte und behauptete, ihr Onkel aus Schonen werde kommen und Ruby mit einem *dicken Stein totmachen.*

Die Lehrer hasste sie, unter anderem, weil sie ihr kein Einzelzimmer gegeben hatten. Lehrer Poulsen war Vegetarier, hatte immer eine Seifenschale voller Weizenkeime neben sich stehen und schlug mit seinem Zeigestock wild um sich, wenn jemand eine falsche Antwort gab. Die Jungen liebten ihn, weil er Fortpflanzungslehre gab, ein Fach, das zur Entlassung führen konnte, das wusste Ruby sehr wohl. Sie fand es widerlich, sich anhören zu müssen, wie ein Fötus wuchs. Allein das Wort Fötus war schon schlimm genug. Und dann das viele Blut, der Schleim und die Flüssigkeiten, die dabei eine Rolle spielten, es war zum Erbrechen! Die Vorstellung eines Storchs mit einem Kind in einem breiten Seidentuch, das aus seinem Schnabel hing, und der dann durch die Nacht zu einem wartenden Elternpaar flog, das das Kind *geschehen* machen wollte, war viel besser.

Lehrer Poulsen war verheiratet mit einer winzig kleinen Frau mit braunen Haaren, die ihren Kopf wie ein blanker Helm umgaben, sie waren an den Wangenknochen glatt abgeschnitten, und der Pony schien aus Glas zu sein. Alle nannten sie Püppi. Als Ruby Püppi zum ersten Mal auf dem Gang sah, stellte sie ihr ein Bein. Sie wusste nicht, wer diese Person war, und hielt sie für eine neue Schülerin. Zur Strafe gab es fünfzehn Hiebe mit dem Zeigestock auf die Fingernägel, was Ruby über sich ergehen ließ, weil sie noch immer darüber staunte, dass der hässliche Lehrer Poulsen mit der kleinen Püppi verheiratet war; dass sie sich vermutlich küssten und zusammen im Bett lagen und einander im Nachthemd sahen. An diesem Abend musste Yvonne Boden und Treppe zweimal putzen. Ruby war nicht zufrieden. Sie konnte noch immer Seifenflecken sehen.

Die anderen aus ihrer Klasse konnte sie nicht ausstehen. Die waren ungezogene Kinder, die von zu Hause weggeschickt worden waren, so wie sie selber. Freche Jungen und armselige Mädchen. Sich mit ihnen bekannt zu machen, über Frotzeleien und Verschwörungen gegen die Lehrer hinaus, das kam nicht in Frage. Die Vorstellung, sich ihnen anzuvertrauen, war ungeheuerlich. Die Wochenenden zu Hause wurden zu Lichtblicken, und Rubys Erwartungen wurden vorher himmelhoch gesteigert. Am

Sonntagabend waren die Erwartungen dem Erdboden gleichgemacht, und sie musste zurück in die Schule. Drei, vier Tage später fing sie wieder an, sich zu freuen.

Sie spielte mit dem Gedanken an Flucht. Es wäre nicht schwierig. Sie brauchte nur loszugehen, mit ihrer Tasche mit Kleidern. Aber wenn sie weglief, dann musste es gut durchdacht und für immer sein. Nählehre? Kochlehre? Einen Mann zum Heiraten? Letzeres verbot sich von selbst. Sie hatte noch nie einen Mann geküsst oder einen getroffen, der sie gern geküsst hätte. Und Geld hatte sie nicht. Das hätte sie dann stehlen müssen. Aber von wem? Stehlen und weglaufen. Irgendwo ankommen, ohne Papiere oder Zeugnisse. Nein.

Das Gute in ihrem Leben kam von Tante Oda. Sie holte sie an den Wochenenden ab, wenn Frau Mogens Thygesen mitteilte, sie könne ihre Tochter *übers Weekend leider nicht zu Hause haben.* Wie Tante Oda davon erfuhr, war für Ruby ein Rätsel. Sie fragte auch nie danach.

Und es war auf einer Führung durch das Schloss Rosenborg, mit Tante Oda, im Ballsaal, als Ruby, siebzehn Jahre alt, im Unterleib Schmerzen hatte und etwas Feuchtes, Tropfendes spürte. Sie schob die Hand nach unten und zog sie blutverschmiert wieder hoch. Sie stöhnte laut auf und hatte keine Lust, sich die Finger abzulecken. Trotz Lehrer Poulsens waghalsiger Fortpflanzungslehre hatte sie keine Ahnung, warum sie blutete. Poulsen baute seinen Unterricht auf das empfangene Kind auf, das im Mutterleib wachsen sollte, bis die Mutter von ihm entbunden werden konnte. Wie es dort hineingekommen war, gehörte zu den tausend Dingen, nach denen man nicht fragen durfte. Tante Oda zog sie mit neugierigem Blick aus dem Saal und nach Hause in den Schrebergarten. Onkel Dreas wurde in den Garten geschickt, um sein Bier zu gießen, und Tante Oda durchwühlte ihre Schränke und fand einige selbst gestrickte Binden. Ruby weinte, zum ersten Mal seit Jahren.

»Hat deine Mutter denn gar nicht mit dir darüber gesprochen?

Ich *kann* es nicht glauben. Ich *weigere mich,* es zu glauben. Dass sie nicht ... bei ihrer einzigen Tochter ...«

»Aber was ist das denn?«

»Es hat keinen Namen, es heißt einfach Bauchweh.«

»Aber es ist nicht im Bauch, es ist in ... *der Muschi.* Und sie muss doch *rein* sein. Immer.«

»Das weiß ich. Dass es nicht im Bauch sitzt. Daran kann ich mich noch erinnern, obwohl es viele Jahre her ist. Aber so *heißt* es eben. Schau her. Zieh dich aus, hol dir eine frische Unterhose und leg den Lappen hinein. Die anderen Lappen nimmst du mit in die Schule.«

»Brauch ich sie in der Schule? Kommt denn noch mehr Blut? Ach, Tante Oda ... das tut ja so weh!«

»Ja, es kommt noch mehr. Einige Tage lang. Und danach jeden Monat. Das bedeutet, dass du jetzt selber Kinder bekommen kannst.«

»Aber ich will keine Kinder. Ein Kind? Ein lebendiges Kind? DAS WILL ICH NICHT!«

»Aber, aber. Ich habe gesagt, dass du das *kannst.* Aber du hast ja keinen Mann. Komm her.«

Ruby fiel ihr um den Hals und schluchzte in den Geruch der runzligen, braun gefleckten Tante-Oda-Haut und des frisch gewaschenen Kreppkleides.

»Ich versteh das nicht, Tante Oda. Ich *will nicht* ...«

»Hör mir zu!« Sie schob Ruby weg und umfasste ihre Schultern. »Wenn Blut kommt, bedeutet das, dass du *kein* Kleines bekommst. Wenn du mit einem Mann zusammen bist, und wenn er ... den Strom in dich fließen lässt, dann ist das gefährlich. Dann kann es sein, dass du beim nächsten Mal nicht blutest. Verstehst du?«

»Ja«, sagte Ruby. Und damit hatte sie ihre Tante Oda zum ersten Mal angelogen.

Sie machte ihr Examen rechtzeitig vor dem Skandal. Fräulein Lumby, die Leiterin der Realschule Forum, wurde angezeigt, weil sie sich angeblich an einem Schüler vergangen hatte, einem damals siebzehnjährigen Jungen namens Alfred. Alfred war strohdumm und hatte Fräulein Lumby lange Zeit in ihren Privatgemächern *bedient,* um sich bessere Noten zu sichern. Irgendwann später im Sommer gestand er die Sache weinend seinem Vater, und Fräulein Lumby landete sofort im Gefängnis. Das wurde erzählt. Es gab einen gewaltigen Skandal, von dem sogar im Hellelidenvej auf Amager zu hören war. Die Mutter verlangte von Ruby die Einzelheiten, aber die konnte keine liefern. Weshalb sie sie erfand, Episoden darüber, wie Alfred von einem errötenden Fräulein Lumby mitten aus der Stunde herausgeholt worden war. Dass Alfred den Jungen gegenüber damit geprotzt hatte. Dass er geschenkte Schokolade verteilt, dass Fräulein Lumby sich auch auf die Schreibtische mehrerer anderer Jungen gelegt hätte. Dass Albert ein ganzes Wochenende in Fräulein Lumbys Zimmer eingeschlossen gewesen war. Die Mutter war glücklich und entsetzt, und sie freundeten sich ein wenig an. Je mehr Einzelheiten Ruby auftischte, desto umgänglicher wurde die Mutter.

»Gott sei Dank hast du rechtzeitig die Prüfung gemacht«, sagte sie und seufzte dramatisch.

Die Schule wurde für immer geschlossen. Für einige Zeit kamen Internate dann ein wenig aus der Mode. Besserungsanstalten für *richtig* böse Buben hatten dagegen Zulauf. Was Ruby nichts anging. Das war ein abgeschlossenes Kapitel. Sie hatte Alfred kaum je bemerkt, und Fräulein Lumby war klein und grau, mit feuchten Lippen und großem Busen, eine Frau, die nur bei größeren Veranstaltungen und beim Empfang neuer Eltern zu sehen war. Dass der kleine Alfred seinen Strom in dieses alte Gespenst hatte fließen lassen, war ihr ein Rätsel. Was es mit diesem Strom auf sich hatte, war ein noch viel größeres Mysterium. Es gab so viel, was sie nicht wusste. Wann würde das Leben endlich *anfangen?* Die Erwachsenen begriffen alles und hielten es für selbstverständlich – geschah das über Nacht? Zu welchem Zeitpunkt würde sie in den Spiegel schauen und darin eine Erwachsene erblicken?

Die Anzeige entdeckte sie im Amagerbladet, zwei Monate vor ihrem achtzehnten Geburtstag. Die Kopenhagener Post bot Lehrstellen für Telefonistinnen an. Sie ging zum Vorstellungsgespräch. Dort hieß es, sie könne am Tag nach ihrem 18. Geburtstag anfangen, das sei die unterste Altersgrenze. Außerdem brauche sie die Unterschrift ihres Vaters, da sie erst in einigen Jahren mündig sein werde. Und für die *Telefondamen* stünden in der Ahlefeldsgade Zimmer bereit.

Telefondame. Das war die Zukunft. Das war die Tür, die geschlossen und von innen versperrt werden konnte. Und wenn sie hinausging und einige Kronen übrig hatte, konnte sie sonntags im Strandpavillon sitzen und eine Tasse Tee ausdehnen und zu den *Feinen* gehören. Ihr Zeugnis schmuggelte sie aus der Kommode des Vaters und überreichte es im Büro der Kopenhagener Telefongesellschaft AS. An dem Abend, an dem im Café Takstgrensen ihr 18. Geburtstag gefeiert wurde, weil die Mutter zu Hause kein Fest veranstalten mochte, und weil es im Garten natürlich zu kalt war, erzählte sie alles. Die Mutter brach in lautes Jammern aus, der Vater verstummte, und Ib setzte sich sofort auf Rubys Schoß und flüsterte: »Und ich kriege ein eigenes Zimmer. Danke, Schwesterherz.«

»Aber mein kleines Mädchen, willst du wirklich deine *Mutter* verlassen? Das meinst du doch nicht im Ernst? Ruby, mein Schatz, das geht nicht. Das darfst du nicht. Das wäre lebensgefährlich. Du bist nicht reif genug, um allein zu wohnen.«

»Und wie alt warst du? Als du …«, setzte Onkel Dreas an.

»Das war damals! Ich war viel reifer als Ruby! Ich wusste *alles* über das Leben. Viel zu viel, leider.«

Die Mutter schluchzte und warf sich fast über den Tisch. Der

Vater streichelte ihren Rücken, eine seltene Liebkosung. Ruby schluckte und schluckte. War es denn möglich, dass ihre Mutter doch etwas von ihr wissen wollte?

Aber als sie nach Hause kamen und die Mutter kein Publikum mehr hatte, klang es plötzlich ganz anders.

»Wie *konntest* du! Vor allen Leuten! Und ich saß da wie eine Idiotin und wusste von nichts! Eine *Mutter* muss so etwas wissen. Ich werde dir nie verzeihen! Und ich hoffe, das Zimmer ist möbliert, denn von hier bekommst du nichts, wir brauchen alles selber, wo dein Vater sich nie etwas Neues leisten kann.«

»Es ist möbliert. Ich brauche nur Bettzeug.«

Die Unterschrift des Vaters bekam sie am nächsten Tag, zusammen mit fünfzig Kronen, von denen die Mutter nichts erfahren durfte.

Sie feierte die erste Nacht in ihrem eigenen Heim mit einer ganzen Schale voll Trauben und Kerzen. Sie saß an ihrem eigenen Fenster und schaute hinaus auf den Ørstedspark, wo eine Taubenschar mit scharfem Flügelschlag aufflog. Sie sahen aus wie ein getupftes Tuch, das im Wind wehte. Der Strand würde ihr fehlen. Die Möglichkeit, jederzeit hinlaufen zu können. Aber auch im Internat hatte sie ja ohne überlebt. Und die Arbeit war das pure Kinderspiel: mit Hilfe eines Doppelsteckers die Kundschaft mit der Zentrale zu verbinden. Als Telefondame Ruby Thygesen würde sie einen professionellen und gleichgültigen Tonfall für ihr *ja bitte* einüben.

»Ja bitte, bitte«, flüsterte sie und stopfte sich eine Traube in den Mund.

Das Zimmer war braun und dunkel und eng, und an der Wand hing ein Gemälde, das einen Ausschnitt der Insel Lolland zeigte. Das stand darunter.

»Mein erstes Zimmer war noch kleiner«, sagte der Vater, als er sie mit Decke und Kissen in die Stadt brachte. Die Mutter hatte nur geschnaubt, als sie gefragt hatten, ob sie mitkommen wolle. »*Mich* wirst du nicht so schnell als Gast erwarten können.«

Ehe er nach Hause fuhr, nahm der Vater sie in den Arm und flüsterte mit tränenerstickter Stimme: »Ich habe immer nur dein Bestes gewollt, Ruby. Immer. Aber ich habe es nicht erreicht. Ich habe deine Mutter einmal geliebt, ich habe sie jeden Abend auf der Bühne gesehen und ihr Blumen geschickt, bis sie mich in ihre Garderobe einlud. Und ich habe dich geliebt, vom ersten Moment an, in dem ich dich gesehen habe. Ich hätte so gern …«

»Ich weiß, Papa. Sei nicht traurig.«

Er hielt sie noch immer an sich gedrückt, ließ nicht los, als habe er Angst, sein Gesicht zu zeigen. Sie dachte an die verräterische Traubentüte in ihrer Tasche und daran, dass sie sich auf das Alleinsein freute, während er so traurig war. Sie schob ihn vorsichtig von sich fort.

»Ich schaff das ganz bestimmt, Papa. Deine Brille beschlägt.«

Sein Rücken war krumm und alt, als sie die Tür hinter ihm schloss. Das Leder seiner Absätze war zu einem helleren Farbton abgenutzt.

»Ich besuche euch doch«, sagte sie.

Er nickte, ohne sich umzudrehen. Sie schloss ab und lächelte. Das Zimmer war zu klein, um Platz für schlechtes Gewissen zu haben, jedenfalls an diesem Abend. Sie öffnete das Fenster, kehrte der Stadt den Rücken, wandte sich ihrem Zimmer zu, dem Paradies.

Ein Waschbecken mit Rissen im Porzellan zeugte vom wilden Leben früherer Telefondamen. Es gab kaltes und heißes Wasser. In der Toilette draußen auf dem Flur lief dauernd das Wasser, und beim Spülen *seufzte* der Spülkasten zuerst vor Erleichterung, dann hatte Ruby den Eindruck, dass der halbe Øresund über sie hereinbrach.

Die anderen Damen, die hier wohnten, waren so jung wie sie

selber. Sie wirkten ordentlich und ein wenig ängstlich und gingen mit kleinen, leisen Schritten über den Gang und drückten ihre Taschen an sich. Sie wollte nicht zu viel Energie in den Versuch stecken, sich mit ihnen bekannt zu machen. Die Vorstellung, dass jederzeit Fremde ihr Zimmer betreten konnten, war wirklich nicht verlockend.

Die Tauben flogen und flogen und kamen nicht zur Ruhe. Wenn sie ihre Sache sehr gut machte, könnte sie darum bitten, in die Fernsprechabteilung versetzt zu werden. Ein wenig Französisch und Englisch konnte sie ja, das verdankte sie dem Internat, und Deutsch sprachen sie alle. Die Zahlen waren das Wichtigste. Die Nummern.

»*Un deux trois quatre, one two three four, five, six, fiftysix, just a moment, please, un moment, s'il vous plaît, einen Moment, bitte ...*«

Endlich machte sich das viele Büffeln bezahlt, diese viele Lernerei, das Brüten über den Schulbüchern. Ruby widmete den Lehrern, die sie gehasst hatte, einen dankbaren Gedanken. Bedeutete das alles nun, dass sie glücklich war? Sie spuckte sich einen Traubenkern in die Hand und betrachtete ihn. Einen Keim mit der Möglichkeit, zu einer üppigen Rebenranke zu werden. Sie wollte ihn in Blumenerde einpflanzen und auf die Fensterbank stellen.

Er hatte so viele Haare auf den Armen, dass sie aus seinen gestärkten Manschetten herauslugten. Das allein fiel ihr an ihm auf, abgesehen davon, dass alle Telefondamen erröteten, wenn er in einer Mischung aus gebieterischem und schmeichelndem Tonfall auf sie einredete. Dieser wahnwitzig wilde Haarwuchs vor dem kreideweißen, gezähmten Stoff – dieser Kontrast wollte ihr nicht aus dem Kopf. Sie hatte Lust, die Manschetten zu öffnen und mit den Fingern über die Haut zu fahren, über das Fell. Dieser Gedanke machte ihr schreckliche Angst. Sie wich dem Gespräch mit ihm aus und sah ihn nicht an. Ob er sich deshalb auf sie konzentrierte? War es das Ausweichen, das Männer faszinierte? Eines Nachmittags erwischte er sie allein auf dem Gang. Sie war auf dem Heimweg in ihr Zimmer. Er presste sie an die Wand. Sie konnte ihm einfach nicht ins Gesicht schauen. Seine Augenbrauen waren buschig wie Berberitzensträucher. Sein Mund war ein feuchter Spalt mit einer helleren Zungenspitze, die er in ihren Mund steckte. Von seinen Lippen merkte sie nichts. Es gab nur seine Zunge, die sich in sie hineinbohrte, hart, und die hin und her wackelte. Sie saugte mit der Nase Luft ein, stieß mit ihrer Zunge energisch gegen seine und presste die Lippen aufeinander. Er ließ sie los.

»Ach, was, du willst nicht? Ich habe schon gemerkt, dass du mit mir *spielst,* kleines Fräulein Thygesen.«

»Hau bloß ab! SCHWEIN!«

Am nächsten Tag blieb sie im Bett. Der Ekel wich der Erregung, die die Erinnerung an die zielstrebige Zunge auslöste. Ob er sie liebte? War das ein Kuss gewesen? Aber trotzdem wollte sie nichts mehr mit ihm zu tun haben. Er war ein dummer kleiner Chef. Nicht er hatte zu bestimmen. Sie würde zu denen gehen, mit denen sie das Bewerbungsgespräch geführt hatte, und darum bitten, in die Fernsprechabteilung versetzt zu werden. Der Mann sollte sich doch bloß nichts einbilden!

Sie stand auf, ging zur Arbeit, entschuldigte sich mit Fieber und wandte sich ab, als der Pelzaffe durch den Raum schritt. Sie erkannte seine Schritte, und es erregte sie, dass er hinter ihr stand, deshalb verschwamm alles vor ihren Augen, und sie legte ein Gespräch nach Sundby statt nach Amager. Eine Stunde vor Feierabend ging sie zur Verwaltung und sagte, jetzt, nach zwei Monaten, fühle sie sich im Stande, bei den Ferngesprächen zu beginnen.

»Du meine Güte, da haben wir ja eine ehrgeizige junge Dame. Aber Sie müssen zuerst einen mündlichen Sprachtest bestehen.«

Und es war als selbstsichere, neunzehn Jahre alte Ferngesprächsdame, durch deren Kopf Zahlen und Adressen in vielen Sprachen schwirrten, dass sie Håvard kennen lernte, als sie mitten auf dem Højbro Plass bei strömendem Regen stürzte, nachdem sie Käse-Erik besucht und von ihm ein Stück holländischen Edamer bekommen hatte. Der Fremde las sie vom Boden auf, mit Tüten und Tasche und triefnassem Halstuch und dem einen abgefallenen Schuh. Er trug sie mehr oder weniger in den Durchgang zum Antiquitätenverkauf der Porzellanfabrik, wo sie vor dem Regen geschützt waren. Sie bat ununterbrochen um Entschuldigung. Er sprach so seltsam, er konnte kein Däne sein. Und als er sich als Håvard Satsås vorstellte, wusste sie, dass sie es mit einem Norweger zu tun hatte.

»Håvard! Das ist ja ein witziger Name«, sagte sie und bat gleich wieder um Entschuldigung. »So war das nicht gemeint.

Ich bin Ruby Thygesen. Tausend Dank dafür, dass … dass Sie mir geholfen haben.«

»Wir können uns doch duzen, wo ich dich auf meinen Armen getragen habe?«

»Vielleicht. Aber jetzt muss ich wirklich … noch einmal tausend Dank. Tausend Dank.«

»Darf ich dich zu einer wärmenden Tasse Kaffee einladen?«

Sie starrte ihn an und hatte keine Ahnung, was sie antworten sollte. Er musste sie doch für eine Idiotin halten. Aber woher hätte Håvard Satsås denn ahnen sollen, dass er der erste junge Mann war, der sie jemals zu irgendetwas eingeladen hatte? Was sagte eine junge Frau, wenn ein junger Mann zum Kaffee einlud?

»Ich weiß nicht so recht.«

»Ach was. Jetzt komm schon.«

Einige Wochen später saß sie im Strandpark von Dragør auf einem roten Handtuch und ließ sich von Håvard küssen, ohne Angst zu haben. Jetzt wusste sie, wie echte Küsse waren: nicht eklig, aber auch nicht schön. Küsse brachten eine Menge Speichel und intime Gerüche und Geschmäcker mit sich, aber sie mussten sein, wenn man erwachsen werden wollte. Sie gehörten zu den vielen Dingen, die man machte, weil man immerhin so reif war, dass man sich nicht mehr die Ohren zuhielt und sich geheime Musik anhörte, wenn die Welt unerträglich wurde. Sie ließ ihn auch andere Dinge machen, unten und an ihren Brüsten. Er behauptete, sie zu lieben, und das wiederholte er immer wieder, wenn sie ihn nackte Haut berühren ließ.

Von seiner Haut sah sie nur wenig, abgesehen von seinem Oberkörper. Seine Hose schwoll bedrohlich an, wenn er sie anfassen durfte. Sie wagte kaum, daran zu denken, was sich dort befand. Etwas, das Ähnlichkeit mit dem hatte, was Ib zwischen den Beinen hatte, nur größer. Sehr viel größer.

Seine Familie besaß in Oslo einen Holzhandel, und Håvard war zuständig für die Geschäfte mit Dänemark, weshalb er von

Zeit zu Zeit nach Kopenhagen kam. Er war sieben Jahre älter als sie. Und erst als er gesagt hatte, *komm mit mir nach Oslo, dann heiraten wir,* ließ sie ihn die Beule in seiner Hose bloßlegen und ganz eindringen. Es tat weh, aber sie hielt sich nicht die Ohren zu. Im Gegenteil, sie presste ihn an sich und verließ sich darauf, dass er über diese Sache mit dem *Strom* Bescheid wusste. Wusste, dass sie sich davor fürchtete. Dass diese Furcht etwas mit Kindern zu tun hatte. Das Laken wurde zwischen ihren Oberschenkeln nass. Es roch nach Tang, und darüber freute sie sich schrecklich, und es war kein Blut zu sehen. Sie lachte laut.

»Jetzt gehörst du mir«, flüsterte er mit schweißnassem Gesicht. »War das schön für dich?«

»Ja«, antwortete sie, weil es so gut und vertraut roch. Und das Fernmeldeamt in Oslo war sicher nicht anders als das in Kopenhagen, wenn man erst die Nummern der einzelnen Zentralen gelernt hatte. Und sie würde weit weg von der Mutter sein, fast durch ein ganzes kleines Meer von ihr getrennt. Und vom Vater und von Ib ... Egal, daran ließ sich nichts ändern. Sie war erwachsen und reif und konnte sich jederzeit überlegen und verstehen, welchen Sinn alles gehabt hatte, während der ganzen langen Wartezeit. Der Gedanke an den Storch war zum Lachen, aber auch ein wenig traurig. Denn Anna würde es nie erfahren. Die kleine Anna. Die alles über ertränkte Katzenjunge gewusst hatte, nicht aber über diese Blutungen da unten oder übers Kinderkriegen. Wenn sie jetzt an Anna dachte, dann hatte sie das Gefühl, sich an eine Tochter zu erinnern, und nicht an eine gleichaltrige Freundin.

Ruby war sich ganz sicher, dass Håvard sie liebte. Sie nahm ihn vor der Abreise einmal mit zu ihren Eltern. Die Mutter war zum Glück ein wenig beschwipst, und sie konnten im Garten sitzen. Der Garten stand in voller Blüte, der Satyr gab Wasser von sich und wirkte ziemlich vornehm, und die Tischdecke wehte beruhigend im Wind. Die Mutter wollte alles über den Holzhandel hören, während der Vater Kaffee und Bananenlikör einschenkte. Ruby brauchte nicht mit der Mutter allein zu sein. Und Håvard übernahm die Mitteilung, dass sie mit ihm nach Oslo gehen, ihn heiraten und bis zur Hochzeit in einem möblierten Zimmer wohnen wollte. Die Mutter lachte nur und tat das Ganze als Albernheit ab:

»Das ist doch ein absolut *wahnsinniger* Gedanke! Wie kommen Sie auf die Idee, Herr *Satsås,* meine Tochter wollte nach Norwegen auswandern?«

»Ich habe schon eine Stelle«, sagte Ruby. Der Vater wollte sie an sich ziehen und streckte die Arme aus. Aber die Mutter sprang auf, warf sich in seine Arme und schluchzte hysterisch.

»Wir gehen«, sagte Ruby und erhob sich. »Jetzt sofort.«

Am Tor begegnete ihnen Ib. Håvard gab ihm fünf Kronen. Dann rannten sie den ganzen Weg zum Bus.

»Du brauchst einen Pass und die Unterschrift deiner Eltern«, sagte Håvard atemlos.

»Ich gehe zu Papa in die Fabrik«, sagte sie. »Denk nicht daran. Ich bringe das schon in Ordnung. Du hast Papa gefallen, das ist das Wichtigste. Und es war nett von dir, Ib fünf Kronen zu geben, obwohl es viel zu viel war, er ist ein kleiner Lausebengel.«

Der Vater gab ihr außer den Papieren einen kleinen Kasten, als sie zum letzten Mal zu ihm kam und sich verabschieden wollte.

»Ich habe es selber bemalt. Es ist ein Mokkaservice, Vollspitze, für sechs Personen. Hast du keine Angst? Ich habe solche Angst um dich, mein Schatz.«

Er stand in seinem Malerkittel vor ihr, klein und verstaubt, mit schönen blauen Flecken an den Fingerspitzen.

»Angst? Er liebt mich doch.« Sie hätte gern hinzugefügt: »Und das andere ist nicht gefährlich, das riecht einfach nach Tang, und Tante Oda hat mir alles erklärt.«

»Aber ganz allein in einer fremden Stadt zu wohnen, Ruby ...«

»Ich wohne doch schon lange allein. Oslo ist sogar etwas kleiner als Kopenhagen. Ich habe Håvard. Wir werden ein Paar sein. Und dann heiraten wir.«

»Du könntest doch noch eine Weile hier bleiben. Wenn er dich besuchte.«

»Nein. Ich will weg von hier. Ich will seine Familie kennen lernen, mich an die Sprache gewöhnen.«

»Auch Oda macht sich Sorgen.«

»Mir hat sie davon nichts gesagt. Wir waren doch bei ihnen. Ihr hat er gefallen.«

»Håvard ist sicher ein netter junger Mann, das ist es nicht. Aber du bist noch so jung.«

»Ich bin erwachsen, Papa.«

Alle standen im Hafen, als sie losfuhren. Tante Oda und Onkel Dreas, der Vater, Ib, die Mutter. Sie hatten Geschenke gebracht, Kleider und Silberbesteck und Tischdecken. Das Gepäck nahm plötzlich gewaltige Ausmaße an. Håvard hatte sie ganz neu eingekleidet – mit einem Kleid und einem blassgelben Kostüm, einem Cape und Schuhen und einer Handtasche aus Nappaleder. Sie war eine Prinzessin, und Prinzessinnen weinen nicht. Die Mutter konzentrierte sich auf ihr Publikum und winkte übertrieben, schon lange, bevor das Schiff abgelegt hatte. Sie schrie ihre Liebeserklärungen und Ermahnungen und verlangte Ruby das Versprechen ab, entsetzliches Heimweh zu bekommen und sie bald zu besuchen. Ruby befand sich zehn Meter über ihr, wie auf einem Dachboden, und lächelte und winkte und sagte zu allem ja. Ib stand auch unten, dünn und groß und schlaksig, mit nackten Knien, die aussahen wie Knoten in einem Seil. Sie dachte: *Ich habe keine Ahnung, was ich hier tue. Herrgott, was mach ich hier denn nur!*

An dem Tag, an dem ihre Schwangerschaft bestätigt wurde, fiel dichter Schnee. Dr. Holmes in der Dronningens gate nannte sie mehrere Male ganz bewusst und betont *Fräulein.* Ihr starres Gesicht hatte ihm schon klar gemacht, dass die Nachricht ihr nicht willkommen sein würde. Sie ging langsam durch den Schnee zur Straßenbahnhaltestelle am Bahnhof und legte sich nicht den Schal um die Haare, sondern ließ den Schnee darauf fallen und dort schmelzen. Håvard war in Kopenhagen und würde erst in drei Tagen zurückkehren. Zu Hause in der Pension in Frogner erwartete sie ein großes Zimmer mit eigenem Bad, das Håvard bezahlte. Sie wollten in zwei Monaten heiraten. Er hatte nichts dagegen, dass sie auch dann weiter arbeiten und nicht zur Zierde zu Hause herumsitzen wollte. Alles war perfekt.

Nur das hier nicht. Ein widerlicher *Fötus.* Der alles ruinierte. Obwohl Håvard nie den Strom in sie fließen ließ. Tante Oda musste ihr etwas verschwiegen haben. Zwei Wochen zuvor war sie glücklich gewesen und hatte sich darauf gefreut, seine Eltern kennen zu lernen. Jetzt lag hinter ihrer festen Bauchdecke ein Fötus, ein winziger kleiner Klumpen aus Fleisch und Blut, der ihre Träume in den Schmutz zog. Das erste Enkelkind seiner Eltern.

Das war im Grunde das Einzige, wovor sie sich fürchtete. Nicht vor der Begegnung, sie fürchtete sich, weil sie sie nicht sofort kennen gelernt hatte, als sie als seine Verlobte in Oslo eingetroffen war. Das war unbegreiflich. Sie fragte Håvard, ob seine Mutter das Problem sei, doch er gab keine Antwort. Er war der einzige Sohn.

»Haben sie eine andere für dich im Auge?«

Sie wusste, dass so etwas in wohlhabenden Familien vorkommen konnte, die an Familienallianzen dachten. Eine Tochter einer befreundeten Familie, die sie als seine Gattin sehen wollten, keine Telefondame aus Kopenhagen. Die Tochter eines Blaumalers und einer früheren Kabarettschauspielerin, die 1933 ihren größten Erfolg gehabt hatte, mit Netzstrümpfen und bis zu den Hüftknochen entblößten Oberschenkeln.

»Nein«, sagte er. »Es gibt keine andere. Natürlich nicht.«

Am selben Abend rief er aus Kopenhagen an. Das Telefon stand in der Diele, und die anderen Pensionsgäste konnten jedes Wort hören. Sie plapperte nur über das Wetter und die Arbeit und weinte später unter der Bettdecke. Was sollte werden, wenn er sich nicht freute? Er war das einzige Kind und würde einen Erben brauchen, und sie war davon überzeugt, dass sie einen Jungen erwartete. Sie hatte nie eine Beziehung zu kleinen Mädchen gehabt. Søren und Ib und Dasses kleiner Niels waren die einzigen Babys, die sie kannte. Plötzlich überkam sie ein Gedanke wie eine Flutwelle: *Er heiratet mich nicht. Jetzt nicht.*

Sie lag die ganze Zeit wach und zerbrach sich den Kopf. Sie liebte ihn doch nicht, sie mochte ihn nur gern, weil er ... nein, sie wusste es nicht so ganz. Sie *fiel nicht in Ohnmacht,* wenn er sie küsste. Sie biss die Zähne zusammen, wenn er in sie eindrang. Wenn sie ihn einige Tage nicht sah, empfand sie nichts weiter. Nach allem, was sie aus Filmen und Büchern wusste, war also klar, dass hier von Liebe keine Rede sein konnte. Aber das brauchte er nicht zu erfahren, das war kein Problem. Er glaubte ihr ja doch jedes Wort, auch wenn sie ihm beteuerte, wie sehr sie ihn liebte. *Er glaubte ihr jedes Wort ...*

Sie fiel ihm um den Hals, als er nach Hause kaum. Er wollte sofort ins Bett, und sie stimmte zu und war zärtlich und lachte die ganze Zeit. Als er sich wie immer zurückziehen wollte, unmittelbar, ehe sein Gesicht in einem Genuss zerfloss, den sie einfach nicht erfassen konnte, hielt sie ihn zurück und drückte ihre Hüften gegen seine. Hilfslos sank er in sich zusammen und in sie hinein. Sein Körper bebte und pulsierte. Er stöhnte laut. Sie wartete.

»War das so klug?«, fragte er nach einer Weile.

»Lass uns auf dem Standesamt heiraten«, sagte sie darauf. »Nur wir beide. So bald wie möglich. Sag deinen Eltern nichts.«

»Aber Ruby … wie meinst du das? Die Wohnung ist noch nicht fertig, und meine Eltern, die …«

»Lass uns heiraten, ich will nicht mehr warten. Lass uns auf die Wohnung pfeifen, wir ziehen ein, wenn sie fertig ist. Wenn ich nur … wenn ich nur deine Frau sein kann.«

Und plötzlich lachte er und sagte: »Ohne es zu wissen, hast du eigentlich die perfekte Lösung vorgeschlagen.«

»Wofür denn?«

»Wir heiraten heimlich. Ja, das tun wir! Nächste Woche! Gib mir deine Papiere, dann leite ich alles in die Wege.«

»Und als Trauzeugen? Meine Kollegin Sonja kann meine Zeugin sein.«

»Man kann auch Angestellte vom Standesamt dazubitten.«

»Aber du musst doch einen Freund haben, Håvard? Einen Bekannten?«

Er gab keine Antwort. Sie traf seine Freunde nie. Sie waren immer nur zu zweit. Sie akzeptierte das als Schmeichelei. Er war so verliebt in sie, dass er sie mit niemandem teilen mochte.

Sie heiratete in dem Kostüm, in dem sie Dänemark verlassen hatte. Håvard brachte ihr einen kleinen Strauß gelber Rosen. Der Schnee lag schwer und schmutzig in den Straßen, und nach der nichts sagenden Zeremonie mit nicht nur einem, sondern zwei unbekannten Zeugen, weil Ruby plötzlich beschlossen hatte, dass es nicht so klug sei, die Kolleginnen von ihrer Hochzeit zu informieren, wanderten sie Hand in Hand zum Fjord hinunter. Sie wollte arbeiten, bis man etwas sehen könnte. Ihre Stelle zu verlieren und kein Geld mehr zu haben, in jeder Hinsicht von Håvard abhängig zu sein – das eilte durchaus nicht. Es eilte auch nicht, ihm von dem Kind zu erzählen. In dieser Nacht lag sie wach und dachte nach, beschloss, noch lange damit zu warten, ihn glauben zu lassen, es sei unmittelbar vor der Hochzeit passiert. Sich einen anderen Arzt zu suchen. Allen zu erzählen, das Kind sei zu früh gekommen. Ein Kind. Sie konnte es noch immer nicht fassen. Was sollte sie mit einem Kind? Es waschen, es füttern, es hüten. Es aufziehen. Es lieben. Wie liebte man ein Kind?

»Meine Frau«, sagte er und zog sie an sich. Der Fjord lag vor ihnen wie eine graue Kathedrale, unruhig, mit spitzen Wolken, den ganzen Weg nach Dänemark. Weiße Möwen jagten mit hungrigen, bohrenden Schreien durch die Luft. An diesem Tag sahen sie aus wie weiße Windeln, die zum Trocknen in den Wind gehängt worden waren.

Sie gingen in Halvorsens Konditorei, dazu hatte sie plötzlich Lust. Sie hatten nichts geplant. Brote mit Lachs und Eiern, Sahnetorte mit einer roten Beere ganz oben, Schokolade mit Eiscreme.

»Frau Ruby Satsås, ich liebe dich!«, flüsterte er.

»Du hast einen Eisschnurrbart«, flüsterte sie zurück und verspürte einen winzigen Hauch von etwas, das vielleicht Liebe sein *konnte.* In diesem Moment gab es außer ihm keinen, mit dem sie zusammensitzen wollte. Und das war doch immerhin schon etwas.

»Danach fahren wir zu deinen Eltern«, sagte sie. »Jetzt will ich sie kennen lernen.«

»Willst du denn die Wohnung nicht sehen? Auch wenn sie noch nicht fertig ist?«, fragte er.

»Nein. Zuerst deine Eltern.«

»Na gut«, sagte er und schaute in eine andere Richtung.

Sie nahmen ein Taxi.

Das Haus war sechsmal größer als das ihrer Eltern zu Hause. Es war aus Stein und hatte Säulen und Erker und ein zwei Meter hohes Gartentor mit kleinen Steindrachen auf der Spitze, die den Eingang bewachten. Der Schnee war sorgfältig geräumt, mit scharfen Kanten. Eine Limousine stand hinter dem Tor. Gleich hinter dem Haus lag das Königsschloss, nicht umgekehrt, wie Håvard ihr zuflüsterte. Er verhielt sich ansonsten sehr seltsam. Ließ ihre Hand los, als sie das Tor erblickten. Zupfte sich am Kragen. Seine Stirn glänzte vor Schweiß, obwohl es viele Grade unter null waren und das Taxi nicht sonderlich gut geheizt war.

Ein junges Mädchen in dunklem Kleid und weißer Spitzenschürze öffnete. Ein Hund kam angesprungen und wedelte mit dem Schwanz. Håvard nannte ihn Lord und schob ihn weg.

»Ach, da ist der *Sohn*«, sagte das Mädchen. »Verzeihung, aber kommt er *heute?*«

»Ich wollte meine Mutter überraschen«, erwiderte Håvard und zog Ruby ins Haus. Das Mädchen lud sich die Mäntel auf den Arm und sagte: »Gehen Sie einfach in die Bibliothek, ich sage ihr, dass der Sohn gekommen ist. Sie ist hinten in der Gärtnerei.«

»In der *Gärtnerei?* Habt ihr eine eigene Gärtnerei? Ich dachte, ihr hättet nur den Holzhandel«, flüsterte Ruby.

»Wir verkaufen auch nichts davon. Mutter züchtet Orchideen. Die … die sind ihr wichtiger als Menschen. Nein, vergiss, dass ich das gesagt habe.«

Sein Schweiß lief jetzt in Strömen. Er wich ihrem Blick aus, berührte sie nicht. Sie bekam es mit der Angst zu tun. Sie war fast außer sich, etwas stimmte auf entsetzliche Weise nicht. Eine Lüge schien zwischen ihnen zu schweben, und diese Lüge stammte nicht von ihr.

Sie richtete ihre Blicke auf einen kupfernen Rokokotisch, der von tiefen Chesterfieldsesseln umgeben war. Auf dem Tisch stand ein Pfeifengestell. Es half, an Onkel Dreas zu denken, er wäre von diesem Gestell begeistert gewesen und hätte jede einzelne Pfeife an sich gerissen, um den *Zug* zu testen.

Frau Satsås betrat lächelnd die Bibliothek, lief auf Håvard zu und küsste ihn auf beide Wangen. Ruby kam das sehr unnorwegisch und oberklassenmäßig vor. Sie hielt noch immer den Rosenstrauß in der Hand.

»Und wer ist wohl diese junge Dame?«

»Das ist Ruby, meine … Frau, Mutter. Seit heute Morgen um elf.«

»Nein, was du nicht sagst, wie reizend!«

Frau Satsås drückte sie an sich, rasch und hart, ohne ihr Lächeln einzubüßen. Sie duftete nach Erde und feuchtwarmer Luft. Ihre Schmuckstücke klirrten, wenn sie sich bewegte.

»Ich habe Else gebeten, den Tee im Winterzimmer zu servieren. Also, gehen wir.«

Frau Satsås ging voraus, öffnete wortlos eine riesige braun gebeizte Doppeltür. Sie verließen die von Buchrücken mit Goldschrift bedeckten Wände und betraten ein großes, helles Wohnzimmer mit Fenstertüren, die auf einen verschneiten, parkähnlichen Garten blickten. Eigentlich hätten Fenster und Winterlandschaft ihren Blick auf sich ziehen müssen, aber Ruby sah ihn sofort: einen hohen, französischen Rokokospiegel, mit einer runden Tischplatte, die darunter an der Wand befestigt war, die Art Möbel, die Tutt und Käse-Erik liebten, vergoldete Ornamente und zwei nach innen geschwungene Tischbeine. Auf der Tischplatte stand ein kleines Bild eines Mannes. Eines älteren Mannes, der Håvard ungeheuer ähnlich sah. Vor dem Bild standen ein kleiner, dichter Strauß aus frischen weißen Rosen und zwei brennende Talgkerzen.

Der Mann auf dem Bild trug eine deutsche Offiziersuniform.

Ein Taxi kam erst, als sie schon eine weite Strecke ohne Mantel gelaufen war. Den Strauß hatte sie verloren, ihre Tasche war noch vorhanden. Sie erreichte die Pension, schloss ihre Zimmertür auf, schloss sie wieder ab und legte sich leise auf das Bett. Sie verspürte nicht den Drang zu weinen. Sie empfand nur eine tiefe Ruhe, die einem so riesigen Hass entsprang, dass er ihr fast unbekannt erschien. Es war ein Hass, dem jegliches Mitgefühl fehlte. Bei Kriegsbeginn war er dreizehn Jahre alt gewesen. Er musste tausend Gelegenheiten gehabt haben, zu sehen, was passierte. Bei Kriegsende war er achtzehn, und das war jetzt neun Jahre her. Sie wollte nicht einmal damit *anfangen,* Entschuldigungen für ihn zu finden. Wollte ihn nicht bedauern. Wollte nicht denken, dass er ein Sohn war, der versuchte, seine verrückte Mutter zu verstehen oder zu trösten, oder von einem toten Vater akzeptiert zu werden, der für ihn offenbar noch immer am Leben war.

Was bildete er sich eigentlich ein? Dass sie alles hinnehmen würde, wenn sie erst verheiratet wären? Dieser Trottel!

Er folgte ihr nicht nach Frogner. Er kam nicht. Sie schlief in ihrer Hochzeitsnacht allein, und sie hatte die Wäschekommode vor die ohnehin schon abgeschlossene Tür geschoben. Sollte er es doch versuchen, dieser Nazisohn! Aber am nächsten Morgen war er da. Es war ein Samstag. Sie hatte sich freigenommen. Sie saß ganz still auf dem Bett, während er klopfte und durch das Schlüsselloch flüsterte, dass er sie liebte und dass sie miteinander reden müssten, bis er dann aufgab und ging. Ihr *Mann.* Was für ein Witz. Sie hasste ihn so sehr, dass sie fast nicht pissen konnte. Sie war ein harter Klumpen, der nichts losließ, nicht in sich hineinließ, sie aß nichts. Sie lag in kochend heißem Wasser in der Badewanne und zitterte vor Kälte. Sie erbrach bittere Magensäure. Sie trank Wasser, das war das Einzige, was sie hinunterbrachte. Am Montag ging sie zur Arbeit und rechnete damit, dass er dort auftauchen würde, aber das tat er nicht. Sie verband Majorstuen mit Manchester und Winnipeg mit Vinderen und bat um eine Unterredung mit dem Chef. Der Chef hieß Buchmann und war Jude. Er war der Einzige, den sie kannte, der sie möglicherweise verstehen würde. Er war alt und hatte keine Familie. Alle, bis auf drei Nichten, waren während des Krieges verschwunden, er hatte offenbar in Schweden überlebt. Sie ging geradewegs in sein Zimmer und sagte:

»Herr Buchmann, ich habe noch nie mit Ihnen über Privatangelegenheiten gesprochen.«

»Wenn ich Ihnen irgendwie behilflich sein kann, Fräulein Thygesen …«

»Ich bin einfach verzweifelt, aber ich werde nicht weinen.«

Sie brach in Tränen aus. Herr Buchmann *schoss* hinter seinem Schreibtisch hervor und fasste ihre Schultern. »Aber meine liebe junge Dame, was ist denn … aber liebes Fräulein Thygesen …«

Und in den Armen eines fast wildfremden älteren Mannes, der ihr im Moment jedoch näher stand als irgendein anderer Mensch, da sie wusste, dass er freitags früher Feierabend machte, um mit weißen Kerzen und ungesäuertem Brot den Sabbat zu beginnen, erzählte sie alles. Dass sie schwanger war und am Vortag ein Nazischwein geheiratet hatte, das sie vermutlich glücklicherweise doch nicht liebte, und dass der Mann sicher zu bedauern sei, weil er log und seine Familiengeschichte nicht zugeben wollte, aber dass sie auch nicht als frisch geschiedene Schwangere nach Kopenhagen zurückfahren wollte.

Herr Buchmann brach ebenfalls in Tränen aus. Er drückte sie an sich und weinte, leicht und locker wie eine Frau. Er weinte sicher nicht zum ersten Mal, und er versicherte ihr, dass sie eine Lösung finden würden. Zusammen.

»Ich werde einen Anwalt besorgen«, sagte er. »Einen guten.«

Sie erzählte ihm ganz spontan von der verschwundenen Anna, und er weinte noch mehr. Er schloss die Tür ab, setzte sich vor ihr auf einen Stuhl und hielt ihre Hände, und es war unmöglich, die Tränen aufzuhalten.

»Sie haben sie vergast«, flüsterte sie. »Ganze Familien, das weiß ich, splitternackt, sie standen auf dem Betonboden, Erwachsene und Kinder zusammen. Anna war meine beste Freundin, und sie waren alle so lieb. Und ich mochte auch die Deutschen leiden, zu Anfang. Sie sangen so schön. Dreistimmig, vierstimmig, und mit solcher Lebensfreude.«

Herr Buchmann nickte zu allem, was sie sagte, er wusste, dass sie wusste, dass sie ihm nichts Neues erzählte. Aber dass sie das alles zum ersten Mal laut aussprach.

»Ich habe von der Familie Satsås gehört«, sagte er. »Sie waren vom ersten Tag an nazifreundlich. Oscar Satsås war eng mit Quisling befreundet, und er trat ins Offizierskorps ein, sowie das überhaupt möglich war. Zum Glück ist er dann ja rechtzeitig gestorben. Einige Monate, ehe Hitler in seinem Bunker seinen Hut genommen hat. Und das hat seine Frau und seinen Sohn gerettet, ihr konnten sie nie etwas nachweisen, und der Sohn war zu jung, heißt er nicht Håvard? Aber sie leben wie Ausgestoßene, und sie machen ihre Geschäfte über Strohfirmen, und natürlich mit dem Ausland. Vermutlich mit anderen Nazis.«

Herr Buchmann bezahlte aus eigener Tasche einen von Oslos besten Anwälten. Håvard Satsås wurde brieflich von der bevorstehenden Scheidung und von der Tatsache informiert, dass er danach den Unterhalt für ein Kind zahlen müsse. Und den für seine geschiedene Frau, bis das Kind erwachsen wäre. Satsås' Anwalt erklärte sich mit allem einverstanden. Sie würde sich ein Kindermädchen leisten können, während sie weiter ihrem Beruf nachging. Es machte ihr nichts weiter aus, dass sie braunes Geld annahm. Geld bedeutete der Familie Satsås so viel. Finanzielle Forderungen wurden damit zu einer Strafe, der einzigen Form von Strafe, die ihr zur Verfügung stand. Håvard versuchte nicht, sie zu sehen. Sie nahm sich eine kleine Zweizimmerwohnung in der Prinsens gate gleich bei der Telefonzentrale, während ihr Bauch anwuchs. Herr Buchmann kam jeden Sonntag zum Tee. Er war ein milder und gütiger Mann, der verzeihen konnte, eine Fähigkeit, um die sie ihn beneidete.

»Willst du denn nicht mit deinen Eltern sprechen?«, fragte er.

»Nein«, sagte sie. »Ich habe gesagt, dass Håvard und ich geheiratet haben und jetzt zusammen wohnen. Sie können sich einen Besuch nicht leisten. Es ist besser so.«

»Und sie wissen nicht, dass du ein Kindchen bekommst?«

»Nein.«

Sie wollte ihn Arne nennen. Nach Anna. Näher konnte sie ihr nicht kommen.

An einem späten Herbstabend bekam sie eine Tochter. In großen Teilen der Stadt war der Strom ausgefallen. Das Personal der Wochenstation war außer sich wegen des Stromausfalls, aber erleichtert, weil Ruby eine vorschriftsmäßige Geburt lieferte. Sie beklagte sich fast nicht über die Schmerzen. Sie presste sich den riesigen Bauch aus dem Leib, und es schrie und schrie.

»Er soll Arne heißen«, sagte sie.

»Aber es ist ein Mädchen«, sagte die Hebamme.

Nicht Anna. Nicht Anna. So sollte sie nicht heißen. Das alles stimmte doch nicht. Sollte sie wirklich eine *Frau* großziehen müssen?

»Dann weiß ich es auch nicht«, sagte Ruby. »Ich weiß nicht, wie Mädchen heißen.«

Zwei Tage darauf rief sie in Amager an. Sie stand in der Telefonzelle und hörte zu, wie die Telefondamen ihre Arbeit machten, und sie hätte gern gesagt, dass hier Ruby Thygesen anrufe, aber das sagte sie nicht. Ihr war schlecht. Die Telefonzelle stank nach Nachgeburt und Schweiß. Ihr Vater meldete sich:

»Hier bei Thygesen.«

»Ich bin's, Ruby.«

»Mein Schatz! Wie geht es dir?«

»Ich habe eine Tochter bekommen.«

»WAS SAGST DU DA? EINE TOCHTER?«

»Ja. Sie hat dreitausendsechs gewogen und war neunundvierzig lang.«

»Aber Ruby, wir wussten doch gar nicht …« Ihr Vater brach in trockenes Schluchzen aus. Ruby hätte gern aufgelegt, tat es aber nicht. Sie sah den Tisch mit dem Telefon vor sich. Die getrockneten Blumen, die immer neben dem Telefon standen, und die die Mutter *Immortellen* nannte. Das Gesicht des Vaters, den kleinen Haarkranz im Nacken, die Ohrläppchen, den Walzer Nr. 7.

»Ich weiß nicht, wie ich sie nennen soll. Wie soll ich sie nennen, Papa?«

»Sollen wir deine Mutter fragen?«

»Ja, tu das.«

»Unsere Ruby hat ein kleines Mädchen bekommen, was meinst du, wie sie heißen soll?«

Die Antwort der Mutter konnte sie nicht hören. Es dauerte eine Weile. Dann war die Stimme des Vaters wieder da.

»Sie sagt, Therese. Therese. Das ist doch ein schöner Name. Aber hat nicht … hat nicht auch Håvard seine Wünsche? Was den Namen angeht, meine ich?«

»Der hat nichts mehr damit zu tun. Sag es Mutter nicht. Es war eine Nazifamilie, Papa. Es war so schrecklich. Sag Mutter *bitte* nichts. Oder … sag es an einem Abend, wo es sich gerade so ergibt. An einem Abend, wenn sie fröhlich ist. Sie soll ein bisschen am Klavier singen, und danach sagst du es ihr dann. Sie bezahlen für mich. Und für … das Kind. Ich habe mir einen Anwalt genommen, ich wohne in einer schönen Wohnung, du brauchst dir keine Sorgen zu machen, ich habe ein Kindermädchen und meine Arbeit.«

»Herrgott. Ich würde dir so gern helfen, Ruby. Ach, mein Gott, so gern …«

»Ich kann jetzt nicht mehr reden, hier warten noch andere. Grüß Ib!«

Die kleine Therese war vier Monate alt, als der Brief kam, und der Vater hatte es schon angekündigt. Es ging darum, wie einsam die Mutter sich fühlte und wie ungezogen Ib war, und wie teuer alles wurde. Es war unmöglich, sich etwas Neues zum Anziehen zu kaufen, wenn man nicht die ganze Woche Haferbrei essen wollte. Das Haus ging vor die Hunde. Sie baute sich jetzt eine Pergola, um die Risse in der Mauer zu verdecken, und Dasses Mann, Egil, war herzkrank. Sie erwähnte die Scheidung oder die Nazifamilie mit keinem Wort, aber ganz am Ende des Briefes stand: *Und jetzt bist du selbst ein Mütterlein geworden! Vergiss nicht, dass eine Kinderseele weich wie Wachs ist und ihr Leben lang jeden einzelnen Eindruck von Gut und Böse bewahrt. Und ist nicht die Liebe eines Kindes, die oft viel treuer ist als die der Erwachsenen, ein Schatz, der es werth ist, ihn zu besitzen?*

Sicher hatte sie das aus irgendeinem Buch abgeschrieben.

Teil III

Denn die Lippen der Hure sind süß wie Honigseim,
und ihre Kehle ist glatter als Öl;
Aber hernach bitter wie Wermut und scharf wie ein
zweischneidiges Schwert.
Ihre Füße laufen zum Tod hinunter, ihre Gänge
führen ins Grab.

Die Sprüche Salomos, Kapitel 5, Vers 3-5

Ich hasse Grün«, sagte Mogens.

Für ihn war das eine krasse Aussage. Er äußerte sich sonst feminin und vorsichtig, mit vielen Einschränkungen, als fürchte er sich davor, Anstoß zu erregen, zu provozieren. *Ich glaube vielleicht … ich meine, irgendwo gelesen zu haben … man sollte möglicherweise …* So redete er. Nicht einmal wenn er offen nach seiner Meinung gefragt wurde, konnte er eine eindeutige Antwort geben. Aber er wurde nur selten ganz offen gefragt. Er wurde überhaupt nur selten gefragt. Die Methode, mit dem Hintergrund zu verschwimmen, machte sich fast immer bezahlt. Ein blonder, dünner junger Mann mit runder Brille vor einem gesenkten Blick über bleichen Händen – warum sollte man wohl wissen wollen, wie der über irgendein Thema dachte.

»Es ist eine falsche Farbe. Ein schändliches und krankes Gelb, das sich mit Blau vermischt hat, um sich zu verstecken.«

Seine Stimme zitterte. Er hüstelte, um seine Gemütsbewegung zu überspielen. Lugte kurz zu dem Mann hinüber, der neben ihm auf der Bank saß. Es war ein Unbekannter. Mit einer unverständlichen norwegischen Aussprache. Mogens glaubte auch nicht, dass dieser Mann besonders viel von seiner raschen dänischen Rede verstand. Es war deshalb teilweise wie ein Gespräch mit einem stummen Schoßtier, zu dem man frei und unwidersprochen sprechen konnte.

Sie waren von Grün umgeben. Von grünen Hängen und grünem Wald. Bestehend aus Chlorophyll, das durchaus kein schändliches Gelb enthielt, sondern das mit neuen Sprossen und neuem Wachstum nur so strahlte. Eine Kaskade von Frühjahrswuchs, nachdem der Schnee geschmolzen war und sich von den Bergen gewälzt hatte und den Wasserfall Haugfossen brüllen und dampfen ließ. Es war eine Erleichterung, die Augen auf den Wasserwirbeln und dem ruhigen Flusslauf darunter rasten zu lassen. Der Himmel war doch auch noch da, überzeugend blau, aber das Grüne übertönte alles.

Er hatte von diesem Besuch geträumt, seit er vor achtzehn Jahren seine Lehre als Blaumaler in der Königlichen Porzellanfabrik angetreten hatte. Von dieser Reise zum *Blaufarbenwerck* in Modum, wo einst das Kobaltblau aus den Bergen geholt worden war. Jetzt saß er hier und war enttäuscht, und es war die grüne Farbe, die dafür büßen musste. Der unbekannte alte Mann hatte sich neben ihn auf die Bank gesetzt, ohne ihn um Erlaubnis zu bitten, und sich langsam mit fetten, unförmigen Fingern, die sich kaum um den Pfeifenkopf krümmen konnten, eine Pfeife gestopft. Er war hier offenbar zu Hause. Mogens streckte die Finger der rechten Hand aus, bis die Gelenke knackten, ballte energisch die Faust und streckte dann die Finger wieder aus. Auf diese Weise hielten Konzertpianisten ihren Kreislauf in Gang; Chirurgen vermutlich auch, und er tat es ihnen nach. Finger und Hand mussten leben, und sie durften nicht zittern. Sie mussten jederzeit ihre Arbeit tun können.

Weiter entfernt nahm eine Gruppe von jüngeren Männern ein Haus auseinander, Balken um Balken. Sie spuckten in die Hände und kümmerten sich sicher nicht darum, ob die zitterten. Denn sie zitterten bestimmt, unter der schweren Last, wenn die Muskeln nach Erlösung schrien. Mogens konnte den Erklärungen des anderen immerhin entnehmen, dass er wusste, dass es sich um Bauern handelte, die eins der Gebäude gekauft hatten. Vielleicht sollte es an seinem neuen Platz Schweine beherbergen.

Oder Heu. Oder irgendeinem anderen bäuerlichen Zweck dienen, himmelweit entfernt von der Zeit, in die es gehört hatte. Es war zum Weinen. Und dort lagen die offenen Grubengänge. Darin befand sich das Erz, vermutlich noch immer eine ganze Menge. Der schönste Blauton der Welt, und die erste bekannte Farbe, mit der Porzellan direkt bemalt werden konnte, ehe es mit der Oberglasur bei weit über tausend Grad gebrannt wurde. Hier hatte die Arbeiterklasse sich abgeschuftet, damit die Oberklasse ihre Mahlzeiten aus prachtvollen Schüsseln zu sich nehmen konnte.

Was hatte er wohl erwartet? Er seufzte und starrte zu den Halden hinüber, zu den enormen Steinhaufen, den Hinterlassenschaften des Erzes. Er wusste, was die Arbeiterklasse war. Er war wie eine Lumpenpuppe zwischen den Klassen hin und her geschleudert worden. Zuerst Pastorensohn, für den die kirchliche Laufbahn bereits zurechtgelegt worden war. Danach Blaumalerlehrling. Und dann ausgebildeter Blaumaler, der die Vorstellung genoss, dass inzwischen auch die obere Arbeiterklasse an Feiertagen ihre Tische mit Porzellan mit Muschelmustern decken konnte. Noch in den schlichtesten Häusern sammelte man Kaffeetassen und kleine Schüsseln mit hohem Stiel und Sahnekännchen. Es war eine Schönheitsrevolution, bei der die Zutaten der Oberklasse nach unten gesickert waren. Aber wenn sie jetzt schon anfingen, nach den Häusern zu greifen …

Wieder meldete der Mann sich zu Wort. Er sprach langsam, er wollte verstanden werden. »Ich habe hier als Bergmann gearbeitet. Dreiundvierzig Jahre lang …«

Mogens musterte ihn mit neuem Interesse und schämte sich plötzlich, weil er nur an sich gedacht hatte. Vermutlich war es viel schlimmer für den Fremden, der Demontage des kleinen Hauses zuzusehen, als für einen hergereisten Blaumaler, dessen Arbeitstisch in Kopenhagen unversehrt war, wenn auch verdreckt von der Zigarrenasche seines Nebenmannes Carl-Peter.

»Fehlt es Ihnen?«, fragte er, ebenso langsam wie der andere.

Aus dem Mann brach ein wilder Wortschwall hervor, der in Mogens' Ohren auf steinigen Boden fiel. Er schnappte irgendetwas von Arsen und Tod auf. Der Mann spuckte ins Gras und schüttelte hasserfüllt den Kopf.

»Mein Bruder«, sagte er.

»Ist Ihr Bruder gestorben?«, fragte Mogens.

»Ja. Nachdem er den Giftfang gesäubert hatte«, erwiderte der Mann langsamer und lauter, als habe er es mit einem schwerhörigen Kind zu tun. »Auch er war Bergmann. Er hatte ihn seit elf Jahren gesäubert, zweimal pro Jahr.«

»Dann wusste er doch sicher, was er tat?«, fragte Mogens.

»Handschuhe und Mundbinde. Aber dann hat er in einer Pause die Handschuhe ausgezogen und sich wohl zwischen zwei Zähnen herumgebohrt, ohne sich vorher die Hände zu waschen. Er ist in Krämpfen gestorben. Mit Schaum vor dem Mund.«

»Waren Sie dabei?«

»Ja.«

»Und haben alles gesehen?«

»Ich hatte ihm sein Essen gebracht. Ich war damals noch ein kleiner Junge.«

Er räusperte sich energisch und spuckte dann wieder aus. »Mein Bruder war dreißig Jahre älter als ich und eine Art Vater für mich.«

Der Haugfossen wütete mit einer Kraft, die fruchtlos in den Fluss mündete. Früher einmal hatte er Wasserräder angetrieben, und die wiederum hatten die Mühlsteine bewegt, die die blaue Glasmasse zu Pulver zermahlten. Mogens wusste nicht, was er sagen sollte. Seine Enttäuschung wuchs nur noch – warum war er hergekommen? Eine idiotische Idee. Er wusste doch, dass hier oben alles zu Ende war. Und jetzt sollte er auch noch ein Leben auf dem Gewissen haben.

»Haben Sie selber blaubemaltes Porzellan zu Hause?«, fragte er, in dem für ihn selber lächerlichen Versuch, die Verantwortung zu teilen, einen solchen Raubbau an Menschen um der Schönheit willen zu rechtfertigen.

»Ich habe gebrannt. In den Gruben.«

Das war ja auch eine Antwort.

»Um die Wände zum Bersten zu bringen?«, fragte Mogens.

Der Mann fing an zu erklären und redete wieder viel zu schnell. Mogens nickte höflich und ließ seinen Gedanken ihren Lauf. Er wusste trotzdem, wie sie gearbeitet hatten, sie hatten vor den Felswänden Feuer gemacht, bis die Wände geplatzt waren, dann hatten sie mit Hammer und Meißel die Erzklumpen herausgeholt.

»Sie haben also selbst nicht im Arsenturm gearbeitet?«, fiel Mogens ihm ins Wort. »Beim Rösten?«

»Nein, ich war der Benjamin hier in der Grube. Die Farbproduktion war schon eingestellt worden, als ich angefangen habe.«

Dieses Bild symbolisierte so viel, das hatte Mogens schon immer gefunden. Dass in dem Augenblick, in dem das Erz während des Röstens die blaue Farbe hergab, die Ehe mit dem todbringenden Gift ein Ende nahm. Er sah es vor sich, wie es in den Giftfang aufstieg und wie es sich dort an den Wänden ablagerte. Schönheit und Tod, deren Wege sich trennten. Ästhetischer Genuss und Krämpfe mit schäumendem Gifttod, eingeschlossen in ein und demselben Klumpen aus unschuldig aussehendem Erz. Es war ein ungeheuerliches Bild: dass der Drang zur Schönheit zum Tode führte.

»Machen Sie hier Ferien?«, fragte der Mann.

»Ich wollte es einfach nur sehen. Das Blaufarbenwerck. Heute wird die Farbe ja aus anderen Ländern eingeführt, aber Norwegen und Dänemark haben ja gewissermaßen noch immer sehr viel miteinander zu tun. Und es ist eine fantastische Vorstellung. Mitten aus dem Berg und ...«

»Und Sie malen Porzellan?«

Mogens ahnte einen Hauch von Hohn in der Stimme des Mannes, beschloss aber, ihm diesen Hohn zu lassen. Er war jetzt weit fort von zu Hause.

»Ja. *Auf* Porzellan. Das mache ich seit achtzehn Jahren. Ich bin Muschelmaler. Male Muschelmuster. Das, was hier oben *Strohmuster* genannt wird. Aber es ist kein Stroh, es ist ein Garten, mit Blumen und Gräsern. Eigentlich.«

»Ist das nicht langweilig?«

»Langweilig? Nein, ganz und gar nicht. Es ist das, was ich immer schon tun wollte.«

»Wird es gut bezahlt?«

»Nein.«

Der Mann nickte einige Male mit ernster Miene. Vermutlich war es ihm ein Trost, dass eine Arbeit, wie sie von vernünftiger körperlicher Arbeit gar nicht weiter entfernt sein könnte, zumindest schlecht bezahlt wurde.

»Blaumaler. Ein seltsames Wort. Guten Tag, ich arbeite als Blaumaler ...«

Er lachte. Mogens stimmte höflich ein. Er war zwar weit von zu Hause, aber das Gespräch mit dem Mann konnte trotzdem seine Enttäuschung ein wenig mildern. Das mit dem toten Bruder war ziemlich dramatisch, er verbannte diese kleine Schande aus seinen Gedanken. Er war um der Kunst willen gestorben, aber das wollte Mogens nicht laut sagen. Eine Art Märtyrer? Nein, das wäre zu komisch. Er musste wieder lachen. Diesmal kam es von Herzen.

»Sie brauchen vielleicht eine Aufmunterung?«

»Aufmunterung?«

Der Mann zog einen Flachmann hervor, und Mogens begriff, was er gemeint hatte. Er hatte einen weiten Weg bis in seine Pension. Er nickte glücklich und erwiderte zum ersten Mal den Blick des Mannes.

»Ich kriege meinen Hals einfach nicht sauber, wissen Sie«, sagte der Mann. »Aber ich versuche es immer wieder – mit Knaster und einem Scharfen. Ja, Sie leben also in Kopenhagen. Und sind den ganzen weiten Weg hergekommen. Mit dem Schiff, oder?«

»Mit Schiff und Wagen. Die Pension hat dafür gesorgt.«

»Sofie, ja. Die sorgt für fast alles!« Er lachte demonstrativ vulgär, und Mogens stellte sich plötzlich vor, wie die roten Wurstfinger sich um die eine von Sofie Bergh-Abrahamsens Brüsten schlossen. Sie war eine Witwe von vielleicht fünfzig, mit schwellendem Busen über einem strammen Gürtel mit klirrendem Schlüsselbund. Sie hatte durchaus Ähnlichkeit mit Anne-Gine zu Hause in der Vesterbrogade, obwohl Anne-Gine behauptete, zehn Jahre jünger zu sein. Möglicherweise war dieser ältliche Mann seine Zwillingsseele hier oben in Modum. So konnte ein Junge aus Westjütland also enden, dachte Mogens, als Pfeife rauchendes, rau hustendes, gebrechliches Mannsbild, preisgegeben den erotischen Launen einer üppigen Witwe.

»Sie kocht gut«, sagte Mogens.

»Norwegisch«, sagte der Mann. »Sicher ungewohnt für einen Kopenhagener wie Sie.«

»Durchaus nicht. Ah … danke.«

Er leerte den Flaschenverschluss. Der Inhalt war selbst gebrannt, brennend heiß, mit einem Beigeschmack nach Omelett, seltsamerweise. Er kniff in der Sonne die Augen zusammen und fing an, den Mann zu mögen, der jetzt wieder wie ein Haugfossen losredete, unverständlich. Es ging um Arbeiter und Lohn und Norwegen und Dänemark. Und ein bisschen auch um Schweden.

»Wir müssen zusammenhalten, wir hier im Norden«, endete der Mann und betonte dabei jede Silbe.

Mogens nickte und bekam einen weiteren Verschluss.

»Aber ihr seid schon was Liebes, ihr Dänen.«

»Etwas *Liebes?* Finden Sie wirklich? Das ist aber nett von Ihnen.«

»Nett? Als ihr endlich eine sozialdemokratische Regierung bekommen habt, habt ihr die ganze Chose einem Zigarrensortierer übertragen.«

»Ist das etwas *Liebes?* Reden Sie von Strauming?«

»Er hat das Proletariat verraten. Ein Zigarrensortierer. Da fehlen mir die Worte!«

»Zigarrensortieren ist eine wichtige Arbeit«, sagte Mogens. »Man könnte leicht die falsche Zigarre rauchen, wenn sie nicht vorher jemand sortiert hätte.«

Es tat gut, zusammen mit einem Fremden zu lachen. Mogens machte das nur sehr selten. Er hatte Ferien. Das hier war fast die ganze Reise wert. Das hier und die Sache mit dem Bruder. Dass der sein Leben für das Blaue gegeben hatte.

»Aber dass Sie Grün nicht leiden mögen«, sagte der Mann. »Grün ist doch das Leben an sich. Nach dem Blauen muss man sich ja zu Tode suchen, im ganzen Schwarz.«

»Der Himmel ist doch blau«, wandte Mogens ein.

»Der Himmel, ja. Aber vom Himmel ist verdammt noch mal nie etwas Gutes gekommen!«

Er spuckte wieder aus. Mogens gab keine Antwort. Männer wie dieser begegneten ihm fast nie. Männer, die ihn an seine Kindheit erinnerten. Frode Nicolai konnte manchmal, in nüchternen Momenten, ähnlich übersichtliche Lebensweisheiten von sich geben. Aber in dem Moment, in dem Bier und Schnaps ihn seiner Geldsorgen und schweißstinkenden Halstücher enthoben, gab er sofort zu, dass der Mensch mehr brauche als nur die Deckung seiner Grundbedürfnisse. Und bei der Arbeit lebte Mogens in einer ganz und gar ästhetischen Welt. Einer Ästhetik, die erst zur Realität wurde, wenn Muskeln, Rücken und Kopf schmerzten wie bei einem simplen Arbeiter, das schon, aber das Ziel ... das Ziel war das unnötig Schöne, die Schönheit, die weit über das hinausragte, was der Mensch in dieser schnöden Wirklichkeit eigentlich brauchte. So sah er das. Obwohl ein Teller dem anderen möglichst ähnlich sehen sollte, mit seinen Palmen und Ranken und Zungen. Es galt deshalb, immer mit Blick und Pinsel zur Stelle zu sein. Zu wissen, dass Menschen sich gerade über diesen Teller beugen und die einzigartige Schönheit dieser

Muschelmalerei bewundern würden, und vielleicht den Teller umdrehen und die Rückseite betrachten, wo sie neben dem Qualitätsstempel der Fabrik dann auch seine drei handgemalten Wellenstriche sehen würden, die den Øresund, den Großen Belt und den Kleinen Belt symbolisierten, während daneben sein eigenes schmales M saß.

Ein Teller, der ewiges Leben besaß. Wenn nicht irgendein ungeschickter Pechvogel ihn auf den Boden fallen ließ.

Sie tranken, bis der Flachmann leer war. Mogens genoss seinen leichten Schwips. Die Bauern hatten ihren Wagen voll geladen und trieben jetzt zwei Pferde an, die sich gewaltig ins Zeug legen mussten. Das alte Haus stand nun mit halb hohen Wänden da, ohne Dach, wie ein aus dem Boden ragender Schornstein.

»Haben Sie je Verwendung für das gehabt, was hier hergestellt worden ist?«, fragte Mogens.

»Ja, für den Sand. Nicht ich, aber wenn mein Vater schrieb. Auf altmodische Weise.«

Mogens starrte ihn verständnislos an. »Den Sand?«

»Schreibsand. Man hat die Tinte damit bestreut. Und sie dann fortgeblasen. Das weiß ich noch. Dass mein Vater auf das Papier blies. Der Sand war hellblau und kam von hier. Er war der Bodensatz aus der ersten Wanne, wissen Sie. Er ist jung gestorben. Ein Stier hat ihn vor einer Mauer zerdrückt.«

»Ihren Vater?«

»Er war ein großartiger Mann. Aber viel zu jung.«

Der Sand. Mogens schloss die Augen und sah das Gesicht seines eigenen Vaters vor sich. Hörte ihn sagen, dass die Mutter es ihm verboten habe, die Tinte mit Sand zu bestreuen. Sie fand, in Paullund gebe es Sand genug, da brauche man den nicht auch noch in *Dosen* zu kaufen. *Such deine Ehre nicht in deines Vaters Schande, denn die Schande deines Vaters gereicht dir nicht zur Ehre.*

Die Sonne verschwand hinter einer Wolke, ein kalter Wind lief seine Arme hoch, kroch unter die viel zu weiten Jackenärmel. Er öffnete die Augen und musterte seine Hände. Mit Hilfe von Bimsstein hatte er sie einigermaßen feriensauber bekommen. Danach hatte er sie eingecremt, mit für Frauenhände bestimmter Creme. Der Porzellanstaub zog in jede Pore ein und trocknete die Haut aus, bis sie wie Kalkstein aussah. Von diesen Händen lebte er. Diese Hände, die die Heilige Schrift hätten halten sollen, waren nur noch Griffgeräte, während der Kopf die Arbeit verrichtete. Herrgott, wie sehr musste er ihn enttäuscht haben!

»Sind Sie konfirmiert?«, fragte Mogens plötzlich.

»Ja. Das sind doch alle?«, erwiderte der alte Mann, der sich wieder Feuer gegeben hatte.

»Ich nicht. Obwohl mein Vater Pastor war.«

Am nächsten Tag nahm er seinen Skizzenblock mit. Es regnete, aber das spielte keine Rolle. Er wanderte vom Werk aus zum Wasserfall hoch. Er war derselbe wie am Vortag, nur womöglich noch kräftiger. Ihm ging es um die Umrisse. Der Regen verstärkte die grüne Farbe, während ein tief hängender Nebel sie zugleich dämpfte. Es war seltsam. Er hielt seinen Mantel über sich und das Papier und zeichnete eilige Skizzen. Kleine Zipfel der Wirklichkeit. Puzzleteile aus unterschiedlichen Winkeln und Details.

Der alte Mann war an diesem Tag nicht da, und das kleine Haus war ganz und gar verschwunden. Ein viereckiges Loch im Gras zeigte, wo es gestanden hatte. Eine breite Treppenstufe aus Schiefer lag noch dort. Eine Stufe, die in die leere Luft hinaufführte.

Er bereute, am Vortag zu viel gesagt zu haben, und hoffte, den alten Mann nie wiedersehen zu müssen. Er war das Trinken nicht gewöhnt. Er hatte auch nicht gewusst, dass der Kummer so greifbar war, so dicht unter der Oberfläche. Sicher lag es daran, dass alles so ungewohnt war, weit weg von seinen vertrauten Routinen, weshalb sein Seelenleben ein wenig durcheinander geraten war. Daran, und am Gerede des Mannes über den Tod.

Er zeichnete mit blauem Füllfederhalter. Ein Maler hätte Bleistift oder Kohle benutzt. Aber für Mogens war es wichtig, blau zu denken, vom ersten Moment an. Blau war die Urfarbe, es war möglich, nur mit Blau farbenfrohe Blumensträuße zu malen – und Gesichtshaut, grüne Wiesen, Flüsse mit Booten, Mühlräder, Vögel. Die Farbe schuf das Bild durch den Kontrast zum Weißen. Zu Hause in der Fabrik hatte Arnold Krog ein für alle Mal bewiesen, dass Porzellan mehr war als nur stilisierte Muster – nämlich Landschaft, Portraits und Wirklichkeit. Und wenn er selber mit einer Zeichnung des Wasserfalls nach Hause kam, der die Energie zur Herstellung der norwegischen Blaufarbe gegeben hatte – dann musste doch das Interesse eines künstlerischen Leiters wie Adam Poulsen geweckt sein. Er würde eine ganze Menge Skizzen herstellen. Es sollte eine Serie werden. Eine historische Serie!

Er vertiefte sich dermaßen in seine Arbeit, dass er sich mehrere Male dabei ertappte, dass er den Füllfederhalter wie einen Pinsel hielt. Er sah die Porzellanfläche bereits vor sich. Die seidenweiche matte Oberfläche, die auf die Linien wartete, ehe die Ofenhitze Farbe, Glasur und Porzellan zu einer versiegelten und unbrechbaren Einheit verschmolz.

»Ach, sitzen Sie hier im Regen?«

Mogens fuhr zusammen, der Füllfederhalter rutschte weg.

»Ich zeichne.«

»Sie sind nicht der Erste, der hier oben zeichnet. Aber nicht im Regen. Ich dachte, ich hätte den wilden Wassermann persönlich vor mir, als ich Sie mit dem Mantel über dem Kopf gesehen habe. Warum sind Sie eigentlich nicht konfirmiert? Wo Ihr Vater doch sogar Pastor war?«

Er hatte an diesem Tag offenbar eine ganze Flasche getrunken. Mogens gab keine Antwort.

»Mich geht das ja nichts an«, fügte der Mann hinzu. »Ich heiße übrigens Sivert. Ich bin Witwer. Ich soll von Sofie grüßen und sagen, dass es heute Erbsen mit Speck gibt.«

Er hatte offenbar *zwei* Flaschen getrunken.

»Ei! Das hört sich ja hervorragend an!«

»Wie alt bist du? Sofie möchte das wissen.«

»Ach? Und warum möchte sie das wissen?«

»Ach, einfach so. Bist du verheiratet? Und soll das jetzt auf Porzellan gemalt werden, das da? Wenn du nach Kopenhagen kommst. Sofie liebt Porzellan. Hast du ihres gesehen?«

Das hatte Mogens, und es war schlichte Irdenware. Aber er sagte: »Ich bin nicht verheiratet, ich bin zweiunddreißig, und ich zeichne den Entwurf für einen Dessertteller.«

So. Damit war es entschieden. Eine Serie von zwölf Desserttellern, mit unterschiedlichen Motiven aus dem alten Modum Blaufarbenwerck. Oder ... das waren vielleicht doch ein wenig zu viele.

»Sofie macht leckere Desserts. Hast du ihren Griespudding probiert? Mit roter Soße?«

Der Mann hatte offenbar restlos den Verstand verloren. Oder er war betrunken. Mogens klappte seinen Skizzenblock zu und ließ den Mantel über seine Schultern gleiten. Dieser Sivert stand mit triefnassen Haaren und jugendlich glühenden Wangen vor ihm. Er war also bei Sofie gewesen. Die Norweger mussten ungeheuer potent sein, oder vielleicht lebten sie auch normalerweise so sparsam, dass es ihnen ausreichte, für ein oder zwei Sekunden ein Paar Frauenbrüste umfangen zu können. Mogens wollte nicht glauben, dass dieser steife, riesige Alte mehr als Gefummel und Gegrabsche und nostalgisches Sabbern zu Stande bringen konnte.

»Ich versuche zu arbeiten«, sagte er.

»Das sehe ich doch. Ich wollte nur sagen, dass es Erbsen mit Speck gibt.«

Und dass du bei ihr gewesen bist, dachte Mogens. Wie um zu triumphieren. *Was bist du für ein Trottel. Ich habe doch meine eigene Sofie zu Hause. Und die habe ich sogar in verdammtem Überfluss ...*

»Und du bist den ganzen Weg hergekommen, um das zu sagen?«

»Ich mache immer einen Spaziergang. Jeden Tag«, erwiderte Sivert und machte auf dem Absatz kehrt.

»Verzeihung«, sagte Mogens. »Ich wollte nicht ...«

Sivert drehte sich zu Mogens um, mit einem versöhnlichen Grinsen zwischen den Bartstoppeln.

»Möchtest du vielleicht eine kleine Aufmunterung?«

Und nach einigen Aufmunterungen wagte er dann wirklich den ungeheuerlichen Schritt, Sivert in seine Pläne für die zwölf Dessertteller der *Modum-Serie, norwegische Blaufarbe. Entwurf Mogens Christian Thygesen* einzuweihen. Ein ganzes Kattegat entfernt von Frode Nicolais ewiger Sauferei, konnte er den kreativen Aspekt dieser chemischen Verbindung namens Alkohol erfassen. Wenn er mit Frode zusammen war, war er fast total abstinent. Der Anblick der Schnapsflaschen in Frodes Hosentaschen verursachte in ihm Übelkeit und Resignation. Frode ... der war jetzt sicher mit Anne-Gine zugange. Das hier waren echte Ferien.

Sivert half ihm bei der Suche nach weiteren Motiven. Unterstützt von zischenden Flaschenkorken stand Mogens schließlich breitbeinig zwischen den Häusern des Werks, mit Besitzermiene und in die Seiten gestemmten Händen, und entdeckte Möglichkeiten in jeder Wand. So musste es sein, wenn man künstlerischer Leiter der Königlichen Porzellanfabrik war. Alles war Motiv. Alles konnte durch eine blaue Brille betrachtet werden. Es war prachtvoll! Er hatte auch Gerüchte gehört, dass noch ein kleiner Rest Kobaltblau von hier vorhanden sein sollte, eine Flasche Pulver, die in der Fabrik in Kopenhagen zur Erinnerung an die Modum-Produktion aufbewahrt wurde. Eine einzelne Serie von Desserttellern würde vielleicht mit dieser Farbe gemalt werden können? Das würde den Tellern etwas Einzigartiges geben, sie in einen historischen Rahmen stellen. Nur eine einzige Serie. Vielleicht als Geschenk für das Königshaus.

Mogens holte tief Luft. Die Gedanken und Ideen überwältigten ihn, rührten ihn fast zu Tränen. Er merkte, dass seine Knie zitterten. Er musste sich zusammenreißen. Er war nicht allein.

»Na, Sivert, mein Bester. Ich glaube, Sofie wartet mit Erbsen und Speck.«

Sivert bemerkte die Veränderung dieses seltsamen dünnen, bebrillten *Kragenproletariers* aus Kopenhagen. Er hielt sein Kinn jetzt höher, den Rücken gerader. Er schwenkte die Ellbogen auf neue, freie Weise. Und diese zarten rosa Finger, die kaum jemals einen Erdklumpen angefasst hatten, er hatte ihren Eifer beim Zeichnen gesehen, die Kraft in der Schwäche. Und es war ja wohl ein Kinderspiel, im Werk zwölf Motive zu finden. Trotzdem war der Däne für jeden einzelnen Vorschlag ungeheuer dankbar und machte sich fleißig Notizen. Er wollte in den vier Tagen, die ihm hier noch blieben, genauere Skizzen anfertigen, sagte er.

Aber witzig, das war er. Als junger Arbeiter hätte er hier oben nicht einen einzigen Tag überlebt. Gut, dass solche Leute in der Stadt Zuflucht suchen konnten, wo sie für die seltsamsten Arbeiten bezahlt wurden. Wenn er wenigstens ein echter Künstler wäre, wie die anderen, die hierher kamen. Die lebten von ihren Bildern, verkauften sie. Sie hassten das Grün nicht, sie liebten es und hielten diese Farbe durchaus nicht für falsch – was für ein blöder Spruch! Sie malten mit allen möglichen Farben. Die Gemälde bekamen elegante vergoldete Gipsrahmen, und der Käufer hängte sie an die Wand. Das hatte immerhin einen Sinn. Bilder waren Zierde, genau wie Tischdecken. Aber *Teller,* die ja mit Essen gefüllt wurden? Mit Essen, das herumgeschoben wurde und alles schmutzig machte, worauf der Teller direkt in die Spülschüssel wanderte? Unbegreiflich.

Er folgte den eifrig gestikulierenden Ellbogen zur Straße und in Richtung Sofie. Er konnte dort noch einen weiteren Besuch absolvieren. Wenn er nur vorher ein wenig Holz holte und sich planlos an den Schuppen zu schaffen machte, durfte er zu ihr kommen. Ihr Widerstand saß nur im Mundwerk, und auch dort nicht so sehr, wenn er erst mit ihr in Gang gekommen war. Dieser arme Knabe aus Kopenhagen, unverheiratet und sicher nur selten in der Lage, den frischen Schweiß aus der weichen Achselhöhle einer Frau zu schnuppern. Aber das mit der Konfirmation wollte er doch noch genauer wissen. Komischer Vogel.

»Vielleicht ... auch vom ganzen ... Werk? Von hier ... oben aus?«, schlug Sivert atemlos vor, umklammerte seine lauwarme Pfeife und versuchte, mit dem Städter Schritt zu halten.

Der Däne fuhr herum, knöpfte seinen Mantel auf und zog ihn über den Kopf, als Schutz für den Skizzenblock.

»Ja! Das ist eine hervorragende Idee. Großartig. Danke, Sivert. Hältst du mal das Federmäppchen, damit ich eine rasche Skizze machen kann?«

Mogens wollte nicht zu viel an seine Heimkehr denken, an die Fabrik, an den Moment, in dem Energie und Ideen vielleicht verpuffen würden. Oder ... niemand könnte ihn doch daran hindern, auf eigene Faust zu malen? Seit achtzehn Jahren arbeitete er pflichtbewusst an seinen Muschelmustern. Wenn er sich jetzt für sein erspartes Geld unbemalte Teller kaufte oder Teller zweiter Wahl nahm, dann müssten sie ihn die doch brennen lassen. Und danach sofort entdecken, was diese Serie für eine hervorragende Idee war?

Der alte Mann drückte im strömenden Regen das Federmäppchen an sich. Er hielt es in den Händen wie ein neugeborenes Kind, zusammen mit seiner erloschenen Pfeife. Mogens wusste, dass der Alte seine Feder nicht aus den Augen ließ. Die Feder auf dem Papier.

»Das wird sicher gut«, sagte Mogens mit der Zungenspitze im Mundwinkel.

»Ja, schöner Teller, das da. Man kriegt ja vom bloßen Anblick schon einen Wahnsinnshunger«, meinte Sivert.

Malie überzeugte sich zweimal davon, dass sie die Tür abgeschlossen hatte, nachdem der Mann gegangen war, dann füllte sie die Waschschüssel mit Wasser, stellte sie auf den Boden und ging darüber in die Hocke. Sie feuchtete den Schwamm an, tunkte ihn in Essig und schob ihn in sich hinein. Das wahnwitzige Brennen ließ sie wie ein Kaninchen durch das Zimmer hüpfen und mit dem Unterleib seltsame Bewegungen durchführen, während sie laut und langsam zählte und allerlei Kraftausdrücke unter die Zahlen mischte.

Bei fünfundzwanzig riss sie den Schwamm heraus und wusch sich gründlich mit Seife. Er hatte nicht gerade Fanfaren erschallen lassen, aber man wusste ja nie. Oder hatte er nicht doch … als sie in der Nacht zuvor auf das Zimmer gekommen waren? Sie konnte sich nicht erinnern.

Tutt konnte jeden Moment hereinkommen. Mit den Zeitungen. Die Götter mochten wissen, wo Tutt in dieser Nacht geblieben war. Ab und zu durfte eine von ihnen das Zimmer für sich haben. Die andere saß derweil in einem Nachtcafé, wanderte durch die Straßen oder suchte sich einen eigenen Unterschlupf. Normalerweise teilten sie das breite Bett, so, wie sie Erfolge und Enttäuschungen teilten, Roggenbrot, Wurst und Wein, Puder, Gürtel und Ohrringe. Und ab und zu auch Liebhaber.

In einer Ecke piepste etwas.

»VERDAMMT!«

Das hatte sie vergessen. Aber was war das auch für ein Einfall – ihr ein Kätzchen zu kaufen. Indigoblaue Seidenschleife um den Hals hin oder her. Was um Himmels willen sollte sie denn mit einer Katze? Das Tier lag auf einem Haufen schmutziger Wäsche und kniff die Augen zu. Es war nicht größer als eine Handfläche. Sie holte ein Stückchen Wurst und warf es ihm zu, und nach weiterem Nachdenken stellte sie noch ein Schälchen Wasser dazu. Sie mochte das Kätzchen nicht streicheln, es würde sie ja wohl doch nur beißen. Sollte Tutt sich darum kümmern. Und wenn sie die Schleife sorgfältig aufbewahrten, könnten sie die Katze selber irgendwann als Geschenk verwenden. Aber warum kam Tutt nicht? Vermutlich war sie beleidigt. So wie Malie das auch war, in den Nächten, in denen sie Tutt das Zimmer überließ. Sie wollten ja auch nicht mit Dirnen verwechselt werden, wenn sie sich nachts auf den Straßen herumtrieben.

Obwohl eigentlich ... Malie hatte schon einige Male mit dem Gedanken gespielt. Wenn sie sich einen großen, dunklen und feschen Freier aussuchen dürfte, und wenn der für den Spaß bezahlte, und wenn es auch für sie wirklich einer wäre, warum dann nicht? Was sie zurückhielt, war die Möglichkeit, dass er sie vom Theater her erkennen könnte. Und das ginge nicht. Nein, das wäre ganz einfach unmöglich.

»So. Jetzt wollen wir schlafen. Du auch, Katzentier.«

Sie versank in einem Dämmerschlaf und erlebte die Nacht noch einmal. Vor allem das Schöne, was er mit ihr gemacht hatte und sie mit ihm, danach das andere, dass sein Schnurrbart nach Sardellen gerochen hatte, dass seine Nägel schmutzig waren, seine Haare fettig, und dass er die Socken anbehalten hatte, den ganzen Liebesakt hindurch. Aber wenn der Körper vorher schon bis zum Überlaufen mit Adrenalin und Freude gefüllt ist, nach fünf – *fünf!* – Vorhängen, wenn auch nur zusammen mit dem übrigen Ensemble, und wenn ein großer, dunkler Zuschauer mit einem Zylinder zu einem Bummel einlädt, während ihm die Bewunderung geradezu aus den Augen sprüht, dann sagt man doch nicht nein. Auch nicht, wenn es schon fast eine Woche her ist, dass man mit der Männernacht auf dem Zimmer an der Reihe war. Und wenn ein interessanter Kavalier Sekt ausgibt, wenn auch nicht den teuersten, aber doch in einem endlosen Strom, dann achtet man nicht darauf, ob die Banknoten mit schmutzigen Nägeln hingeblättert werden. Und Sardellen schmeckten doch gut, wenn sie sich das genauer überlegte. Vor allem zusammen mit einem weich gekochten Ei. Und hatte sie in seinem Schnurrbart nicht auch Eireste entdeckt?

Sie schauderte unter ihren Decken. Der Mann war erledigt. Nie mehr. Es standen genug Liebhaber zur Auswahl. Und dann diese blödsinnige Idee, das Kätzchen aus dem Korb der Marktfrau zu ziehen und ihr zu verehren. Er hatte sogar gefragt, ob sie nicht zwei haben wollte, und die Frau hatte aufmunternd genickt. Sie hatte einen ganzen Korb voll, und jedes trug eine indigoblaue Schleife um den Hals.

Sie hob den Kopf und schaute zu dem Tierchen hinüber. Es war wieder eingeschlafen. Den Wurstzipfel hatte es einfach nicht hinunterbekommen.

»Aber *hallöchen!* Wie geht's der Jungfer denn heute? Ich bin jedenfalls total erschossen.«

»Tutt! Endlich! Was schreiben sie? Werde ich erwähnt? Werde ich *erwähnt,* Tutt?«

Tutt schloss hinter sich die Tür ab, warf einen Stapel Zeitungen aufs Bett, streifte ihr Kleid ab und kroch unter die Decke.

»Ja, du wirst erwähnt. Im Gegensatz zu mir.«

»Und wo bist du gewesen?«

»Bei Käse-Erik.«

»Igitt, der. Den kannst du geschenkt haben. Tutt, ich kann es nicht finden!«

»Dann such!«

»Hier ist es endlich! Gooooott …«

Malie überflog die Rezension, dann setzte sie sich ans Fußende des Bettes und deklamierte laut: »*Die Stimmung war nicht gering, weder auf der einen noch auf der anderen Seite der Bühne, gestern Abend im Røde-Kro-Theater … bla bla bla … bla bla … Frl. Malie-Thalia J. hat sich überaus gemacht, seit wir sie zuletzt gesehen haben. Die junge Dame ist nicht allein zur Anführerin des ganz besonders reizenden Damenchors avanciert, sie feiert auch ihren eigenen kleinen Triumph bei der Darstellung des Lieschen Leichtfuß. Es war eine sehr hübsche Leistung …* Sehr hübsch … ha! Und der Damenchor, das bist doch DU, Tutt. Also wirst du auch erwähnt.«

Malie riss die nächste Zeitung an sich und blätterte fieberhaft darin, überflog den Text und las dann weiter: »Hier! *Der junge Backfisch ist auf dem Weg zu den Sternen, mag der Weg vielleicht auch noch lang sein …* Tutt, hörst du? Noch lang sein, was zum Henker will er denn damit sagen? Was weiß dieser Trottel über meinen Weg?«

»Du bist aber schon lange kein Backfisch mehr, Malie. Ha.«

»Da siehst du, was ein bisschen Puder und gute Beleuchtung ausrichten können, Tutt. Aber was zum Henker soll das heißen, dass der Weg noch lang ist?«

»Das weiß ich nicht, Malie. Ich finde es nur eine Frechheit, am Premierenabend eine Männernacht einzuschieben. Wir hätten doch zusammen feiern können. Was war das? Hast du das gehört?«

Tutt hatte sich im Bett aufgesetzt.

»Nur eine Katze. Da hinten in der Ecke. Hör doch nur! … *Malie-Thalia J., die allerlei junge Männer nur zerstreut an ihr Tagewerk gehen lässt. Ich kann jedenfalls nicht versprechen, dass ich, wenn ich durch eine offene Ladentür auf der Straße die kleine Malie-Thalia J. vorübergehen sähe, Frau Hansen nicht Krachmandeln an Stelle von gelben Erbsen geben würde.* Das ist wirklich gut! Ich lebe in den Fantasien der Männer, Tutt. Aber sie hätten ja wohl ein Bild bringen können. Sie haben nur eins von Ingeborg Nielsen, der alten Kuh … jetzt lass die Katze doch in Ruhe. Die schläft.«

Tutt hockte bereits nackt vor dem Haufen schmutziger Wäsche.

»Die hat so seltsam gezuckt. Und dann ist sie gestorben. Sie ist tot, Malie.«

»Dann nimm ihr die Schleife weg. Die brauchen wir noch.«

»Aber Malie …«

»Weinst du? Aber du hast sie doch gar nicht gekannt? Eine kleine, tote Katze. Herrgott. Tutt, komm wieder ins Bett, möchtest du einen Schluck Wein? Und eine Zigarette?«

Das wollte Tutt. Und Malie wollte das auch. Sie tranken abwechselnd aus der Flasche, und Tutt vergaß die Katze, als sie sich dann unterhielten.

»… und dann habe ich diesen Fotografen wiedergesehen, den deutschen, in der *Rampe.* Er war ausschließlich mit Männern zusammen, die allesamt ungeheuer künstlerisch wirkten. Weit und breit keine Frau. Er ist wirklich zum Anbeißen, du. Und ich kann ja ziemlich viel Deutsch. Aber ich sollte mir vielleicht zuerst seine Ausstellung ansehen, auch wenn die mich überhaupt nicht interessiert, nur damit wir Gesprächsstoff haben. Was meinst du? Wir haben übrigens kaum noch Essig. Und Wein! Und bald gehen uns auch die Zigaretten aus.«

»Er kommt aus Österreich. Er ist alt. Und er ist berühmt«, sagte Tutt. »Und verheiratet, glaube ich.«

Malie lachte. »Und wo steckt die Gattin? Ist sie hier in Kopenhagen? Nein. Und ob er alt ist, was heißt schon *alt,* Tutt … Woher weißt du überhaupt, dass er verheiratet ist?«

»Ich lese schließlich Zeitungen, Malie. Sicher hat das da irgendwo gestanden.«

»Du bist ja wohl nicht die Einzige, die Zeitungen liest. Und ein Fotograf ist ja wohl kein Künstler. Künstler *malen,* Tutt.«

»Du liest nur über dich selber. Können wir nicht schlafen, Liebe? Heute Abend müssen wir ja wieder ran«, sagte Tutt und drehte ihr den Rücken zu.

»Er heißt Rudolf«, sagte Malie und streichelte sich die Brüste. »Rudi. Rudi. Hörst du, Tutt? Dass ich es deutsch ausspreche? Ich kann das ganze Gedicht über den Elfenkönig, der den kleinen, kranken Jungen stiehlt. Von Goethe, Tutt. Goethe! Da staunst du, was? Glaubst du mir nicht? *Wer reitet so spät durch Nacht und Wind …*«

»Ich glaube dir. Halt jetzt die Klappe! Gute Nacht!«

»Du? Hast du an den Essig gedacht? Nach Käse-Erik?«

»Nein. Und wenn etwas passiert … Erik ist *nicht* verheiratet. Und er hat mir schon drei Anträge gemacht, weißt du.«

»Aber du willst doch sicher nicht … er *stinkt* doch, Tutt.«

»Nach Käse, du Dussel! Davon lebt er. Er ist fast *schatzreich!*«

»Ich seh dich schon vor mir. Wie du auf dem Markt stehst und Käse verkaufst! Darf es heute ein Stück Edamer sein, gnädige Frau? Oder ein saftiges Stück Roquefort? Während Käse-Erik dir hinter dem Geldschrank an den Hintern geht.«

»Ich werde in unserem Haus bleiben. Bei den Kindern.«

»Gott soll mich schützen. Ich lach mich tot. Tooooot!«

»Du kannst Brautjungfer sein. Wir sind fünfundzwanzig Jahre, Malie. Du bist übrigens schon sechsundzwanzig – ha! Wir müssen einen Mann finden. Für jede einen. Und ihn festhalten. Heiraten. Plötzlich eines Tages bist du nicht mehr Lieschen Leichtfuß.«

»Ich hab doch noch andere Standbeine. Oder Zehen.«

»Du bist bald dreißig, Malie. Wenn man sich das richtig überlegt.«

»Himmel, du nimmst immer alles so ernst. Das sind doch noch fünf Jahre.«

»Nur vier.«

»Fünf! Nein, jetzt schlafen wir. *Und vergiss nicht, die Katze rauszuschmeißen!*«

Die Wichtigen saßen am selben Abend im Saal. Es kam nur selten vor, dass sie sich dazu herabließen, sich auf den weiten Weg nach Amager und ins Røde-Kro-Theater zu machen. Sie überließen das Røde Kro und die Hefe des Volkes normalerweise ihrem eigenen Schicksal. Die Presse besuchte die Premieren, weiteres Interesse war selten. Malie spürte es in jeder Faser ihres Körpers, als sie an diesem Tag dort saßen, dass sie gemessen und gewogen wurde. Bæppe Munk vom Folketheater war gekommen, dick und speckig, die Lorgnette zwischen seine gelben Hautfalten gequetscht, und mit Schaum in den Mundwinkeln. Als Spion. Im Herbst wollte er den *Blauen Engel* bringen. Das musste doch etwas mit ihr zu tun haben. Hier und jetzt! Sollte sie ihren Tanz noch verführerischer gestalten?

Sie hob ihren Rock besonders hoch und ließ die Locken um ihr Gesicht wirbeln. Und riss die Augen auf, ließ sie strahlen, hob ihr Kinn, schob die Brüste vor. Würde sie eine solche Hauptrolle schaffen? O ja. Sie war weiß Gott die Hauptattraktion des *Blauen Engel,* die großartigste Lola-Lola. Sie wollte sich den Rollentext besorgen, sie hatte schon Nächte mit mindestens zwei Bühnenarbeitern vom Folketheater verbracht, und sie wusste, wer dort soufflierte – die alte Anne-Tove Psst saß jeden Abend in einer Ecke der *Rampe* und konnte auf Aufforderung den ersten Akt von *Pangsion Schönner* herunterleiern, mit Bühnenanweisungen und Personen und Satzzeichen und allem. Gegen eine Flasche Rotwein als Bezahlung.

Und wenn Malie sich das Rollenheft nicht besorgen könnte, würde sie eben das Buch lesen. Auf Deutsch, jawohl! Natürlich war sie eine Marlene, wenn auch einen halben Meter kleiner. Oder vielleicht war Marlene in Wirklichkeit gar nicht so groß, vielleicht sah es im Film nur so aus? In diesem wunderbaren *gewagten* Film. Gott, sie glaubte, die Rolle in- und auswendig zu können. Und der Applaus, als sie kokett von der Bühne tänzelte, stärkte ihr Zutrauen in ihren Plan noch. Durch eine Falte im Vorhang starrte sie Munk an. Er lachte, mit zurückgeworfenem

Kopf und halb offenem Mund, und die Lorgnette war ihm in den Schoß gefallen. Sie konnte seinen Portweinatem noch hier oben riechen. Er war widerlich. Dieser Wanst … aber wenn es sein müsste, würde sie nicht Nein sagen.

»Gott, Malie, wie du dich anbietest. Man konnte bis in den Himmel schauen. Man konnte den Essig geradezu *riechen.*«

Das war Tutt. Geschminkt wie eine chinesische Porzellanpuppe. Eine kleine Geisha, mit rotem Mund, der wie eine Kugel mitten auf die Lippen gemalt war, und schwarzen, schmalen Augenbrauen hoch über den mit Puder getarnten echten.

»Natürlich biete ich mich an. Munk ist hier.«

»Das weiß ich. Das wissen alle. Ich freue mich auf morgen, wenn wir ganz locker für das übliche Publikum spielen können.«

»Du hast keinen Ehrgeiz, Tutt.«

»Aber du. Und man sieht ja, wie weit dich das gebracht hat. Zwei Apollo-Revuen und dann bums, zurück ins Røde Kro.«

»Aber, aber. Meine Zeit kommt schon noch. Du weißt doch selbst, dass Lola-Lola eben eine Kabarettschauspielerin von der emanzipierten, rockschwenkenden Sorte ist.«

»Der *Blaue Engel?* Jaja. Dann begreife ich. Wollen wir hoffen, dass der kleine Bæppe sich ein Hotelzimmer leisten kann. Wegen diesem kleinen Schwein lauf ich nicht die ganze Nacht durch die Gegend.«

»Tutt, Tutt, hüte deine böse Zunge. Wasch sie mit Seife. Eine Frau tut, was sie tun muss, wenn der Ruhm lockt.«

Bæppe Munk tauchte nach der Vorstellung nicht in der Rampe auf. Es war der Deutsche, den Malies Blicke abermals fanden, als alle sich wie üblich um den Tresen versammelten. Witzig, dass er in Amager trinken mochte. Aber hier passierte im Moment ja so viel. Die Künstler interessierten sich für das Sozialrealistische, hatte Tutt erklärt. Mit den *Feinen* waren sie ein für alle Mal fertig. Jetzt waren Schmutz und Staub und Alte und Arme angesagt. Das fanden die Künstler toll, und sich selber fanden sie dann ehrlich. Und es war so billig, hier zu wohnen. Er kannte sicher Leute in Amager, dieser Deutsche, der eigentlich Österreicher war.

Malie drängte sich durch und wurde ihre Bestellung los, und zugleich versuchte sie, auf die Unterhaltung zu horchen, in die der Fotograf vertieft war, umgeben von seinem Harem: jungen Männern mit langen Schals und albernen Bärten und konzentriert gerunzelten Stirnen. Sie konnte aber nicht aufschnappen, worum es bei diesem Gespräch ging. Sie sprachen leise, ohne zu lachen, als wüssten sie von Dingen, von denen hier sonst niemand eine Ahnung hatte. Wenn er nicht so hinreißend gewesen wäre, hätte sie ihn verachtet. Sein Harem umgab ihn wie ein Bollwerk. Es war ganz leicht, diese Verehrer zu verabscheuen.

Dann fiel ihr Frau Psst ein, und da saß sie. Ganz still saß sie in ihrer Ecke und bewachte ihre Rotweinflasche. Sie durfte nicht allein und konzentriert trinken, wenn die Direktion ihres Theaters sie sähe, würde sie fristlos entlassen. Alkoholisierte Souffleusen waren der schlimmste Albtraum aller Regisseure und Theaterdirektoren. Aber Himmel, Abend für Abend in einem dunklen Loch, da musste man sich hinterher doch die Kehle anfeuchten. Und zu diesem Zweck kam Frau Psst dann eben her.

»Hallo, Anne-Tove!«

Frau Pssts Augen wanderten langsam an Malie hoch und blieben an ihrem Gesicht haften.

»Kennen wir uns?«

»Malie-Thalia. Vom Røde Kro. Ich bin heute in der Zeitung erwähnt worden. Wir hatten gestern Abend Premiere mit unserer Sommerrevue.«

»Was willst du?«

»Den Text vom *Blauen Engel.*«

»Den kann ich nicht. Wie wäre es mit *Pension Schöller? Pygmalion? Die klugen Jungfrauen?* Das kostet eine Flasche Wein.«

»Natürlich bekommst du Wein. Du kriegst auch eine Flasche, wenn du mir das Rollenheft bringen kannst. Aber es eilt.«

»Nächste Woche. Aber den kann ich eben nicht. Noch nicht. *Elverhøj?*«

»Na gut. Den zweiten Akt von *Elverhøj.*«

Frau Psst schloss die Augen, holte tief Atem und legte los: »*Zweiter Akt ein Kabinett auf Højstrup links im Vordergrund ein Fenster mit Blick auf den Garten auf derselben Seite im Hintergrund Eingang zu einem Nebenzimmer erste Szene Bjørn Olufson allein steht vor dem offenen Fenster und redet zum Garten Bjørn Doppelpunkt: Wie beliebt gedämpftes Licht still still Ihr braucht nicht so laut zu sprechen bedenkt dass Mauern versteckte Ohren haben können ja jetzt verstehe ich ha Herrgott Ihr müsst die Gelegenheit beim Schopfe ergreifen …*«

»Sehr schön. Anne-Tove, ich hole den Wein. Also, nächste Woche. Das Rollenheft. Das ist dann abgemacht. Das vergisst du doch nicht, oder?«

»Er ist hier«, fauchte plötzlich Tutt hinter ihr.

»Wer? Munk?«

»Der gestern mit dir nach Hause gegangen ist.«

»Die Sardelle? Igitt!«

»Er winkt dir. Aber es kommt nicht in Frage, dass du ihn wieder mit nach Hause nimmst. Ist das klar?«

Aber da er sich die Haare gewaschen hatte und seine Geldklammer noch immer prall gefüllt war, kannte Malie nur Lachen und Koketterie. Er lud auch Tutt ein, und Malie dachte, eigentlich könne die ihn haben, sodass Käse-Erik weiter an den Rand gedrängt würde. Aber die Vorstellung einer Nacht auf der Straße sprach sie überhaupt nicht an. Außerdem flüsterte die Sardelle plötzlich etwas von einem Hotelzimmer. Ach, dann war er also ebenfalls verheiratet.

»Was passt dir denn an *meinem* Zimmer nicht?«, fragte sie.

»Ich weiß ja, dass du da nicht allein wohnst. Ich habe die Rasiersachen gesehen. Und ich will keine Scherereien machen.«

Die Rasiersachen gehörten Tutt, sie waren für die Beine, aber

Malie flüsterte der Sardelle dramatisch zu: »Still, still, auch Mauern können versteckte Ohren haben ... das ist aus *Elverhøj,* zweiter Akt, erste Szene.«

»Mein Gott, was bist du faszinierend. Und wie geht es der kleinen Muschi?«

»Soll das vulgär sein?«

»Der Katze! Ich meine die Katze. Das war keine Anspielung auf deine ... dein ...«

»Sie ist tot.«

»Die Katze?«

»Ja, die Katze. Gehen wir. Ich hätte Lust auf ein Schaumbad. Ja, denn das Zimmer hat ja wohl eine Badewanne?«

»Selbstverständlich, meine kleine Prinzessin. Selbstverständlich.«

Sie war dicht genug an ihn herangetreten, um an seinem Schnurrbart zu schnuppern. Der war sauber. Dann brauchte sie ihm nur noch die Socken auszuziehen, dann konnte sie ihn durchaus noch eine weitere Nacht verwenden.

Um fünf Uhr am nächsten Morgen erwachte sie zwischen Eiderdaunen, einen angenehmen halben Meter von der schnarchenden Sardelle entfernt. Es war ein riesiges Zimmer. Der Mann hatte Geld. Oder er war verliebt.

Malie fand es wunderbar, zwischen Nacht und Tag zu erwachen, einfach dazuliegen und sich ein Leben zu erdichten, während sie die Neige der Nacht auskostete und nichts wichtig war, außer zu existieren. Sie musste mit niemandem sprechen, wurde nicht gesehen, brauchte sich nicht zu waschen, brauchte nicht aufzuräumen, brauchte nicht in Kostümen, die nach fremdem Schweiß und Parfüm aus der letzten Spielzeit rochen, über gebrechliche Bühnentreppen zu laufen. Brauchte noch nicht ganz zur Wirklichkeit zu erwachen. Eine wichtige Zutat zu diesen stillen Morgenstunden war ein Mann, der dort lag. Ein Mann, der ihr nichts bedeutete, ein Mann, der sie verehrte und ihre vielen schmeichelhaften Lügen hinnahm. Ein Mann, den sie jederzeit wecken und in sich hineinbitten konnte. Ein Mann, den sie ebenso gern verließ, während er noch schlief.

Sie reckte sich behaglich im Bett, nippte an schalem Sekt ohne Perlen und stellte sich vor, wie Lola-Lola auf der Bühne des Folketheaters die Hüften schwenkte. Sie wäre eine Bombe in dieser Rolle, sie würde den armen Professor Unrat und die drei Schulbuben *triezen,* bis die nicht mehr wüssten, wohin mit ihren feuchten Wurstfingern. Sie würde den Saal zum Kochen bringen. Genau wie Marlene würde sie so geliebt werden, dass niemand ihr die Schuld an Unrats Ende geben könnte. Es war unmöglich, einer so charmanten jungen Frau Vorwürfe zu machen – Unrats Fiasko war ausschließlich seiner Lächerlichkeit geschuldet, seiner Eifersucht und seiner Begierde.

Ihr blieb jetzt nur eins. Nein, es waren zwei Dinge. Zuerst das Essigwasser, dann schnurstracks zu Bæppe Munk, um ihm klar zu machen, dass die Rolle vergeben sei. Es eilte. Sie konnte nicht einmal auf das Rollenheft warten, ehe sie ihm das mitteilte.

Aber zuerst noch eine Runde mit der Sardelle. Er war eigentlich niedlich, wenn er schlief. Sein Mund unter dem Schnurrbart war weich wie der eines Kindes. Sie leckte seine Lippen, bis er erwachte. Von den Socken hatte sie ihn schon längst befreit.

»Bald erwacht die Welt«, flüsterte sie. »Wenn wir uns beeilen, können wir noch ein paar Sektkorken knallen lassen, ehe die Pflicht ruft.«

»Ach, du Wunderbare ... du gehörst mir .... gehörst du nicht mir?«

Auf so eine blöde Frage gab sie erst gar keine Antwort.

Die Fassade der Porzellanfabrik war eine Mutter. Eine beschützende Mutter, deren Umarmung ihm offen stand. Willkommen daheim, mein Sohn. Wo warst du denn? Was, bis oben nach Norwegen?

Ja, und schau her, Mutter, was ich auf der Heide gefunden habe! Heidekraut, und ich habe Schwäne am Himmel gesehen, sie wurden in der Sonne kohlschwarz, und der Strandhafer funkelte wie Silber. Und der Haugfossen und die Farbdarre und die Schmelzhütte und der Arsenturm und die Glashütte, das alles war so schön, meine Mutter!

Der Skizzenblock lag strotzend in seiner Tasche, dick und lebendig wie ein Tier.

Er ging durch das Tor zur Smallegade und ließ das Klappern seiner Schuhsohlen auf dem Pflaster von den Mauern widerhallen. Hier kam er. Zurück von seiner Bildungsreise. Während andere nach Deutschland und Frankreich fuhren und ihre Seelen von Gedichten, Theater und Absinth überschwemmen ließen, reiste er in den hohen Norden und vertiefte sich in die Geschichte seines Arbeitsplatzes, mit Skizzenblock und lebensgefährlichem Schwarzgebranntem, der in Flaschenverschlüssen angeboten wurde. Dänen auf Bildungsreise kamen unterwegs immer nur mit anderen Dänen mit denselben hochfliegenden Zielen zusammen, aber er selber hatte einen Einheimischen kennen gelernt. Am letzten Tag seiner Reise war er sogar zu dem Einheimischen eingeladen worden und hatte zwischen schmutzigen Sofakissen in einem grauenhaften Karomuster aus groben Kreuzstichen gesessen und trockene, dünne, eisenrote Scheiben von etwas gegessen, das der Mann als geräuchertes Rentierfleisch ausgegeben hatte. In dieser Nacht hatte er in seinem Pensionszimmer die ganze Kanne voll Waschwasser ausgetrunken, ohne daran zu denken, wie alt das vielleicht war.

Niemand sollte behaupten, die Reise sei kein Erfolg gewesen. Er hatte Modums Seele gefunden und auf Papier gebannt. Auch Siverts hochragende Gestalt mit der Pfeife war skizziert worden, vor allem Sivert zuliebe. Mogens ließ ihn in dem Irrglauben, dass sein Konterfei einst unter delikat angerichtetem Eis mit Makronen versteckt sein würde, vermutlich auf einem königlichen Mittagstisch.

Sivert hatte zehn steife Minuten hindurch unbeweglich Positur gestanden, lange nachdem seine Pfeife erloschen war.

»Schon wieder da?« Carl-Peter hatte seinen Bereich ausgeweitet und alles durcheinander gebracht. Mogens schluckte seinen Ärger hinunter und erwiderte: »Ich war eine ganze Woche weg.«

»Ich dachte, du wärst nur ein paar Stunden draußen gewesen. Du bist außer Atem. Bist du die Treppen hochgerannt?«

Das stimmte sogar. Drei Etagen hoch, einfach so, wo er doch sonst immer auf jedem zweiten Absatz eine Pause einlegte und den Geruch des glühenden Porzellans aus den Öfen in sich aufnahm.

»Ach was, eine ganze Woche. Dann hat deine Zungenspitze sich sicher neue Nahrung aus dem Mundwinkel geholt.«

Er gab keine Antwort. Carl-Peter zog ihn immer wieder damit auf, dass er beim Malen die Zungenspitze aus dem linken Mundwinkel ragen ließ, wie ein kleiner Junge.

Er zog seinen knöchellangen Malerkittel über seine Kleidung und fing an, seinen Arbeitstisch sorgsam aufzuräumen und zu säubern. Carl-Peter mischte auf seiner Palette die Farbe, ohne ihn auch nur anzusehen, er empfand es offenbar nicht als Vorwurf, dass Mogens zwei volle Aschenbecher auf seine Seite hinüberschob.

Als Mogens sich endlich setzen und Atem holen konnte, ließ er seinen Blick zu den Fenstern hinübergleiten, zu den Baumkronen und dem Nieselregen, der die Bäume und die neuen Sprosse bedeckte, und auch das Gras und die Steinplatten tief unten. Er ließ seinen rechten Ellbogen auf der Stützplatte ruhen und betrachtete seine Hand. Seine Finger spreizten sich von selber, wie die Federpracht eines Pfauhahns.

»Aber willst du nicht anfangen? Heute sind Untertassen an der Reihe. Halbspitze.«

Ach was. Untertassen. Halbspitze. Untertassen waren Carl-Peters Tagesplan. Seine kleine Welt. So und so viele. Im Akkord. Streichen, tropfen, verteilen. Tunken, mischen, den Pinsel aufsaugen lassen, ihn an der Spitze besser zurechtformen, den dicken Teil im Blauen ruhen und sich voll saugen, die Spitze über die gierige Oberfläche des Porzellans gleiten, die Farbe für immer im Weißen verschwinden lassen, danach eine neue Linie, die am Ende verrinnt. Die Enden der Linien pünkteln, immer wieder im Kreis, die Halbspitze mit Farbe versehen, schön gekurvt, keine schräge Kante, nicht zu viel Farbe, nicht zu wenig, den Ellbogen auf der Stützplatte ruhen und die Hand arbeiten lassen, bis die Untertasse vollendet ist und sie dann mit der bemalten Seite nach unten zusammen mit den anderen auf das Brett legen. Eine neue blendend weiße Untertasse nehmen und die Rückseite in der linken Hand ruhen lassen. Mit dem Pinsel immer wieder durch das Blaue auf der Palette fahren, die richtige Stärke und Menge finden, um danach den doppelten inneren Kreis zu zeichnen …

Auf den Untertassen war der Kreis bereits ins Porzellan eingegossen, und in der Mitte saß eine Chrysantheme. Mit dem Stängel nach unten, um zu zeigen, wie die Untertassen auf dem Tisch stehen sollte. Aber das interessierte niemanden, außer den *Feinen*.

Und da brachte Sophus seinen Stapel. Er balancierte ihn auf dem über seine Schulter gelegten Brett, wie ein Kellner mit dampfenden Gerichten, die sofort verzehrt werden sollen. Eine kleine Pyramide aus jungfräulichen Untertassen, zerbrechlich wie Weihnachtsplätzchen, vor dem letzten Brand mit Blau und Oberglasur.

»Und du warst also in Norwegen? Bist du da nicht erfroren?«

»Nein, es war schön. Danke, Sophus.«

»Ich soll fragen, ob du bis Mittwoch einen Kandelaber machen kannst.«

»Ja. Her damit. Nur einen?«

»Fünf. Carl-Peter hat schon einen verpatzt. Wir haben auf dich gewartet.«

Carl-Peter lachte ein Lachen, dem es an Schuldgefühlen restlos mangelte. Er wurde trotzdem nicht entlassen. Wenn sie so dumm waren, ihm Kandelaber zu geben, mit kletternden Engelchen und kriechenden Schnecken und filigraner Vollspitze um jeden Kerzensockel, dann hatten sie nichts anderes verdient. Niemand malte Standardteller geriffelt und Halbspitze so schnell wie er. Niemand. Aber bei so einer großen Kandelaberarbeit konnte er die Zigarre einfach nicht planen, und die Zeit lief ihm davon, und die Zigarre erlosch. Und er hasste erloschene Zigarren. Weshalb er die Arbeit vernachlässigte. Bei Tellern und Untertassen wusste er genau, wie viele Ranken und Blumen und Tupfen zwischen zwei Zügen an der Zigarre Platz hatten.

»Mogens ist wieder da. Gib dem Mann einen Kandelaber oder auch acht«, sagte Carl-Peter. Mogens lächelte nur. Sie wussten nicht, was er mitgebracht hatte. Sollten sie ihn doch für den Alten halten, dachte er und gab Kobalt aus dem Kongo auf die frisch gewaschene weiße Palette.

Von Angesicht zu Angesicht mit Anne-Gine beschloss er am selben Abend, ihr offen zu sagen, dass er es einfach nicht mehr ertrug.

Bei der Vorstellung, wie sie reagieren würde, zitterten ihm die Knie. Das ärgerte ihn. Er hatte es schon vor langer Zeit sagen wollen, nur hatte ihm der Mut gefehlt. Jetzt war er vorhanden, warum also zitterten ihm die Knie? Sie war müde und leicht beschwipst gewesen, als er am Vorabend spät nach Hause gekommen war, und hatte ihm nicht zugesetzt. In bodenlangem Nachthemd mit Spitzen und Keulenärmeln hatte sie ihn allein ins Bett gehen lassen, in aller Ruhe. Aber als er an diesem Tag aus der Fabrik nach Hause gekommen war, war sie Feuer und Flamme gewesen, ihre Wangen hatten geglüht, und sie hatte sich bitterlich über Frode Nicolai beschwert. Eine kurze Woche konnte sie wohl nicht von diesem Mannsbild abbringen, mit dem sie seit Jahren flirtete, ohne mit ihm ins Bett zu gehen. Ein wenig Stil habe sie doch, wo sie schon mit dem *Mietbruder* ins Bett ging, wie sie Mogens nannte.

»Es sind Dinge passiert, Frode ist ein Schwein«, sagte sie und schob ihren Busen vor.

»Frode ist durchaus kein Schwein, er ist mein Bruder.«

Er mochte nicht nach Einzelheiten fragen. Er wollte ausziehen. Es war ihm wie Schuppen von den Augen gefallen. Er musste sich auf die Arbeit konzentrieren. Es war eine Berufung, das hatte er nun endlich begriffen.

»Ich kann es einfach nicht mehr ertragen, wie du mich bedrängst, Anne-Gine. Ich ziehe aus«, sagte er.

Anne-Gine, mit blanken Händen, weil sie gerade Butter ins Mehl zerkrümelte, für eine Pastete, hob die Hände an ihr Gesicht und schlug sie vor den Mund. Ihre Augen waren weit aufgerissen. Es war deutlich, dass sie sich Mogens' Mitteilung einige lange Sekunden durch den Kopf gehen ließ. Dass er ausziehen wollte, dass sie ihn bedrängte. Als ihr die Bedeutung dieses Satzes dann aufgegangen war, streckte sie die Arme wie starre Stöcke aus, holte Atem wie eine Opernsängerin, bis ihr Busen sich mindestens zwanzig Zentimeter gehoben hatte, und schrie:

»Dich bedrängt? Hast du bedrängt gesagt? Aber du willst ja nicht mal Geld ausgeben, um dein Zimmer zu heizen. Willst du jeden Winterabend im Mantel dasitzen, um dein Geld auf die Bank bringen zu können? Komm ja nicht und erzähl mir, du hättest jeden Moment mit mir nicht freiwillig genossen! Ich habe dir Wärme gegeben, du kleine Krabbe von Mann, du kannst dir ja nicht mal eine richtige Frau zulegen, du mit deinen blau gesprenkelten Fingern und deiner *kränklichen* Haut, du meinst wohl, ich hätte mich mit dir begnügen müssen, wenn ich in deinem Alter wäre? HUND! VIEH! Mach, dass du wegkommst. Schaff deine verdammten Knochen hier weg – hier in diesem Haus will ich verdammt noch mal von jetzt an nur noch STEINGUT sehen!«

Sie hatte Recht. Er hatte darum gebeten. Er war selbst angekrochen gekommen, mit seinen eiskalten Zehen, und hatte mit Kohlen beheizte Wärme und bebende weiße Witwenschenkel angenommen, und Kaffee mit Marmorkuchen am Bett, morgens, ehe er in die Fabrik gegangen war. Sie war gutmütig, diese Anne-Gine. Das war nicht das Problem. Es waren seine Gedanken, wenn er ihr Bett verlassen hatte, dass das alles falsch und hässlich war, so wie mit Jacobine. Nur begriff er das immer erst hinterher.

Hinterher. Als er auch nicht mehr an einen Gott geglaubt hatte, der ihm Vergebung schenken könnte. Da war nur noch das Schuldgefühl übrig gewesen. Und eine unendliche Trauer um den Vater, bei dem Gedanken, wie es für ihn gewesen war, den Brief zu bekommen.

»Ich habe keine neue Adresse, aber das wird nicht mehr lange dauern. So lange möchte ich hier wohnen als der Mieter, der ich ja auch bin, Anne-Gine. Ich bezahle dafür. Für Kost und Logis. Bitte, lass mich in meinem Zimmer in Ruhe.«

»DANN SCHER DICH DORT HINEIN!«

Er stand vom Küchentisch auf und ging. Er hörte, wie sie voller Wut losschluchzte. Sie tat ihm Leid. Sie war gutmütig. Es musste grausam sein, einfach ins Gesicht gesagt zu bekommen, man habe um Liebe gebettelt. Er bereute das schon. Er hätte einfach ausziehen können, in aller Stille. Er hätte sogar irgendeine Lüge über eine Ehe auftischen können, um sie unmerklich in eine Art akzeptable Mutterrolle gleiten zu lassen. Aber nein, von nun an würde er mit offenen Karten spielen. Obwohl der Schlüssel zu seiner frisch gewonnen Selbstsicherheit noch immer wie ein versteckter Trumpf in seinem Ärmel steckte. Dieser Trumpf war für den künstlerischen Leiter Adam Poulsen bestimmt. Mogens hatte durchaus nicht vor, den Dienstweg über die Obermalerin Julia Ebbesen zu beschreiten. Bei seinen weit greifenden Plänen musste er sich an einen *Mann* wenden, an den Leiter persönlich.

»Wie du mich ENTTÄUSCHST«, brüllte sie wie eine betrogene Mutter, und zugleich ging klirrend etwas zu Boden. Vermutlich die bereits eingefettete Pastetenform. Er würde an diesem Tag auswärts essen müssen, in dem Bewusstsein, dass er ein weiteres Mal einen Menschen enttäuscht hatte, der ihm wohlgesonnen war, der ihn jedoch zugleich in seinem Drang, für ihn den Alltag festzulegen, zu ersticken drohte.

»Unser Vater hat bis zum Abend gewartet, um das zu lesen. Er hat sich darauf gefreut, er wollte sich daran weiden, er erzählte allen, die es hören wollen, es sei ein Brief aus Malding gekommen, von *meinem begabten Sohn*«, hatte Frode erzählt, als er fünf Jahre nach Mogens' Flucht aus Paullund selber nach Kopenhagen gekommen war. Frode wollte bei Mogens leben, während er eine Setzerlehre machte.

Denn er hatte niemals Schönschreiben gelernt, dieser Frode Nicolai. Die Tintenkleckse seiner Kindheit hatten ihre Spuren hinterlassen. Er wollte lieber aus Metall gegossene Buchstaben in Reihe und Glied anordnen, spiegelverkehrt. Das machte er sehr gut. Am Ende konnte er mit den Fingerspitzen so gut buchstabieren, dass er das sogar schaffte, wenn er betrunken war.

Sie hatten im Café Osborne gesessen, weil Mogens gern die Rolle des urbanen großen Bruders spielen wollte, und sie hatten Kakao mit schwimmendem Sahnehäubchen getrunken, das auf dem Kakao Fettaugen treiben ließ. Mogens wäre am liebsten gestorben, als Frode mit seinem Bericht begonnen hatte, aber seine Stimme, die noch immer bis zum Rand mit westjütischem Akzent erfüllt war, enthielt keinerlei Anklage. Das half ein wenig. Mogens ließ ihn weiterreden, ohne den Kakao an die Wand zu werfen, das gehörte sich nicht im Café Osborne, das die feinen Leute besuchten. Stattdessen schaute er hinaus auf die Vesterbrogade, auf die Straßenbahnschienen, die in der Sonne funkelten, und auf die Fahrräder und die umherlaufenden Marktfrauen. Aber Frode hätte warten können, es war nicht nötig gewesen, es zu erzählen, während sie so gemütlich zusammensaßen.

»Dann öffnete er den Brief und fing an zu lesen, und schließlich zitterten seine Hände dermaßen, dass er den Brief auf seine Knie fallen ließ. Lange saß er mit geschlossenen Augen da, dann stand er auf und warf ihn in den Ofen. Wir haben nicht erfahren, was darin stand, wir hielten dich für tot oder dachten, du hättest in der Schule vielleicht etwas gestohlen oder jemanden verprügelt. Wärst geschasst worden. Hättest ein Mädchen geschwängert. Wir stellten wilde Theorien auf. Deine Adresse hatte sich ihm aber trotzdem eingeprägt. Und als er im Sterben lag, worauf er sich zu freuen schien, weil er dann bald mit unserer Mutter und mit dem Erlöser zusammen sein würde, hat er mir die Adresse genannt. Die habe ich sofort in der Küche auf eine Margarineschachtel geschrieben, um sie nicht zu vergessen. Ich habe doch noch nie ein gutes Gedächtnis gehabt, nicht so wie du oder Vater.«

»Aber er hat mir nie geschrieben«, sagte Mogens.

»Er hat dich nie mehr erwähnt. Macht dich das traurig? Er hat danach ja nicht mehr lange gelebt. Es war zu viel für ihn. Es waren zu viele Enttäuschungen.«

Danach schauten sie lange auf die sonnige Straße hinaus, er

und Frode, ohne etwas zu sagen. Der Kakao schmeckte nicht mehr so gut. Mogens hatte seither keinen Fuß mehr ins Café Osborne gesetzt.

Nach der Auseinandersetzung mit Anne-Gine ging er los und fand Frode in dessen Stammkneipe. Es ging eine Kellertreppe mit in der Mitte abgetretenen Steinstufen hinunter. Es war eine unbegreifliche Vorstellung, dass gewöhnliche Menschenschuhe harten Stein abtreten konnten. Zahllose durstige Menschen hatten ihr Körpergewicht über diese Treppe geschleppt.

Frode rief und winkte, als Mogens in der Tür den Kopf einzog. Mogens bestellte drei Brote und ein Bier.

»Bier? Hast du Bier gesagt?«, fragte Frode.

»Ja. Das will ich jetzt.«

»Vielleicht auch einen kleinen Aquavit?«

»Nein, danke. Bier reicht. Ich ziehe bei Anne-Gine aus. Du kannst sie haben, wenn du willst.«

»Ja, danke, das will ich gern«, erwiderte Frode. »Sehr gern. Aber will sie mich?«

»Ich glaube schon. *Jetzt* will sie das.«

»Ist etwas passiert, Mogens? Hattest du eine gute Reise?«

»Eine ausgezeichnete. Ausgezeichnet.«

»Hast du eine Frau kennen gelernt, willst du deshalb ausziehen?«

»Durchaus nicht, Frode. Ich habe in Norwegen zwar jemanden kennen gelernt, aber das war ein Mann.«

Frode Nicolai stellte weitere Fragen, aber Mogens erzählte ihm nichts von seinen Plänen für die neuen Dessertteller. Es war wunderschön, niemandem davon zu erzählen, die Pläne wie ein Geheimnis aufzubewahren. Sie lagen da wie heißer Brei im Magen und glühten, gaben ihm Energie und Ruhe und unendliche Freude. Es tat gut, nach Hause zu kommen. Auch Frodes blankes Gesicht über dem schäumenden Bier, seine verschlissene Jacke, die Brille, die aus der Jackentasche lugte. Die Brille, die er auf die Nase setzte, wenn er Korrektur lesen musste. Er las problemlos spiegelverkehrt und hatte größere Probleme bei Buchstaben, die in der richtigen Richtung standen. Er hielt immer die fertig gedruckte Zeitung ins Licht und las die Rückseite.

»Du wirst doch ein freier Mann«, sagte Frode. »Wir können anfangen, uns in etwas größeren Kreisen zu bewegen. Im Kabarett und so. Ohne dass Anne-Gine zu Hause mit frisch gebackenem Kuchen herumquengelt. Was sagst du? Wird das nicht toll, was?«

»Wenn sie nicht von jetzt an an dir herumnörgelt.«

»Ich brauche ja noch nicht richtig in ihre Unterhose einzuziehen. Wir brauchen eine kleine Frauenzimmerpause, was? Prost, Bruder Mogens!«

Er fand ein Zimmer in der Bissensgade, angenehm nah bei der Fabrik. Vier Wände, ein Fenster mit grauen Wollvorhängen, ein Sofa mit tiefer Hinternkuhle in der Mitte. Ein Waschtisch, ein Ofen, ein zu niedriger Tisch und ein Aquarell einer Trauerbirke über einem liebenden Paar, das auf einer Bank saß und die Köpfe aneinander lehnte. Zwei Wochen nach seiner Rückkehr aus Norwegen hatte er Poulsen noch immer nicht um ein Gespräch gebeten. Nach Tellern und Kandelabern saß er fast jeden Abend allein in der Fabrik und bemalte ausrangierte Teller voller Kerben vom Stapeln oder Riffeln, die beim ersten Brennen ineinander geflossen waren.

Er schaffte es nicht.

Die Farben für Spitzen und Blumen zu dämpfen war das eine, es war etwas ganz anderes, sich über einen ganzen Wasserfall herzumachen. Oder einen Himmel mit einer planlosen Gruppe aus blauen Wolkenfusseln, die sich am Blauen anklammerten, über groben kleinen Holzhäusern, die Schatten warfen. Ecken, scharfe rechtwinklige Ecken – Mogens war einfach nicht daran gewöhnt, so etwas zu malen. Auf den Skizzen war das kein Problem, aber mit dem Pinsel in der Hand … Arnold Krog hatte seinerzeit seine halbmeterhohen Vasen dekoriert, auf denen ihm offenbar kein Motiv fremd gewesen war. Er hatte auch andere, selbst entwickelte Unterglasurfarben genutzt, um den Farbton auch beim zweiten Brennen zu erhalten. Poulsen setzte diese Experimente fort.

Und gerade das erschien Mogens als Verrat. Es würde wohl nicht mehr lange dauern, bis auch die inzwischen berühmten Weihnachtsteller unter der Glasur Schmutzigrot und Blassgrün aufweisen würden. Dass Poulsen das nicht begreifen konnte! Dass Blau das *Königliche Porzellan* ausmachte! Hier malte man keine schnöden schreiend bunten Tivolikulissen. Wenn man die Regenbogenfarben verwenden wollte, dann malte man *auf* der Glasur, was nach einiger Übung alle schafften. Dann war das nicht für immer. Man konnte wegstreichen und auswischen, konnte sich die Sache anders überlegen. Auf der glatten Oberglasur malte man wie auf Glas. Nichts war endgültig, solange die Farbe nicht trocken gebrannt war. Für *Flora Danica* brachte niemand Achtung auf. Schnöde Oberglasurbemalung. Siebenhundert unterschiedliche dänische Pflanzen auf siebenhundert Teller mit Goldrand zu malen, wo jeder Teller zweiunddreißig Farbbrennungen brauchte, was bedeutete das? Das bedeutete eine endlose Mühsal, um die Natur auf ein Porzellan zu übertragen, das sich nur die oberste Oberklasse leisten konnte. Die Pflanzen konnten sie sich aber genauso gut ansehen, wenn sie Spaziergänge durch die dänische Heide oder einen Buchenwald machten oder wenn sie sich ein Pflanzenbuch kauften. Porzellanschönheit war etwas anderes – Deutung nämlich, Vereinfachung, es ging darum, den *Kern* des Schönen zu finden. Um ihn danach in ein kleines Zimmer zu bringen, auf eine Tischdecke, unter einen Kuchen, zu Kaffee in den Tassen und ehrlichen Menschen um einen Tisch. Bei *Flora Danica* suhlten die Maler sich in Farben, und es wollte kein Ende nehmen. Aber es war *äußerlich.* Nachdem die Oberglasur das Porzellan für ewig verschlossen hatte. Das Blaue war endgültig und zugleich der Beginn. Das matte

Porzellan sog gierig die Farbe ein, und damit war es geschehen. Sie ließ sich nicht mehr entfernen. Das nackte Porzellan vergab nie.

Der erste Haugfossen, den er malte, sah aus wie eine Kaskade aus Tinte, nicht aus Wasser. Gras und Bäume sahen aus wie Flammen, alles um den Wasserfall schien lichterloh zu brennen. Es war geradezu hässlich. Wenn die Tür zur Blaumalerstube aufging, musste er sofort zu einem Essteller in Halbspitze greifen, der schon bereit lag, und sich über Ranken und Chrysanthemen hermachen.

Es verstimmte ihn, dass er das nicht schaffte. Sein neues Zimmer war ihm zuwider, und er sehnte sich nach Anne-Gine. Von dem Sofa bekam er Rückenschmerzen. Er trank kein Bier mehr, der Rausch konnte ihm keine Freude mehr bringen. Der Frühling ging in den Sommer über, aber er mochte nicht daran teilnehmen. Wenn bei der Arbeit der Akkord erfüllt war und Carl-Peter mit seiner Zigarre und seinem Gefasel Feierabend machte und auch die anderen Maler erleichtert aufatmeten, weil sie jetzt in den Sommerabend hinausdurften, blieb Mogens allein dort sitzen. Die Fabrik wurde nicht abgeschlossen, unten wurde rund um die Uhr gearbeitet, immer war eine neue Schicht am Werk.

Seine Zungenspitze drohte in seinem Mundwinkel zu vertrocknen. Bei jedem Pinselstrich ging es um Wasser, Gras und Himmel. Und um Menschen. Plötzlich war ihm aufgegangen, dass seine Bilder Menschen enthalten mussten, die mit dem Erz und den Pferden und den Wagen arbeiteten. Er malte niemals Menschen. Aber jetzt blieb ihm nichts anderes übrig.

Sie sahen aus wie alberne kleine Zinnsoldaten.

Er versuchte, sich an die Bauern zu erinnern, die das Haus abgebrochen hatten, wie sie sich zwischen Gras und Holzwand bewegt hatten, wie sie sich bückten, wie sie schwere Lasten trugen, wie sie ins Zaumzeug der Pferde griffen. Er fing an, die Menschen draußen auf der Straße zu beobachten. Ihm war es egal, was mit denen geschah, ob sie um ein Haar von einer Elektrischen überfahren wurden oder hin und her torkelten oder sich stritten. Nur, wie sie ihren Körper vor einem zufälligen Hintergrund *zeichneten,* war wichtig. Frode Nicolai hatte es schließlich satt; er mochte nicht mehr über das süße Leben reden, das auf sie wartete. Er zog bei Anne-Gine in Mogens' altes Zimmer und ging wie ein Ballon auf, vor Anne-Gines Kochtöpfen und mit weißem Schmalz auf den Broten und jeden Tag Nachtisch.

Wenn Adam Poulsen vormittags mit wehendem Kittel durch die Blaumalerstube lief, die Hände auf dem Rücken verschränkt, dicht gefolgt von seinem Hund, saß Mogens gebeugt über seiner Muschelmalerei und schämte sich. Er hatte die Sache für einfacher gehalten. Er musste feststellen, warum seine Ideen verdarben. Er durfte nicht aufgeben.

Eines Tages fing er den Blick des Hundes ein. Der Hund hieß William und war eine Art Hühnerhund, mit kurzem glattem Fell und nach hinten gelegten, untertänigen Hängeohren. Er stellte die Vorderbeine vor sich wie ein Seiltänzer und hing immer an den Fersen von Poulsen, nur ein seltenes Mal bog er ab, um an den Taschen der Blaumaler zu schnuppern, die an die Tische gelehnt auf dem Boden standen. An diesem Tag schnupperte er an Mogens' Tasche, die dessen Pausenbrote enthielt. Er blieb stehen, nachdem seine Nase ihre Arbeit getan und nachdem die Augen sich davon überzeugt hatten, dass die Tasche fest verschlossen war.

Er hob den Kopf. Mogens erwiderte seinen Blick, und wie sein Herr betrachtete William den Blaumaler mit überlegenem Interesse. Mogens versank plötzlich widerstandslos in diesem Blick, diesem Tiefbraun in Kreideweiß. Die Augen sahen aus wie Kaffeereste in weißen Mokkatassen, und er dachte: die kann ich malen. Der Kontrast ist so groß, die scharfe Farbe vor dem Weiß. Das schaffe ich problemlos. Aber die Stelle, wo der Augapfel unter den Wimpern verschwindet … das wird schwieriger. In dieser Sekunde wusste er, dass er an den *Übergängen* arbeiten musste, nicht am eigentlichen Inhalt des Motivs. An der Stelle, wo das Motiv auf seinen Hintergrund stieß und zu etwas anderem werden sollte. Er legte den Pinsel hin und streckte die Hand aus, um den Hundekopf zu streicheln, in plötzlicher Dankbarkeit.

»NEIN!«, brüllte da Adam Poulsen.

Mogens riss seine Hand zurück.

»Der kann beißen. Und deine Hand brauchst du noch, Thygesen.«

William glitt wie ein scharfer Schatten hinter seinen Herrn. Der Herr ging weiter, und durch die Tür auf der anderen Seite der Malerstube. Alle schauten Mogens an. Carl-Peter lachte, und der Zigarrenrauch quoll zwischen seinen Lippen hervor.

»So viel Aufmerksamkeit hast du aber lange nicht mehr gekriegt«, sagte er.

Warte du nur, dachte Mogens, endlich habe ich begriffen. Als er den Pinsel hob, zitterte seine Hand. Er gab vor, die Schüssel lange hin und her zu drehen und seine bisherige Arbeit zu untersuchen. Er holte mehrere Male tief Atem, bis seine Hand sich beruhigt hatte und nicht mehr auf die Aufregung reagierte. Er sperrte Adam Poulsens demütigenden und autoritären Ruf aus. Er sperrte das Bild der zerbissenen, misshandelten Hand aus, von der es rot auf das Weiße tropfte. Die Übergänge. Darin lag der Schlüssel.

Am selben Abend gelang es ihm. Plötzlich war der Wasserfall da, schien sich zu bewegen. Er hörte fast das Geräusch des Wassers, das sich schwer und ohnmächtig über den Felsen wälzte. Die Fenster standen sperrangelweit offen, aber trotzdem herrschte in der Malerstube eine erstickende Hitze. Die Junisonne brannte gegen die Fenster, sogar die Vögel waren vor Hitze halb tot. Auf jeden Fall herrschte in den Baumwipfeln draußen eine Totenstille.

Mogens wischte sich mit dem Ärmel den Schweiß von der Wange. Er war fast nackt unter dem Kittel, er trug nur eine Unterhose und ein kurzes Hemd. Der Brennofen steigerte die Hitze noch. Die Wärme kam von allen Seiten. Eigentlich war es unerträglich. Trotzdem lächelte er und bemalte einen Teller, dem eine komplette Riffelseite fehlte. Er versuchte es mit einem Text an der Seite, die noch vorhanden war. Genau wie auf den Weihnachtstellern sollte dort stehen, um welches Motiv es sich handelte.

Haugfossen. Modum Blaufarbenwerck, in schöner Schnörkelschrift. Auf einem anderen Teller übte er Menschen, ein Fries aus Menschen. Die Kunst lag darin, sie nur anzudeuten. Er ließ sie im Kreis um die Tellermitte wandern, und es sah wirklich aus wie junge Männer beim Reigen. Und ein Pferd. Er skizzierte das Pferd mit einfachen Strichen, danach gab es in den Übergängen nur Wasser. Vermutlich, trotz seiner Verachtung für die Oberglasurmalerei, wussten *sie* wohl, dass er das alles durchprobieren und aus seinen Fehlern hatte lernen müssen. War das hier gut genug? Ja, es sah ja so aus, wie er es *gesehen* hatte. Er war dort gewesen. Hatte die Skizzen gemacht. Und die Ideen bekommen.

Er malte drei perfekte Schüsseln, für die er selber bezahlte. Olufsen trug alles in sein Buch ein.

»Kannst du nicht einfach sagen, du hättest dich bei den Muscheln vertan und alles aufs Manko buchen?«

»Nein. Bei den Muscheln vertue ich mich nie.«

Er entschied sich für den Wasserfall, den Eingang zum Arsenturm und einen allgemeinen Überblick. Dieser enthielt Männer, die sich abmühten und schufteten. Er schrieb den Namen des Motivs an den Rand und signierte auf der Rückseite mit seinem M. Für die drei Schüsseln brauchte er über eine Woche, nach Feierabend. Er versteckte sie in dem kleinen Schrank unter dem

Tisch. Carl-Peter durfte sie um nichts in der Welt entdecken. Carl-Peter glaubte, er mache diese Überstunden, um das *Blaue-Blume-Muster* zu üben. Mehrere von ihnen wechselten zwischen Muschel und Blauer Blume. Aber Carl-Peter war zu vertieft in seine eigene beschränkte Gedankenwelt, um Mogens' blaue Blumen zu sehen. Und die anderen in der Malerstube waren in ihre Arbeit vertieft. Wenn man so zu zweit an der Arbeit saß, redete man nur mit dem Tischnachbarn. Außerdem handelte es sich bei den anderen zumeist um Frauen, einen Menschenschlag, mit dem er einfach nicht vertraut war. Die Männerbastion Malerstube war schon längst gefallen. Und das war traurig, dachte er oft. Die Blaumalerei war eine ernsthafte Arbeit.

Es blieben nur noch Glasur und Brennen. Er legte die Schüsseln mit der Rückseite nach oben auf ein Brett, das mit Kannendeckeln bedeckt war, deren Griffknopf oben geformt war wie ein Pilz. Sie waren wunderschön. Er stellte fest, wann sie in den Ofen sollten. Am selben Abend um elf. Sehr gut. Nach fünfundvierzig Stunden dort waren die Kannendeckel und seine Schüsseln fertig. Und dann wollte er zur Stelle sein, ehe irgendwer fragen konnte, was das denn sei. Um acht Uhr, übermorgen Abend. Er wollte sie selber bewachen, während sie abkühlten.

Er räumte seinen Tisch auf und säuberte ihn, schloss die Fenster, zog sich um und ging ins Tivoli. Mit einem kleinen, viel sagenden Halblächeln glitt er zwischen den fröhlichen Menschen dahin und atmete das Leben ein. Er kaufte sich eiskalte Limonade und trank in langen, gierigen Zügen, mit gegen die Hitze, den Lärm und die Musik geschlossenen Augen. Er hatte schon lange nicht mehr Klavier gespielt. Vielleicht würde er sich jetzt eines kaufen können. Er sparte ja fast seinen gesamten Lohn. Er könnte sich ein kleines Haus kaufen, wenn er wollte. Oder ein Klavier. Mit den Ersparnissen von achtzehn Jahren. Das war nicht wenig, aber niemand wusste von diesem Geld. Es war seine Sicherheit.

Das ist das reine, unbesudelte Glück, dachte er. Poulsen wird begeistert sein. Ich werde befördert werden, befreit von Carl-Peter, ich bekomme eine eigene Malerstube mit Platz für Modelle und Skizzen und womöglich einem Sofa und Stühlen, sodass ich den Gästen etwas anbieten kann. Den Kunden, den Menschen, die Geld haben und sich etwas Besonderes wünschen. Ich werde Mitglieder des Königshauses treffen. Nach meinem Tod wird mein Portrait in Öl an der Wand hängen, in allen möglichen Farben. Oder sollte ich vielleicht auf einer Gedenktafel in Blaumalerei bestehen?

Unten am Hang lachte ein Kind. Es war ein Mädchen mit goldenen Locken und einer elfenbeinweißen Haarschleife, sie kroch herum, um eine Glaskugel zu fangen. Die Mutter kam angerannt und riss die Kleine aus dem Staub hoch. Das Lachen ging in Geschrei über.

Vielleicht heiraten, dachte er, eine Familie gründen und Kinder haben.

Von jetzt an war alles möglich.

Bæppes Frau war mit den Kindern aufs Land gefahren. Deshalb durfte Malie ihn eines Tages in die riesige Villa draußen in Klampenborg begleiten, deren Garten so groß war wie Bornholm. Der Gärtner, die Mädchen und der Chauffeur registrierten ihr Eintreffen, aber das machte Bæppe nicht das Geringste aus. Sie wussten sicher, wem sie die Ehre einer festen Anstellung schuldeten.

Sie war jetzt zum dritten Mal mit ihm zusammen, und dabei konnte sie es nicht ertragen, auch nur eine Sekunde lang nüchtern zu sein. Sie fand ihn abscheulich.

Nackt sah er aus wie ein Walross, ein weißes Walross, mit kohlschwarzem Haarwuchs an den seltsamsten Stellen. Es war zum Erbrechen. Dass ein normales Menschenherz durch eine solche Menge Fett und Fleisch Blut pumpen konnte! Sein Stiernacken allein war so breit wie ihre Taille. Aber der Stiernacken wies drei harte Speckwülste auf. Ihre Taille tat das nicht.

Es ist Arbeit, sagte sie sich. Die Rolle hatte sie so gut wie in der Tasche. Nach der Premiere würde sie ihn fallen lassen, und die Huldigungen, die die Zeitungen der jungen Malie-Thalia darbringen würden, würden ihn daran hindern, sie zu feuern.

»Was hast du doch für einen idiotischen Künstlernamen«, sagte er und ließ einen Pfirsich zwischen ihre Brüste kullern.

»Findest du? Den hatte ich schon mit fünfzehn oder sechzehn.«

»Damals hast du doch wohl noch nicht gespielt?«

»Doch. Shakespeare. Die Julia.«

»Der Herr soll mich schützen!« Bæppe lachte ihr seinen Portweinatem ins Gesicht. Das war das Einzige, was er trank. Und zwar eimerweise.

Um ihm nicht an die Gurgel zu gehen, trank sie einen großen Schluck Gin aus ihrem Glas und holte in einer anderen Richtung frische Luft. Wollte er nur Zeit schinden? Ließ er sie in dem Glauben, sie könnte die Rolle haben, nur damit sie die Beine breit machte? Aber ihr war das recht. Sie würde es ertragen, nicht nachgeben. Sie hatte bereits mehreren erzählt, dass sie im Herbst im Folketheater die Lola-Lola spielen würde.

Auch der Fotograf hatte es erfahren. Es war übrigens so ungefähr das Einzige, was sie ihm hatte sagen können. Sie errötete bei dem Gedanken, wie dumm sie gewirkt haben musste, als sie im Blechpavillon vor seinen Bildern die Kenntnisreiche und Kunstinteressierte gemimt hatte, worauf er plötzlich dastand. Beim nächsten Mal würde sie Tutt mitnehmen, damit die ihr hochtrabende Kommentare ins Ohr flüstern könnte. Es war eine schwachsinnige Idee gewesen, allein hinzugehen. Sie hatte es nur getan, weil er seit zwei Wochen nicht mehr in der Rampe gewesen war und weil sie eigentlich keine Lust hatte, Tutt in die Sache hineinzuziehen. Sie fragte sich wirklich, ob sie nicht ein wenig verliebt in diesen Deutschen war, der eigentlich aus Österreich kam. Er hatte so etwas Gewisses. Sie wollte ihn mit keiner anderen teilen. Und an den Wänden im Blechpavillon hingen auch Bilder von ihm selber. Er nahm sich wirklich selbst als Modell, das musste man sich erst einmal vorstellen! Er saß nackt und zusammengekrümmt und auf allerlei Berggipfeln und setzte sein Hinterteil auf den spitzen steinigen Untergrund. Es waren seltsame Bilder. Tutt musste ihr das alles erklären. Es waren schöne Bilder, das ja, stark und rein kamen sie ihr vor. Sie hatte bei ihrem Anblick eine tiefe Ruhe verspürt. Bis der Künstler sie aus dieser Vertiefung gerissen hatte.

»Interessieren Sie sich für Kunst, mein Fräulein?«, hatte er gefragt.

»Ja, ja!«

»Gut. Sie sind …«

»Und stell dir vor! Im Herbst werde ich die Hauptrolle im Blauen Engel *spielen«,* hatte sie gesagt.

Was war sie doch für ein Schafskopf! Zu ihrer Entschuldigung für diese unbeschreiblich schwachsinnige Bemerkung, die noch dazu reichlich unhöflich ausgefallen war, konnte sie nur anführen, dass es einen Zusammenhang gab, weil der Fotograf Deutsch sprach und der *Blaue Engel* von einem Deutschen geschrieben war. Aber das war wirklich ziemlich an den Haaren herbeigezogen. Was mochte er nur gedacht haben, ehe er abermals von drei oder vier langschaligen Trotteln umringt wurde, zu denen auch junge Mädchen ohne eine Spur von Schminke gehörten, die jedoch Brille und Pagenfrisur und eine Kamera um den Hals trugen. Igitt! Sie selber war davongestürzt, so rasch ihre hochhackigen Charlestonschuhe es nur gestatteten. *Klick-klack-klick-klack* durch den ganzen Blechpavillon.

»Mir scheint, du wirst rot, Mallichen? Du darfst dich vom alten Bæppe nicht dermaßen vom Stängel hauen lassen – natürlich kannst du Shakespeare spielen. Das ist doch das Mindeste, was eine können muss, die eine so anspruchsvolle Rolle wie die Lola-Lola anstrebt … komm her, mein Täubchen … in Bæppes Arme!«

Und sie schmiegte sich an ihn, mit einem Körper, der vor seinem schwellenden Korpus aussah wie ein schmaler Bleistiftstrich. Sie ließ ihn seine Finger und seine Zunge überall hineinstecken, wo er wollte. »*Ich bin von Kopf bis Fuß auf Liebe eingestellt, ja, das ist meine Welt, und sonst gar nichts …* und bald kann ich den ganzen Text, Bæppe.«

»Woher hast du das Rollenheft, du kleine Diebin?«, stöhnte er, während sein Gesicht in ihr begraben war.

»Ich kenne viele Leute, weißt du … *ich kann die Liebe nur …*«

Da biss er zu. Sie schrie laut auf, trank noch einen Schluck Gin, streichelte seinen Hinterkopf und sagte: »Mach nur weiter, du. Alles, was du mit mir machst, ist so schön. *Und sonst gar niiiiichts …*«

Das tat er dann auch. Keuchend, schwitzend und abstoßend, wie ein Aalfänger.

Sie konnte aber immer noch nach der Abendvorstellung die Schäden von der Sardelle wieder gutmachen lassen. Damit sie nicht vergaß, was echte Leidenschaft war.

Der Fotograf war da. Er saß allein an einem Tisch. Sie spürte, wie das Blut in ihre Ohrläppchen und in ihre Lippen drängte und sie anschwellen ließ. So ging es ihr sonst nie, das war gefährlich. Sie hatte schon seit vielen Jahren nicht mehr so auf einen Mann reagiert. Und dann noch aus der Entfernung! Ohne ihn auch nur geküsst zu haben. Das war doch der pure Wahnsinn. Ob er sie wohl in der Vorstellung gesehen hatte? Nein, das Publikum blieb nachher im Røde Kro sitzen und trank und kaufte sich belegte Brote zu fünfzig Öre das Stück, von Kellnern, die gekleidet waren wie die Bauern von Amager. Das Publikum wartete darauf, dass das Ensemble im Saal erschien, und deshalb ging das Ensemble lieber in die Rampe. Nur die Stammgäste im Publikum wussten von diesem Treffpunkt. Solche wie die Sardelle. Doch die war an diesem Abend glücklicherweise nicht anwesend. Seine Frau hatte Geburtstag.

Gott, was war er toll. Rudolf. Rudi … Reif und ruhig, mit dunklen, intelligenten Augen. Nicht mit diesem hysterischen Mann-von-Welt-Gehabe, das Malie von anderen Männern kannte, von Männern mit Zylindern. Weißes Hemd unter einer braunen Jacke mit Lederflicken am Ellbogen. Sie hatte ihn doch fast nackt gesehen. Auf den Bildern. Die Haut an seinem Rücken, die sich anspannte und unten an den Hinterbacken glänzte. Wunderschöne Haut. Sonnenbraun. Sicher hatte er sich nackt gesonnt. Sie konnte sich auch an ein Bild einer Frau erinnern, die ein kleines Kind in den Armen hielt. Seine Familie? Und an das Bild einer ganz nackten Frau. Die Brustwarzen zeichneten sich flach und dunkel über dem Brustkasten ab, ihr Geschlecht war von den Haaren versteckt. Sie stand auf balletthohen Zehenspitzen und beugte sich vor drei Frauen in züchtigen kohlschwarzen Kleidern nach hinten. Er war sicher tüchtig, dieser Fotograf. Berühmt, sagte Tutt. Hatte offenbar in der ganzen Welt Ausstellungen gehabt. Worüber sollte sie mit so einem Mann sprechen?

»MALIE! Wir sitzen hier hinten!«

Zuerst ging sie zum Tresen. Sie spürte, dass er sie betrachtete. Sie beugte sich über den Tresen und bat um ihren Wein, während sie ihre Augen durch das Lokal wandern und dann bei Rudolfs Blick anhalten ließ, sie nickte ruhig, nahm Weinflasche und Glas entgegen und trippelte danach langsam zu dem heulenden und lachenden Schlangennest auf dem Ecksofa.

»Warum wartest du nicht auf die Serviererin? Hast du *solchen* Durst? Bist du krank?«, fragte Tutt. »Du siehst so seltsam aus.«

»Quengel nicht. Ich hab nur allerlei zu bedenken«, erwiderte Malie und seufzte tief. Stille senkte sich über den Tisch, dann brüllten alle vor Lachen.

»Malie denkt! Hört, hört! Sensation! Malie-Thalia *Jota* denkt!«

Er betrank sich. Das konnte sie sehen, als er in den Hinterhof ging, um seine Blase zu erleichtern. Er schwankte ein wenig. Sie lief hinterher. Der Hinterhof lag in sommerlicher Dunkelheit da, voller Schatten, in denen sich vermutlich Ratten verbargen. Und nun kam er. Sie mimte einen Höllenschreck.

»Ooo Gott!« Zum Glück hatte sie nicht *ach, mein Gott* gesagt, denn dann hätte er sie trotz seines Rausches durchschaut.

»Aber Fräulein ... was ist das Problem?«

»*Ich glaube, ich habe eine Ratte gesehen.* Ihhh! Ich hasse Ratten!«

»Lassen Sie mich Ihnen helfen. Ich bleibe hier stehen und

warte auf Sie. Verlassen Sie sich auf mich. Keine Sorge, ich passe schon auf.«

Sie fand seine Stimme und den deutschen Klang wunderbar. Rudi, Rudi …

»*Danke, vielen Dank. Ich bin die Malie, und Sie? Ach, jetzt erkenne ich Sie!* Du bist der berühmte Fotograf, nicht wahr?«

Eigentlich hätte sie das im Halbdunkel nicht erkennen können, aber er ging ihr sofort auf den Leim.

Sie gingen zusammen wieder ins Haus. Im Licht erkannte er sie dann auch. Er wusste auch das mit der Hauptrolle noch. Er lächelte mit winzigen Fältchen um die Augen, kam ihr aber durchaus nicht alt vor. Sie setzte sich an seinen Tisch und ignorierte Tutts Gewinke aus der Ecke. Sie ließ sich zu Wein und Zigaretten einladen. Sie kippte den Wein wie Wasser hinunter. Mit diesem Mann wollte sie sich betrinken, ehe sie flirtete. Nicht um es zu ertragen, sondern um es zu wagen. Bei diesem Mann wurde sie fast prüde. Sie wünschte sich plötzlich, hier als Jungfrau zu sitzen, und dann lachte sie laut über diese Gedanken. Vermutlich war er Professor in irgendeinem Fach, sie müsste demütig und verlegen sein, alle Deutschen waren Professoren, und die Österreicher waren das sicher auch. Ein kluger und weltmännischer professoraler Künstler. Er schien von ihr entzückt zu sein.

Sie zog ihr Kleid hoch und setzte sich gerade hin, und nach einer ganzen Flasche Wein sagte sie ganz offen, dass sie in ihn verliebt sei. Seine Augen funkelten wie Edelsteine, seine Wimpern waren blond, sie lagen wie Rüschen über dem dunklen Grund. Das Einzige, was sie wollte, war, ihn zu küssen, zu küssen, seiner Zunge zu begegnen.

Plötzlich stand die Sardelle hinter ihrem Stuhl, mit strähnig herabhängenden Haaren. Er sah aus wie ein Schimpanse mit Schnurrbart.

»Geh weg«, sagte sie. »Ich bin beschäftigt, das siehst du doch.«

»Ja, das sehe ich.«

»Geh weg. Geh nach Hause zu deiner kleinen Frau. Die hat Geburtstag.«

»Was?«

»Zisch ab, zum Henker!«

»Aber Malie … ich liebe dich doch!«

»Aber ich liebe dich nicht. Ich bin Künstlerin, und du bist ein Zylinder. Leb wohl, mein Sardellchen.«

»Komm, lass uns gehen«, sagte Rudolf und holte ihre Jacke und ihre Tasche. Die Sardelle stand mit bebenden Lippen da und starrte sie an, während sie im Stehen das Glas leerte.

»Sardellchen? Aber du kannst doch nicht einfach …«

»Klar kann ich. Frag lieber Tutt, ob sie dich haben will.«

Auf der Straße sang sie für ihn und hatte keine Ahnung, wohin sie gehen würden.

»Ich bin von Kopf bis Fuß auf Liebe eingestellt – ja, das ist meine Welt, und sonst gar nichts. Jeg er fra top til tå for kærlighed kun skabt, ja nu er det sagt – kom elsk miiiiig … So klingt das auf Dänisch, Rudi. Bist du Professor?«

»Ja.«

Sie gingen durch die Østrigsgade, was sie schrecklich komisch fand, und weiter durch die Holmbladsgade. Dort wollten ihre Füße nicht mehr, und sie zog die Schuhe aus. Er passte auf, dass sie nicht auf Glasscherben oder Steine trat. Er kam ihr nicht mehr betrunken vor, sondern schien sich nüchtern gezecht zu haben.

»Ich liebe dich, Rudi.«

»Das hast du gesagt.«

»Wie lange bleibst du in Kopenhagen?«

»Ich muss bald nach Berlin. Nächste Woche. Die Ausstellung geht dorthin.«

»Nein!«

Das hätte sie nicht fragen dürfen. Damit hatte sie Ernst in die Sache gebracht.

»Du kannst mitkommen«, sagte er.

Sie blieb mitten auf dem staubigen Bürgersteig stehen. Das ergab doch keinen Sinn. War er verliebt? In sie?

»Ich bin nächste Woche im Røde Kro fertig. Hast du mich ein kleines bisschen gern? Warum soll ich mitkommen? Bist du doch nicht verheiratet?«

Die Höflichkeitsfloskeln lagen hinter ihnen.

»Magst du mich ein bisschen?«, fragte sie noch einmal.

»Ja. Du bist so lebendig. Ich möchte dich fotografieren.«

Wenn die Sardelle das gesagt hätte, hätte sie laut und höhnisch gelacht. Stattdessen brach sie in Tränen aus.

»Aber, mein Schatzerl …«

Er küsste sie, und sie hätte in seinen Armen ohnmächtig werden mögen. Nach Berlin. Mit einem weltberühmten Fotografen. Tutt würde das nicht glauben wollen.

Später in dieser Nacht erfuhr sie, dass seine Frau Eva hieß, dass sie eine Tochter namens Therese hatten, und dass sie sehr glücklich waren, aber das spielte schon keine Rolle mehr. Hier lag doch sie, den Mund voll von ihm, in einem ziemlich großen und schönen Zimmer, mit Muschelmusterkanne und Waschschüssel, die zum Gebrauch bereit standen. Aber im Moment lag ihr nichts ferner als eine Ausspülung mit Essig. Sie mussten eben vorsichtig sein. Außerdem liebte sie ihn, und dazu passte Essig eben nicht. Er hatte auch auf dem Zimmer Wein, und am Ende erzählte sie ihm ihre gesamte Lebensgeschichte. Na ja, von dem Tag an, an dem sie Ruben kennen gelernt hatte. Über ihre Eltern wollte sie nichts sagen. Und sie übersprang auch die Seitengasse in Odense und die blutigen Zeitungen und das gestohlene Geld. Sie übersprang außerdem die beiden anderen Abtreibungen, die um einiges weniger schmerzhaft abgelaufen waren, die allerdings auch einen himmelhohen Preis gekostet hatten. Ihre gesamten Ersparnisse waren dabei draufgegangen, aber sie hatte in der Wohnung eines jungen Arztes in einem Himmelbett liegen dürfen und Morphium bekommen, bis alles vorüber war. Danach hatte sie nicht mehr gespart. Wann immer sie fünf Öre beiseite legte, stellte sie sich vor, die seien für die nächste Abtreibung, und damit hatte sie das Gefühl, ihr Schicksal herauszufordern. Die letzte war ja schon lange her. Die Abtreibungen hatten sie aller Wahrscheinlichkeit nach steril gemacht. Und das war doch ein Geschenk Gottes, denn was zum Henker sollte sie mit einem Kind? Aber über das alles sagte sie kein Wort. Stattdessen schmückte sie den Alltag bei Trupp Sule aus, und Rudi war fasziniert. Sie teilten eine Zigarette und tranken aus der Flasche.

Um fünf Uhr morgens öffnete er einige riesige Koffer, die in einer Zimmerecke standen, und packte seine in weiches Leinen gewickelte Fotoausrüstung aus. Splitternackt schraubte er dann Stativ und Kamera und Leitungen und andere kleine Geräte zusammen, während Malie lachend und rauchend im Bett lag.

»Bald wird die Sonne durch das Fenster scheinen«, erklärte er eifrig. »Sie weckt mich jeden Morgen viel zu früh, *aber heute wird sie mit Freude entgegengenommen.* Du hast doch nichts dagegen, dass ich dich nackt fotografiere?«

»Nein, spinnst du? Das ist doch Kunst, Rudi. Und dieses Bild da mit der Nackten, die gebeugt vor den drei in den schwarzen Kleidern steht, ist fantastisch.«

»Das ist vor fünf, sechs Jahren aufgenommen worden. Es gefällt vielen.«

»Kennst du sie gut? Die Nackte?«

»Marta ist Tänzerin. Sie ist auch ein tüchtiges Modell. Du kannst so ein Bild haben, wenn du willst.«

Das wollte Malie. Sie wollte alles. Obwohl er einen wahnwitzigen Anblick bot, als er dort mit Kopf und Nacken unter dem schwarzen Kameratuch stand, unter dem sein nackter Leib zu sehen war. Sie versuchte, ihr Gesicht in ernste, *sehnsuchtsvolle Falten* zu legen, wie er es sich wünschte. Sie hielt ihr Gesicht und die eine dramatisch verrenkte Schulter in Richtung des Fensters und der dottergelben Morgensonne. Er fotografierte zu ihrem

Schoß hin, von unten aufwärts. Aber sie sollte ihre Oberschenkel geschlossen halten. Ab und zu sprang er vor und arrangierte Decken und Kissen um sie herum. Weinflasche und Zigarette wollte er nicht auf dem Bild haben, und das verstand sie gut, es wäre vulgär gewesen. Er bürstete auch ihre Haare, und sie durfte sich nicht bewegen. Er sagte, er hätte die Haare gern etwas länger gehabt.

»Alle mögen meine Locken«, sagte sie.

»Später werde ich sie auch mögen«, sagte er. »Aber dem Bild zuliebe könnten sie ruhig länger sein.«

Während die Sonne höher stieg und den Fensterrahmen verließ, erzählte er von Berlin: »Wir kommen am frühen Morgen im Leerter Bahnhof an, und dann schlendern wir an der Spree entlang in die Innenstadt und werfen Kieselsteine ins Wasser. Berlin ist eine wunderschöne Stadt, so sauber, alles ist so sauber. Breite Straßen, Bäume, überall Statuen und Springbrunnen. Und die Stadt ist *hochmodern.* Ich habe die ganze Zeit das Gefühl, dass überall etwas los ist. Die Luft ist voller Straßenbahnleitungen, und die Straßenbahnen fahren schon am frühen Morgen, und an den Mauern hängen Neonschilder, die leuchten wie Weihnachtsschmuck, und es gibt gelbe Busse und grüne Droschken mit Fahrern mit weißen Hüten. Wir werden Unter den Linden umhergehen, du und ich, und uns küssen, sodass die Leute hinter uns herblicken, und wir gehen zum Kurfürstendamm und setzen uns ins Romanische Café und trinken Champagner und saugen uns gegenseitig an den Fingern, oder wir picknicken im Grunewald und baden im Wannsee. Ich habe auch ein Häuschen draußen in der Jungfernheide, wo wir ganz allein sein können. Ein großes Bett. Wein. Mürbes Fleisch von einem Bauern, den ich kenne. Wildschwein, hast du schon mal Wildschwein gegessen? In Grünkohl gekocht … ich kann kochen, ich werde dich bewirten, du bist so dünn, *meine kleine Schmusekatze …* und ich möchte dich gern draußen fotografieren. In der Natur.«

Das Tageslicht ließ alles, was er sagte, glaubwürdig klingen. »Aber hast du keine Angst, dass ... Eva von uns erfährt?«

»Nein, nein, mit der bin ich doch schon verheiratet, sie hat ja wohl keinen Grund, sich zu beklagen.«

»Bist du sicher, dass ich mitkommen soll?«

»Ich habe hart gearbeitet, um dahin zu kommen, wo ich heute bin, und das gibt mir Freiheit. Ich habe auch Geld, weil ich es nicht für die falschen Dinge ausgeben, für teure Hotelzimmer zum Beispiel.«

Malie hätte in diesem Moment ihren rechten Arm für eine Badewanne gegeben, aber das sagte sie nicht. Eine schlichte Kanne samt Waschschüssel passte nicht zu den Träumen, mit denen er sie umwob. Sie schmiegte sich dichter an ihn. Wenn die Decken sich bewegten, atmeten sie Leidenschaft aus. Die Wärme des neuen Tages stieg staubig von der Straße auf und drang durch das Fenster, zusammen mit dem Lärm von Handkarren und Kindern, die schulfrei hatten, von Zeitungsjungen, Straßenbahnen und quietschenden Fahrradketten.

»Erzähl mir von deinen Bildern.«

»Interessiert dich das? Wirklich?«

»Du hast doch eben Bilder von mir gemacht. Ich war das Motiv. Da muss mich ja interessieren, was du später damit machst?«

»So wenig wie möglich. Ich will eine möglichst naturgetreue Hingabe an die Wirklichkeit erreichen. Wenn ich die Wirklichkeit ändere, auf dem Negativ, dann, um sie noch wirklicher zu machen. Aber ich verschönere sie nicht. Lass mich fragen, und du antwortest ohne nachzudenken, was verbindest du mit einem Foto?«

»Gesichter und Kleider.«

»Portraitfotografie also.«

»Ja, mit steifem Lächeln, wo der Mann hinter der Frau steht und die Hand auf die Rückenlehne legt. Die Frau sitzt da und denkt, dass sie sich das eigentlich nicht leisten können, denn die Kinder brauchen neue Schuhe.«

»Genau. Aber du hast meine Bilder gesehen, was hast du da gedacht. Antworte sofort. *Schnell.*«

»Haut.«

»*Gut.* Die Menschen auf den Bildern – haben die an neue Schuhe für die Kinder gedacht?«

»Nein.«

»Woran haben sie gedacht?«

»An ihren Körper. Dass der schön ist. Dass andere ihn sehen werden.«

»Warum?«

»Um ihn zu besitzen. Oder um das Bild zu besitzen.«

»... oder die Geschichte dieses Menschen, *nicht wahr?* Das Erlebnis, an dem sie Anteil hatten? Als ein Teil der Umgebung?«

»Ja. Und ich habe dich auf den Bildern gesehen, Rudi. Dein Rücken war einfach nur ...«

»Du verlierst die Konzentration, *mein Schatzerl.* Ich arbeite mit dem Licht und will den Augenblick einfangen. In Aktstudien und Figurstudien. Und bei Bromöldrucken sehen die Bilder weich wie Haut aus. Dann braucht man nicht zu tricksen, die Ehrlichkeit des Augenblicks überschattet alle Unzulänglichkeiten. Langweile ich dich?«

»Nein«, log sie, wand sich und streckte die Arme zum Kopfende hin. »Wie heißt das?«

»Wie heißt was?«

»Alle Kunst heißt irgendwas, du weißt schon, was ich meine. Irgendwas mit *-ismus*.«

Er lachte und biss sie ins Ohrläppchen. »*Meine kleine Lola, du bist zum Anbeißen.* Expressionismus, Realismus, Naturalismus. *Neue Sachlichkeit.* Möchtest du noch andere Namen hören?«

»Bist du wirklich weltberühmt? Und überall hingereist?«

»Fast. Aber Berlin ist fantastisch, sogar noch toller als Wien. Draußen in der Jungfernheide werden du und ich tolle Bilder machen. Komm her.«

»Allein schon der Name! *Jomfruhedene.* Das ist doch wie für mich geschaffen ... ja, mach das ... mein Gott, ist das schön ...«

An diesem Abend saß Bæppe Munk zusammen mit einem fremden Mann im Saal. Rudi war nicht gekommen. Er gab im Blechpavillon ein Interview. Sie würden sich später treffen, vor der Rampe, und allein irgendwohin gehen.

Malie tanzte Lieschen Leichtfuß und sang wie im Fieber. Eine ganze Nacht ohne Schlaf, und sie hatte das Gefühl, dass purer Rotwein durch ihre Adern gepumpt wurde.

»Ist das die wahre Liebe?«, fragte Tutt. Malie nickte.

»Lässt er sich scheiden?«

»Wir fahren nach Berlin.«

Bæppe wollte sie danach in den Saal holen. Er stellte ihr den fremden Mann als Palle Ollerup vor, Regisseur des *Blauen Engel.* Malie starrte sie beide an.

»Hab ich also die Rolle? Einfach so?«

»Du kannst am nächsten Freitag um vier Uhr bei Ollerup vorsprechen. Szene 4, wo der Professor Lola einen Heiratsantrag macht. Und du singst eins von den Liedern, *Von Kopf bis Fuß auf Liebe eingestellt.* Das Rollenheft hast du ja, du kleine Diebin. Es werden noch drei andere süße Mädelchen vorsprechen. Wenn du Ollerup gefällst, dann fangen die Proben am folgenden Montag an. Ich glaube, du hast gute Chancen. Du hast die richtige Figur. Und Lola ist ja eine ziemlich mittelmäßige Kabarettsängerin. Für den Rest der Zeit spielst du eine gleichgültige und zynische Versucherin, und ich glaube, das liegt Ihnen nur zu gut, Fräulein Jebsen.«

»*Jota!* Ich hasse diesen Namen. Nenn mich einfach Malie-Thalia.« Sie produzierte ein für Ollerup bestimmtes Lächeln. Seine Anwesenheit sorgte glücklicherweise dafür, dass Bæppe sie nicht angrabschte. Aber sie konnte nicht atmen, sie kam sich vor wie unter Wasser, wo die Geräusche verzerrt wurden und die

Farben sich verschoben. Der nächste Freitag, vier Uhr. Das Folketheater. Eine richtige Rolle. Die Zukunft. *Der junge Backfisch ist auf dem Weg zu den Sternen, mag der Weg vielleicht auch noch lang sein …* Sie hatte es fast erreicht. Sie würde ihn verlieren.

»Darf ich die junge Dame zu einem kleinen Imbiss einladen? Ein paar Austern wären vielleicht etwas für den lachsrosa Gaumen?«, fragte Bæppe, als Ollerup sich erhob, sich vor ihr verbeugte und ging. Er hatte die ganze Zeit kein einziges Wort gesagt.

»Ich habe schon eine Verabredung.«

»Die kann doch nicht wichtiger sein als ich?« Er beugte sich zu ihr vor und zischte: »Es werden noch drei andere vorsprechen. Wir haben mehr als genug zur Auswahl. Bilde dir ja nichts ein, du Närrin.«

»Ich muss nur schnell zur Rampe hinüber und eine Nachricht hinterlassen.«

»Tu das. Wir treffen uns hier in einer halben Stunde. Ich habe ein Zimmer im Bristol, Fräulein *Jota*.«

Er stand mit drei jungen, *schicken* Künstlern vor der Rampe, mit denen, die vorher mit ihm getrunken hatten. Er zog an der Zigarette, bis seine Wangen unter der Laterne tiefe Schatten zeigten, und nickte zu irgendeiner Bemerkung der anderen. Ernst. Sie zog sich ohne hinzusehen einen frischen Strich Karminrot über die Lippen und ging langsam auf ihn zu, unsicher, ob sie ihm die Sache vielleicht verheimlichen sollte. Er entdeckte sie und fasste sie um die Taille.

»*Wiedersehn«,* sagte er zu den Langschaligen und kehrte ihnen den Rücken zu.

»Ich habe diese Bewunderer so satt«, flüsterte er und küsste sie auf die Stirn und auf den Mund und auf die Schulter, von der das Bolerojäckchen heruntergeglitten war.

»Ich kann heute Abend nicht mit dir kommen. Ich hatte das

vergessen. Ich muss mit einer Kollegin eine Rolle einstudieren. Ich hab das versprochen, Rudi. Können wir uns morgen treffen?«

»Aber klar. Kein Problem. Dann gehe ich eben zu den Bewunderern zurück, ein bisschen Spaß bringen die ja doch. Sehe ich dich dann vielleicht morgen im Røde Kro?«

»Ja, schön. Das ist dann abgemacht.«

»Liebst du mich noch immer?«

»Wild und hemmungslos.«

»Dann komm her, meine Lola.«

Er zog sie in die Gasse, schob ihr Kleid hoch, fiel auf die Knie und fand sie mit dem Mund. Die Gasse roch nach schalem Bier und Katzenpisse und sonnenwarmem Pflasterstein. Ein Rest einer alten Erinnerung durchfuhr sie, an einen schweren Zopf in der Hand eines jungen Mannes, und an Simon-Peter, der langsam hinter der Bretterwand in seinem Stroh herumstapfte. *Mein schmuckes, kleines Mädchen, Verzeihung, ich weiß ja gar nicht, wie Sie heißen …* Sie drückte seinen Kopf an sich und konzentrierte sich darauf, nicht zu weinen.

»Ich hatte früher auch einmal lange Haare«, flüsterte sie. »Sie reichten mir bis zur Taille. Mein Zopf war so dick wie ein Kinderbein.«

Adam Poulsens Büro und Arbeitszimmer war riesig groß. Er nannte es seinen Salon. »Bitte sehr, Thygesen, hereinspaziert in den Salon.«

Die Sonne brannte auf die geschlossenen, bodenlangen Tüllgardinen und ließ ihr weiches, flaches Licht über alle Gegenstände im Raum fallen. Tisch und Regale wimmelten nur so von gerollten und gestapelten Zeichnungen. Zwischen den vielen Papieren lagen die Porzellanmodelle, matt und glasiert, in allen Stadien der Herstellung. Auf dem Boden und in den Regalen standen grüner Farn und leere Weinflaschen, Krüge mit auseinander strebenden Pinseln, volle Aschenbecher, Gläser mit roten, eingetrockneten Flecken auf dem Boden. Turmhohe elfenbeinweiße Schwertlilien ragten aus einer Arnold-Krog-Vase, die vor den Tüllgardinen auf dem Boden stand. Mogens hatte den Salon noch nie betreten.

Der runde Tisch vor dem Fenster war für zwei gedeckt, mit Muschelmuster zweiter Wahl auf einer gelben Seidendecke, deren Fransen über den Boden fegten. Neben dem Tisch lag William zusammengerollt in seinem Korb, er bewegte sich nicht, als Mogens hereinkam, er hob nur ein Augenlid, das Mokkabraun vor blendendem Weiß bloßlegte.

»Er beißt nicht. Das war gelogen. Ich will nur nicht, dass er sich an die Maler anschließt.«

Beim Betreten des Raums hatte Mogens sich wie ein Prinz gefühlt, doch bei Poulsens Worten krampfte seine Brust sich plötzlich zusammen. Maler. Das war er also. Ein Teil der Arbeitssymmetrie in der Malerstube, die sich nicht durch eine zufällige Freundschaft mit dem Hund des künstlerischen Leiters ablenken lassen sollte.

»Worum geht es? Setzen Sie sich. Sie wollen doch wohl nicht kündigen? Wir brauchen Sie, Herr Thygesen, kein Maler malt so schnell und sicher Muschel. Sie wissen doch, dass Sie den Akkord hochtreiben? Einige von den Mädels haben sich schon beklagt.«

Sofort fühlte Mogens sich besser. Die Teller lagen in seiner Armbeuge, in Stoff gewickelt wie ein neugeborenes Kind.

»Nein, ich möchte nicht kündigen, Herr Poulsen. Das nun wirklich nicht.«

»Gut. Tee? Das ist russischer.«

»Vielen Dank. Ja, bitte.«

»Und Sie waren in Norwegen? Jetzt setzen Sie sich doch endlich, Herr Thygesen.«

Sie saßen dicht beieinander, ihre Knie berührten sich fast. Poulsens Kittel war schmutziger als sein eigener und befleckt mit verräterischem Rot und Grün. Mogens schwitzte jetzt schon.

»Ich habe das Modum Blaufarbenwerck besucht. In Norwegen.«

»Ach was.«

Mogens wickelte die Stoffbahnen auseinander und legte wortlos und behutsam die Teller auf den Tisch. Er drehte die Motive zu Poulsen hin. Auf der gelben Tischdecke waren sie eine Pracht. Der Teller mit dem Haugfossen war der beste. Mogens atmete durch die Nase tief durch.

»Ich habe diese hier gemalt. Soll ich die Motive erklären, Herr Poulsen?«

Ohne auf Antwort zu warten, beschrieb er die Bedeutung des Wasserfalls für das Werk, die verschiedenen Gebäude auf der Gesamtübersicht und den alten Betrieb des Arsenturms.

Poulsen hob den Teller mit dem Arsenturm hoch.

»Anfangs sind ja viele umgekommen«, sagte er. »Wenn die Glasur Krakelüre aufwies und Kobaltblau in den Kaffee oder Tee oder Kakao oder was immer man da trank, geriet. Denn es war nicht sauber genug und enthielt immer noch Arsenrückstände. Die Chinesen wollten ihre vielen Geheimnisse ja nicht verraten und zogen es vor, wenn die Europäer in ihrer Sucht, es ihnen nachzutun, ums Leben kamen.«

Mogens nickte, natürlich wusste er das alles. Er hätte gern einen Schluck Tee getrunken, merkte aber, dass seine Hand zitterte. William erhob sich aus seinem Korb, ging dreimal darum herum und legte sich dann genauso wie zuvor wieder hin. Poulsen drehte die Teller in der Hand, hielt sie ins Licht und kniff die Augen zusammen.

»Wunderschöne Arbeit, Herr Thygesen. Sanft und scharf, diese Kombination weiß man zu schätzen. Mir war gar nicht bekannt, dass Sie so malen können. Aber was hat Sie dazu bewogen?«

»Dass die Farbe früher von dort kam.«

Eine törichte, nichts sagende Antwort.

»Aber das tut sie doch nicht mehr. Das ist fast hundert Jahre her. Und Norwegen hat inzwischen ja sogar seine eigene Regierung bekommen.«

»Es ist trotzdem Geschichte. Ein Teil *unserer* Geschichte, hier in der Fabrik, Herr Poulsen.«

»Wohl wahr.«

»Eine Art Gedenkserie«, dachte ich.

»Das haben Sie also gedacht. Haben Sie das hier in Ihrer Freizeit gemalt?«

»Natürlich. Und ich habe die Teller auf eigene Rechnung gekauft.«

»So war das nicht gemeint. Glauben Sie ja nicht … ich habe nur über Ihren Eifer gestaunt. Wollen Sie Ihren Tee nicht trinken?«

Das Ganze führte zu nichts. Nicht zu Fanfaren, zu roten Teppichen oder goldenen Sesseln. Poulsen versprach, sich die Sache zu überlegen, und die anderen Skizzen brauchte er sich nicht sofort anzusehen. Und Mogens brauchte auch keine weiteren Teller zu bemalen, Adam Poulsen glaubte, sich einen Eindruck verschafft zu haben.

Während Mogens langsam mit den Tellern unter dem Arm zur Tür ging, wiederholte Poulsen gleich mehrere Male, dass er absolut unsicher sei, wer eine solche Serie denn kaufen würde. Überaus unsicher. Mogens wagte nicht zu antworten, wagte nicht, das Königshaus in die Sache hineinzuziehen; die Serie zum Beispiel als Geschenk zum Hochzeitstag von König Christian und Königin Alexandra vorzuschlagen. William brachte ihn ebenfalls zur Tür. Herr und Hund standen umgeben vom Mahagonirahmen da und betrachteten Mogens, der die Treppe zur Blaumalerstube hochstieg. Gott sei Dank hatte niemand von seinem Vorhaben gewusst, und deshalb blieb auch die Trauer nur bei ihm. Es war ein privates Fiasko, und in der Tür in der Bissensgade wartete auch kein wohlmeinender Drache, um noch seinen kleinsten Kummer zu erforschen und ihn dann durch Leidenschaft wieder gutzumachen.

Er erfüllte den Akkord für Zuckerschalen, geriffelt. Er legte sie sorgfältig mit der Rückseite nach oben auf das Holzbrett, das Sophus dann abholen würde. Er schwieg zu Carl-Peters belanglosem Wortschwall. Er zog seinen Kittel aus und ging nach Hause auf sein Zimmer, legte sich aufs Bett, wollte weinen, hatte aber vergessen, wie das ging. Seine Kehle schnürte sich zusammen, und er stieß einige heisere Kehllaute aus wie ein Vogel, mehr passierte nicht. Er blieb einfach liegen und hustete, bis er sich fast übergeben musste. Dabei kamen ihm grauenhafte Erinnerungen an die Stickhustenkrämpfe seiner Kindheit, an einen blutstarren Hahnenkamm, der ihm quer im Hals steckte, an das Ringen um Luft, die kaum durchdrang.

Wie habe ich eigentlich in all diesen Jahren gelebt? Warum musste ich um jeden Preis nach Norwegen fahren? Ich hätte nach Frankreich reisen und frivol und barfuß über den Strand spazieren, in irgendeinem Straßencafé mit einem Mädchen flirten sollen, bis lange nach Mitternacht aufbleiben, Dinge essen, von denen ich Sodbrennen bekommen hätte, mich morgens nicht waschen, einfach ausschweifend sein können.

Nachdem er schweißnass drei Stunden lang im Bett gelegen und am Ende einen längeren inneren Dialog mit Adam Poulsen geführt hatte, erhob er sich und nahm die Teller aus der Tasche. Er stellte den mit dem Haugfossen ins Regal und zertrat die beiden anderen auf dem Boden. Er fegte die Scherben zusammen und ging in Frodes Stammkneipe. Er trank Bier, weil er nicht reden wollte. So wurde man also zum Alkoholiker. So leicht und einfach war das: ein brennendes Bedürfnis danach, seine Sorgen zu ertränken, und Alkohol in greifbarer Nähe. Damit war es geschehen. Er ließ sich einen Schnaps geben. Frode bezahlte.

»Aber Mogens, was ist passiert?«

»Ich hab's nur satt. Hab alles zum *Kotzen* satt.«

Frode betrachtete ihn voller Verblüffung. »Aber du bist doch immer … du weißt doch immer, was du willst, Mogens. Ich mache mir Sorgen, wenn du so redest. Du bist doch mein großer, solider Bruder.«

»Heute nicht. Prost, Frode. Wollen wir eine Tour durch die Gemeinde machen?«

Frode wollte ins Røde-Kro-Theater und sich die Sommerrevue ansehen. Billiges Essen und Trinken und dazu Unterhaltung. Die Revue würde nur noch wenige Tage laufen, danach würde das Theater bis zum Herbst geschlossen bleiben.

Sie machten sich auf den Weg in Richtung Amager und Sundbyø, mit häufigen Pausen unterwegs, um ihren Durst zu löschen. Mogens spürte sich selber nicht mehr, nicht die Beine, und seinen Kopf schon gar nicht. Alle Gedanken, die der enthielt, waren ihm fremd, unter anderem nicht wenige, die mit dem Hund zu tun hatten. Ob der wohl mit Arsen vergiftet werden konnte? Mit schmutzigem Kobalt gefüttert? Als er sich im Røde Kro auf einen Stuhl fallen ließ, war er bereits restlos erschöpft. Er legte beide Arme auf eine rot karierte Tischdecke und war fast sofort eingeschlafen.

Als er die Augen wieder öffnete, war um ihn herum alles dunkel, und auf der Bühne stand eine Göttin. Es war seine eigene Mutter, es war Christina Sol. Er war also tot und im Himmel. Sie sang ein Lied, das er nicht verstand. Ihre weizenblonden Haare reichten ihr bis zur Taille. Auf dem Kopf trug sie einen Silberkranz. Ein blaues Brokatkleid, das an den Schultern mit Goldketten gehalten wurde, bedeckte ihren Körper. Die Göttin rundete ihr Lied ab, indem sie einem älteren Herrn einen Blumenstrauß überreichte, und der verbeugte sich, dankte für diese überraschende Huldigung und behauptete, seine dreißig Jahre beim Theater seien wie ein Hauch verflogen, aber er könne wohl kaum auf dreißig weitere hoffen. Das werde seine Gesundheit wohl nicht gestatten. Oder seine Blase.

Die Leute wollten sich ausschütten vor Lachen. Zu seinem Schrecken bemerkte Mogens, dass sie von Menschen umgeben waren. Zigaretten glühten in der Dunkelheit. Gläser klirrten. Es wurde applaudiert und gepfiffen. Die Göttin riss sich die Haare vom Kopf und legte tanzende blonde Locken frei, aber sie sah noch immer wie seine Mutter aus. Er spürte, wie er ihrem Blick begegnete. Ihrer war blank und leuchtete, als ob ihre Augen voller Tränen stünden. Und dann sprang sie vom Bühnenrand und schlang die Arme um einen Mann. Und jetzt weinte sie wirklich. Ihre Schultern bebten. Der Mann löste sich vorsichtig aus ihren

Armen, küsste sie auf den Mund und verließ mit raschen Schritten den Raum. Die Göttin ließ sich an einen Tisch sinken und schlug die Hände vors Gesicht. Eine andere Frau kam und zog sie mit sich.

»Ist sie nicht wunderbar, die kleine Malie-Thalia«, sagte Frode laut. Mogens war wieder da. Er wusste, wo er war, und er hielt sich jetzt für nüchtern. Er wollte sagen, dass sie Ähnlichkeit mit Christina habe, der Sonne, die die Kindheit für sie beide gewärmt hatte, aber er wagte nur, das zu denken. Es bestand eine gewisse Möglichkeit, dass er noch immer betrunken war. Er hatte doch keine Ahnung, wie sich das anfühlte. Aber er musste sie wiedersehen. Er erhob sich.

»Wohin ist sie gegangen?«

»Keine Ahnung. Aber im Herbst wird sie im Folketheater den *Blauen Engel* spielen, das habe ich von einem Nachbartisch aufgeschnappt. Jetzt setz dich endlich.«

»Aber was glaubst du, wer der Mann war? Der, dem sie um den Hals gefallen ist.«

»Pah! Du weißt doch, wie diese Schauspielerinnen sind. An jedem Finger einen Liebhaber. Alles ist Drama. Wenn du sie das nächste Mal siehst, wird sie lächeln. Und du brauchst ein Bier und einen Schnaps.«

»Nein. Ich will Kaffee.«

Nachts träumte er von ihr. Er hatte seit dem Tod seiner Mutter niemanden mehr geliebt. Sie war seine Liebe, sein Leben. Er war mit dem Gedanken vertraut, dass es bedeutete, einen Menschen zu finden, mit dem man ein Leben aufbauen und zusammenbleiben wollte, wenn man eine Frau zum Heiraten fand. Er hatte nie erwartet, dass dabei Liebe im Spiel sein, dass er *lieben* würde. Das hier aber war zugleich etwas anderes. Von Christina hatte er sich Schutz gewünscht und bekommen. Die Göttin im Røde Kro dagegen – bei der war er der Beschützer. Es war eine seltsame, neue Vorstellung. Sie drängte allen Kummer in den Hintergrund. Sie hüllte die Niederlage dieses Tages in eine gewisse Gleichgültigkeit. Malie-Thalia. Was für ein wunderbarer Name. Sich nach einer Muse zu nennen. So eine Frau musste Selbstsicherheit und Stärke besitzen. Und dann gehörte viel dazu, vor dem eigenen Publikum in entstellendes Weinen auszubrechen. Er hätte ihr gern die Tränen getrocknet, sie in seine Jacke gehüllt, sie an sich gedrückt, bis ihr Gesicht in seiner Halsgrube ruhte, und sie von allen weggetragen, die ihr etwas antun könnten. Sie sollte ihre milchweißen weichen Arme um *seinen* Hals schlingen und ihn nie wieder loslassen. Wie sie wohl duftete? Süß. Er tippte auf süßes Parfüm. Ganz anders als Anne-Gine, die immer nach frischem Gebäck und Palmolive roch.

Die Reise nach Modum hatte ihn aus seiner Routine gerissen. Er verfügte über genügend Selbsterkenntnis, um zu begreifen, dass etwas für immer ruiniert war. Von nun an würde er mit seiner Arbeit unzufrieden sein, sie würde ihm nie mehr ausreichen. Durch die Erwartungen, die ihn durch die Arbeit hindurchgetragen hatten, und in denen Adam Poulsen am Ende eines roten Teppichs stand und ihm gratulierte und ihm alle Ehren erwies, hatte sich die Tür zu einem versteckten Teil seines Seelenlebens geöffnet, in dem glühender Eifer und Lebenskraft dominierten. Durch diesen Türspalt sah er Malie Jebsen zum ersten Mal. Wenn er nur wenige Tage später hingegangen wäre, wäre die Tür vielleicht wieder geschlossen gewesen. Er hätte gesehen, dass sie seiner Mutter ähnelte, aber das wäre alles gewesen. Sie hätte keinen Zutritt zu seinem inneren Raum gehabt, nicht so ohne weiteres.

Das alles begriff er. Und es erfüllte ihn mit Dankbarkeit. Die Liebe zum Porzellan hatte ihn das Lieben gelehrt. Ja, so war das! Er konnte ja wohl ebenso dramatisch sein wie eine Schauspielerin. Er war doch ein Mann, zum Henker. Ein Mensch mit dem natürlichen Drang, bewundert und geliebt zu werden. Sogar der abstoßende Carl-Peter war verheiratet. Jeder Hutmacher fand irgendeine. Er wand sich in seinem Bett, und er konnte erst einschlafen, als draußen wieder die Straßenbahnen vorüberschepperten.

Auf seinem Arbeitstisch, auf der Drehscheibe, stand ein Kandelaber. Er zog seinen Kittel an, nahm ruhig Platz, mischte Farbe, stutzte den einen Pinsel besser zurecht und fing an zu malen, mit der linken Hand an der Drehscheibe.

»Jetzt sind Kandelaber angesagt, Carl-Peter Hanssen, also behalten Sie Ihre Zigarrenasche freundlichst bei sich, oder verstreuen Sie sie über Ihre eigene drittrangige Kleckserei.«

»Wer redet denn da? Ich glaube ja fast, dass sich ein Papagei hierher verirrt hat.«

Er wollte an diesem Abend wieder hingehen. Allein, ohne Frode. Er wollte an beiden Abenden hingehen, zu den beiden Vorstellungen, die laut Frode noch ausstanden. In vier oder fünf Wochen würde im Folketheater der *Blaue Engel* Premiere haben. Den Film hatte er nicht gesehen, aber er hatte die Musik gehört. Mit Marlene Dietrichs Stimme. *Sie* würde besser singen. Sie, die ihm gehörte. Sie würde ihre Locken und ihre Unschuld die krasse Vulgarität kaschieren lassen, mit der Marlene Dietrich sich anbot.

Er würde sie sehen. Und ihr eine Rose hochwerfen. Oder, besser noch: die Rose in ihre Garderobe bringen lassen. Er hatte nichts mehr zu verlieren. Wenn er wollte, konnte er sich drei Klaviere kaufen, aber wohin sollte er die stellen, wenn nicht in ein *Daheim*?

Er malte präzise, ohne Gefühl. Er hob den Blick erst wieder, als Adam Poulsen hereinschritt, gefolgt von seinem Tier. Poulsen blieb bei seinem Tisch stehen.

»Das sieht gut aus«, sagte er als Erstes. »Mit Kandelabern kennen Sie sich aus, Herr Thygesen.«

»Danke, Herr Poulsen.«

»Ich habe zu danken. Sie haben mich auf eine großartige Idee gebracht. Ich werde selber nach Modum fahren und dort oben Ausschau nach brauchbaren Motiven halten. Das können Sie doch verstehen, nicht wahr? Dass ich persönlich …«

Mogens nickte. Der Pinsel bewegte sich ganz wie von selbst. Eintunken, ausdrücken, Strich ziehen, pünkteln, der Schnecke an den Fühlhörnern blaue Spitzen und außerdem ein blaues Schneckenhaus verpassen, den Kandelaber umdrehen und eine neue Schnecke zu den Kerzen hochklettern lassen.

»Sie erhalten eine Lohnerhöhung. Ich habe mit Fräulein Isaksen gesprochen, sie wird alles in die Wege leiten. Die Lohnerhöhung gilt rückwirkend zum 1. dieses Monats.«

»Danke, Herr Poulsen, vielen Dank.«

»Was hast du getan?«, flüsterte Carl-Peter.

»Ich habe ihm nur ein paar Ideen vorgetragen. Die Poulsen gefallen haben. Mehr nicht. Und nehmen Sie gefälligst die Zigarre von *meinem* Arbeitstisch.«

Hör jetzt auf zu flennen, Malie. Das ist doch keine Beerdigung. Das hier sollte der glücklichste Tag in meinem Leben sein. Du bist nur neidisch.«

»Ich bin nicht neidisch. Du und Erik, ihr habt einander verdient, und du siehst heute wunderschön aus. Er fehlt mir so. Mein Bauch tut vor lauter Weinen schon weh. Jede Nacht weine ich mich in den Schlaf, und jetzt ziehst du auch noch weg und ich werde ganz allein sein.«

»Du hast doch die *Rolle,* Malie. Du wirst berühmt. Du darfst dir das nicht kaputtmachen lassen. Und es geht doch wohl gut?«

»Ja. Ich bin doch Künstlerin, Tutt.«

»Dann wisch dir die Tränen ab. Vergiss nicht, wir gehen danach ins Wivex, das wird sicher toll. Und Erik bezahlt alles. Alles, Malie! Auch das Hotel für meine Eltern und die Suite für uns! Aber hast du denn gar nichts von ihm gehört?«

»Wo sollte er denn einen Brief hinschicken? Ich schaue jeden Tag beim Røde Kro vorbei, das wäre doch die einzige Anlaufstelle für ihn, aber da herrscht wegen der Proben das pure Chaos. Carlsen behauptet jedenfalls, dass kein Brief gekommen ist. Ich habe ja nicht mal die Bilder gesehen, die er von mir gemacht hat.«

»Hat er Bilder von dir gemacht? Nackt?«

»Ja. Im Bett.«

»Herrgott, Malie, wie konntest du nur so DUMM sein?«

»Das war überhaupt nicht schlimm, Tutt, und er hat mir doch das Bild geschenkt, das da hinten auf der Kommode steht. Sie ist auch nackt. Es heißt *Bewegungsstudie,* da hört man gleich, dass das nichts *Anrüchiges* hat.«

»Das Bild von dir wird in Berlin an einer Wand hängen und *Im Bett mit Lola-Lola* heißen, und dann wirst du auf jeden Fall berühmt. Jetzt hilf mir mit dem Hut. Der Schleier muss doch richtig sitzen. Erik wartet schon auf dem Standesamt.«

»Ein grüner Schleier, Tutt ... der müsste doch weiß sein.«

»Nicht, wenn man schon einen Braten in der Röhre hat. Der Herrgott würde mich durchschauen und Blitz und Donner auf mein junges Haupt loslassen.«

Sie hätte ihn um ein Selbstportrait bitten sollen. Dann hätte sie abends vor dem Einschlafen seinen Körper betrachten können. Eine Tänzerin namens Marta war nicht dasselbe, aber sie war das Einzige, was ihr blieb. Sein Zimmer in der Holmbladsgade war wieder vermietet. Sie hatte sich dort erkundigt. Und hatte danach eine Stunde lang weinend auf der Treppe gesessen, bis sie dann mit einem Taxi ins Theater fahren und sich eine überzeugende Lüge aus den Fingern saugen musste: Sie habe gesehen, wie ein Kind überfahren wurde, das musste ihr verweintes Gesicht erklären.

Tutt war wunderhübsch. Sie konnte einfach nicht aufhören zu lächeln, auch nicht, als der Standesbeamte ihnen aufs Energischste einschärfte, welches feierliche Versprechen sie hier abgaben. Käse-Erik wischte sich eine Träne ab. Er trug einen Zylinder mit echtem Silberrand und graue Handschuhe. Er ist sicher nicht der Schlimmste, dachte Malie. Er ist lieb. Das hat Tutt verdient. Aber sie wird sich natürlich zu Tode langweilen, mit einem dermaßen biederen Mann.

Danach überquerten sie den Rathausplatz und gingen ins Wivex, wo sie schon in der Tür von einem Straußwalzer empfangen wurden und zwei Kellner mit silbernen Tabletts und Champagner bereitstanden, obwohl sie nur so wenige waren. Die anderen Gäste waren Käse-Eriks Geschwister und die beiden Elternpaare. Die Eltern betraten das Lokal mit großen Augen und voller Bewunderung. Sie waren alle nicht *fein.* Das Geld hatte Käse-Erik von der Pike auf selber verdient. Die beiden Mütter trugen Crêpe-de-Chine-Kleider, glücklicherweise nicht in derselben Farbe. Aber sie konnten sich darin nicht bewegen. Sie versuchten zaghafte kleine Schritte und fuhren sich ununterbrochen über die Hüften. Sie hatten aber den passenden Umgangston gefunden, die beiden angehenden Großmütter, aus purer Erleichterung darüber, dass die andere nicht aus einem höheren Stand kam. Mit gehetzten roten Gesichtern und viel zu viel Lippenstift tranken sie synchron und kichernd, betrachteten die Kapelle, die immer neue Walzer ertönen ließ, und kreischten in gemeinsamer Begeisterung über die turmhohen belegten Brote mit gerösteter Bekassinenbrust und Trüffelsplittern, die die Kellner vor ihnen auf den Tisch stellten.

Tutts Vater forderte Malie auf. Sie trank zu viel Champagner. Gott sei Dank hatte sie an diesem Tag probenfrei. Man arbeitete am Bühnenbild und brauchte sie nicht. Am Ende saß sie auf der Toilette und weinte in eine weiße Damastserviette, während Tutt ihren Schleier in schmale Streifen riss und ebenfalls weinte und beteuerte, dass Malie bei ihnen draußen in Charlottenlund immer willkommen sein würde.

»Ich bin von Kopf bis Fuß auf Liebe eingestellt, denn das ist meine Welt, und sonst gar nichts. Das ist, was soll ich machen, meine Natur, ich kann ja Liebe nur, und sonst gar nichts. Männer umschwirrn mich wie Motten das Licht, wenn sie sich verbrennen, dafür kann ich nicht …«

Den Rücken zum Publikum, die Beine über den hochhackigen Schuhen gespreizt, danach den Fuß auf den Stuhl, den Oberkörper langsam zum Publikum umdrehen, hoffen, dass die Klammern das Kostüm im Schritt festhielten, das Gesicht zum Scheinwerfer heben, die falschen Wimpern senken und Schatten werfen. *»Ich bin von Kopf bis Fuß auf Liebe eingestellt …«*

Sie *war* Lola. Tutt hatte Recht. Wenn sie hier oben stand, war Rudolf vergessen. Ein Lärm in den Kulissen ließ ihren Fuß auf dem Stuhl wackeln. Ein unglücklicher Bühnenarbeiter schaute hinter dem Vorhang hervor und lächelte schwach. »Das geht schon … das war nur …«

Ollerup brüllte aus dem Saal: »Das GEHT nicht! Wenn das morgen passiert, dann bist du gefeuert. *Stupider Kretin!*«

Aber natürlich würde es morgen nicht passieren. Alle wussten doch, dass es ein gutes Zeichen war, wenn bei der Generalprobe etwas schief ging. Sie würde jedenfalls kein Wort vergessen. Der erfahrene Robert Andersen war nervöser als sie. Malie ärgerte sich, dass Ollerup immer wiederholte, es sei *Andersens* Stück. Dass der *Blaue Engel* Professor Unrats Geschichte erzählte.

Aber niemand kam doch wohl, um zu sehen, wie Robert Andersen mit Clownsgesicht weinend vor einem Spiegel saß, oder wie er über die Bühne hüpfte und *kikeriki* schrie, nachdem er ein rohes Ei über seine Clownsperücke verschmiert hatte … sie kamen, um ihre eleganten Beine in den Seidenstrümpfen zu sehen. Um ihren verlockenden und verführerischen Gesang zu hören. Um sie in schwarzem Tutu und Fliege um den nackten Hals einherschreiten zu sehen. Sie hatte demütig zu allen Forderungen genickt, die Ollerup während der wochenlangen Proben gestellt hatte. Er war das Genie, und er betonte immer wieder, dass sie aus dem *Sumpf von Amager* gefischt worden sei, um dem Stück Glaubwürdigkeit zu verleihen. Himmel, wie sie ihn hasste. Das Schwerste war nicht die Rolle, sondern die Versuchung, Palle Ollerup mit bloßen Händen umzubringen.

»Kleine Jebsen, Sie spielen gleich zweimal für ein Publikum. Sie spielen für das im Saal und für die Gäste im *Blauen Engel.* Lola-Lola ist eine miese Kabarettsängerin, sie spielt zwischendurch auch eine miese Lola, aber das bedeutet nicht, dass Sie für die Gäste des Folketheaters auch eine miese Lola spielen sollen. Sie müssen beides schaffen, kleine Jebsen. Das ist eine Balance. Wenn Sie sich auf der Bühne ungeschickt verhalten, muss uns klar sein, dass das so gewollt ist, zugleich aber, dass Lola dem Professor und den Schulbuben gegenüber nun einmal nichts anderes kann. Verstehen Sie den Unterschied?«

Das Schlimmste war das Matrosenkleid, das sie in einigen Szenen tragen musste. Sie hasste dieses Kleid. Matrosenkleider waren etwas für Kinder. Aber sie hatte hier nichts zu sagen. Und sie widersprach nur ein einziges Mal, und dann mit einem kleinen Naserümpfen, das Ollerup sofort registrierte.

»Das symbolisiert den KONTRAST in der Unschuld, das müssen Sie doch begreifen! Eine üppige, sexverrückte Kabarettsängerin im Matrosenkleid, wie ein kleines Mädchen, das Männer verschlingt. Uns geht es hier um den Kontrast. Und Sie sollen keine Kleinmädchengedanken denken, vergessen Sie, dass Sie dieses Kleid tragen, die schweinischen Gedanken haben wir anderen, nicht SIE, kleine Jebsen.«

Das ist, was soll ich machen, meine Natuuuur... Aber sie konnte immerhin durchsetzen, dass sie etwas mehr Bein zeigen durfte. Mehr von ihren Brüsten vorzuführen, konnte sie sich jedoch abschminken.

Alle anderen gehörten dem festen Ensemble an, sie kannten sich und schlossen sie aus. Auch Robert Andersen. Als mache er sie auch im wirklichen Leben für sein elendes Ende verantwortlich. Er steigerte sich dermaßen in seine Tragödie hinein, dass er sie konsequent Lola nannte, ob sie nun probten oder hinter der Bühne Wasser tranken. Und wer sie war, welche Bühnenerfahrungen sie mitbrachte, was sie konnte und was sie dachte – das war ihm schnurzegal. Er war mindestens vierzig Jahre älter als sie. Malie-Thalia vom Røde Kro war nur ein Requisit, eine Schlange in einem schwarzen Tutu, die das Leben eines hochmoralischen Pädagogen ruinierte.

Aber die Jungen stießen sie nicht fort. Die drei jungen, ehrgeizigen angehenden Schauspieler, die die Schüler des Professors darstellten. Drei Schulbuben mit Tintenklecksen an den Fingern, die Lola-Lola verehrten und ihr Liebesbriefe schrieben und all ihr Geld für Blumen ausgaben, bis ihr alter Pauker angetanzt kam und ihnen die Schöne vor der Nase wegschnappte.

Sie hießen Svend, Ebbe und Kurt, und sie verehrten sie auch in Wirklichkeit. Sie folgten ihr wie keuchende Hundebabys und kamen mit in die Rampe, wo sie sich in ihrer Begeisterung sonnte, wo sie sich auf Wangen und Hände küssen ließ, wo sie ihr den Stuhl zurechtrücken, Feuer geben und mehr Wein holen durften. Sie lachte viel mit ihnen und dachte oft: Ich will lachen, ich will nur lachen, das ist meine Natur, ich werde ihn schon bald vergessen.

Am Tag der Premiere lag sie so lange wie möglich im Bett. Sie öffnete die Augen erst, als die Sonne schon tief stand und den Staub im Zimmer zeigte. Er müsste jetzt hier sein. Acht glückliche Tage hatten sie gehabt, und sie hatte angefangen, auf Deutsch zu träumen, auf Deutsch zu essen, auf Deutsch zu leben, auf Deutsch zu lieben. Wie in ihrer Jugend, mit Ruben. Sie hatte ihm versprochen, sich die Haare wachsen zu lassen. Sie hatte ihm versprochen, nicht zu viel zu trinken. Sie hatte ihm versprochen, mit nach Berlin zu kommen, und erst am Tag vor seiner Abreise gestanden, dass das unmöglich sei.

Aber als die Scheinwerfer auf der Bühne zum Leben erwachten, über hundert Stück gleichzeitig, dazu zehn, die über das Publikum fegten, und der Applaus sie hinter dem Vorhang erreichte, und Ollerup sie hart auf beide Wangen küsste und ihr Hals- und Beinbruch wünschte, da hatte sich alles gelohnt. Sie zitterte am ganzen Leib, ihre Nerven lagen wie zitternde Insekten unter der Haut. Sie kam sich vor wie am Rand eines tiefen Abgrundes, sie breitete die Arme aus und ließ sich fallen. Hinunter zu hunderten von jubelnden Gesichtern, von denen sie kein einziges erkennen konnte. Sie wurden zu Augen, die die

Bühnenlichter reflektierten, zu halb offenen, feucht glänzenden Mündern, zu funkelnden Schmuckstücken, weißen Hemden und Applaus, Applaus, Applaus. Nie genug Applaus.

Das Premierenfest fand im Theaterfoyer statt. Malie war schweißnass und konnte sich vom Stück her an kaum etwas erinnern. Sie zitterte, als Ollerup und Munk sie umarmten und sie großartig nannten, einen Star. Fräulein Ryge wollte ebenfalls gratulieren. Als Malies zweite Besetzung kannte sie die Rolle in- und auswendig und hätte nichts dagegen gehabt, wenn Malie sich ein Bein gebrochen hätte. Malie ließ sich von ihr auf beide Wangen küssen, konnte sie aber nicht ausstehen. Fräulein Ryges verstorbener Großvater war einer der wirklich Großen am Königlichen Theater gewesen, und deshalb hatte sie sich seinen Namen zugelegt, obwohl ihre Mutter eine verehelichte Prütz war.

Robert Andersen gratulierte ihr nicht. Sie ging auch nicht zu ihm, um ihm ihre Glückwünsche auszusprechen. Dem alten Trottel. Dem Clown.

Sie wartete. Sie wusste nicht, worauf. Aber Rudolf hätte sich mit Leichtigkeit das Datum der Premiere besorgen können. Wenn er sie nicht vergessen hätte.

Eine Garderobiere kam mit drei roten, in Zellophan gewickelten Rosen angerannt.

»Fräulein Jebsen! Fräulein JEBSEN!«

Sie hatte es aufgegeben, sich gegen diesen Namen zu wehren. »Für mich?«

Sie riss die Karte heraus und las sie. Und brach dabei in Tränen aus. Rudi, Rudi …

Sie waren wunderbar in dieser Rolle, Fräulein Malie-Thalia! Herzliche Grüße und Glückwünsche von Ihrem ergebenen Bewunderer Mogens C. T.

»Wer zum Teufel ist das denn?«, murmelte sie und schniefte und wischte sich die Tränen ab. »Wer zum TEUFEL ist das?«

»Flucht die junge Dame? Von wem ist hier die Rede?«, fragte Ollerup.

»Mogens C. T. Ich kenne niemanden, der so heißt.«

»Aber er kennt offenbar die kleine Jebsen. *Vom Sumpf her, vielleicht?*«

Svend und Kurt umarmten sie, ehe sie Ollerup umbringen konnte. Danach schnaufte Bæppe Munk ihr ins Ohr: »Heute Nacht gibt es die Belohnung, mein Mädel. Und zwar mich Kleinen, mit einer Schleife. Wir haben ein Zimmer im Bristol und alle Morgenzeitungen. Und das Matrosenkleid nehmen wir mit.«

Sie waren begeistert von ihr. Aber ansonsten konzentrierten die Rezensionen sich auf den tieferen Sinn des Stückes, darauf, *warum* Heinrich Mann eine solche Geschichte geschrieben hatte. Im Amagerbladet dagegen war Robert Andersens Leistung mit keinem Wort erwähnt. Dort ging es nur um Malie-Thalia J., mit alten Bildern aus dem Røde Kro und frischen aus dem Folketheater. Hier war sie die Heldin, die die Sterne berührte. Das hässliche Entlein, das sich zum Schwan entwickelt.

In ihrem Matrosenkleid, mit hinten offenem Reißverschluss und nicht weniger als zwei Flaschen Champagner im Leib, sang und tanzte sie für Bæppe Munk barfuß auf dem knöcheltiefen Teppich des Bristol, während er ihr laut aus den Zeitungen vorlas. Über das Amagerbladet lachte er nur. »Ich möchte ja Andersens Gesicht sehen, wenn er das hier liest. Er ist glatt unsichtbar! Und etwas Schlimmeres gibt es für sein geschwollenes Ego ganz einfach nicht.«

Malie begriff einfach nicht, warum die seriösen Zeitungen sich dermaßen in die Frage verbissen, was Heinrich Mann mit seiner Geschichte sagen wollte. Das lag doch auf der Hand: Kein Mann, egal welche Prinzipien er auch hat, kann nein zu einer Versucherin sagen, die mit nackten Schultern und Schlafzimmerblick tanzt und singt. Zu einer, die nicht nach Muttermilch und Silberputzmittel und Schwiegereltern riecht. Einer, die mit ihrem ganzen Wesen und dazu mit Hüftschwung sagt, dass Liebe wunderbar ist und durchaus nicht hässlich. Und wenn dieser Mann noch dazu ein hoch angesehener Professor ist, ein moralischer Wegweiser für junge Männer – na, dann ist seine Fallhöhe eben desto höher. So einfach war das. Männer waren Verlierer, wenn sie sich weißen, einladenden Oberschenkeln gegenüber sahen, die nur einen Augenblick und eine Leistung forderten, die die Grenzen des Möglichen nicht überschritt. Die Zeitungsschreiber, die vielen Kritiker, denn es waren allesamt nur Männer, entdeckten den Splitter erst, wenn er sie voll im Auge traf, oder im Balken, oder wie immer das in der Bibel nun heißen mochte. Aber sie mochte darüber nicht mit Bæppe diskutieren. Sollte er das Ganze doch für unverständlich halten. Sollte er Professor Unrat doch als einen unter tausend betrachten. Einen mit einem einzigartigen Schicksal. Wo er im Grunde doch nur himmelschreiend normal war.

Als sie am nächsten Tag nach der Vorstellung in die Rampe ging, mit vom Essig brennendem Unterleib und einer Übelkeit, die ihr bis in die Kehle stand, wimmelten alle durcheinander, um ihr zu gratulieren. Hier war sie zu Hause. Alle wollten ihr einen ausgeben. Aber sie fühlte sich zu elend. Sie brauchte immer mehrere Tage, um Bæppes Elixiere auszuwaschen.

»Wir lieben dich, Malie«, hörte sie von allen Seiten. »Und dass du herkommst? Dann seid ihr beide, du und Frau Psst!, im Exil von der *echten* Theaterwelt.«

Tutt und Käse-Erik waren auch dort. Käse-Erik fühlte sich nicht wohl in seiner Haut.

»Nur heute Abend«, sagte Tutt. »Malie zuliebe. Du kannst noch früh genug zu Hause sitzen und mir beim Sticken zusehen, Erik, mein Geliebter.«

In ihrer Garderobe war eine Rose abgeliefert worden. Und eine Karte: *Von Ihrem ergebenen Bewunderer Mogens C. T.*

Das erzählte sie Tutt. »Kennen wir den?«

»Ich jedenfalls nicht«, sagte Tutt und küsste Käse-Erik auf die Wange. Er hörte mit gespitzten Ohren zu.

»Der Mann«, sagte er und betrachtete Malies roten Mund, »der Mann, den du eines Tages heiratest, der darf nicht eifersüchtig veranlagt sein.«

Die Sardelle kam und setzte sich zu ihnen. Sie schickte ihn nicht weg. Er flüsterte: »Ich habe dir verziehen, meine Geliebte. Denn er ist doch nach Hause gefahren, der Deutsche? Soll ich mit zu dir kommen? Ja, denn ich habe mir sagen lassen, dass du mit Tutt das Zimmer geteilt hast.«

»Er war Österreicher. Und er kann jederzeit zurückkommen.«

»Ach so. Ja, dann habe ich dir doch nicht verziehen. Einen schönen Abend noch.«

In den folgenden Wochen fühlte sie sich zusehends elender. Ihr war schwindelig und schlecht, und sie ärgerte sich über jede Kleinigkeit. Ihre Blutung war auch gewaltig verspätet, aber das passierte doch häufiger? Eines Tages kamen dann endlich einige Tropfen. Sie atmete auf. Am Abend aber waren Unterhose und Stofflappen weiterhin weiß.

Die Vorstellungen liefen wie am Schnürchen, wie geliefert von einer Maschine aus schweißnassen Oberschenkelmuskeln, Szenenwechseln, Applaus und einzelnen Interviews, die sie nach ihrem Erscheinen sorgfältig ausschnitt und in ein Schreibheft klebte. Jeden Abend erwartete sie in ihrer Garderobe eine neue Rose. Das gefiel ihr nicht. Der Mann gab sich doch nie zu erkennen. Sie wusste jetzt mit Sicherheit, dass sie seinen Namen vorher nie gehört hatte. Sie ertappte sich dabei, dass sie im Saal nach seinem Gesicht suchte – er saß doch sicher jeden Abend da? Die Garderobieren wussten, dass sie nach ihm Ausschau halten sollten, wenn die Rose geliefert wurde, aber meistens gab er sie schon unten im Foyer ab. Und bei dem Chaos, das nach Vorstellungsschluss dort herrschte, war es einfach unmöglich, sich eine Beschreibung von Mogens C. T. zu beschaffen.

Eines Tages ging sie zur alten Marie, die in der Küche des Røde Kro arbeitete. Sie konnte es nicht länger aufschieben, sie musste mit ihr reden. Marie war davon überzeugt, dass Malie nie wieder einen Fuß auf die Bühne des Røde Kro setzen würde.

»Keine Angst, die leihen mich nur aus«, sagte Malie. Sie saß mit einem Glas Wein auf der Mehltonne, während Marie Zwiebeln briet. Es sah aus wie ein Brei aus Würmern, ein Ekel erregender Anblick.

»Ich bin noch immer Kabarettschauspielerin, Marie, und sonst gar nichts. Und genau das wollten sie doch haben. Aber ich muss dich etwas fragen. Ich brauche den Namen einer *Frau.* Ich glaube, ich bin …«

»Nein! Aber Malie, dann verlierst du doch die Rolle!« Marie zog den Kochtopf vom Herd, wischte sich die Zwiebeltränen aus den Augen und trat vor sie hin. Ihre groben roten Hände umfassten Malies weiße.

»Wie weit bist du schon?«

»Noch nicht sehr weit. Kennst du eine?«

»Der Engel läuft doch bis nächstes Jahr Ostern. Das darfst du dir nicht kaputtmachen. Wir sind alle so stolz auf dich. Nein, nicht weinen, mein Täubchen. Natürlich kenne ich eine *Frau.* Aber wie willst du …«

»Wenn ich das an einem Sonntag machen lassen kann. Wir haben montags spielfrei. Ich kenne einen Arzt, aber der nimmt einfach zu viel Geld. Ich kann mir das nicht leisten.«

»Meine arme kleine Malie. Komm her. Komm zu Marie. Wein du nur an Maries Schulter …«

Das Zimmer war sauber, die alte *Frau* auch. Malie legte sich mit dem Rücken auf eine harte, mit einem weißen Laken bedeckte Pritsche. Zum Glück wies das Laken nicht einen einzigen Fleck auf. Sie umklammerte den Rand der Pritsche und spreizte die Beine, während die Alte die Finger in sie hineinschob und gleichzeitig ihren Bauch betastete. Es war inzwischen unmöglich, diesen Gedanken zu verdrängen. Wenn sie sich nachts im Bett auf den Bauch drehte, hatte sie schon das Gefühl, auf einem kleinen Gummiball zu liegen. Und es war *plötzlich* so groß geworden!

»Es ist schon zu weit. Tut mir Leid, ich kann Ihnen nicht helfen.«

»Doch. Das müssen Sie.«

»Das geht nicht, Fräulein.«

»Frau.«

»Es ist schon zu weit, Frau ...«

»Ich kenne einen Arzt, aber den kann ich nicht bezahlen.«

»Auch ein Arzt könnte hier nicht viel machen. Es muss herausgeschnitten werden. Es ist zu groß.«

»Aber verstehen Sie nicht! Ich kann gerade jetzt kein Kind bekommen.«

»Ihr Mann wird verstehen, dass Sie ...«

»Es ist nicht von meinem Mann.«

»Aber trotzdem, Sie müssen es wohl bekommen. Haben Sie andere?«

»Andere was? Was meinen Sie?«

»Kinder.«

»Nein.«

»Aber dann werden Sie sich doch darüber freuen, Sie werden schon sehen, Sie müssen nur mit Ihrem Mann sprechen, und vielleicht braucht er es ja auch gar nicht zu erfahren. Wenn Sie nicht mit einem *Neger* ...«

»Danke für Ihre Hilfe. Vielen Dank.«

Sie holte den Kochkessel aus der Waschküche und füllte ihn mit drei Eimern Wasser. Sie hob den Kessel vom Boden, trug ihn hin und her, stellte ihn ab, hob ihn wieder hoch. So machte sie eine volle Stunde weiter. Nichts passierte. Nicht ein Tropfen Blut. Keine Schmerzen im Unterleib.

Sie kaufte Tran und trank an einem Sonntagmorgen die ganze Flasche leer, wobei sie sich bereits zweimal erbrochen hatte, noch ehe sie es geschafft hatte. Für den restlichen Tag saß sie mit Krämpfen im Hinterhof, während die anderen, die ebenfalls das Klo benutzen wollten, heulten und schrien und am Ende ins Nachbarhaus hinübermussten. Aber es kam kein Blut. Sie schob sich einen Füllfederhalter in die Scheide und drückte ihn bis zum Ende durch. Sie konnte ihn vage in sich spüren. Aber der Ball schien sich mit einer Schutzschicht aus hartem Stein umgeben zu haben und sich festzubeißen, unangreifbar und gegen jeden Schmerz gefeit. Ein Kind. Dort drinnen. Sie würde sich von der Knippelsbro stürzen müssen.

Sie fuhr zu Tutt. Es war eine unendlich lange Bahnfahrt bis hinaus nach Charlottenlund. Tutt öffnete die Tür im Umstandskittel, mit glühenden Wangen und Strickzeug in der Hand. Es war nicht auszuhalten.

»Du musst mit Bæppe reden«, sagte Tutt. »Er bringt das in Ordnung.«

»Es ist zu spät! Zu weit. Und er wird mich feuern!«

»Aber man kann es ja fast schon sehen, Malie. Ich sehe es schon jetzt, weil ich dich kenne. Es ist nur eine Frage der Zeit, bis die anderen es entdecken. Und die Kostüme, die sitzen doch so eng wie eine Wurstpelle. Hier, trink einen Cognac. Der ist teuer und fein. Von wem ist es, was meinst du?«

»Ich weiß nicht. Und alle drei sind doch verheiratet. Was soll ich nur tun, Tutt? Was um Himmels willen soll ich nur tun?«

Vor der Vorstellung ging sie hinunter ins Foyer.

»Jeden Abend wird hier für mich eine rote Rose abgegeben, erinnern Sie sich daran?«

Der Portier schüttelte den Kopf. »Es kommen doch so viele Blumen. Ein ewiger Strom von Blumen, verdammt, da könnte ich auch gleich in einem Bestattungsunternehmen arbeiten.«

»Sind Sie heute Abend hier?«

»Ja.«

»Dann halten Sie Ausschau nach ihm. Er soll in meine Garderobe eingeladen werden, verstehen Sie?«

»Wie sieht er aus?«

»Keine Ahnung. Aber er heißt Mogens.«

»Ich werde mein Bestes tun. Wenn er nicht kommt, darf dann ich den Star in seiner Garderobe besuchen?«

»Nein. Aber Sie bekommen fünf Kronen, wenn Sie ihn finden.«

Und hier haben wir also Mogens C. T.«

»Mogens Christian Thygesen. Es ist mir ein auserlesenes Vergnügen, endlich ...«

»Ja, mich kennen Sie ja. Wir können uns auch duzen, heute Abend bin ich für alles andere zu müde. Und du kennst mich doch auch lange genug. Was bist du denn von Beruf?«

»Ich bin Blaumaler in der Königlichen Porzellanfabrik. Muschelmaler. Und ich mache auch meine eigenen Entwürfe, in Zusammenarbeit mit der Leitung.«

Sie kehrte ihm den Rücken zu und lächelte spiegelverkehrt, während sie sich das Gesicht mit einem weißen Lappen wusch, der sich sofort orange verfärbte.

»Und was sagt deine Frau dazu, dass du jeden Abend ins Theater gehst?«

»Ich bin nicht verheiratet.«

»Möchtest du mit mir eine Flasche Wein trinken? Heute Abend?«

»O ja, sehr gern.«

»Danke für die Rosen übrigens. Ich habe mich sehr darüber gefreut. Und natürlich haben sie mich neugierig gemacht.«

Sie lachte kreideweiß zwischen ihren Locken. Er musste sich setzen. Frode würde tot umfallen, wenn er das hörte. Die Rosengeschichte würde er zu einem einzelnen Strauß reduzieren, alles andere würde zu närrisch wirken. Ein Strauß Rosen und ein wohlformulierter Gruß in seiner eigenen exquisiten Handschrift, und schon war er in die Garderobe eingeladen worden. Zur engelschönen Malie-Thalia. Gleichzeitig fühlte er sich seltsam ruhig. Er zitterte nicht, weder an den Händen noch an den Knien. Ihr Gesicht aus der Nähe zu sehen – das war, wie nach Hause zu kommen.

Sie war bleich, fast weiß. So eisweiß wie die Tischdecke im Café Mio. Ihre Augen glühten, als seien sie zu heiß für das übrige Gesicht. Als sie von der Toilette zurückkehrte, sah er, dass sie geweint hatte. Er wollte nicht fragen, warum. Sie dagegen fragte:

»Warum? Warum diese vielen Rosen?«

»Ich bin einfach unendlich begeistert von Ihnen … von dir. Unendlich.«

»Aber du kennst mich doch nicht.«

»Mir kommt es aber so vor.«

»Du riechst gar nicht nach Farbe.«

»Sollte ich das?«

»Wenn du Blaumaler bist. Dass du dann nicht nach Farbe riechst. Das ist seltsam.«

»Ich male mit Kobalt. Das ist zerstoßenes Glas. Fein gemahlenes Glas. Gemischt mit Wasser. Es riecht nach nichts. Es kommt aus dem Kongo. Früher kam es aus Norwegen. Dahin habe ich gerade eine kleine Reise gemacht.«

»Bist du verliebt in mich, was glaubst du?«

»Absolut. Ja. Das bin ich.«

Er begegnete ihrem Blick, wünschte sich brennend, dass sie den Mann in ihm sah, dass sie ihn nicht so betrachtete, wie Anne-Gine das getan hatte: als bleich und kränklich. Er richtete sich auf, hob das Kinn, bereute, sich niemals das Rauchen angewöhnt zu haben. Eine Zigarre hätte sich jetzt gut gemacht. Zum Glück war sein Hemdenkragen weiß und neu, und er trug sein bestes Jackett.

»Willst du heiraten?«, fragte sie.

Er ließ seine Schultern sinken, starrte sie an.

»Heiraten?«

»Du bekommst doch sicher eine Lohnerhöhung, wenn du heiratest? Das bekommen schließlich alle Männer. Während die Frauen gefeuert werden. Stimmt das nicht? Bekommst du keine Lohnerhöhung … Mogens?«

»Das geschieht automatisch. Das ist bei uns die Regel. Die Leitung wünscht sich stabile Verhältnisse unter dem Personal«, antwortete er mechanisch.

»Du willst also? Heiraten?«

»Ja. Irgendwann bestimmt.«

»Mich?«

Er ließ sich im Sessel zurücksinken. Ihre Augen waren plötzlich feucht. Die roten Lippen bebten. Er schaute sich im Lokal um. Er träumte nicht. Er war hier. Verflixt und zum Henker, er war hier. Seine Oberschenkel klebten schweißnass am Sessel. Er ballte die Fäuste und öffnete sie. Als er an diesem Abend sein Zimmer in der Bissensgade abgeschlossen hatte, war seine Laune nicht gerade die beste gewesen. Es hatte geregnet, und er hatte seinen Regenschirm auf dem Zimmer vergessen. Eine Pferdedroschke bespritzte ihn mit Wasser. Ein ganz normaler Abend. In der Fabrik stand sein Arbeitstisch wie immer da. Auch Carl-Peter hatte den *Blauen Engel* gesehen, zusammen mit seiner Frau, die sich geärgert hatte und eifersüchtig geworden war. Carl-Peter redete einen ganzen Arbeitstag hindurch über Malie-Thalia und summte die Lieder. Mogens hätte um ein Haar über seinem fettigen Scheitel einen Essteller in Vollspitze zerschlagen.

»Ich sehe, du bist ein wenig schockiert«, sagte sie jetzt. »Aber du gefällst mir. Und ich bin schwanger, im dritten oder vierten Monat. Ich werde entlassen. Eine andere wartet schon und wird unmerklich in meine Rolle hineingleiten. Eine neue Lola-Lola. Ich brauche einen Mann, den ich heiraten kann.«

Während sie das sagte, strömten ihre Tränen los, sie liefen als koksgraue Streifen über die weißen Wangen.

»Aber … aber was ist mit dem Vater? Ich meine, den des Kindes …«

»Er ist verheiratet. Er weiß nichts davon. Es wird *dein* Kind sein.«

Sie schluchzte los. Er sprang auf und lief um den Tisch, legte ihr die Arme um die Schultern, beugte sich über sie und hielt seinen Mund an ihr Ohr:

»Aber, aber, nicht weinen, Liebes, alles geht gut, so gut, wir schaffen das gemeinsam, aber, aber, kleines Fräulein Jebsen …«

Die anderen Gäste glotzten. Sollten sie doch denken, was sie wollten. Hier bückte er sich und hatte Frau und Kind geschenkt bekommen. Eine Frau, die nach Lilien duftete und die im Matrosenkleid die bezauberndste der Welt war. Herrgott, wie sehr er sie liebte.

»Aber ich kann die Bühne nicht aufgeben. Nächstes Jahr, wenn ich … wenn das Kind da ist …«

»Natürlich nicht. Du bist Schauspielerin, die Bühne ist deine *Welt*«, flüsterte er und unterdrückte den Drang, an ihrem Ohrläppchen zu lecken.

»Ich bin Künstlerin, Mogens. Mit einem Künstlerinnengemüt. Und deshalb sehe ich, dass du ein guter Mann bist, ein lieber Mann, und deshalb lege ich mein Leben in deine Hände.«

Sie hatte die Angewohnheit, recht häufig zu weinen. Und zwar jedes Mal, wenn sie zusammen waren. Sie behauptete, das Weinen habe nichts mit der Erinnerung an den Vater des Kindes zu tun, sondern liege nur an der Schwangerschaft. An dem Tag, an dem sie im Theater gekündigt hatte, weil sie heiraten und ein Kind bekommen würde, weinte sie den ganzen Abend ununterbrochen. Sie trank Wein, und er bat sie, nicht zu übertreiben. Sie sollte an das Kind denken. Und sie weinte noch mehr. Sie verfluchte Fräulein Ryge, was das Zeug hielt, dieses *Weibsstück,* das die Rolle übernehmen würde. »Das Matrosenkleid *steht ihr,* Mogens, und so eine kann einfach keine Lola sein.«

Er gab ihr Recht, egal was sie sagte. Nickte, wischte ihr die Tränen ab, hob alles auf, was ihr zu Boden fiel.

In der Porzellanfabrik wollten sie ihm nicht glauben. Carl-Peter nannte ihn ganz offen einen Lügner. Adam Poulsens Bruder jedoch war Bühnenbildner im Betty-Nansen-Theater, und da war der Blaumaler, der den Engel gekapert hatte, in aller Munde.

Poulsen kam gratulieren, und Carl-Peter kippte das Kinn auf Tischhöhe hinunter.

»Sie erhalten natürlich die vorgeschriebene Lohnerhöhung«, sagte Poulsen. »Und ein Essservice in geriffelter Muschel, ein Geschenk der Fabrik. Für sechs. Oder *Blaue Blume,* wenn Ihnen das lieber ist.«

»Vielen Dank, Herr Poulsen. Vielen Dank. Aber ich glaube, meine Verlobte würde Muschel vorziehen. Wo ich das doch selber male.«

»Gut. Dann ist das abgemacht. Und noch einmal – herzlichen Glückwunsch, Herr Thygesen. Sie ist ja ein reizendes Mädchen, das habe ich in den Zeitungen gesehen.«

Aber das reizende Mädchen wollte nicht mit ihm ins Bett. Sie erklärte, sie könne diese Vorstellung nicht ertragen, weil *in ihr schon ein Mensch* war. Damit gab er sich zufrieden. Sie gehörte ihm doch, er durfte sie küssen und in die Arme nehmen. Er steckte seine Ersparnisse als Eigenkapital in ein Baudarlehen. Das Haus lag in der Neubausiedlung in Amager, gleich beim Fort Kastrup, das jetzt als Park geöffnet worden war. Gleichzeitig war Sand zu einem Strand hochgepumpt worden. Amager könnte zu einer wunderschönen Wohngegend werden, und die Preise waren günstig.

Vorläufig hausten sie noch in ihren möblierten Zimmern. In den drei Wochen vor der standesamtlichen Trauung. Er wusste nicht immer, was sie abends unternahm. Ab und zu wollte sie sich mit

Bekannten treffen, aber er machte sich keine Sorgen. Sie hatte alle Papiere unterzeichnet, die nötig waren, um die Eheschließung in die Wege zu leiten. Sie hatte sich mit ihm das Haus angesehen und es für perfekt erklärt. Sie hatte ihm bei der Auswahl einiger Möbel geholfen. Ein paar hatten sie neu gekauft, die anderen stammten aus allerlei Nachlässen, die in den Zeitungen angekündigt gewesen waren. Und sie sagte, sie freue sich darauf, mit dem Kind an den Strand zu gehen. Aber sie hatte keine Ahnung davon, wie Vorhänge genäht wurden oder wie viele Handtücher und Kochtöpfe ein Haushalt benötigte, und Mogens suchte allein alles aus, was seiner Ansicht nach in einer Küche und zur Bewirtung von Gästen benötigt wurde. Ein Essservice hatten sie glücklicherweise ja schon. Aber sie behauptete, gut kochen und waschen zu können.

»Das habe ich als Kind gelernt. Obwohl es mir nie besonderen Spaß gemacht hat. Vielleicht habe ich ja auch ein bisschen davon vergessen.«

Sie heirateten an einem Freitag zu Anfang November. Es goss in Strömen. Ihr Bauch wölbte sich sichtlich unter einer rosa Seidenbluse über einem viel zu engen Rock. Ihr Schleier war weiß. Darauf hatte sie bestanden. Er hatte ihre Bekannten vorher nur kurz getroffen, Tutt und Erik. Die beiden gefielen ihm. Auch ein Onkel von Malie fand sich ein, mit einer üppigen Frau. Malie stellte ihren Onkel Dreas vor, der endlich seine Nichte wiedergefunden hatte. Die Gattin hieß Oda. Sie waren Menschen vom Lande, munter und kinderlos. Oda war *Kaltmamsell* im Café Takstgrensen. Der Onkel arbeitete wegen seines Rückens nicht mehr. Malie weigerte sich, über ihre Eltern zu sprechen. Sie behauptete, schon vor langer Zeit den Kontakt zu ihnen abgebrochen zu haben.

»Und das beruht ganz auf Gegenseitigkeit«, sagte dieser Onkel Dreas und brüllte vor Lachen. »Wenn die wüssten, dass ich heute hier bin!«

Mogens wusste nur, dass die Eltern irgendwo oben in Nordseeland ein Gasthaus betrieben und dass der Vater außerdem Aalfänger war. Er hatte auch kein Interesse daran, mehr zu erfahren. Malie draußen in Amager ins Ehebett zu schaffen, jeden Morgen neben ihr aufwachen, mehr wollte er nicht. Frode und Dreas verstanden sich sofort. Und Anne-Gine und Oda. Anne-Gine hatte ihm seine Treulosigkeit verziehen. Sie umfasste wie eine liebevolle Mutter seine Schultern und drückte ihm, begleitet von Glückwünschen, einen schallenden Kuss auf die Stirn.

Nach der Trauung feierten sie zu Hause in Amager. In einem Haus mit frisch installiertem Telefon und Etagenheizung. Mogens wagte nicht, daran zu denken, was das alles kostete. Das Klavier, das er sich noch immer wünschte, war aller Wahrscheinlichkeit nach zu einer Flöte geschrumpft, aber er brauchte ihr nicht genau zu sagen, was er verdiente. Ein eigenes Klavier war neben Malie das Einzige, von dessen Besitz er träumte. Ein eigenes Arbeitszimmer hatte er schon, hinter dem Gartenzimmer. Ein leeres Zimmer mit toten Ideen, aber auch das brauchte sie nicht zu wissen.

Malie hatte aus dem Røde Kro Brote kommen lassen. Oda fand die *nicht hoch genug belegt,* gab aber zu, dass sie farbenfroh und frisch waren und vorzüglich schmeckten. Die beiden Wohnzimmer wirkten leer und kalt, obwohl Mogens alle Lampen anzündete. Dazu gehörte eine seegrüne Mondscheinlampe, die er draußen in Virum aus einem Nachlass ersteigert hatte, und für die Malie ihm mit einem Kuss auf den Mund dankte, ausgeführt mit halb offenen Lippen. Tutt hatte ihnen einen Kasten voller Kerzenhalter geliehen und Kerzen und rosa Servietten gekauft. Aber hier ging es offenbar darum zu *trinken,* nicht darum, von nagelneuen Tellern mit Muschelmalerei zu essen oder sich das Haus anzusehen.

Frode Nicolai war in seinem Element. Er hielt eine Rede und weinte in seinen Schnaps und redete über die Kindheit in Paullund. Mogens saß während dieser Rede mit versteinertem Gesicht da. Als er Atemprobleme bekam, vertiefte er sich in Malies Profil, in den Flaum auf ihren Wangen, den weichen Bogen hin zum Hals, die Schatten unter den Ohrläppchen, in die er so gern seine geschlossenen Augen schmiegen wollte. Als Malies Onkel rief, während die Schweißtropfen seine Schläfen kitzelten: *»Jetzt fängt das Bacchanal an, da laus mich doch der Teufel!«,* war das eine Erleichterung. Die einzige Wolke am Himmel bestand darin, dass Anne-Gine damit herausplatzte, dass sie und der Bräutigam einander auf intimere Weise kannten, als Malie das gewusst hatte. Das kam dadurch heraus, dass Anne-Gine ihm einen Rippenstoß versetzte, begleitet von einem wissenden und flirtenden Blick, der einfach nicht missverstanden werden konnte, und dass Malie das sah. Sie flüsterte Mogens wütend ins Ohr: »Wenn du mit so einer *Madame* im Bett warst, dann wird sie nie mehr einen Fuß in mein Haus setzen. Wie konntest du sie heute hierher einladen … wie *konntest* du!«

Doch als alle gingen, als die Flaschen leer und die Kerzen heruntergebrannt waren, kam sie ihm wieder fröhlich und zufrieden vor.

Aber nicht einmal in der Hochzeitsnacht kam er zum Zuge. Sie lag in seinem Arm in dem neuen Haus, das nach Möbelpolitur und Gardinenstärke roch, und saugte an ihrem Zeigefinger, während er ihr alles erzählen musste, was er über Porzellan wusste. Ihm war klar, dass sie auf diese Weise anderen Themen ausweichen wollte; dass sie vermeiden wollte, dass es ihn auf irgendeine Weise erregte, dass er hier mit ihr im Nachthemd lag. Er erzählte davon, dass die Chinesen die Porzellanherstellung tausend Jahre lang geheim gehalten hatten. Er erzählte, wie Europas Königshäuser zweihundert Jahre zuvor alles eingesetzt hatten, um dieses Verfahren zu entschlüsseln. Um den Schlüssel zu dem weißen Gold zu finden – denn wer das als Erster schaffte, würde reich werden. Und dann handelte es sich um eine Art Ton. Um Kaolin. Ein wenig Feldspat und Quarz, und Hokuspokus!

»Es wird geformt und gebrannt, und dann male ich. Jeder von den Tellern, die die Fabrik uns geschenkt hat, fordert eintausendeinhundertundneunundsiebzig Pinselstriche. Man braucht lange, um das zu lernen, und es kommt die Fabrik teuer, wenn man einen Fehler macht.«

Er redete warm und glücklich über das, was er am besten konnte. Er wollte ihr Zeit lassen. Einen Tag nach dem anderen nehmen. Sie würde lernen, ihn zu lieben, ihn zu wollen. Er würde ein guter Ehemann sein, ein guter Vater, ein guter Liebhaber, dachte er. Bis sie dann sagte: »Erzähl mir von deiner Kindheit. Von dem, wovon Frode gesprochen hat.«

»Nein. Daran mag ich nicht denken.«

»Jetzt erzähl schon ein bisschen. Von deiner Mutter. Frode hat gesagt, dass sie sehr schön war.«

»Nein. Ich bin mit vierzehn Jahren geboren worden. Als ich in die Fabrik in die Lehre kam, und den Rest weißt du.«

»Das mit Anne-Gine wusste ich nicht.«

»Ich war einsam. Jetzt müssen wir schlafen, meine Malie. Gute Nacht.«

Einige Wochen später stand er im Garten und harkte Blätter und Zweige zusammen. In der Luft lag ein scharfer Frost, und eine blaue Dunkelheit hing weiter unten über dem Wasser. Er konnte die Wellen hören und den Tang riechen. Er dachte ein wenig an den aufgepumpten Sand, der durfte nicht von den Wellen gefressen werden, ehe das kleine Kind darin gespielt hatte.

Dann sah er, dass sie das Gartenzimmer betrat. Sie hatte geschlafen, als er kurz zuvor aus dem Haus gegangen war. Sie bückte sich und zündete die Lampe auf dem Ecktisch an.

Er unterbrach seine Arbeit und stützte sich auf die Harke. Malie trug ein weißes, flatterndes Umstandskleid und hatte ihre Locken mit einem indigoblauen Seidenband gebändigt. Sie drehte sich zum Fenster um und schaute in seine Richtung. Sie fasste sich in die Haare, schob die Locken unter das Band. Sie bewunderte ihn nicht, sondern ihr eigenes Spiegelbild.

Du weißer Engel, dachte er. Meine Prinzessin, meine Schöne.

Dann ließ sie ihre Hände plötzlich sinken. Ihre Schultern fingen an zu beben. Sie näherte sich der Fensterbank mit kleinen, schleppenden Schritten, ihr Gesicht war verzerrt zu einer entsetzlichen Grimasse. Sie ließ sich an die Wand auf der linken Seite der Gartentür sinken, wo sie ein bestimmtes Foto aufgehängt hatte. Das Foto der Nackten, die sich nach hinten beugt. Er wusste nicht, von wem sie dieses Bild hatte, doch es war ungefähr das Einzige, was sie bei der überstürzten Einrichtung des Hauses interessiert hatte. Und gegen dieses Bild in Glas und Rahmen lehnte sie jetzt ihre Stirn. Er konnte noch immer ihre eine Schulter sehen, als Silhouette, vor dem dahinter brennenden Licht. Ihre Schulter bebte in lautlosem Weinen.

Als er eine halbe Stunde später das Haus betrat, saß sie lächelnd auf dem Manilasofa, vor ihr stand die Flasche.

»Du trinkst doch ein Glas Wein mit mir, Mogens?«

»Nicht heute Abend, Maliechen, nicht heute Abend. Ich muss früh raus, weißt du.«

Teil IV

Gott schuf den Leib des ersten Menschen aus Erde. Er setzte Adam ins Paradies, einen fruchtbaren und schönen Garten. Er ließ alle Thiere vor ihn hintreten. Dadurch lernte Adam sie kennen, doch fand er keines, das ihm ähnelte.

Birchs Biblische Geschichte, 2. Kapitel

Lass ihn richtig werden! Für Carl!«, schrie Christina Sol Thygesen am fünften Tag im Jahre des Herrn 1900, als der letzte Krampf den kleinen Knaben aus ihrem Schoß stieß. Das Kind rutschte dampfend und rot aus ihr heraus und in das kühle Zimmer.

Es war ein Junge, deshalb sagte die Hebamme nichts. Es war ein leuchtendes kleines Stück lebendes Fleisch, zusammengehalten von menschlichen Formen, glänzend von Geburtsfett, mit dünnen Gliedern, die willenlos in den Händen der Hebamme baumelten. Hebamme Klüge kappte rasch mit einer Hand die Nabelschnur, ohne das Kind loszulassen. Auf dem Boden lag ein kleines Strohbund; sie zog das Bund mit dem Fuß zu sich heran, legte das tropfende Kind für einen Moment darauf und hob es dann wieder hoch. Sie hielt sich an die alten Traditionen, alles andere hätte Unglück gebracht. Die alten Traditionen ihres ursprünglichen Amtes, aus einer Zeit, als Frauen auf Strohschütten auf dem Boden gebaren.

»Nicht den Damast vergessen, der liegt auf dem Truhendeckel«, flüsterte Christina, deren Unterleib sich mit der Nachgeburt abmühte; er pulsierte zielstrebig, um sich vollständig zu säubern, um den Boden für die nächste Empfängnis vorzubereiten.

»Damast«, schnaubte die *Strohmutter,* »was für ein Unsinn!«

Die lange Damastdecke hatte Christina Sol von ihrer Mutter erhalten. Es war ein wunderschönes Stück Arbeit aus Leinen, mit einem komplizierten Webemuster. Christina hatte keine Ahnung, woher es eigentlich stammte. Es war viel zu schön, um benutzt zu werden. Sie hatte nie gesehen, dass die Mutter es auf einen Tisch gelegt hätte. Es war außerdem zu lang für die Tische, die es in ihrem Elternhaus gegeben hatte. Obwohl oder vielleicht auch weil es die kostbarste Decke der Welt war, hatte sie sie in zwölf gleich große Stücke geteilt und an den Schnittkanten jedes Mal einen Hohlsaum genäht, wenn sie guter Hoffnung war. Sie wollte jedes Kind in ein Stück der Damastdecke ihrer Mutter wickeln, eine Erinnerung an die Großmutter, die sie nicht mehr kennen lernen würden. Das hatte sie beschlossen, als sie die Decke geerbt hatte, und deshalb hatte sie sie Carl nie gezeigt. Sie hatte nur ganz einfach, wann immer ihr Leib anschwoll, ein Stück geholt und abends im Lampenlicht einen zierlichen Hohlsaum genäht, ohne dass das weiteres Aufsehen erregt hätte. Carl hätte sicher das Tuch besitzen, es als Kapital in der Truhe liegen lassen wollen, er hätte nie gewagt, es zu benutzen, da war er wie ihre Mutter.

Die Hebamme wusch das Kind mit hartem Griff. Sie hatte selber keine Kinder und brachte dem blauroten Würmchen in ihrem Arm keinerlei zärtliche Gefühle entgegen. Sie wusste nur, dass er ein Pastorensohn war und deshalb rascher als die anderen in den Himmel kommen würde, wenn er innerhalb der ersten beiden Tage starb.

Aber dieser Damast … Sie hätte gern gewusst, ob Probst Thygesen überhaupt wusste, dass seine Kinder, eins nach dem anderen, in königliche Stoffe gewickelt, *prahlerisch* eingepackt wurden. Sie wollte nicht glauben, dass er das wusste, obwohl das hier nun schon das fünfte Kind war, das sie auf diesem Pfarrhof geholt hatte. Aber er wusste ja auch nichts von dem kleinen Strohbund, das sie für ein unersetzliches Requisit bei jeder Geburt hielt. Geistliche waren nicht sonderlich begeistert von solchem Aberglauben, und außerdem hatten Männer ihre eigenen Vorstellungen davon, was Glück brachte.

Jetzt hörte die Hebamme seine Schritte und wusste, dass der Älteste, Carlchen, ihn aus der Kirche geholt hatte. Der Pastor lag immer vor dem Altar auf den Knien, wenn Christina dabei war, ein neues Leben in die Welt zu bringen. Ob dieser Aufenthalt vor dem Kreuz ausschließlich religiösen Charakters war, oder ob er einfach zu feige war, um die Schreie zu hören, die von seiner eigenen, neun Monate zurückliegenden Wollust kündeten, wusste die Hebamme nicht. Aber jetzt stand er jedenfalls in der Küche. Christinas Schreie waren von denen des Säuglings abgelöst worden. Er saß in der Küche und wartete. Er musste das Kind auf sein Knie nehmen, um es als das Seinige anzuerkennen, und danach sprach er immer unendlich viel; die Hebamme hatte das ja schon häufiger gehört. Sie hielt das alles für unsinnig, bei einem so kleinen Kind, aber der Mann war schließlich ein Geistlicher, und Geistliche hatten eben viele Schrullen. Aber wenn sie als Hebamme hier war, dann hatte *sie* die Kontrolle und betrachtete ihn nicht mit derselben untertänigen Ehrfurcht wie in der Kirche oder wenn sie ihm auf der Landstraße begegnete. Nicht einmal das heiligste Buch konnte zwischen den bebenden Schenkeln einer Gebärenden etwas ausrichten.

Mit einem Seufzer wickelte sie das Kind in das Damasttuch und schlug es danach in grobes, geziemendes Leinen ein. Dann trug sie das Bündel aus der Gebärkammer und hinein in die Welt.

Die anderen Kinder saßen auf der Ausklappbank am Tisch, mit großen Augen und mäuschenstill, auch das allerkleinste, das an einer dunklen Brotkruste nuckelte. Das Mädchen, das ihnen im Haushalt half, saß neben ihnen und weinte in ihre Schürze.

»Sei jetzt still, Elise«, sagte die Hebamme. »Das ist doch kein Grund zum Weinen.«

»Es hat sich so schrecklich angehört, ich habe solche Angst«, schluchzte das Mädchen.

»Sei still und wasch deinen Mund im Meer«, sagte die Hebamme mit scharfer Stimme.

Sie reichte das Bündel Probst Thygesen, der den Stuhl vom Tisch weggedreht hatte, um auf seinem Knie Platz für das neue Kind zu machen.

»Es ist ein Knabe«, sagte die Hebamme und dachte an die vier anderen Jungen, die in Reih und Glied am Tisch saßen. Carl Markus, Peter, Elias Frederic und Frode Nicolai.

»Möge dieser ein guter Mensch werden«, erwiderte der Probst. Sein Bart zitterte an seiner Wange, und seine Finger bebten, als er das Bündel entgegennahm und einen raschen Blick zwischen die Stoffstücke warf, um danach den Kopf in den Nacken zu legen, die geschlossenen Augen zur Decke zu heben und auszurufen:

»Das Leben ist eine Gnadengabe der Liebe! Du sollst dem Wort der Schlange widersagen, du sollst dem Herrn der Lügen ins Antlitz speien. Denn der Herr des Himmels ist dein Vater, und wer den Herrn fürchtet, zweifelt nicht an Seinem Wort, und die Ihn lieben, folgen Seinen Wegen! Lass uns in die Hände des Herrn fallen und nicht in Menschenhände, denn wie *Seine Majestät ist, so ist auch Seine Barmherzigkeit. Gott segne dich, mein Sohn … Mogens Christian!*«

Bei den letzten Worten warf er einen raschen Blick auf das Kind. Er wusste, was er sich erhoffte, es war eine Schande, sich nicht ganz zu den vier anderen bekennen zu können. Er wusste ja, dass sie seine Söhne waren. Der Herr sollte ihn zu Boden schlagen, wenn er jemals etwas anderes unterstellte. Aber den Kopf ihres Vaters hatten sie nicht, sein Leben und seinen Drang nach etwas Größerem. Die vier stumm starrenden Knaben am Tisch waren vierschrötige und robuste Fischer- und Bauernkinder. So sah er sie, als Kinder des Himmels und der Erde, korrekt in Beziehung zum irdischen Himmel, unter dem sie geboren waren, nicht jedoch zu dem anderen. Sie besaßen keinen *Geist.* Und das sah man schon früh, in ihren Blicken, in ihrem Verhalten, in ihrem Fragen, in ihren Interessen. Sie mussten in den Gottesdienst gezwungen werden. Der Älteste, der jetzt sechs war, war nicht einmal höflich genug, um während der Predigt zu seinem Vater hochzublicken.

Dieser Kleine hier dagegen ... Mogens Christian.

»Mache deinem Vater Ehre«, murmelte der Probst. »Wer den Herrn fürchtet, soll seinen Vater ehren und seinen Eltern dienen wie seinen Herren.«

Aber er wünschte sich durchaus nicht einfach schlichten Gehorsam.

Die Hebamme verlagerte ihr Gewicht auf den anderen Fuß. Ihr Rücken tat weh. Die Geburt hatte drei Stunden gedauert, und das war ungewöhnlich lang für eine Frau, die schon mehrere Geburten hinter sich hatte.

»Geht es meiner Frau ... gut?«, fragte der Probst plötzlich.

Die Hebamme staunte, sagte aber nichts. Aber bei genauerem Nachdenken fiel ihr ein, dass er sich genauso verhalten hatte, als Christina ihren ersten Sohn bekommen hatte. Danach war er gleichgültiger geworden.

»Es ist ein bleiches Kind«, sagte er. Und darin lag seine Hoffnung, obwohl die Hebamme das zuerst als Kritik auffasste.

»Er wird schon zu Kräften kommen, wenn er nur etwas zu Essen und ein paar Tage zum Entwickeln bekommt«, sagte sie deshalb schnell.

Die wenigen Sekunden, in denen der Blick des Vaters auf dem Jungen geruht hatte, hatten gereicht, um dem Probst klar zu machen, dass dieser Sohn anders war. Schmächtiger, fast durchsichtig. Ihm war erzählt worden, dass er bei seiner Geburt auch so ausgesehen habe. War das hier also möglicherweise *kein* Kind des Himmels und der Erde?

»Sagt meiner Frau, dass es ein schöner Knabe ist«, sagte endlich der Probst und reichte das Bündel zurück. Die Hebamme kam nicht aus dem Staunen heraus. Sie hatte plötzlich Lust, einen Knicks zu machen.

»Soll ich das sagen, Probst Thygesen?«

Er nickte.

»Was hat er gesagt?«, fragte Christina und nahm das Kind mit brennenden Augen entgegen.

»Mogens Christian.«

Die Hebamme nahm ihre Arbeit zwischen den Schenkeln der Frau auf und stellte fest, dass die Geburt im Fleisch kräftige Spuren hinterlassen hatte, wie eine erste Geburt, und dabei war das Kind doch überhaupt nicht groß gewesen. Aber vielleicht der Kopf …

»Weißes Mehl, wenn es zu sehr nässt, und einen Lappen mit Glyzerin gegen die Schmerzen«, sagte sie.

Die Frau hielt das Kind an der Brust, lächelte mit geschlossenen Augen und wiederholte den neuen Namen mehrere Male.

»Hast du gehört?«, fragte die Hebamme.

Die Mutter nickte.

»Und dann soll ich sagen, dass es ein schöner Knabe ist.«

Christina öffnete die Augen und hob mit Mühe den Kopf, um auf die Hebamme hinunterzublicken.

»Das hat er gesagt?«

Die Tür öffnete sich, und Elise brachte eine Tasse mit Zuckerwasser und einem rohen, geschlagenen Ei.

»Was für ein Glück«, flüsterte Christina. »Was für ein Glück!«

Sowie sie nicht mehr blutete und aufstehen könnte, würde sie diesen Namen in eine Ecke des Damaststoffes sticken. Mogens Christian Thygesen.

Das Kind saugte unbeholfen und unsicher und verlor dauernd die Warze aus dem Mund. Die Mutter half ihm mechanisch und erschöpft. Sie wollte nur noch ihr Glück über das Kind und den Namen mit in ihren Schlaf nehmen. Der Schmerz hatte sich gelegt. Er hinterließ einen festen hämmernden Puls, der ihr bis in den Nacken hinaufwanderte. Aber obwohl sie müde war, hätte sie ihn gern bei sich gehabt, hätte gesehen, wie sein strenger Blick der Liebe und vielleicht sogar der Lust wich. Hätte den Geruch seiner Hände wahrgenommen, hätte seine harten Unterarme umklammert, hätte sich am liebsten den ganzen langen und mageren Körper zu Eigen gemacht, der in dem Augenblick, in dem er nicht mehr stand, saß oder ging, zu einem ganz normalen Männerleib wurde. Und sie hätte ihm so gern gedankt, denn das war das erste Kind, das er nach ihr genannt hatte.

»Wer ist auf die Idee gekommen, mir Zuckerwasser und ein Ei zu geben, du oder das Mädchen?«

»Keine von uns.«

Christina schmiegte ihre Wange an das ruhige, runzlige Gesicht des Kindes. »Danke«, flüsterte sie. »Du hast mir schon große Freude gebracht, und dabei bist du noch keine Stunde alt.«

Der Himmel wölbte sich wie eine der trüben Fensterscheiben, in denen das Glas Luftblasen geworfen hat, wie Eis. Ein scharfer Wind von der Nordsee her fegte über Paullund, voller Schaum und Gischt, den er von den Wellenkämmen losgerissen hatte. Der Wind roch nach Regen, vielleicht sogar nach Schnee, und kündete von einem stärkeren Wind, der ihm auf dem Fuße folgte. Ausgehungerte Fischer zogen ihre Boote an Land und mühten sich mit Stagsegel und Treibnetz ab, um ins Haus zu kommen, ehe die Lampen angezündet wurden. Dicke harte Finger, die das kalte Eisen nicht spürten, das an ihren Knöcheln fraß, als sie die Netze an die Haken in der Wand hängten. Diese Finger und Hände waren so grob, dass sie niemals froren, und nur selten konnten scharfe Gegenstände ein Loch in sie hineinschneiden. Sie waren wie Schweinsleder.

Auf den wenigen bescheidenen Höfen, wo kleine Heidezipfel in karge Ackerflecken verwandelt worden waren, über die man einmal hinwegspucken konnte, verriegelte der *Nährstand* Ställe,

Scheunen und Speicher, und die Frauen holten die Kleidungsstücke herein, die eben noch heftig im Wind getanzt hatten. Eilige Holzschuhe klapperten über graue Steinplatten. Hühner und Enten flatterten verwirrt umher, bis sie den Weg in den Stall fanden. Die Schweine hoben die Rüssel und schnupperten am Wind. Die Ziegen meckerten heiser. Magere Kühe drängten sich furchtsam aneinander, ließen die Schwänze schlaff nach unten hängen und warteten darauf, dass jemand sie holte, obwohl ihre Euter nicht schmerzten und es auch noch nicht Abend war. Alle wollten ins Haus. Die Hebamme machte sich Sorgen wegen ihres Heimwegs, der an den Dünen entlang führte. Sie konnte Sand in den Kleidern nicht vertragen, und wenn vor dem Regen der Wind kam, dann wurde sie gestochen wie mit Nadeln.

Aber auf jeden Fall würde sie für ihre Arbeit zuerst ein gutes Mahl erhalten.

Elise weinte nicht mehr. Auch der Küster Sophus war gekommen. Er saß mit feuchten Lippen und gefalteten Händen am Tisch und versuchte, mit demütigen Dankesgebeten für das neue Kind sein eigentliches Vorhaben zu überspielen: sich an dieser kleinen Mahlzeit zu beteiligen, um sich nicht selber verköstigen zu müssen. Elise lächelte, als sie den süßen Brei und die Schüssel mit dem knusprig gebratenen Speck vor die Hebamme hinstellte, und die Milch, die sie ihr einschenkte, war heiß und oben mit einer schönen fetten Sahnehaut bedeckt. Die Kinder, der Probst und der Küster bekamen wie immer lauwarme Milch mit Roggenbrotstücken, Elise wollte mit ihnen essen. Küster Sophus schaute verstohlen zum gebratenen Speck der Hebamme hinüber.

Probst Thygesen ließ seinen Blick über die vielen gefalteten Hände wandern, wie um sie zu zählen, senkte den Kopf und sagte: »Wir danken Dir, Herr, für unser täglich Brot, wir danken Dir für die unendliche Liebe, die Du heute uns und unserem geringen Hause gezeigt hast. Amen.«

»Amen«, wiederholte der Küster mit zitternder Stimme.

Hebamme Klüge nickte und machte sich über das Essen her. Sie wusste, dass in diesem Haus nicht munter geplaudert wurde. Sie war sonst daran gewöhnt, dass die Erleichterung nach einer Geburt viele Türen öffnete, dass sie gebeten wurde, dieses und jenes zu erzählen. Sie hätte mit der alten Sage angefangen, wie Loki seine Hammelherde über den Himmel trieb. Sie horchte auf den Wind und wusste, dass er dort draußen war. Aber solche Szenen durfte sie in einem Pfarrhaus nicht ausmalen. Obwohl die Kinder ihr dabei sicher an den Lippen gehangen hätten.

»Erzähl vom Meermann«, baten sonst alle Kinder. Sie war überall bekannt für ihre Grauen erregenden Geschichten über den Meermann, der am Flug des Sandes schuld war, wenn er tot an Land geschwemmt wurde und mit dem Daumen im Mund dort liegen blieb. Meermännern musste man den Daumen aus dem Mund reißen, und dann musste man sie auf das offene Meer hinausschaffen und auf den Grund hinablassen. Erst dann kam der Sand wieder zur Ruhe. Und Hebamme Klüge konnte auf allerlei verflogene Sandformationen in der Nähe der Häuser zeigen und mehr als nur andeuten, dass darunter vielleicht die Leiche eines Daumen lutschenden Meermannes begraben war.

Aber in diesem Haus herrschte Stille, nur das Geräusch der kauenden Zähne und der schlürfenden Münder war zu hören. Loki trieb seine Hammelherde über den Himmel, ohne dass diese Wanderung kommentiert worden wäre.

Die dichten Strohdächer, die die Häuser beschützten, schwollen in der feuchten Luft an. Meer und Himmel färbten sich graublau und streckten sich wie geballte Fäuste zum Horizont hin, die Wellen trugen oben schwere Spitzenborten und fraßen sich mit wildem Gebrüll in die Sanddünen hinein.

Von hoch, hoch oben betrachtet, hätte man kaum ahnen können, dass hier Menschen lebten. Dass dieser kleine, windgebeutelte und scheinbar farblose Ort an der jütischen Westküste einen Namen trug, Häuser und Einwohner und einen eigenen Schmied und einen Geistlichen und eine Hebamme und Rinder und Pferde und Ziegen und Schweine und Hühner und Leben und Geburt und Tod hatte. Man hätte nicht glauben mögen, dass Gott sich die Mühe machte, sich einer solchen elenden kleinen Schar von Menschenkindern zu erbarmen, die sich abmühten, um Essen auf dem Tisch und Wärme im Leib zu haben und kurze Momente eines Glücks auszukosten, das sie nicht als Glück anzuerkennen wagten, aus Furcht, dann nie mehr einen solchen Moment erleben zu dürfen. In den allerschwersten Stunden trösteten sie sich damit, dass sie immerhin keine *Instleute* waren, wie die weiter im Süden. Der bloße Gedanke, von einem Gutsherrn abhängig zu sein, ob es nun um das Haus ging, in dem sie wohnten, oder das, was Meer und Roggenfeld ihnen einbrachten, und nicht zuletzt um die Muskelkraft, die die armen Placker in Südjütland ihren Herren opfern mussten – beim bloßen Gedanken daran spuckte noch der ärmste Fischer in Paullund energisch in den Sand und bat Gott, seine Arbeit zu segnen.

Vor Paullund und dem kleinen Geflecht aus Häusern und Mauern und den wenigen *Hufen* urbar gemachten Landes lag nach Westen ein kurzer Strand, der sich an jedem Ende zu Dünen erhob, den langsam steigenden Hängen zur Heide im Norden, Osten und Süden, unter dem einen Himmel. Noch meilenweit im Inneren des Landes war das Rollen der Wellen zu hören, als wollten sie an ihren Grenzen alles wegschälen, sich durchfressen und die Landschaft verändern. Das neue Jahrhundert war nirgendwo zu sehen, und auch das vorige war unbemerkt gekommen und gegangen, wie schon das Jahrhundert davor. Obwohl das Meer immer wieder alles umräumte, sodass Häuser weiter innen im Land neu aufgebaut und zerspaltene Feldsteine einer nach dem anderen fortgetragen und zu neuen Scheunen werden mussten. Ohne Krüppellatschen und vor allem den Strandhafer, der jetzt platt im Wind lag und seine Wurzeln in den Sand bohrte, hätten Menschen hier nicht leben können. Meer und Sandflug hätten ihnen keine Ruhe gegönnt. Aber der gesegnete lange Strandhafer mit seinem tiefen Wurzelsystem und die unablässige Arbeit der Bauern und Fischer, die Wackersteine ins Wasser fuhren, um Wellenbrecher zu errichten, sorgte dafür, dass sie sich Winter und Frühjahr stellen konnten. Und in einem der kleinen Punkte, die Häuser waren, von hoch, hoch oben gesehen, war das erste Kind des Jahrhunderts in Paullund zur Welt gebracht und von seinem Vater gesegnet worden.

Die Hebamme bekam den ersehnten Regen nicht zu sehen. Sie zog ihre Kleider eng um sich zusammen und marschierte los, leicht zur Seite gebeugt, um den Wind abzuhalten. Sie starrte aus zu schmalen Schlitzen zusammengekniffenen Augen vor sich hin, um sich vor den Sandnadeln zu schützen, die sich schon durch ihre Strümpfe und in ihre Haut gebohrt hatten, und zwischen ihren Zähnen knirschte der Sand. Der schmale Weg, der über den Dünenkamm nach Süden führte, war bereits mit Decken aus Flugsand bestreut, die unter den Holzschuhen nachgaben. Sie hatte das Gefühl, in die Irre zu laufen, aber die Macht des Windes auf ihrer rechten Seite zeigte ihr die Richtung an. Das hungrige Gebrüll der Wellen tief unten raubte ihr jeglichen Gedanken. Sie spürte nur noch das Gefühl der Sattheit in ihrem Bauch. Wie eine warme Sonne lagen dort unten Brei und Speck und die gute gelbe Milch. Und es besteht kaum Grund zu der Annahme, dass in ihren Gedanken Platz für ein frommeres Gebet gewesen wäre, als darum, die Speise in ihrem Magen liegen und ihr ganz lange Freude machen zu lassen, in dem Moment, in dem sie so weit gekommen war, dass ein Stück Düne nachgab und sie zwölf Meter nach unten auf den Strand stürzen ließ. Dort wurde sie von einer Welle erfasst, einer plötzlichen und enormen Welle, die sich in einer einzigen zusammenhängenden Bewegung aus dem Meer erhob und die Hebamme gelassen und wie ein Nichts verschlang, mit Tasche und Sand im Mund und allem. Einige Sekunden später lagen Dünen und Strand leer wie zuvor da. Und sie wurde erst mehr als zehn Tage später vermisst. Nämlich dann, als Agnes vom Bodelsenhof mit hervorquellenden Augen nach ihr schrie und neun verängstigte Kinder vor dem Herdfeuer saßen.

Ob das Ende der Hebamme daran schuld war oder ob Gott es so gefügt hatte, das weiß niemand, aber jedenfalls bekam Christina Sol Thygesen seltsamerweise keine weiteren Kinder. Die Hebamme verpasste keine einzige zukünftige Niederkunft im Pfarrhaus. Sieben Stücke Damast blieben auf einem Stapel in der Truhe liegen, mit Schnittkante und ohne Hohlsaum.

Mogens liebte seine Mutter mit einem fieberheißen Eifer, der, wie er schon früh erkannte, allen außer ihr verborgen bleiben musste. Diese Liebe beruhte auf Gegenseitigkeit. Christinas Leben änderte sich von dem Tag an, an dem der kleine Junge in den Händen der Hebamme landete. Alle begriffen, dass er etwas Besonderes war, auch die Brüder, die durchaus nicht mit Eifersucht reagierten. Sie hatten doch einander und waren gleich in Seele und Gemüt, und Mogens war so anders, dass es klar war, dass er auch anders behandelt werden musste. Außerdem war er oft krank, vor allem in seinen ersten drei Lebensjahren. Fürsorge und zusätzliche Verpflegung wurden deshalb zu einer festen Einrichtung.

Das Problem war das Atmen. Seine Kehle schnürte sich zusammen, und er hustete auf schreiende Weise, wie ein Rabe. Diese Anfälle hielten zwei oder drei Stunden an, und in dieser Zeit stand das Haus Kopf. Der Arzt in Villebro hatte ihm kaltes Wasser auf der Stirn und an den Handgelenken und einen Brei aus Wasser, Leinsamen und Althea-Wurzel verschrieben, der mit einem Tuch um seinen Hals gewickelt wurde. Die vier Brüder weinten derweil und hielten sich die Ohren zu, Elise lief ruhelos im Wohnzimmer hin und her, und Probst Thygesen umklammerte die Bibel mit beiden Händen und murmelte einen ununterbrochenen Strom von Gebeten vor sich hin. Auf die erste Seite der Bibel hatte er die Namen aller Kinder samt den Geburtsdaten geschrieben. Und natürlich hatte er keine Lust, hinter den letzten ein weiteres Datum und ein Kreuz setzen zu müssen.

Christina hielt Mogens im Arm, bis alles vorüber war. Sie streichelte ruhig seinen Rücken und flüsterte ihm Liebesworte ins Ohr, während der Rabe aus seiner Kehle schrie. Nach dem Anfall schlief Mogens erschöpft ein und erwachte bisweilen erst nach zwölf oder vierzehn Stunden. In dieser Zeit schlichen alle durchs Haus, um ihn nicht zu stören.

Der Arzt hatte ihnen auch eingeschärft, dass der Junge durch die Nase atmen müsse, wenn er bei kaltem feuchtem Wetter aus dem Haus ging. Wenn er durch den Mund atmete, sodass Kehle und Lunge direkt berührt wurden, dann konnte das einen Anfall auslösen. Es war natürlich unmöglich, einem kleinen Kind klar zu machen, dass es frische Luft nicht durch den Mund einatmen dürfe. Christina band ihm deshalb ein Tuch um den Mund und machte hinten einen doppelten Knoten. Er riss das Tuch bei der ersten Gelegenheit wieder ab, aber es half doch immerhin für den Moment.

Christina meinte, es hänge mit der Hebamme zusammen. Die war doch von Wasser und Sand erstickt worden. Sie fanden sie im Frühling, eingewachsen in den von den Menschen errichteten Wellenbrecher vor dem Strand, und deshalb wussten sie endlich, was geschehen war. Ihre Tasche hatte sie noch immer bei sich. Sie hatte sie an ihrem Mantel festgebunden und zugleich festgehalten. Doch die Nordsee hatte den irdischen Inhalt durch weißen Flugsand und die schönsten Muscheln und Glückssteine ersetzt: Feuersteine mit einem Loch in der Mitte. Alle dachten an den Meermann und glaubten, er habe die Steine hineingelegt. Und Christina dachte, Hebamme Klüges Tod komme durch Mogens' Krankheit zum Ausdruck, wenn er um Atem rang und keine Luft bekam, ebenso halb erstickt wie die Frau, die ihn in dieses irdische Jammertal geholt hatte.

Der Pastor wollte davon nichts hören. Christina erwähnte es nur einmal, danach nie wieder.

»Das ist Gotteslästerung, was du da sagst«, hatte er erklärt.

»Aber wenn es trotzdem stimmt?«

»Gott ist Liebe. Er fügt einem kleinen Kind kein großes Leid zu, um den Tod einer alten Frau zu rächen.«

»Aber Carl, nicht aus Rache«, widersprach Christina. »Sondern weil sie in den Himmel aufgenommen wurde, nur wenige Stunden nachdem ...«

»Wir reden nicht mehr darüber.«

Trotzdem besorgte sie sich in aller Heimlichkeit einige Muscheln und Glückssteine. Sie band sie in ein Stück Damast ein und verbarg das Bündel im Bett des Jungen im Stroh.

Wenn Mogens gesund war, konnte er vor Licht und Aufgewecktheit strahlen. Seine Hände fanden alles, was die anderen übersahen. Er musterte die Welt mit einem Interesse, das sie nicht verdient hatte, das fanden alle, außer der Mutter. Christina besaß selber Lebenslust und ein funkelndes Gemüt, ganz anders als die Menschen in ihrer Umgebung. Sie hatte aber gelernt, das zu verbergen und als kindisches Verhalten zu betrachten, das sich für eine Pastorenfrau nicht ziemte. Wenn sie mit Mogens zusammen war, bekam sie endlich Gelegenheit für alles, was sie bisher in einer verschlossenen Schublade aufbewahrt hatte.

Die anderen Kinder waren damit zufrieden gewesen, auf dem Boden zu sitzen und mit einem Holzstöckchen auf den Boden zu schlagen, nach einem vorübergehenden Frauenrock zu greifen, ein wenig auf einem Schoß zu sitzen und sich des eigenen unschuldigen Daumens zu bemächtigen, essen und schlafen zu können. Mogens reichte das nicht. Er wollte hinaus. Er wollte sehen. Er wollte anfassen. Er wollte kosten. Er wollte Schätze sammeln. Und das alles wollte er zusammen mit seiner Mutter tun, hoch oben, mit einem Arm um ihren Hals, mit ihrem Atem an seiner Wange, mit ihrer Stimme im Ohr.

Mit vier Jahren fand er am Strand sein erstes Stück Bernstein. Es war groß wie eine Kinderfaust und umschloss einen perfekt erhaltenen Käfer. Andere waren hundert Mal achtlos daran vorbeigegangen, aber Mogens fand es und gab es seiner Mutter. Er pflückte Blumen an Stellen, wo niemand bisher welche entdeckt hatte. Er pflückte Heidekraut und machte daraus schöne kleine Sträuße. Er befreite die Disteln von ihren hässlichen Stängeln, sodass man sehen konnte, wie schön die Blüten wirklich waren. Er sammelte die Schwanenfedern, die an Land geschwemmt wurden, wenn große Schwanenscharen sich auf dem Wasser ausgeruht hatten. Er fand von den Wellen geschliffene Steine, die er in den Mund steckte, ehe er sie seiner Mutter zeigte. Er fand poliertes Wrackgut, das an den gefährdeten Küstenstreifen ohne schützenden Schärengürtel angetrieben worden war. Er grub kleine Topfscherben aus dem Sand, deren Glasur noch Reste des aufgemalten Musters aufwies. Er bewunderte den Strandkohl, der in seiner Schlichtheit mitten im Sand blühte. Er genoss den Anblick des Strandhafers, wenn die Rückseiten der Halme sich drehten und in der Sonne wie Silber glänzten. Er konnte ganz still im Sand sitzen und die Wolken über dem Meer ansehen, und er liebte die Wanderung der Vögel und der Wellen an der Wasseroberfläche.

Christina konnte zusammen mit dem Jungen in dieser Anbetung der Schöpfung schwelgen, ohne dass der Vater das direkt missbilligte, weil Mogens Christian die Kirche mit ebensolcher Kraft liebte wie jeden neuen Heidekrauthalm.

Die Kirche in diesem Dorf war kein prangendes Bauwerk, weder von außen noch von innen. Die wenigen Ausschmückungen machten deshalb einen besonders großen Eindruck. Mogens liebte die Glasmalerei, die die Hirten auf dem Felde zeigte. Wenn die Sonne durch das Glasmosaik schien und Farbstrahlen durch das Kirchenschiff schickte, war er einfach hingerissen. Er betrachtete die Fliegen, die die Strahlen durchbrachen, und den Staub, der wie Glasstaub glitzerte. Er liebte das Kreuz mit seinen spärlichen Silberverzierungen, er liebte die kleine Jungfrau Maria mit der Goldkrone auf dem Kopf und dem Jesuskind auf dem Arm, er liebte die heiligen Apostel, deren geschnitzte Bilder im Chor standen, und das kleine Schiff, das unter der Decke hing. Er liebte die Gewänder seines Vaters. Er liebte die roten und grünen Streifen an der Wandtäfelung. Er studierte die gotischen Buchstaben unten an der Kanzel mit gründlichem Interesse, lange ehe er verstanden hatte, was eine Schriftsprache ist. Und er liebte die Stimmung in der Kirche, wenn sein Vater dort oben stand und er zusehen konnte, wie dessen Bart auf- und abwippte, wenn er dem Klang der Worte lauschen und sich umschauen und feststellen konnte, welche Wirkung diese Worte auf die *Kirchspielkinder* ausübten, auf gebeugte Nacken, dicke gefaltete Hände, krumme Rücken unter Boi und Fries. Ein schwacher Seifenduft nach der samstäglichen Wäsche überlagerte die anderen Gerüche von Fisch und Stall.

Mogens freute sich darauf, mit seinem Vater den gesamten Pfarrsprengel Vankøbinge zu besuchen und alle Kirchen zu sehen, in denen der Probst predigte. Aber die Mutter musste mitkommen.

Wenn Christina nicht bei ihm war, weil sie arbeiten musste oder, wie es zu ihren Pflichten als Pastorengattin gehörte, die Kranken von Paullund besuchte, war Mogens still und verwirrt. Er lief durch die Häuser und wartete, puhlte Steinchen aus Mauern, trat mit seinen Holzschuhen in den Sand, bis er die Stelle erreicht hatte, wo dieser feucht wurde, er hielt Ausschau nach den Brüdern, ob sie zu Hause waren und was sie machten, ohne sich daran zu beteiligen oder sich für die ihnen aufgetragene Arbeit zu interessieren, ob sie nun Fische säuberten und zum Dörren aufhängten, ob sie Torfsoden zerschnitten und zu Stapeln türmten oder ob sie hinter der Wand, die den kleinen Küchengarten mit seinen Kartoffeln und Kräutern vor dem Wind schützte, Unkraut jäteten. Dort wuchs auch ein seltenes Mal eine Rose, und dort hatte ein Apfelbaum vor dem Westwind Zuflucht gesucht. Mogens konnte sich durchaus über diesen Anblick freuen, bis er dann wieder die Mutter vermisste. Er sprach nicht viel mit seinen Brüdern, die lachten über ihn, wenn er auf irgendeine Belanglosigkeit zeigte, weil sie ihm spannend vorkam. Nur mit Frode Nicolai spielte er ein seltenes Mal, wenn der Bruder nicht mit den anderen zusammen sein wollte, aber meistens wollte er das.

Das größte Vergnügen machte es ihm, die Hühner und den Hahn zu beobachten, ihre Machtkämpfe, das gleichmäßige und intensive Picken, die krummen Füße, das leere Starren der Augen, die auf dem Boden das nächste Korn suchten. Ein Huhn war die besondere Auserwählte des Hahns. Es hatte hinten fast keine Federn mehr. Die wunde Haut, die dort zu sehen war, war schon rosenrot und gleichmäßig genoppt, wie Blasen im Wasser. Er hätte diese Haut gern gestreichelt, kam aber nie nahe genug an das Huhn heran. Und vor dem Hahn hatte er schreckliche Angst. Der Anblick des blutvollen, wackelnden Hahnenkamms ängstigte ihn dermaßen, dass ihm die Tränen in die Augen traten. Wenn er keine Luft bekam, erschien ihm oft das Bild dieses Hahnenkamms. Er hatte das Gefühl, dass er ihm in der Kehle saß und bis zum Bersten mit dunklem Blut voll gesogen war.

Wenn Christina nach Hause kam, riss sie ihn in ihre Arme, und nichts war mehr langweilig oder unmöglich, und dann verschwanden sie. Weg von allen anderen, hinaus auf die braune und unendliche Heide. Seine Schläfen wurden heiß, und sein Herz hämmerte wie ein kleines, zitterndes Tier. Er legte den Mund an ihr Ohrläppchen, wie um daran zu saugen. Und wenn sie ihn an den Kanten der lebensgefährlichen Torfgräben entlangtrug, die nach ihnen zu schnappen schienen, dann schloss er die Augen und wiegte sich im Rhythmus ihres Geborgenheit schenkenden Körpers hin und her. Es war wie das ewige Rollen des Meeres, nur wärmer.

Er wurde sieben. Die Anfälle stellten sich jetzt seltener ein, sie kamen nur noch zweimal im Jahr, im Winter, in der Kälte. Mogens lernte, langsam durch die Nase zu atmen, wenn er ein Kitzeln im Hals verspürte. Er war jetzt auch groß geworden, größer als der ihm im Alter nächste Bruder, Frode. Aber damit endeten die Anzeichen für Gesundheit. Denn die Größe brachte keine Stärke mit sich. Er war und blieb bleich wie eine Muschelschale, mit dünnen Gliedern, dünnen Fingern und einem kantigen, spitzen Schädel mit glatten Flaumhaaren, die in der Sonne weiß wurden. Noch immer gingen er und seine Mutter so häufig wie möglich ihrer eigenen Wege.

»Mutter, wie groß muss ein Vogel sein, damit er nicht fliegen kann?«

»Wie ein Schaf. Oder eine Kuh.«

»Hühner können nicht fliegen. Und die sind klein.«

»Wenn ihre Flügel wachsen dürften, würden sie wegfliegen. Und dann bekämen wir keine Eier.«

»Aber wie groß können Vögel werden, damit sie *niemals* fliegen können?«

»Wie du.«

»Gibt es so große Vögel?«

»Nein, die gibt es nicht. Glaube ich. Ich weiß es nicht.«

»Wiegt eine Wolke sehr viel?«

»Das weiß ich nicht.«

»Aber Wolken fliegen, Mutter.«

»Die fliegen nicht. Die schweben. So wie die Vögel, wenn sie auf dem Wasser liegen. Oder die Schiffe. Sie werden von dem getragen, was sie unter sich haben.«

»Aber was haben die Wolken unter sich?«

»Ganz viel Luft.«

»Man fällt durch Luft hindurch, Mutter.«

»Nein, Luft kann sehr stark sein. Und oben, wo die Wolken sind, ist die Luft stark.«

»Starke Luft ...«, Mogens lachte laut.

»Ja, was glaubst du denn, was Wind ist?«

Er überlegte kurz. »Starke Luft.«

»Genau. Die Wolken werden vom Wind getragen. Und deshalb brauchen sie nicht zu fliegen.«

»Warum darf ich nicht sticken lernen?«

»Sticken? Warum willst du das? Jungen sticken nicht.«

»Und wenn ich das stickte, was mein Vater gern liest?«

»Dann musst du erst lesen und schreiben lernen. Und das habe ich dir noch nicht erzählt. Dein Vater wird dir Unterricht geben.«

»Wird er das?«

Mogens schaute in das schöne Gesicht seiner Mutter. Einige blonde Haare hatten sich aus dem Knoten gelöst und flatterten durch die Luft, wie lange Vogelfedern an ihren Ohren. Als kleiner Junge hatte er den Haarknoten lösen und die Haare im Wind wehen lassen dürfen. Jetzt bat er nicht darum. Er schaute ihr in die Augen, die plötzlich traurig wurden.

»Ja, das wird er. Du wirst alles Mögliche lernen. Jeden Tag wirst du zwei Stunden lang mit deinem Vater in seinem Zimmer sitzen. Für den Anfang.«

»Warum in seinem Zimmer? Warum nur ich? Warum nicht am Küchentisch, so wie früher?«

»Weil man zum Lernen Ruhe braucht. Und nur du, weil dein Vater das so will.«

»Willst du das nicht?«

»Was sagst du?« Sie musterte ihn streng. »Natürlich will ich, dass du ganz viel lernst. Vielleicht möchtest du später ja auch Pastor werden?«

Mogens nickte ernst. Inzwischen kannte er schließlich jede einzelne Kirche im Sprengel Vankøbinge. Aber noch immer war ihm ihre eigene in Paullund die liebste.

»Wann fangen wir an? Mein Vater und ich?«

»Am Montag.«

»Und du wirst nicht mit uns zusammen sein, Mutter?«

»Nein.«

Trotzdem verlor er nicht die Freude an dieser Neuigkeit. Und trotzdem gab er die Hoffnung nicht auf, eines Tages sticken zu lernen. Das war doch auch etwas, das man lernen konnte, etwas Wichtiges. Es war schön, und es war von Menschen geschaffen, genau wie die Dekorationen in der Kirche oder die Goldkrone der Jungfrau Maria. Man konnte die Pinselstriche ja geradezu ahnen.

Die Stickereien waren zu Hause im Wohnzimmer das Schönste, worauf er seine Blicke richten konnte. Und das Allerschönste war das gestickte Bild, das die Mutter dem Vater zur Hochzeit geschenkt hatte. Mit Kreuzstich und in eleganten, verschnörkelten Buchstaben stand dort: *Nulla dies sine linea.* Er wusste, es bedeutete, dass man nicht einen einzigen Tag verstreichen lassen sollte, ohne irgendeine Arbeit verrichtet zu haben.

»Aber was ist mit den Sonntagen?«, hatte er den Vater gefragt. »Du arbeitest ja bei der Predigt und in der Kirche, aber was ist mit uns anderen?«

Der Vater hatte auf sein Herz gezeigt und gesagt: »Wenn du mir zuhörst, arbeitest du auch, hier drinnen, für den Herrn, deinen Gott, den Allmächtigen. Dazu ist der Sonntag da.«

Solche nützlichen Dinge müsste doch auch er sticken können. Und zwar in Farben! In den Häusern gab es so wenige Farben. Fast keine. Sie hatten sechs gute Tassen mit Untertassen, neben den vielen schlichten Bechern aus Steingut oder Blech; der einen fehlte der Henkel, aber auf die eine Seite waren grüne Bäume gemalt. Mogens kannte an grünen Bäumen fast nur die Wacholdersträucher, die sich flach an den Boden klammerten. Das hier aber waren schlanke, hoch gewachsene Bäume, die einen Karrenweg säumten, ein Buchenwald im Mittsommer, mit Blumen wie blaue Punkte auf dem Boden zwischen den Stämmen.

»Werde ich *richtig* schreiben lernen, Mutter?«

»Ja.«

»Und *richtig* lesen?«

»Ja.«

Christina ging mit schweren Schritten nach Hause. Sie dachte: Ich werde wieder schwanger. Oder vielleicht nicht.

Ihre ersten vier waren vor der Einschulung am Küchentisch im einfachen Schreiben und Lesen unterrichtet worden, mit Kohlestift und grauem Papier, das Christina billig in Villebro gekauft hatte. Sie waren zum Teil vom Vater und zum Teil auch von Christina unterwiesen worden. Hier hatte Mogens auch eine Menge aufgeschnappt, vermutlich ebenso viel wie die anderen. Und alle hatten sich die Bilderbibel ansehen dürfen.

Christina hatte auch vorgelesen, unbegreifliche und unheimliche Geschichten, die zugleich schön waren, zwischen den Wörtern, deren Bedeutung sie nicht ahnten. Die Höhepunkte für Mogens waren die Zeichnungen, nicht die Wörter, er musterte die armen Menschen, die nur in Decken gehüllt aus Ägypten fliehen mussten, und er sah nackte Kinder und Engel, die im Bildrahmen umhersprangen, während Jesus Aussätzige heilte oder mit weißem, stacheligem Feuerkranz um den Kopf im Tempel lehrte. Er konnte eine Geschichte nicht von der anderen unterscheiden. Er verschlang einfach nur die Bilder mit den Augen. Das Allerbeste war Jesu Kreuzigung auf *Golgatha, der Schädelstätte,* allein schon der Name! Er sah das Bild noch Stunden später vor sich. Er konnte den Wind auf dem Felsen spüren, auf dem die Kreuze aufgerichtet worden waren, wenn das Lendentuch um Jesu Hüften peitschte und sein Mund in einem schrecklichen Schrei kohlschwarz wurde und die Soldaten um das Kreuz herum saßen und um sein Gewand würfelten, während die Armen unten in der rechten Bildecke weinten. Auf dem Bild wuchsen Blumen, wie er sie noch nie gesehen hatte, und jemand hatte eine Leiter zu Boden fallen lassen. Er hätte gern gewusst, wozu sie die benutzt hatten. Vielleicht um Jesus den in Essig getunkten Schwamm an die Lippen zu halten? Und danach hatten sie die Leiter hingeworfen? Jesus hing ja ziemlich hoch oben. Vom Boden aus konnte man nicht einmal seine Zehen erreichen. Auch die Menschen auf diesem Bild waren in Decken gehüllt. Er hatte seine Mutter gefragt, warum sie nicht normal gekleidet waren, und die hatte erklärt, es sei zu warm für normale Kleidung, bei Kitteln und weiten Umhängen jedoch könne man selber entscheiden, wie lose die um den Körper sitzen sollten. Diese Antwort sagte ihm nichts, denn Kittel und Umhänge schienen aus dickem Stoff zu sein. Aber es war ja auch nicht Paullund. Es gab so viel, was er nicht verstand, und seine Brüder stellten nie irgendwelche Fragen. Die Bibel blieb für ihn deshalb eine Sammlung von zusammenhanglosen Bruchstücken, ohne dass er einen echten Drang verspürte, sich einen besseren Überblick zu verschaffen. Es reichte, hinter der rechten Schulter der Mutter zu stehen und sich in die Zeichnungen zu versenken, während sie vorlas.

Aber jetzt würde er im Studierzimmer des Vaters sitzen. Und weiter unterrichtet werden. Während die anderen jede zweite Woche zu Lehrer Prebensen gingen und lernten, wie man in einem Ofen Feuer macht und ausrechnet, wie viele Bund Stroh für ein Dach benötigt werden.

Christina konnte sehr gut verstehen, warum Carl Mogens unterrichten wollte. Carl Markus fuhr schon jeden Morgen mit den Fischern hinaus und ging nicht mehr zu Lehrer Prebensen.

»Sei nicht traurig, Mutter.«

»Das bin ich nicht.«

»Ich werde ganz viel lernen und tüchtig werden und dir eine ganze Tüte voll Stickgarn kaufen. Und vielleicht ein Kleid. Ein rotes.«

»Ein rotes Kleid? Mogens, mein Junge, ich glaube, du warst zu lange in der Sonne. Hilf mir lieber beim Mandelnschälen. Machst du das?«

Er legte seine Hand in ihre, in die linke. Die rechte hing an seiner Seite hinunter. Er spreizte die Finger und ballte dann eine Faust.

Die würde bald schreiben, Buchstaben zeichnen dürfen. Ganz richtig. Statt im Sand zu zeichnen und zu schreiben und die Wellen zuschnappen zu lassen, wenn die Flut kam.

Carl Thygesen war auf die Enttäuschungen nicht vorbereitet, die sein fünfter Sohn ihm bereiten sollte. Der Junge hatte *Geist,* weit über Fischerei und Landwirtschaft hinaus, daran konnte es keine Zweifel geben. Aber dass seine Frau sich dermaßen an diesen einen Sohn verlor …

Seit der Geburt des Jungen hatte er höchstens eine Hand voll Mal zu ihr kommen dürfen. Es tat ihr weh, und sie weinte; und das machte ihm zu schaffen. Die Geburt hatte im wahrsten Sinne des Wortes tiefe Spuren hinterlassen. Darin sah zumindest er die Ursache der Schmerzen. Sie sprachen nicht darüber. Und schwanger wurde sie nicht mehr, obwohl er trotz ihrer Schmerzen und ihres Jammerns seine ehelichen Pflichten erfüllt hatte.

Er wusste, dass ihre Liebe zu Mogens unfassbar war und an das Gefährliche grenzte. Er wusste von dem Damastbündel in der Strohmatratze, mit den Steinen und den Muscheln, aber darüber sagte er kein Wort zu ihr. Er wusste von den Damaststücken, in die die neugeborenen Knaben gewickelt worden waren, wusste, woher sie stammten. Er hätte mit Fug und Recht ein Wort Gottes auf den Tisch knallen können, aber warum? Was hätte es genützt?

Er war, trotz seines energischen Auftretens, ein gütiger und lieber Mann. Gute Menschen erkennen immer Güte in anderen und achten sie. Christina war gut wie Gold, wie Bernstein, wie der flammendste Sonnenuntergang. Sie konnte keiner Fliege etwas zu Leide tun, und er mochte sie nicht kritisieren, weil sie *zu sehr* liebte. Er wusste ja, dass sie eine seltene Blume war, mit einer Lebensfreude, die man zwischen diesem Himmel und diesem Meer nur selten fand. Nicht zuletzt Männer wie er hatten den Menschen Angst vor der Freude aufgezwungen, auch das gab er zu, mit einem Gutteil unterdrückter Trauer. Aber er hatte keine Ahnung, wie er das alles ändern sollte. Er war seinem Bischof und seinem Glauben gegenüber verantwortlich, und er konnte doch hier in Paullund kein neues Sodom entstehen lassen. Außerdem konnte zu viel Freude in die Irre und zu Trinkereien, Festen und ausschweifendem Geschlechtsleben führen. Er hatte in der königlichen Stadt sein Abitur und sein theologisches Staatsexamen abgelegt und wusste, wovon er sprach. Er hatte seinen Anteil Bier getrunken und wusste genau, wo man nach dem vierten Krug gern seine Finger hinsteckt.

Und eben weil er auch anderes gesehen hatte, war er seiner Berufung an die jütische Westküste gefolgt, denn er brachte diesen Menschen, die trotz des harten Klimas, des gierigen Meeres und der tückischen Heide, die eine Ernte nur erlaubte, wenn es ihr passte, hier draußen ihr Leben meisterten, eine Schwindel erregende Bewunderung entgegen. Diese Menschen bewiesen jeden Tag, bei all ihren Handlungen, wie groß die Macht des Willens ist. Des Willens, jeden äußeren Widerstand zu überwinden und davon stark und demütig zu werden, auch wenn sie hinter verschlossenen Türen sicher ahnten, wozu Kaffeepunsch und Schnaps und ein warmer Frauenleib gut sein konnten. Und in dieser kargen, zähen Landschaft zwischen Meer und Himmel hatte er Christina gefunden, seine Sonne. Allein die Tatsache, ihr den zweiten Vornamen Sol, Sonne, zu geben, war kühn gewesen und hatte an Hochmut gegrenzt. Aber sie war das einzige Kind des Fischerpaares gewesen und gekommen, als die Mutter eigentlich schon zu alt war und beide die Hoffnung aufgegeben hatten. Sie waren bettelarm, und die Mutter war bis zu Christinas Geburt mit dem Vater zum Fischen ausgefahren. Auch das war unerhört. Sie war wirklich eine seltene Blume, ein weiblicher Isaak, um dessen Opferung niemand den Vater gebeten hatte, und mit einer Zerbrechlichkeit mitten in ihrer Stärke, an die er nicht rühren wollte. Er betete sie anspruchslos an, genau wie Mogens. Und vielleicht erlaubte er es Mogens deshalb, seine Leidenschaft auszuleben, auch wenn deren Macht ihm Angst machte – weil er sie wiedererkannte.

Er selber gab sich fast all seinen Tätigkeiten voller Leidenschaft hin. Das war für ihn eine angeborene Notwendigkeit. Er hielt Müßiggang für ein unverzeihliches Laster. Und sein Glaube war felsenfest. Deshalb war es auch seine Pflicht, den Jungen das Denken zu lehren.

Hier sollte wahrlich nicht gestickt werden. Probst Thygesen gab als Erster zu, dass Bauernkinder und Fischersbrut eher handfeste Kenntnisse über Strohdächer brauchten als Latein, und er glaubte daran, dass er es im Konfirmandenunterricht entdecken würde, wenn unter Paullunds Jugend ein besonderes Talent wäre. Und dann wäre es noch immer nicht zu spät. Aber bisher hatte er sich niemals bemüßigt gefühlt, sich um ein geistiges Talent zu kümmern, das an der falschen Stelle gelandet war.

Ein Geistlicher war ein Vorsteher, im ursprünglichen Sinne dieses Wortes, einer, der seinen Verstand mit anderen teilen und ein Brückenbauer sein sollte, ein *Pontifex* zwischen Gott und den Menschen. Und er musste sie dazu bringen, hart zu arbeiten für das, was sie am besten konnten, ohne irdischem Gut und Gold nachzujagen. In der irdischen Arena war es genug, *ausreichend* zu besitzen, alles andere wäre Gotteslästerung. *Lieber emsig wie eine Ameise und geflickte Hosen als geschmückt in feinen Kleidern und ein träger Esel! Du verstehst doch, was ich meine?* Die Worte seines Vaters hallten noch in seinen Ohren wider, er war ebenfalls Pastor gewesen, wenn auch im fruchtbareren und zivilisierteren Nordseeland.

Ja, er verstand, was sein Vater gemeint hatte. Und jetzt wollte er diese Worte seinem einzigen Sohn einprägen, der *etwas* hatte. Er wollte dessen Kopf füllen und ihn für Gott vorbereiten, mit tiefer und ehrlich empfundener Einsicht in Seine Worte. Dass das auf längere Sicht bedeutete, dass er den Jungen von zu Hause fort auf eine Lateinschule schicken musste, auf eine *Gelehrte Schule,* daran mochte er nicht denken. Die nächste lag in Malding. Das Schulgeld kostete so ungefähr die Augäpfel, eigentlich könnten sie sich das nicht leisten. Er würde den Jungen selber auch über das Alter, in dem Schüler normalerweise auf die Gelehrte Schule geschickt wurden, selber unterrichten müssen.

Außerdem krümmte er sich schon bei dem Gedanken daran, zusehen zu müssen, wie Christina von dem Jungen Abschied nahm, zu sehen, was dann von ihr übrig bleiben würde.

In der Studierstube seines Vaters kam er sich vor wie zu Besuch in einem fremden Haus.

Mogens war verlegen und andächtig. Der Vater kam ihm ebenfalls anders vor, er hielt das Kinn höher, wie in der Kirche, bei der Predigt. Sein Kinnbart ragte wie Kohle in die Luft.

»Hier sitzt du.«

Der Vater zeigte auf die andere Seite des Schreibtisches, wo ein etwas zu niedriger Hocker stand, der mit einer fest zusammengefalteten Friesdecke belegt war. Mogens setzte sich.

»Ist das hoch genug?«

Mogens rutschte vorsichtig hin und her und nickte. Und dann passierte das, was er niemals vergessen sollte. Der Vater holte wunderbare Dinge von seinem Schreibtisch, legte sie vor Mogens hin und sagte, die gehörten jetzt ihm.

»Das ist für dich«, sagte der Vater.

Ein Federhalter. Eine kleine Schachtel mit Stahlfedern, drei neue Schreibhefte mit weißem Papier. Mit weißem! Ein Tintenfass und einen Bogen dickes Papier, mit dem überflüssige Tinte aufgesaugt werden konnte. Zwei eingebundene Bücher, die er nicht zu berühren wagte. Das eine war ziemlich klein, das andere gewaltig dick. Er brannte darauf, sie zu öffnen, die Bilder zu betrachten.

»Tausend Dank, mein Vater!«

»Das wird hier aufbewahrt und nur zu den Studien benutzt.«

Mogens nickte feierlich. Zu den *Studien* … Natürlich war das hier kein Spielzeug. Der Vater schob ihm die Schreibausrüstung zu.

»Ich ziehe ja meinen alten Federkiel vor, ich finde, die Schrift wird dann weicher, aber *du* musst mit der Stahlfeder lernen«, sagte er.

Und damit wusste Mogens, dass der Unterricht begonnen hatte. Zuerst musste er also das benutzen lernen, mit dessen Hilfe er sich Wissen erwerben sollte.

Was schwieriger war, als er erwartet hatte. Er streckte die Zungenspitze bis zu seiner Nase hin und gab sich alle Mühe, die Feder in den Halter zu stecken, ohne sich zu stechen. Er stach sich trotzdem, jammerte aber nicht. Denn jetzt saß die Feder felsenfest im Halter, sie schimmerte wie Silber, und zwei elegante Bögen führten zur Spitze.

»Und dann eintunken. Vorsichtig. Sie muss einen Moment in der Tinte bleiben, damit die Feder sich voll saugen kann. Und dann schreibst du darauf.«

Der Vater hatte schlichtes graues Papier geholt, auf dem er üben sollte, das war der einzige Wermutstropfen in der Freude, aber er sah bald, dass es so klüger war. Der Buchstabe, den er hatte formen wollen, der erste Buchstabe in seinem eigenen Namen, den er bisher mit Kohlestift wunderbar gemeistert hatte, wurde zu einem großen blauen Klecks, der wie eine dunkle Salzwasserwunde auf dem grauen Papier verlief. Aber der Vater sagte:

»Anfangs ist das immer so. Bis du es gelernt hast. Aber du lernst das sicher schnell, mein Junge. Und du musst die Feder so halten, dass der breite Teil immer in dieselbe Richtung weist. Und nimm beim nächsten Mal nicht zu viel Tinte, auch wenn das Papier sie aufsaugt.«

Mogens tunkte die Feder wieder ein. Sogar der scheußliche Klecks war schön. Er sah auf dem porösen Papier aus wie eine

Blume. Diesmal tippte er mit der Feder beim Herausziehen vorsichtig gegen den Rand des Tintenfasses. Er schrieb ein schönes M, so hart und eifrig, dass die Feder das Papier durchbrach und eine tiefe Pflugfurche zog, die in einer neuen Blume endete.

»Das war gut«, sagte der Vater. »Aber beim nächsten Mal nicht so fest.«

Und Mogens übte und schrieb auf grauem Papier, bis seine Zungenspitze von der vielen frischen Luft fast eingetrocknet war, während der Vater ihm ruhig gute Ratschläge für die zerstörerische Wanderung der Feder über das Papier erteilte.

»Das Papier ist ungeeignet«, erklärte er dann schließlich. »Ich gebe dir ein Stück weißes. Es ist dichter und feiner, aber eben auch gefährlicher.«

»Gefährlicher?«

»Ja, du brauchst nur ganz wenig Tinte. Du brauchst die Feder nicht so oft einzutunken, aber der Anfang ist entscheidend. Und du musst das Löschpapier zur Hand haben.«

Der Vater lächelte, und Mogens vergaß, dass er sich darauf gefreut hatte, zu seiner Mutter zu laufen. Er hätte mit Freude tagelang hier sitzen können. Und plötzlich taten ihm seine Brüder Leid, die das alles nicht erleben durften.

»Warum lernen die anderen das nicht?«, fragte er.

Der Vater antwortete nicht sofort. Es sah zuerst aus, als habe er die Frage gar nicht gehört, doch dann sagte er: »Weil du es am besten kannst. Glaubt dein Vater zu wissen. Und jetzt reden wir nicht mehr darüber. Versuch es jetzt auf dem weißen.«

Mogens hätte gern auf der ersten Seite in einem der neuen Schreibhefte angefangen, aber ihm ging auf, dass er ein weiteres Mal seine Fähigkeiten überschätzt hatte, als sich eine neue feuchte Blume auf dem Papier ausbreitete. Er musterte sie mit funkelnden Augen, ohne sich dieser Niederlage zu schämen, denn diesmal gab der weiße Hintergrund dem prachtvollen Preußischblau der Tinte freies Spiel. Diese Farbe war blauer als Himmel und Meer. Sie hatte ein wenig Ähnlichkeit mit einem klaren Himmel an einem frühen Herbstabend mit Vollmond, war auf dem Papier unglaublicherweise schöner als in der Natur.

»Sieh mal«, sagte Mogens. »Ist das nicht schön?«

»Nein«, erwiderte der Vater mit scharfer, sehr scharfer Stimme. »Das ist nicht schön. Das da, das ist ein Tintenfleck. Und ein Tintenfleck ist nicht schön, wenn er etwas ganz anderes sein sollte, zum Beispiel dein Name. Roll mit dem Löschpapier darüber. Das musst du gleichmäßig und vorsichtig machen, damit der hässliche Fleck nicht noch weiter verrieben wird.«

Mogens packte die blanke Kugel oben auf der Löschrolle und bewegte sie dann langsam hin und her. Die erste Grenze war gezogen, der erste Wermutstropfen in seiner Freude. Aber die Enttäuschung musste bald der neuen Begeisterung über einen wohlgeformten Buchstaben weichen. Und als der Vater auf die Uhr schaute und den ersten Schultag für beendet erklärte, wollte Mogens das nicht für möglich halten. Er hatte es immerhin geschafft, dass auf der Vorderseite des einen Schreibheftes sein vollständiger Name stand. Das Löschpapier hatte die ersten drei Buchstaben verzerrt, sie standen sozusagen ein wenig ängstlich und doppelt da und zitterten wie im Frost, aber der Vater war zufrieden.

»Nimmt man nicht auch Sand? Auf der Tinte? Und pustet den Sand dann weg?«, fragte Mogens.

»Ja, das würde ich auch gern tun, aber deine Mutter will keinen Sand auf dem Boden haben. Sie sagt, in Paullund gibt es schon genug davon, man braucht ihn nicht auch noch in *Dosen* zu kaufen und in die Luft zu blasen.«

Sie tauschten ein rasches Lächeln.

»Und jetzt ziehst du die Feder heraus und wäschst sie«, sagte der Vater dann. »Und das Tintenfass muss verschlossen werden. Und dann legst du deine Sachen hier in dieses Fach.«

Er zeigte auf ein kleines Fach in seinem Schreibtisch, das er für den Sohn frei geräumt hatte. *Deine Sachen.* Mogens konnte es nicht erwarten, das alles seiner Mutter zu erzählen, und er wollte schon ins Wohnzimmer stürzen. Aber als er vom Hocker glitt und sich aufrichtete, jammerte er plötzlich.

»Was ist los?«, fragte der Vater erschrocken, er war immer auf der Hut, wenn es um die Gesundheit des Sohnes ging.

»Es ist nur ... irgendwie überall.«

Sein Nacken tat weh, seine Schultern taten weh. Er konnte kaum die Feder aus den verkrampften Fingern lösen. Und sein Gesäß hatte jegliches Gefühl verloren.

»Du hast dich einfach nur angestrengt«, sagte der Vater erleichtert und lächelte. »Du hast zwei Stunden lang dagesessen wie eine gespannte Bogensehne. Das legt sich. Du warst fleißig.«

Als Mogens danach der Mutter alles erzählte, was passiert war, verbreitete er sich trotzdem vor allem über die blaue Farbe der Tinte. Womit sie Ähnlichkeit habe. Er war außer Hörweite des Vaters. Und die Mutter teilte seine Freude und lachte mit ihm. Sie zog ihn an sich und drückte sein Gesicht an ihren Hals.

In den Büchern gab es keine Zeichnungen. Nicht eine einzige. Das dicke Buch war Madvigs *Lateinische Sprachlehre für den Schulgebrauch.* Das dünne war *Birchs Biblische Geschichte,* und Mogens hatte die Bibel bisher immer mit Zeichnungen verbunden. Er konnte seine Enttäuschung nicht verbergen, als die Bücher ihm nach einigen Tagen mit Schreibübungen endlich zugeschoben wurden. Er blätterte mehrere Male hin und her, dann seufzte er und klappte sie zu.

»Das hier sollst du mir laut vorlesen«, sagte der Vater und zeigte auf Birch. »Und dann reicht es vollständig, wenn du den Buchstaben folgst, Bilder brauchst du gar nicht. Lies mir die kleinen Buchstaben auf der ersten Seite vor.«

Mogens öffnete das Buch wieder. »*Für Kinder, vor allem auf dem Lande, mit geringen Fähigkeiten und wenig Schulgang.*«

»Ich wollte nur, dass du das siehst. Du lebst auf dem Lande und hast gar keinen Schulgang, aber deine Fähigkeiten sind nicht gering, sondern sehr gut. Dieses Buch gehen wir zusammen durch, Wort für Wort, und später wirst du dann Gottes Wort in seiner Vollkommenheit besser verstehen. Wir beginnen mit der Erschaffung der Welt und enden mit der Zerstörung Jerusalems. Das hier ist eine stark verkürzte Ausgabe.«

Ja, das war klar. Das hier war ein dünner Fetzen von Buch, während die Bibel des Vaters tausende von hauchdünnen Blättern mit winzigen Buchstaben aufwies.

»Aber es gehört dir. Schreib deinen Namen hinein.«

Mogens strahlte. Her mit Tinte und Federhalter und Feder, eintunken und sorgfältig schreiben. Damit war er volle zehn Minuten beschäftigt.

Die gotischen Buchstaben waren viel schöner als die Schreibschrift, die er bisher geübt hatte. Er wollte gern lernen, auch diese Buchstaben zu schreiben, aber der Vater sagte nein, nicht in diesem Zimmer. Dann müsste er sich mit Kohlestift und grauem Papier in die Küche setzen. Aber mit Kohlestift war das unmöglich. Er brauchte doch eine Feder, um die kleinen Spitzen und Zacken und Schnörkel zu schaffen.

»Du brauchst das nicht zu lernen«, sagte der Vater. »Das ist das gedruckte Wort. Und nicht das, was man selber schreibt, jetzt nicht mehr.«

Sogar wenn Mogens laut aus der kleinen Bibelgeschichte vorlas, ertappte er sich dabei, dass er die Buchstaben bewunderte und dabei die Wörter durcheinander warf. Zugleich war es spannend, sich den Text anzueignen. Denn zum ersten Mal erreichte er den Zusammenhang, sah ein *Ganzes.* Er las über Kain, der Abel erschlug, über Loths törichte Frau, die Gut und Gold nicht verlassen wollte, über Jakob, der sich auf einem Stein schlafen legte und von einer Leiter träumte, die in den Himmel führte, und bei der jede Sprosse von Engeln umflogen wurde, über die Reise nach Ägypten und was es damit auf sich hatte, dass Menschen fast verhungert wären und sich dann dort niederließen; dass der Befehl erteilt wurde, neugeborene Knaben zu töten, sie sollten in den Nilstrom geworfen werden. Das passierte auch Mose, in einem Korb, den die Mutter geflochten hatte, worauf die Tochter des Pharao ihn fand und in den Wissenschaften der Ägypter unterrichten ließ, das war eine fabelhafte Geschichte.

»War der Nilstrom groß und breit, mein Vater?«

»Der ist noch immer vorhanden. Und er ist sehr breit.«

»Kann man einen Stein auf das andere Ufer werfen?«

»Nein.«

»Kann man hinüberschwimmen?«

»Du nicht. Außerdem gibt es dort Krokodile. Die Menschen fressen.«

»Ich würde gern so ein Krokodil sehen.«

Der Vater räusperte sich energisch. »Jetzt halten wir uns an die Geschichte, an ihren Inhalt. Und lassen den Nilstrom seiner Wege fließen.«

»Ja, mein Vater.«

»Sie gehorchte Gott und nicht den Menschen, so dachte die Mutter Mose«, sagte der Vater.

»Muss man das immer?«, fragte Mogens. »Nicht auf die Menschen hören, wenn man glaubt, dass sie sich irren?«

»Nur wenn du Gott in deinem Herzen trägst und Seine Worte kennst, denn dann weißt du den Unterschied zwischen richtig und falsch. Und dann kannst du menschlichen Geboten den Rücken kehren.«

»Geboten? Wie den Zehn Geboten?«

»Ja.«

»Aber das weiß man doch? Das, was die Gebote sagen? Das versteht man doch von selbst. Dass man nicht lügen oder Leute umbringen darf? Und dass es nur einen Gott gibt?«

Mogens fand es sogar seltsam, das Wort Gott in der Mehrzahl zu sehen, so überzeugt war er von der Richtigkeit des Ersten Gebotes.

Der Vater ging zum Fenster und kehrte ihm den Rücken zu, um sein Lächeln zu verbergen. Ohne es zu wissen, rührte Mogens oft an die großen theologischen Fragen. Aber wie sollte er das erklären? Einem Kind?

»Die Gebote gelten nicht nur für das, was man tut, sondern auch für das, was man denkt. Aber die guten Gedanken, unsere Ideale, die sind Gottes Wille in uns«, sagte er, ohne sich umzudrehen, während er beschloss, nicht weiter auf das Problem einzugehen, dass das christliche Ideal auch an das moralische Bewusstsein der Menschen appellierte, an Menschen, die sich nicht zu Gott bekannten. Gott sei Dank oder unglücklicherweise, das kam auf den Standpunkt an.

Er drehte sich um und sagte: »Du bist ein kluger Junge. Du trägst den lieben Gott in deinem Herzen, und deshalb kommen die Gebote dir so selbstverständlich vor. Das ist die Erklärung.«

»Ist alles wahr, was in der Bibel steht?«

»Ja.« Hier wollte Probst Thygesen mit Einschränkungen nicht einmal anfangen. »Lies weiter.«

Mogens fand in der Bibel häufiger Dinge, die so seltsam waren, dass er sie nur nach ausgiebigem Kauen hinunterschlucken konnte. Mogens' Klugheit lag darin, dass er den Vater nicht zu sehr und nicht zu oft herausforderte. Er hatte zahllose Predigten des Vaters gehört und zwischen Erwachsenen aus Paullund gesessen, die die Geschichten der Bibel akzeptierten, ohne mit der Wimper zu zucken. Er begriff instinktiv, dass mehrere seiner Gedanken sich auf schwankendem Torfboden befinden würden, wenn sie im Studierzimmer des Vaters genannt würden. Nicht dass der Vater böse sein würde. Das sicher nicht. Aber Mogens hatte Angst, ihn zu verletzen, wenn er zu viele Fragen über den Text stellte. Der Vater hielt ja offenbar alles für die Wahrheit. Er sagte oft und gern: »Selig sind die, die nicht sehen und doch glauben.« Aber Mogens hätte nun einmal gern einen Mann von 175 Jahren gesehen. Der Älteste, den er kannte, war 72, der alte Valdemar Hode, der sich kaum noch auf den Beinen halten konnte. Der Vater konnte doch unmöglich glauben, dass jemand es auf 175 Jahre brachte! Und das mit dem Widder, der plötzlich im Dornbusch hing, nachdem Abraham Isaak doch nicht hatte opfern müssen – ein Widder hängt nicht plötzlich irgendwo, ohne vorher eine Masse Lärm zu machen, und das hätte Abraham ja wohl gehört. Ja, dass er überhaupt seinem eigenen Sohn das Messer an die Kehle gesetzt hatte, war schwer hinzunehmen, und wenn es Gott noch so wichtig gewesen war, Abrahams

Gehorsam auf die Probe zu stellen. Abraham hatte Gott doch laut und deutlich gepriesen. Glaubte Gott ihm das denn nicht? Gott konnte schließlich ohne größere Probleme die Gedanken der Menschen lesen, und da konnte er sich doch leicht davon überzeugen, ob Abraham log oder nicht, denn *der Herr durchsuchet die Herzen aller und kennet alle deine Gedanken.* Und das mit dem Dornbusch, dass der aufloderte und Gottes Stimme war? An anderen Stellen sprach Gott doch ganz normales Dänisch und benutzte Wörter, die man sofort verstand. Warum nicht auch hier? Und dass Daniel am nächsten Morgen unversehrt in der Löwengrube saß, nur weil sein Vergehen heilig gewesen war, denn er hatte gebetet, als er das nicht durfte – was wussten Löwen wohl von diesen Dingen? Wenn Löwen daran gewöhnt waren, Menschen, die zu ihnen herabgeworfen wurden, aufzufressen, wie konnten sie dann begreifen, dass Daniel ungenießbar war, weil Gott auf ihn aufpasste? Das musste doch bedeuten, dass auch Löwen mit Gott redeten, und Löwen waren Tiere, und an anderen Stellen in der Bibel wurden Tiere einfach getötet, ohne dass Gott sich zuerst ein Bild von ihrer Frömmigkeit gemacht hätte. Wie in Sodom. Manche Menschen wurden rechtzeitig gewarnt, so wie Loth, die anderen wurden getötet, und die Tiere, niemand kümmerte sich um die Tiere oder um deren Glauben. Wenn nun ein Löwe dabei gewesen wäre, einer der Löwen, die begriffen hatten, dass Daniel ein frommer und gottesfürchtiger Mann war – so ein Löwe wäre doch sicher verschont worden?

Nach manchen Dingen musste er seinen Vater einfach fragen.

»Wieso kann Jakob zwei Frauen heiraten? Ohne dass die eine gestorben ist?«

»Leah und Rachel waren Schwestern«, begann der Vater vorsichtig. Mogens wartete.

»Damals war das erlaubt«, sagte der Vater dann.

»Hat Gott das gesagt? Dass sie das dürfen?«

»Nicht gerade das, aber …«

»Aber in Paullund geht das nicht, mein Vater? Du kannst das nicht? Und würde es meiner Mutter gefallen?«

»Nein. Lies weiter.«

Es machte Mogens auch Sorgen, dass Gott töten konnte. Denn dann hielt er sich ja nicht an seine eigenen Zehn Gebote. Und er liebte nicht alle Menschen, wenn er ganze Städte auslöschen und Goliath den Kopf abschlagen lassen konnte, ohne dass irgendwo stand, was Goliath eigentlich verbrochen hatte, abgesehen davon, dass er groß und stark gewesen war.

»Kann Gott mich töten, wenn ich etwas anstelle?«

»Nein, wie kommst du denn auf die Idee? Du bist ein Kind, Mogens.«

»Aber wenn ich erwachsen wäre und in Sodom lebte. Oder in einer der anderen Städte in der Nähe, wo sich die Erde öffnete und alle von Rauch und Feuer verschlungen wurden.«

»Ja, dann ...«

»Würde ich getötet werden.«

»Nein, ich glaube, du wärst einer von denen, die eine von Loths Töchtern heiraten und rechtzeitig gewarnt werden«, sagte der Vater und lächelte, erleichtert über seine eigene Antwort.

Die Stunden im Zimmer des Vaters waren für die anderen heilig. Niemand störte sie. Durch die Tür zu gehen und ins Leben des Hauses einzutreten, war wie ein Wechsel von einer Farbe zur anderen. An manchen Tagen tat es gut herauszukommen. An anderen sehnte er sich sofort nach der Stimmung im Studierzimmer, mit der Tischplatte und den Büchern, dem Portrait von Bischof Boldt an der Wand neben dem kleinen Kruzifix, der Friesdecke, die stach und kitzelte, und nach der großen Gestalt des Vaters, die sich nur ihm widmete, in Gedanken und Reden. An einzelnen Tagen kam Mogens sich unendlich vom Glück begünstigt vor, weil er einen solchen Vater hatte. An anderen hätte er lieber Strohhalme in Schweinerüssel gesteckt und gesehen, wie sie eine Dusche in die Sonne niesten, die einen Regenbogen enthielt.

Es war ein heißer Tag ohne den üblichen Wind, als Frode Nicolai wissen wollte, was Mogens im Studierzimmer denn eigentlich lerne. Frode war klein, rundlich und dunkel, seine Finger waren immer schmutzig. Der Schmutz bildete um jeden Nagel ein perfektes Viereck. Er war der einzige Bruder, in dessen Gesellschaft Mogens sich wohl fühlte, vor allem seit er und der Vater die Geschichte von Jakob und dessen zwölf Söhnen gelesen hatten. Er wollte gern mit Frode über Neid und Missgunst sprechen. Für ihn waren das neue Gedanken, überraschend und beunruhigend.

»Ich lerne schreiben, und wir lesen in der Bibel, und bald fangen wir mit Latein an, und der, der das Buch über Latein geschrieben hat, hat fast den gleichen Namen wie du, er heißt Johan Nicolai«, sagte Mogens.

Sie hockten vor der weiß gekalkten Wand im Schatten und bauten Pyramiden aus kleinen Steinen. Sie spuckten die Steine an, damit sie aneinander klebten. Es war jetzt schon seit über einer Woche so heiß. Alles stand still, und alte Leute starben wie Fliegen. Die Mutter hatte in fremden Häusern alle Hände voll zu tun, sie musste trösten und Suppe austeilen. Sie half den Allerärmsten auch mit Fünförestücken, die blank geputzt auf den Augen der Toten zu liegen hatten. Die Allerärmsten konnten keine zehn Öre entbehren. Sie erzählte abends davon, und Elise wusste ebenfalls, wer gerade gestorben war. Und als auch an diesem

Tag die Luft wieder stillstand, hatte Elise schon beim Frühstück gesagt, jetzt kenne sie mindestens zwei, die es in diesem Jammertal nicht mehr aushalten könnten. Elise war unverheiratet geblieben, sie stand noch immer bei ihnen *in Diensten* und schlief in der Küche auf der Ausklappbank, was ihr glücklicherweise die Schmerzen einer Geburt erspart hatte. Carlchen, der jetzt größer war als seine Mutter, sagte, das liege daran, dass sie nur ein Ohr habe. Sie versteckte dieses seltsame knorpellose Loch hinter Haaren und Kopftuch, Mogens hatte es noch nie gesehen. Nicht einmal bei einer solchen Hitze wie jetzt nahm sie ihr Kopftuch ab, vermutlich hatte Carlchen also Recht.

Mogens und Frode hatten auf Geheiß der Mutter für den Totengräber Wasser zur Kirche gebracht. Es wurden so viele neue Gräber benötigt, dass jeder Tag zu Hilfe genommen werden musste. Der Totengräber war von Kopf bis Fuß schweißnass, er hämmerte Bretter an den Grabwänden fest, damit der Sand nicht einbrach. Seine Augen sahen aus wie tote Kabeljaublicke, leer glotzend und blassblau. Er trank sein Wasser so rasch, dass mindestens die Hälfte über seinen Brustkasten lief, und warf dann den Blechbecher zu ihnen hoch, ohne sich auch nur zu bedanken.

»Warum musst du so viel lernen?«, fragte Frode.

»Bist du neidisch?«, fragte Mogens.

Frode glotzte ihn nur an.

»Jakob hatte zwölf Söhne, aber er liebte Josef am meisten von allen«, sagte Mogens.

»Das hat Mutter uns vorgelesen«, sagte Frode.

Daran konnte Mogens sich nicht erinnern. »Wirklich?«

»Ja«, sagte Frode. »Worauf die anderen Josef an einen Sklavenhändler verkauft haben, und so kam er zu Potifar, und Potifars böse Frau riss ihm den Kittel vom Leibe, weil sie ... eine unziemliche Liebe zu ihm hegte.«

»Und dann musste Josef ins Gefängnis, weil Potifar glaubte, er sei an allem schuld«, sagte Mogens. »Dass der Kittel zerrissen war. An den Nähten. Du und Carlchen und Peter und Frederic, ihr würdet mich doch wohl nicht an einen Sklavenhändler verkaufen?«

Frode lehnte den Hinterkopf an die Wand. »In Paullund gibt es keine Sklavenhändler. Die wohnen weiter im Süden.«

»Und außerdem«, sagte Mogens, »glaube ich nicht, dass mein Vater mich am meisten liebt.«

»Doch, das tut er«, widersprach Frode. »Aber ich will auch gar nicht Pastor werden. Und außerdem liebt er Mutter am meisten. Oder vielleicht auch Gott.«

Frode streckte einen Fuß aus und zog mit dem Holzschuh eine Menge kleiner Steine zu sich heran. »Ich schaff es einfach nicht, mit Tinte schöne Buchstaben zu schreiben«, sagte er. »Mit Kohle geht das besser.«

»Wo ist Vater?«, fragte Mogens und stand auf.

»In der Kirche, mit Küster Sophus. Die schreiben sicher die Namen von allen Toten ins Kirchenbuch.«

»Komm«, sagte Mogens.

Bischof Boldt starrte sie ruhig von der Wand her an, als sie das Zimmer betraten. Die Bodenbretter knackten wie immer, an denselben Stellen wie immer. Trotzdem schlug ihnen bei diesem Geräusch das Herz bis in den Hals. Mogens ging zum Schreibtisch und zeigte darauf: »Das ist mein Fach, das sind meine Sachen.«

Er nahm sie andächtig heraus, zeigte Frode Madvigs Vornamen im Lateinbuch, legte die Bücher wieder zurück, nur das eine Schreibheft nicht. Er holte Tinte, Federhalter und die Schachtel mit Federn.

»Jetzt schreiben wir deinen Namen, mit gotischen Buchstaben«, flüsterte er.

Frode sagte kein Wort. Er schluckte und ließ Mogens' Hände nicht aus den Augen. Mogens befestigte die Feder, öffnete das

Tintenfass und das Schreibheft und schrieb auf die hinterste Seite ein perfektes gotisches F.

»Jetzt kannst du ein kleines r schreiben.« Er reichte Frode die Feder.

Frode umklammerte den Federhalter. Mogens merkte, dass der Bruder nach Erde und Stoff roch, und dass die Holzschuhe einen süßen Geruch ausströmten. Er war sich des Augenblicks und der Einzelheiten so bewusst wie dann, wenn er aus einem ereignisreichen Traum erwachte, in der ersten Sekunde, nachdem die Handlung über ihn hereinbrach, und sein nächster Gedanke war, dass das bedeutete, dass er gut war, erfüllt von Liebe, wie sein Vater immer forderte. Er konnte sich für etwas unerwartet Schönes öffnen, für einen anderen Menschen.

»Siehst du die Farbe«, flüsterte er. »Siehst du, wie dick und blau die Farbe auf dem weißen Grund ist?«

Frode drückte, die Feder brach, kleine Tropfen spritzten über das Papier und über den Bogen und versickerten in der hölzernen Schreibtischplatte. Frode ließ den Federhalter los und trat zwei Schritte zurück, während Mogens versuchte, den Federhalter aufzufangen und dabei das Tintenfass umstieß. Die Tinte strömte wie schwarzes, entzündetes Blut über die Tischplatte und weiter zu den Büchern des Vaters, die an der Wand standen, Pontoppidans Katechismuserläuterungen und sein Gesangbuch und der *Dänische Atlas* und Paludan-Müllers *Adam Homo* und Cicero und Homer und Herodot und die dänische Kirchengeschichte in vier Bänden und die Schreibhefte des Vaters. Mogens merkte, wie seine Kehle sich zusammenschnürte. Der Hahnenkamm schwoll in seinem Hals an, dick und rot. Die Blutwülste rissen. Er keuchte und spuckte und schrie und glaubte, rote Blutstropfen aus seinem Hals spritzen zu sehen. Hinter ihm schlug die Tür. Er hörte seinen Bruder aus vollem Hals schreien, und Elise kam angerannt, doch er lag schon auf dem Boden und roch das Erbrochene. Und dann wurde alles schwarz, wie der Blick von Bischof Boldt.

Als er erwachte, lag er in seinem eigenen Bett, und sein Vater stand vor ihm. Die Mutter wäre ihm lieber gewesen. Rasch schloss er die Augen wieder und kostete seinen Atem aus. Der war sauber und frei. Das Beste wäre es, jetzt krank zu werden, sehr krank, sodass der Totengräber eine Grube für ihn aushöbe, nicht für die vielen Alten. Denn das hier war kein Traum. Hier kamen keine Bilder wie Geschenke aus dem Traum. Und die Bücher des Vaters! Die der Vater so sehr liebte! Vor allem das Buch mit den Karten, das Mogens bisher kaum gesehen hatte, und wenn, dann waren nur Dänemark und das Heilige Land aufgeschlagen worden.

Aber er bereute diesen Gedanken sofort, denn es war das Buch, das ihm am meisten fehlen würde. Für den Vater waren wohl die anderen wichtiger. Und wie sollte er jetzt die Konfirmanden unterrichten, wo seine eigenen Schreibhefte mit seinen *Kommentaren* ruiniert waren.

»Du kannst meine auch kaputtmachen«, flüsterte er, ohne die Augen zu öffnen.

»Deine was?«, fragte der Vater.

Mogens lauschte auf diese Worte, auf den Tonfall des Vaters, war der traurig oder streng? Verwirrt kam er zu dem Schluss, dass er keins von beiden war.

»Meine Bücher. Latein und Bibelgeschichte. Und alles, was ich geschrieben habe. Zur Strafe, wegen deiner Bücher.«

»Denen ist nichts passiert. Du kannst die Augen aufmachen. Nur ganz unten am Rand ist ein wenig Tinte eingezogen, aber man kann noch immer alles lesen. Die Tischplatte dagegen ist jetzt blau. Daran lässt sich nichts mehr ändern, und dein eines Schreibheft ist unbrauchbar. Was wolltest du eigentlich im Studierzimmer?«

»Frode Nicolai alles zeigen.«

»Schlaf jetzt.«

Er lag noch mehrere Stunden in dem warmen Schlafzimmer wach und betrachtete die Fliegen am Fenster, die vergeblich einen Ausgang suchten. Er zwang sich dazu, an Sklavenhändler und aus der Erde quellendes Feuer zu denken. Er hätte den Vater lieber wütend und deutlich erlebt, und noch lieber hätte er seine Mutter bei sich gehabt. Er konnte ihre Stimme nirgendwo hören, weder im Haus noch draußen. Er spuckte seine Finger an, legte sie auf die Augenlider und stellte sich vor, es seien frisch geputzte Fünförestücke, die seine Mutter dorthin gelegt hatte.

Als er dann ein oder zwei Jahre älter war, begriff Mogens nach und nach, dass beim Wissenserwerb nicht von Lust oder Interesse die Rede war. Man suchte sich nicht die Dinge aus, die man spannend fand, um sich dann darin zu üben. Er saugte alles, was er nur konnte, aus den Höhepunkten heraus, in Form von spannenden Diskussionen zum Beispiel über die Weltkarte, wenn er den Vater zu längeren Vorträgen über fremde Länder und Entdecker bewegen konnte. Und er liebte das Schönschreiben. Dabei flog die Zeit nur so dahin. Aber die beiden Stunden wurden zuerst auf drei, dann auf vier ausgedehnt. Es waren vier oft sehr lange Stunden. Die letzte galt dem Selbststudium, er büffelte Latein.

Die Friesdecke war weggenommen worden. Er brauchte sie nicht mehr. Und er hatte sich daran gewöhnt, die von Tinte voll gesogene Tischplatte als Beweis für seine Unzulänglichkeit Gott gegenüber zu betrachten, sie hatten darüber geredet und auf diese Weise einen Zusammenhang hergestellt. Wie ein Jesus hatte der Vater ihm vergeben und ihm damit bewiesen, was Liebe war. Aber Mogens hätte lieber die Gefühle behalten, die ihn in dem Moment erfüllt hatten, als er einem großäugigen Frode die Feder in die Hand gedrückt hatte. Er wollte nicht sehen, dass es falsch gewesen war, aber das musste es doch sein, wo sein Vater sich solche Mühe gegeben hatte, ihm zu vergeben.

Er schaute oft zum Fenster hinüber, während der Vater redete. Er vertiefte sich in das Bild des Bischofs. Er horchte auf Stimmen. Ein einzelnes Kikeriki des geilen Hahns reichte, um ihn aus den langen Erörterungen seines Vaters herauszureißen.

»Und Distributive sind Adjektive mit drei Endungen nach der zweiten und ersten Deklination in …«

Mogens musterte den Vater mit leerem Blick, wo waren sie jetzt?

»Nach der zweiten und ersten Deklination in … was?«

»Singu …«, sagte Mogens. »Nein, Plural.«

»Und sie heißen … für sechs?«

»Seni.«

»Gut. Für zwölf?«

Er setzte sich gerade und überließ den geilen Hahn seinem eigenen Schicksal. »Duodeni.«

»Für dreihundert?«

»Moment«, sagte Mogens. Er musste in Gedanken zuerst die ganze Tabelle aufsagen, um zu dreihundert zu gelangen. »Treceni.«

»Gut. Und neunzehn?«

Jetzt musste er rückwärts zählen, was er aber nicht schaffte. Er fing wieder von vorne an.

»Viceni?«

»Nein«, sagte der Vater. »Das ist zwanzig. Neunzehn ist noveni deni. Oder man kann auch undeviceni sagen. Und vergiss nicht, dass ein c immer wie k ausgesprochen wird, wenn es nicht zwischen Selbstlauten steht. Und welche Art Fragewort gehört zu diesen Zahlen?«

»Ich .. ich weiß nicht, Vater. Etwas mit q.«

»Qvotëni. Also … wie viele von jedem.«

»Ja«, sagte Mogens und schaute beschämt in sein Buch.

»Schreib«, sagte der Vater.

Mogens beeilte sich, griff zur Feder und tunkte sie ins Tintenfass.

»*Cæsar et Ariovistus denos comites ad colloqium adduxerunt.* Hier sehen wir, wie die Distributive benutzt werden, wenn eine bestimmte Anzahl für jede der erwähnten Personen bezeichnet wird.«

Mogens schrieb gern x. Es war ein wunderschöner symmetrischer Buchstabe, und im Lateinischen wimmelte es nur so davon.

»Und welches Distributiv wird hier verwendet, Mogens?«

»Mmm ...«

»Deni! Für zehn! *Cæsar et Ariovistus denos comites ad colloqium adduxerunt.* Cäsar und Ariovist hatten zehn Begleiter. Schreib ... singuli homines, singuli cives. Was das bedeutet, weißt du ja immerhin.«

»Jeder Mensch und jeder ...«

Es wurde still im Raum. Viel zu lange.

»Nein«, sagte der Vater mit harter Stimme. »Der einzelne Mensch, der einzelne Bürger. Distributive sind Adjektive, Mogens!«

Wieder nahm er diese Furcht wahr: Alles, wovon der Vater sprach, konnte er unmöglich lernen, ohne sich auf die Bücher zu stützen. Latein. Und Griechisch. Warum musste er das alles lesen? Warum lasen sie das Neue Testament auf Griechisch, wo die dänische Ausgabe doch schon im Regal stand? Der Vater hatte erklärt, Latein und Griechisch stärkten das Gehirn:

»*Disciplina sollerti fingitur ingenium.* Der Geist wird durch kundige Belehrung gebildet. Das habe ich auf der Metropolitanschule in Kopenhagen als Erstes gelernt.«

Mogens hatte eher das Gefühl, dass sein Gehirn zerstört wurde und zerkrümelte. Der Vater konnte glühend davon schwärmen, wie sie mit Hilfe der römischen Dichter hier im kleinen Paullund sitzen und Wörter und Gedanken einer verschwundenen Mittelmeerkultur aussprechen und denken konnten.

»Aber es gibt sie nicht mehr? Nicht wirklich?«, konnte Mogens fragen.

»Nur Gott kann etwas Ewiges erschaffen. Aber wenn sie eine Moral gehabt hätten, die sie im Alltag und bei ihren Tätigkeiten hätten benutzen können, dann gäbe es das Römische Reich noch heute«, meinte der Vater.

»Könnten wir dann hinfahren?«

»Das könnten wir.«

Und dann machte diese Vorstellung gleich mehr Spaß. Für eine kleine Weile. Bis Ciceros Briefe auf die blau gefärbte Tischplatte gelegt wurden. Oder bis der Vater seinen Vergil oder seinen Ovid aufschlug und die Düfte eines gefallenen Reiches zu Mogens' Nase vordrangen.

Die Mutter versuchte, es auf andere und handfestere Weise zu erklären:

»Latein ist eine wichtige Sprache. Es ist die Sprache der Kirche. In Kopenhagen können alle wichtigen Männer Latein.«

»Aber ich wohne in Paullund, Mutter.«

»Willst du Fischer werden?«

»Nein.«

»Willst du Bauer werden? Deinen eigenen Hof haben?«

Tja, einen eigenen Hof hätte er schon gern, mit eigenen Tieren, aber er wusste genau, wie viel Arbeit dazugehörte. Das sah er jeden Tag in den Gesichtern des *Nährstandes.*

»Nein.«

»Was willst du dann?«

»Ich will … schreiben. Ich schreibe gern Buchstaben.«

»Aber die Buchstaben müssen doch etwas bedeuten. Dort muss etwas *stehen,* Mogens.«

»Das Geräusch der Feder ist so schön. Und die Farbe! Schau mal!«

Er lachte laut und zeigte ihr einen Tintenklecks an seinem Mittelfinger.

»Mogens! Hör gut zu! Das ist kindisch. Es war lustig, als du noch klein warst und alles neu und spannend war. Du bist ein kluger Junge, du kannst das, wenn du willst. Du darfst deinen Vater nicht enttäuschen.«

»Biblische Geschichte kann witzig sein … auf Dänisch.«

Birchs kleine Gekürzte war ein überwundenes Stadium. Jetzt benutzten sie die eigentliche Bibel. Die Geschichten waren komplex und kompliziert, und Mogens hätte am liebsten nur im Alten Testament gelesen. Dort fand er die klaren, bunten und verständlichen Geschichten. Aber jetzt studierten sie das Evangelium des Johannes nach der dänischen Ausgabe. Mogens fand es unerträglich langweilig. Aber ab und zu konnte er seine Fragen auf das Alte Testament richten, und dann flog die Zeit nur so dahin. Er sehnte sich zurück nach dem ungehorsamen Absalon, nach David, nach Salomo dem Weisen.

»Witzig?«, wiederholte die Mutter.

»Die Geschichten im Alten.«

»Aber nicht die im Neuen?«

»Nein, da passiert ja nicht so viel.«

»Wenn dein Vater dich gehört hätte …«

Er wandte sich ab, gab keine Antwort. Zum ersten Mal fühlte er sich weit fort von der Mutter. Er sah in ihr seine eigene Furcht, vor allem, was er nicht lernen konnte, weil es ihn nicht wirklich interessierte. *Im Anfang war das Wort, und das Wort war bei Gott, und Gott war das Wort. Dasselbe war im Anfang bei Gott. Alle Dinge sind durch dasselbe gemacht, und ohne dasselbe ist nichts gemacht, was gemacht ist.* Das alles hatte doch weder Sinn noch Verstand, und es passierte rein gar nichts. Die Leute im Neuen Testament fragten einander, wer sie waren, und sie redeten und antworteten ununterbrochen, und Jesus sprach zu allen, wiederholte die selbstverständlichsten Gemeinplätze, über Nächstenliebe und Verständnis, über Vergebung, über Vertrauen zu denen, die eigentlich gar nicht vertrauenswürdig waren, wieder und wieder. Und wozu brauchte man diese unterschiedlichen Evangelien, nur um zu beweisen, wie wahr Jesu Leben war? Mogens hätte sich durchaus mit einem einzigen zufrieden gegeben und auf der Stelle jedes Wort als Wahrheit akzeptiert, nur um Zeit zu sparen.

»Es ist eine Frage des Willens, Mogens. Du bist neun Jahre alt und ein großer Junge. Willst du nicht Pastor werden, so wie dein Vater?«

»Doch, meine Mutter.« Er fügte diesen Worten ein energisches Nicken hinzu, und deshalb musste sie ihm glauben.

»Dann musst du Latein lernen. Und Griechisch.«

Was stimmte nicht mit ihm? Er war offenbar nur glücklich, wenn er sich in *Schönes* vertiefen konnte; und das hatte bei den anderen in Paullund nichts zu suchen, es hatte auch beim Unterricht des Vaters nichts zu suchen. Der Gesang in der Kirche machte ihn glücklich, und der Himmel und das Meer und die Schwanenscharen und die Muscheln und die Blumen auf der Heide, auch wenn er sie immer seltener zusammen mit der Mutter erlebte. Er ging allein los. Bilder und Zeichnungen und Schönschreiben schenkten ihm intensive Glücksmomente, und Latein war wirklich das Beste, mit seinen vielen os und cs und xen. *Centurio,* was für ein schönes Wort, es war fast das schönste, das er kannte. Und *Socrates exsecrari eum solebat.* Die Feder flog nur so übers Papier und hätte sicher sogar dann geschrieben, wenn er sie nicht gehalten hätte.

»Nominativ Singular.«

»Is, ea, id.«

»Akkusativ.«

»Eum, eam.«

»Genitiv?«

»Ej – us.«

»Ja, Mogens. Ejus in allen Geschlechtern. Aber was ist mit dem Genitiv Plural?«

»Eorum, earum, e...«

»Eorum. Gut. Schlag Seite 102 auf. Auf den folgenden Seiten findest du die Tempusbildung und die Beugung von Personen und Zahlen in jedem Tempus in den vier Konjugationen, mit amo von der ersten, moneo von der anderen, scribo von der dritten, audio von der vierten. Siehst du?«

Mogens sah.

»Das musst du auswendig lernen. Dafür kannst du hier sitzen. Und alles abschreiben. Deine Hand wird dir helfen, dich zu erinnern.«

Draußen regnete es, ein schräg fallender grauer Regen von der Nordsee her, mit kleinen spitzen Sandmessern. Er beneidete alle, die draußen waren. Die stummen Tiere. Die gekrümmten Menschen auf den Feldern. Die Fischer, die sich am Strand mit ihren Netzen abmühten. Ja, er wäre lieber ein schlichter, platt gepeitschter Strandhafer am Dünenrand gewesen, statt hier zu sitzen. Oder ein armer *Wollhöker,* immer unterwegs, mit Nähnadeln und billigen Drucken in einer Tasche, die er gegen alte Lumpen, ein wenig Essen und ein Dach über dem Kopf eintauschte. Er hätte es sogar der Mutter nachtun mögen – und Alte und Kranke besuchen. Ja, er würde sie gern begleiten und in Essig getunkte Zwiebelstücke um die Hühneraugen der alten Frauen binden, wenn er sich nur nicht mehr mit diesem Madvig quälen müsste. Wie sollte seine arme kleine Hand ihm dabei helfen, sich an das alles zu erinnern?

Er hörte, wie Elise einem Bruder etwas zurief. Er musste an das Loch in ihrem Kopf denken, wie gern er das gesehen hätte. Er betrachtete die goldene Kette um den Hals des Bischofs. Er strich über das blaue Holz. Er tunkte die Feder mehrere Male ins Tintenfass und ließ die Tinte hinein zurücklaufen, ehe er anfing: amo, moneo, scribo, audio, ich liebe, ich mahne, ich schreibe, ich höre, amas, mones, scribis, audis, du liebst, du mahnst, du schreibst, du hörst. Weiter kam er nicht, denn nun streckte seine

Hand sich gleichsam von selbst aus und zog den Atlas zu ihm heran. Der blaue Tintenrand ganz unten hatte die Karten wirklich nicht zerstört. Nein, er sah eher aus wie eine gestickte Borte, die schon immer dort gewesen war. Und der arme Atlas, der das Himmelsgewölbe auf seinen ausgestreckten Händen tragen musste, als Strafe dafür, dass er sich am Kampf der Titanen gegen die Götter beteiligt hatte. Das alles hatte doch mehr Saft als ein Indikativ Präsens Singular.

Mogens blätterte in der Welt hin und her und schaute am Ende sehnsuchtsvoll Kopenhagen an. Die Stadt war ein kleiner Punkt, in den eine winzig kleine Kirche und eine Königskrone eingezeichnet waren. Er schloss das Buch mit dem Seufzer eines zu Tode Verurteilten, stellte es zurück und schrieb: amat, monet, scribit, audit, er/sie/es liebt, mahnt, schreibt, hört.

Die Schrift wurde fein und gleichmäßig, es waren schöne Wörter, und bald würde eine Stunde vorüber sein. Die Uhr an der Wand tickte ihn vorwärts. Wenn er nicht auf das Ticken achtete, ging die Zeit schneller. Die Kunst lag darin, dieses Geräusch am Rand des Bewusstseins anzusiedeln. Wenn er aktiv horchte, wurde das Ticken immer langsamer, bis die Zeit dann ganz anhielt und das Pendel stillstand, wie in geronnenem Fett, und er hier drinnen gefangen war, wie ein Atlas, der für alle Zeit die Weltkugel in den Händen tragen musste.

Mogens war nun schon zwölf Jahre, es war später Herbst, er schaute den Mädchen hinterher, von einem Tag auf den anderen war ihm aufgegangen, mit welcher Begeisterung er sie ansah, aber seine Mutter war doch die Beste. Er hätte sie gern häufiger berührt, sah aber ein, dass er zu alt dafür war. Es war lange her, dass sie ihn in die Arme genommen und mit ihm hinaus in die Heide gelaufen war, während der Wind ihre goldenen Haare aus ihrem Nackenknoten befreite. Sie fehlte ihm, er träumte von ihr. Wenn sie ihn abends an sich drückte, wollte er sie fast nicht loslassen. Der Duft ihres Nackens ließ ihn einen süßen Geschmack verspüren. Er wurde verlegen, wenn ihr Busen ihn berührte, wenn sie ihm die Haare schnitt. Es machte ihn glücklich, im heißen Sommer ihre nackten Knöchel zu sehen. Er hätte sie gern um die Taille gefasst und sie innig an sich gezogen. Er war erleichtert, weil sie nach seiner Geburt keine weiteren Kinder bekommen hatte, wusste aber nicht, warum.

Sie war noch immer jung. Die Falten in ihrem Gesicht waren durchaus nicht hässlich. Sie schienen auf die Haut gezeichnet worden zu sein, ganz bewusst gezeichnet. Und ihre Augen waren so klar und munter wie damals, als sie in jedem freien Moment ihre Lebensfreude geteilt hatten. Und sie hatte doch den Vater, um noch mehr Kinder zu machen. Seltsam, dass sie das nicht taten. Sie schliefen zusammen in dem breitesten, größten Bett, und es passierte ja nachts, dass man beschloss, ein Kind zu

bekommen. Das wusste er immerhin. Frode
Details über die Entstehung von Kindern mitg
achtete er nicht, seine Mutter war nicht so.
gegen tauchten immer häufiger in seinen Ged
lem Adeline und Jakobine, die Schwestern auf l
begriff nicht, warum sie sich so aufführten. V
deckten, dann lachten sie nur und rannten davo
ihre Beine sehen, die zum Vorschein kamen, w
die Röcke wirbelten. Sie waren wie Vögel, es
dicht an sie heranzukommen. Und er wollte so g
heran. Er begriff immerhin, dass sie Frauen wie s
ren, nur in kleinerer Ausgabe, und er hätte gern
chen, sie berührt, sie gekostet.

»Musst du nicht Griechisch lesen?«, fragte Elise, als er sich zu ihr in die Küche gesetzt hatte.

»Hab ich schon.«

»Kannst du es jetzt?«

»Nein. Wo ist meine Mutter?«

»Im Hafen. Die Boote kommen herein. Deine Mutter wollte ein wenig frischen Fisch mitgebracht haben.«

Dann würden auch Carlchen und Peter kommen, wenn sie die Netze ausgebreitet hatten. Auch Peter fuhr jetzt jeden Tag zum Fischen hinaus, mit demselben Boot wie Carlchen.

Elise reinigte Messer und Gabeln in einer Mischung aus Asche und Lauge, um den Gestank von eingelegtem Hering und Zwiebeln zu entfernen. Es war kühl und halb dunkel in der Küche. Er dachte an Mädchen und frisch gefangenen Fisch und an Herodots unerträgliche lange griechische Sätze, die in seinem Kopf turmhoch aufragten. Er würde sich bis an den Rest seines Lebens an die Stimmung in diesem Moment erinnern, an jede Einzelheit; welche Kleidung er trug, was er unmittelbar davor gedacht hatte, wie Elises Hände sich emsig an den blanken Messerklingen zu schaffen machten. Denn es war der Tag, an dem er lernte, dass Unschuld ein unfassbarer Begriff ist, bis zu dem Moment, in dem man sie für immer verliert. Diese Unschuld bestand in dem Glauben, dass man, wenn man nur einen Fuß vor den anderen setzte und die Welt auf ehrliche Weise durchwanderte, nur das Böse erleben würde, das man ohnehin erwarten musste, zum Beispiel Strafarbeiten oder Unwetter oder Magenschmerzen oder zu trockene Graubrotstücke in saurer Milch. Mogens hatte die Welt im Griff. Das Leben war eingeteilt in Behagen und Unbehagen, in Tag und Nacht, in Anwesenheit und Abwesenheit, in Freizeit und Pflicht. Aber von Leben und Tod hatte er keine persönliche Vorstellung. Das änderte sich erst, als er in der Ferne seine Mutter schreien hörte, und als Elise die Messer losließ und die Hände in die Schürze schob, und als sie dann einen Schrei ausstieß, wie Frauen das tun, wenn sie dem Schrei einer anderen anhören können, dass etwas wirklich Entsetzliches passiert ist.

Zwei Männer brachten Carlchen zwischen sich. Seine Lippen waren blau. Er bewegte sich nicht. Aus seinen Haaren strömte Wasser. Er hatte rosa Schaum am Kinn und in den Mundwinkeln und hatte beide Schuhe verloren. Die Mutter und Peter riefen den Vater und schrien, Carlchen sei tot.

Der Vater kam ohne Hemd und mit zerzausten Haaren aus dem Schlafzimmer. Das war fast das Schlimmste, ihn so zu sehen. Dann stimmte überhaupt nichts mehr, dann war die Welt für immer in Stücke gegangen, und man hatte erfahren müssen, wie ein plötzlicher Tod sich in die Normalität hineinbohrt, jenseits von menschlicher Würde und den üblichen Verhaltensregeln. Mogens glitt lautlos an der Wand zu Boden, während der Vater vor dem Jungen auf die Knie fiel, diesem Jungen, der kein Kind mehr war, sondern ein junger, kräftiger Mann von siebzehn Jahren, ein lebhafter und geselliger junger Mann, ein tüchtiger Fischer, der für ein eigenes Boot sparte und deshalb abends für andere Netze flickte und andere Arbeiten erledigte.

Mogens lauschte den Worten, die gerufen wurden. Alle riefen, obwohl sie in dieser einen Kammer zusammen waren. Sie riefen, er sei mit dem Netzblei untergegangen, in einem harmlosen Gebiet mit regelmäßigen Wellen habe sich ein Seil um seinen Fuß gewickelt. Sie hatten vielleicht zehn Minuten gebraucht, um ihn hochzuholen. Und da war es schon zu spät gewesen. Sie hatten ihm in den Rücken gehämmert und ihn auf den Kopf gestellt, aber ihm war kein Lebenszeichen mehr zu entlocken gewesen.

Die Mutter kniete neben dem Vater und warf den Kopf hin und her, als sei der zu schwer für ihren Hals. Der Vater hatte beide Hände um den Kopf des Jungen gelegt und murmelte einen Wortstrom, den sonst niemand verstand. Überall auf dem Boden war es nass, durch die Stiefel, durch den toten Bruder, durch die Tränen. Mogens weinte nicht. Er atmete nur ein und aus und versuchte, nicht darauf zu achten, wie eng seine Kehle jetzt war. Er kannte diese Menschen nicht, nicht den Vater, nicht die Mutter. Sie waren fremd. Und Carlchen lag dort und war es doch nicht.

»Jetzt ist unser Sohn bei Gott dem Vater«, hörte er seinen Vater endlich sagen, mit tonloser, nicht zu erkennender Stimme. Es war für die Verhältnisse des Vaters eine kurze Mitteilung, und deshalb fügte er noch hinzu: »Gott hat ihn zu sich genommen, Christina, es war Sein Wille und Sein Recht.«

»Nein, nein, nein«, flüsterte sie.

»Doch«, sagte der Vater und stand auf.

Mogens ging ebenfalls, als die Fischer sich zurückzogen. Niemand merkte, dass er das Haus verließ. Er wusste, dass Carlchen mit einem Mädchen zusammen gewesen war. Frode kannte sich aus. Er hätte gern gewusst, was es für ein Gefühl gewesen war, Carlchen zu sein. Jeden Tag aufzustehen und er zu sein. Sich auf das Fischen zu freuen oder sich davor zu grauen, je nach Wind und Wetter. Sich in Gedanken hinter diesem Gesicht zu befinden, das Carlchen war, dieses Gesicht zu *besitzen,* sich auf dieses Mädchen zu freuen, dessen Namen nicht einmal Frode kannte, und dann plötzlich *nicht* mehr da zu sein. Gott hatte ihn getötet.

Und damit gewartet, bis Carlchen siebzehn geworden war. Dann hatte Er unerwartet zugeschlagen, bei schönem Wetter, als niemand sich um die Menschen auf See Sorgen machte und deshalb auch nicht für sie betete. Mogens konnte nicht fassen, was Carlchen verbrochen haben mochte. Hatte er gegen die Gebote verstoßen? Nein. Er nickte sonntags in der Kirche manchmal ein, sollte das die Strafe sein? Nein, denn dann würde fast ganz Paullund im Meer versinken.

Mogens tappte blind zur Heide hoch und schwor, von nun an nie mehr zu Gott zu beten. Und wenn er Gott vergaß, dann konnte Gott auch ihn vergessen und ihn in Ruhe lassen. Auch dann, wenn er ein junger Mann von siebzehn Jahren war, der vielleicht sparte, um sich ins Erwachsenenleben einkaufen und zusammen mit einer Frau in einem breiten Bett liegen zu können.

Die Heide war fast abgeblüht. Er setzte sich auf ein Büschel Heidekraut. Das knirschte trocken unter ihm. Er musste an die fünfzehnhundert Menschen denken, die im Frühjahr mit dem Ozeanriesen untergegangen waren, mit der Titanic. Fünfzehnhundert. Der Vater hatte ihnen das aus der Zeitung vorgelesen, es war eine entsetzliche Geschichte, eben weil sie alle ertrunken waren, der große Albtraum eines Fischerdorfes. Aber trotzdem – es war nur eine Geschichte gewesen, ebenso unbegreiflich wie der Untergang Sodoms. Jetzt aber dachte er: fünfzehnhundert. Tausend Menschen und dann noch einmal fünfhundert. Ein Mensch, und dann noch eintausendvierhundertundneunundneunzig Menschen. Die eine ebenso große Leere hinterließen wie Carlchen – war das *möglich?* Dass es eben so war? Dass jeder Tod eines Menschen in jedem einzelnen Fall ebenso unbegreiflich war wie der von Carlchen?

Probst Herlovsen kam aus Malding herüber, um Carlchen vier Tage darauf zur letzten Ruhe zu betten. Niemand konnte verlangen, dass Probst Thygesen das übernahm. Die Leiche lag jede Nacht mit blank geputzten Fünförestücken auf den Augen auf dem Stroh der Schlafkammer, und jemand hielt Wache, damit das Böse sich nicht in ihm niederlassen konnte. Christina saß zwei Nächte bei ihm, dann Elise, und der Küster Sophus und der Vater. Dem Vater gefiel das mit den Fünförestücken nicht, er erhob jedoch keinen Einspruch.

»Aber in der Nacht, in der er gewacht hat, hat er sie weggenommen, als er mit dem Jungen geredet hat«, flüsterte Elise mit geschwollenen Augen und straff gebundenem Kopftuch, es saß jetzt straffer denn je.

Mogens, Frode, Peter und Frederic schliefen nachts zusammen in einem Zimmer. Sie horchten auf Weinen und Gebete und Dörrfisch, der gegen die Hauswand schlug, und auf das Meer, das mit weit aufgerissenem, gierigem Schlund gegen die Dünen anrannte, ohne Reue oder Selbstkritik.

Mogens wagte nicht, sich der Mutter zu nähern. Ihre Trauer war unheimlich und brachte ihn dazu, sie zu hassen. Sie machte ihm eine Gänsehaut. Die Mutter wurde hässlich. Ihre Wangenknochen ragten rot hervor, wie die Kiemen eines Fisches. Ihre Augen waren Löcher in ihrem Kopf. Ihre Hände sahen aus wie

Krallen. Sie wusch sich nicht und stank nach harschem Schweiß. Mogens fragte sich zuerst, wie sie wohl ausgesehen hätte, wenn er gestorben wäre. Er, den sie von allen Söhnen am meisten liebte. Es versetzte ihm einen Stich, als sie Carlchen *meinen geliebten erstgeborenen Sohn* nannte. Er empfand eine brennende Eifersucht und wurde von Schuldgefühlen gequält, weil er so empfand. Es war gut, dass er Gott den Rücken gekehrt hatte. Man konnte sich ja nur vage vorstellen, welche Strafe Gott für einen Jungen in petto hatte, der auf einen ertrunkenen Bruder eifersüchtig war.

Probst Thygesen öffnete die Bibel und schrieb, ehe sie in die Kirche gingen, das Todesdatum hinter Carl Markus' Namen, gefolgt von einem dünnen Kreuz. Er hatte diese Eintragung vier Tage vor sich hergeschoben. Er wusste nicht, worauf er hoffte, aber sein Glaube raubte ihm, zusammen mit dem Schock, die Fähigkeit, rational über das Irrationale nachzudenken, darüber, dass man glauben sollte, ohne zu sehen. Er hatte die Bibel bei sich, nahm die Schwere des Buches wahr und begriff nicht, wie er es schaffte, Christina eine Stütze zu sein, während er doch zugleich das Gewicht dieser tausend Buchseiten trug. Aber dann hatten sie die Kirche erreicht, und er hatte es geschafft. Er wusste, was jetzt kam, jedes Wort: Das hier war ein Tag des Glücks, denn eine Menschenseele wurde in jubelndem Lobgesang mit ihrem Gott vereint.

Die Kirche war bis auf den letzten Platz gefüllt. Das verrieten ihm die vielen Geräusche. Die Luft war gesättigt von Atem und Blicken und gefalteten Händen. Er starrte seine Schuhspitzen an und konzentrierte sich auf den Druck von Christinas Arm in seinem. Sie setzten sich nach ganz vorn, während Elise die Jungen neben ihnen unterbrachte. Als er die Kirchenbank unter sich spürte, versank er im Gebet. Er selber brachte Carlchen in den Himmel. Er trug ihn auf seinen Armen. So hatte er ihn nach seiner Geburt in Empfang genommen, an dem Tag, an dem seine Sol die eigentliche *Zukunft* in einem in kostbaren Damast und bäurisches Leinen gewickelten Bündel geboren hatte. Er hob seinen Jungen hoch, seinen geliebten kleinen Jungen, der auf so schöne Weise konfirmiert worden war und sein Taufgelöbnis erneuert hatte, jetzt übergab er ihn in die Obhut des Herrn. Er gab seinen Jungen her. Nimm ihn, liebe ihn, schenke ihm das ewige Leben, er ist ein guter Junge, der seinem Vater so gehorcht hat wie Dir, Herr. Er liebt das Meer und das Leben und das Land, er liebt es, nützliche Arbeit zu verrichten, *nulla dies sine linea.* Aber Probst Thygesen gestattete sich auch das Wissen, dass der Tod für die Menschen kein Zustand sei, sondern ein Begriff für die Hinterbliebenen, und dass *Abschluss* ein besseres Wort gewesen wäre. Seine Zeit als Vater war abgeschlossen. Als Vater hatte er sich von Gott eine heftige Maulschelle eingefangen. Als Geistlicher dagegen nahm er bis auf weiteres Abschied von seinem Sohn. Als Mensch war er ebenso hilflos wie der Junge im Sarg. Ein Junge, auf dessen Brust ein kleines Stück Damast lag, entlang des Hohlsaums bestickt mit seinem Namen.

... Und danach sah ich, und siehe, es ward eine Thür im Himmel geöffnet, und die erste Stimme, die ich gehört hatte wie eine Posaune, sprach zu mir: Komm herauf, und ich will dir zeigen, was hernach geschehen soll. Und ich wurde in Verzückung versetzt, und siehe, ein Thron stand im Himmel ...

Probst Herlovsen aus Malding sagte alles, was hier angebracht war. Das, was trösten, huldigen, beteuern, platzieren sollte. Aber Carl Thygesen fröstelte plötzlich, wie in einem feuchten, kalten Grab. Von nun an musste er seinen Herrn intensiver preisen denn je zuvor! Er musste seinen Sinn öffnen, wie das Lamm Gottes, das er schließlich war, mit vollkommenem Vertrauen und kindlichem Glauben, wenn er diesen Frost unschädlich machen wollte. Er öffnete die Augen und horchte auf alle schlagenden Herzen. Die Kirche war erfüllt von hämmernden Herzen. Sie sangen in seinen Ohren, und am härtesten schlug sein eigenes. Er legte seine Hand auf Christinas. Sie hob den Kopf und wollte seinen Blick erwidern, fand ihn jedoch nicht, obwohl ihre Augen mitten in seine starrten.

Der Vater ging zu seinen Büchern und seinem Gott. Er trauerte aktiv und zielstrebig, wie ein Gelehrter. Die Mutter hatte keinen solchen Zufluchtsort. Sie fürchtete sich.

Egal wie oft Mogens auch hörte, wie der Vater nachts im Bett auf sie einflüsterte, am nächsten Morgen war ihre Furcht unvermindert. Sie sah oft in anderen Häusern den Tod, bei Alten wie bei Kindern. Aber diesen Tod, auf ihrem eigenen Küchenboden, den konnte sie nicht ertragen. Sie überwachte jeden Schritt, den die Jungen machten. Sie horchte den ganzen Tag aufs Wetter, wenn Peter zum Fischen hinausfuhr. Sie glaubte erst, dass er noch lebte, wenn er wieder zu Hause war. Wenn Frode erwähnte, er sei bald alt genug, um ebenfalls mit hinauszufahren, dann griff sie nach ihrem Tuch, ging hinaus und blieb oft eine ganze Stunde aus.

Der Vater gab Mogens keinen Unterricht mehr. Er sagte ihm nur, was er lesen solle und beantwortete Fragen, falls Mogens welche hatte. Aber Mogens las nicht. Er schlug das Buch auf irgendeiner Seite auf und saugte sich irgendeine Frage aus den Fingern. Der Vater gab ihm unter anderem *Adam Homo* von Paludan-Müller. Mogens öffnete während einer Zeit von drei Wochen diese Bücher aufs Geratewohl, und der Vater schien durchaus keinen Argwohn zu schöpfen. Die Bücher behandelten Adams Verhältnis zu Gott und den *Abfall der Menschen von den ewigen Geset-*

zen, wie der Vater es ausdrückte. Aber er hatte ja keine Ahnung von dem Gelübde, das Mogens an Carlchens Todestag auf der Heide vor sich selber abgelegt hatte. Die Bücher des Vaters handelten allesamt von Gott und Gottvertrauen. Aber Mogens wusste genug über Gott, um Ihm den Rücken zuzukehren. Seltsamerweise hinterließ dieser Unglaube kein Vakuum. Es war eher eine Erleichterung, da nicht einmal Jesu' Kreuzigung ihn jetzt noch belastete; und dafür konnte er ja nun wirklich dankbar sein.

»Mogens, mein Sohn«, setzte der Vater eines Abends an, mehrere Monate nach Carlchens Tod. Sie saßen nach dem Essen in der Küche. Elise setzte für den nächsten Tag einen Sauerteig an. Die Mutter stopfte Strümpfe. Der Vater saß mit der Bibel unter der Lampe. Peter, Frederic und Frode halfen auf Hof Abelsbæk beim Lammen. Mogens war mit Schreibheften und Tinte beschäftigt und schrieb Madvig ab, nur um etwas zu tun zu haben. Er war nicht zum Lammen mitgegangen, er konnte das viele Blut nicht sehen. Und Mädchen waren ihm im Moment auch egal. Adele ging jetzt mit einem älteren Jungen. Das war eine widerwärtige Vorstellung.

Mogens schrieb automatisch, mit einer Schwere im Leib, an die er sich inzwischen gewöhnt hatte. Der Vater wollte nie wissen, was er machte, er gab nicht einmal jetzt einen Kommentar ab, als er hier am Tisch saß und Tinte und weißes Papier vergeudete.

»Du willst nach Malding, auf die Schule«, sagte der Vater. Wie ein plötzlicher Sonnenstrahl aus grauem Himmel. Zuerst Freude, danach Angst. Er konnte zu wenig. Er wusste, dass dort auch Mathematik und Physik und Deutsch und Französisch unterrichtet wurden, und so weit war der Vater nicht gekommen, oder vielleicht lagen diese Fächer ihm auch nicht. Weiter konnte er dann nicht mehr denken, denn die Mutter brach in trockenes Schluchzen aus, und der Vater erschrak dermaßen, dass ihm die Bibel auf den Boden fiel.

Elise hatte ihm den Rücken gekehrt und drehte sich um. Mogens atmete nicht. Er starrte in das kantige graue Gesicht der Mutter, in ihren Mund. Die Zunge zitterte wie der Inhalt einer plötzlich geöffneten Muschel. Der Vater hob die Bibel hoch, mit einer hilflosen, unbeholfenen Hüftbewegung.

»Aber Christina ...« In der Stimme des Vaters lagen ein Flehen und ein Gebet. Die Mutter wiegte sich auf ihrem Hocker hin und her, hatte die Hände vors Gesicht geschlagen. Sie presste die Schultern vor, bis sie noch kleiner wurde, als sie wirklich war. Die beiden hinteren Beine des Hockers schlugen gegen den Boden. Bald würde er umkippen. Der Vater legte den Arm um sie, wollte ihre Hände von ihrem Gesicht wegziehen.

»Das tu ich nicht, meine Mutter! Ich tue es nicht! Ich gehe nicht weg von dir!«, rief Mogens. Er stürzte zu ihr und wollte ebenfalls die Arme um sie legen, doch der Blick des Vaters hielt ihn zurück. Der war kalt und schmal, gebieterisch. Es war Probst Thygesens Blick, nicht der eines Vaters.

»Ich will das eben nicht«, flüsterte Mogens. »Ich will etwas anderes. Du kannst das nicht bestimmen.«

Das Schluchzen der Mutter war verstummt. Sie schluckte mehrere Male und hob dann die Schürze an ihr Gesicht. »Entschuldigung«, sagte sie in das Blauzeug. »Entschuldigung.«

Der Vater ließ sie los, setzte sich wieder. Mogens blieb hilflos mitten im Raum stehen.

»Und was kannst du bestimmen? Was glaubst du?«, fragte der Vater.

»Ich bin fast dreizehn.«

»Ha!« Der Vater schlug die Bibel wieder auf, aber Mogens sah, dass er die richtige Seite nicht fand und nur so tat, als lese er weiter.

»Ich kann Herrn Prebensen helfen«, sagte Mogens.

Der Gedanke war ihm in dem Moment gekommen, in dem er ihn ausgesprochen hatte. Er war ihm vollständig neu. In Lehrer Prebensens Schulstube fiel nur selten ein lateinisches Wort. Der ganze Vorschlag müsste an seiner eigenen Unbilligkeit scheitern, aber die Mutter starrte ihn aus großen, feuchten Fischaugen an. Der Vater schwieg.

»Vorläufig«, sagte Mogens. »Bis … bis meine Mutter wieder froh ist.«

Die Mutter sprang auf und fiel ihm um den Hals. Endlich weinte sie richtig, es war nicht dieses unheimliche trockene Schluchzen, und er wusste, dass er seinen Vater besiegt hatte. Und da wollte er doch Lehrer Prebensen gern mit in Kauf nehmen.

Er ging am nächsten Tag nach dem Unterricht hin. Prebensen lag auf der Ausklappbank in einer engen Küche über der Schulstube und zog mit geschlossenen Augen an seiner langen Pfeife. Mogens gefiel der Geruch, und er hielt das für einen guten Anfang. Er wollte mutig und erwachsen erscheinen. Es ging um seine Mutter.

»Brauchen Sie einen Hilfslehrer?«, fragte er, nachdem Verbeugungen und Höflichkeitsfloskeln erledigt waren.

Lehrer Prebensen war ein alter, müder Mann. Er setzte sich mühsam auf, fand unter dem Tisch seine Holzschuhe, starrte den aufgeschossenen dünnen, weißhaarigen Pastorensohn aus rot unterlaufenen Augen an, und der registrierte, dass der Mund des Lehrers nicht nur nach Kaffee roch, als Prebensen fragte:

»Und was kannst du?«

»Latein und Griechisch. Und noch allerlei. Und natürlich die biblische Geschichte.«

»Ja, das wäre ja auch noch schöner. Und Latein und Griechisch musst du ja wohl auch können, da ich dich nie in meiner Schulstube gesehen habe, und bei dir zu Hause müsst ihr ja irgendetwas studiert haben. Aber warum gehst du nicht auf die Schule in Malding? Du bist doch alt genug?«

Prebensen stolperte ein wenig über die Wörter, seine Nase war kugelrund und hatte schwarze Punkte in der glänzenden Haut, die Nase bedeckte sein halbes Gesicht.

»Meine Mutter ist so traurig, deshalb will ich bis nach der Konfirmation warten.«

»Dänische Grammatik«, sagte Prebensen.

»Na gut«, erwiderte Mogens. »Die ist vielleicht nicht so ganz anders als die lateinische.«

»Sie *ist* die lateinische. Nur die Sprache ist eben Dänisch.«

Prebensen legte den Kopf in den Nacken und lachte laut über seinen klugen Scherz.

»Und ich weiß allerlei über die Länder«, sagte Mogens.

»Über die Länder?«

»Wo sie liegen. Auf der Welt.«

»Gut«, sagte Prebensen ernst. »Dann ist das abgemacht.«

Und so avancierte Mogens Christian Thygesen plötzlich und über Nacht zum Hilfslehrer in Paullund, für Kinder in seinem eigenen Alter und auch für ältere, aber die meisten waren doch jünger. Und Prebensen hatte Recht: Wenn man sein Latein konnte, war die dänische Grammatik ein Kinderspiel. Das Problem war doch zu wissen, was ein Plusquamperfekt überhaupt war, und nicht, welche dänischen Wörter man benutzte. Und es gab nur wenige Fälle, die noch dazu so einfach und übersichtlich waren wie ein Sommertag, oder wie Steine, die über das Wasser hüpfen wollten. Die Mutter lächelte ein wenig häufiger. Mogens wusste nicht, ob das gut oder gefährlich war, im Hinblick auf Malding: Er war doch zufrieden damit, dass sie so deutlich gezeigt hatte, dass sie ihn nicht verlieren wollte. Sie gab sich besondere Mühe mit seiner Kleidung, weil er jetzt Hilfslehrer war, und sie sagte, sie sei stolz auf ihn, und wenn er später auf diese Zeit zurückblickte, musste er zugeben, dass sie in vieler Hinsicht die beste in seiner ganzen Kindheit gewesen war, trotz der Sache mit Carlchen. Sie war die beste, weil er energisch selber entschieden hatte und auf einer bösen Trauer etwas Gutes und Nützliches errichtet hatte; er hatte sich einer Wirklichkeit gestellt, die im Grunde zu groß für ihn war. Die er aber meisterte.

Wenn er zurückblickte, schien außerdem alles miteinander zu verschwimmen, in diesem neuen und wunderbaren Dasein: Jakobine, die er kosten durfte, das Klavier in der Ecke der Schulstube, auf dem er spielen lernte, und der *Anschauungsunterricht mit den Wandtafeln;* mit bunten Zeichnungen aus Kopenhagen, die das Leben der Menschen dort zeigten. Es war neu und unglaublich, es gab *Elektrische* und Fahrradboten und Standbilder mit sich aufbäumenden Pferden und Gasflammen in hohen Laternen an mit flachen Steinen gepflasterten Straßen, wo man sicher ein ordentliches Tempo vorlegen konnte, ohne dass die Wagenräder sich lösten. In dieser Schulstube vertiefte man sich nicht in alte griechische Tragödien. Man schnupperte am eigentlichen Leben. Mogens hatte nicht gewusst, nicht geahnt, wie gemütlich es hier war, obwohl die acht vorhandenen Federhalter so abgenutzt waren, dass sie wie Treibholz aussahen, und obwohl nur die ältesten Kinder das Papier mit einer einigermaßen lesbaren Schrift versehen konnten. Und er lernte den Gesang lieben, erfuhr, dass es noch andere Lieder gab als traurige Choräle, die den irdischen Sündenpfuhl beklagten. Man konnte aus Freude singen, über ganz andere Dinge, wie die Mutter es getan hatte, als er klein gewesen war, mit *Wie schön blüht uns der Maien, der Sommer fährt dahin. Mir ist ein schön Jungfräulein gefallen in meinen Sinn,* im Dreivierteltakt, mit einem b. Grundtvigs Geist schwebte über der Schulstube und forderte das *frohe Christentum,* dem Prebensen absolut zustimmte, denn schön war der Himmel so blau. Mogens hatte sich den Himmel nie blau gedacht. Nicht *den* Himmel, nicht den des Vaters, der war weiß und leer und still, aber jetzt war er also blau geworden! So blau wie der echte über ihnen!

Das Klavier war nie richtig gestimmt, weil Prebensen jeden Morgen im ganzen Jahr den Kachelofen anheizte. Aber die Nachtkälte im Herbst und im Winter riss die reinen Oktaven in Stücke. Prebensen hatte sich an den Klaviersaiten zu schaffen gemacht, aus Mangel an fachkundiger Beratung, und außerdem hatte er unten im Klavierkasten einen halb gerauchten Tabaksklumpen hinterlassen. Er suchte wohl noch immer danach, denn er verlegte alles. Mogens' wichtigste Aufgabe wurde es, die Habseligkeiten des Lehrers in Ordnung zu halten. Prebensen wurde noch viel gleichgültiger, jetzt, wo er einen Assistenten hatte.

Mogens erfuhr, dass man lernen kann, ohne gequält zu werden, ohne sich zu Tode zu büffeln. Ihm kam nie der Gedanke, das hier könne zu leicht sein. Er machte sich Sorgen genug bei der Vorstellung, bald vom Vater auf die Konfirmation vorbereitet zu werden, mit anderen zusammenzusitzen und zu beweisen, dass er alles konnte, ohne dass der Vater Unterschiede machen durfte. Und ohne den Vater merken zu lassen, dass Mogens' Glaube schon längst den sicheren Boden verloren hatte.

Wenn er mit Jakobine zusammen war, glaubte er trotzdem, das gedämpfte, ferne Gebrüll eines wütenden Gottes zu hören, der es sich nicht bieten lassen wollten, dass jemand ihm den Rücken kehrte, doch jetzt war es zu spät. Er war inzwischen dreizehn, sie war vierzehn. Und das Licht im Stall fiel wie dünne Streifen der Goldkrone der Jungfrau Maria durch die Bretterwände. Sie schmeckte nach Milch. Ihr Mund schmeckte nach Milch, ihre Haare nach Butter. Ihre Haut war salzig wie das Meer, er hatte das Gefühl, an Bernstein zu lecken. Er lutschte an ihren Ohrläppchen, bis sie glänzten, und wälzte sie durchs Heu, bis sie zwischen seinen Fäusten mit weißen Perlzähnen lachte. Er war immer dünn und bleich gewesen – jetzt entsprach er in jeder Hinsicht seiner Größe, und in ihrer Gesellschaft wurde er zum Goliath. Er durfte mit ihr machen, was er wollte, bis hinter seinen Augen eine Sonne brannte und alles losbrach, aus ihm hinausströmte wie Sand zwischen den Fingern, und roch wie Tang am Ebbestrand. Es brachte ihn zum Lachen, wenn sie behauptete, ihn zu lieben, weil er Hilfslehrer war und außerdem ungewöhnlich groß und erwachsen für sein Alter. Und eine lange, träge Stunde, nachdem das Heu unter ihnen feucht geworden war, konnte er den Vater und Gott aus seinen Gedanken verdrängen. Und die Mutter. Was *sie* sagen würde, wenn sie ihren Jungen so sehen könnte. Jakobine hatte die gleiche Haarfarbe wie sie, ihre Knöchel waren jedoch dünner. Er umfasste sie mit der Hand und dachte an die braunen, sehnigen der Mutter; wie weit sie gelaufen waren, wie stolz sie auf ihn war.

Sich das Heu von den Kleidern zu bürsten, wurde zu einer Besessenheit. Er glaubte immer, doch noch einen Halm übersehen zu haben. Und in der Schule hatte er Angst, die anderen könnten das sehen. Denn Jakobine saß auch da. Sie hatte fast die scheußlichste Schrift von allen, und sie lachte laut und schrill, wenn er das kommentierte und korrigieren wollte. Und wenn sie sich im Anschauungsunterricht die Bilder ansahen, kam es vor, dass sie auf einen Mann und eine Frau zeigte, die Arm in Arm gingen, um dann Mogens anzustarren, aus viel zu strahlenden Augen, sich eine Haarsträhne in den Mund zu stecken und zu kichern.

Es war Jakobine, die ihm erzählte, dass Carlchens Freundin ein Kind bekommen hatte.

»Und Probst Thygesen weiß Bescheid, er hat ihr Geld gegeben.«

»Weiß meine Mutter es auch?«

»Vielleicht.«

Aber das glaubte er nicht. Es wäre zu ungeheuerlich. Er wollte nicht einmal wissen, wer das Mädchen war und ob es sich bei dem Kind um einen Jungen oder ein Mädchen handelte. Aber er war dankbar dafür, dass Jakobine genau zu wissen schien, dass das Heu nach warmem Tang duften sollte, nicht sie.

»Wollen wir heiraten?«, fragte sie.

Er küsste sie, um sich die Antwort zu ersparen; er pflanzte den Kuss voll in ihren Milchmund, er fuhr mit den Fingern durch ihre Haare und hob ihren Rock, um das kleine Spatzenloch zu sehen, die Muschel, die sich wie kleine Wellen bewegte, wie Wasser in der Abendbrise, in Farben, die aussahen wie Rosenblätter, die sich um einen dunkleren Kern schließen, die aber noch schöner sind als die echten, mit Blumenstaub, der nach Zucker schmeckt. Aber wenn er es für sie schön gemacht hatte, dann brachte er es nicht über sich, ihr ins Gesicht zu blicken. Es war verzerrt wie das der Mutter, als sie vor sich auf dem Küchenboden den Tod gesehen hatte. Und sie konnte auch schreien, seine Jakobine, wenn echte Wellen sie durchfuhren, als habe sie soeben von einem tiefen Kummer erfahren.

Sie waren Kinder, und sie liebten sich wie Kinder, wie Tierjunge, die schmeckten und kauten und leckten und sich nicht so recht schämen konnten, weil ihnen vorher niemand gesagt hatte, wie gut es sein würde. Aber in den Nächten, in denen er feuchte Träume von seiner Mutter hatte, schämte er sich so sehr, dass er morgens keinen Bissen hinunterbrachte. Nach einigen Stunden war das vorbei. Es war nichts passiert. Er hatte sie einfach mit Jakobine verwechselt. Ihm kam nun aber eine Ahnung, dass Frodes Behauptungen darüber, wie Kinder gemacht wurden, doch zutreffen könnten. Bestimmt hatte Carlchen es auch so gemacht. Aber sich den Vater in dieser Haltung vorzustellen, über der Mutter, nein, das war unmöglich. Selbst dann, wenn er in Gedanken das Heu durch eine weiße Matratze ersetzte.

Mogens' erwachsenes Glück dauerte ein langes Jahr. Wer alt und reif genug für den Konfirmandenunterricht war, wurde dann ausgewählt. Jakobine sollte den Unterricht zusammen mit ihm besuchen. Das beunruhigte ihn sehr. Er wollte sich so weit fort von ihr wie überhaupt nur möglich setzen.

Doch dann wurde die Mutter bettlägerig, an einem kurzen halb dunklen Nachmittag einige Wochen nach Neujahr.

Zwei Bauern aus Paullund waren nach nur zwei Krankheitstagen gestorben. Niemand wusste so recht, woran, aber es war die Rede von einer Art Entzündung im Kopf. Alle hatten Angst, und die Mutter hatte ihnen mehrere Male Tee und gereinigten Teer gebracht, mit denen sie sich die Schläfen einreiben konnten. Sie litten offenbar unter dermaßen entsetzlichen Kopfschmerzen, dass sie davon ohnmächtig wurden.

»Alles da drinnen scheint sich aus den Augenhöhlen und den Ohren pressen zu wollen, die Stirn steht kurz vor dem Bersten«, sagte die Mutter über einen der Kranken, als sie ihr Tuch ablegte und wieder zu Hause war, an dem Tag, an dem auch sie erkrankte.

Der Wind trug Schnee mit sich und näherte sich der Stärke eines Sturms. Das Meer war grau und zeigte am Horizont eine weiße Kante, die den Übergang zwischen Himmel und Wasser zu verwischen schien. Schaumfetzen lösten sich von den Wellen und flogen dahin wie Vögel. Der Strandhafer lag platt auf dem Rücken. Die Strohdächer kniffen die Häuser zusammen, und die Steinmauern standen schwarzfeucht und uneben da und hielten die Ställe fest. Die Tiere wurden hereingeholt. Wie die Vögel die Schwingen ausstreckten und ihre Jungen um sich sammelten, so strebten Tiere und Menschen zueinander. Das böse Wetter war über ihnen, und sie dankten dem Herrn, weil keiner von ihnen draußen auf dem Meer war. Innerhalb weniger Stunden wurde es der Mutter schlecht, sie wurde leichenblass, fasste sich an den Kopf, hatte rote, schuppige Flecken an den Armen.

Am nächsten Tag lag die Mutter ganz still in ihrer Kammer. Sie hörten ihre Stimme nicht. Keiner der Brüder durfte zu ihr. Das war nur dem Vater und Elise erlaubt. Elise kochte Kamillentee und brachte ihn mit einem Trichter ans Krankenbett. Der Dampf sollte der Mutter in die Gehörgänge geleitet werden. Elise machte Rüböl heiß und gab es teelöffelweise in die Ohren der Kranken. Sie rieb ihre Schläfen mit gereinigtem Teer ein. Sie gab ihr zu trinken. Sie flüsterte ihr zu, aber sie bekam keine Antwort, und sie wischte sich die Tränen ab, ehe sie wieder in die Küche kam.

Mogens fand diese vielen Aktivitäten ein wenig beruhigend, es war gut, dass Elise in der Kammer so viel zu tun hatte. Er brachte die Krankheit der Mutter nicht sofort mit den toten Bauern in Verbindung. Außerdem kam der Vater ihm ruhig und gefasst vor. Mogens überwachte jede Bewegung seines Gesichts und konnte nichts Ungewöhnliches entdecken.

Die Mutter war nie bettlägerig gewesen, soweit Mogens sich zurückerinnern konnte. Die Brüder hatten ihre Kindbetten miterlebt, Mogens war auch dafür zu spät geboren.

»Ich möchte so gern zu meiner Mutter«, sagte er am zweiten Abend ihrer Krankheit.

»Nein«, sagte der Vater. »Sie schläft.«
»Ich kann warten, bis sie aufwacht.«
»Sie hat Fieber. Sie darf nicht gestört werden. Der Arzt kommt heute Abend.«

Elise bereitete einen Essigumschlag vor und trug ihn ins Krankenzimmer. Die Brüder saßen auf der Küchenbank. Es war so beunruhigend still im Zimmer, jetzt, wo sie nicht damit rechnen konnten, die Stimme ihrer Mutter zu hören. Im Studierzimmer tickte die Uhr des Vaters. Der Torf atmete im Ofen leise und zischend. Der Wind heulte, und alle warteten und horchten.

Der Arzt traf bis auf die Haut durchnässt ein, mit weißen Schneeflocken auf dem Friesmantel. Er war alt und mager und hatte eine große, beruhigende Tasche bei sich. Er lächelte nicht, nickte dem Vater nur kurz zu. Plötzlich wusste Mogens, dass seine Mutter sterben würde.

In dieser Nacht wurden sie geweckt.

Elise hatte die Schürze vors Gesicht geschlagen und sagte, sie müssten kommen.

»Ihr sollt euch von eurer Mutter verabschieden, Kinder.«

Über ihrer Stirn lag ein weißes Tuch, das einen scharfen Essiggestank abgab. Ihre Schläfen waren schwarz und blank. Im Zimmer stank es nach Schweiß. Mogens erkannte den Geruch von Angstschweiß und Tränen. Er zitterte. Frode weinte leise, Elise schluchzte, und der Vater … der Vater betete. Elise betete. Mogens hörte auch das Gemurmel der Brüder.

Er wollte den Vater nicht ansehen. *Denn der Herr untersuchet alle Herzen und kennet alle Gedanken.* Wenn er Gott nicht den Rücken gekehrt hätte, dann wäre das hier nicht passiert. Peter trat vor das Bett.

»Du darfst sie nicht berühren, mein Sohn, du könntest dich anstecken«, flüsterte der Vater.

Christina Sol starb ohne einen Laut, ganz anders, als sie gelebt hatte. Sie trat bewusstlos in den Tod ein, ohne Krämpfe oder Schreie. Im Todesaugenblick öffneten sich ihre Hände, sie blieben leer und mit der Handfläche nach oben liegen. Der Vater fasste trotz seiner eigenen Ermahnungen die eine und schluchzte laut. Die andere Hand umklammerte die Bibel. Die Bibel war geschlossen. Und er sprach nicht laut zu Gott, jetzt nicht. Er sagte kein einziges Wort. Die Jungen standen nebeneinander da und starrten den Vater an, der vor dem Bett kniete. Sie hatten niemals dieses Zimmer betreten, in dem die Mutter sie, einen nach dem anderen, in die Welt gesetzt hatte. Über dem Bett war ein schlichtes Silberkreuz ohne leidenden Jesus befestigt. Das Kreuz war rein und voller Möglichkeiten, aber Mogens wusste es besser. Er spürte, wie Frode nach seiner Hand griff. Er ließ den Bruder gewähren. Er empfand keine Trauer, sondern nur ein Gefühl von Ende, Schluss. Wie dann, wenn er den Strand entlangging und die steilen Dünen erreichte und nicht weiter kam und kehrtmachen musste. Das hier war seine Schuld.

Später begriff Mogens nicht, wie eine ganze Woche hatte vergehen können, während die Mutter auf dem Leichenstroh lag und sie auf Probst Herlovsen warteten. Er wollte Jakobine nicht sehen, als sie mit frisch gebackenem Weizenbrot vor ihrer Tür stand. Er bat Frode, sie wegzuschicken.

Ansonsten wimmelte es im Haus nur so von Frauen. Sie putzten. Decke, Boden, Wände. Und gingen Elise aus dem Weg, als habe die sich angesteckt. Aber Elise hatte den Ernst der Lage durchschaut und Christina niemals direkt berührt. Sie hatte ihre Hände in Tücher gewickelt oder ihre eigenen Finger mit gereinigtem Teer bedeckt, als sie die andere eingerieben hatte. Und vor dem Probst hatten sie keine Angst. Geistliche starben nicht so einfach, nicht einmal an einer Krankheit. Das konnte nicht passieren. Gott hielt Seine schützende Hand über Seine Allernächsten.

Zwei Nächte lang zwang Mogens sich dazu, bei ihr zu sitzen. In der einen Nacht war er allein, in der anderen war Elise bei ihm. Er starrte ununterbrochen ihr Gesicht an, die Haare, die gefalteten Hände. Der Vater hatte es ihnen verboten, ihr geputzte Fünförestücke auf die Augen zu legen, hatte gesagt, das werde er selber übernehmen. Ihre Augenlider glänzten, sie schienen feucht zu sein, als habe sie eben erst geweint. Die Augen schienen sich jeden Moment öffnen zu können, um zu fragen, was um Himmels willen er denn angerichtet habe.

Mogens saß mit geradem Rücken da und sprach weder mit seiner Mutter noch mit Gott oder mit Elise. Er saß einfach nur da und hörte zu, wie sein Blut durch seinen Körper strömte, wie sein Atem seine Lunge füllte und sie wieder verließ. Er roch die vielen mit Essig gefüllten Schalen, die im Zimmer auf dem Boden standen. Er horchte auf Wind und Meer und ließ seine Blicke an ihrem Profil entlangwandern, er musterte ihre Ohrläppchen und ihren Hals, die schöne Silberbrosche, die sie ihr angesteckt hatten, und die bewegungslose Wölbung der Brust. Er hätte gern so ruhig gesessen. Wie sie lag.

Die Träume waren für ihn das einzig Wirkliche. Die Träume von der Mutter und die Träume von Judas und Petrus. Lebendige, atmende Träume, die ihm eine grauenhafte Angst einjagten, und die ihn dazu trieben, mitten in der Nacht im beißenden Wind aus dem Fenster zu hängen, um atmen zu können. Er lauschte auf das Meer und fühlte sich eins mit all dem Sinnlosen, das das Meer symbolisierte: lebensgefährlich und ziellos, zur Wiederholung verdammt, unfähig zu lernen. Er wusste, dass Gott wusste. Beten war unnötig. Wichtiger waren Schande und Strafe und das Bedürfnis, sich leer zu spucken, an der Wand unter dem Fenster.

Er hatte überhaupt keinen Kontakt zu seinem Vater, er vermied es, mit ihm allein zu sein, und der Vater war zu sehr mit sich beschäftigt. Mogens wusste, er müsste ihm sagen, wem die Vorwürfe gemacht werden sollten, wer an allem schuld war. Der Vater dürfte nicht nach eigenen Erklärungen suchen müssen.

»Sie wollte doch immer die Kranken besuchen«, sagte der Vater zu einer der putzenden Frauen, mit einem quengelnden und würdelosen Tonfall in der Stimme, als sei Christina selber schuld, dass sie sich angesteckt hatte. »Ihre Güte hat sie ums Leben gebracht. Der Herr wollte sie vor ihrer Zeit bei sich haben, diese gesegnete gütige Seele. Jetzt ist sie vereint mit ihrem Sohn, und mit dem Herrn.«

Gleichzeitig wirkte der Vater seltsam ungerührt und nahm an allem Anteil, was vor sich ging. Erst unmittelbar vor der Beisetzung brach er zusammen. Das Leben schien seine Augen zu verlassen, als der frisch getischlerte Sarg strahlend mitten in der Kirche stand und nach frischem Holz und Öl duftete. Er hatte doch eben erst hier gesessen, so kam es ihm vor, mit einer lebenden und trauernden Christina an seiner Seite. Seine Haut wurde plötzlich grau, seine Lippen wurden leicht bläulich. Er konnte nichts sagen. Der Küster Sophus musste ihm nach Hause helfen und ihn ins Bett bringen. Mogens musste zwei Wochen warten, bis der Vater wieder auf den Beinen war. Inzwischen schickte Bischof Boldt einen jungen Geistlichen durch den Sprengel Vankø, der die klerikalen Pflichten des Probstes übernehmen sollte.

Elise weinte nur. Mogens ging nicht in die Schulstube. Er war seit der Erkrankung seiner Mutter nicht mehr dort gewesen. Er wollte Jakobine nie mehr wiedersehen, wollte nicht sehen, dass sie lebte und seine Mutter nicht. Bei Jakobine wäre es eine viel passendere Strafe gewesen. Er las die drei Bände von *Adam Homo,* Wort für Wort, er half beim Füttern der Hühner und der Schweine, und er ging mit zitternden Knien über den Strand und durch die windgebeutelte Heide und schaute sehnsüchtig hinunter in die Torfgräben. Er aß nicht, seine Träume steckten ihm in der Kehle, und die Gerüche und Geräusche des Hauses.

Als der Vater endlich aufstand, waren seine Haare weiß geworden. Auch sein Bart wies sichtbare graue Streifen auf. Seine Hände zitterten. Sie waren dünn, die Gelenke ragten hervor wie knotige kleine Kartoffeln. Seine Augen waren immer noch tot, er behauptete jedoch, wieder gesund zu sein.

Mogens wartete eine Woche, bis er das dann auch glaubte. Der Vater war gesund, auch wenn er zwanzig Jahre älter geworden war. Noch immer hatte er seinen Gott.

»Ich bin kein Geistlicher, mein Vater.«

Er spürte, wie sein Puls bis in seinen Kopf hinein hämmerte, bis in die Handgelenke, in den Magen. Der Atem steckte ihm im Hals fest. Ein Hahnenkamm versuchte, sich davorzuschieben.

»Was sagst du, Mogens Christian, *mein Knabe?*« Der Vater saß unter der Lampe und las, und dabei wiegte er seinen Oberkörper ganz leicht hin und her. Jetzt unterbrach er diese Wiegebewegung. Die Augen, die er dem Jungen zukehrte, waren feucht und halb geschlossen.

»Ich bin kein Geistlicher, mein Vater.«

»Nein, nein, das bist du nicht ... noch nicht.«

Der Vater erhob sich mühsam und verschwand im Schlafzimmer, dann kam er mit einem Briefumschlag zurück und setzte sich wieder.

»Ehe deine Mutter ... mit ihrem Erlöser vereint wurde, am Tag vor ihrem Tod, hat sie mich gebeten, das hier vorzubereiten. Für euch alle ... vier. Das hier ist für dich.«

Mogens nahm den Briefumschlag entgegen. Er war offen und vom Vater mit Mogens' Namen beschriftet.

Mein geliebter Sohn Mogens, Du hast mir groszes Glück gebracht, und ja, Du kannst fliegen, Deinem Gewichte zum Trotz. Weiszt Du noch? Wisse, dasz Deine Mutter Dich allzeyt geliebt hat und es immer thun wird. Gott segne Dich, im Himmel sehen wir uns wieder. Deine Mutter.

Der Briefumschlag enthielt außerdem einen großen, fremden Geldschein, der doppelt zusammengefaltet war. Mogens hatte noch nie einen Hundertkronenschein gesehen. Jetzt geschah das zum ersten Mal, durch einen vagen Schleier, den er ganz schnell abwischte.

Der Vater sagte: »Deine Mutter ist jetzt glücklich, sie ist bei ihrem Gott.«

»Wenn meine Mutter wieder froh ist ...«

»Deine Mutter ist im Himmel, mein Sohn.«

»Wenn meine Mutter wieder froh ist, dann kann ich aufbrechen«, sagte Mogens.

»Und zwar nach Malding«, sagte der Vater. Mogens blieb die Antwort erspart.

Am nächsten Tag schrieb der Vater zwei Briefe. Zuerst einen an Probst Herlovsen, um diesem die Verantwortung für den Konfirmandenunterricht seines Sohnes zu übertragen. Danach einen an den Leiter der *Gelehrten Schule* in Malding, in dem er um Mogens' baldige Aufnahme bat. Das Schulgeld für ein Jahr werde der Junge selber mitbringen, ein Erbe seiner unlängst verstorbenen Mutter. Er schilderte auch Mogens' fachliche Fortschritte. Er legte eine Liste über die gemeinsam studierten Themen bei. Es wurde eine lange Liste. Er rief Mogens, legte sie ihm vor und lächelte leicht.

»Das alles haben wir studiert, mein Sohn. Hier in diesem Zimmer. Du und ich.«

Mogens konnte nur nicken und dabei lächeln.

Der Vater gab Mogens seine eigene braune Ledertasche und legte Bücher und Schreibausrüstung zu dem Brief. Das alles verstaute er langsam in der Tasche. Die hundert Kronen verschwanden in einem ledernen Geldbeutel.

»Ich verlasse mich darauf, dass du das restliche Geld sinnvoll anwendest, da du es doch deiner seligen Mutter verdankst«, sagte der Vater. »Für Kost und Logis ist die Schule zuständig.«

Elise weinte wieder. Diesmal um Mogens.

»Wann kommst du zurück?«, fragte Frode.

»Sicher im Sommer«, antwortete Mogens und schaute in eine andere Richtung.

An einem Morgen Anfang Februar nahm er Abschied von seinem Vater. Dessen Hand war feucht und stark. Mogens starrte den grau gesprenkelten Bart an.

Suche deine Ehre nicht in deines Vaters Schande, denn deines Vaters Schande gereichet dir nicht zur Ehre.

»Ich schreibe bald«, flüsterte er. Das war nicht gelogen. Er würde schreiben, damit der Vater sich keine Sorgen um ihn zu machen brauchte. Das zu allem anderen hätte er wirklich nicht verdient.

»Geh mit Gott, mein Sohn.«

Er sollte zuerst vom Postwagen mitgenommen werden. Elise und Frode brachten ihn zur Posthalterei. Elise hatte ihm ein Bündel mit Proviant zurechtgemacht. Die tief stehende Sonne schien. Das Licht bohrte sich schmerzhaft in seine Augen. Er wäre lieber nachts gereist. Das Meer wogte wie immer. Frode blieb verlegen vorn bei den Pferden stehen, bis der Wagen sich in Bewegung setzte, dann trat er zurück und winkte erwachsen und steif. Und das war das Letzte, was Mogens sah: Frode Nicolais winkenden Arm im Friesärmel, der bis zum Ellbogen hochgeglitten war.

In Villebro stieg er vom Wagen, zitternd vor Kälte, am ganzen Leib wie gerädert. Er erkundigte sich beim Postmeister. Drei Stunden darauf saß er auf einem anderen Wagen, vor den andere Pferde gespannt waren.

Unterwegs nach Kopenhagen.

Teil V

O sprich noch einmal, holder Engel! Denn über meinem Haupt erscheinst du in der Nacht so glorreich wie ein Flügelbote des Himmels!

W. Shakespeare, Romeo und Julia

Malie war eingehüllt in Fischgestank. Sein Atem stank nach Fisch, sein struppiger, zottiger Schnurrbart, seine Fingerknöchel, die er tief ins Kissen bohrte; die Haare, der Schweiß, seine Kleidung und der Teil des Oberkörpers, den er von der Kleidung befreit hatte, um sich besser an ihr reiben zu können. Sie klammerte sich am Bettende an, um nicht gegen das Holz zu schlagen. Er schob sie immer die Matratze hoch, bis sie ihren Kopf scharf zur Seite knicken musste. Seine Gürtelschnalle schlug gegen das Holz. In Gedanken sang sie, während sie den Rhythmus seiner Stöße auszählte, um festzustellen, wie weit er schon gekommen war: *Fünf Freunde an den Händen beide, wer die nicht kennt, der tät mir Leide, der erste wird der Daumen genannt, der schüttelt die Pflaumen im ganzen Land … fünf Freunde an den Händen beide, wer die nicht kennt …*

Haut. Zwischendurch legte sie im Spruch über die fünf Finger eine Pause ein und vertiefte sich nur noch in den Gedanken an Haut. Die Haut in ihrem Gesicht und die zwischen ihren Beinen gehörte allerdings ihm. Es war eine Haut, die sie nicht freiwillig berührte, aber dennoch … es gab im Alltag viel zu wenig davon. Gesicht und Hände. Im Sommer Fesseln, Ellbogen und Unterarme, wenn die Frauen am Mühlbach die Decken ausspülten. Aber das alles war Haut, die oft der Luft begegnete, und die von Sonne und Wind angegriffen wurde und durch die Entblößung Falten und Flecken bekam.

Die andere dagegen, die weiß schimmernde mit Farben wie das Perlmutt in den Muscheln. So schön an einem erwachsenen Mann wie an einem neugeborenen Kind. Sogar *er* hatte diese Art Haut oben an den Oberschenkeln, bis hinauf zu den Lenden, und unter den Armen, unmittelbar vor der struppigen und ungastlich zustechenden Haarbürste. Solche Haut ist das Schönste auf der Welt, dachte sie kindlich dramatisch, ja, es kam sogar vor, dass sie es laut flüsterte, ohne dass er reagierte. Er hatte gewöhnlicherweise einen ganzen *Bembel Schnaps* im Bauch, wenn er in sie losstieß und sie ihren Kopf vor dem Bettgestell schützen musste. Solche Haut hat noch nie die Sonne gesehen und hofft doch, dass die sie eines Tages wärmen wird …

Ihr eigener dreizehn Jahre alter Körper war fast ganz von solcher Haut bedeckt, und sie streichelte sie gern und oft. Aber sie wollte sie auch bei anderen sehen und mit ihren Fingerspitzen berühren dürfen.

Ab und zu geschahen schöne Dinge, wenn er über ihr lag und wie ein Wal schnaufte. Unerwartete Empfindungen durchströmten sie dort unten, in immer engeren Kreisen. Und sie war so glücklich, dass sie ängstlich auf die Mutter horchte. Denn plötzlich spürte sie in sich seine Formen, seine Umrisse, die Länge, die Hitze. Und sie umschloss ihn mit seltsamen Bewegungen, über die sie selbst keine Kontrolle hatte … *der tät mir Leide, der erste wird der Daumen genannt …*

Danach nahm sie alle Gerüche klarer wahr als zuvor, und wenn sie die Augen schloss, kam sie sich vor wie in den Träumen, in denen sie hoch durch die Luft flog, nur mit den Armen zur Hilfe. Über Häuser und Vieh, über den Aalwagen, über die alte Jebseschenke, über winkende, fuchtelnde Arme, die sie erbarmungslos wieder nach unten holten.

Er arbeitete jetzt rascher. Er wälzte fetten und glühend heißen Fischergeruch ins Kissen, stöhnte leise. Sie verlor unter seinem Gewicht fast das Bewusstsein, wusste aber, dass er bald fertig sein würde. Er atmete ganz oben in der Kehle, in seiner Brust war kein Platz für mehr.

Und jetzt.

Ein langes Zittern durchlief seinen massiven Leib. Er glitt aus ihr heraus wie eine glatte kleine Räucherwurst und ließ sich neben sie sinken. Eine Sekunde darauf war er eingeschlafen. Sie machte sich los. Auf nackten Füßen hatte sie mit zwei Schritten die enge Kammer durchquert und goss Wasser in die Waschschüssel. Sein Schnarchen wurde rasch lauter. Der Mond stand wunderbar voll und malzgelb im Fenster. Der Schweiß des Mannes funkelte wie Glasperlen. Einige lösten sich von seiner Haut und versickerten im Laken. Sie wusch sich gründlich. Auch hinter den Ohren und am Hals, wo er sie immer leckte. Nach dem Waschen blieb sie ganz still stehen. Sie holte einige Male tief Luft und war glücklich. Am nächsten Tag würde etwas Spannendes passieren, etwas anderes. Vielleicht würde Postgehilfe Lars auf dem Bock sitzen, wenn der Postfahrer kam. Sie wollte ihr bestes Zwillichkleid tragen und vielleicht einen Spitzenkragen dazu, wenn die Mutter sich nicht einmischte und sie als Versucherin bezeichnete. Die Mutter mit ihrem riesigen Hängebusen und ihren Viehhüften war sicher nur neidisch.

Er brauchte immer längere Zeit. Malie hatte die Männer über dieses Problem reden hören. Dass es dann aufs Ende zuging. Dass er sich danach nicht mehr dienstbereit aufrichten würde. Und in dieser Nacht hatte er mit der Hand arbeiten und sich alle Mühe geben müssen, um damit aufs Bett zeigen zu können. Wie er immer sagte:

»Siehst du, Malie? Der zeigt auf dich. Er will zu dir, und da muss ich ihm doch gehorchen, meine süße, kleine *Köderdeern …*«

Sie schlich sich zur Mutter hinüber. Die Mutter schlief, wurde aber kurz wach, als Malie unter die Steppdecken schlüpfte.

»Alfred?«

»Nein, ich bin's, Mutter ...«

»Wo ist dein Vater?«

»Der schläft nebenan bei mir.«

»Ach, da ist er also? Gute Nacht.«

Die Jebseschenke war nicht der richtige Ort, um Menschen zu begegnen, die nicht die richtigen Worte fanden und nicht zum Lachen aufgelegt waren. In der Jebseschenke saßen keine Menschen, die ein eigenes Automobil besaßen, die sich die Hände mit Bimsstein scheuerten oder vor dem Einschlafen Tolstoi lasen.

Die Jebseschenke war eine Tränke, in der die Zapfhähne immer schäumten, in der der Kaffee immer heiß und schwarz war, die Kaffeesahne immer dottergelb, der Schnaps immer stark genug, der Aal immer frisch geräuchert, der Hase immer knusprig gebraten und das Brot fast frisch. Jahre voll Pfeifenrauch und Schweiß und harschen Flüchen hatten die Wände braun und die Sitzbänke glatt werden lassen. Hier kletterte man durch ein Fenster mitten in der Zeit, weit entfernt von persönlichen Sorgen. Hier sammelte man sich um die Probleme, die alle gleichermaßen betrafen. Hierher kamen die Männer, um nach der Arbeit die Rücken auszuruhen, um ihren Ohren eine Pause vom Gezänk der *Ollen* daheim zu gönnen. Sie kamen, um zu trinken und sich über den Zustand des Landes auszulassen, über Wohl und Wehe ihrer Gesundheit, über die schreckliche Prüderie der Mädchen und über die elende dänische Krone, die so sauer verdient werden musste und die dauernd an Wert verlor.

Amalie Jebsen, die Wirtstochter, war ein selten schönes Mädchen, mit himmelblauen Augen, langen weizengelben Haaren, die zu einem dicken Zopf geflochten wurden, den sie morgens in einem optimistischen Kranz um den Kopf wand und der später am Tag schwer und wild über ihren Rücken hing. Sie besaß eine Feinheit, die in der Schenke fehl am Platze wirkte. Sie wirkte noch mehr fehl am Platze, wenn Malie den Mund öffnete und wie eine Marktfrau loskeifte, wenn ein Kneipengast auf den Boden spuckte oder ein Schnapsglas zerbrach, damit sie die Scherben zusammenfegte und dabei ein wenig angegrabbelt werden konnte – oder damit man zumindest einen Blick auf die jungen Reize werfen konnte, an denen ihr Vater sich bediente, wie alle längst durchschaut hatten. Sie war die einzige Tochter und das einzige Kind ihrer Eltern. Deshalb musste sie in der Schenke hart arbeiten. Die Verwandten der Mutter ließen sich nie hier sehen. Sie lebten in Kopenhagen, und es bestand keinerlei Kontakt.

»Die *malen*«, höhnte der Vater oft. »Sie malen Bilder und lesen kleine Bücher mit Goldschrift auf dem Einband. Sie sind *schatzreich* und trinken roten Wein mit eleganten Namen und diskutieren und suhlen sich in dem väterlichen Erbe, von dem dir, meine liebe Agnes, auch ein Teil zugestanden hätte. Wenn deine Mutter es nur geschafft hätte, die Oberschenkel zusammenzukneifen, wenn außer deinem Vater noch andere Männer des Weges kamen.«

»*Halt den Schnabel! Hundsfott!* Und kümmer du dich um deine eigenen Körperteile«, gab Madame Agnes daraufhin zurück, denn offenbar fehlte es ihr an der ererbten Eleganz, deren Fehlen ihr Mann ihr ja auch vorwarf.

Alfred selber hatte nur einen einzigen Bruder, einen bisher unverheirateten Schwerenöter, der zum Glück von der bodenständigen und arbeitsamen Art war. Andreas arbeitete in der Holzschuhfabrik von Gimms. Der Gastwirt und Aalfischer Alfred, Madame Agnes und die kleine Malie in der Jebseschenke in der kleinen nordseeländischen Ortschaft Hvideleje hatten deshalb immer neue Holzschuhe. Wenn Andreas hörte oder sah, dass sie in abgelaufenen oder gesprungenen Schuhen umherliefen, steckte er sich vor Feierabend schnell ein neues Paar unter den Kittel, um es gegen ein Essen und vier oder fünf Bier einzutauschen.

»Aber die sind so schwer an den Füßen, Onkel Dreas!«, klagte Malie und hängte sich an seinen Hals. »Ich hätte lieber Seidenschuhe mit Spitzen und vielleicht vorne einer kleinen Schleife. Macht ihr so was nicht?«

»Du kommst doch aus einer piekfeinen Familie, wenn du die nur finden könntest«, erwiderte Andreas und lachte und schwenkte sie durch die Luft. »So. Und jetzt bring mir einen guten Schluck. Du kleine *Schankmutter!*«

Das erste Bier kippte er auf einen Zug, mit in den Nacken gelegtem Kopf. Danach verstummte er für ein oder zwei Minuten, dann packte er die Tischplatte und rief: »Jetzt wirkt der Zauber. Die magische Kraft des Biers. Das hier hat mehr Malz als sonst, das find ich toll. *Jetzt fängt das Bacchanal an, da laus mich doch der Teufel!*«

Es tat dem Umsatz gut, dass er da war. Stimmung und Durst stiegen. Schließlich kam auch der Schnaps auf den Tisch, und Madame Agnes hatte alle Hände voll zu tun, wenn sie die Kreidestriche an der Tafel im Auge behalten wollte. Wenn es besonders hoch herging, versuchten manche Stammgäste gleichsam aus Versehen, gegen die Tafel zu sinken, um die Kreide wegzuwischen. Aber dann griff die Madame rasch ein und rechnete noch einmal nach, nachdem sie den unrealistisch optimistischen Gast mit dem Buttermesser in die Seite gepiekst hatte.

»Komm zum Onkel«, rief Andreas, während Malie mit Tassen und Flaschen und Talgkerzen und Wechselgeld herumrannte. Nach Einbruch der Dunkelheit hängte sie die Laterne hinaus, damit noch der gebückteste Greis aus der Ferne das Licht der Jebseschenke erspähen könnte. Aber wenn er betrunken wurde, hängte sie sich durchaus nicht an den Hals ihres Onkels Dreas.

Dann wurde er wie der Vater, mit dicken Fingern, über die sie keinen Überblick hatte, und halb offenem, feuchtem Mund mit Hängelippen, und mit Augen, die immer *ihren* Mund suchten. Sie machte sich draußen in der Küche zu schaffen, schrubbte die Pfannen mit Sand aus, schmolz den Talg der Stumpen, setzte Teig an und erledigte alle möglichen Arbeiten. Wenn er unmöglich wurde, ging sie. Die Mutter kniff die Augen zusammen, wenn sie dann endlich nach Hause kam, aber Malie ging trotzdem und log später: »Ich war oben im *Stich* und hab den *Torf* gewendet, meine Mutter, ich habe hart gearbeitet, sieh dir doch nur meine Hände an.« Sie streckte die Hände aus und zeigte, wie schmutzig die waren, nachdem sie sie in den nächstbesten Straßengraben getunkt hatte. Die Mutter ließ sie lügen. Bis Malie zurückkam, war die Schenke doch leer, und alle Flaschen waren weggeräumt und alle Tische abgewischt und der Schlaf wartete.

Gastwirt Alfred Jebsen hatte Geld. Der Krieg hatte ihn fast reich gemacht, jedenfalls nach seinen eigenen Maßstäben. Niemand, nicht einmal seine Frau, oder sie noch weniger als alle anderen, wusste, wie viel er während der *Gulaschzeit* auf dem Schwarzmarkt in Kopenhagen verdient und zusammenspekuliert hatte. Aber wenn Alfred einfältig wirkte und fast immer angetrunken war, so las er doch die Zeitungen, wenn er welche fand, und lauschte den Gesprächen der Fremden, die ab und zu in die Kneipe kamen. Es interessierte ihn, was sie aus Kopenhagen und über den dortigen Warenmangel erzählten. Er reagierte rasch. Als der Reichstag 1914 die freie Marktwirtschaft durch Planwirtschaft, Regulierung und Zwang ersetzte, obwohl Dänemark doch neutral war, wusste Alfred Jebsen, dass jetzt seine Zeit anbrach, *sein* Krieg. Der Staat wollte selber die Roggen- und Weizenernten der Großbauern verwalten, damit die Bauern sich am Brotmangel keine goldene Nase verdienen konnten. Der Lieferpreis lag weit unter dem Marktpreis, und das alles schrie doch geradezu nach Schwarzmarkthandel. Und nach Alfred Jebsen, dem Mittelsmann, der die Daumen in die Hosenträger hakte. Hier war er in seinem Element, was ihn selber am meisten überraschte. Er hatte sich schon immer für einen guten Geschäftsmann gehalten, wenn er mit seinen Aalen nach Kopenhagen gefahren war, aber dass er sich auch mit Roggen und Weizen und Zucker und dem Verkauf von Lebensmittelmarken auskannte? Der Aal führte ihn ins Zentrum der Ereignisse, er sollte den kompakten Kopenhagener Ententeich aufwühlen, und er wusste diese Möglichkeiten wunderbar zu nutzen. Er war außerdem clever genug, um zu wissen, dass dieses Glück nicht von Dauer sein würde. Deshalb brüstete er sich nicht damit, sondern behielt es für sich und trat weiterhin ärmlich und wenig prahlerisch auf.

Vier Jahre lang fuhr er regelmäßig mit seinem alten, blau angestrichenen Aalwagen los, der wie eine Truhe verschlossen und mit Blankaal und Goldaal gefüllt war, und scheinbar hatte er kein anderes Ziel, als diese Ladung abzusetzen. Aber unter der Hand hatte er Abmachungen mit anderen Fuhrleuten und anderen Wagen getroffen, deren Inhalt nicht wie Silber oder Gold funkelte und auch nicht nach geräuchertem Fischfett stank. Und während die radikale Regierung Zahle das Land so gerecht lenkte, wie sie nur konnte, und während Innenminister Ove Rode sich bei seinen Schmähreden wider die raffgierige Rücksichtslosigkeit und wider Geldjagd und Schwindel heiser schrie, schnalzte Alfred Jebsen mit der Zunge, um sein Pferd Simon-Peter anzutreiben, zu neuen Abmachungen und neuem Verdienst.

Jede weitere Einschränkung brachte Alfred auf neue Ideen. Er besorgte auch Zucker, Butter, Speck und einen saftigen Kronhirschbraten, wenn das gesucht wurde. Statt eine Faust in der Tasche zu machen, segelte er durch vier gute Jahre wie ein Schwan durch den Ententeich. Bei Kriegsende zählte er sein Geld und verbarg es tief unten in seiner Matratze, und er ärgerte sich darüber, dass noch viel mehr da liegen könnte, wenn er nicht ein Gutteil davon im *Røde Kro* in der Holmsgade vertrunken und danach für teure Mädchen auf seinen Knien und im Bett ausgegeben hätte. Aber wenn abends in der Jebseschenke die Rede auf den Krieg kam, hatte er sich daran absolut nicht beteiligt. Er wusste rein gar nichts über die Leute, die durch ihren Tauschhandel das Land entzweit hatten, *zwischen Jammer und Fest.* Er trug noch immer dieselbe Kleidung, hatte noch immer schmutzige Fingernägel, war noch immer Gastwirt und Aalfischer und sonst gar nichts. Er saß bei den anderen und seufzte und stöhnte über das viele Elend, das der Krieg mit sich gebracht hatte, sogar in einem Land, das klug genug gewesen war, sich nicht daran zu beteiligen.

Es war wirklich wunderbar befreiend, mit anderen zusammen zu sein, denen es ein wenig schlechter ging. Diese Art von Kneipengerede ließ das Bier nur so fließen, und das eigene Leben nahm eine eher rosenrote Färbung an. Es half der Laune auf die Sprünge, sich über das Chaos zu verbreiten, das die Russen durch die revolutionären Bolschewiken und die Attentäter und die Hinrichtungen und den Amoklauf der Heeresabteilungen erlebten, und über die Zarenfamilie – *so geht es, wenn man ums Verrecken vor der Nase der armen Schlucker mit Juwelen und Gold herumwedeln muss!* In geistreichen Momenten, in denen die nächste verdiente Krone unendlich weit entfernt zu sein schien, ließ man Lenin die Sache des dänischen Arbeiters vertreten. Nach vier Schnäpsen war man Sozialdemokrat bis auf die Knochen und wollte am nächsten Morgen dem Müller oder dem Besitzer der Holzschuhfabrik nachdrücklich klar machen, was ein ehrlicher Arbeiter an Lohn und Arbeitszeit und im Unglücksfall an Unterstützung erwartete. Aber in der nächsten Sekunde war die harte Wirklichkeit zu schrecklich und unbarmherzig, um gewissermaßen zwischen den Gläsern auf dem Tisch zu liegen. Mit Schaum an der Nasenspitze wandte man sich wieder denen zu, denen es schlechter ging als den Leuten in Hvideleje: den Finnen, die wie die Fliegen an der Spanischen Grippe starben. Der Armut, die die Jüten im Westen erlebten, die über ihrem eingelegten Hering darben mussten. Dem Konkurshaufen Nordschleswig, den Deutschland jetzt endlich an Dänemark abgetreten hatte, sodass Deutschland nicht mehr ganz so *über alles* war. Über König Christian, der sich die neuen Länder gerade angesehen hatte, wohlgenährt und hoch zu Ross, bejubelt von den armen Menschen, die in ihrem Hungerwahn die Wahl zwischen zwei Übeln gehabt und sich per Volksabstimmung für ein Dänemark entschieden hatten, wo die Landwirtschaft durch die Zwangsabgaben bereits zugrunde gerichtet war.

»Ja, der König, der muss auch noch damit prahlen, was ihm da angedreht worden ist.«

»Wo er doch Island und die westindischen Kolonien verloren hat.«

»Und seine Macht!«

»Pah! Die hat er noch, er muss sie nur mit dem Reichstag teilen!«

Und dann wollten sie sich ausschütten vor Lachen über den *zehnten Diener,* wie sie ihn nannten, und zwischen braunen Wänden und mit heißem Blut schafften sie es, sich etwas größer vorzukommen als der König, dem das eine Land nach dem anderen wie Sand zwischen den Fingern zerrann, und dessen absolute Macht *über den Jordan ging.* Außerdem musste er durch das halb deutsche Armenhaus reisen und so tun, als sei er zufrieden mit diesem Tausch. Aber dass die Krone, die man zwischen den Zähnen zerkauen konnte, jetzt auch noch im Wert fiel, das wollte ihnen nicht gefallen.

»Manche sind im Krieg zu gewaltig viel Geld gekommen.«

»Und jetzt lachen sie über uns andere, die gerade über die Runden gekommen sind.«

In solchen Momenten konnte Alfred Jebsen die Ellbogen auf den Tisch aufstützen, seinen Schnaps auf einen Zug kippen und sagen: *»Aber auf dem Friedhof sehen wir uns dereinst wieder, und zwar hoch und niedrig, reich und arm, König und Bettelmann. Wenn das Urteil über uns kommt und unsere Stunde* *schlägt, dann ist verdammt noch mal nicht die Rede von Aufschub bis Neujahr oder Michaelis.«*

Dann kam es vor, dass Agnes ihm einen langen Blick zuwarf, den anderen in der Schankstube aber fiel nichts auf. Sie hatte ihren Verdacht. In der Schenke hatte es während des Krieges wahrlich nicht an Rohwaren gefehlt, aber er hatte nie verraten wollen, woher er die bezog. Einzelne im Dorf hatten auch so allerlei Gerüchte gehört und nannten ihn insgeheim den *Juden,* obwohl er durchaus großzügig anschrieb und die Leute trinken ließ, bis sie bezahlten. Und das taten sie immer, wo sollte ein Mann in Hvideleje denn sonst ein schattiges, friedliches *Ruheplätzchen* finden?

Malie hatte das Geld vom Schwarzmarkt gesehen. Sie hatte es gefunden, als sie die Matratzen gereinigt und gelüftet hatte. Es waren dicke Bündel aus Banknoten. Sie wagte nicht, sie zu zählen. Sie wusste, wo sie lagen und dass es viele waren. Sie glaubte, dass sie ihren Eltern gehörten, dass sie sie in den vielen Jahren in der Wirtschaft verdient hatten.

Sie ließ sie liegen.

Die nächtlichen Besuche des Vaters nahmen ein Ende, als Malie zu bluten anfing. Dafür sorgte die Madame. Kinder der Blutschande wollte Agnes Jebsen nicht im Haus haben und auch nicht im Heidekraut zur Welt kommen sehen. Sie war von ihrer Familie verstoßen worden, musste sich in der Kneipe abplacken und litt unter den vielen Sauftouren und Frauengeschichten ihres Mannes, und das alles hatte ihr die feineren Gefühle geraubt, aber an ihrer Vernunft war weiterhin nichts auszusetzen. Sie nahm kein Blatt vor den Mund: »Von jetzt ab schläfst du bei mir oder bei Simon-Peter und nicht bei Malie.«

»Oder anderswo«, sagte er und legte die Arme um ihre Viehhüften.

»Oder anderswo«, sagte sie, und in diesem Moment war ihr das egal.

Malie stand oben im Schlafzimmer und weinte. *Dort unten* zu bluten, das begriff sie nicht. Und die Schmerzen dröhnten und pochten, als wolle etwas heraus, sei drinnen gefangen, versuche, sich einen Weg durch das viele blutende Fleisch zu beißen.

»Du bist viel zu früh«, hatte die Mutter gesagt und ihr einige von ihren eigenen Lappen abgegeben. Zu früh? Das verstand sie nicht. Sie stopfte sich die Lappen in die Unterhose und wischte sich die Tränen ab. Wofür denn zu früh?

Als sie in den Schankraum kam, hatte die Mutter schon eine

Tasse Milch mit Cognac für sie bereitgestellt. »Das hilft gegen die Schmerzen«, sagte sie.

»Aber warum kommt das ... *Blut* heraus, meine Mutter?«

»Das ist eine Vorwarnung der Geburt. Wenn du Kinder bekommst, dann wird es so. Jeden Monat wirst du daran erinnert, damit du keine machst.«

Malie trank die Milch und fühlte sich sofort besser. Sie bekam noch eine Tasse, diesmal mit schwachem Kaffeepunsch. In diesem Moment kam Madame Bertilsen hereingestürzt und schaute sich wütend um. Bertilsen versuchte, an der Wand entlang in die dunkelste Ecke zu gleiten, aber seine Frau entdeckte ihn doch. Sie hatten elf Kinder. Er arbeitete in der Mühle und hätte am liebsten seinen gesamten Lohn vertrunken.

»Hast du die Fünfdutzend? Hassu die Fünfdutzend, du Schweinehund?«, brüllte sie.

Bertilsen sank noch tiefer in sich zusammen. Malie kicherte und schlug sich die Hand vor den Mund. Es war immer dasselbe, wenn Bertilsen Geld bekam. Seine Frau brauchte die sechzig Kronen, um die Miete für das Haus und den Stall und das Pferd und den Torfstich zu bezahlen. Den Rest verdiente sie, indem sie für andere Wäsche wusch und unten in Kopenhagen Torfplatten und feinen Scheuersand verkaufte. Aber die sechzig verlangte sie, sonst durfte er nicht nach Hause kommen. Sie schloss die Tür ab und öffnete sie erst wieder, wenn das Geld sicher in ihrem Mieder steckte.

Die Stirn fast auf die Tischplatte gesenkt, reichte er ihr das Geld. Sie riss es an sich, verstaute es am angestammten Platz und trampelte hinaus.

»Möchtest du einen Schnaps, Bertil? Aufs Haus?«, rief Madame Agnes.

Die Stirn nickte eifrig.

»Siehst du, Malie. So geht das. Elf Kinder. Wahrscheinlich war sie auch so früh wie du.«

»Ich bekomme keine Kinder. Nicht, wenn dabei Blut kommt.«

»Dann darfst du auch niemanden seine Ladung da unten einfahren und auskippen lassen.«

»Aber er …«

»Niemanden. Dafür habe ich gesorgt. Und jetzt bist du wieder gesund. Und hilfst deinem alten Vater bei den Aalen.«

Der Vater nahm alle Tierköpfe, die er bekommen konnte. Er lehnte nur Lämmer ab. Die waren zu klein. Am liebsten hatte er Pferdeköpfe, die waren tief und lang. Eigentlich sei die Verwendung von Pferdeköpfen verboten, sagte jemand. Er sollte Reusen oder Aalkörbe nehmen, hieß es, aber darauf pfiff Alfred. Das Tier war doch tot, was sollte man denn sonst mit dem Kopf anfangen? Ein Schweinskopf, ja, als Sülze bot der ausgezeichnete Nahrung für Menschen, aber die anderen Köpfe? Nein, die bekam der Aal. Und die Schlachter, die ihm Köpfe gaben, wurden mit frisch geräuchertem Fisch belohnt.

Unten im Kopf spannte er grobe Leinwand aus, durch die Augenhöhlen zog er Bindfäden, die er an schwimmenden Brettern und danach an Büschen und Bäumen am Ufer befestigte. Und zwar gut versteckt. Er wollte nicht, dass andere sich an seinem Fang bedienten. Oder auch sahen, womit er den erzielte. Die Köpfe mussten ja eine Weile dort unten bleiben. Es dauerte seine Zeit, einen Pferdekopf leer zu fressen, ihn mit einem Aalmaul zu säubern.

Malie saß neben ihm auf dem Bock. Sie sah blass aus, hoch oben auf ihren Wangenknochen prangten rote Flecken. Ihr Zopf hatte sich gelöst. Das war ihr schnurz. Er hing schwer und glänzend über ihre Schulter.

»Bist du krank?«, fragte der Vater und wollte unter ihrem Kleid eine ihrer schmalen Fesseln umfangen.

Sie schlug seine Hand weg und griff zu ihrer Marktfrauenstimme: »Ich hab Schmerzen. Da unten. Und daran bist bestimmt du schuld, du *Tropf*!«

Alfred ließ die Wagenräder über ein besonders großes Schlagloch rattern, sodass das Scheppern des leeren Aalwagens ihm eine kurze Frist schenkte. Wenn sie so redete, erinnerte sie ihn an ihre Mutter, und das gefiel ihm überhaupt nicht.

»Aber, aber, du ängstliches *Täubchen,* jetzt bist du bald erwachsen. Jetzt wird es da unten langsam und friedlich zugehen. Und dann wirst du deinen alten Vater sicher vermissen.«

Er hatte zwei Pferdeköpfe im Meer, und dazu weiter oben im Fluss einen Stierkopf. Der Stierkopf zog Goldaale an, doch die Kundschaft wollte lieber Blankaal aus dem Salzwasser. Alfred Jebsen bekam es niemals über, die Köpfe aus dem Wasser zu ziehen, zum Bersten gefüllt mit gierigen, zappelnden Aalen, die aus allen Hohlräumen des Schädels hervorquollen. Malie musste die Schnüre an Land ziehen, während er selber den Kopf aus dem Wasser hievte. Es klatschte und spritzte, wenn die Aale feststellten, dass das Wasser aus dem Kopf und durch das Leinen unten hinauslief, sie zappelten wie besessen, um nach draußen zu gelangen, als sie sich nun plötzlich in einem Element befanden, mit dem sie nicht umzugehen verstanden.

Er lud den Kopf in den Wagen, während Malie die Aale einfing, die sich aus diesem überreichen Gewimmel befreit hatten. Sie lagen wie wütende verflochtene Knoten im Gras und strebten in alle Richtungen auseinander, vor allem aber dem Wasser zu, als könnten sie es sehen oder riechen. Sie musste die Fingernägel benutzen, um sie zu fassen zu bekommen, musste sie hart zwischen beiden Händen zusammenpressen und sie in den Wagen werfen, wo der Vater die Arme bis zu den Ellbogen im Pferdekopf vergraben hatte und unzählige Exemplare herauszog, die sich so tief im Schädel versteckt hatten, wie das überhaupt nur möglich war. Er schwitzte und lachte:

»Hier sind zwei richtig lange und fette, du! Und jetzt zum nächsten Kopf!«

Danach landeten beide Köpfe im Wasser, ohne Bindfäden

oder Bretter. Sie waren leer geerntet, aber wenn er gewollt hätte, hätte er das einige Male wiederholen können, Aale sind nun einmal auch mit wenig zufrieden.

Simon-Peter stand still und schlaff im Geschirr, während das alles vor sich ging, für ihn spielte es keine Rolle, dass Körperteile seiner eigenen Artgenossen als Fanggeräte benutzt wurden. Nur sein Schwanz bewegte sich, in einem ewigen Hin und Her, das die Fliegen verscheuchen sollte.

»Landet auch Simon-Peters Kopf eines schönen Tages im Wasser?«, neckte Malie wie so oft. Und wie immer lautete die Antwort: »Hast du den Verstand verloren, Mädel? Der gehört doch zur Familie!«

Malie freute sich darauf, sich die Hände im Bach zu waschen. Wenn nicht die Lappen in ihrer Unterhose gewesen wären, dann hätte sie jetzt gebadet. Bedeutete das, eine erwachsene Frau zu sein? Dass sie an einem heißen Julitag nicht mehr baden konnte? Dass sie sich nicht die Kleider vom Leib reißen und das Wasser ihren Körper umschließen lassen und spüren konnte, wie seidenweich ihre Haut davon wurde? Sie hatte den Postgehilfen Lars schon lange nicht mehr gesehen. Sie hatte ihn nie angerührt, hatte nur an ihm geschnuppert, ihn aber nicht geküsst. Jetzt wollte sie das. Beim nächsten Mal. Wenn sie noch mehr machten, könnte sie ein Kind bekommen. Diese Vorstellung war beängstigend schön. Gefährlich. Es tat auch nicht mehr weh, da unten. Der Schmerz war in etwas anderes übergegangen, etwas Erwachsenes und Pulsierendes, das Ähnlichkeit mit den Empfindungen hatte, die sich einstellten, wenn sie sich selber streichelte. Es war jedoch ganz anders als die starke Flamme, die ein seltenes Mal aufloderte, wenn der Vater über ihr lag. Die kam von tief innen und bestand vor allem aus Hitze und Muskeln, doch wenn sie sich selber streichelte, dann brannten ihr Kopf, Augen und Mund und das Blut in der Mundhöhle, das sich wie mit spitzen Nadeln in die Zungenspitze ergoss.

Sie spreizte unmerklich die Oberschenkel und ließ die Bewegungen des Wagens gegen die Lappen in ihrer Unterhose stoßen. Die hatten sich nach ihrem Schoß geformt und drückten sich sanft gegen sie, ähnelten einer offenen Hand, die sie ganz behutsam kniff. Sie schloss die Augen und streckte sich über dem Sitz aus. Es war die Sache eines Augenblicks, und die ganze Zeit sah sie dabei den Postgehilfen Lars, seinen schweißnassen Hals über dem Leinenkittel, die weiche Haut, oben braun und gleich unterhalb des Kittelrandes milchweiß …

»Schläfst du, *Köderdeern?*«

Sie öffnete die Augen und wandte sich von ihm ab. »Ich bin nicht deine *Köderdeern.*«

»Dann weißt du auch nicht, was das ist, du Malienkäferchen.«

»Kann schon sein.«

Die Kornfelder wogten im Abendwind. Die Straße führte am Fluss entlang, zwischen gelben Reihen aus fast reifen Ähren, die dicht an dicht aufmarschiert zu sein schienen. Die Flügel der Konradmühle bewegten sich träge hinten am Horizont in Richtung Hvideleje. Ein Storchenpaar flog in geringer Höhe über die Felder nach Norden. Die langen Beine hingen wie schlaffe, rote Schnüre unter dem Rumpf, während der Schnabel ruhig in die Flugrichtung zeigte, ohne sich wie die Flügel auf und ab zu bewegen. Es tat gut, sie anzusehen, sie waren zu zweit. Sie schloss ihre Oberschenkel.

»Die *Köderdeerns* haben den Fischern geholfen. In alten Zeiten«, sagte der Vater. »Damals, als das Meer so reich an Fischen war, dass die Männer von Westjütland anspruchsvoll und wählerisch wurden und sich weit von zu Hause fortwagten. Dort bauten sie sich Höhlen in den Dünen, in denen sie schliefen und aßen. Und sie hatten ihre *Köderdeerns* bei sich, die ihnen beim Kochen halfen, die die Kleider trockneten und flickten, und die sich um die Fische kümmerten.«

»Und?«

»Mehr haben sie nicht getan«, sagte der Vater rasch. »Nicht

dass ich wüsste jedenfalls. Oder vielleicht haben sie genau das getan, ohne dass dein alter Vater sich da zu sicher sein kann.«

Er lachte laut, und Malie tat ihm den Gefallen und lachte mit. Denn so sprach er sonst nie zu ihr. Fast wie mit einer Erwachsenen. Das war seltsam. Und alles vielleicht wegen dieser Sache mit dem Bluten. Sie nutzte die Gelegenheit, um zu sagen:

»Ich möchte lieber nicht in den Konfirmandenunterricht.«

»Ach was? Und warum möchtest du das lieber nicht? Dann wirst du doch auch nicht konfirmiert.«

»Weil ... ich will das nicht. Er ... grabscht.«

»Probst Salvesen?«

»Ja. Nicht nur bei mir, bei allen Mädchen. Das ist passiert, als wir uns angemeldet haben. Ich kann ihn nicht ausstehen.«

»Ich werde ihm den Hals umdrehen. Der wird *maltraitiert!* Mit diesem *Poggenjunker* hat es die ganze Zeit nur Ärger gegeben. Bei Gott, ich werde ihm einen Denkzettel verpassen, dass er ...«

»Nein, das darfst du nicht, mein Vater. Ich will nur nicht zum Unterricht gehen. Ich war doch auf der Volksschule. Das muss reichen.«

»Aber das ist doch eine Schande! In den alten Zeiten war unser Probst ein Ehrenmann. Aber dann ist er gestorben, und der Sohn ist nach seinem Examen nach Westen gegangen. Wir waren wohl nicht fromm genug für ihn. Aber dass ein *Tropf* wie Salvesen ein geistliches Gewand tragen darf ...«

»Es gibt doch viele, die grabschen, mein Vater.«

»Ja. Aber ein Geistlicher sollte einer sein, der das nicht tut.«

»Ich brauche also nicht in den Unterricht?«

»Das brauchst du nicht. Und ich spare das Geld für neue Kleider und eine Bibel.«

»Aber was, wenn meine Mutter ...«

»Dann spart auch deine Mutter das Geld für neue Kleider«, sagte er und lachte schallend.

Der Stierkopf war bis oben mit Wasser gefüllt, als sie ihn heraufzogen, und der Vater wollte mit dem Wasser die ganze Aalladung abhäuten und waschen. Der Wageninhalt wogte vor ihnen hoch, als sie die Klappen offen stehen ließen, und der Vater schlug einen Aal nach dem anderen mit demselben länglichen Stein wie immer tot. Er zerschmetterte jedem die Schwanzspitze, wo *Gedanken* und *Leben saßen,* und warf die Aale zu Malie hinaus. Sie setzte einen Schnitt in die Nackenhaut, befestigte den Kopf am Aalhaken hinten am Wagenrad und zog die Haut ab, von oben bis unten. Es war harte Arbeit, nach zehn oder zwölf Aalen setzte sie sich ans Ufer und wollte nicht mehr.

»Ich bin nicht gesund«, sagte sie, befreite ihre Zehen von den Holzschuhen und hielt sie ins Wasser. Der Vater seufzte, beschwerte sich aber nicht. Er arbeitete weiter, mechanisch, während er in Gedanken Aale und Kronen zählte.

Es tat gut, die Füße ins Wasser zu halten und die Hände hinter sich ins Gras zu stützen. Das Korn stand so hoch, dass die Welt verschwand. Es gab nur noch die Wasseroberfläche vor ihr, den Fluss, der glatt und ohne Kräusel dahinfloss, und das Geräusch, mit dem der Stein die Aalschwänze traf.

Sie dachte: Ich bin erwachsen. Ich weiß eine Stelle, an der viel Geld liegt. Ich muss nicht in den Konfirmandenunterricht. Ich bin nachts von meinem Vater befreit. Aber ich werde den Postgehilfen Lars anlächeln, werde lächeln, bis er feuerrot wird, und diesmal werde ich nicht weglaufen.

Der Vater pfiff jetzt aus Freude über den guten Fang, und dann ging sein Pfeifen in Gesang über:

»Nein, nein, ich will dich nicht sehen, deshalb musst du gehen«, stimmte Malie ein.

»Der Amagermann ist riesengroß …
die Amagerfrau hat den breitesten Schoß …
ihr Pferd, das ist ein Amagergaul …
und ihre Zwiebeln sind immer faul!«

»Und du willst also nicht zum Konfirmandenunterricht, du gottlose kleine *Köderdeern.*«

Sie ließ sich rückwärts ins Gras sinken und musterte ihn aus dieser Perspektive. Er war trotz allem besser als die Mutter. Er war trotz allem nicht der Schlimmste. Er stand trotz allem auf ihrer Seite. Wenn es ernst wurde. Sollte die Mutter doch mit ihren Hängetitten in der Kneipe herumlungern. Malie selber war erwachsen und frei. Sie machte, was sie wollte. Es war sogar möglich, dass sie ihn nachts vermisste. Seine Aufmerksamkeit und eine seltene Erschütterung.

Du darfst die Ladung einfahren, aber vergiss nicht, sie ausleeren darfst du nicht«, flüsterte sie erfahren dem Jungen über ihr zu. Es war nicht mehr der Postgehilfe Lars. Der war schon vor fast zwei Jahren aus dem Reigen ausgeschieden, nachdem Malie festgestellt hatte, dass er durchaus nicht anstrebte, eines Tages selber Postkutscher zu werden und den feuerroten königlichen Mantel mit dem Kaninchenkragen zu tragen. Nein, Lars wollte die Schmiede seines Vaters übernehmen, und auch wenn eine eigene Schmiede vielleicht gutes Geld abwarf, so wäre Malie doch nie im Leben Schmiedsfrau geworden. So dachte sie. Alles musste etwas *werden,* es durfte nicht einfach nur *sein.*

Lars ging jetzt mit Sidsel. Sie wollten zu Weihnachten heiraten, wenn Lars achtzehn wurde. Sidsel war sechzehn. Malie sah sie schon als Herrn und Frau Bertilsen, mit elf schreienden Gören und einer schimmeligen Matratze. Sidsel mit den zusammengewachsenen Augenbrauen, Sidsel, die außer Lars deshalb keiner wollte. Sie hatte versucht, die zusammengewachsene Stelle wegzusengen, und das hatte zu einer hässlichen Narbe geführt. Die Narbe leuchtete kreideweiß hinter Sidsels Augenbrauen, wenn sie im Sommer braun wurde.

Amalie Jebsen dagegen ging mit allen. Mit allen, die sie ohne Hemd sehen wollte, um sich danach an den Jungenkörper zu pressen und zu spüren, wie der Himmel einstürzte und der Boden sich in Schaum verwandelte und die Oberschenkel bebten, bis die Wellen sie von allem forttrugen. Das war besser als heiße Milch mit Cognac, besser als der klare Schnaps, dessen Reste sie trank, wenn Madame Jebsen ihr den Rücken kehrte. In ihrem eigenen Körper zu versinken, während sie unter dem Körper eines anderen lag, und zu spüren, wie die Feuchtigkeit auf ihren brennenden Lippen trocknete – das war das Allerallerbeste.

Sie war fünfzehn, und Sonne und Mond drehten sich um sie.

Ihr Zopf hing ihr lose über den Rücken. Er reichte bis an ihr Kreuz, und sie umwand ihn mit einem schmalen blauen Band, das Lars ihr geschenkt hatte. Sie wurde immer schöner und kräftiger, doch sie behielt dieses Verfeinerte, das dafür sorgte, dass sie nicht ins Gerede kam. Wenn die alten Frauenzimmer hörten, dass Alfred Jebsens Tochter sich hinter den erstbesten Torfhaufen legte, wenn Junge, Stimmung und Wetter das gestatteten, dann schüttelten sie nur den Kopf und wollten es nicht glauben, wenn sie ihnen dann über den Weg lief – wenn sie einen reizenden Knicks machte und sich besorgt nach ihrer Gicht erkundigte. So ein entzückendes junges Mädchen. Nein, es war sicher nur der gemeine Neid auf ihre Schönheit, der eine unschuldige Feder in eine ganze Hühnerschar verwandelte.

Außerdem legte sie sich durchaus nicht nur hinter Torfhaufen, wo die Torfstücke mannshoch zu Vierecken aufgetürmt waren und einen praktischen und tiefen Schatten warfen. Es gab schließlich Ställe und Scheunen, es gab den Wald. Malie liebte den Wald. Das graugrüne Licht. Die schlanken Stämme, die unbeweglich und arrogant dastanden und sich nicht darum scherten, was sie hier trieb. Auf dem Rücken zwischen den hohen Buchen zu liegen und die Vögel singen zu lassen, während ihr eigenes Blut mitsang, eine Ameise ihr Bein hochkriechen sehen und diese Berührung zu einem Teil aller anderen Empfindungen werden zu lassen, die in ihr wogten, die Augen haarfein zu schließen, vor der Sonne, die durch die flordünnen Baumkronen hoch oben drängte, mit brennenden Handflächen einen muskelharten Rücken zu umklammern, um danach sein Hemd weiter hochzuschieben, das brachte ihr einen Rausch, der stärker war als der von Cognacpunsch und Schnaps.

Und gerade jetzt lag sie zwischen den hohen Buchenstämmen und hatte die Oberschenkel von Osten nach Westen gespreizt. Die Lerchen sangen, und in der Luft summten Insekten um die beiden, die durch ihren Schweiß aneinander klebten. Der Auserwählte war der Stallbursche Morten, der große Pläne für einen eigenen Stall hegte. Malie gab vor, ihm zu glauben, wegen seiner kräftigen Schultern und seiner breiten Kinnlade, aber er hatte schon mehrere Male zum Zuge kommen dürfen, und deshalb war der Boden unter ihr nicht mehr ganz so weich. Er nahm sie als selbstverständlich hin, wollte sie nicht umschmeicheln, konnte nicht so recht glauben, dass sie sich ihm nicht hingeben wollte, dass Schmeicheleien unabdingbar seien. Denn sie wollte doch. Immer.

An diesem Tag langweilte sie sich. Deshalb lag sie ganz ruhig da und sang innerlich und horchte und wartete auf Stallbursche Mortens abschließendes Stöhnen, das darauf folgende Gefummel und die Bewegungen unten im Heidekraut. *Fünf Freunde an den Händen beide, wer die nicht kennt, der tät mir Leide, der erste wird der Daumen genannt, der schüttelt die Pflaumen im ganzen Land ...*

Außerdem hatte er einen so albernen Namen. Mooooot'n. Allein der Name war doch schon eine Niederlage. Er war träge wie eine sanfte Uferböschung über einem still stehenden Wasser. Und ihre Gedanken waren anderswo. Sie waren auf der Wiese bei der Kirche. Dort hatte eine tingelnde Theatergruppe ihr Lager aufgeschlagen. Sie nannte sich Trupp Sule. Die Leute stammten aus Schleswig und kamen nun von Klampenborg her und waren im Vergnügungspark Dyrehavsbakken aufgetreten.

Im berühmten *Bakken!* Ein Vater mit drei Söhnen. Die Mutter sollte bei der Geburt des Jüngsten gestorben sein, und sie führten wirklich gediegene Sachen auf: Gedichte und Hans Christian Andersen und einen toten Engländer und solche Dinge. Sie wollten am Abend in die Kneipe kommen, und alle Söhne waren jung. Malie hatten, die ganze Geschichte von der Brotfrau Lotte gehört, die am Morgen bei ihnen gewesen war.

»Bist du fertig, Morten?«

»Ooo, Malie, du bist einfach die wunderbarste ...«

»Dann rutsch mal zur Seite, ich glaube, da kommt jemand.«

»Da kommt niemand.«

»Mach trotzdem Platz. Du liegst auf meinem Mieder!«

Sie war im Bakken gewesen. Zusammen mit ihrem Vater. Einmal, auf dem Heimweg von Kopenhagen. Der Dyrehavsbakken war ein Märchen aus kleinen Buden und den seltsamsten Menschen und Achterbahn und Zelten mit bärtigen Damen und Zwergen und Jongleuren und Gauklern. Der Pierrot wanderte in seinem mit roten Pompons geschmückten Kostüm durch die Menschenmenge hin und her. Malie hatte ihn aus der Nähe gesehen. Die Pompons waren zottig und tanzten bei jeder Bewegung. Ein spitzer Hut warf einen seltsamen Schatten über sein Gesicht, und er hatte sich roten Lippenstift weit über seine Mundwinkel hinaus verschmiert. Danach saßen sie auf Stühlen vor einer Bühne und sahen der Pantomime von Harlekin und Kolumbine zu. Malie wäre vor Lachen fast vom Stuhl gefallen, und der Vater wollte dann noch Olga Svendsen hören. Er bezeichnete sie verächtlich als *alte Schabracke* und *dreiundzwanzigstklassige* Kabarettsängerin. Doch als sie so energisch lossang, dass der Spalt zwischen ihren Brüsten sich zur Kluft erweiterte, fiel ihm doch das Kinn herunter, und er strich sich über die Oberschenkel. Sein Schnurrbart zitterte, die Mundwinkel waren feucht. Malie hatte ein riesiges Eis zu fünfundzwanzig Öre mit echter Schlagsahne und Erdbeeren bekommen, und dazu ihren eigenen rosa Nagellack, den sie vor Madame Agnes verstecken musste. Ja, das meiste an diesem Abstecher wurde vor der Madame verborgen, die es nur gut gefunden hatte, dass Malie mit dem Aal nach Kopenhagen sollte. Sie glaubte, Alfred werde sich am Riemen reißen, wenn seine Tochter dabei war und klatschen könnte. Aber Malie klatschte nicht. Die Mutter hatte ihr drei Kronen geboten, wenn sie erzählte, ob etwas passiert war. Aber Malie hatte den Kopf geschüttelt und gesagt:

»Wir haben den ganzen Tag in sengender Sonne am Wagen gestanden und Aale verkauft, bis wir keine mehr hatten, und dann haben wir Knackwürste gegessen, und ich habe Limonade getrunken, und danach bin ich mit meinem Vater mit der Elektrischen gefahren, und danach haben wir bei den Schwestern Nielsen in Birkerød übernachtet, und am nächsten Tag sind wir doch mit Kandiszucker für dich nach Hause gekommen, meine Mutter.«

Und mit der Natürlichkeit der Schauspielerin machte sie sich an ihrem Zopf zu schaffen und riss ihre blauen Augen weit auf, um jedes Wort zu betonen. Die Madame war beruhigt. Alle wussten, dass die Schwestern Nielsen überaus fromm waren und keinen Logiergast zur Ruhe gehen ließen, ohne ihm nicht mindestens fünf Bibelstellen mit auf den Weg zu geben, und dass sie nichts Flüssiges servierten, das Alkohol enthielt. Dort gab es nur Magermilch und Brunnenwasser. Und deshalb durfte Malie auch bei der nächsten Aalfahrt mitkommen.

Aber Alfred Jebsen stand durchaus nicht selber an seinem Stand, um die Aale feilzubieten. Ein Schlachterladen bekam sie für einen guten Preis, jedenfalls gut genug für den ungeduldigen Jebsen. Und dann ging es geradewegs in die Holmensgade und die Brøndstræderne zu den *Mädels,* die Malie mit offenen Armen und parfümierten Küssen in Empfang nahmen. Es war viele Jahre her, dass sie als gesetzlich anerkannte Prostituierte weiße Kittel hatten tragen müssen, die *Uniform,* die Geschäfte aber liefen unverändert. Sie saßen hinter den offenen Schenkentüren, während die Luden und die Puffmütter und die Hunde und die Katzen und die Klaviermusik um sie herumschwirrten. Wenn die Ordnungsmacht auftauchte, schlüpften einige von ihnen in ihre kleinen Läden, wo sie angeblich Krankenpflegeartikel und *schlüpfrige* Postkarten mit nackten Menschen und Texten wie *So verlief eine Hochzeitsnacht* und *Gott sei Dank, sie haben sich* verkauften. Während der Polizist Postkarten und Dekolletés musterte und sich unbeliebt machte, saßen die anderen ruhig bei ihrem Sherry, streichelten ihre mit Schleifchen geschmückten Schoßhunde und spielten feine Damen bei einem zufälligen Besuch, wenn auch ein wenig fehl am Platz in Wirtshäusern, die ebenso braun und dunkel waren wie die Jebseschenke. Alfred kannte sie alle, die Kneipen und die Mädchen, aus den Kriegsjahren. Damals war er offenbar als der pure Wohltäter aufgetreten, so, wie sie Malie gegenüber alle von ihm schwärmten.

»Dein Vater ist ein Gott!«

»Ja, das ist er wirklich.«

»Jebsen vergisst nie ein Mädel. Nie!«

Malie bekam ebenfalls Sherry, in einem eleganten Weinglas, mit in böhmischen Mustern geschliffenem Kristall. Die Mädchen kämmten ihr die Haare, liehen ihr Kleider für einen Abend und Lackschuhe mit Schnallen und Schleifen, sie schminkten sie. Sie kam sich vor wie im Paradies. Wie eine Prinzessin. Aber der Vater sorgte dafür, dass sie ansonsten nicht in das Geschäft hineingeriet. Ein nichts ahnender Lude, der eines späten Abends im *Røde Hav* aufkreuzte und beim Anblick von Malies junger Haut glaubte, einen feinen Fang gemacht zu haben, verlor später in dieser Nacht vor dem Haus zwei Finger. Finger, die, so prahlte Alfred Jebsen, geräuchert und als kleine Aale verkauft werden sollten. Und die Mädchen passten auf Malie auf, wenn eine plötzliche Invasion russischer Matrosen eine Stimmung hervorrief, bei der man Gefahr lief, den Überblick zu verlieren.

Malie war neidisch. Die anderen durften sich doch schminken, trinken, schlafen, und wenn es Nacht wurde, durften sie das tun, was ihnen das Allerliebste war. Und dafür wurden sie dann auch noch bezahlt! Die russischen Matrosen waren witzig und unheimlich und verlockend, auch wenn sie ein wenig schmutzig waren. Aber mehrere der Dirnen hatten Waschschüsseln im Hinterzimmer und verlangten, dass der Freier sauber war, ehe er ins Bett steigen durfte, falls er überhaupt so weit kam, ehe er fertig war.

Mit leuchtenden Augen konnte Malie in einer Ecke sitzen und zusehen, wie die Mädchen die Männer um den kleinen Finger wickelten, sie wickelten und wickelten, bis der Mann auf ihrem Schoß und an ihrem Busen landete. Genau der Mann, den sie haben wollten. Der, dessen Hosentasche von den dicksten Geldscheinbündeln ausgebeult wurde. Und Malie, als das Kind, das sie war, registrierte nur das Schöne, den Flirt und den Rausch, die Lieder und die Musik. Das Spiel der Luden und die strengen finanziellen Forderungen der Puffmütter blieben ihr verborgen. Und an den langen Wintertagen mit feuchtem, kaltem Wetter, wenn die Brøndstræderne geplagt von Stillstand und tuberkulösem Fieber und venerischem Brand aufkeuchte, dann war sie zu Hause in Sicherheit. Das Kopenhagener Nuttenviertel zeigte sich ihr von der Sonnenseite – Alfred Jebsen mit seinem Aalgeld war gekommen! Und das Wetter war warm und das Bier kalt, und die Schnapskrüge wurden wohl niemals leer.

»Du bist ein schönes Mädchen, du solltest dich nicht von irgendwem einfangen lassen«, konnten sie zu ihr sagen, und fünf Hände auf einmal machten sich an ihr zu schaffen und nannten sie Püppi. Sie sorgten dafür, dass ihr Kragen ordentlich saß, dass ihre Haarbänder nicht verrutschten, dass die Spitzen unter ihrem Rock nicht den Hundekot auf dem Boden streiften.

Eines Abends, als der Vater mit einer Freundin nach oben verschwunden war, wollte eine ältere, dicke deutsche Puffmutter fummeln. Sie wollte sich nicht nur an Haaren und Spitzen zu schaffen machen. Malie hatte einiges getrunken und ließ die Madame fummeln, vor allem vor Verblüffung und Überraschung. Sie kam erst wieder zu sich, als sie beide hinter einem Vorhang in einem kleinen Alkoven saßen und die riesige Frau die ganze Zeit auf Deutsch auf sie einredete, wie in einem Traum. Leise, psalmodierend, hypnotisch: *... und lass dir sagen, hab die Sonne nicht zu lieb und nicht die Sterne. Komm, folge mir ins dunkle Reich hinab ...* Die Madame streichelte sich rhythmisch zwischen den Beinen und wollte mit der anderen Hand in Malies Unterhose greifen und Malies jungen Mund auf ihre Brüste pressen.

Diese Brüste waren riesig. Und feucht und heiß. Sie stanken nach Schweiß und altem Parfüm und Schoßhund. Und plötzlich war es zu spät, um sich zu befreien. Die riesige Frau zitterte und bebte und stöhnte. Malie merkte, dass sie sich übergeben musste, als sie sich endlich aus diesem Griff losgemacht hatte und auf die Straße stürzte, um frische Luft zu schnappen. Dort draußen duftete es durchaus nicht nach Kornfeldern und Seebrise, sondern vielmehr nach offener, frischer Kloake. Sie leerte ihren Magen und machte sich dann laut weinend auf die Suche nach ihrem Vater. Sie fand ihn schlafend unter einer blau gestreiften Decke, während eine Frau sich vor einem dreiteiligen Toilettenspiegel kämmte, der sie aus allen Himmelsrichtungen zeigte.

»Vater, ich will nach Hause!«

Die Frau drehte sich vierfach zu ihr um, mit einer Miene, die sofort in die Defensive zu gehen schien. Sie hielt den Kamm regungslos in der Luft und schrie:

»Alfred! Deine Tochter!«

»Was ...? Wer?« Sein Schnurrbart sah schief und klebrig aus, als er unter der Bettdecke hervorlugte. Sein Schädel war schweißnass. Die Haare in seiner Nase bebten.

»Ich will nach Hause«, weinte Malie. »Ich will nach Hause. Sofort!«

Und da fuhr er mit ihr in den Dyrehavsbakken, an nächsten Tag, nachdem beide eine Gasse weiter bei einer soliden, freundlichen Madame ihren Rausch ausgeschlafen hatten – bei Kylle Hanssen, einer Frau, zu der Malie Vertrauen hatte. Sie ging auf Holzkrücken, stellte ihren eigenen Met her und besaß einen braunen, struppigen Hund namens Holger Danske. Sie stauchte den Vater immer zusammen, weil der seine Tochter mit hierher brachte, sie hielt ihm ihren verdreckten Zeigefinger vor die Augen: *»Soll das Mädel vielleicht verdorben werden, he?«* Deshalb hatte Malie Vertrauen zu ihr. Und am nächsten Tag zog Simon-Peter sie und den Vater hinauf zum Bakken, er wedelte munter mit dem Schwanz, vor einem unbeschwerten leeren Aalwagen. Zum ersten Mal besuchte Malie nun den Ort, von dem so viel geredet wurde. Als Trost, als Bestechung, was wusste sie denn schon. Sie wusste nur, dass sie den Bakken vom ersten Moment an liebte, denn sie hatte den Tivoli in der Stadt nie besucht. Dorthin gingen nur feine Leute. Die Freundinnen in der Holmensgade hatte sie zum letzten Mal gesehen. Auch wenn er ihr für den Heimweg weitere Besuche im Bakken versprach.

Die Mutter schöpfte Argwohn, aber Malie log sich eine Verliebtheit zusammen, sie habe keine Zeit. Damals war der Postgehilfe Lars wohl der passende Vorwand, und damit war die Sache erledigt.

Aber das Misstrauen den Nutten gegenüber war noch immer vorhanden, zusammen mit dem Hunger auf das Leben, auf viele Menschen an einem Ort, auf Lachen und Gesang, auf Scherze, auf die besten Kommentare.

»Kommst du heute Abend in die Schenke, Morten?«

»Neee … hab kein Geld. Und meine Mutter will ja nicht, *dass ich da verkehre … aber sie kann dich leiden, meine Malie, und das kann ich meiner Seel auch!*«

»Dann sehen wir uns ein andermal, Mooooot'n.«

»Warum sagst du das so?«

»Einfach so. Aber jetzt muss ich los. Meine Mutter wartet.«

Sie trat aus der tief stehenden Sonne, die ihr in die Augen stach, in die dunkle Jebseschenke und war sofort geblendet. Aber *ihn* sah sie. Ruben. Sie schaute ihm ins Gesicht, das er zur Seite gedreht hatte. Sie konnte die Feuchtigkeit seiner Hornhaut sehen, die Feuchtigkeit in den Mundwinkeln und an der Stelle, wo die Nasenlöcher anfingen. Die Feuchtigkeit spiegelte sich im Licht der Petroleumlampe, die immer über dem Tresen brannte. Er wandte ihr das Gesicht zu, schaute ihr in die Augen. Sie wusste, dass er so, wie sie hier stand, nur ihre Silhouette sehen konnte, ihre Haare waren vom Waldboden zerzaust, ihr Mieder schloss sich nicht sonderlich züchtig um ihre Taille. Sie lief durch die Schankstube, um ein Teil der Dunkelheit zu werden, ohne seinen Blick loszulassen. Dieser Blick war intensiv und flammend, als wohnten in seiner Iris kleine gelbe Blitze, scharfe Zacken, die sich in das viele Grün bohrten. Und es war dieser Augenblick, für den sie ihn immer lieben würde, wenn er später dicht bei ihr lag und von seiner Kindheit und seiner Mutter erzählte. Sie sah sein Gesicht so wie beim ersten Mal. Dieses Gesicht schwebte durch die Wörter, die er benutzte, wenn er erzählte, durch seine Art, diese Wörter auszusprechen. Kleine viereckige Wörter, denen der Schwanz abgeschnitten worden war, einem nach dem anderen, wie ein Halsband aus unebenen durchlöcherten Glückssteinen, wie sie am Strand zu finden waren.

Sie packte ihren Zopf mit der Hand, hob ihn ein wenig hoch, wie ein lebendiges Tier, das behutsam getragen werden musste. Er sagte Hallo und fragte, ob sie die Wirtstochter sei, und zum ersten Mal hörte sie seinen seltsamen Akzent. Sie nickte und merkte, dass sie wie ausgedörrt war, im Hals, auf der Zunge, in der Kehle, und dass es unten pochte, was aber nichts mit Morten im Buchenwald zu tun hatte. Und an diesen Abend würde sie sich immer in allen Einzelheiten erinnern, jede Bewegung und jedes Wort waren in ihre Erinnerung eingeätzt. Bei ihren Auftritten sprachen sie normales Dänisch. Ruben war der Älteste, dann kam der fünfzehnjährige Fits und schließlich der zwölfjährige Ælle. Ælle mit den blonden Engelslocken, die ihm über die Schultern fielen, verkleidet als Julia, und der Vater, Vati Sule, als Romeo. Vati Sule war ein fescher Romeo, groß und aufrecht, mit einer Bürste aus dunklen Haaren und buschigen Augenbrauen über einem ehrlichen Blick.

Die Gäste in der Schenke krümmten sich vor Lachen, als Ælle adrett wie eine kleine Seeschwalbe auf dem Tresen stand, mit einem hohen spitzen Isabellenhut, der einen Schleier an der Spitze trug. Ælle winkte Vati Sule zu, und der schrie aus voller Kehle, obwohl Ælle doch nur einen Meter von ihm entfernt stand: »*O sprich noch einmal, holder Engel. Denn über meinem Herzen erscheinst du in der Nacht so glorreich wie ein Flügelbote des Himmels!*« Ælle zierte sich kokett, während die Gäste brüllten. Er säuselte seine Antwort mit heller Stimme. Die Kneipe kochte. »*Nun gute Nacht! Gute Nacht! So süß ist der Trennungsschmerz. Ich rief wohl gute Nacht, bis ich den Morgen sähe!*«

Worauf Vati Sule in seiner kurzen Samthose, die sich wie zwei riesige Blasen um seine Oberschenkel schloss, erwiderte: »*Schlaf wohn' auf deinem Aug', Fried' in der Brust. O, wär' ich Fried' und Schlaf und ruht' in solcher Lust!*«

Ælle wurde von zehn starken Fäusten hochgezogen und wie auf einem Siegerstuhl durch die Schankstube getragen, bis Madame Agnes verlangte, ihn auf den Tresen zu setzen, wo er mit

Himbeersaft abgefüllt und ihm ein Hühnerbein in die Hände gedrückt wurde. Jetzt war Fits an der Reihe, ein hochgeschossener, dünner Schlingel, von dem alle höchstens die Frage erwarteten, welche Pferde der Bauer heute angeschirrt haben wollte. Deshalb war es womöglich noch komischer, als er mit inniger Miene und hocherhobener rechter Hand und den Blick auf seinen eigenen Zeigefinger gerichtet loslegte: *»Hoch oben im Wald wütet der Wind der Erde. Tief im Tal des Waldes Sonne, und fern vom heimischen Herde …«*

Weiter kam er nicht, denn dann ging es in der Jebseschenke abermals hoch her, und Bierschaum spritzte aus den Mündern. Alfred musste rufen: »Ruhe, Ruhe! Heute Abend findet hier von sieben bis neun eine Dichterlesung statt!«

Dann mussten sie noch ein wenig lachen, über Alfred Jebsens aufgesetzte Feierlichkeit, ohne dass Fits den Arm gesenkt oder den Zeigefinger gekrümmt hätte. Er stand auf dem Tresen und wartete geduldig darauf, dass es weitergehen könne, während alle sahen, dass er auch selber mit dem Lachen rang. *»Unter der Glocke des Windes, dem Knacken der Zweige, des Sturmes Pfiff, sitze ich und ich träume, wie ein versunkenes Schiff.«*

Aber jetzt hielten sie es nicht mehr aus.

»Können versunkene Schiffe träumen? Das wussten wir noch gar nicht. Hol's der Teufel, das muss große Poesie sein!«

Und alle Gäste wurden zum Echo füreinander, zu einer Kakophonie aus Kichern und Brüllen und Kommentaren über die Denktätigkeit und die Träume versunkener Schiffe. Fits ließ den Arm sinken und schaute zu Ælle hinunter, der sein Hühnerbein schon fast verzehrt hatte. Ælle ließ die ganze Aufregung kalt. Er trug noch immer seinen Isabellenhut, der Tüllschleier wippte sorglos auf und ab, im Takt seiner Kiefer.

Trupp Sule verfügte über ein reiches Repertoire, und als echte Schauspieler konnten sie sich der Stimmung im Publikum anpassen. In der Jebseschenke wurden an diesem Abend lediglich

Bruchstücke serviert. Der Einzige, der zu Ende sprechen durfte und bei dem einige wirklich zufrieden nickten, als habe er etwas Neues gebracht, war Ruben, als er endlich die Arena betrat. Er war achtzehn und hatte schon drei Bier durch seine Kehle pressen können.

»Was haltet ihr von den feinen Leuten aus Kopenhagen?«, rief er, stemmte die Hände in die Seiten und ließ seinen Blick durch das Lokal schweifen.

»Die sind doch allesamt *Arschlöcher!*«, riefen alle im Chor.

»Ja, sie kennen ihren Platz auf Erden«, sagte Ruben. »Und im Himmel auch«, fügte er hinzu. »Bilden sie sich ein«, endete er dann, was neues Lachen hervorrief. Auch Alfred lachte, und Malie musste für einen Moment an die Frauen in der Holmensgade denken. Die waren keine *Leute aus Kopenhagen.* Diese Bezeichnung kam denen zu, die sich am helllichten Tag in der Stadt aufhielten, die Arm in Arm die *Søerne* entlanggingen, ohne irgendeinen Flecken auf ihrem Gewissen oder ihren Lackschuhen.

Anfangs wechselte Malie mit Ruben kein Wort. Sie trug ihren Zopf in die Küche und überraschte die Mutter damit, dass sie sich sofort emsig an die Arbeit machte, während sie immer wieder in die Schankstube hinauslugte, um festzustellen, wo er stand, ging oder saß. Sie glaubte, niemals mit ihm sprechen zu können. Sie würde sterben. Das Blut würde ihren Kopf füllen und aus ihren Ohren strömen. Sie würde in Ohnmacht fallen, wie nach einem Pferdetritt, sie würde gehäutet werden wie ein Goldaal, sie würde sich in Krämpfen auf dem Boden winden. Ihr fiel dauernd etwas auf den Fliesenboden, Kartoffeln, ein Messer, ein ganzer Kessel voll Wasser. Aber als sie dann auftraten, zog die Mutter sie mit hinaus zu den anderen. Als Erstes sah und hörte sie Onkel Dreas, der sich wie immer am Tisch festhielt und schrie: »Jetzt wirkt der Zauber. Die magische Kraft des Bieres! Das hier hat mehr Malz als üblich, und das *gefällt mir gar sehr. Jetzt fängt das Bacchanal an, da laus mich doch der Teufel!*«

Danach blieb sie halb hinter der Mutter stehen und sah zu, wie Trupp Sule ins Zentrum der Ereignisse einmarschierte. Sie musste über Ælle und über Fitsens pompös erhobenen Zeigefinger lachen. Rubens' dunkle Haare fielen ihm in die Stirn. Sein Hemd war weiß, unter einer kurzen gesprenkelten Weste mit Silberknöpfen und Schnallen. Seine Hose war dunkel. Seine Schuhe waren aus dunklem Leder, mit flachem Absatz, man konnte vorn die Zehen wie schmale Wülste sehen. Er war so groß wie sein Vater. Sie hätte gern gewusst, wie er roch, aber sie musste sofort an etwas anderes denken, denn ihr strömten die Tränen aus den Augen, und sie konnte ihn nicht mehr ansehen.

»Und ich kam nach Kopenhagen«, sagte er jetzt, »vom Lande, zum ersten Mal, ich kam vom hohen Himmel und den Meereswellen und dem Rauschen des Korns und von Menschen, die meine Gedanken kannten, noch ehe ich sie gedacht hatte, und was musste ich sehen?«

In einem lautlosen Sprung setzte er sich auf den Tresen, Malie kniff die Augen zusammen und riss sie wieder auf, sie leckte sich salzigen Schweiß von der Oberlippe, wagte einen Moment zu genießen, dass ihr Unterleib im Takt des Pulses pochte, den sie in den Ohrläppchen spürte. Sie hätte umfallen und sterben mögen, ja, für ihn wäre sie in diesem Moment gern verblutet. Er fing an zu deklamieren, aber ohne theatralisch erhobenen Zeigefinger. Stattdessen hatte er die Hände wieder in die Hüften gestemmt und schwenkte sie im Takt seiner Worte. Er sprach so, als habe er den Text selber geschrieben, als spräche er sein Publikum direkt an, als seien ihm diese Gedanken gerade gekommen. In der Jebseschenke herrschte eine atemlose Stille, sogar Ælle legte im Kauen eine Pause ein:

»Dies emsige Gewimmel auf den Trottoirs, diese langen Reihen der Elektrischen, die von dannen sausten wie ganze Eisenbahnzüge, mit schwefelblauen Funken unter den Rädern, dieser Schwarm von Fahrzeugen, die schnurrend wie rotäugige Riesenkäfer durcheinander schwirrten, dieser Lärm der Hupen und das

Läuten der Glocken, wie auf einem Marktplatze – sollte das wirklich Kopenhagen sein? Alle Häuser waren beleuchtet. Über dem Dache eines Gebäudes auf der anderen Straßenseite stand in flammenden Buchstaben: Whisky ist der beste Trunk. Und sehet nur! Noch weiter oben wurde wie von unsichtbarer Hand mit Feuerschrift in den Himmel geschrieben: Søholms Kaffee ist der billigste! Ich denke: Wo bin ich denn hier gelandet? Das ist doch die HÖLLE!«

Der Jubel wollte kein Ende nehmen. Ruben war ebenso schweißnass wie Malie. Sie folgte jedem einzelnen Tropfen, der über seine *Haut* glitt und unter dem Hemdenkragen verschwand. Wer wohl seine Hemden wusch? Das hätte sie gern übernommen. Sie würde dieses Hemd in einem eigenen Krug säubern, wenn er sie bat, und danach würde sie den Stoff weich *kauen.* Sie lächelte bei diesem Gedanken und fing im selben Moment seinen Blick auf. Und zwar zum zweiten Mal an diesem Tag. Sie rannte in die Küche, packte einen Kessel und genoss das kühle Metall, ehe sie ihn sinken ließ und sich über die Brüste strich, rasch, in langen harten Zügen. Dann stand die Mutter vor ihr.

»Bier, Malie, na los!«

Wenn die Gäste in der Schenke die Möglichkeit gehabt hätten, Ruben einen Trichter in die Kehle zu setzen und seinen Magen mit zehn Litern Bier zu füllen, dann hätten sie es gemacht. Da das nicht ging, ließen sie auch Vati Sule und Fits voll laufen. Nach und nach waren sie dann einigermaßen damit zufrieden, was die drei insgesamt konsumieren konnten. Madame Agnes behielt genau im Auge, was der Wirt selber in sich hineinschüttete, und drohte, er werde bei Simon-Peter schlafen müssen, wenn er seiner Kehle keine Zurückhaltung auferlegte.

Der Hasenbraten kam auf den Tisch, und die Brotbrocken in dampfenden Schalen voll Malzbier, in denen in der Mitte ein fetter Sahneklumpen schwamm, dazu weiches Weizenbrot und abgelagertes Roggenbrot und Käseräder und Aal in allen Varianten, von den butterweichen geräucherten bis zu den eingelegten, salzigen, kalten und in Streifen geschnittenen Sorten. Das Salz vergrößerte den Durst, und Malie lief hin und her, kurzatmig und mit vorgetäuschtem Fleiß. Sie hatte wie immer alles unter Kontrolle und hätte nicht zu rennen brauchen. Sie dachte: Ich liebe ihn, und morgen fahren sie weiter, was sollen sie denn noch hier? Dann hörte sie, wie der alte Knud Bak Vati Sule fragte, ob der ihm beim Bau einer neuen Scheune helfen würde.

Der Bau einer neuen Scheune brauchte seine Zeit. Sie ließ ein Glas fallen, um in der Nähe bleiben zu können. Ruben stand ein Stück von ihr entfernt, vor der Wand, er trank und schaute aus der Schenkentür, auf die Pflasterstraße, auf eine Frau, die mit einem Pferdekarren voller Steckrüben vorbeirumpelte.

»Und Ruben und Fits können auch helfen«, hörte sie Vati Sule sagen.

»Und wenn niemand auf euch wartet«, sagte Knud Bak.

»Nein, auf uns wartet nur Folbæk, und die wissen das nicht mal«, sagte Vati Sule und lachte.

»Zwei, drei Wochen«, sagte Knud Bak. »Alles liegt schon bereit, aber niemand hat Zeit, und Søren Kaas, also der Zimmermann, ist in seinem eigenen Schnapskrug ertrunken ...«

Sie stießen auf diese Abmachung an, und Vati Sule rief Ælle und nahm ihn auf den Schoß. Ehe Malie wieder in der Küche verschwand, sah sie, wie Ælles verschlossenes und von Hühnerfett glänzendes Gesicht sich zu einem breiten Lächeln öffnete, als der Vater ihm etwas ins Ohr flüsterte. Minuten später wurde zu einer neuen Vorstellung gerufen, einer kleinen Extranummer, die sie doch ganz und gar aufführen würden, weil auch das nicht viele Minuten in Anspruch nahm. Ælle, der strahlte, weil er jetzt wusste, dass sie noch eine Weile in Hvideleje bleiben würden, spielte die *Prinzessin auf der Erbse* dermaßen herzzerreißend innig, dass alle auf den Stühlen hin- und herrutschten und sich ins

Kreuz fassten, als Ælle auf dem Tresen lag und desgleichen tat, mit Stöhnen und gequältem Jungmädchengeschrei.

Und als die Prinzessin sich von ihrem Lager erhob und Vater Sule mit barscher Stimme fragte, wie sie denn geschlafen habe, piepste sie: *»O, schrecklich schlecht. Ich habe meine Augen die ganze Nacht nicht geschlossen. Gott weiß, was das im Bett gewesen ist. Ich habe auf etwas Hartem gelegen, sodass ich ganz grün und blau über meinem ganzen Körper bin!«*

»Die arme Prinzessin. Der arme Ælle!« Madame Agnes verwöhnte ihn abermals mit Speis und Trank, aber Malie fand das plötzlich nur noch widerlich. Die Mutter legte eine Fürsorge an den Tag, die Malie nicht an ihr kannte, und die sie selber nicht einmal als kleines Kind erlebt hatte. Aber jetzt hatte die Mutter ein Publikum. Sie spielte vor den Gästen eine Rolle. So dachte Malie – dass die Mutter eine Rolle spielte, genau wie Trupp Sule.

Und wer eine Rolle spielte, durfte dabei Eigenschaften zeigen, die in Wirklichkeit gar nicht vorhanden waren.

Die Gasse hinter der Jebseschenke roch nach Pferdeäpfeln und wildem Wein, nach Staub und alter Sonne. Er hatte die Weste unter den einen Arm geklemmt. Er war betrunken. Er schlief. Es war fast Mitternacht, und die Schenke war geschlossen und aufgeräumt. Malie hatte selber auch ziemlich viel Wein getrunken und setzte sich langsam neben ihn, auf die Strandsteine, die dicht an dicht mit den Pflastersteinen lagen. Sie dachte nicht daran, ihn zu wecken, und sie überlegte sich auch nicht, ob die Strandsteine, auf denen sie saß, schmutzig sein könnten. Sie war müde. Es war so verwirrend lange her, dass sie Ruhe gekannt hatte, Ruhe im Kopf. Vielleicht musste sie dafür in die Zeit vor dem ersten Bluten zurückgehen, als alles sich um den Vater gedreht hatte, oder darum, ihm aus dem Weg zu gehen.

Seit sie die Kontrolle über ihren Körper erhalten hatte, war alles durcheinander geraten. Aber jetzt saß sie hier. Neben Ruben. Und das erinnerte sie daran, wie es war, ein Kind zu sein, zu wissen, was ihr bevorstand, wie der Tag so mehr oder weniger verlaufen würde. Sie wollte ihn nicht verschwinden lassen, so war das. Sie kannte sein Gesicht und seinen Körper schon ganz genau. Sie gehörten ihr. Er öffnete die Augen, schüttelte den Kopf wie ein Hund und entdeckte sie. Das Licht, das sie umgab, war dunkelblau, ein bleicher Spätsommermond hing seitlich über Hvideleje. In der Ferne waren Stimmen zu hören, ein betrunkenes Lachen und ein heulender Hund, und einige Meter von ihnen entfernt, hinter der Bretterwand, trat Simon-Peter von einem Fuß auf den anderen. Es war ein weiches, schleppendes Geräusch auf dem alten Stroh und beruhigte sie.

Hier hätte sie tausend Jahre lang sitzen können, genau so, mit Wein im Blut und dem erst schlafenden und dann schlaftrunkenen Ruben, der sie entdeckte und etwas sagen oder tun wollte, das spielte keine Rolle. Das Beste wäre es, wenn er gar nichts sagte oder tat, sondern einfach nur *war.*

»Da bist du«, flüsterte er, streckte einen Arm aus und umfasste ihren Zopf. »Der ist aber schwer.«

Sie gab keine Antwort. Seine Zunge glänzte feucht. Sie wusste, wie sein Mund schmecken würde, weiß und rot und blank, nach einer Stimme, die quer durch die Jebseschenke flog und in sie eindrang, nach weißen Zähnen und rosa Lippen und der glatten Haut, die immer feucht hinter den Lippen lag. Er ließ den Zopf los und strich ihr leicht über die Brüste, legte die Hand auf ihren Schoß. Sie griff danach.

»Wenn du mir gehören willst, werde ich zum König ...«

Sie gab noch immer keine Antwort. Er fing an zu singen, leise und glockenrein: *»Mein schmuckes, kleines Mägdelein, wüsst ich doch, wer Ihr wärt! Doch steigt in meinen Nachen fein, der Euch von dannen fährt, vorbei am Reich der Fischelein, wohl zu des Königs Herd ...«*

Jetzt lachte sie. Er setzte sich auf, unsicher in seinen Bewegungen, wie ein frühlingseifriger Brachvogel. Er war selbst im Sitzen größer als sie. Er legte den Arm um sie, sie lachte noch immer, an seinem Hemd, und am Ende sagte sie: »Amalie Jebsen, ich heiße Amalie Jebsen.«

Simon-Peter stand schlafend in der Dunkelheit. Auch die Fliegen schliefen, er hatte seine Ruhe und trat nur in regelmäßigen Abständen von einem Fuß auf den anderen. Sie legten sich neben ihn. Das Stroh stach sie nicht. Das fiel ihnen nicht auf. Dunkelheit und Pferd rochen alt und vertraut. Er zog ihr das Kleid aus und leckte sie am ganzen Oberkörper, bis unter die Arme. Sie brach in Tränen aus. Er leckte ihre Wange und ihren Nacken und biss hart in ihren Zopf, und hinter ihnen lag das Geräusch des Pferdeatems, ruhig ging er ein und aus, durch tiefe feuchte Nüstern, die sich im Takt der Bewegungen im Stroh weiteten. Er schlüpfte in sie hinein, war plötzlich da, füllte sie viel mehr als Stallbursche Morten und Postgehilfe Lars und alle anderen. Sie weinte und weinte und saugte an seiner Zunge und begrub ihre Hände in seinen Händen. Er packte sie und hielt sie fest und atmete ihr bis in die Lunge und ließ seinen Schweiß in ihre Haare tropfen und zog sie in seinen eigenen Puls, seinen eigenen Herzschlag, und da wusste sie, was es für ein Gefühl war zu sterben.

Sie ging mit ihm hinunter zur Kirche. Ihre Knie waren kleine Kugeln, Kieselsteine, die in alle Richtungen davonkullerten.

»Nicht gehen«, sagte sie, »nicht schlafen.«

»Ich muss nur meinem Vati erzählen, dass ich noch lebe«, sagte er.

Sie wartete, während er die beiden Stufen hochstieg und im Wohnwagen verschwand. Dann weinte sie wieder. Er war verschwunden. Trupp Sules zwei Pferde standen schlafend vor ihr. Sie konzentrierte sich auf diesen Anblick und achtete nicht auf den Wohnwagen mit seiner Tür. Sie schliefen unter einer niedrigen Weide, Seite an Seite, an den Stamm gebunden, mit einer Wassertonne in Reichweite. Das eine Pferd hatte einen längeren Schwanz als das andere. Sie waren beide dunkel und groß, fast so groß wie Brauereigäule. Ihre Geschlechtsorgane hingen wie gefüllte Lederbeutel unter ihnen. Ihre Hufe waren von dicken Fellbüscheln bedeckt, und nun kam er, katzenweich sprang er vom Wagen und zog die Tür hinter sich zu. Die war rot, und in einer helleren Farbe, vermutlich Gelb, waren Blumen aufgemalt, aber das war in der Dunkelheit nur schwer zu sehen. Er hatte die

Weste im Wagen gelassen. Er machte sich sicher Sorgen darum, so fesch wie die war.

Sie legten sich ins Gras, und er fing an zu reden. Sie öffnete ihr Mieder. Er schmiegte sein Gesicht an ihre eine Brust, umschloss sie mit der Hand, eine Vertraulichkeit, als hätten sie einander schon gekannt, als das Meer zum Land geworden war.

»Sprich mit mir«, sagte Malie. »Erzähl mir alles, ich will alles hören.«

»Na ja, alles ... worüber denn?«

»Über dein Leben ... Ruben.«

Es tat gut, seinen Namen auszusprechen. Er schmeckte wie ein Mund voll frisches Brot. »Deine Mutter ist tot? Wie war sie?«

»Mutti hat in der Ziegelei Steine getrennt, sie hatte mich und Fits bei sich. Immer. Sie steckte einen Daumen in einen Stein und schob die beiden Hälften auseinander. Vati bekam siebzig Öre am Tag, er nahm jede Arbeit, die er finden konnte, Mutti bekam zwanzig, wir waren sehr arm. Sehr arm, Malie ... als ich fünf Jahre alt war, gingen wir in die Moore, zum Torfstich. Ich half dabei, den Torf aufzustapeln und umzudrehen. Wenn wir ins Moor gingen, hatten wir zwei Ziegen bei uns, die sollten dort grasen, und ab und zu hatte Mutti Äpfel, und die schälte sie im Gehen, und die Ziegen bekamen die Schalen und wir die Äpfel. Fits lag im Wagen, Mutti stieß den Wagen mit dem Bauch an, während sie schälte, und ich hielt den Wagen fest, wenn Huckel im Weg waren. Wir angelten auch, und wenn Mutti mittags ausruhen wollte, nahm sie die Holzschuhe als Kopfkissen. Sie legte die Spitzen aneinander ...«

»Sie hätte den Kopf doch auch auf den Torf legen können?«

»Sie nahm die Holzschuhe, das weiß ich noch genau. Und dann machten wir Kartoffeln aus und bekamen zwei Öre pro Eimer. Wenn wir einen Eimer voll hatten, legten wir eine Kartoffel beiseite, und auf diese Weise wussten wir immer, wie viele volle Eimer es gewesen waren. Fits stand die ganze Zeit im Weg, die *ganze* Zeit ... Und dann kamen wir in die Torffabrik Skovgaard, das war besser, Vati war auch da, er zerkleinerte abends bei anderen Kies und half tagsüber im Torfstich. Wir konnten ein Häuschen leihen, und wir bekamen für den ganzen Sommer dreihundert Kronen Lohn, wenn wir alle drei arbeiteten, ich war sechs, Fits war drei und wie gesagt immer im Weg, aber dann war auch Muttis Bauch im Weg, und dann ist sie gestorben.«

Sie streichelte sein Gesicht, von der Schläfe bis zur Kinnspitze.

»Das ist lange her.«

»Eigentlich nicht«, sagte er und schloss an ihrer Brust die Augen. »Mir kommt es vor wie gestern.«

»Aber dann seid ihr einfach losgezogen ...«

»Vati hat immer gelesen. Einmal bekam er als Lohn ein Buch, kein Geld, er hatte das selber so gewollt. Mutti warf das Buch nach ihm, als er damit nach Hause kam, und fragte, ob es gekocht oder gebraten oder roh verzehrt werden sollte. Sie sprachen Deutsch, Vati ist ein halber Deutscher. Wir können diese Sprache auch, wir drei Jungen. Sie erinnert mich an Mutti. Vater hat immer Deutsch mit ihr gesprochen, wenn er sie in den Arm nahm und ihre Haare streichelte. Oder wenn er wütend oder verzweifelt war. Und es lohnt sich, es zu können, wenn wir im Süden unterwegs sind.«

»Wie könnt ihr euch die Pferde leisten? Die sind schön.«

»Vater hat die Pferde von einem Kaufmann, dessen einzige Tochter in Hedebæk fast im Moor ertrunken wäre, sie steckte schon bis zum Hals darin. Vati legte sich auf den Bauch und zog sie mit einem Seil raus, das er unter ihren Armen durchziehen konnte. Danach sagte er, es wäre schneller gegangen, wenn sie ein Pferd zur Hand gehabt hätten, zum Ziehen, und da bekam er die beiden von dem Kaufmann. Den Wagen hat er selber gebaut.«

»Aber einfach so durch die Welt zu ziehen. Ein Vater und drei Kinder. So etwas habe ich noch nie gehört.«

»Ælle war zuerst bei unserer Großmutter in Tværmose, wir

haben ihn vier Jahre nicht gesehen, dann haben wir ihn geholt. Er weinte, und Oma weinte, und dann sind wir gefahren. Anfangs hat er den kleinsten Hund im *Feuerzeug* gespielt, er hatte großen Erfolg als Hund.«

Sie lachte. Er auch. An ihrer Brust, mit heißem Atem, ehe er weitersprach, mit leiser Stimme: »Ælle hält es für seine Schuld, dass Mutti gestorben ist, er glaubt, er habe sie mit seinem Körper getötet. Vati erklärt und erklärt, aber das hilft nichts. Er ist sich ganz sicher, dass er sie umgebracht hat, und eigentlich hat er ja auch Recht, aber er hatte ja nicht darum gebeten, geboren zu werden, er wollte das nicht, er war zu groß, er lag *verkehrt,* sein Kopf war am falschen Ende, und sie mussten ihn herausziehen, und dabei ist Mutter zerrissen, und ein Arzt war nicht aufzutreiben. Er hätte auch ums Leben kommen können, das sagt Vati immer wieder zu ihm, und dann antwortet er in der Dunkelheit … es ist immer dunkel, wenn Ælle daran denkt, wenn er nachts aufwacht … dass er selber gern gestorben wäre, das wäre nur recht und billig gewesen.«

»Der arme Ælle, er ist doch so niedlich.«

»Die kleine Julia …«

»Und ihr zieht einfach durch die Weltgeschichte. Das ganze Jahr …«

»*Wenn einer eine Reise tut, dann kann er was erzählen.* Und das Beste ist: Niemand weiß, dass es uns gibt. In Schleswig hatten sie einfach keinen Überblick, und damit bleibt mir auch die *Wehrpflicht* erspart, wo ich mich doch nur mit Diphtherie anstecken würde … Aber ich würde gern eine Revolution miterleben, für Volk und Kultur und alle Menschen, die nichts haben, worüber sie sich freuen können, die nur arbeiten und arbeiten, ohne irgendetwas selber entscheiden zu dürfen. Wenn wir auftreten, dann bringen wir ihnen Freude. Vati sagt, dass wir unsere eigene kleine Revolution machen, wenn wir ihre Gedanken ein kleines Stück über dem Boden fliegen lassen, sodass sie sich dann selber sehen und vielleicht etwas tun, etwas ändern …

sich zu Wort melden. Aber ich wäre so gern ein echter Revolutionär.«

»Nein, das doch nicht«, sagte Malie und stellte sich Gewehre und Schusswaffen vor und Ruben, der zerschossen und aufgequollen im Schlamm lag, wie sie es auf Zeitungsbildern vom Grabenkrieg gesehen hatte. »Dann ist es doch noch besser, in einer Kneipe zu stehen und Kopenhagen als Hölle zu bezeichnen.«

»Ich liebe Kopenhagen«, sagte er und lachte. »Aber es ist ein guter Text. Vati hat ihn ausgesucht. Er hasst Kopenhagen. Er behauptet, dass er dort ertrinkt, er fühlt sich alt und müde und bekommt keine Luft mehr. Aber er war in allen Theatern, im Königlichen und im Folketheater. Und im Røde-Kro-Theater in Amager. Da waren wir alle, da ist der Teufel los, das kann ich dir sagen! Da haben wir alles Mögliche aufschnappen können, aber dann wollten mindestens fünf Frauenzimmer meinen Vater abschleppen und uns eine neue Mutter sein. Das liegt an Ælle ... alle *guten Frauen* werden schwach, wenn sie Ælle und seine Locken sehen.«

»Aber ihr seid so tüchtig, ihr könnt so viel. Und niemand weiß, dass es euch gibt ...«

»Das ist wunderbar! Es verstehen ja nicht alle Dänisch, aber dann singen wir, oder sie verstehen Deutsch. Zu Essen bekommen wir immer. Und da wir keine ... Frauen bei uns haben, haben die Frauen auf dem Land oft Mitleid mit uns, und das dürfen sie gern, hat Vati gesagt. Dann bringen sie uns warmes Essen und waschen für uns und schneiden uns die Haare und geben Mikkel und Stark-Hans ihre alten Äpfel.«

Er stützte sich auf die Ellbogen und näherte sich ihrem Gesicht. Seine eine Wange war vom Tau feucht. Wieder konnte sie die gelben Blitze betrachten, die in der grünen Iris umherjagten. Sie waren wie ein Kranz aus weiß glühendem Feuer. »Ich liebe Pferde«, sagte er. »Auf dem einen kann ich aufrecht stehen, und Fits auf dem anderen, und dann heben wir im Galopp Ælle zwischen uns hoch, aber jetzt, wo er so groß ist, geht das nicht mehr so leicht. Du riechst so gut, lass mal nachsehen.«

Er hob ihren Rock und legte den Kopf in ihren Schoß, er schnupperte wie ein Hund. Sie betrachtete den Himmel, das glatte Blau. Der Mond war fast weggeschmolzen, bald würde sich die Sonne von Osten her in die Welt hineinfressen. Sie legte ihm die Hände um den Nacken und drückte ihn. Sein Hinterkopf war rund wie eine Bierschale, seine Haare weicher, als sie aussahen, weich und glatt. Er schnupperte und leckte und biss. Es kitzelte. Sie zog seinen Kopf von ihrem Schoß fort, ohne ihn loszulassen, legte ihm die Hände um die Ohren und lächelte ihn an, küsste ihn auf die Stirn, auf die Nase, auf die Wangen und nahm ihren eigenen Geruch in sich auf.

Dann folgte eine Zeit des Wartens. Sechzehn Tage. Es war unmöglich zu verbergen, wie es um sie beide stand. Alfred Jebsen wurde mürrisch und verschlossen und mochte kaum noch die Nasenspitze in sein Bier stecken. Tagsüber arbeitete Ruben zusammen mit seinem Vater. Seine Hände überzogen sich mit blanken Blasen, die danach durch Schwielen ersetzt wurden. Malie fiel auf, dass er härter zugriff und streichelte, um sie wirklich spüren zu können. Wenn er die Bretter zurechtschlug, war er zerstreut, zweimal hätte er sich fast ins Knie gehackt, wie Vati Sule erzählte. *Aber was tut die Liebe nicht mit der Vernunft,* fügte er lächelnd hinzu.

Malie lief verängstigt und halb erfroren durch die Küche und durch den Schankraum und durch die Waschküche. Sie zählte Stunden und Tage und stopfte sich unten mit Essigschwämmen voll, denn sie hatte aus geflüsterten Frauengesprächen am Brunnen entnommen, dass sich das empfahl, wenn der Mann *die Sache zu gern betrieb.* Ab und zu war es einfach unmöglich, an diese Ladung zu denken, die in sicherer Entfernung von der gefährlichen fruchtbaren Tiefe abgelegt werden musste. Ruben war absolut einer, der *die Sache zu gern betrieb.* Ihr ging es ja auch nicht anders. Und wenn sie sich unten streichelte und danach an ihren Fingern roch, konnte sie sich zu ihrer Beruhigung versichern, dass es Ruben wirklich gab. Es war keine Lüge, kein Traum.

Sie aß nicht sehr viel. Sie wartete und atmete und zitterte; bald würde er von Knud Bak zurückkommen, schweißnass, durstig und lächelnd, mit einem Nacken, der streng nach Salz und Körperfett schmeckte. Madame Agnes warf Malie aus der Küche und sagte, sie sei einfach zu nichts Vernünftigem zu gebrauchen. Sie tauge höchstens noch dazu, die Teller in den Schankraum zu tragen und die Bierhumpen zu füllen. Außerdem hatte Madame Agnes die ganze Zeit Ælle bei sich und mochte nicht so herumschimpfen wie sonst. Sie blühte auf unter dem dauernden Geplauder des Jungen und seinem Bedürfnis nach Fürsorge. Malie verachtete sie dafür, aber alle liebten Ælle. Es war nicht seine Schuld, und er brauchte Liebe.

Jede Nacht blieben sie wach, bis die Sonne aufging. Malie hatte dunkle Ringe unter den Augen, Augen, die vor Fieber brannten, und wütende rote Flecken auf den Wangen und der Brust. Der Vater griff gierig nach ihr. Sie vermied es, mit ihm allein zu sein. Aber eines Tages im Stall presste er sie gegen die Bretterwand und stieß durch den Hosenstoff sein Glied gegen sie.

»Nimm dich verdammt noch mal in Acht, *Köderdeern …*«

»Lass mich los.«

»Dich loslassen? Wozu denn? Für wen? Ich werd dir zeigen, wer in diesem Haus bestimmt, in meinem Haus.«

Sie konnte entkommen, indem sie plötzlich auf die Knie sank und über den Stallboden davonkroch. Ein dicker Splitter bohrte sich in ihr Knie. Als Ruben die Wunde küsste und wissen wollte, woher die stammte, behauptete sie, sie sei in der Waschküche gefallen.

Sie kaufte auf dem Markt ein, machte dabei aber alles falsch. Sie kam mit verfaultem Gemüse nach Hause, mit altem Fleisch und Holzlöffeln mit Astlöchern im Handgriff. Mit zitternden Händen zählte sie das Geld in der Matratze. Sie band ein Haar um das eine Bündel und sah einige Tage darauf nach, ob es noch immer da lag. Sie wollte wissen, wie oft der Vater oder die Mutter nach dem Geld sahen. Das Haar war noch vorhanden. Sie kam zu dem Schluss, dass die Mutter nichts von diesem Geld wusste. Die Mutter hätte es zu irgendetwas verwendet – hätte damit weit weg von der Kneipe ein Haus gemietet. Davon redete sie doch immer. Oder sie hätte einen neuen Küchenherd angeschafft. Bestimmt gehörte das Geld dem Vater und nur ihm allein. Es war ja auch auf seiner Seite der Matratze verstaut.

Sie wollte nicht mit ihm zu den Aalen fahren. Der Vater raufte sich die Haare und beklagte sich bei Onkel Dreas, doch der lachte nur. »Das Mädel will doch nicht mit dem Kopf in einem stinkenden Aalwagen stecken, wenn sie stattdessen einem jungen Mann den Kopf verdrehen kann«, rief der Onkel, und Malie liebte ihn dafür. Eines Tages brachte er ihr Schuhe mit, Stoffschuhe mit harter Sohle und hellblauen Seidenschleifen vorn in der Mitte. Die habe er gekauft, sagte er. Für sie. Sie fiel ihm um den Hals und küsste ihn auf beide Wangen, während der Vater zusah und fluchte. Und die Mutter schrie: »Solche Schuhe sind für konfirmierte Mädchen gedacht! Nicht für kopflose Dirnen, die nicht einmal Sellerie für ihre Mutter kaufen können!«

»Aber, aber«, sagte Onkel Dreas. *»Das Frauenzimmerchen wird nun mal erwachsen …«*

Dann rüstete Trupp Sule sich zum Aufbruch, nach einem guten Schmaus in der Jebseschenke. Ælle weinte große blanke Tränen, die saubere Streifen über seine Wangen zogen. Madame Agnes packte ihnen einen Korb mit Proviant. Malie gab ebenfalls vor zu weinen und hob immer wieder die Schürze an ihr Gesicht. Hinter dem Blauzeug lächelte sie und schluchzte vor Erwartung, ehe sie erneut das Gesicht in weinerliche Falten legte. Alfred Jebsen war in bester Stimmung und versuchte dauernd, sie zu trösten. Sie entzog sich seinem Zugriff.

Vati Sule hatte keine Ahnung. Malie wollte behaupten, ihre Eltern hätten es erlaubt, und Ruben wollte vorbringen, dass sie wirklich die Hilfe einer Frau brauchten. Vati Sule würde sich nicht die Mühe machen, festzustellen, ob Malie die Wahrheit sagte. Ihre nächsten Reiseziele waren Falster und Lolland. Ruben hatte erzählt, dass sie zwei Jahre zuvor dort gewesen waren und großen Erfolg gehabt hatten. Sie verliehen Mikkel und Stark-Hans als Deckhengste und verdienten gutes Geld. Ruben war ziemlich sicher, dass sie die erste Nacht in Folbæk verbringen würden. Das war ein guter Ort mit einem Marktplatz, wo sie vormittags, ehe sie weiterzogen, immer auftreten durften. Und deshalb wusste Malie, wo sie sie finden würde.

Sie konnte echte Tränen weinen, als sie ihnen zum Abschied hinterherwinkte. Ruben saß ganz still neben Vati Sule, ohne sich umzuschauen.

»Da siehst du's. Aus den Augen, aus dem Sinn«, sagte der Vater und legte ihr die Hand in den Rücken.

»Der arme kleine Junge«, schluchzte die Mutter. Will sie deshalb nichts von mir wissen, überlegte Malie, weil sie sich eigentlich einen Sohn wünscht?

Es wurde ein seltsamer Abend. Sie arbeitete mechanisch und gründlich. Das Geld hatte sie schon geholt und in ihrem Bündel verstaut. Es waren elfhundert Kronen. Endlich hatte sie sie gezählt.

Als die Mutter die Petroleumlampe ausblies und Malie bat, die Lampe vor der Tür zu löschen, blieb Malie einen Moment stehen und musterte im Schein der Flammen ihr Gesicht. Es war alt und verbittert, tiefe Furchen zogen sich um Mundwinkel und Augen dahin. Die Mutter hatte einen Lappen um das Lampenglas gewickelt, um sich nicht zu verbrennen. Ihr Oberarm hing schwer und fett aus ihrem Ärmel. Die andere Hand lag flach und abgearbeitet auf dem Tresen, runzlig, mit geschwollenen Fingern.

»Mutter …«

»Ja?«

»Mutter, ich … nein, ach, gar nichts.«

»Dann mach jetzt die Lampe aus. Und geh ins Bett. Gute Nacht.«

»Gute Nacht, Mutter.«

Der Einzige, von dem sie sich verabschieden konnte, war Simon-Peter. Sie lehnte sich an ihn und weinte in sein zundertrockenes Fell, das nach Fliegen und Sonne und staubiger Landstraße roch. Er wandte ihr den Kopf zu und brummte tief in der Kehle. Seine Augen leuchteten im Halbdunkel, wie große blanke Kugeln mit langen Wimpernfransen.

»Feiner, feiner Simon-Peter …«

Er war älter als sie. Er war immer da gewesen. Immer derselbe. Geduldig und hart arbeitend, ohne einen Traum von etwas anderem, glaubte sie.

»Geht es dir gut? Werde ich dir fehlen? Ich habe das ganze Geld meines Vaters genommen, er wird böse sein, aber er darf dich nicht schlagen. Und wenn er mir folgt, musst du einen wehen Fuß haben und keinen Schritt gehen können, versprichst du mir das?«

Sie ging durch den Schankraum zu ihrem Zimmer. Dabei fuhr sie mit den Fingerspitzen über die Tischplatten. In der Eile fiel ihr auf, dass die eine nicht richtig abgewischt war. Sie wies noch immer zähe Flecken von Bierringen und dem Fett der triefenden Aalstücke auf.

Sie dachte: Es gibt allerlei, das mir fehlen wird.

Agnes! AGNEEEES! Wo steckst du denn bloß, *Olle?*«

Sie kam die Treppen hochgeklappert.

»Was ist los? Und warum ist Malie nicht in der Küche?«

Madame Agnes warf einen raschen Blick auf ihren Mann, dann riss sie die Tür zu Malies Zimmer auf. Sie sah sofort, was dort fehlte. Der kleine Spiegel vor dem Fenster, die Haarbürste, die neuen Schuhe, die auf dem Nachttisch gestanden hatten. Sie blieb für eine oder zwei Sekunden bewegungslos stehen, dann wirbelte sie herum und stellte Alfred Jebsen zur Rede. »Sie ist weg. Fort. Und das ist deine Schuld. DEINE!«

»Meine? Aber ich … ist sie weg? Woher weißt du das?« Er versuchte, sich zu sammeln. Hilflos stemmte er die Hände in die Seiten seines schweißnassen Nachthemdes und richtete sich gerade auf.

»Das sehe ich! Ich habe doch Augen im Kopf. Und wenn du es selber nicht weißt, warum hast du so geschrien, Alfred?«

»Weil ich … Hast du die Matratzen gewechselt? Sie umgedreht? Oder …«

»Was FASELST du da? MATRATZEN? WO MALIE VERSCHWUNDEN IST? Hast du den VERSTAND verloren?«, schrie sie ihm ins Gesicht.

»Nein, das nicht«, antwortete er mit mühsam erkämpfter Ruhe, und plötzlich kam ihm eine neue Erkenntnis. Es könnte lebensgefährlich sein, diesen schmerzlichen Verlust mit seiner

Frau zu teilen. »Das war nur eine einfache Frage. Und wenn das Mädel wirklich weg ist …«

»Dann soll sie doch sehen, wo sie bleibt. Dann ist sie die Tochter ihres Vaters. IDIOT! Und außerdem wird sie schon zurückkommen. Lotte muss mir so lange in der Küche helfen, ich muss überlegen, ich muss eine Lösung finden, wie …«

Sie verließ das Zimmer. Alfred hüpfte barfuß hinter ihr her über den Bretterboden.

»Ich hole unsere kleine Malie zurück. Ich werde Simon-Peter satteln und suchen. Sie sind nach Süden gefahren. Wir wissen ja, mit wem sie zusammen ist, Agnes.«

Sie fuhr herum und fauchte leise: »Das tust du NICHT, Alfred Jebsen. Du bleibst hier. Wenn diese dumme Göre sich herumzigeunernden Theaterleuten an den Hals werfen will, dann ist sie nicht mehr meine Tochter. Dann ist sie nur eine schnöde *Dreigroschenhure,* und ich will sie in meinem Haus nicht mehr sehen. Dieses undankbare kleine …«

»Aber was ist mit meinem … mit … sie ist doch auch MEINE Tochter.«

»Woher weißt du das? Du kannst in den Fluss springen und dich waschen. Du stinkst. Nach Fisch und faulen Zähnen. Und Simon-Peter könnte dich doch gar nicht tragen.«

Er blieb mit hängenden Armen oben an der Treppe stehen und schaute ihr nach. Er atmete wütend durch die Nasenhaare. Elfhundert Kronen. Ein ganzer Krieg. Sein Krieg. Er hätte das Geld doch im *Røde Hav* mit den Mädchen verjubeln sollen. Verdammte *Drecksgöre.* Wenn er sie erwischte, würde es klatschen. Die Schlacht war verloren. Ohne sich anzuziehen, lief er hinunter in die Küche, drehte den Deckel von der Schnapsflasche und setzte sie an den Mund. Er konnte fünf tiefe Züge kippen, ehe Madame Agnes ihm die Flasche entriss und die Hälfte des Inhalts auf den Boden verschüttete.

»Du Schwein!«, fauchte sie. »Du hast einfach keine Spur von

Mumm. Heute will ich dich nicht mehr sehen und auch nicht mit dir reden. Verschwinde!«

»Wenn du nicht mit mir reden willst, dann halt *zum Teufel deine verdammte Scheißfresse!*«

Er ging wieder nach oben und legte sich ins Bett. Er tastete nach der leeren Stelle in der Matratze und weinte, zum ersten Mal seit seiner frühen Kindheit.

Schräg fallender Regen prasselte auf sie ein. Die gelben Blumenranken an der Wagentür leuchteten im Regen, sie warfen Blasen, die dann platzten, wenn die Sonne sie wärmte. Hinter dem Regen, aneinander geschmiegt in ihren warmen Decken, lagen Malie und Ruben. Sie waren daran gewöhnt, sich Zeit zu stehlen, sich hinter den dringenden Pflichten der anderen zu verstecken, um zueinander zu kommen, um zu lecken und zu lutschen, um ganz still bei dem zu sein, was Ruben flüsternd *unsere Liebe* nannte. Von einem zerknitterten und unscharfen Foto, das über einem Bücherregal mit an Lederriemen festgebundenen Büchern an der Wand befestigt war, schaute Rosa Luxemburg auf sie herab, eine Frau mit einem strengen Gesicht und dunklen, altmodisch frisierten Haaren. Malie mochte ihre Augen nicht. Und weil Ruben ihr so viel über diese Frau und den *Spartakusbund* erzählt hatte, hatte sie immer Angst, Ruben könne dasselbe Schicksal erleiden, ihr wegsterben, verschwinden, ermordet werden, weil er an etwas glaubte, weil er an allzu viel glaubte. Wenn sie zu intensiv darüber nachdachte oder Rosas Bild zu lange ansah, brach sie in Tränen aus. Und dann hätte sie am liebsten den ganzen Ruben zu einem kleinen Bündel verschnürt und in ihr Mieder gesteckt. Doch Ruben lachte nur über ihre Tränen und küsste ihre Hände, leckte sie zwischen den Fingern, bis sie wieder lächelte.

Sie wollte putzen, aufräumen, für alles sorgen und die Tage und die Fahrt zu einer langen Welle aus gleichmäßiger Geborgenheit und Glück werden lassen. Sie wollte die geplatzten Farbblasen gelb übermalen, wollte abgehangenen Hühnern die Federn ausrupfen, wollte dort, wo sie für die Nacht Halt machten, Bier im Bach kühlen, wollte Hemden waschen, wollte Ælles Locken kämmen, wollte dicht an Ruben geschmiegt schlafen und auf den Atem aller anderen lauschen. Sie hatte das Gefühl, in einer Höhle im Wald zu schlafen. Oder sie wollte bei Regen mit Vati Sule auf dem Bock sitzen, in einer gelben Ackerlandschaft, und sehen, wie sich die breiten Hüften von Mikkel und Stark-Hans im Gehen bewegten, während ihre Schwänze im Takt hin und her pendelten und ein neuer Ort wartete und sie wie immer miteinander plauderten.

»Du sprichst nie über Revolution und solche Dinge, so wie Ruben, Vati Sule?«

»Nein. Das hier ist meine Revolution. Fahren und Unterhalten. Das Bild hat er aufgehängt.«

»Ihre Augen gefallen mir nicht.«

»Mir auch nicht. Er findet mich feige.«

»Ruben?«

»Ja. Er weiß nicht, wovon er redet. Ich habe alles gesehen, ich weiß, was etwas bringt und was nicht. Ruben ist ein Träumer. Deshalb will ich bei all unseren Nummern ein glückliches Ende.«

»Nicht wie im *Erlkönig?*«

»Der ist eine Ausnahme. Und Liebeskummer ist eine Ausnahme, wie bei Heine. Aber das *Kleine Mädchen mit den Schwefelhölzern* gibt's bei mir nicht. Dann lieber die *Nachtigall* und das *Feuerzeug,* die gehen gut aus. Die Leute sollen mit erhabenen Gedanken im Kopf und Lachen im Hals nach Hause gehen. Und du musst auch spielen lernen«, sagte Vati Sule.

»Nein«, wehrte sie ab. »Das kann ich nicht.«

»Das können alle. Alle können auftreten, wenn sie sich nur aus sich herauslassen.«

»Ich will nicht aus mir heraus.«

Vati Sule brachte ihr bei, richtig zu reden. Er hielt die Zügel in den Händen, schaute auf den Weg vor ihnen und brachte ihr bei, sich gebildet auszudrücken, ohne dass sie so recht merkte, was hier passierte. Er selber konnte problemlos zwischen Alltagssprache und Bühnensprache wechseln, wie er das selber nannte.

»Dein Mund ist breit und eng, und du bildest die Laute fast ganz oben auf der Zunge«, sagte er. »Du musst sie weiter unten formen und sie aus einem runden Mund und einem offenen Hals herauskommen lassen. Die Stimme braucht Luft und nicht nur einen Druck von unten. Und es muss immer noch mehr Luft vorhanden sein, wo die letzte hergekommen ist. Und jetzt fangen wir noch mal von vorne an …

Ich weiß ein schönes Land, mit seinen breiten Buchen
am salz'gen Ostseestrand, am salz'gen Ostseestrand …

Salz'gen. Offener. Du sagst *selz'gen.* Aber es muss *salz'gen* heißen.

Es ist vom Meer umkränzet, in Berg und auch in Thal,
es ist das alte Dänemark und gleichwohl Freyas Saal.

Gut. Aber offener bei *Freya.* Denk an ein A und daran, dass sie *Fraja* heißt, dann ist es leichter.«

Vati Sule brachte sie dazu, die Nationalhymne erstmals als Text zu hören, nicht einfach als Lied, das sie bisher heruntergeleiert hatte. Sie sprachen über die Bedeutung dieses Textes, darüber, was *Runensteine* und *Asen* sind, und was Freya eigentlich mit der Sache zu tun hatte. Er erzählte von Oehlenschläger und Holberg, von Herman Bang und Heines *Buch der Lieder* und von Goethe, seinem absoluten Liebling. Er konnte sich stundenlang darüber verbreiten, während sie zuhörte und die Jungen hinten im Wagen schliefen. Und wenn auf den Regen der Nebel folgte, erzählte er vom Erlkönig und den Elfen, die im Nebel tanzten. Er zeigte auf Stellen auf den Wiesen, wo das Gras dichter wuchs als an anderen, weil Blumen und Gras immer besser gedeihen, wenn Elfen darauf tanzen.

»Sie hausen unter Erlen und Weiden an den Bachläufen, und die Tochter des Erlkönigs ist die Schönste von allen. Wenn ich es nicht besser wüsste, dann würde ich glauben, dass deine Eltern dich ihm geraubt haben. Aber man muss sich hüten, damit man nicht durch einen plötzlichen Pfeil *albwild* wird.«

»Wie der Sohn des *Vaters.*«

»Ja. Er wurde mehr als nur *albwild,* er wurde vom König in Besitz genommen. Und das bedeutet den Tod.«

Sie schauderte und rückte dichter an Vati Sule heran. Er hatte es gelassen hingenommen, dass sie sich ihnen plötzlich angeschlossen hatte. Er hatte nur neben Ruben Platz für sie gemacht und ließ sie jetzt nachts beieinander liegen.

»Aber Vati fürchtet sich vor nichts, nicht einmal vor den gewöhnlichen Dingen, vor denen gewöhnliche Leute sich fürchten«, sagte Ruben.

Anfangs behielt sie Vati wachsam im Blick, als habe er Pläne, sie zu begrabschen, wenn Ruben den Rücken kehrte. Aber das passierte nie. Und jetzt hatte sie Vertrauen zu ihm. Mit Fits sah die Sache schon anders aus. Er war zuerst eifersüchtig. Bis Malie an seinem Geburtstag einen Ochsenschwanz kochte und ihn, als Fits erwachte, zusammen mit Senf und Roggenbrot und Limonade servierte. Und Ælle betete sie an. Wenn er aufwachte und an seine Mutter dachte, sang Malie leise in der Dunkelheit von Dänemark, das so ein schönes Land war, während Vati Sule unter seinen Decken schmunzelte und auf ihre Aussprache horchte.

»Aber du musst spielen«, beharrte Vati Sule.

»Nein«, sagte sie.

»Hast du schon mal ein richtiges Schauspiel gesehen?«

»Ja! *Harlekin und Kolumbine!* Im Bakken!«

Sie lachten sie aus, bis sie selber lachte und meinte, bei ihrer Aussprache müsste sie doch für eine stumme Rolle in einer Pantomime wie geschaffen sein.

»Du solltest dir *Elverhøj* ansehen«, sagte Vati Sule. »Du wärst die perfekte Agnete. Du bist das Elfenmädchen. Ja, aber nicht nur ... du bist bestimmt auch Elisabeth, die am Fenster steht und singt und auf ihren Geliebten wartet.«

»Aber *Elverhøj* können wir doch nicht spielen, Vati«, sagte Ruben.

»Nein, du, dazu sind wir doch zu wenige.«

Eines Tages hatten sie ihr zu lange zugesetzt und zu ausgiebig untereinander über sie geredet, und deshalb ärgerte sie sich und wollte sich damit rächen, dass sie breit und unfein redete. Sie sollte die *Prinzessin auf der Erbse* spielen, als Anfang, obwohl sie das tausendmal abgelehnt und daran erinnert hatte, dass das Ælles Glanznummer war.

»Eine Prinzessin muss schön und vornehm sprechen, und das kann ich nicht«, sagte sie.

»Doch, das kannst du«, sagte Ruben. Sie saßen hinter dem Wagen und aßen Knackwürste und frisch gekochte Möhren, die sie an einem Feldrand gestohlen hatten. Vati Sule hatte außerdem ein Stück Räucheraal gekauft. Malie sprang auf, stemmte sich die Hände in die Seiten und rief mit lauter, scharfer Stimme: »Du brauchst Schnaps zum Aal. Dann ertrinkt der!«

»Der ertrinkt?«, fragte Vati Sule total verblüfft.

»Hast du nicht von der Aalmutter und ihren Töchtern gehört?«, schrie Malie.

Er schüttelte den Kopf.

»Eines Tages war eine Tochter verschwunden, denn sie und ihre Schwestern hatten weit von zu Hause weg gespielt. Die anderen kamen zur Mutter und sagten, ein Fischer habe sie gefangen. Die kommt schon zurück, sagte die Aalmutter. Aber er hat ihr die Haut abgezogen, riefen die Schwestern und weinten und jammerten. Die kommt schon zurück, antwortete die Aalmutter. Aber er hat sie geräuchert, riefen die Schwestern und weinten noch mehr. Aber er hat sie gegessen, riefen die Schwestern verzweifelt. Die kommt schon zurück, sagte die Aalmutter. Und danach hat er einen Schnaps getrunken, weinten die Schwestern. DANN kommt sie nicht zurück, sagte die Aalmutter, denn im Schnaps ertrinken wir.«

Ruben grinste und zog sie zu sich ins Gras.

»Ich hab's ja gewusst«, sagte Vati Sule. »Du kannst doch spielen. Du bist ein komisches Talent, Amalie Jebsen. Eine Thalia!«

»Amalie Thalia Jebsen«, sagte Ruben.

Er ließ sie Hans Christian Andersen lesen. Das war etwas anderes als in der Schule. Sie las so langsam oder so schnell, wie sie wollte. Das Buch war abgegriffen und fühlte sich weich an, wie Fell. Sie las gern draußen, neben den Pferden, ehe abends alle schlafen gingen.

»Er war ein echter Revolutionär«, sagte Ruben.

»Wer?«

»Hans Christian Andersen.«

»Das war er nicht! Er war doch ein lieber Mann!«

»Und was glaubst du, wovon die Geschichten handeln? Wenn er ein kleines Mädchen am Heiligen Abend erfrieren lässt?«

»Von ihr. Und ihrer Großmutter.«

»Nein! Von Armut! Davon, wie schrecklich die ist. Wir waren selber arm. Ja, und wir sind im Grunde immer noch arm.«

»Das ist etwas anderes.«

»Nein, das ist dasselbe. Und der Zinnsoldat mit einem Bein?«

»Der war ein Spielzeug. Kinder zerbrechen ihr Spielzeug.«

»Diese Geschichte handelt vom Krieg. Unter anderem. Von der Sehnsucht danach, dazuzugehören, von dem Schönen, nach dem wir uns sehnen, wie die Verletzten sich zusammentun und wie wir in der Liebe enttäuscht werden. Ich würde gern solche Geschichten schreiben.«

»Hast du schon viele geliebt?«, flüsterte sie. »Und bist enttäuscht worden, Ruben?«

»Nein. Und ja.«

»Wie meinst du das?«

»Ich habe keine so geliebt wie dich, und ja, ich bin enttäuscht worden.«

»Wie denn?«

»Als meine Mutter gestorben ist. Aber jetzt reden wir von Hans Christian Andersen. Du musst begreifen, dass seine Geschichten viel mehr aussagen, als es auf den ersten Blick den Anschein hat. Was ist mit dem hässlichen Entlein, was meinst du?«

»Das handelt von einem Entlein, das keine Ahnung davon hat, dass es in Wirklichkeit zu einem prachtvollen Schwan werden wird, das ist eine wunderbare Geschichte.«

»Die kann durchaus von dir handeln, Malie.«

»Von mir? Was für ein Unsinn.«

»Du bist ein Schwan, mein Schwan ...«

Und die Diskussion verlief im Nichts, in Sand und Gras, in Schweiß und Lachen und wildem Tanz in den Wald hinein, wo niemand sie sehen konnte. Und eines Tages ging ihr auf, dass sie ein Kind erwartete. Es war ein Jahr, nachdem sie die Jebseschenke verlassen hatte. Es war eigentlich unglaublich, dass es so lange gut gegangen war. Sie wusste sofort, als sie in diesem Monat nicht blutete, dass es jetzt geschehen war. Sie sah Frau Bertilsen mit ihren elf Kindern und ihrem verweinten Gesicht vor sich, wie sie Jagd auf ihren Mann und die *Fünfdutzend* machte. Sie sah vor sich das verhärmte und bittere Gesicht der Mutter und die Fettfalten, die aus ihrem Ärmel hervorhingen. Sie sah vor sich straffe, harte Bäuche unter verschlissenen Kleidern. Hängebrüste und verrotzte Kindergesichter. Weinen, Streit, Suff und Blut.

Sie waren auf dem Weg nach Odense. Vati Sule hatte versprochen, ihr zu zeigen, wo Hans Christian Andersen geboren worden war. Sie blutete immer pünktlich, doch jetzt war sie fünf Tage über ihre Zeit hinaus. Sie hatten sich am Rand eines Marktplatzes niedergelassen. Malie bekam im dortigen Wirtshaus eine Bütte mit heißem Wasser geschenkt und freute sich darauf, die mit Kleidern zum Waschen zu füllen. Und als sie die Bütte zurück zum Wagen trug und spürte, wie ihre Bauchmuskeln sich anspannten, wagte sie zu denken, dass sie eigentlich Bauchschmerzen haben müsste; wenn alles seine Richtigkeit gehabt hätte, hätte sie gewartet, bis sie Ruben oder Fits bitten konnte, die Bütte zum Wagen zu bringen, weil sie Schmerzen hatte, weil sie blutete.

Die Jungen und Vati Sule waren auf dem Marktplatz am Werk, sie konnte dem Gelächter anhören, dass die Vorstellung ankam. Hier kannten alle ihren Hans Christian Andersen. Während der letzten vierzehn Tage hatte Malie abends für Ælle drei Kapuzen genäht, aus buntem Garn und Stoff. Er spielte die drei Hunde, die unten im Baum saßen und ihre Kupfer-, Silber- und Goldmünzen bewachten, mit immer größeren Augen. Sie hatten eine vereinfachte Version des Märchens entwickelt, weil Malie sich nicht traute, mitzumachen. Sie wagte es nicht, vor vielen Menschen aufzutreten, aber sie hatte mit den anderen geübt. Fits spielte die Prinzessin und Ruben den Soldaten. Vati Sule war Hexe und Erzähler. Er erzählte, was passierte, wenn nicht genug Darsteller vorhanden waren. Und am Ende, als alle drei Hunde bei der Hochzeit mit zu Tisch sitzen durften, sollte Ælle sich je eine Kapuze an die Wangen und eine über den Kopf halten, um die drei Hunde zu symbolisieren.

Das Publikum jubelte, das konnte sie hören. Sie selbst war zu nervös, um zuzusehen. Außerdem wurde Ruben schon ungeduldig, weil sie nicht auftreten wollte. Sie traute sich doch, wenn sie allein waren. Um ihn zu überraschen und ihn zu beeindrucken, lernte sie den *Erlkönig.* Ruben sollte sie Deutsch sprechen hören, sollte hören, dass sie auswendig lernen konnte. Aber jetzt ... sie stellte die Bütte auf den Boden, ließ sich auf die Treppe vor dem Wagen sinken und weinte. Sie presste die Hände auf ihren Bauch und dachte immer weiter an Blut und an Sidsel mit den zusammengewachsenen Augenbrauen, die vermutlich zufrieden lachte, wenn ihr Bauch wuchs. Und sie dachte an ihre Eltern. Die waren ihr nicht gefolgt. Sie war nicht wichtig genug gewesen, aber immerhin hatte sie das Geld. Das hatte sie. Ruben durfte nichts erfahren. Er würde verlangen, dass sie das Kind bekam, das wusste sie intuitiv. Es musste weg, das, was da in ihr saß, das wuchs und ihren Körper sprengen und zerstören würde, das alles zerstören würde, wenn sie nicht sofort etwas dagegen unternahm.

Sie nahm alles Geld mit und ging los. Über die Landstraße nach Odense. Sie wusste, dass die anderen ohne sie nicht weiterfahren würden. Später konnte sie sich nicht erinnern, wie sie so schnell den Weg gefunden hatte, sie war einfach in die Stadt hineingegangen, hatte sich an Gerüchen und Erinnerungen an die Holmensgade orientiert, an dem gröbsten Lächeln, den vulgärsten Männerblicken, dem Geruch von Fest und Geschlecht und Leben. Und war dahin gelangt, wo die Fenster immer offen standen, wo Ellbogen auf der Fensterbank ruhten, wo die Frauen immer zu stark geschminkt aussahen, um andere Dinge zu verkaufen als die Kostbarkeiten, mit denen sie geboren waren, zwischen ihren Oberschenkeln. Hier betrat sie eine kleine Kneipe und wurde sofort von zwei Frauen mit vom Schweiß verschmutzten, halb offenen Spitzenkragen angegriffen. Diese Frauen waren viel älter als sie. Sie rissen sie am Zopf und spuckten sie an und drängten sie zurück zur Tür. Sie weinte und zog die aufgerollten Geldscheine hervor. Worauf alles verstummte.

»Willst du uns kaufen? Du?«, fragte die eine erschrocken und wich zurück.

»Nein. Eine *Frau.* Ich muss eine *Frau* finden«, flüsterte Malie.

Die Deckenpappe war grau und wies feuchte Flecken und eifrig hin und her eilende Wanzen auf. Das Zimmer roch nach

Schnaps, Urin und Erbrochenem. Die alte Frau legte Zeitungen unter sie. Jemand lachte. Es waren die Frauen, die sie angegriffen hatten, sie lachten im unteren Stockwerk. Sie hatten sie bereitwillig hergeführt, sowie sie das Geld gesehen hatten. Die Frau verlangte dreihundert. Malie hielt das für einen Wucherpreis, aber das spielte keine Rolle. Sie weinte die ganze Zeit und erbrach sich, als sie das Zimmer betrat und den Gestank wahrnahm. Die Alte hatte im Oberkiefer keine Zähne mehr und wich ihrem Blick aus, als sie miteinander sprachen.

»Du wirst bluten, aber das ist nicht gefährlich. Ich kenne mich doch aus. Wie weit bist du schon?«

»Wie weit?«

»Wie lange über die Zeit? In Tagen gezählt.«

»Fünf Tage.«

»Mehr nicht? Dann wird es wehtun. Dann muss ich gründlich vorgehen. Hier.«

Sie drückte Malie eine Schnapsflasche in die Hand.

»Ich kann nicht. Ich bring das nicht über mich ...«

»Du musst. Sonst kannst du es nicht ertragen.«

Sie trank und hustete, brachte ein wenig hinunter und erbrach den Rest. *Fünf Freunde an den Händen beide, wer die nicht kennt, der tät mir Leide, der erste wird der Daumen genannt, der schüttelt die Pflaumen im ganzen Land ...*

Die Schmerzen, die nun folgten, brannten wie Schnaps in einer offenen Fleischwunde, aber sie ertrug sie sehr lange, bis sie das Bewusstsein verlor und wieder zu sich kam, als die Alte ihr einen Lappen mit kaltem Wasser ins Gesicht klatschte.

»Du musst noch ein wenig liegen bleiben. Aber du musst dich wach halten. Bist du wach?«

»Ja ...«

»Jetzt ist es vorbei. Du bist wieder ein *ehrbares* Mädchen. Wenn du in Ohnmacht fallen musst, wenn du hier weggegangen bist, dann mach das so weit wie möglich von hier entfernt. Wenn du mir die Polizei anschleppst, dann gibt es hundert Mädchen, die dich finden und dich totschlagen werden, weil sie mich hier brauchen. Verstehst du?«

»Ja.«

»Und du brauchst dir keine Sorgen zu machen, wenn du drei oder vier Tage lang blutest. Du bist jung, du hast mehr als genug Blut. Ich gehe jetzt nach unten. In einer Weile gehst du auch. Durch diese Tür.«

Sie zeigte auf eine Seitentür und verließ das Zimmer.

Die Zeitungen lagen zusammengeknüllt in der Ecke. Sie konnte das Blut darauf sehen und musste sich wieder erbrechen. Sie schleppte sich die Treppe hinunter und hinaus auf die Gasse und konnte noch einige anderen Gassen durchqueren, ehe sie in Ohnmacht fiel. Als sie erwachte, hockte ein verdreckter kleiner Junge neben ihr.

»Die haben dir dein Geld geklaut, als du hier gelegen hast«, sagte er. »Was krieg ich, wenn ich dir sage, wie sie aussehen? Vielleicht weiß ich auch, wie sie heißen.«

»Nichts«, sagte sie. »Geh weg.«

Sie trank Wasser aus einem Brunnen, es schmeckte warm und erdig. Sie war nass zwischen den Oberschenkeln. Ihre Fingerspitzen färbten sich feuerrot, als sie den Lappen betastete, den die Frau ihr in die Hose gesteckt hatte. Trotzdem war sie glücklich, auf eine schwindlige, gleichgültige Weise. Sie hatte es geschafft. Sie war es los. Sie war auch ihr Geld los. Sie war arm, aber das spielte keine Rolle. Es war vorbei. Jetzt musste sie nur noch den Weg zum Marktplatz finden, aus der Stadt hinaus, sich von jemandem mitnehmen lassen, sagen, sie sei krank, eine lange Lüge darüber auftischen, wie sie während des Auftritts einen langen Spaziergang in die Stadt gemacht hatte. Und dass sie sich verirrt und schreckliche Schmerzen bekommen hatte, dass sie blutete. Sie waren daran gewöhnt, dass Malie jeden Monat davon umgeworfen wurde. Sie würden ihr glauben, weil sie sich um sie gesorgt haben würden. Sie war außerdem glücklich, weil sie Ruben nichts von dem Geld erzählt hatte. Es war ihr Verlust, nur ihrer. Und der Vater hatte sich über den Verlust sicher viel mehr gegrämt als sie.

Die Lügen machten sie stark.

Nach einigen Tagen blutete sie nicht mehr, genau wie die Frau vorausgesagt hatte, und sie lernte eine ganz neue Sicherheit kennen. Das kam von den Lügen, wie sie zu ihrer Verblüffung erkannte: an der Distanz, die entstand, weil sie ein Geheimnis hatte, weil sie sich abgrenzte, weil sie heimliche Gedanken hegte, weil sie ihren Kopf mit einem eigenen Leben füllte, das anderen gegenüber nicht preisgegeben oder in Worte gefasst werden durfte. Sie wurde zu einem Raum, der ihr allein gehörte, zu einem Raum, den sie verließ, wenn es ihr so gefiel. Und anfangs fühlte sie sich deshalb durchaus nicht einsam. Sie hielt sich mehr für sich, sang vor sich hin, genoss die Freiheit und die Kraft, die darin lag, erwachsen geworden zu sein, die Illusion, die sie präsentierte, unter Kontrolle zu haben. Alle hielten sie für dieselbe, die sie immer gewesen war. Dafür hielten sie sie. Aber sie wussten nichts. Vati Sule sagte eines Tages, er habe niemals einen Menschen gekannt, der einen Text schneller auswendig lernen konnte als Amalie Thalia Jebsen. Aber das galt für jetzt. Für die Zeit danach. Er hatte Recht. Sie konnte sich auf eine andere Weise konzentrieren als früher. Sie zog die Wörter in ihre neue Ruhe hinein und dann saßen sie da, als könne sie den Text von der Wand ablesen.

Sie lernte die Lieder von Agnete und Elisabeth aus *Elverhø*. Die Jungen kannten die Melodien, und Malie wagte, aus dem

Bauch heraus zu singen, mit der Überzeugung, dass ihre Stimme trug. Sie lernte die Märchen von Hans Christian Andersen. Und sie konnte auftreten. Aber sicher konnte sie das! Schon einen kurzen Monat nach dem teuer erkauften Besuch in der Gasse in Odense gab sie dem Drängen der anderen nach und spielte die Prinzessin auf der Erbse. Sie stellte sich dem Publikum, den Gesichtern, der Menge. Und obwohl die Menge groß und breit war und immer noch anschwoll und hundert gierige Augen sie anstarrten, war sie doch *niemand.* Sie war nicht gefährlich. Sie ertränkte sich in Worten und Bewegungen, die ihre Rolle ausmachten, und die Gesichter verschwanden. Sie wurden zu einem einzigen großen flimmernden Durcheinander, das weder abwog noch bewertete.

Es kam so weit, dass sie die anderen vorstellte. Sie erzählte, als seeländische Marktfrau, von der Aalmutter. Sie lag auf einer Matratze und wand sich in schlaflosem Schmerz wegen der gotteserbärmlichen Erbse, die ihr die Ruhe raubte. Und eines Abends hatten sie Haderslev erreicht.

Es hatte den ganzen Tag gegossen, und der Regen hörte erst einige Minuten auf, ehe Vati Sule seine Romeohose anzog und sie selber die Julia spielen sollte. Sie waren gerade mit der *Nachtigall* fertig. Das war Ælles neue Glanznummer, er spielte den Vogel in diesem Märchen von Hans Christian Andersen. Er stellte abwechselnd den echten und den mechanischen Vogel dar und zwitscherte, dass es eine Lust war, in seiner Hose mit den aufgenähten Pfauenfedern und einer Federmaske mit Augenschlitzen. Er war triefnass nach dem wilden Lauf durch das Publikum, wo er sich abwechselnd versteckte und die Maske hob, während der Kaiser nach dieser Nachtigall suchte, von der alle redeten, die er aber nie gehört oder gesehen hatte. Vati Sule hatte als Kaiser durch die Menge gebrüllt: *»Ich will die Nachtigall hören! Sie muss heute Abend hier sein! Sie hat meine höchste Gnade. Und wenn sie nicht kommt, so soll dem ganzen Hof auf den Leib ge-*

trampelt werden, wenn er Abendbrot gegessen hat!« Dann wurde Ælle endlich gefangen. Er piepste, obwohl der heraufziehende Stimmbruch es immer schwieriger machte, diesen mädchenhaften Ton zu treffen: *»Mein Gesang nimmt sich am besten im Grünen aus!«* Malie hatte die fortlaufende Handlung erzählt, während Ælle im Regen zwitscherte und pfiff und schnatterte, und die Leute vor Lachen schrien, bis zum Ende, wo Vati Sule als todkranker Kaiser mit defektem Kunstvogel auf der Bühne lag und die echte Nachtigall ihn vom Sterbebett weckte.

Sie waren erschöpft und nass. Jetzt wartete Shakespeare, die kleine Liebesszene mit Romeo und Julia, die niemals fehlen durfte. Vati hielt diese Szene für Trupp Sules Markenzeichen, und sie hörten außerdem auf, ehe es traurig wurde, weil die beiden zusammen in den Tod gingen. Vati sagte immer: »Die Leute brauchen zwischen den vielen Dramen auch ein bisschen Melodram.«

Und die Leute lachten ja doch immer, auch wenn sie ihren Text mit der tiefsten Liebessehnsucht aufsagten.

Aber dann hörte der Regen auf. Und als der Regen aufhörte, dampfte der Boden heftig. Der Nebel erhob sich fast mannshoch um die Marktbuden und die feuchten Leiber, und ein unscharfes Halbdunkel hing unter den Wolken, wo die Schwalben schwarz und schmal wie gespaltene Schlangenzungen hingen. Ein wenig rechts von der Bühne stand ein Pferdehändler mit mehreren riesigen Gäulen. Sie waren nass und vom Lärm nervös, und ihre langen Decken hingen in den Schlamm auf dem Boden hinunter. Die Stimmung schlug plötzlich um und war nicht mehr klar zu erkennen. Es war der Anblick des Nebels und der Pferde, dem sie diese plötzliche Eingebung verdankte. Jetzt konnte sie den Text auswendig und kannte seine Bedeutung. Das hatte sie auf dem Kutschbock von Vati Sule gelernt. Sie ließ den Isabellenhut liegen, sprang auf die wacklige Bühne und rief:

»SEHT! SEHT: DEN NEBEL! SEHT DIE PFERDE … WIE UNRU-

HIG SIE SIND! DER ERLKÖNIG IST IN DER NÄHE .. Hört! Jetzt tanzen sie unten am Fluss ... Hört!«

Die Menschen verstummten jählings. Sie hatten mehr Belustigung erwartet. Sie schauten sich verstohlen um. Jemand versuchte zu lachen, wurde aber zum Schweigen gebracht. Hinter sich, unterhalb der Bühne, hörte sie Ruben flüstern: »Aber Malie, Vater will doch nicht ...«

Aber *sie* wollte.

»Wer reitet so spät durch Nacht und Wind? Es ist der Vater mit seinem Kind. Er hat den Knaben wohl in dem Arm, er fasst ihn sicher, er hält ihn warm. Mein Sohn, was birgst du so bang dein Gesicht? Siehst, Vater, du den Erlkönig nicht?«

Einige im Publikum schauten verstohlen in Richtung Fluss. Die Stille hielt an. Malie brauchte nicht mehr zu rufen. Sie hingen ihr an den Lippen. Sie kannten diese unheimliche Geschichte.

»Du liebes Kind, komm, geh mit mir, gar schöne Spiele spiel' ich mir dir«, lockte der Erlkönig, während der Vater den kranken Jungen an sich drückte. Der Junge sah die Tochter des Erlkönigs im Nebel tanzen und spürte, wie der Erlkönig an ihm zog und zerrte.

»Mein Vater, mein Vater, jetzt FASST ER MICH AN!«

Die Gesichter leuchteten weiß zu ihr herauf. Für einen Moment sah sie die deutsche Puffmutter vor sich, die sie in den Alkoven gezogen hatte. Sie wusste genau, was passierte. Sie spürte die neugierige und zugleich zerreißende Angst des Jungen. Und als sie weiterdeklamierte und zum Abschluss kam, sah sie unten in der Menge auf der Wange einer Frau Tränen:

»Er hält in den Armen das ächzende Kind, erreicht den Hof mit Müh und Not, in seinen Armen das Kind war ... tot.«

Sie hatte sich bei keinem Wort, bei keiner einzigen Endung versprochen. Die Menge aus Bauern und Handwerkern und Marktfrauen jubelte ihr respektvoll zu. Sie drehte sich um und fing Rubens Blick auf. Er war erfüllt von Angst, so, wie sie es selber empfand und woran sie glaubte. Er stieg auf die Bühne und hielt ihren einen Arm hoch.

»Applaus für Amalie Jebsen!«, rief er. »Aber sie ist eigentlich eine Komödiantin, eine Thalia! Davon werdet ihr bald mehr sehen, noch einen Moment ...«

Sogar Vati Sule standen die Tränen in den Augen. Es war leicht, danach Romeo und Julia zu spielen, das eine Erlebnis wie eine Decke um das nächste zu hüllen. Aber sie brauchten mehrere Minuten, um die Leute zum Lachen zu *bringen.* Erst als Ælle abermals eine zwitschernde Runde durch die Menge drehte, als übermütig sangeslustige Nachtigall, brach das Lachen sich Bahn und saß das Geld wieder locker.

Der Nebel lichtete sich und zeigte am Westhimmel einen lachsrosa Sonnenuntergang. Ein Fremder brachte Wein und Schnaps, eine Frau kam mit zwei bereits gerupften, abgehangenen Hühnern. Sie durften sich nicht zu Mikkel und Stark-Hans und dem Wagen zurückziehen. Alle wollten mit ihnen reden und Malie bewundern. Ruben behauptete, mindestens achtundzwanzig hätten sich in sie verliebt. Und tief im Schlaf und im Weinrausch zitterte noch immer dieses Erlebnis. Sie musste sich unter den Decken unmittelbar vor dem Einschlafen an den Hals greifen, musste den Hals umfassen und denken, dass alle Worte von dort stammten. Von dort strömten sie herauf und hinaus, und die Menschen lauschten und weinten echte Tränen. Dicht gefolgt von: Lachen.

Sie horchte auf den Atem der anderen, den von Ruben spürte sie an ihrer Wange. Dieser Atem roch nach Schnaps und Stolz. Noch im Schlaf hielt er sie fest im Arm. Er hatte sie den ganzen Abend nicht losgelassen, sondern mit Besitzermiene bewacht. Und das durfte er. Sie gehörte ihm.

Malie stand bis zur Taille im Fluss und tauchte immer wieder unter, um die Seife aus ihren Haaren zu spülen. Sie waren unterwegs nach Norden. Sie war nervös. Sie waren fünf Monate durch Deutschland getingelt, bis hinab in die Lüneburger Heide. Sie hatte die Herden der Heidschnucken mit ihren Korkenzieherhörnern und ihrer grauen, zottigen Wolle gesehen, dazu die spitzen rosa Zungen, die das Heidekraut abrissen, und die wunderbar schöne Heide mit ihrem *Röslein rot, Röslein auf der Heiden.* Sie hatte so viel Deutsch gehört, dass sie nachts auf Deutsch träumte. Europa hungerte, aber alles wurde zu einem diffusen, unwirklichen Hintergrund, da sie ständig unterwegs waren. Es bedeutete Glück und Freiheit, einen Ort verlassen und hoffen zu können, dass die nächste Menge von Gesichtern im nächsten Dorf und im nächsten Marktflecken gesünder und satter aussehen würde. Aber das erlebten sie nie. Aber wenn die Menschen auch Hunger litten, etwas zu trinken und etwas zu lachen konnten sie sich doch leisten, sagte Vati, vor allem, wenn sie hungerten. Und wer mitten in der Armut seine Scherze machte, würde immer gute Tage haben.

Und jetzt ging es nach Norden. Weit nach Norden. Fast … nach Hause. Die Freilichtbühne im Bakken wollte *Elverhøj* aufführen. Vati hatte Statistenrollen als Bauern und Ritter besorgt, über einen Mann, den er als *Scharlatan* bezeichnete, der in Theaterkreisen aber offenbar großen Einfluss hatte. Das Stück sollte acht Wochen lang laufen. Ælle, jetzt ein Bengel von vierzehn, hatte gejubelt. Acht Wochen an einem Ort …

Auch Ruben redete dauernd von Stabilität, was Malie Sorgen machte und Vati ärgerte.

»Ich will studieren. Ich will lernen«, sagte Ruben oft, einfach so, mitten in einem netten Gespräch.

»Lernen? Was lernst du denn nicht?«, fragte Vati. »Nenn mir ein Buch, das du lesen willst, und ich werde es dir sofort besorgen. Den Rest lernst du unterwegs. Worüber hast du dich denn zu beklagen? Jetzt antworte schon, du.«

»Ich will studieren, Vati! Zusammen mit anderen Studenten. Ich bin jetzt zwanzig. Ich will diskutieren und …«

»Du bist zu alt, um auf eine Schule zu gehen. Du kannst kein Latein, du hast keine Ahnung, was Mathematik ist. Und außerdem GIBT es dich nicht. Und warum willst du freiwillig in eine Schule gehen und auf einen Bambusstock warten, der in Salzlake gezogen hat? Du hast nur einen kleinen Anfall von *Weltschmerz*. Das legt sich wieder.«

Fits war derjenige unter den drei Brüdern, der immer mit dem Reiserhythmus harmonierte, so wie Malie und Vati. Ihm reichte es, wenn es ihm im Augenblick gut ging. Und ihm vertraute sie ihre Sorgen um Ruben an. Die ganz neuen Sorgen, die zu seinem Gerede über das Studieren hinzukamen.

»Du siehst das doch auch, oder? Dass er so schnell müde wird?«

»Er schläft viel mehr als früher«, sagte Fits. »Das kann nicht richtig sein.«

»Und als er am Stadtrand von Lübeck ohnmächtig geworden ist?«

Eine alte Frau war stehen geblieben und hatte gesagt: »*Der Kerl ist ja besoffen!* Aber dann kann dich sein Vater ja zwischen deinen Beinen bedienen …«

Malie hatte ihr vor die Füße gespuckt und Ruben wieder auf die Beine gezogen.

»Als wir ihm Brot und Honig in den Mund gesteckt hatten, war er wieder der Alte«, sagte Fits. »Das war schon komisch.«

Sie ließ sich das Wasser durch die Haare und über den Rücken laufen. Fast zu Hause. Zu nahe. Aber Vati Sule war wie besessen von der Vorstellung, dass sie bald *Elverhøj* sehen würde. Die Lieder hören, die Handlung mit den vertauschten Mädchen erleben, die beide den falschen Mann liebten, und König Christian IV, der die Brücke nach Stevns Herred nicht überqueren konnte, ohne sich den Zorn des Elfenkönigs zuzuziehen, weil ein König nun mal genug war.

Plötzlich stand Ruben hinter ihr im Wasser, wie ein großer gieriger Hecht, und küsste sie hinter den Ohren, wickelte sich ihre Haare um den Hals. Die Weiden verbargen sie vor der Umwelt, ein Stück entfernt hörten sie Mikkel und Stark-Hans, die prustend versuchten, die Fliegen zu vertreiben.

»Ich habe auch ihnen ein Bad versprochen«, flüsterte er.

»Wem?«

»Den Pferden.«

»Pass auf, dass ich die Seife nicht verliere, es ist die gute parfümierte.«

»Das kann ich riechen.«

Sie liebten sich im Wasser stehend. Er hielt die ganze Zeit von hinten ihre Taille umfasst. Das Wasser löste Schweiß und Glätte auf und machte ihre Körper leicht. Sie hatte das Gefühl, hungrig und nass mitten in einer klatschenden Woge aus Haut und Haut zu schweben, wo es schon nach wenigen Sekunden keine Rolle mehr spielte, ob jemand sie hören konnte. Sie richtete ihre zusammengekniffenen Augen auf die Wasseroberfläche und hielt sich an seinen Händen fest und geriet ganz am Ende mit dem Kopf unter Wasser, verschluckte auch ein wenig davon. Es schmeckte süß und weiß, wie Regen. Er zog sie zu sich hoch und strich ihr die Haare aus der Stirn, flüsterte ihr ins Ohr, wie sehr er sie liebte, wie schön ihr Rücken in der Sonne sei, und sie spürte, wie die Kälte des Wassers ihren Schoß füllte, als er sich zurückzog, um dem Fluss das zu geben, was er jetzt zu geben hatte. Als sie das Ufer erreicht hatten, legte er sich in die Waschbütte, die sie dort abgestellt hatte. Auch ihr war ein wenig schwindlig, doch sie war durchaus nicht müde. Nur ruhig und zufrieden. Mit Ruben zusammen zu sein, war zu einem körperlichen Zustand geworden, den sie als selbstverständlich hinnahm, so als verzehre sie jeden Tag frisches Brot. Aber sie ließ nie mehr zu, dass er sich in sie ergoss, ließ sich niemals so weit mitreißen. Nie mehr wollte sie rücklings auf alten Zeitungen liegen, mit einer abgestandenen Flasche Schnaps in der Hand.

»Willst du schlafen? Dann spüle ich inzwischen die Kleider durch.«

Er schlief tief und fest. Sie bedeckte ihn mit einem trockenen Handtuch, ehe sie in den Fluss hinauswatete und die Hemden der Jungen und Vati Sules einzigen guten Vatermörder ausspülte.

Danach ließ er sich fast nicht wecken. Sie musste ihn immer wieder schütteln und seine Haare zausen. »Jetzt zu den Pferden«, sagte er, als er endlich die Augen öffnete.

Die Tiere ließen auf alle Weise merken, dass das besser war als Hafer und frische Äpfel und eine glatte Landstraße, die bergab ging. Sie schüttelten Mähne und Schwanz und galoppierten im Stehen, ja, Mikkel legte sich im Wasser sogar hin und musste einen langen Hals machen, um atmen zu können. Ruben und Fits bürsteten sie, auch am After, wo sich sonst die Fliegen gütlich taten, und Malie fuhr ihnen mit dem breiten Kamm durch Schwanz und Mähne. Vati und Ælle saßen am Ufer und feuerten sie an. Ælle hatte alle Decken aus dem Wagen geholt und drinnen gefegt, jetzt musste alles sauber sein. Sie fuhren schließlich zum Bakken und zum Hochzeitsfest von *Elverhøj*.

An diesem Abend versuchte sie, mit Vati über Ruben zu sprechen. Aber sie war noch nicht weit gekommen, da sagte er: »Unfug und Humbug, Donnerschock, sage ich, der Junge ist nur müde. Das kommt vom Wachsen.«

»Aber Vati, er ist ausgewachsen. Er ist zwanzig Jahre alt. Ich glaube, er ist krank.«

»Ich will kein Wort mehr hören. Alles ist gut. Morgen fahren wir weiter nach Norden.«

Denn so war er. Es gab kein Problem, dem man nicht davonfahren konnte, wenn man die Pferde nur genügend antrieb. Alles musste gut enden. Es durfte keine düsteren Wolken geben. Denn solche Dinge führten leicht zur Revolution.

Und in der folgenden Zeit schien es Ruben wirklich besser zu gehen. Sie traten in Süd-Jütland nur in wenigen Orten auf. Vati wollte die Gegend, die ihn an seine frühere Armut erinnerte, rasch hinter sich lassen. Erst als sie Fünen erreicht hatten und auf eine Überfahrt über den Großen Belt warteten, kam er wieder zur Ruhe, und inzwischen hatte auch Ruben sich erholt; er hatte hinten im Wagen die ganze Zeit geschlafen. Malie hatte auch immer etwas Süßes für ihn bereit, wenn er erwachte. Obst oder Honig oder ein Stück Zuckerkringel, das sie in einem Tuch versteckt hatte.

Das ging so bis zu dem Abend, an dem er nicht zu wecken war. Sie befanden sich in der Nähe von Ringsted. Im Wagen war es zwar sehr warm, es war bereits Mai, und die Sonne hatte den ganzen Tag gebrannt. Aber die Wagentüren standen offen, und Ælle hatte ganz hinten gesessen und an einer Schnur eine Schelle durch die Karrenspuren gezogen, ohne dabei einen Hitzschlag zu erleiden. Malie hatte wie immer auf dem Bock gesessen und gemerkt, wie die Gerüche von Seeland immer stärker wurden. Die grünen Kornfelder erstreckten sich auf beiden Seiten der Straße, und in der Luft sangen muntere Bachstelzen und Brachvögel und der eine oder andere Zug Gänse in lärmendem und zitterndem Anflug. Die Störche strebten nach Norden, mit roten Hängebeinen unter dem Bauch. In vier Tagen würden sie und die anderen den Bakken erreicht haben, bereit, das Stück zu proben. Ob ihr dort Bekannte begegnen würden? Würde Alfred Jebsen auftauchen und sie halb tot schlagen? Sie hatte sich eine Haube gekauft und wollte ihre Haare verstecken. Aber würde er die anderen denn nicht erkennen? Trotzdem – was hätte Schankwirt Jebsen schon in einer Aufführung von *Elverhøj* verloren? Sollte er kommen, um *sie* zu suchen? Vati hatte, ohne dass sie etwas gesagt hätte, begriffen, dass sie sich Sorgen machte. Er hatte also vor fast zwei Jahren doch nicht die Lüge geglaubt, dass ihre Eltern ihr alles erlaubt hätten.

»Er wird einfach nicht wach!«, rief Ælle.

»Er ist kalt und zugleich in Schweiß gebadet!«, rief Fits ihnen zu.

Vati hielt die Pferde an. Er und Malie sprangen vom Bock und rannten nach hinten. Später konnte Malie sich nur erinnern, dass sie verzweifelt geweint hatte, während Vati Mikkel abgeschirrt hatte, um rittlings auf ihn zu springen und nach Ringsted zu reiten, wo es einen Arzt gab. Sie streichelte immer wieder Rubens Gesicht. Fits versuchte, ihm einen Löffel Honig in den Mund zu schieben, aber Ruben schluckte nicht. Sie hatten Angst, er könne ersticken, und gaben auf. Nach einer endlosen Zeit kam Vati zurück, gefolgt von einem berittenen Arzt. Es war ein älterer Mann mit offenem Kragen, grauem Hängeschnurrbart und besorgten, nässenden Augen. Und dieser Arzt sprach als Erster das Wort *Koma* aus. Ruben lag im Koma, aller Wahrscheinlichkeit nach sei er zuckerkrank, sagte der Arzt, als Fits ihm erklärt hatte, wie schrecklich müde Ruben in letzter

Zeit gewesen sei. Er müsse in die Krankenstube. Aus Amerika sei ein neues Mittel namens Insulin gekommen, ob sie Geld hätten? Vati nickte.

»Ich nehme ihn auf mein Pferd«, sagte der Arzt. »Es geht um sein Leben. Ich werde das Mittel bis heute Abend besorgen, ich schicke meinen Sohn nach Kopenhagen, um es zu holen.«

Vati und die Jungen halfen, Ruben in Decken und Riemen zu wickeln. Malie saß schluchzend im Wagen. Sie war selber einer Ohnmacht nah. Vati spannte Mikkel wieder an. Sie folgten dem Arzt in hohem Tempo. Der Wagen schepperte wie eine leere Dose. Die Räder bebten und kreischten. Fits, Ælle und Malie wurden hin und her geworfen und mussten sich an den Bretterkanten im Wagen anklammern. Die Bücher hagelten ihnen um die Ohren, nur Rosa Luxemburgs Blick war unverändert. Streng. Gleichgültig, was die Alltagsprobleme des einzelnen Menschen in der Masse anging. Malie riss das Bild von der Wand, zerfetzte es in winzige Stücke und warf sie aus der Hintertür. Weder Fits noch Ælle sagten etwas, sie schauten nur den Papierschnipseln hinterher.

Er lag schon im Bett, als sie ankamen. Eine weiße Decke hüllte ihn bis zum Kinn ein. Er bewegte sich nicht. Das Kinn warf einen kleinen Schatten auf die Decke. Seine dunklen Haare lagen lebendig und ungebärdig auf dem Kissen, wie ein Protest. Malie streichelte sie immer wieder und wusste nicht, wie viel Zeit verging. Es gab für sie nur Tränen und den Drang, laut zu schluchzen oder zu heulen, dazu Menschen, die an ihr zogen und sie zum Ausruhen drängten. Sie drückte die Hände weg, schlug danach, wenn sie keine Ruhe gaben.

Dann kam der Abend. Irgendwo im Haus hatte eine Uhr soeben neunmal geschlagen, als sie laute Stimmen hörte. Die Medizin aus Kopenhagen war eingetroffen. Sie kniete neben dem Bett und presste ihr Gesicht in die Kissen. Sie wurde fortgezerrt. Sie schrie. Sie hörte, dass etwas mit Ruben geschah, danach seinen lauter werdenden, röchelnden Atem.

»Nein«, sagte er.

»RUBEN!«

Aber sie hielten sie fest. Niemand durfte ihn berühren, er war wieder eingeschlafen.

»Normaler Schlaf«, sagte der Arzt. »Er braucht jetzt Ruhe.«

Sie träumte von tiefem Wasser und tausend Aalen, die sich um ihren Leib wickelten. Goldaal und Silberaal, und ein Haken, der ihre Haut von den Knochen riss. Sie bekam keine Luft. Ihre Gesichtshaut war fortgefetzt worden und bedeckte den Mund, drohte, sie zu ersticken. Sie wurde davon geweckt, dass Fits ihre Stirn streichelte.

»Es geht jetzt gut«, flüsterte er. »Er schläft. Morgen ist er wieder gesund. Und wir fahren zum Bakken.«

Am nächsten Tag regnete es. Ein grauer zielloser Regen, der gerade herunterfiel, mit dichtem Nebel, der sich über die Felder wälzte und sich in den Bäumen verfing. Malie öffnete die Tür hinten im Wagen, sah den Nebel und dachte: Der Erlkönig ist hier. Er ist gekommen, um Ruben zu holen.

Sie hämmerte an die Tür der Krankenstube, bis die Frau des Arztes mit lose hängenden Haaren aufmachte. Sie drängte sich an ihr vorbei. Der Arzt stand bereits an Rubens Bett, sein weißes Hemd hing über seine Hose, und seine Hosenträger schleiften über den Boden. Er drehte sich um und erwiderte für eine Sekunde ihren Blick, dann fiel sie vor dem Bett auf die Knie.

Rubens Gesicht war wieder weiß und leblos, und aus seinem Mund strömte ein strenger, süßlicher Geruch.

»Es tut mir Leid«, sagte der Arzt. »Sind Sie seine Schwester? Das Insulin war nicht sauber. Es ist zu spät. Er hat schon Beulen an den Beinen und liegt wieder im Koma.«

Sie saßen alle bei ihm, als er später am Nachmittag starb. Ælle steckte den Daumen in den Mund und wiegte sich auf seinem Stuhl hin und her. Vati Sules Gesicht war starr und ausdruckslos. Das hier konnte er auch durch Flucht mit den Pferden nicht abschütteln. Fits saß an der Wand, er hatte die Augen mit der Hand bedeckt, und seine Schultern bebten.

Malie war jetzt still und weinte nicht mehr. Sie würde nie mehr weinen. Sie hatte die Hände im Schoß liegen und starrte das Gesicht auf dem Kissen an. Dieses schöne Gesicht, das sie zum ersten Mal gesehen hatte, als sie aus dem Buchenwald gekommen war, vom Stallburschen Morten, mit zerzausten Haaren und verrutschtem Mieder. Und seither hatte es für sie keinen anderen gegeben. Sie hatte das Kind getötet, das sie unter ihrem Herzen getragen hatte. Rubens Kind, das hätte sie niemals tun dürfen, es wäre sicher ein Junge geworden. Ruben hätte es nie erfahren. Sie würde nie mehr die gelben Blitze in seinen Augen sehen, wenn er über *unsere Liebe* sprach, nie mehr würde sie das Gewicht seines Armes auf ihrem Arm und ihrem Schoß spüren, wenn sie mitten in der Nacht von irgendeinem Geräusch geweckt würde. Nie mehr würde sie sein unheimliches Revolutionsgerede hören. Er hatte sie seinen Schwan genannt. Aber das war sie jetzt nicht mehr. Sie war ein hilfloses Entlein, mehr nicht.

Er starb lautlos. Sie bemerkten es nicht. Der Arzt sagte es ihnen. Vati stieß einen einzigen trockenen Schluchzer aus, als Ælle ihm um den Hals fiel. Malie schloss die Augen, *das Kind war tot.*

Sie stand in der dunklen Mainacht zwischen den Pferden und atmete still und konzentriert aus und ein, als Vati Sule neben sie trat.

»Du musst schlafen«, sagte er. »Du musst jetzt schlafen. Malie …«

»Nein. Ich kann nicht schlafen.«

Er legte die Arme um sie. Sie stand stocksteif in seiner Umarmung.

»Ich kann nicht«, wiederholte sie.

»Weißt du was«, flüsterte er. »In einer Weile, wenn du dich besser fühlst, kannst du gern unter meine Decken umziehen …«

Sie sagte, sie wolle vor dem Schlafengehen noch einmal zum Fluss. Die Worte kamen von selber, ganz ruhig. Sie klapperte mit den Zähnen, hoffte aber, dass er das nicht hörte. Er ließ sie los, und sie konnte gehen.

»Es war nicht so gemeint«, rief er hinter ihr her. »Ich dachte nur …«

»Ich bin bald wieder da«, erwiderte sie und schluckte Magensäure hinunter. Ihr eines Knie brannte vor Schmerz, als sei sie über einen Boden gekrochen und habe sich an einem dicken Holzsplitter verletzt.

Unterwegs sagte sie immer wieder den *Erlkönig* auf. Der Nebel umwogte sie … *mein Vater, mein Vater, und siehst du nicht dort – Erlkönigs Töchter am düstern Ort?* Der König konnte sie haben oder sie rauben und zu seiner Tochter machen, sie verschlingen lassen, sie von dem Gedanken an Vatis Decken erlösen. Als die Vögel anfingen zu singen und in den ersten Sonnenstrahlen ihr Gefieder zu putzen, hörte sie hinter sich den Wagen. Sie versteckte sich an einem Bachufer im Schilf. Ælles verweintes Gesicht schaute aus dem Wagen, aber das ging sie nichts an, und auch der Gedanke an Fits betraf sie nicht. Sie sollten sich um sich selber kümmern. Sie hatte sich um sie alle gekümmert, und was hatte ihr das gebracht? Einen schweren Stein im Bauch, einen Brand im Kopf, der sie nach Wein verlangen ließ. Ihre Handflächen waren eiskalt, ihnen schien Haut zu fehlen, über die sie streichen konnten. Vati saß mit hängendem Kopf auf dem Bock. Sie sah ihm nicht ins Gesicht. Er wurde zu einem trügerischen Flimmern im Augenwinkel.

Sie blieb im Schilf sitzen, bis sie lange vorüber waren, und dachte an einen Jagdhund, der plötzlich über ihr stand und keuchte, und der sie danach verschmähte, weil er einen viel schöneren Vogel gefunden hatte.

Aber es war nicht gefährlich. Im Grunde nicht. Nichts war gefährlich. Es war nicht gefährlich, unter offenem Himmel zu schlafen, während eine Kröte gleich neben ihrem Ohr quakte. Es war nicht gefährlich, mit leerem Magen durch die Hitze zu wandern. Gefährlich wäre es, nach Hause zu gehen, aber das hatte sie durchaus nicht vor.

Sie dachte an alles, was sie erzählt hatten. Es lag auf Amager. Irgendwo auf Amager. *Amagermutter, gib mir die Butter ... nein, die kriegst du nicht, du törichter Wicht. Der Amagermann ist riesengroß, die Amagerfrau hat den breitesten Schoß, ihr Pferd, das ist ein Amagergaul, und ihre Zwiebeln sind immer faul ...*

Das Røde-Kro-Theater. Sie würden über sie lachen. Aber auch das wäre nicht gefährlich. An Lachen war sie gewöhnt. Sie hatte zwei Jahre lang mit Lachen gelebt. Das Lachen hatte ihr Essen und Trinken gegeben, heißes Waschwasser und eine Haube, die nicht mehr ihr gehörte. Das Lachen hatte ihr eine lange Reise in einer warmen Umarmung gebracht. Von nun an würde sie allein zurechtkommen. Sie würde niemandem mehr vertrauen, wenn ihr das nicht einen klaren Vorteil brachte.

Auch die Stadt machte ihr keine Angst. Sie kannte die Gerüche und Geräusche von den Aalfahrten. Für einen kurzen Moment dachte sie: Ich könnte doch auch in die Holmensgade gehen. Wie die Mädchen dort werden. Aber das war früher gewesen. Vor den Zeitungen und den Wanzen. Die Holmensgade bedeutete Blut und Schmerzen hinter Parfüm und Weingläsern. Vielleicht würde sie trotzdem dort enden, aber zuerst musste sie etwas anderes versuchen; feststellen, ob sie einer ganz anderen Welt nicht irgendeinen Vorteil abringen konnte.

Sie wurde von mehreren Karren mitgenommen. Sie fragte nach dem Weg und wurde durch eine Kopfbewegung eingeladen. Sie wusste, dass sie schmutzig war und dass ihr Zopf vor Gras und Fusseln nur so strotzte. Eine Frau gab ihr einen Kringel und einen Apfel. Sie glaubten wohl, dass sie … Sie wusste nicht, was sie glaubten. Es spielte keine Rolle, sie verachtete sie. Sie waren mit ihrem Leben zufrieden und ahnten nicht, dass es sich um ein Halbleben handelte, sie hatten nicht geliebt, sie waren feige. Von der Islands Brygge bis zur Langebro ging sie zu Fuß. Ein Junge, der einen Karren voller Stuck hinter sich herzog, sagte, sie müsse in den Østersundsvei, wenn sie zum Røde Kro wollte. Sie sah das Theater schon aus der Ferne und setzte sich auf die andere Straßenseite. Die Fassade war prunkvoll, beeindruckend, rot und mit einem großen, reich verzierten Bogenportal, das von einer dicken vergoldeten Zwiebelkuppel gekrönt wurde. Es sah zu schön aus. Plötzlich hatte sie Angst. Zum ersten Mal, seit Ruben bis ans Kinn unter der weißen Decke gelegen hatte, hatte sie Angst. Die Menschen gingen durch das Portal ein und aus, wimmelten durch die Straße oder zogen Wagen mit Fleisch und Milch und Brot und Gemüse hinein. Es war mitten am Tag. Sie blieb sitzen, bis der Abend kam, und hatte ihren Zopf wie einen Schoßhund auf ihren Knien liegen. Restaurantgäste und Theaterpublikum trafen in Pferdedroschken und Automobilen ein, einige auch mit dem Rad. Sie hatte offenbar ein wenig geschlafen, an die Mauer gelehnt. Niemand sprach sie an, niemand schien sie zu bemerken. Sie war so schmutzig und ungepflegt, dass sie unsichtbar geworden war. Später hörte sie Musik von drinnen, schmissige und muntere

Musik, zu der rhythmisch geklatscht wurde. Und dann durchschritt sie das Portal.

Vor einer niedrigen und unansehnlichen Nebentür standen zwei Handkarren. Sie klopfte an. Ein älterer Mann mit Schaum in den Mundwinkeln und feuerroter Brokatweste über einem verschwitzten Hemd öffnete die Tür einen Spaltbreit. Sie hasste ihn auf den ersten Blick. Er stand im Weg. An ihm musste sie vorbei.

»Ja? *Was ist los?*«

»Ich möchte gern … hier arbeiten.«

»Arbeiten? In der Küche? Wir haben genug Leute.«

»Nicht in der Küche. Auf der Bühne.«

»Auf der Bühne! Ha!«

»Ich bin fast in *Elverhøj* aufgetreten und kann alle Lieder. Mein Name ist Amalie Thalia Jebsen. Ich bin Komödiantin.«

Teil VI

Ich hab noch einen Koffer in Berlin,
deswegen muss ich nächstens wieder hin.

Aldo Pinelli. Gesungen von Marlene Dietrich

Das Krankenhausgelände von Sundby lag im grauen Regen da. Die Farbe blätterte von den Doppeltüren ab, die vermutlich zur Kapelle führten. Erst war der Krebs im einen Lungenflügel aktiv geworden, dann im Unterleib, dann hatte er zum Abschluss in die Leber gestreut. Ihre letzten Wochen hatte sie im Morphiumrausch verbracht. Ib wollte nicht darüber sprechen. Ich wusste nur, dass sie ihn in einem wachen Moment darum gebeten hatte, ihr bei seinem nächsten Besuch Nagellack und eine Flasche Rotwein mit Schraubverschluss mitzubringen, die sie vor dem Personal verstecken könnte.

Die Tropfen liefen an einem schwarzen Lattenzaun hinunter, der einen auf der anderen Straßenseite gelegenen Friedhof umgab. Dort also lagen Menschen begraben, deren Hinterbliebene sich ein mit einem Namen versehenes Grab wünschten, das sie besuchen konnten. Sie wollten es mit Blumen und Buchsbaum bepflanzen, sie hatten vor, Tränen zu vergießen. Ich blieb stehen und betrachtete die hohen Lanzen, die ihre Spitzen in den Himmel ragen ließen und gemeinsam einen Zaun ergaben. Ich stellte mir Ritter vor, die hier begraben waren, Ritter in Rüstung und zu Pferde, Seite an Seite, die Lanzen straff und parallel in die Luft gereckt. Ib war hineingelaufen, um zu fragen, warum die Türen der Kapelle abgeschlossen waren.

Eine ältere Frau wanderte auf dem Friedhof hin und her und

schien den richtigen Grabstein zu suchen. Hier und dort bückte sie sich mühsam und entfernte wilden Mohn und andere Pflanzen von den Namen und buchstabierte sich hindurch, während sie den Nasenrücken wie eine Ziehharmonika kräuselte, um ihre Brille oben zu halten. Stian stand ein Stück von mir entfernt, zusammen mit Mutter und Lotte. Keine von uns hatte einen Regenschirm mitgebracht. Mutter schüttelte sich die Regentropfen aus den Haaren, wie ein Hund, als Ib endlich die Schlüssel brachte und die Tür öffnete.

Der Innenraum war gerade groß genug für einen Sarg und zehn Stühle, die ihn in einem dichten Halbkreis umstanden. Die Wände waren kahl, abgesehen von einem schlichten Messingkreuz, ohne Jesus. Das hier war offenbar nicht die eigentliche Kapelle, sondern ein Nebenraum. Der Boden war von grau gefugten, weißen sterilen Fliesen bedeckt. Es gab in dem Raum nicht eine einzige Blume. Der Sarg ruhte auf einer Holzkonstruktion mit praktischen Rädern.

Zwei ältere Frauen erschienen Arm in Arm, sowie wir die Kapelle betreten hatten; wir fuhren herum, weil kein Licht mehr durch die offene Tür fiel, und da standen sie dann. Ich kannte sie nicht, aber Ib stellte sie munter als zwei welke Blumen des Røde-Kro-Theaters vor. Die eine, die violette Haare hatte, hielt einen gut gemeinten Rosenstrauß in der Hand. Die andere blieb mit versteinertem Gesicht stehen. Die mit den Rosen erzählte, ihre Freundin sei durch einen Schlaganfall taub geworden.

»Aber wir möchten doch so gern von unserer Thalia Abschied nehmen. Sie war doch unser großer Star, noch besser sogar als Marlene. Es war so schade, dass sie ihre Karriere aufgeben musste. Findet es also hier statt?«

Die Rosen waren tiefrot, fast schon schwarz.

»Hier findet gar nichts statt«, sagte Mutter mit harter Stimme. »Aber hier ist es. Und danach ist Schluss.«

Die Rosen wurden auf den Sargdeckel gelegt, und wir nahmen

Platz. Unsere Knie waren nur Zentimeter vom Sarg entfernt, nur Stians nicht. Wir warteten auf den Krankenhauspastor. Wir warteten schweigend. Und ohne dass Mutter oder Ib das gewollt hätten, versanken wir routinemäßig in Begräbnisstimmung, mit im Schoß gefalteten Händen, die Blicke zu Boden gesenkt – zu dem kleinen Teil, den wir davon sehen konnten, da Sarg und Knie uns den Blick versperrten. Wir räusperten uns, bewegten vorsichtig die Füße. Die beiden älteren Damen saßen nebeneinander und bewunderten die mitgebrachten Rosen. Ein weißes Band hielt die Stängel zusammen, kräftige Stängel mit stahlharten Dornen.

Dort lag sie also, drinnen in der Dunkelheit. Klein und tot. Bald würde sie zu Asche verbrannt, fast vernichtet werden. Finger, Haare, Kniegelenke und Becken, Nase und Mund, alte vertrocknete Brüste, die einst hungrige Babymünder gefüllt hatten. *»Therese, ich habe einen Künstlerinnenkörper. Einen Körper, der von den harten Forderungen der Kunst gequält worden ist, von der unermüdlichen Arbeit, eine Muse für Trauer und Freude und Schönheit zu sein!«*

Ich nahm Stians Hand. Er zog sie zurück. Er wollte unbedingt die Hände falten. Ich nahm noch einmal seine Hand, musste sie von der anderen losreißen. Immer wieder versuchte er, sie zurückzuerobern.

»Stillsitzen«, flüsterte ich wütend.

Der Krankenhauspastor war groß und bleich und hatte abstehende wässrige Ohren. Ein weißes Viereck mitten auf dem schwarzen Kragen unter seinem Kinn wies als Einziges auf sein Amt hin. Seine Augen irrten hektisch an unseren Gesichtern entlang; an den Gesichtern dieser Menschen, die eine alte Frau ins *Unbekannte* schicken wollten. Er selber hatte sie wohl kaum lebendig erlebt. Nachdem er uns gemustert und vergeblich Tränenspuren gesucht hatte, faltete er die Hände, senkte den Kopf und schloss die Augen. So blieb er stehen, wie in ein lautloses

Gebet versunken. Ein Gebet, um uns zu trotzen. Ein Gebet für die Frau, um die es hier ging.

»Na los!«, sagte Ib mit Lippen, die wie ein schmaler Strich aussahen.

Der Pastor erwachte zum Leben, richtete einen ausdruckslosen Blick auf Ib und sagte dann: »Wir sind heute hier zusammengekommen, um Abschied zu nehmen von Amalie ›Thalia‹ Jebsen, geboren am 12. Mai 1907, gestorben …«

»Danke. Wir wissen, dass sie tot ist. Dem Himmel sei Dank«, sagte Ib.

»Also los, bringen wir es hinter uns«, sagte Mutter und rieb sich mit steifen Fingern über die Stirn.

Der Pastor räusperte sich noch einmal, dann wurde sein Blick plötzlich warm, als er sah, dass die Frau mit dem violetten Haar weinte. Er lächelte ihr zu, ein professionelles Lächeln, das genau bis zu seinen Nasenlöchern reichte. Er lächelte so lange, bis die Violette laut schluchzte und Ib stöhnte: »O verdahammmmmt!«

»Amen«, sagte Mutter.

Nun nahm der Pastor einen kleinen Eimer, der am Sargende gestanden hatte, an dem Ende, wo vermutlich Omas Kopf lag. Es war ein weißer Plastikeimer mit einem blauen Spaten. Er wirkte restlos fehl am Platze.

»So einen hab ich auch«, rief Stian.

»Pst«, machte ich.

»Aber ich hab so einen!«

Mutter lachte laut und schrill.

»Von der Erde bist du gekommen …«, der Pastor ließ ein wenig Erde vor die Rosen auf den Sargdeckel rieseln.

»Zur Erde wirst du zurückkehren …«

Er traf nicht genau. Stian sah interessiert zu, wie die Erde auf die weißen Fliesen fiel. Beim dritten Versuch ging noch viel mehr daneben.

»Aus der Erde wirst du dereinst auferstehen.«

»*Gott behüte*«, sagten Mutter und Ib im Chor, tauschten einen

Blick, lächelten und erhoben sich, öffneten die Tür und traten hinaus in den Regen. Stian glitt vom Stuhl und rannte hinter ihnen her. Ich ging zu den beiden Damen, gab jeder eine Hand und wartete, bis beide mich ansahen, dann flüsterte ich: *»Friede deiner Seele, Thalia. Wir versenken deinen Staub in Liebe.«*

»Amen«, sagte die Violette. Die Taube nickte, als meine Lippen sich nicht mehr bewegten.

»Jetzt wird gefeiert«, hörte ich Ib draußen rufen. Als ich aus der Kapelle kam, schwenkte er Stian durch die Luft, durch den Regen. Stian lachte ein wunderbares, perlendes Lachen, und ich wünschte, ich sei es, die ihn mit ausgestreckten Armen in den Himmel hielt, während er so sehr lachte. Mutter hatte sich eine Zigarette angesteckt. Lotte hielt ihre Brieftasche in der Hand und blätterte in den Geldscheinen. Die alte Dame zwischen den Grabsteinen war nicht mehr zu sehen. Der Mohn leuchtete wie blutige Becher vor dem vielen Grün. Die Lanzen der Ritter standen noch immer in Reih und Glied. Mutters Wolken aus Zigarettenrauch wurden von den Regentropfen durchlöchert.

»Jetzt sollte dein Großvater hier sein«, sagte Mutter. »Es hätte ihm gefallen, wie wir von der alten Hexe Abschied nehmen.«

»Mein Großvater hat sie aber geliebt«, sagte ich.

»Fängst du *schon wieder* an«, sagte Mutter.